Zu dieser Ausgabe

»Ich kann nicht anders, als ›Das Leben des Klim Samgin‹ zu schreiben. Ein phantastisch umfangreiches Material hat sich bei mir angesammelt. Ich habe kein Recht zu sterben, solange ich das nicht getan habe.« Eindrucksvoll dokumentiert diese Notiz Maxim Gorkis (1868–1936) den Stellenwert, den der Autor selbst seinem letzten, unvollendet gebliebenen Roman gibt, der erstmals zwischen 1927 und 1937 in vier Büchern erschienen ist. Diese Bilanz der reichen literarischen und gesellschaftspolitischen Arbeit des Autors umfaßt vierzig Jahre russischen Lebens – von den achtziger Jahren bis 1918. Der Leser bekommt einen nachhaltigen Eindruck, läßt ihn doch Gorki diese Zeit mit den Augen Klim Samgins miterleben. Der Held, ein Kleinbürger mit einem fadenscheinigen intellektuellen Mäntelchen, kokettiert zwar mit den Ideen der Revolution, steht ihr aber letztlich aufgrund seiner egoistischen Grundeinstellung verständnis- und hilflos gegenüber.

»In diesem Sinn hat noch niemand die Epoche angepackt«, schrieb Boris Pasternak bereits 1927 bewundernd an Gorki; die Literaturkritik brauchte bedeutend länger, ehe sie dieses monumentale Epos der Moderne als Hauptwerk Gorkis, als Schlüsselroman für das Verständnis des modernen Rußland anerkannte.

Maxim Gorki

Klim Samgin
Vierzig Jahre

Buch 1

Deutscher Taschenbuch Verlag

Aus dem Russischen übersetzt von Hans Ruoff.
Dem Text der Vollständigen Gorki-Ausgabe, Moskau 1974/75,
entsprechend bearbeitet und mit Anmerkungen versehen
von Eva Kosing. Mit einem Nachwort von
Helene Imendörffer.
Titel der Originalausgabe:
»Žizn' Klima Samgina« (Moskau 1927–1937)

Von Maxim Gorki
sind im Deutschen Taschenbuch Verlag erschienen:
Autobiographische Romane (2007)
Drei Menschen · Die Mutter (2017)
Foma Gordejew · Eine Beichte · Das Werk
der Artamonows (2029)
Konowalow und andere Erzählungen (2035)
Der Vagabund und andere Erzählungen (2052)

April 1982
Deutscher Taschenbuch Verlag GmbH & Co. KG, München
© 1980 Winkler Verlag, München
ISBN 3-538-05260-3
Übersetzungsrechte beim Aufbau-Verlag, Berlin und Weimar
Umschlaggestaltung: Celestino Piatti unter Verwendung
einer »Klim-Samgin«-Illustration von 1934.
Gesamtherstellung: Friedrich Pustet,
Graphischer Großbetrieb, Regensburg
Printed in Germany · ISBN 3-423-02100-4

*Marija Ignatjewna Sakrewskaja
gewidmet*

ERSTES BUCH
ERSTES KAPITEL

Iwan Akimowitsch Samgin liebte das Originelle. Daher saß er, als seine Frau mit dem zweiten Sohn niedergekommen war, am Bett der Wöchnerin und redete auf sie ein: »Weißt du, Wera, wollen wir ihm nicht einen seltenen Namen geben? Man hat sie schon satt, diese zahllosen Iwans, Wassilijs . . . Nicht wahr?«

Die von den Qualen der Entbindung erschöpfte Wera Petrowna antwortete nicht. Ihr Mann versank einen Augenblick in Nachdenken, wobei er seine Taubenaugen durchs Fenster zum Himmel richtete, dessen vom Wind zerzauste Wolken an den Eisgang auf dem Fluß oder an struppige Mooshöcker im Moor erinnerten. Dann begann Samgin, mit dem kurzen und dicklichen Zeigefinger in die Luft stechend, besorgt aufzuzählen: »Christophor? Kirik? Wukol? Nikodim?«

Jeden Namen strich er mit einer Geste gleich wieder aus, doch als er anderthalb Dutzend ungewöhnlicher Namen durchgenommen hatte, rief er befriedigt: »Samson! Samson Samgin – jetzt haben wir's! Das wäre nicht übel! Der Name eines biblischen Helden und dazu mein Familienname, der auch schon seine eigene Note hat!«

»Stoß nicht immer ans Bett«, bat seine Frau leise.

Er entschuldigte sich, küßte ihr die Hand, die kraftlos und sonderbar schwer war, und lauschte lächelnd dem bösen Pfeifen des Herbstwindes, dem kläglichen Quäken des Kindes.

»Ja, Samson! Das Volk braucht Helden. Doch . . . ich will es mir noch überlegen. Vielleicht auch – Leonid.«

»Sie ermüden Wera mit Lappalien«, bemerkte streng Marija Romanowna, die Hebamme, die das Neugeborene wickelte.

Samgin warf einen Blick auf das blutleere Gesicht seiner Frau, ordnete ihr das über das Kissen ausgebreitete, ungewöhnlich mondgoldene Haar und verließ lautlos das Schlafzimmer.

Die Wöchnerin genas langsam, das Kind war schwächlich; die beleibte, stets kranke Mutter Wera Petrownas fürchtete, daß es nicht am Leben bleiben werde, und drängte zur Taufe; das Kind wurde getauft, und Samgin sagte mit schuldbewußtem Lächeln: »Werotschka, ich habe in letzter Minute beschlossen, ihn Klim zu nennen. Klim! Ein volkstümlich einfacher Name, der zu nichts verpflichtet. Was meinst du?«

Wera Petrowna, die die Verlegenheit ihres Mannes und die allgemeine Unzufriedenheit der Verwandten bemerkte, stimmte zu: »Mir gefällt er.«

Ihre Worte waren Gesetz in der Familie, und an überraschende Handlungen des Samgin waren alle gewöhnt; er verblüffte oft durch sein eigenartiges Verhalten, genoß jedoch sowohl in der Familie als auch bei Bekannten den Ruf eines glücklichen Menschen, dem alles leicht gelang.

Der etwas ungewöhnliche Name des Kindes rückte es gleich von seinen ersten Lebenstagen an merklich in den Vordergrund.

»Klim?« fragten immer wieder die Bekannten, wobei sie den Knaben besonders aufmerksam betrachteten, als ob sie zu erraten suchten: Weshalb gerade Klim?

Samgin erklärte: »Ich wollte ihn Nestor oder Antipa nennen, aber wissen Sie, diese alberne Zeremonie, die Pfaffen mit ihrem: ›Sagst du dich los vom Satan? – Blas her! – Spuck aus!‹ . . .«

Auch die Verwandten hatten, jeder auf seine Art, ihre Gründe, sich dem Neugeborenen gegenüber aufmerksamer zu verhalten als zu seinem zweijährigen Bruder Dmitrij. Klim war ein anfälliges Kind, und dies steigerte die Liebe der Mutter; den Vater bedrückte es, dem Sohn einen mißglückten Namen gegeben zu haben, die Großmutter, die den Namen »bäurisch« fand, war der Ansicht, man habe das Kind gekränkt, und der kinderliebe Großvater, Organisator und Ehrenprokurator einer Handwerksschule für Waisenkinder, begeistert für Pädagogik und Hygiene, belastete den schwächlichen Klim, den er offenkundig dem gesunden Dmitrij vorzog, ebenfalls durch gesteigerte Sorge.

Klims erste Lebensjahre fielen in die Zeit des verzweifelten Kampfes um Freiheit und Kultur, den die wenigen Menschen führten, die sich mutig und schutzlos »zwischen Hammer und Amboß« stellten, zwischen die Regierung des unfähigen Nachkommen einer talentierten deutschen Prinzessin und das ungebildete, im Sklavenleben der Leibeigenschaft stumpf gewordene Volk. Diese ehrlichen Menschen, die mit Recht die Zarenherrschaft haßten, liebten von ferne mit großer Aufrichtigkeit das »Volk« und zogen aus, es aufzuwecken und zu erretten. Damit es leichter war, den Bauern zu lieben, dachten sie ihn sich als ein Wesen mit einzigartiger seelischer Schönheit, schmückten ihn mit der Krone des unschuldigen Dulders, mit dem Nimbus eines Heiligen, und stellten seine physischen Qualen höher als jene moralischen, mit denen die erschreckende russische Wirklichkeit die Besten des Landes freigebig bedachte.

Die zornerfüllten Aufschreie des feinnervigsten Dichters der

Epoche wurden zur Trauerhymne jener Zeit, und wie ein Alarm ertönte seine Frage über die vielen Klagen an das Volk:

> Rufen sie auf, zu enden die Nacht?
> Wird man euch rühmen in künftigen Tagen,
> Wenn ihr nur Klagelieder vollbracht?
> Grüßen die Lieder das Morgenrot,
> Oder, Brüder, seid ihr schon tot?

Unübersehbar waren die Leiden derer, die um die Freiheit der Kultur kämpften. Doch Verhaftungen, Einkerkerungen und Verbannung Hunderter von jungen Menschen nach Sibirien schürten und verschärften nur noch ihren Kampf gegen den riesenhaften, seelenlosen Mechanismus der Zarenmacht.

In diesem Kampf litten auch die Samgins: Iwans ältester Bruder Jakow war, nachdem er fast zwei Jahre im Gefängnis gesessen hatte, nach Sibirien verschickt worden, hatte versucht, aus der Verbannung zu fliehen, war festgenommen und irgendwohin nach Turkestan gebracht worden; auch Iwan Samgin war der Verhaftung und dem Gefängnis nicht entgangen und danach von der Universität relegiert worden; ein Vetter Wera Petrownas und der Mann Marija Romanownas starben auf dem Transport in die Verbannung nach Jalutorowsk.

Im Frühjahr 1879 fiel der verzweifelte Schuß Solowjows; die Regierung beantwortete ihn mit asiatischen Repressalien.

Da nahmen einige Dutzend entschlossener Leute, Männer und Frauen, den Zweikampf mit dem Selbstherrscher auf, machten zwei Jahre lang Jagd auf ihn wie auf ein wildes Tier, töteten ihn schließlich und wurden sogleich von einem ihrer Genossen verraten; dieser hatte selbst versucht, Alexander II. zu töten, dann aber anscheinend das Kabel der Mine zerrissen, die den Zug des Zaren in die Luft sprengen sollte. Alexander III., der Sohn des Ermordeten, belohnte den Mann, der seinem Vater nach dem Leben getrachtet hatte, mit der Ernennung zum Ehrenbürger.

Als die Helden hingerichtet waren, erwies sich – wie das immer zu sein pflegt – als ihre Schuld, daß sie die Hoffnungen, die sie erweckt hatten, nicht hatten erfüllen können. Leute, die den ungleichen Kampf von weitem wohlwollend beobachtet hatten, waren durch die Niederlage stärker bedrückt als die am Leben gebliebenen Freunde der Kämpfer. Viele schlossen unverzüglich und wohlüberlegt ihre Türen vor den Übriggebliebenen jener Gruppe von Helden, die gestern noch Begeisterung erregt hatten, heute aber nur kompromittieren konnten.

Nach und nach setzte eine skeptische Kritik der »Bedeutung der Persönlichkeit für den Entwicklungsgang der Geschichte« ein, eine Kritik, die zehn Jahre später maßloser Begeisterung für den neuen Helden, für Friedrich Nietzsches »blonde Bestie«, Platz machte. Die Menschen lernten schnell dazu, und Spencer zustimmend, daß »aus bleiernen Instinkten keine goldenen Handlungen erwüchsen«, richteten sie all ihre Kräfte und Talente auf die »Selbsterkenntnis«, auf Fragen des individuellen Seins. Schnell nahm man die Parole an: »Unsere Zeit ist keine Zeit großer Aufgaben.«

Ein äußerst genialer Künstler, der die Macht des Bösen so erstaunlich scharf empfand, daß es schien, als wäre er dessen Schöpfer, der sich selbst entlarvende Satan, – dieser Künstler rief in einem Land, in dem die Mehrzahl der Herren ebensolche Sklaven waren wie ihre Diener, in hysterischem Ton: »Demütige dich, stolzer Mensch! Dulde, stolzer Mensch!«

Und gleich danach erklang nicht weniger gewaltig die Stimme eines anderen Genies, die gebieterisch und beharrlich behauptete, daß nur ein Weg zur Freiheit führe, der Weg, »dem Übel nicht zu widerstreben«.

Das Haus der Samgins war eines der in jenen Jahren bereits seltenen, in denen man sich nicht beeilte, alle Lichter zu löschen. Es kamen, wenn auch nicht oft, irgendwelche unfrohen, ungeselligen Leute zu Besuch; sie setzten sich in die Zimmerecken, ins Halbdunkel, sprachen wenig und lächelten unangenehm. Von unterschiedlicher Größe und unterschiedlich gekleidet, sahen sie einander dennoch alle sonderbar ähnlich, wie Soldaten ein und derselben Kompanie. Sie waren »keine Hiesigen«, sie fuhren irgendwohin, kamen auf der Durchfahrt zu Samgin und blieben zuweilen über Nacht. Auch darin waren sie einander ähnlich, daß sie alle Marija Romanownas aufgebrachte Worte ergeben anhörten und sich offenbar vor ihr fürchteten. Vater Samgin aber fürchtete diese Menschen; der kleine Klim sah, daß der Vater sich fast vor jedem schuldbewußt die weichen, lieben Hände rieb und mit dem Bein zappelte. Einer von diesen Leuten, schwarzhaarig, bärtig und wahrscheinlich sehr geizig, sagte ärgerlich: »Bei dir im Hause, Iwan, geht es dumm wie in einer armenischen Anekdote zu: Es ist alles zehnmal da. Ich habe zur Nacht aus irgendeinem Grunde zwei Kissen und zwei Kerzen bekommen.«

Samgins städtischer Bekanntenkreis war bedeutend kleiner geworden, dennoch versammelten sich bei ihm aus Gewohnheit abends einige Leute, die über die Stimmung von gestern noch nicht hinweg waren. Und jeden Abend erschien aus dem Seitengebäude hinten im Hof majestätisch Marija Romanowna, hochgewachsen und knochig, mit schwarzer Brille, gekränktem, lippenlosem Gesicht, schwarzem Spitzenhäubchen auf dem graumelierten Haar und steif aus dem Häubchen hervorragenden großen, grauen Ohren. Vom ersten Stock kam breitschultrig und rotbärtig der Mieter Warawka herunter. Er glich einem plötzlich wohlhabend gewordenen Lastfuhrmann, der fremde Kleidung gekauft und sich in sie hineingezwängt hat. Er bewegte sich schwerfällig, vorsichtig, schlurrte jedoch sehr geräuschvoll mit den Schuhsohlen; seine Füße waren oval wie Fischschüsseln. Wenn er sich an den Teetisch setzte, prüfte er vorher sorgfältig den Stuhl, ob er auch fest genug sei. Alles an ihm und um ihn herum knackte, knarrte, zitterte, die Möbel und das Geschirr fürchteten ihn, und wenn er am Flügel vorbeiging, dröhnten die Saiten. Dann erschien Doktor Somow, schwarzbärtig und düster; er pflegte an der Türschwelle stehenzubleiben, musterte mit hervorstehenden, steinernen Augen unter Brauen wie ein Schnurrbart alle Anwesenden und fragte heiser: »Alle wohlauf? Gesund?«

Dann schritt er ins Zimmer, und hinter seinem breiten, gebeugten Rücken erschien immer die Doktorsfrau, mager, gelbgesichtig, mit riesengroßen Augen. Nachdem sie Wera Petrowna wortlos geküßt hatte, verneigte sie sich vor allen Anwesenden im Zimmer wie vor den Heiligenbildern in der Kirche, nahm möglichst abseits von ihnen Platz und blieb dort, das Taschentuch vor dem Mund, wie im Wartezimmer des Zahnarztes sitzen. Sie schaute in die dunkle Ecke und schien darauf zu warten, daß jeden Augenblick eine Stimme aus dem Dunkeln riefe: Komm!

Klim wußte, daß sie auf den Tod wartete, Doktor Somow hatte einmal in ihrer Gegenwart gesagt: »Es ist mir noch nie ein Mensch begegnet, der sich so töricht vor dem Tod fürchtet wie meine Frau.«

Unauffällig und unerwartet tauchte irgendwo in der Ecke, im Halbdunkel, ein rothaariger Mann auf, Klims und Dmitrijs Lehrer Stepan Tomilin; dann rannte das stets aufgeregte Fräulein Tanja Kulikowa ins Zimmer, ein schmächtiges Mädchen mit komischer blatternarbiger Nase; sie brachte Bücher oder mit lilafarbenen Worten vollgeschriebene Hefte mit, stürzte sich auf alle Anwesenden und drängte mit beklommener, halblauter Stimme: »Lesen wir, lesen wir!«

Wera Petrowna beschwichtigte sie: »Erst trinken wir mal Tee, lassen die Dienstboten gehen, und dann ...«

»Vorsicht mit den Dienstboten!« warnte Doktor Somow, er wiegte den Kopf, auf dem inmitten von Haarbüscheln eine leere graue Rundung prangte. Die Erwachsenen tranken ihren Tee an einem runden Tisch in der Mitte des Zimmers, unter der Lampe mit dem von Samgin erfundenen weißen Schirm: Der Schirm warf das Licht nicht nach unten auf den Tisch, sondern zur Decke; daher herrschte ein langweiliges Halbdunkel im Zimmer, und in drei Ekken war es fast so finster wie in der Nacht. In der vierten, von einer Wandlampe erleuchteten Ecke stand neben einem Bottich mit riesengroßem Philodendron der Kindertisch. Die schwarzen lappigen Blätter der Pflanze bedeckten die Wände, und von den Stengeln, die an Nägeln festgebunden waren, hingen Luftwurzeln herab wie lange graue Würmer.

Der stramme, rundliche Dmitrij saß stets mit dem Rücken zum Tisch der Großen, während der schlanke, schmächtige Klim mit seinem »bäurisch« rund um den Kopf gestutzten Haar sich den Erwachsenen zukehrte, aufmerksam ihr Gespräch verfolgte und darauf wartete, daß der Vater ihn präsentierte.

Fast jeden Abend rief der Vater Klim herbei, klemmte ihn zwischen seine weichen Knie und fragte: »Nun, wie steht es, Bäuerchen: Was ist das Allerschönste?«

Klim antwortete: »Wenn ein General begraben wird.«

»Und warum?«

»Weil dabei die Musik spielt.«

»Und was ist das Allerschlimmste?«

»Wenn Mama Kopfschmerzen hat.«

»Wie gefällt Ihnen das?« erkundigte sich Samgin triumphierend bei den Gästen, und sein komisches, rundes Gesicht strahlte zärtlich. Die Gäste lobten Klim lächelnd, ihm aber gefiel dieses Zurschaustellen seiner Klugheit schon nicht mehr, er fand seine Antworten selber einfältig. Vor zwei Jahren hatte er zum erstenmal so geantwortet. Jetzt ließ er sich ergeben und fast wohlwollend zu diesem Scherz herab, da er sah, daß es dem Vater Spaß machte, aber er empfand ihn bereits kränkend – als sei er ein Spielzeug; wenn man drauf drückt, quiekt es.

Aus dem, was Vater, Mutter und Großmutter den Gästen erzählten, erfuhr Klim nicht wenig Erstaunliches und Wichtiges über sich: Es stellte sich heraus, daß er sich, als er noch ganz klein gewesen war, schon auffällig von seinen Altersgenossen unterschieden hatte.

»Einfaches, grobes Spielzeug gefiel ihm mehr als kostspieliges und kompliziertes«, sagte der Vater hastig, und seine Stimme überschlug sich dabei; die Großmutter wiegte würdevoll ihren greisen, prachtvoll frisierten Kopf und bestätigte seufzend: „Ja, ja, er liebt das Einfache."

Dann erzählte sie ihrerseits mit gewichtigen Worten, wie Klim einmal als fünfjähriges Kind in rührender Weise eine schwächliche Blume gepflegt habe, die in einer schattigen Ecke des Gartens mitten im Unkraut gewachsen war; er habe sie begossen, ohne die Blumen auf den Beeten zu beachten, und als die Blume dennoch einging, habe Klim lange und bitterlich geweint.

Ohne der Schwiegermutter zuzuhören, sagte der Vater mitten in ihre Rede: »Mit dem Enkel der Kinderfrau spielt er viel lieber als mit Kindern seines Standes . . .«

Der Vater erzählte besser als die Großmutter, und immer solche Dinge, die dem Jungen an sich selbst nicht aufgefallen waren, die er selbst nicht empfunden hatte. Zuweilen kam es Klim sogar vor, als habe der Vater die Reden und Taten, von denen er sprach, selbst erdacht, um mit seinem Sohn zu prahlen, so wie er sich mit der erstaunlichen Genauigkeit seiner Uhr, seiner Überlegenheit beim Kartenspiel und vielem anderen brüstete.

Zuweilen jedoch wunderte sich Klim, wenn er dem Vater zuhörte: Wieso hatte er selber Dinge vergessen, an die der Vater sich noch erinnerte? Nein, der Vater erdachte nichts, sagte doch auch die Mutter, daß an ihm, Klim, viel Ungewöhnliches sei, und sie erklärte sogar, woher das käme.

»Er ist in einem unruhigen Jahr geboren, da waren ein Brand und Jakows Verhaftung und noch vieles andere. Ich trug ihn mit Beschwerden, und die Geburt war etwas zu früh, daher kommen wohl seine Eigentümlichkeiten.«

Klim merkte, daß sie das wie zu ihrer Entschuldigung sagte oder als wollte sie fragen: Stimmt das? Die Gäste pflichteten ihr bei: »Ja, das ist verständlich.«

Eines Tages fragte Klim, durch eine mißglückte Zurschaustellung seiner Klugheit vor Gästen erregt, den Vater: »Warum bin ich ein außergewöhnlicher Mensch und Mitja ein gewöhnlicher? Er ist doch auch geboren, als alle aufgehängt wurden?«

Der Vater erklärte es ihm sehr lang und ausführlich, doch Klim blieb nur das eine in Erinnerung: Es gebe gelbe Blumen und rote; er, Klim, sei eine rote Blume; die gelben Blumen seien langweilig.

Die Großmutter, die den Schwiegersohn unfreundlich von der Seite ansah, sagte eigensinnig, der lächerliche, bäurische Name des Enkels beeinflusse ungünstig seinen Charakter; die Kinder nennen Klim »Klin«, das kränke den Jungen, darum ziehe es ihn auch zu den Erwachsenen hin.

»Das ist sehr nachteilig«, sagte sie.

Einer aber war nie einverstanden mit alledem, das war der »richtige alte Mann«, Großvater Akim, ein Feind seines Enkels und aller Menschen, hochgewachsen, gebeugt und langweilig wie ein verdorrter Baum. Er hat ein längliches Gesicht mit einem von den Ohren bis zu den Schultern reichenden Bart, während das Kinn ebenso wie die Oberlippe glatt rasiert ist. Die Nase ist wuchtig, bläulich, die Augen des Großvaters sind von grauen Brauen überwuchert. Seine langen Beine sind steif, die langen Hände mit den krummen Fingern bewegen sich widerstrebend, unangenehm; er trägt stets einen langen braunen Rock und pelzgefütterte Samtstiefel mit weichen Sohlen. Er geht wie ein Nachtwächter mit einem Stock herum, an dessen Ende ein Lederball sitzt, damit der Stock nicht auf den Boden aufstößt, sondern patscht und schlurrt wie die Stiefelsohlen. Er ist eben ein »richtiger alter Mann«, er stützt sich sogar im Sitzen mit beiden Händen auf seinen Stock, wie die alten Männer auf den Bänken im Stadtpark.

»Das alles ist sehr schädlicher Unsinn«, brummte er. »Ihr verderbt das Kind, ihr erdenkt es euch.«

Sofort begann zwischen dem Großvater und dem Vater ein Streit. Der Vater suchte ständig zu beweisen, daß alles Schöne auf Erden erdacht sei, schon die Affen, von denen der Mensch abstamme, hätten damit angefangen. Der Großvater scharrte aufgebracht mit dem Stock, malte lauter Nullen auf die Diele und rief mit knarrender Stimme: »Ist ja Unsinn...«

Doch im Streit mit dem Vater vermochte niemand das letzte Wort zu behalten, seinen appetitlichen Lippen entströmten die Worte so rasch und reichlich, daß Klim schon wußte: Gleich wird der Großvater mit dem Stock abwinken, sich hoch aufrichten wie ein sich bäumendes Zirkuspferd und in sein Zimmer gehen, und der Vater wird ihm nachrufen: »Du bist ein Misanthrop, Papa!«

So kam es immer.

Klim fühlte sehr wohl, daß der Großvater ihn auf jegliche Weise herabzusetzen suchte, während alle anderen Erwachsenen ihn sorgsam herausstellten. Der »richtige alte Mann« behauptete, Klim sei einfach ein schwächlicher, schlapper Junge und habe gar nichts Außergewöhnliches an sich. Er spiele nur deshalb mit schlechtem Spielzeug, weil die flinken Kinder ihm das gute wegnähmen, und halte Freundschaft mit dem Enkel der Kinderfrau, weil Iwan Dronow dümmer sei als die Kinder Warawkas und der von allen verwöhnte, selbstsüchtige Klim die besondere Beachtung, die er beanspruchte, nur bei Iwan finde.

Es war sehr kränkend, das zu hören, es erweckte Feindseligkeit gegen den Großvater und Schüchternheit. Klim glaubte dem Vater:

Alles Schöne war erdacht, erfunden – die Spielsachen, das Konfekt, die Bilderbücher, die Verse, alles. Sagte doch die Großmutter beim Bestimmen der Speisefolge oft zur Köchin: »Laß mich in Frieden! Erfinde selbst etwas.«

Man mußte ja immerzu etwas erfinden, sonst beachteten einen die Erwachsenen nicht, und man würde leben, als wäre man gar nicht da oder als wäre man nicht Klim, sondern Dmitrij.

Klim entsann sich nicht, wann er eigentlich gemerkt hatte, daß man ihn erdachte, und er daraufhin selbst angefangen hatte, sich zu erdenken, aber er erinnerte sich gut an seine besten Einfälle. Vor langer Zeit einmal hatte er Warawka gefragt: »Warum hast du so einen Insektennamen? Bist du kein Russe?«

»Ich bin Türke«, hatte Warawka geantwortet. »Mein wirklicher Name ist Bej Nepalkoi Akopejkoi. Bej – das ist türkisch, auf russisch bedeutet es ›Herr‹.«

»Das ist ja gar kein Familienname, sondern eine Redensart der Kinderfrau«, hatte Klim gesagt.

Warawka hatte ihn gepackt und ihn mehrmals leicht wie einen Ball zur Decke hochgeworfen. Bald danach rückte ihm der unangenehme Doktor Somow auf den Leib, dessen Atem nach Schnaps und Salzfisch roch; da mußte er erfinden, daß sein Name rund wie ein Fäßchen sei. Es kam ihm der Einfall, der Großvater spreche in lila Worten. Als er jedoch sagte, daß die Menschen verschiedenartig, »sommerlich« oder »winterlich« in Zorn gerieten, rief Lida, die aufgeweckte Tochter Warawkas, ärgerlich: »Das habe ich zuerst gesagt, nicht er!«

Klim wurde verlegen, errötete.

Das Erdenken war nicht leicht, aber er begriff, daß gerade deswegen alle im Hause, mit Ausnahme des »richtigen alten Mannes«, ihn dem Bruder Dmitrij vorzogen, selbst Doktor Somow. Denn einmal, als sie zum Bootfahren gingen und Klim ihn mit dem Bruder überholte, sagte der mürrische Doktor, der Arm in Arm mit der Mutter träge dahinschritt: »Schau, Wera, da gehen zwei, doch sie sind eine zehn, denn der eine ist eine Null, der andere – eine Eins.«

Klim erriet sofort, daß die Null das rundliche, langweilige Brüderchen war, das dem Vater so lächerlich ähnelte. Von dem Tage an nannte er den Bruder »gelbe Null«, obwohl Dmitrij rosig und blauäugig war.

Als Klim gemerkt hatte, daß die Erwachsenen von ihm stets etwas erwarteten, was die anderen Kinder nicht hatten, suchte er nach dem Abendtee möglichst lange mit den Erwachsenen an deren Redestrom zu sitzen, aus dem er seine Weisheit schöpfte. Er verfolgte aufmerksam die endlosen Debatten, lernte gut, jene Worte aufzuschnappen, die sein Ohr besonders reizten, und dann fragte er den Vater nach ihrer Bedeutung. Iwan Samgin erklärte ihm freudig, was ein Misanthrop, ein Radikaler, ein Atheist, ein Kulturträger sei, streichelte ihn hinterher und lobte: »Du bist ein kluger Junge. Immer frage, frage, das ist nützlich.«

Der Vater war sehr angenehm, doch nicht so interessant wie Warawka. Was der Vater sagte, war schwer zu verstehen, er redete so viel und schnell, daß seine Worte einander erdrückten, und seine ganze Redeweise erinnerte an Bier- und Kwaßschaum, der aus dem Flaschenhals sprudelte. Warawka redete wenig und in wuchtigen Worten, wie sie auf Ladenschildern standen. In seinem roten Gesicht funkelten lustig kleine, grünliche Äugelchen, sein rötlicher Bart war üppig wie ein Fuchsschwanz, und in dem Bart regte sich ein breites, rotes Lächeln; nach dem Lächeln pflegte Warawka sich genießerisch mit seiner langen, ölig glänzenden Zunge die Lippen zu lecken. Er war zweifellos der Klügste von allen, stimmte nie jemandem zu und belehrte jeden, sogar den »richtigen alten Mann«, der ebenfalls in Zwietracht mit allen lebte, da er verlangte, daß alle den gleichen Weg gehen sollten.

»Für Rußland gibt es nur einen Weg«, pflegte er, mit dem Stock klopfend, zu sagen.

Warawka indes rief ihm zu: »Sind wir Europa oder nicht?«

Er sagte immer, mit den Bauern komme man nicht weit, es gebe nur ein Pferd, das den Karren vom Fleck bringen könne – die Intelligenz. Klim wußte: Die Intelligenz, das waren der Vater, der Großvater, die Mutter, alle Bekannten und selbstverständlich auch Warawka selber, der jeden beliebig schweren Karren vom Fleck bringen konnte. Seltsam war nur, daß der Doktor, der doch ebenfalls ein starker Mann war, Warawka nicht beistimmte; mit zornig rollenden schwarzen Augen rief er: »Das ist ja weiß der Teufel was!«

Marija Romanowna straffte sich wie ein Soldat und sagte gestreng: »Schämen Sie sich, Warawka!«

Zuweilen jedoch rauschte sie im hitzigsten Moment des Streitens feierlich davon, blieb aber in der Tür noch einmal stehen und rief, rot vor Zorn: »Kommen Sie zu sich, Warawka! Sie befinden sich an der Grenze des Verrats!«

Warawka, der auf dem festesten Stuhl saß, lachte, daß der Stuhl knarrte.

Jetzt rieb sich der Vater die warmen, weichen Hände und fing an: »Erlaube mal, Timofej! Da sind einerseits natürlich die Intelligenzpraktiker, die ihre Energie in die Sache der Industrie stecken und in den Machtapparat eindringen . . . andererseits das Vermächtnis der jüngsten Vergangenheit . . .«

»Du redest einerseits und andererseits schlecht«, rief Warawka, und Klim war der gleichen Meinung: Ja, der Vater spricht schlecht und rechtfertigt sich immer wie einer, der etwas angestellt hat. Auch die Mutter pflichtete Warawka bei. »Timofej Stepanowitsch hat recht!« erklärte sie entschieden. »Das Leben ist verwickelter, als man gedacht hat. Vieles, was wir gutgläubig hingenommen haben, muß überprüft werden.«

Sie sagte nicht viel, sprach ruhig und ohne ungewöhnliche Worte, wurde sehr selten zornig und dann nie »sommerlich« geräuschvoll und drohend wie Lidijas Mutter, sondern »winterlich«. Ihr schönes Gesicht erbleichte, die Brauen senkten sich; sie warf den schweren, prachtvoll frisierten Kopf zurück, blickte ruhig über denjenigen hinweg, der sie erzürnt hatte, und sagte irgend etwas Kurzes, Einfaches. Wenn sie in dieser Weise den Vater ansah, kam es Klim vor, als vergrößere sich der Abstand zwischen ihr und dem Vater, obwohl beide sich nicht vom Fleck rührten. Eines Tages ärgerte sie sich sehr »winterlich« über den Lehrer Tomilin, der endlos und langweilig von zwei Wahrheiten sprach, von der Tatsachen-Wahrheit und der Gerechtigkeits-Wahrheit.

»Genug!« sagte sie leise, aber so, daß alle verstummten. »Genug der vergeblichen Opfer. Großmut ist naiv . . . Es ist Zeit, daß wir klüger werden.«

»Du bist ja von Sinnen, Wera!« entsetzte sich Marija Romanowna und verließ unter lautem Trampeln mit Absätzen, breit wie Pferdehufe, rasch das Zimmer. Klim konnte sich nicht entsinnen, daß die Mutter jemals verlegen gewesen wäre, wie das beim Vater häufig vorkam. Ein einziges Mal nur war sie ganz unbegreiflicherweise verlegen geworden; sie hatte Taschentücher gesäumt, und Klim hatte sie gefragt: »Mama, was bedeutet das: ›Du sollst nicht begehren deines Nächsten Weib‹?«

»Frag den Lehrer«, hatte sie gesagt und errötend hastig hinzugefügt: »Nein, frag den Vater.«

Wenn über Interessantes und Verständliches gesprochen wurde, war es für Klim vorteilhaft, daß die Erwachsenen ihn vergaßen, doch wenn die Debatten ihn ermüdeten, machte er sich bemerkbar, und die Mutter oder der Vater wunderten sich: »Wie, du bist noch hier?«

Über die zwei Wahrheiten stritten sie langweilig. Klim fragte: »Woran erkennt man denn, ob etwas wahr oder unwahr ist?«

»Ha?« rief der Vater zwinkernd. »Seht mal an!«

Warawka legte seinen Arm um Klim und antwortete ihm: »Die

Wahrheit, mein Lieber, erkennt man am Geruch, sie riecht scharf.«

»Wonach denn?«

»Nach Zwiebeln, nach Meerrettich ...«

Alle lachten, Tanja Kulikowa indes sagte traurig: »Ach, wie treffend! Die Wahrheit ruft auch Tränen hervor, nicht wahr, Tomilin?«

Der Lehrer rückte stumm und behutsam von ihr ab, während Tanjas Ohren rot wurden und sie mit geneigtem Kopf lange regungslos vor sich hin zu Boden blickte.

Klim begann ziemlich früh zu merken, daß die Wahrheit der Erwachsenen etwas Unwahres, Erdachtes enthielt. In ihren Gesprächen war besonders häufig vom Zaren und vom Volk die Rede. Das kurze, kratzige Wort »Zar« erweckte in ihm keinerlei Vorstellung, bis Marija Romanowna dafür einmal ein anderes Wort gebrauchte: »Vampir«.

Sie warf dabei so heftig den Kopf zurück, daß ihre Brille bis über die Brauen emporschnellte. Alsbald erfuhr Klim und gewöhnte sich unbewußt an die Vorstellung, der Zar sei eine hinterhältige, böse Militärperson und habe vor kurzem »das ganze Volk betrogen«.

Das Wort »Volk« war erstaunlich umfassend, es nahm die mannigfaltigsten Gefühle mit auf. Vom Volk wurde mit Ehrfurcht und Mitleid, mit Freude und Besorgnis gesprochen. Tanja Kulikowa beneidete das Volk offensichtlich um irgend etwas, der Vater nannte es einen Märtyrer, für Warawka hingegen war es ein Maulheld. Klim wußte: Das Volk – das waren die Bauern und Bäuerinnen, die in den Dörfern wohnten und mittwochs in die Stadt gefahren kamen, um Holz, Pilze, Kartoffeln und Kohl zu verkaufen. Doch dieses Volk hielt er nicht für das wahre, über das so viel und fürsorglich gesprochen und gedichtet wurde, das alle liebten und bedauerten und dem alle einmütig Glück wünschten.

Das wirkliche Volk stellte Klim sich als eine zahllose Menschenmenge vor aus lauter so riesengroßen, unglücklichen und unheimlichen Leuten wie der Bettler Wawilow, der wie ein Ungeheuer aussah. Das war ein hochgewachsener Greis, sein krauses Haar wirkte wie eine Lammfellmütze, ein schmutziggrauer Bart umwucherte das Gesicht von den Augen bis zum Hals, die bläuliche Nasenknolle war kaum, der Mund überhaupt nicht zu sehen, und an Stelle der Augen blinkten matt Scherben trüben Glases. Doch wenn Wawilow vor dem Fenster jaulte: »Herr Jesus Christus, Sohn Gottes, erbarme dich unser!«, dann tat sich im Dickicht seines Bartes eine dunkle Grube auf, in der bedrohlich drei schwarze Zähne aufragten und dick und rund wie ein Stößel sich schwerfällig die Zunge bewegte.

Die Erwachsenen sprachen von ihm voller Mitleid, gaben ihm ehrerbietig Almosen, und Klim schien es, als seien sie diesem Bettler gegenüber irgendwie schuldig und als fürchteten sie ihn sogar ein wenig, wie auch Klim es tat. Der Vater war entzückt. »Das ist ein Unrecht leidender Ilja Muromez, die stolze Kraft des Volkes!« sagte er.

Die Kinderfrau Jewgenija jedoch, die rund und dick wie eine Tonne war, pflegte die Kinder, wenn sie allzu ungezogen waren, anzuschreien: »Ich rufe gleich den Wawilow!«

Nach ihren Erzählungen war dieser Bettler ein großer Bösewicht und Sünder, der im Hungerjahr den Leuten mit Sand und Kalk gemischtes Mehl verkauft hatte, vor Gericht gekommen war, sein ganzes Geld für die Bestechung der Richter ausgegeben hatte und nun, obwohl er in bescheidener Armut hätte leben können, bettelte.

»Er tut es aus Bosheit, um die Menschen zu ärgern«, sagte sie, und Klim glaubte ihr mehr als den Erzählungen des Vaters.

Es war sehr schwer zu verstehen, was das Volk war. Im Sommer fuhren Klim, Dmitrij und der Großvater eines Tages ins Kirchdorf zum Jahrmarkt. Klim war sehr erstaunt über die ungeheure Menge festlich gekleideter Bäuerinnen und Bauern, über die vielen angeheiterten, sehr fröhlichen und gutmütigen Menschen. Mit den Worten eines Gedichtes, das der Vater ihn hatte lernen und den Gästen aufsagen lassen, fragte Klim den Großvater: »Wo ist denn das wirkliche Volk, das da stöhnt auf dem Feld, auf den Straßen, in den Kerkern, den Gefängnissen, bei nächtlichem Lagern im Steppengras unter den Wagen?«

Der alte Mann lachte und sagte, seinen Stock in Richtung der Leute schwingend: »Da ist es doch, du Närrchen!«

Klim glaubte ihm nicht. Doch als die Häuser am Rande der Stadt brannten und Tomilin Klim hinführte, um dem Brand zuzusehen, wiederholte der Junge seine Frage. Keiner aus der dichtgedrängten Zuschauermenge wollte Wasser pumpen, die Polizisten griffen ärmlich gekleidete Leute aus der Menge heraus, packten sie am Kragen und trieben sie mit Faustschlägen zu den Pumpen.

»So ein Volk«, brummte der Lehrer, das Gesicht verziehend.

»Ist das denn das Volk?« fragte Klim.

»Wer denn sonst nach deiner Meinung?«

»Sind die Feuerwehrleute auch Volk?«

»Selbstverständlich. Engel sind es nicht.«

»Warum löschen denn nur die Feuerwehrleute das Feuer, das Volk aber nicht?«

Hierauf redete Tomilin endlos und langweilig von Zuschauern

und Tätigen, doch Klim, der nichts verstanden hatte, fragte: »Wann stöhnt denn das Volk?«

»Davon erzähle ich dir später«, versprach der Lehrer und vergaß, es zu erzählen.

Das Bedeutsamste über das Volk, das zugleich sehr unangenehm war, hörte Klim vom Vater. In der Dämmerung eines Herbstabends lag der Vater behaglich, halb bekleidet und mollig wie ein Kücken auf dem Diwan – er verstand sich darauf, wunderbar behaglich zu liegen. Klim, der seinen Kopf auf die behaarte Brust des Vaters gelegt hatte, streichelte seine Wangen, die sich wie Glanzleder anfühlten und prall wie ein neuer Gummiball waren. Der Vater fragte, wovon die Großmutter an diesem Tag in der Religionsstunde erzählt habe.

»Von Abrahams Opfer.«

»Aha. Wie hast du denn das aufgefaßt?«

Klim erzählte, Gott habe Abraham befohlen, Isaak zu schlachten, doch als Abraham ihn schlachten wollte, habe Gott gesagt: Nicht doch, schlachte lieber einen Widder. Der Vater lachte ein wenig, dann umarmte er den Sohn und setzte ihm auseinander, daß man diese Geschichte »sinn-bild-lich« verstehen müsse: »Gott ist das Volk, Abraham – der Führer des Volkes; er opfert seinen Sohn nicht Gott, sondern dem Volk. Siehst du, wie einfach das ist?«

Ja, das war sehr einfach, aber es gefiel dem Jungen nicht. Nach einigem Überlegen fragte er: »Du sagst doch, das Volk ist ein Märtyrer?«

»Na ja! Darum fordert es auch Opfer. Alle Märtyrer fordern Opfer, alle und immer.«

»Warum?«

»Närrchen! Um nicht leiden zu müssen. Das heißt, damit man das Volk lehrt, zu leben, ohne zu leiden. Christus war auch ein Isaak, Gottvater opferte ihn dem Volk. Verstehst du: Das ist die gleiche Legende von Abrahams Opfer.«

Klim dachte von neuem nach und kniff dabei ein Auge zu. Doch er überlegte nicht lange. »Siehst du, wir alle sind Isaaks. Ja. Zum Beispiel Onkel Jakow, der verbannt wurde, Marija Romanowna und überhaupt – unsere Bekannten. Nun, nicht alle, aber die Mehrzahl der Intellektuellen ist verpflichtet, ihre Kräfte dem Volk zu opfern . . .«

Der Vater redete lange, doch der Sohn hörte gar nicht mehr zu. Von diesem Abend an erschien ihm das Volk in einem neuen, nicht weniger nebelhaften, jedoch noch etwas unheimlicheren Licht als vorher.

Es wurde überhaupt immer schwieriger, die Erwachsenen zu verstehen, schwieriger, ihnen zu glauben. Der »richtige alte Mann« war sehr stolz auf seine Waisenschule und erzählte interessant von ihr. Doch dann nahm er die Enkel zur Weihnachtsfeier in diese gepriesene Schule mit, und Klim erblickte einige Dutzend magere Jungen, die in blauweißgestreifter Kleidung steckten, wie sie weibliche Häftlinge tragen. Sämtliche Jungen waren kahlgeschoren, viele von ihnen hatten skrofulösen Ausschlag im Gesicht, und alle sahen wie lebendig gewordene Zinnsoldaten aus. In drei hufeisenförmig angeordneten Reihen rund um den unansehnlichen Tannenbaum angetreten, blickten sie diesen gierig, erschreckt und traurig an. Es erschien ein dickes Männchen mit kahlem Schädel, gelbem Gesicht ohne Bart und Brauen, das auch wie ein häßlich aufgedunsener Junge aussah; es schwang die Arme hoch, und alle Blauweißgestreiften brüllten los:

»Ach, du Freiheit, meine Freiheit,
Meine goldne Freiheit du!«

Sie rissen den Mund auf wie Fische auf dem Trocknen und priesen den Zaren:

»Väterchen hat wohl gesehen
Unsres Lebens karges Brot,
Hat gesehen, der Ernährer,
Kummervoller Tränen Not.«

Das klang dröhnend, und als die Jungen zu singen aufhörten, wurde es sehr drückend. Der »richtige alte Mann« trocknete sich sein schweißbedecktes Gesicht mit dem Taschentuch. Klim kam es vor, als rännen außer dem Schweiß auch Tränen an seinen Wangen herab. Sie warteten nicht die Verteilung der Geschenke ab, Klim hatte Kopfschmerzen bekommen.

Unterwegs fragte er den Großvater: »Haben sie den Zaren gern?«
»Selbstverständlich«, antwortete der Großvater, fügte jedoch sogleich ärgerlich hinzu: »Pfefferminzlebkuchen haben sie gern.«
Und nach kurzem Schweigen ergänzte er: »Sie essen gern.«
Es schickte sich zwar nicht, den Großvater für einen Schwadroneur zu halten, aber Klim tat es.

Die Großmutter, dick und würdig, in einem rostroten Hauskleid aus Kaschmirwolle, betrachtete alles durch die goldene Lorgnette und pflegte mit gedehnter, vorwurfsvoller Stimme zu sagen: »Früher, in meinem Hause ...«

Alles in ihrem Hause war nach ihren Worten ausgezeichnet, märchenhaft schön gewesen, doch der Großvater glaubte ihr nicht, er fuhr mit den dürren Fingern durch seinen grauen Backenbart und brummte spöttisch: »Sie haben anscheinend ein paradiesisches Leben geführt, Sofja Kirillowna.«

Die massive Nase der Großmutter errötete vor Kränkung, und sie selber entschwebte langsam, wie eine Wolke bei Sonnenuntergang. In ihrer Hand befand sich stets ein französisches Büchlein mit einem grünseidenen Lesezeichen, auf das in Schwarz die Worte gestickt waren: »Gott allein weiß. Der Mensch kann nur ahnen.«

Keiner mochte die Großmutter. Als Klim das merkte, kam er auf den Gedanken, daß er nicht schlecht daran täte, wenn er zeigte, daß er allein der alten einsamen Frau zugetan war. Er hörte gern ihren Erzählungen von dem geheimnisvollen Haus zu. Doch an ihrem Geburtstag nahm die Großmutter Klim zu einem Spaziergang mit und zeigte ihm in einer Straße tief hinten in einem großen Hof ein plumpes, graues, altersschwaches Gebäude mit fünf, durch drei Säulen getrennten Fenstern, verfallener Freitreppe und einem zweifenstrigen Mezzanin.

»Das ist mein Haus.«

Die Fenster waren mit Brettern vernagelt, der Hof war mit einer Unmenge halbzerschlagener Fässer und Körbe für Bierflaschen vollgestellt und mit Flaschenscherben übersät. In der Mitte des Hofes saß ein Hund, der sich eine Klette aus dem Schwanz biß. Auf den Stufen der Freitreppe indes hockte das alte Männlein aus dem Klim schon bis zum Überdruß bekannten »Märchen vom Fischer und dem Fischlein« – eben das alte Männlein, ebenso struppig wie der Hund – und kaute Brot mit Zwiebellauch.

Klim wollte der Großmutter sagen, sie habe ihm doch nicht von einem solchen Haus erzählt, aber als er sie ansah, fragte er: »Worüber weinst du denn?«

Die Großmutter wischte sich mit einem kleinen Spitzentüchlein die Tränen aus den Augen und antwortete ihm nicht.

Ja, es war alles nicht so, wie die Erwachsenen es erzählten. Klim schien es, als verstünden diesen Unterschied nur zwei: er und Tomilin, die »Person unbekannter Bestimmung«, wie Warawka den Lehrer bezeichnete.

In dem Lehrer sah Klim etwas Geheimnisvolles. Von niederem Wuchs, eckig, mit rotem, gespaltenem Kinnbärtchen und kupferfarbenem Haar bis zu den Schultern, betrachtete der Lehrer alles sehr aufmerksam und gleichsam aus der Ferne. Seine Augen waren ungewöhnlich: In dem matten, milchigen Augenweiß saßen wie aufgeleimt die vorgewölbten, goldgelben Pupillen. Tomilin trug ein blaues, aufgeblähtes Kittelhemd aus steifem Stoff, schwere Bauernstiefel und schwarze Hosen. Sein Gesicht erinnerte an ein Heiligenbild. Das Interessanteste waren die unangenehm roten, ängstlichen Hände des Lehrers. In den ersten Tagen der Bekanntschaft mit ihm meinte Klim, Tomilin sei halb blind, sehe alle Gegenstände nicht, wie sie wirklich sind, sondern größer oder kleiner, und berühre sie daher auch so behutsam, daß es einen geradezu komischen Eindruck machte. Doch der Lehrer trug keine Brille, und gerade er las immer aus den lila Heften vor, wobei er unentschlossen die Seiten umblätterte, als fürchte er, das Papier könnte von der Berührung seiner glühendheißen Finger auflodern. Er wohnte schon das zweite Jahr in Samgins Mezzanin, ohne sich irgendwie zu verändern, so wie sich auch der Samowar in dieser Zeit nicht verändert hatte.

Nach dem Tee, wenn das Hausmädchen Malascha abdeckte, stellte der Vater vor Tomilin zwei Kerzen auf, alle nahmen rund um den Tisch Platz, Warawka verzog das Gesicht und fragte brummig: »Wie, werden wieder die hohen Weisheiten des erlauchten Grafen vorgelesen?«

Hierauf verkroch er sich hinter dem Flügel, nahm dort in einem Ledersessel Platz, zündete sich eine Zigarre an, und in dem Rauch klangen dumpf seine Worte: »Kindereien. Der Herr scherzt.«

»Ein D...denker«, brummte, ebenfalls mißbilligend, der Doktor und schlürfte sein Bier.

Der Doktor war unangenehm, als hätte er lange in einem Keller gelegen, wäre dort feucht geworden, mit schwarzem Schimmel überwachsen und sei nun auf alle Menschen wütend. Er war wohl nicht sehr klug, hatte nicht einmal eine gute Frau zu finden vermocht; seine Frau war klein, häßlich und böse. Sie sprach wenig, knauserig; sie sagte zwei, drei Worte und verstummte dann, den Blick in eine Ecke gerichtet, auf lange. Man stritt nicht mit ihr und vergaß sie überhaupt, als existierte sie gar nicht; zuweilen schien es Klim: man vergißt sie absichtlich, weil man sie fürchtet. Doch ihre schrille Stimme beunruhigte Klim stets, da man gewärtig sein mußte, daß die spitznasige Frau irgendwelche ungewöhnlichen Dinge sagte, wie sie es schon getan hatte.

Eines Tages geriet Warawka plötzlich in Zorn, schlug mit seiner schweren Hand auf den Flügel und sagte im Tonfall eines Diakons: »Unsinn! Jede Vernunftshandlung des Menschen wird unvermeidlich eine Gewalttat gegen seine Nächsten oder gegen sich selber sein.«

Klim erwartete, Warawka würde noch »Amen!« sagen, aber er kam nicht mehr dazu, denn der Doktor brummte bereits: »Der Graf spielt den Naiven, als hätte er Darwin nicht gelesen.«

»Darwin ist ein Satan«, sagte seine Frau laut; der Doktor zuckte, als hätte man ihm einen Schlag in den Nacken versetzt, und knurrte leise: »Bileams Eselin ...«

Marija Romanowna fiel über Warawka her, doch neben ihrem erbosten Gezeter vernahm Klim die eigensinnige Stimme der Doktorsfrau: »Er flüsterte den Menschen ein, das Gesetz des Lebens sei das Böse.«

»Hör auf, Anna«, brummte der Doktor, während der Vater mit dem Lehrer über irgendeine Hypothese, über Malthus, zu streiten anfing; Warawka erhob sich und verließ, einen Streifen Zigarrenrauch hinter sich herziehend, das Zimmer.

Warawka war für Klim der Interessanteste und Verständlichste. Er machte kein Hehl daraus, daß er viel lieber Preference spielte als beim Vorlesen zuhörte. Klim fühlte, daß auch der Vater lieber Karten spielte als beim Vorlesen zuhörte, aber er gestand es nicht ein. Warawka konnte so schön reden, daß seine Worte im Gedächtnis blieben wie silberne Fünfkopekenstücke in der Sparbüchse. Als Klim ihn fragte: »Was ist eine Hypothese?«, antwortete er auf der Stelle: »Das ist ein Hündchen, mit dem man Jagd auf die Wahrheit macht.«

Er war fröhlicher als die anderen Erwachsenen und gab allen komische Spitznamen.

Klim wurde zu Bett geschickt, bevor das Vorlesen oder das Preferencespiel anfing, doch der Junge war stets eigensinnig und bat: »Noch ein Weilchen, ein ganz kleines Weilchen!«

»Nein – wie er die Gesellschaft der Erwachsenen liebt!« wunderte sich der Vater. Nach diesen Worten ging Klim ruhig auf sein Zimmer, weil er erreicht hatte, was er wollte: die Aufmerksamkeit der Erwachsenen noch einmal auf sich zu lenken.

Doch manchmal bat ihn der Vater: »Sag doch mal die ›Gedanken‹ auf, von der Zeile an: ›Fühlst du von simplen Schmeicheleien ...‹.«

Klim streckte die rechte Hand in die Luft, hielt die linke an den Hosenbund und deklamierte mit finsterem Blick weiter:

»Schamloser Kriecher dich wirklich geehrt?
Freut es dich, faul auf der Haut zu liegen?
Reizt dich nur Völlerei noch und Spiel?«

Warawka lachte Tränen, die Mutter lächelte gezwungen, während Marija Romanowna prophetisch mit halblauter Stimme zu ihr sagte: »Er wird einmal ein ehrlicher Mensch werden.«

Klim sah, daß die Erwachsenen ihn immer mehr den anderen Kindern vorzogen; das tat wohl. Ab und zu jedoch fühlte er schon, daß die Aufmerksamkeit der Erwachsenen störte. Es gab Stunden, in denen er ebenso selbstvergessen spielen wollte und konnte wie der strubbelige, höckernasige Boris Warawka, wie dessen Schwester, wie der Bruder Dmitrij und die flachsblonden Töchter des Doktors Somow. So wie sie alle wurde Klim trunken vor Erregung und verlor sich im Spiel. Doch sobald er merkte, daß einer von den Großen ihm dabei zusah, ernüchterte ihn sofort die Angst, seine Begeisterung für das Spiel setze ihn herab in den Rang gewöhnlicher Kinder. Es schien ihm immer, als beobachteten ihn die Erwachsenen und erwarteten von ihm besondere Worte und ein besonderes Verhalten.

Zugleich merkte er, daß die Kinder ihn immer offenkundiger nicht mochten. Sie betrachteten ihn mit Neugier, wie einen Fremden, und erwarteten von ihm wie die Erwachsenen irgendwelchen Hokuspokus. Doch seine altklugen Wörtchen und Phrasen erweckten in ihnen spöttische Kühle, Mißtrauen und zuweilen auch Feindseligkeit. Klim ahnte, daß sie ihn um seinen Ruhm, den Ruhm eines Jungen mit außerordentlichen Fähigkeiten, beneideten, aber es kränkte ihn trotzdem und machte ihn bald niedergeschlagen, bald regte es ihn auf. Er wollte die Unfreundlichkeit seiner Gefährten überwinden, doch er versuchte das, indem er die ihm von den Erwachsenen aufgezwungene Rolle noch eifriger spielte. Er versuchte zu kommandieren, zu belehren und – rief den zornigen Widerstand Boris Warawkas hervor. Dieser geschickte, hitzige Junge erschreckte Klim und stieß ihn durch seinen herrschsüchtigen Charakter ab. Seine Streiche waren stets schwierig und gefahrvoll, doch er zwang die anderen, sich ihm unterzuordnen, und übernahm in allen Spielen die erste Rolle. Er versteckte sich an unzugänglichen Stellen, kletterte wie eine Katze auf Dächer und Bäume; geschickt, wie er war, ließ er sich nie fangen, und wenn er die gegnerische Partei zur Erschöpfung, zum Verzicht auf die Fortsetzung des Spiels gebracht hatte, hänselte er die Besiegten: »Na – habt ihr verspielt, ergebt ihr euch? Ach, ihr . . .!«

Klim schien es, als denke Boris nie über etwas nach, da er von vornherein wisse, was er zu tun habe. Nur einmal, über die Schlappheit seiner Kameraden verärgert, träumte er: »Im Sommer werde ich mir tüchtige Gegner bei den Waisenhausjungen oder aus der Werkstatt der Ikonenmaler suchen und mit ihnen kämpfen, und von euch gehe ich weg . . .«

Klim fühlte, daß der kleine Warawka ihn betonter und offenkundiger als die anderen Kinder nicht mochte. Sehr gut gefiel ihm Lida Warawka, ein schmales Mädchen, bräunlich, großäugig, mit einem dichten Wust wirren, schwarzen Kraushaares. Sie lief erstaunlich gut, indem sie ganz leicht vom Boden hochschnellte, als berührte sie ihn gar nicht; außer dem Bruder vermochte keiner sie zu fangen oder zu überholen. Und ebenso wie der Bruder wählte sie sich stets die führenden Rollen aus. Wenn sie sich irgendwo stieß, das Bein oder die Hand aufschürfte oder die Nase verletzte, weinte sie nie, flennte nicht, wie es die Somow-Mädchen taten. Doch war sie fast krankhaft empfindlich gegen Kälte, mochte Schatten und Dunkelheit nicht und war bei schlechtem Wetter unerträglich launisch. Im Winter schlief sie wie eine Fliege, hockte, fast ohne an die Luft zu gehen, in der Stube und beklagte sich zornig über Gott, der ihr unnützerweise Kummer bereite, indem er Regen, Wind und Schnee auf die Erde herabsende.

Von Gott redete sie wie von einem gütigen und ihr wohlbekannten alten Mann, der irgendwo in der Nähe wohnte und alles, was er wollte, tun könnte, oft aber nicht so handelte, wie es sein sollte.

»Es gibt überhaupt keinen Gott«, erklärte Klim. »Nur alte Männer und Weiber denken, es gebe einen.«

»Ich bin kein altes Weib, und Pawlja ist auch noch jung«, erwiderte Lida gelassen. »Pawlja und ich lieben ihn sehr, Mama aber ärgert sich, weil er sie ungerecht bestraft hat, und sie sagt, er spiele mit den Menschen wie Boris mit seinen Zinnsoldaten.«

Lida stellte ihre Mutter als eine Märtyrerin dar, der man den Rücken mit glühendem Eisen brenne, Medikamente unter die Haut spritze und die man auf jegliche Weise marterte.

»Papa will, daß sie ins Ausland fährt, aber sie mag nicht, sie hat Angst, Papa geht ohne sie zugrunde. Papa kann natürlich nicht zugrunde gehen. Aber er streitet nicht mit ihr, er sagt, Kranke erfinden immer irgendwelche schrecklichen Dummheiten, weil sie sich vor dem Sterben fürchten.«

Der Umgang mit diesem Mädchen war für Klim leicht und angenehm, ebenso angenehm wie die Märchen der Kinderfrau Jewgenija. Klim begriff, daß Lida in ihm keinen Wunderknaben sah, in ihren Augen wuchs er nicht, sondern blieb immer der gleiche, der er vor zwei Jahren gewesen war, als die Warawkas die Wohnung gemietet hatten. Es verwirrte und ärgerte ihn zwar, wenn er sah, daß das Mädchen ihn ins Kindliche, Einfältige zurückversetzte, aber er brachte es nicht fertig, sie von seiner Bedeutsamkeit zu überzeugen; das war schon allein deshalb schwierig, weil Lida eine ganze Stunde lang ununterbrochen reden konnte, ihm aber nicht zuhörte und seine Fragen nicht beantwortete.

Nicht selten wurde sie abends, wenn sie vom Spielen müde war, ganz still und ging, ihre zärtlichen Augen weit offen, in Hof und

Garten umher, wobei sie den Boden behutsam mit ihren federnden Füßen abtastete und gleichsam etwas Verlorenes zu suchen schien.

»Komm, setzen wir uns«, schlug sie Klim vor.

In der Hofecke, zwischen dem Stall und der Brandmauer des vor kurzem errichteten Nachbarhauses, stand eine hohe Ulme, die keine Sonne bekam und langsam abstarb. An ihrem Stamm lagen gestapelt alte Bretter und Balken, und auf ihnen stand, in Höhe des Stalldachs, Großvaters aus Weidenruten geflochtenes Wägelchen. Klim und Lida kletterten in dieses Wägelchen, saßen darin und plauderten. Das fröstelnde Mädchen schmiegte sich an Samgin, und ihm war es traumhaft angenehm, ihren festen, sehr warmen Körper zu fühlen und ihrem nachdenklichen und brüchigen Stimmchen zu lauschen.

Sie hatte eine dürftige, zwei Töne umfassende Stimme, Klim hatte den Eindruck, als bewege sie sich nur zwischen den Noten f und g. Und wie seine Mutter fand auch Klim, das Mädchen wisse für ihr Alter zuviel.

»Das vom Storch und dem dicken Bauch vom Kohlessen ist erfunden«, sagte sie. »Das sagen sie, weil sie sich schämen, Kinder zu kriegen, und doch werden sie von den Mamas zur Welt gebracht, wie bei den Katzen, ich habe es selber gesehen, und Pawlja hat es mir auch erzählt. Wenn meine Brust so groß ist wie die von Mama und Pawlja, werde ich auch Jungen und Mädchen kriegen, solche wie ich und du. Es müssen Kinder geboren werden, sonst würde es ja immer nur ein und dieselben Menschen geben, und dann sterben die, und es gibt niemanden mehr. Dann sterben auch die Katzen und Hühner – wer sollte sie dann füttern? Pawlja sagt, Gott verbietet nur den Nonnen und den Gymnasiastinnen, Kinder zu kriegen.«

Besonders oft, viel und immer wieder Neues erzählte Lidija von der Mutter und dem Dienstmädchen Pawlja, einem rotwangigen, lustigen, dicken Frauenzimmer.

»Pawlja weiß alles, sogar mehr als Papa. Wenn Papa nach Moskau fährt, singt Pawlja mit Mama zusammen leise Lieder, und sie weinen alle beide, und Pawlja küßt Mamas Hände. Mama weint sehr viel, wenn sie Madeira getrunken hat, weil sie krank und böse ist. Sie sagt: ›Gott hat mich böse gemacht.‹ Und ihr gefällt nicht, daß Papa mit anderen Damen und mit deiner Mama bekannt ist; sie mag überhaupt keine Damen, nur Pawlja hat sie gern, die ist ja keine Dame, sondern die Frau eines Soldaten.«

Beim Erzählen preßte sie die Finger zur Faust zusammen, wiegte sich hin und her und schlug sich im Takt dazu mit dem Fäustchen auf die Knie. Ihre Stimme klang. immer leiser, immer weniger lebhaft, zuletzt sprach sie wie im Schlaf und weckte dadurch in Klim ein Gefühl der Traurigkeit.

»Bevor Mama krank wurde, war sie Zigeunerin, und es gibt sogar ein Bild von ihr im roten Kleid, mit einer Gitarre. Ich werde ein wenig im Gymnasium lernen und auch zur Gitarre singen, nur in einem schwarzen Kleid.«

Zuweilen verspürte Klim den Wunsch, dem Mädchen zu widersprechen, mit ihr zu streiten, aber er konnte sich nicht dazu entschließen, da er fürchtete, Lida werde sich ärgern. Da er sie für das interessanteste von allen bekannten Mädchen hielt, war er stolz darauf, daß Lidija ihn besser behandelte, als die anderen Kinder es taten. Und wenn Lida ihn aus Laune plötzlich im Stich ließ und Ljubow Somowa ins Wägelchen einlud, fühlte Klim sich gekränkt, verlassen und war eifersüchtig bis zu zornigen Tränen.

Die Somow-Mädchen erschienen ihm ebenso unangenehm und dumm wie ihr Vater. Kinder von einem Jahr Altersunterschied, waren sie beide klein, dick, mit Gesichtern rund wie Untertassen. Warja, die ältere, unterschied sich von ihrer Schwester nur dadurch, daß sie ständig krank war und Klim nicht so oft wie Ljubow vor die Augen kam. Warawka nannte die jüngere »weiße Maus«, und bei den Kindern hieß sie Ljuba Clown. Ihr weißes Gesicht schien wie mit Mehl bestäubt, die blaugrauen, wäßrigen Augen verbargen sich hinter den rosa Pölsterchen der geschwollenen Lider, die farblosen Brauen waren auf der Haut der stark gewölbten Stirn kaum zu sehen, das flachsblonde Haar lag wie angeleimt am Schädel, sie flocht es zu einem komischen Zöpfchen mit einer gelben Schleife am Ende. Sie war fröhlich, doch Klim vermutete, ihre Fröhlichkeit sei eine Erfindung dieses Mädchens, das weder hübsch noch klug war. Sie erfand sehr viel und stets erfolglos. So erfand sie das langweilige Spiel: »Was wird mit wem geschehen?« Auf kleine, quadratisch geschnittene Zettel schrieb sie verschiedene Wörter, rollte die Quadrate zu Röhrchen zusammen und ließ die Kinder je drei Röhrchen aus ihrem Rockschoß nehmen.

»Ring, Klang, Wolf«, las Lidija ihre Lose vor, worauf Ljuba ihr mit der näselnden Altweiberstimme einer Wahrsagerin verkündete: »Du wirst einen Priester heiraten, liebes Fräulein, und wirst auf dem Lande leben.«

Lidija wurde böse: »Du kannst nicht wahrsagen! Ich kann es auch nicht, aber du noch weniger.«

Auf Klims Zetteln standen die Worte: »Mond, Traum, Zwiebel.«

Ljuba Clown nahm die Zettel in die Faust, biß sich in die dicken Lippen, dachte eine Weile nach und rief dann: »Du wirst träumen,

du hast den Mond geküßt, dich dabei verbrannt und dann geweint
– das wirst du träumen!«

»Unsinn, aber gut ausgedacht!« sagte Boris beifällig.

Von Andersens Märchen gefiel der Somowa besonders »Die Hirtin und der Schornsteinfeger«. In stillen Stunden bat sie Lidija, dieses Märchen vorzulesen, und beim Zuhören weinte sie leise und hemmungslos. Boris Warawka verzog das Gesicht und brummte: »Hör auf. Ein Glück, daß sie nicht zerbrochen sind.«

Der lächerliche Kummer um den Schornsteinfeger aus Porzellan und überhaupt alles an diesem Mädchen schien Klim unaufrichtig. Er vermutete dunkel, sie wolle sich als etwas ebenso Besonderes zeigen, wie er, Klim Samgin, es war.

Eines späten Abends kam Ljuba aufgeregt von der Straße auf den Hof gelaufen, wo die Kinder lärmend spielten, blieb stehen, deutete mit der Hand hoch in die Luft und rief hinauf: »Hört nur, hört . . .«

Alle wurden still, blickten aufmerksam zum bläulichen Himmel, aber keiner vernahm etwas. Klim freute sich, daß Ljuba ein Kunststück mißlungen war, und begann sie, mit dem Fuß aufstampfend, zu necken: »Hast nicht gut genug geschwindelt, hast niemanden hereingelegt!«

Doch das Mädchen stieß ihn zur Seite, verzog angespannt ihr mehliges Gesicht und deklamierte hastig:

»Gestern setzte einen Hut auf mein Papa
Und sah plötzklich wie ein Steinpilz aus,
Ich erkannt ihn gar nicht, als ich ihn so sah . . .«

Sie verstummte, schloß die Augen und warf dann Klim ärgerlich vor: »Du hast mir alles durcheinandergebracht . . .«

»Er drängt sich immer vor, wie ein Blinder«, sagte Boris barsch und begann, ihr Reime vorzusagen: »Laus? Maus? Haus?«

Klim sah, daß alle unzufrieden waren, er mochte die Somowa noch weniger und fühlte erneut, daß es bei den Kindern schwerer hatte als bei den Erwachsenen.

Warja war langweiliger als die Schwester und ebenso häßlich. An den Schläfen hatte sie bläuliche Äderchen, ihre Eulenaugen blickten verzagt, die Bewegungen ihres schlappen Körpers waren linkisch. Sie sprach halblaut, vorsichtig und gedehnt, in irgendwelchen zerknitterten Worten; es war schwer zu verstehen, wovon sie redete. Klim wunderte sich sehr, daß Boris so aufmerksam den Somows den Hof machte und nicht der schönen Alina Telepnjowa, der Freundin seiner Schwester. An Schlechtwettertagen versammelten sich die Kinder in Warawkas Wohnung, in einem großen, unordentlichen

Zimmer, das ein Tanzsaal sein konnte. In ihm standen ein riesengroßes Büfett, ein Harmonium, ein sehr breiter Lederdiwan und in der Mitte ein ovaler Tisch und schwere Stühle mit hoher Lehne. Warawkas wohnten schon das dritte Jahr in dieser Wohnung, aber es schien, als wären sie erst gestern eingezogen, alle Möbel standen an falscher Stelle, es waren zu wenig, und das Zimmer wirkte öde, ungemütlich.

Meistens spielten die Kinder Zirkus, als Manege diente der Tisch, und die Ställe befanden sich unter dem Tisch. Zirkus war Boris' Lieblingsspiel, er war Direktor und Pferdedresseur, sein neuer Kamerad Igor Turobojew stellte einen Akrobaten und Löwen dar, Dmitrij Samgin war ein Clown, die Schwestern Somow und Alina waren Panther, Hyäne und Löwin, und Lidija Warawka spielte die Rolle der Tierbändigerin. Die Raubtiere erfüllten ihre Pflichten ehrlich und ernst, packten Lidija am Rock und an den Beinen, suchten sie umzuwerfen und zu zerfleischen, und Boris brüllte: »Nicht wie die Ferkel quietschen! Lidka, hau sie mehr!«

Klim wurden meist die entwürdigenden Obliegenheiten eines Stallwärters aufgezwungen, er holte die Pferde, die Raubtiere unter dem Tisch hervor und vermutete, daß man ihm diesen Dienst absichtlich auferlegte, um ihn zu erniedrigen. Das Zirkusspielen gefiel ihm überhaupt nicht, wie auch andere mit viel Geschrei verbundene Spiele, die man schnell über hatte. Wenn er aufs Mitspielen verzichtete, begab er sich unter das »Publikum« auf dem Diwan, wo Pawlja und die Krankenschwester saßen, während Boris brummte: »Ach, du launischer Kerl! Pawlja, ruf Dronow, der Teufel soll ihn holen...«

Klim verfolgte vom Diwan aus das Spiel, doch mehr als die Kinder beschäftigte ihn Mutter Warawka. In einem Zimmer, das von einer großen Hängelampe hell erleuchtet war, lag halb aufgerichtet, in einem breiten Bett, in einer Unmenge von Kissen wie in einem Schneehaufen, eine schwarzhaarige Frau mit großer Nase und riesenhaften Augen im dunklen Gesicht. Von weitem ähnelte der zottige Kopf der Frau dem knorrigen Wurzelstock eines Baumes, der verkohlt war und noch glomm. Glafira Issajewna rauchte ununterbrochen dicke, gelbe Zigaretten, dichter Rauch entströmte ihrem Mund, den Nasenlöchern und auch ihre Augen schienen zu rauchen.

»Klim!« rief sie mit Männerstimme. Klim hatte Angst vor ihr; er näherte sich behutsam, machte einen Kratzfuß, neigte den Kopf und blieb zwei Schritte vom Bett entfernt stehen, damit die dunkle Hand der Frau ihn nicht erreiche.

»Nun, wie steht es bei euch?« fragte sie, mit der Faust ins Kissen stoßend. »Was macht die Mutter? Ist sie im Theater? Warawka ist wohl mitgegangen? Aha!«

Das Aha sprach sie drohend aus, und der bohrende Blick ihrer schwarzen Augen stieß den Knaben ab.

»Du bist schlau«, sagte sie. »Man lobt dich nicht umsonst, du bist schlau. Nein, ich werde dir Lidija nicht zur Frau geben.«

In dem großen Zimmer schrie Boris, mit den Füßen stampfend: »Orchester! Mama, hör doch – Orchester!«

Glafira Issajewna nahm die Gitarre oder ein anderes Instrument, das einer Ente mit langem, widerlich gestrecktem Hals ähnelte; die Saiten dröhnten toll, Klim fand diese Musik bösartig wie alles, was Glafira Warawka tat. Zuweilen fing sie plötzlich mit tiefer Stimme an zu singen, durch die Nase und auch bösartig. Die Worte ihrer Lieder waren seltsam abgerissen, ihr Zusammenhang war unverständlich, und von diesem heulenden Singen wurde es im Zimmer noch düsterer, ungemütlicher. Die Kinder verkrochen sich auf den Diwan, hörten schweigend und ergeben zu, und Lidija flüsterte schuldbewußt: »Sie kann es besser, aber heute ist sie nicht bei Stimme.«

Und sie fragte sehr freundlich: »Bist du heute nicht bei Stimme, Mama?«

Die Antwort der Mutter war undeutlich, brummig.

»Ihr seht ja«, sagte Lidija, »sie ist nicht bei Stimme.«

Klim dachte, diese Frau werde, wenn sie gesund wird, etwas Furchtbares anstellen, aber Doktor Somow beruhigte ihn. Er hatte den Doktor gefragt: »Wird Glafira Issajewna bald aufstehen?«

»Mit allen zusammen, am Tag des Jüngsten Gerichts«, hatte Somow träge geantwortet.

Wenn der Doktor etwas Schlimmes, Düsteres sagte, glaubte ihm Klim.

Wenn die Kinder allzusehr lärmten und trampelten, kam von Samgins unten Vater Warawka herauf und rief in der Tür: »Leiser, ihr Wölfe! So kann man ja nicht leben. Wera Petrowna hat Angst, die Decke stürzt ein.«

»Entern!« kommandierte Boris, und alle stürzten sich auf seinen Vater, kletterten ihm auf den Rücken, auf die Schultern, auf den Nacken.

»Alles fest?« fragte er.

»Fertig.«

Warawka verlangte von den Kindern das Ehrenwort, daß sie ihn nicht kitzeln würden, und darauf begann er um den Tisch zu traben, wobei er so aufstampfte, daß das Geschirr im Büfett schepperte und die Kristallanhänger der Lampe kläglich klirrten.

»Vernichtet ihn!« rief Boris, und nun begann der beliebteste Teil des Spiels: Warawka wurde gekitzelt, er jaulte, kreischte, lachte, seine kleinen, scharfen Äuglein quollen erschreckt vor, er schüttelte ein Kind nach dem andern ab und warf sie auf den Diwan, doch sie stürzten sich von neuem auf ihn und fuhren ihm mit den Fingern zwischen die Rippen und in die Kniekehlen. Klim beteiligte sich nie an diesem rohen und gefährlichen Spiel, er stand abseits, lachte und hörte die tiefstimmigen Zurufe Glafiras: »So, so ist's recht!«

»Ich ergebe mich«, jaulte Warawka und warf sich, seine Gegner erdrückend, auf den Diwan. Man nahm von ihm Lösegeld in Form von Kuchen und Konfekt, Lida kämmte ihm das zerzauste Haar und den Bart, sie glättete mit ihrem feuchten Finger die buschigen Brauen des Vaters, während er, vom Lachen ganz erschöpft, komisch prustete, sich mit dem Taschentuch über das schweißbedeckte Gesicht fuhr und den Kindern kläglich vorwarf: »Nein, ihr seid keine ehrlichen Menschen . . .«

Danach ging er ins Zimmer seiner Frau. Sie zischte ihn mit verzerrten Lippen an, ihre schwarzen Augen weiteten sich zornig, wurden tiefer und noch unheimlicher; Warawka sagte gezwungen und gedämpft: »Wie? – Na, das ist erfunden. Hör auf. Schon gut. Ich bin kein alter Mann.«

Das Wörtchen »Erfindungen« war Klim sehr verständlich und verschärfte seine Abneigung gegen die kranke Frau. Ja, sie erfand natürlich irgend etwas Böses. Klim sah, daß Glafira Issajewna zu den Kindern acht- und lieblos, oft grob war. Man konnte meinen, Boris und Lidija wären für sie nur dann interessant, wenn sie irgendwelche gefährlichen Übungen machten, bei denen sie Gefahr liefen, sich Arme und Beine zu brechen. In solchen Augenblicken richtete sie ihre Augen unverwandt auf die Kinder, wobei sie die Brauen zusammenzog, die lila Lippen fest zusammengepreßt, die Arme kreuzte und die Finger in die knochigen Schultern krampfte. Klim war überzeugt, daß die Mutter, wenn ihre Kinder zu Fall kämen, sich verletzten, in ein Freudengelächter ausbrechen würde.

Boris lief in zerrissenen Hemden herum, zerzaust und ungewaschen. Lida war schlechter gekleidet als die Somows, obwohl ihr Vater reicher war als der Doktor. Klim schätzte die Freundschaft mit dem Mädchen immer mehr – es gefiel ihm, ihrem lieben Geschwätz lauschend, zu schweigen, zu schweigen und dabei seine Pflicht zu vergessen, etwas Kluges, nicht Kindliches zu sagen.

Als jedoch der hübsch wie ein Bilderbuchknabe gekleidete Zierbengel Igor Turobojew erschien, der unangenehm höflich, aber ebenso gewandt und flink war wie Boris – wandte sich Lida von Klim ab und lief dem neuen Gefährten willfährig wie ein Hündchen nach. Das war unbegreiflich, um so mehr, als Boris und Turobojew sich gleich am ersten Tag ihrer Bekanntschaft zankten und ein paar Tage danach heftig bis aufs Blut und bis zu Tränen prügelten. Hier sah Klim zum erstenmal, wie grimmig Jungen sich raufen können, er beobachtete ihre wutverzerrten Gesichter, ihr unverhülltes Bestreben, sich so schmerzhaft wie möglich zu schlagen, hörte ihr Kreischen und Ächzen – und das erschütterte ihn dermaßen, daß er ihnen noch mehrere Tage nach der Schlägerei ängstlich aus dem Wege ging und sich, der er sich aufs Raufen nicht verstand, erneut als ein besonderer Jungen vorkam. Igor und Boris wurden bald gute Freunde, obwohl sie sich ständig stritten, zankten und jeder von ihnen eigensinnig, ohne sich zu schonen, zu beweisen suchte, daß er mutiger und stärker sei als der andere. Boris benahm sich wie einer, der sich verbrannt hat, er bekam etwas Krampfhaftes, als spute er sich, alle Spiele noch einmal zu spielen, fürchte jedoch, es nicht zu schaffen.

Als Turobojew erschien, fühlte sich Klim noch mehr zurückgesetzt, man stellte ihn neben seinen Bruder, neben Dmitrij. Doch der gutmütige, plumpe Dmitrij war deshalb beliebt, weil er sich kommandieren ließ, nie stritt, nie gekränkt war und geduldig und ungeschickt die unscheinbarsten, unvorteilhaftesten Rollen spielte. Man mochte Dmitrij auch deshalb gern, weil er in einer überraschenden Art, die Klim neidisch machte, die Aufmerksamkeit der Kinder zu fesseln wußte, indem er ihnen von Vogelnestern, von Höhlen und Schlupfwinkeln der Tiere, vom Leben der Bienen und Wespen erzählte. Er pflegte halblaut, geheimnisvoll zu erzählen, und auf seinem breiten Gesicht, in seinen gütigen grauen Augen leuchtete ein frohes Lächeln.

»Wood ist besser als Mayne Reid«, sagte er und seufzte. »Und dann gibt es noch den Brehm ...«

Turobojew und Boris verlangten, daß Klim sich ihrem Willen ebenso unterwürfig füge wie sein Bruder; Klim gab nach, erklärte aber mitten im Spiel: »Ich spiele nicht mehr weiter.«

Dann ging er weg. Er wollte zeigen, daß seine Unterwürfigkeit nur die Nachsicht eines Klugen war, daß er unabhängig und über alle netten Dummheiten erhaben sein wollte und konnte. Doch das begriff niemand, und Boris rief stürmisch: »Scher dich zum Teufel, wir haben dich satt!«

Sein blatternarbiges, spitznasiges Gesicht bedeckte sich mit roten

Flecken, die Augen funkelten zornig; Klim fürchtete, Warawka werde ihn schlagen.

Lidija sah ihn schief an und verzog das Gesicht, die Somows und Alina, die Lidijas Verrat bemerkt hatten, zwinkerten sich zu und tuschelten, und das alles erfüllte Klims Seele mit beißender Trauer. Doch der Junge tröstete sich mit der Vermutung, man möge ihn nicht, weil er klüger sei als alle, und hinter diesem Trost erstand wie dessen Schatten Stolz, tauchte der Wunsch auf, zu belehren und zu kritisieren; er fand die Spiele langweilig und fragte: »Kann man denn nicht etwas Lustigeres erfinden?«

»Erfinde doch was, aber störe nicht immer«, sagte Lida böse und wandte sich von ihm ab.

Wie grob sie geworden ist, dachte Klim bitter.

Er schuf sich einen Gang, der ihm, wie er meinte, Würde verleihen mußte, schritt mit steifen Beinen, die Hände auf dem Rücken, einher, wie es der Lehrer Tomilin tat. Auf die Kameraden blickte er mit leicht zugekniffenen Augen.

»Was plusterst du dich denn so auf?« fragte ihn Dmitrij. Klim lächelte verächtlich und antwortete nicht, er mochte den Bruder nicht und hielt ihn für einen Dummkopf.

Wenn Turobojew, kühl, reinlich und höflich, Klim ansah, kniff auch er seine schwarzen, unfreundlichen Augen zu – er sah ihn herausfordernd an. Sein allzu schönes Gesicht verzog sich besonders grimmig, wenn Klim zu Lidija ging, doch das Mädchen sprach mit Klim nachlässig und hastig, wobei sie mit den Füßen aufstampfte und nach der Seite schaute, wo Igor stand. Sie schloß sich immer enger an Turobojew an, sie gingen Hand in Hand umher; Klim schien es, als spielten sie sogar mitten im Eifer des Spiels nur füreinander, ohne sonst noch irgend jemanden zu sehen oder zu spüren.

Wenn Blindekuh gespielt wurde und Lida die Kinder fangen mußte, ließ Igor sich absichtlich von ihren blinden Händen fassen.

»Das gilt nicht!« rief Klim, und alle stimmten ihm zu: »Nein, das gilt nicht.« Turobojew jedoch zog seine schönen Brauen hoch und sagte überzeugend: »Aber sie ist doch so schwach, meine Herrschaften.«

»Nein!« entrüstete sich Lida. »Gar nicht!«

»Ich bin auch schwach«, erklärte Ljuba Clown gekränkt, doch Turobojew hatte sich bereits die Augen zugebunden und begann schon zu haschen.

Einmal geschah es, daß Dmitrij Samgin, der sich vor Lidas Händen retten wollte, ihr vor den Beinen einen Stuhl umwarf; das Mädchen stieß mit dem Knie an das Stuhlbein und schrie auf – Igor erbleichte und packte Dmitrij an der Gurgel. »Dummkopf! Du spielst unehrlich.«

Als jedoch bemerkt worden war, daß Iwan Dronow den Mädchen aufmerksam unter die Röcke schaute, verlangte Turobojew entschieden, daß Dronow nicht mehr zum Mitspielen aufgefordert werde.

Iwan Dronow nannte sich nicht nur selber beim Familiennamen, sondern ließ sich auch von seiner Großmutter Dronow nennen. Krummbeinig, mit vorstehendem Bauch, plattgedrücktem Schädel, breiter Stirn und großen Ohren, war er irgendwie betont und doch anziehend häßlich. In seinem breiten Gesicht, in dem das rötliche Beulchen von Nase kaum auffiel, funkelten schmale, milchig blaue, sehr flinke und gierige Äugelchen. Gier war die auffälligste Eigenschaft Dronows; mit ungewöhnlicher Gier sog er mit feuchter Nase die Luft ein, als müsse er aus Mangel an ihr ersticken. Er aß gierig und mit erstaunlicher Geschwindigkeit, wobei er mit seinen dicken, hellroten Lippen laut schmatzte und mampfte. Er sagte zu Klim: »Ich bin arm, ich muß viel essen.«

Auf Großvater Akims nachdrücklichen Wunsch bereitete sich Dronow mit Klim zusammen auf das Gymnasium vor, und in den Unterrichtsstunden Tomilins legte er ebenfalls eine fiebrige Hast an den Tag, die Klim auch wie Gier erschien. Wenn er den Lehrer etwas fragte oder ihm antwortete, sprach Dronow sehr rasch und sog die Worte gewissermaßen so ein, als wären sie heiß und versengten ihm Lippen und Zunge. Klim suchte den ihm von dem »richtigen alten Mann« aufgezwungenen Gefährten auszuforschen: »Warum bist du so gierig?«

Dronow schnaufte, verdrehte seine unruhigen Äugelchen und antwortete nicht.

Doch in einem günstigen Augenblick sagte er, seine hohe scharfe Stimme geheimnisvoll senkend: »Man hat mir einen hungrigen Wrum eingesetzt.«

»Einen Wurm«, verbesserte ihn Klim.

»Ein Wurm ist was anderes, das ist ein Wrum.«

Und rasch tuschelnd berichtete er, seine Tante, eine Hexe, habe ihn verzaubert, indem sie ihm einen Bauchwurm in den Leib gejagt habe, damit er, Dronow, sein ganzes Leben lang von unersättlichem Hunger gepeinigt würde. Er erzählte auch, daß er in dem Jahr geboren sei, als sein Vater gegen die Türken gekämpft habe, dann in Gefangenschaft geraten sei, den türkischen Glauben angenommen habe und jetzt in hohem Wohlstand lebe; die Tante, diese Hexe, habe, als sie davon erfuhr, die Mutter und die Großmutter aus dem Hause gejagt, und die Mutter wäre sehr gern in die Türkei gegangen, aber die Großmutter habe sie nicht fortgelassen.

Als Klim merkte, das Dronow den hungrigen Wurm Wrum, Bauchwurm oder auch Bauchfresser nannte, glaubte er ihm nicht. Doch während des geheimnisvollen Geflüsters sah er zu seinem Erstaunen einen anderen Jungen vor sich: Das platte Gesicht des Enkels der Kinderfrau wurde schöner, seine Augen huschten nicht mehr hin und her, und in den Pupillen flackerte das blaue Flämmchen einer Freude, die Klim nicht verstand. Beim Abendessen berichtete Klim Dronows Erzählung dem Vater – auch der Vater freute sich unbegreiflicherweise. »Hörst du, Wera? Welch eine Phantasie, was? Ich habe schon immer gesagt, daß es ein sehr befähigter Bengel ist...«

Doch die Mutter, die, wie sie es oft tat, dem Vater nicht zuhörte, sagte Klim knapp und trocken, Dronow habe das alles erfunden: eine Hexentante habe er nicht; der Vater sei gestorben, er sei beim Brunnengraben verschüttet worden, die Mutter habe in einer Zündholzfabrik gearbeitet und sei gestorben, als Dronow vier Jahre alt war, und nach deren Tod habe sich seine Großmutter als Kinderfrau für den Bruder Mitja verdingt; das sei alles.

»Ja, Wera«, sagte der Vater, »aber bedenke doch...«

Dmitrij Samgin verzog das Gesicht zu einem breiten Lächeln und sagte: »Klim lügt auch gern.«

Der Vater wandte sich ihm zu: »Das hast du grob gesagt, Mitja. Man muß zwischen Lüge und Phantasie unterscheiden...«

In diesem Augenblick kam Warawka, nach ihm erschien der »richtige alte Mann«, man begann zu streiten, und Klim hörte wieder einiges von dem, was ihn in dem Recht und der Notwendigkeit bestärkte, sich selbst zu erdenken, und was zugleich sein Interesse für Dronow wachrief, ein Interesse fast wie Eifersucht. Gleich am nächsten Tag fragte er Iwan: »Warum hast du mir von einer Tante vorgelogen? Du hast ja gar keine.«

Dronow warf ihm einen zornigen Blick zu, verdrehte die Augen und erwiderte: »Und du, schwatz nicht von Dingen, von denen du nichts verstehst. Deinetwegen hat mich die Großmutter an den Ohren gezogen. Du Petzklingel!«

Jeden Morgen um neun Uhr gingen Klim und Dronow zu Tomilin ins Mezzanin hinauf und saßen bis Mittag in dem Zimmer, das einer Rumpelkammer glich, in die man liederlich drei Stühle, einen Tisch, einen eisernen Waschtisch, ein knarrendes Holzbett und eine Unmenge Bücher geworfen hatte. In diesem Zimmer war es immer heiß, es roch beklemmend nach Katze und nach Taubendreck.

Durch das halbrunde Fenster sah man die Wipfel der Bäume im Garten, die mit Reif oder Schnee wie mit Wattebäuschen geziert waren; hinter den Bäumen ragte der graue Wachtturm der Feuerwehr, auf dem langsam und stur ein Mann in grauem Pelz die Runde machte, hinter dem Wachtturm war der leere Raum des Himmels.

Der Lehrer empfing die Kinder mit wortlosem, unklarem Lächeln; er machte zu jeder Tageszeit den Eindruck, als wäre er soeben aufgewacht. Er legte sich sogleich rücklings auf das Bett, das trübselig knarrte. Die Finger in die roten, ungekämmten Zotteln seines spröden und strähnigen Haars vergraben, den gespaltenen, kupferfarbenen Bart emporgerichtet, fragte und erzählte er, ohne die Schüler anzusehen, mit leiser Stimme, doch vernehmlichen Worten; aber Dronow fand, der Lehrer spreche »hinter dem Ofen hervor«.

Zuweilen, meist in der Geschichtsstunde, erhob sich Tomilin und ging umher, sieben Schritte vom Tisch bis zur Tür und wieder zurück, ging mit gesenktem Kopf, den Blick zum Boden, schlurrte mit den ausgetretenen Pantoffeln und versteckte die Hände hinter dem Rücken, wobei er die Finger so zusammenpreßte, daß sie knallrot wurden.

Klim Samgin sah, daß Tomilin Dronow lieber und eifriger unterrichtete als ihn.

»Nun also, Wanja, was tat Alexander Newskij?« fragte er, an der Tür stehenbleibend und das Kittelhemd zurechtzupfend. Dronow antwortete schnell und deutlich: »Der heilige, rechtgläubige Fürst Alexander Newskij rief die Tataren herbei und begann mit deren Hilfe die Russen zu schlagen . . .«

»Halt mal, was soll das? Woher hast du das?« wunderte sich der Lehrer, zog die buschigen Brauen hoch und machte komisch den Mund auf.

»Das haben Sie gesagt.«

»Ich? Wann denn?«

»Am Donnerstag.«

Der Lehrer schwieg eine Weile, strich sich mit den Händen das Haar glatt, ging dann auf den Tisch zu und sagte streng: »Das braucht ihr nicht zu behalten.«

Er hatte die Angewohnheit, laut mit sich selber zu sprechen. Nicht selten, wenn er aus der Geschichte erzählte, versank er auf ein, zwei Minuten in Nachdenken und begann, nachdem er eine Weile geschwiegen hatte, sehr leise und unverständlich zu reden. In solchen Augenblicken stieß Dronow Klim mit dem Fuß an und lächelte schief, wobei er mit dem linken Auge, das unruhiger war als das rechte, zum Lehrer hinüberzwinkerte; Dronows Lippen waren wie ein Fischmaul, stumpf und hart wie Knorpel. Nach der Stunde fragte Klim: »Warum hast du mich angestoßen?«

»Hihi«, kicherte Dronow schier erstickend. »Das stimmte nicht, was er über Newskij gesagt hat – ein Heiliger wird sich doch nicht mit Tataren anfreunden, so ein Quatsch! Darum sollen wir es auch nicht behalten, weil er etwas Falsches gesagt hat. Ein schöner Lehrer: erst lehrt er etwas, und dann verbietet er, es zu behalten.«

Wenn Iwan Dronow von Tomilin sprach, senkte er stets die Stimme, schaute sich vorsichtig um und kicherte, und Klim spürte beim Zuhören, es machte Iwan Spaß, daß er den Lehrer nicht mochte, und es gefiel ihm, ihn nicht zu mögen.

»Was meinst du, mit wem er spricht? Er redet mit dem Teufel.«

»Es gibt keinen Teufel«, erklärte Klim streng.

Dronow blickte ihm verächtlich in die Augen, spuckte über die linke Schulter, begann aber nicht zu streiten.

Samgin, der ihn eifersüchtig beobachtete, sah, daß Dronow ihn in seinen Erfolgen zu überflügeln suchte und daß es ihm leicht gelang. Er sah, daß der aufgeweckte Junge alle Erwachsenen samt und sonders nicht leiden mochte, mit dem gleichen Vergnügen nicht mochte wie den Lehrer. Seine dicke, sehr gütige Großmutter, die ihn geradezu unsinnig verhätschelte, brachte er bis zu Tränen, indem er ihr Asche oder Pfeffer in die Schnupfdose schüttete, die Nadeln aus dem Strickstrumpf zog, sie verbog, das Wollknäuel den jungen Kätzchen zuwarf oder die Wolle in Öl und Leim tauchte. Die Alte schlug ihn, hinterher aber bekreuzigte sie sich vor den Heiligenbildern in der Zimmerecke und flehte unter Tränen: »Mutter Gottes, vergib mir um Christi willen, daß ich dem Waisenkind Leid zugefügt habe!«

Dann schob sie dem Enkel ein Stück Kuchen oder Konfekt hin und sagte seufzend: »Nimm, Dronow, iß, finstrer Bube. Du mein Quälgeist!«

»Du hast einen komischen Vater«, sagte Dronow zu Klim. »Ein richtiger Vater ist zum Fürchten, hihi!«

Um Wera Petrowna wand sich Dronow wie ein zutunliches Hündchen, es fiel Klim auf, daß der Enkel der Kinderfrau sie ebenso fürchtete wie den Großvater Akim und daß er vor Warawka besonders Angst hatte.

»Satanskerl« nannte er den Ingenieur und erzählte von ihm, Warawka sei anfangs Kutscher gewesen und dann Pferdedieb, daher sei er so reich geworden. Über diese Erzählung war Klim sprachlos, wußte er doch, daß Warawka als Sohn eines Gutsbesitzers in Kischinjow geboren war, in Petersburg und Wien studiert hatte, dann hierher in die Stadt gekommen war und nun schon das siebte Jahr hier lebte. Als er das Dronow empört erzählte, murmelte der kopfschüttelnd: »Wien – das gibt es, da sind die Stühle her, aber Kischinjow, das gibt es wohl nur in der Geographie.«

Klim hatte nicht selten das Gefühl, bei Dronows seltsamen Geschichten, bei seinen offenkundigen groben Lügen zu verdummen. Zuweilen schien es ihm, als löge Dronow nur, um sich über ihn lustig zu machen. Seine Altersgenossen konnte Dronow kaum mehr leiden als die Erwachsenen, besonders nachdem die Kinder es abgelehnt hatten, mit ihm zu spielen. Beim Spielen hatte er viele spitzfindige Einfälle, war aber feige und grob zu den Mädchen, zu Lidija mehr als zu den anderen. Er nannte sie verächtlich eine Zigeunerin, kniff sie und suchte sie so zu Fall zu bringen, daß sie sich schämen mußte.

Wenn die Kinder im Hof spielten, saß Iwan Dronow, die Ellbogen auf die Knie, die Kinnbacken in die Handflächen gestützt, wie ein Ausgestoßener auf den Stufen des Kücheneingangs und beobachtete mit verschwommenen Augen die Spiele der Herrschaftskinder. Er kreischte freudig auf, wenn jemand hinfiel oder sich stieß und vor Schmerz das Gesicht verzog.

»Drück ihn runter!« rief er aufmunternd, wenn er sah, daß Warawka mit Turobojew rang. »Stell ihm ein Bein!«

Wenn im Garten gespielt wurde, stand Dronow am Gitterzaun, drückte den Bauch dagegen und zwängte das Gesicht in einen der Zwischenräume, er stand da und rief: »Pack sie! Dort hinter dem Kirschbaum hat sie sich versteckt. Lauf von links ran . . .«

Er suchte die Spielenden auf alle Art zu stören, ging absichtlich langsam, den Blick nach unten, im Hof herum. »Habe eine Kopeke verloren«, klagte er, auf seinen krummen Beinen wankend, wobei er es darauf absah, mit den Spielenden zusammenzustoßen. Sie schossen auf ihn los und stießen ihn um, und dann heulte Dronow, am Boden hockend, und drohte: »Ich werde es sagen . . .«

Zwei bis drei Wochen lang war Ljuba Somowa mit Dronow sehr befreundet, sie gingen zusammen spazieren, versteckten sich in irgendwelchen Winkeln, wo sie geheimnisvoll und lebhaft über etwas sprachen, doch bald kam Ljuba abends weinend zu Lidija gelaufen und rief zornig: »Dronow ist ein Dummkopf!«

Sie warf sich in die Diwanecke, bedeckte das Gesicht mit den Händen und sagte nochmals: »Ach, ist das ein Dummkopf!«

Ohne jemandem zu sagen, was vorgefallen war, lief Lidija tief errötet in die Küche und erklärte, von dort zurückgekehrt, siegreich und wütend: »Er hat es!«

Etwa drei Tage lang lief Dronow danach mit einer Beule über dem linken Auge herum.

Ja, Iwan Dronow war ein unangenehmer, sogar widerlicher Junge, aber Klim, der sah, daß der Vater, Großvater und Lehrer von seinen Fähigkeiten entzückt waren, empfand ihn als Rivalen, war eifersüchtig, neidisch und gekränkt. Trotz alledem zog Dronow ihn an, und oft wurden die feindlichen Gefühle gegen diesen Jungen von einem Aufflackern an Interesse und Sympathie für ihn verdrängt.

Es gab Augenblicke, in denen Dronow plötzlich aufblühte und ein ganz anderer wurde. Er verfiel in Nachdenklichkeit, seine ganze Gestalt löste, streckte sich, und mit weicher Stimme erzählte er Klim leise erstaunliche Dinge, halb Traum, halb Märchen. Er erzählte, aus dem Brunnen in der Hofecke sei ein riesengroßer, aber leichter Mann gestiegen, durchsichtig wie ein Schatten, er sei über das Tor hinweggeschritten und die Straße hinuntergegangen, und als er am Kirchturm vorbeigekommen sei, habe dieser, sich verdunkelnd, nach rechts und links geschwankt wie ein dünner Baum bei einem Windstoß.

»Und neulich ist, bevor der Mond aufging, am Himmel ein ganz großer schwarzer Vogel herumgeflogen, ist auf einen Stern zugeflogen und hat ihn abgepickt, ist auf einen anderen zugeflogen und hat ihn auch abgepickt. Ich schlief nicht, ich saß auf dem Fensterbrett, dann wurde es mir unheimlich, ich legte mich ins Bett und zog die Decke über die Ohren, und weißt du, die Sterne taten mir so leid, denn morgen, dachte ich, wird der ganze Himmel ganz leer sein...«

»Das erfindest du«, sagte Klim nicht ohne Neid.

Dronow widersprach nicht. Klim verstand, daß Dronow das erfand, doch er erzählte von seinen Visionen so überzeugend ruhig, daß Klim den Wunsch spürte, die Lüge für Wahrheit zu nehmen. Letzten Endes konnte Klim nicht begreifen, wie er eigentlich zu diesem Jungen stand, der ihn immer stärker anzog und abstieß.

Die Aufnahmeprüfung für das Gymnasium bestand Dronow glänzend, Klim fiel durch. Das kränkte ihn so sehr, daß er, nach Hause gekommen, den Kopf in den Schoß der Mutter preßte und schluchzte. Die Mutter beschwichtigte ihn zärtlich, sagte ihm viele liebe Worte und lobte ihn sogar: »Du bist ehrgeizig, das ist gut.«

Am Abend stritt sie sich mit dem Vater, Klim hörte ihre zornigen Worte: »Du solltest endlich begreifen, daß ein Kind kein Spielzeug ist...«

Einige Tage später fühlte der Junge, daß die Mutter aufmerksamer, liebevoller geworden war, sie fragte ihn sogar: »Hast du mich lieb?«

»Ja«, sagte Klim.

»Sehr?«

»Ja«, wiederholte er überzeugt. Sie drückte seinen Kopf fest an ihre weiche, duftende Brust und sagte streng: »Du sollst mich auch sehr liebhaben.«

Klim erinnerte sich nicht, ob die Mutter ihn früher schon danach gefragt hatte. Und sich selbst hätte er nicht so überzeugt antworten können wie ihr. Von allen Erwachsenen war die Mama am schwierigsten, über sie hatte man fast nicht nachzudenken, wie bei einer Heftseite, auf der noch nichts geschrieben stand. Alle im Hause fügten sich ihr widerspruchslos, sogar der »richtige alte Mann« und die eigensinnige Marija Romanowna, die »Tyrannomaschka«, wie Warawka sie hinter ihrem Rücken nannte. Die Mutter lacht selten und spricht wenig, sie hat ein strenges Gesicht, nachdenkliche bläuliche Augen, dichte dunkle Brauen, eine lange spitze Nase und kleine rosa Ohren. Sie flicht ihr Mondhaar zu einem langen Zopf und legt ihn auf dem Kopf in drei Kränze, das macht sie sehr groß, bedeutend größer als der Vater. Ihre Hände sind stets heiß. Es ist ganz klar, daß ihr von allen Männern Warawka am besten gefällt, sie spricht am liebsten mit ihm und lächelt ihm viel häufiger zu als den anderen. Alle Bekannten sagen, sie werde erstaunlich hübscher.

Der Vater hat sich auch unmerklich, aber bedeutend verändert, er ist noch unruhiger geworden, zupft sich an seinem dunklen Schnurrbart, was er früher nicht getan hat; seine Taubenaugen blinzeln geblendet und schauen so nachdenklich drein, als hätte er etwas vergessen und könnte sich nicht mehr daran erinnern. Er redet jetzt noch mehr und lärmender, betäubender. Er spricht von Büchern, Dampfern, Wäldern und Bränden, von einem dummen Gouverneur und von der Seele des Volkes, von Revolutionären, die sich bitter geirrt haben, von dem erstaunlichen Mann Gleb Uspenskij, der »alles durchschaut«. Er spricht immer von etwas Neuem, und zwar so, als befürchte er, morgen werde ihm jemand zu sprechen verbieten. »Erstaunlich!« ruft er. »Ausgezeichnet!«

Warawka gab ihm den Spitznamen »Festtagswanja«.

»Du bist ein Meister im Erstaunen, Iwan!« sagte Warawka und spielte mit seinem üppigen Bart.

Er brachte seine Frau ins Ausland, schickte Boris nach Moskau in eine ausgezeichnete Schule, in der Turobojew lernte, und zu Lidija kam von irgendwoher eine großäugige Alte mit grauem Schnurrbart und nahm das Mädchen auf die Krim zur Traubenkur mit. Aus dem Ausland kehrte Warawka verjüngt, noch spöttischer vergnügt zurück; er schien leichter geworden zu sein, trat aber beim Gehen mit den Beinen kräftiger auf und blieb oft vor dem Spiegel stehen, um seinen Bart zu bewundern, den er sich so hatte schneiden lassen, daß die Ähnlichkeit mit einem Fuchsschweif noch mehr auffiel. Er redete jetzt sogar in Versen, Klim hörte, wie er zur Mutter sagte:

>»Ich hoffte, aus des Lasters Ketten,
>Verirrte Seele, dich zu retten.
>Als zu dir sprach mein heißes Herz . . .

Ja, damals war ich natürlich ein Idiot . . .«
»Das stimmt wohl kaum und klingt sehr grob, Timofej Stepanowitsch«, sagte die Mutter. Warawka stieß einen Pfiff aus wie ein Junge, dann sagte er deutlich: »Zarte Wahrheit gibt es nicht.«
Fast jeden Abend stritt er sich mit Marija Romanowna, worauf auch Wera Petrowna mit ihr zu streiten begann; wenn dann die Hebamme aufgestanden war, richtete sie sich auf, streckte sich und sagte mit finsterem Gesicht: »Besinne dich, Wera!«
Der Vater lief unruhig auf sie zu und schrie: »Beweist England denn nicht, daß der Kompromiß eine notwendige Voraussetzung der Zivilisation ist?«
Die Hebamme sagte barsch: »Hören Sie auf, Iwan!«
Dann rollte der Vater auf Warawka zu. »Du wirst mir zustimmen, Timofej, daß die Evolution in einem bestimmten Moment einen entschiedenen Stoß erfordert . . .«
Warawka schob ihn mit seinem kurzen, kräftigen Arm beiseite und rief lächelnd: »Nein, Marja Romanowna, nein!«
Der Vater ging an den Tisch, um mit Doktor Somow Bier zu trinken, und der angetrunkene Doktor brummte: »Nadson hat recht: Abgebrannt sind die Feuer und . . . wie heißt es doch noch?«
»Verblüht sind die Blumen«, ergänzte der Vater, nickte teilnahmsvoll mit dem etwas kahlen Schädel, trank nachdenklich sein Bier, schwieg und wurde unauffällig.
Marija Romanowna war auch irgendwie plötzlich ergraut, abgemagert und gekrümmt; ihre Stimme hatte sich gesenkt, sie klang dumpf, zerschlagen und schon nicht mehr so gebieterisch wie früher. Stets schwarz gekleidet, erweckte ihre Figur Trostlosigkeit; wenn sie an sonnigen Tagen über den Hof schritt oder mit einem Buch in der Hand im Garten umherging, schien ihr Schatten schwerer und dichter als die Schatten anderer Menschen, wie eine Verlängerung ihres Rocks schleifte er hinter ihr her und entfärbte Blumen und Gräser.
Die Streitigkeiten mit Marija Romanowna endeten damit, daß sie eines Morgens hinter einer Fuhre mit ihren Sachen den Hof verließ; sie ging fort, ohne sich von jemandem zu verabschieden, majestätisch schreitend wie immer, in der einen Hand trug sie die Tasche

mit ihren Instrumenten, mit der anderen drückte sie den schwarzen, grünäugigen Kater an ihre flache Brust.

Klim, der es gewohnt war, die Erwachsenen zu beobachten, sah, daß bei ihnen etwas Unbegreifliches, Beunruhigendes begann, als setzten sie sich alle nicht mehr auf die Stühle, auf denen zu sitzen sie gewohnt waren. Auch der Lehrer war nicht mehr der alte. Wie früher blickte er auf alle mit den komischen Augen eines eben erst aufgeweckten Menschen, doch jetzt schaute er beleidigt, mürrisch drein und bewegte die Lippen, als wollte er schreien, könnte sich aber nicht dazu entschließen. Klims Mutter aber schaute er genauso an wie Großvater Akim einen falschen Zehnrubelschein, den ihm irgendwer untergeschoben hatte. Auch begann er mit ihr unehrerbietig zu reden. Eines Abends, als die Mutter sich gerade anschickte, auf dem Flügel zu spielen, trat Klim ins Wohnzimmer und vernahm die groben Worte Tomilins: »Das ist nicht wahr, ich sah, wie er . . .«

»Was willst du, Klim?« fragte die Mutter rasch. Der Lehrer versteckte die Hände hinter dem Rücken und ging hinaus, ohne den Schüler angesehen zu haben.

Ein paar Tage darauf jedoch sah Klim, als er nachts aus dem Bett gestiegen war, um das Fenster zu schließen, den Lehrer und die Mutter auf einem Gartenweg gehen; die Mama wehrte mit einem Zipfel ihres blauen Schals die Mücken ab, der Lehrer rauchte, wobei er sein kupferrotes Haar schüttelte. Der Mondschein war so butterdick, daß selbst der Rauch der Zigarette einen goldgelben Ton bekam. Klim wollte rufen: »Mama, ich schlafe noch nicht«, doch plötzlich sank Tomilin, der über irgend etwas gestolpert war, in die Knie, hob die Hände und fuchtelte wie drohend herum, stöhnte dumpf und umfaßte die Beine der Mutter. Sie wankte, stieß seinen zotteligen Kopf zurück und ging rasch fort, wobei sie ihren Schal zerriß. Der Lehrer erhob sich schwerfällig aus den Knien in die Hocke, stand auf, fuhr sich mit den Händen durch das spröde Haar, glättete es und schritt gestikulierend hinter der Mama her. Da rief Klim erschreckt: »Mama!«

Sie blieb stehen, hob den Kopf und ging, dem Lehrer wie einem Laternenpfahl ausweichend, zum Haus. Dann trat sie mit ungewöhnlich strengem, fast unbekanntem Gesicht an Klims Bett und begann ihn zornig zu schelten: »Sieh mal an, du schläfst noch nicht, obwohl es schon zwölf ist, morgens aber kann man dich nicht wachkriegen. Du wirst jetzt früher aufstehen müssen, Stepan Andrejewitsch wird nicht mehr bei uns wohnen.«

»Weil er deine Beine umarmt hat?« fragte Klim.

Die Mutter fuhr sich mit dem Schal über das Gesicht und sprach nun nicht mehr zornig, sondern mit jener sicheren Stimme, mit der sie, wenn sie Klim Musikunterricht gab, unverständlichen Wirrwarr in den Noten erklärte. Sie sagte, der Lehrer habe von ihrem Rock eine Raupe entfernt und weiter nichts, ihre Beine jedoch habe er nicht umarmt, das hätte sich doch nicht gehört. »Ach, Junge, mein Junge! Du erfindest immerzu etwas«, sagte sie seufzend.

Klim schloß die Augen, denn seine Mutter sollte in ihnen nicht sehen, daß er ihr nicht glaubte. Aus Büchern und Gesprächen der Erwachsenen wußte er bereits, daß ein Mann nur dann vor einer Frau in die Knie sinkt, wenn er in sie verliebt ist. Man braucht gar nicht in die Knie zu sinken, um eine Raupe vom Rock zu entfernen.

Die Mutter streichelte zärtlich mit ihrer heißen Hand sein Gesicht. Er sagte nichts mehr von dem Lehrer, bemerkte nur: »Warawka kann den Lehrer auch nicht leiden.« Und er fühlte, daß die Hand der Mutter zusammenzuckte und dann seinen Kopf fest ins Kissen drückte. Doch als sie fortgegangen war, dachte er im Einschlafen: Wie sonderbar das ist! Die Erwachsenen meinen immer gerade dann, wenn er die Wahrheit sagt, daß er etwas erfindet.

Tomilin zog in eine Sackgasse, ein kleines, schmales, durch ein blaues Häuschen verstopftes Gäßchen; über dem Hauseingang hing ein Schild:

KOCH UND KONDITOR
NIMMT BESTELLUNGEN FÜR HOCHZEITEN,
BÄLLE UND TOTENFEIERN AN

Bei dem Koch ließ sich Tomilin ebenfalls im Mezzanin nieder, nur war es hier heller und sauberer. Doch er beschmutzte das Zimmer innerhalb weniger Tage mit seinen Bergen von Büchern; es schien, als wäre er mit seiner ganzen früheren Behausung, mit ihrem Staub, ihrer Stickluft, dem leisen Knarren der durch die Sommerhitze ausgedörrten Dielenbretter hierher übergesiedelt. Unter den Augen des Lehrers hatten sich bläuliche Säcke gebildet, die Goldfunken in seinen Pupillen waren erloschen, und er war jämmerlich heruntergekommen. Jetzt erhob er sich während des Unterrichts überhaupt nicht mehr von seinem unordentlichen Bett. »Mir tun die Beine weh«, sagte er.

Er hat sich die Knie gestoßen, damals im Garten, mutmaßte Klim.

Beim Unterricht war Tomilin jetzt ungeduldig, in seiner leisen Stimme klang Gereiztheit. Manchmal schloß er seine langweiligen Augen, schwieg lange und fragte dann plötzlich wie von ferne: »Na, verstanden?«

»Nein.«

»Denk nach.«

Klim dachte nach, aber nicht darüber, was ein Gerundium ist und wohin der Fluß Amu-Darja fließt, sondern darüber, warum, weswegen man diesen Mann nicht mochte. Weshalb sprach der kluge Warawka von ihm stets spöttisch und beleidigend? Der Vater, der Großvater Akim, alle Bekannten außer Tanja gingen Tomilin wie einem Schornsteinfeger aus dem Weg. Tanja allein fragte dann und wann: »Was meinen Sie dazu, Tomilin?«

Er antwortete ihr knapp und nachlässig. Er dachte über alles anders als die übrigen, und besonders eigenwillig klang das Metall seiner Worte, wenn er mit Warawka stritt.

»Im Grunde genommen . . .«, sagte er.

»Im Grunde genommen, im Grunde genommen«, äffte Warawka ihn nach. »Der Teufel hole Ihr ›im Grunde genommen‹! Weit wichtiger ist die Tatsache, daß Karl der Große Gesetze über Hühnerzucht und Eierhandel erlassen hat.«

Der Lehrer erwiderte mit der Stimme eines Vorlesenden: »Für die Sache der Freiheit sind die Laster eines Despoten weit weniger gefährlich als seine Tugenden.«

»Fanatismus«, schrie Warawka, doch Tanja freute sich: »Ach nein, das ist erstaunlich wahr! Das schreibe ich mir auf . . .«

Sie notierte diese Worte auf dem Umschlag eines Heftes von Klim, vergaß aber, sie von dort abzuschreiben, und so verbrannten sie, ehe sie in die Grube ihres Gedächtnisses geraten waren, im Ofen. Sagte doch Warawka: »Nun, Tanja, wühlen Sie mal in der Müllgrube Ihres Gedächtnisses.«

Über vieles mußte Klim nachdenken, und diese Obliegenheit wurde immer schwieriger. Alles ringsum erweiterte sich, wuchs in die Breite, drängte sich ebenso eigensinnig und grob in seiner Seele wie die Kirchengänger in der Himmelfahrtskirche, in der sich ein wundertätiges Muttergottesbild befand. Vor kurzem noch hatten Dinge, an die das Auge gewöhnt war, auf ihrem Platz gestanden, ohne sein Interesse zu erwecken, jetzt aber zogen sie ihn durch irgend etwas an, während andere, interessante und geliebte Dinge ihren Zauber verloren. Sogar das Haus erweiterte sich. Klim war überzeugt gewesen, es gäbe im Hause nichts Unbekanntes für ihn, doch plötzlich tauchte Neues auf, das er vorher nicht bemerkt hatte. In dem halbdunklen Korridor, über dem Kleiderschrank, blickten ihn jetzt von einem Bild, das früher nur ein dunkles Quadrat gewesen war, die nachdenklichen Augen einer in Finsternis versunkenen, grauhaarigen alten Frau an. Auf dem Dachboden entdeckte er in einer altertümlichen eisenbeschlagenen Truhe eine Menge interessanter, wenn auch zerbrochener Dinge: Porträtrahmen, Porzellanfiguren, eine Flöte, ein riesengroßes französisches Buch mit Bildern, die Chinesen darstellten, ein dickes Album mit Porträts komisch und schlecht frisierter Leute, das eine Gesicht war vollständig mit Blaustift verschmiert.

»Das sind die Helden der Großen Französischen Revolution, und dieser Herr ist Graf Mirabeau«, erklärte der Lehrer und erkundigte sich lächelnd: »Unter Gerümpel hast du das gefunden, sagst du?«

Und in dem Album blätternd, wiederholte er nachdenklich: »Ja, ja – die Vergangenheit ... nutzloses Gerümpel ...«

Klim entdeckte im Hause sogar ein ganzes Zimmer, das fast bis zur Decke mit zerbrochenen Möbeln und einer Menge von Dingen vollgestellt war, deren ehemalige Bestimmung bereits unverständlich, sogar geheimnisvoll war. Als ob all diese staubigen Dinge plötzlich, vielleicht durch einen Brand erschreckt, in dichten Scharen in das Zimmer gerannt wären; als hätten sie sich, in ihrem Entsetzen zerbrechend und zersplitternd, aufeinandergetürmt, sich gegenseitig zertrümmert und wären gestorben. Es war traurig, dieses Chaos anzuschauen, die zerbrochenen Sachen taten einem leid.

Ende August erschien an einem frühen Morgen ungewaschen und unfrisiert Ljuba Clown; mit den Füßen stampfend, schluchzend und nach Atem ringend, rief sie: »Kommt schnell zu uns, aber schnell – Mama hat den Verstand verloren!«

Darauf sank sie am Diwan in die Knie und verbarg den Kopf in einem Kissen.

Klims Mutter ging gleich hinauf, Ljuba aber warf das Kissen vom Kopf, kauerte sich auf den Boden und fing an, Klim zu berichten, wobei sie ihn kläglich mit ihren feuchten Augen anschaute: »Ich sah schon gestern, als sie sich zankten, daß sie den Verstand verloren hat. Warum nicht der Papa? Er ist immer betrunken ...«

Sie sprang auf und ergriff Klim am Ärmel. »Laß uns hinaufgehen ...«

Klim erinnerte sich nicht, wie er, von Ljuba fortgezogen, bis zur Wohnung der Somows gelaufen war. In dem halbdunklen Schlafzimmer – die Fensterläden waren geschlossen – wand sich Anna Nikolajewna in Krämpfen auf dem zerwühlten, zerfetzten Bettzeug, ihre Arme und Beine waren mit Handtüchern gefesselt, sie lag mit aufwärts gerichtetem Gesicht da, zuckte mit den Schultern, zog die Knie hoch, schlug mit dem Kopf in das Kissen und brüllte: »Nein!«

Ihre grauenhaft vorquellenden Augen hatten sich geweitet bis zur Größe der Fünfkopekenmünzen, sie blickten ins Lampenlicht, waren rot wie glühende Kohlen, und unter dem einen Auge glänzte eine Schramme, aus der Blut floß.

»Nein!« schrie die Doktorsfrau dumpf.

Dann, mit etwas höherer Stimme: »Nein! Nein!«

Ihre Krämpfe wurden immer heftiger, die Stimme klang grimmiger und schärfer, der Doktor stand, an die Wand gelehnt, am Kopfende des Bettes und biß, kaute an seinem schwarzen, borstigen Bart. Er war unschicklich aufgeknöpft, zerzaust, seine Hose wurde durch ein Trägerband gehalten, das andere hatte er sich um die linke Hand gewickelt und zog es immer wieder hoch, die Hose hüpfte, die Beine des Doktors zitterten wie bei einem Betrunkenen, und seine trüben Augen zwinkerten dermaßen, daß es aussah, als klapperten seine Lider wie die Zähne seiner Frau. Er schwieg, als wäre sein Mund für immer durch den Bart überwachsen.

Ein anderer Doktor, der alte Williamson, saß am Tisch, er blinzelte in die Kerzenflamme und schrieb behutsam etwas auf, Wera Petrowna rührte in einem Glas trübes Wasser, das Dienstmädchen lief mit einem Stück Eis auf einem Teller und mit einem Hammer herum.

Plötzlich krümmte sich die Kranke bogenförmig empor, warf die Arme hoch, stürzte zu Boden, schlug mit dem Kopf auf und kroch davon, wobei sie den Körper wie eine Eidechse bewegte und mehrmals triumphierend aufschrie: »Aha! Nein ...«

»Haltet sie fest, was macht ihr denn?« schrie Klims Mutter. Der Doktor löste sich schwerfällig von der Wand, hob seine Frau auf, legte sie aufs Bett, setzte sich ihr auf die Beine und sagte jemandem: »Geben Sie mir noch Handtücher.«

Seine Frau schnellte hoch und stieß mit dem Kopf gegen seinen Backenknochen, er sprang vom Bett auf, sie fiel wieder auf den Boden, suchte ihre Beine zu befreien und schnaubte: »Aha! Aha! ...«

Klim hielt sich in dem Winkel zwischen Tür und Schrank versteckt, Warja Somowa stand, das Kinn auf seiner Schulter, hinter ihm und flüsterte: »Das wird doch vergehen? Es geht vorüber, nicht wahr?«

Ljuba lief mit Handtüchern an ihnen vorbei und winselte: »O Gott, o Gott ...«

Und plötzlich fragte sie, mit dem Fuß aufstampfend, die Schwester: »Warja, was ist denn mit dem Tee?«

Klims Mutter sah sich nach dem Lärm um und rief streng: »Kinder – hinaus!«

Sie befahl ihnen, Tanja Kulikowa zu holen – alle Bekannten dieses

Mädchens machten es ihm zur Pflicht, aktiv an ihren Dramen teilzunehmen.

Die Kinder gingen eilig an den Rand der Stadt, Klim, der hinter den Schwestern herschritt, schwieg bedrückt, hörte aber bei seinem schweren Schreck, wie die ältere Somowa der Schwester vorwarf:
»Mama hat den Verstand verloren, und du schreist nach Tee.«

»Schweig, dumme Pute.«

»Du bist gierig und schamlos ...«

»Bist du denn eine Heilige?«

Sie blieb stehen und sagte zu Klim: »Ich mag nicht mit ihr gehen – komm, wir machen einen Spaziergang.«

Klim ging willenlos neben ihr her und fragte nach einigen Schritten: »Hast du deine Mama lieb?«

Ljuba bückte sich, hob ein gelbes Pappelblatt auf und sagte seufzend: »Ich – weiß nicht. Vielleicht habe ich noch niemanden lieb.«

Sie rieb mit dem staubigen Blatt ihre geschwollenen Lider und fuhr, blind stolpernd, fort: »Vater klagt, es sei schwer, zu lieben. Er hat Mama sogar angeschrien: ›Begreif doch, du Närrin, ich liebe dich ja.‹ Siehst du?«

»Was?« fragte Klim, aber Ljuba mußte seine Frage nicht gehört haben.

»Und sie sind vierzehn Jahre verheiratet ...«

Klim fand, Ljuba rede dummes Zeug, und hörte ihr nicht mehr zu, sie jedoch redete langweilig wie eine Erwachsene immerzu weiter und schwang dabei einen Birkenzweig, den sie vom Trottoir aufgehoben hatte. Unerwartet waren sie am Flußufer angelangt; sie setzten sich auf ein paar Balken, doch die Balken waren grau und schmutzig. Ljuba beschmutzte sich den Rock, sie ärgerte sich, stieg über die Balken zu einem festgemachten Boot und setzte sich ins Heck, Klim folgte ihr. Lange saßen sie schweigend da. Ljuba betrachtete das verzerrte Spiegelbild ihres Gesichts und schlug mit dem Zweig danach, wartete, bis es erneut in dem grünlichen Wasser entstand, schlug wieder danach und wandte sich ab.

»Wie häßlich ich bin ... Ich bin häßlich, nicht?«

Als sie keine Antwort erhielt, fragte sie: »Warum schweigst du?«

»Ich mag nicht reden.«

»Davon, daß ich häßlich bin?«

»Nein, ich mag von nichts reden.«

»Du schämst dich einfach, die Wahrheit zu sagen«, erklärte Ljuba. »Aber ich weiß, daß ich eine Mißgeburt bin, und dazu habe ich noch einen schlechten Charakter, das sagen auch Papa und Mama. Ich sollte Nonne werden ... Ich mag nicht länger hier sitzen.«

Sie sprang auf, lief schnell über die Balken und verschwand, während Klim noch lange im Heck des Bootes sitzen blieb und auf das träge Wasser schaute, bedrückt von einer ihm bisher noch unbekannten Wehmut; er wünschte nichts, erriet jedoch in seiner Wehmut, daß es nicht gut war, den Menschen, die er kannte, zu ähneln.

Als er nach Hause kam, empfing ihn die Mutter mit dem erregten Ausruf: »Mein Gott, wie hast du mich erschreckt!«

Klim schien es, als bezögen sich diese Worte nicht auf ihn, sondern auf Gott.

»Hast du einen Schreck bekommen?« forschte die Mutter. »Es war überflüssig, daß du hingegangen bist. Wozu das?«

»Was hat man mit ihr gemacht?« fragte Klim.

Die Mutter sagte, Somows hätten sich gezankt, die Frau des Doktors habe einen heftigen Nervenanfall bekommen, und man habe sie ins Krankenhaus schaffen müssen. »Das ist nicht gefährlich. Sie sind beide keine gesunden Menschen, sie haben viel durchgemacht, sind früh gealtert . . .«

Aus dem, was sie erzählte, ging hervor, der Doktor und seine Frau seien zerbrochene Menschen, und Klim fiel das mit nutzlosen Sachen vollgepfropfte Zimmer ein.

»Das ist nicht weiter gefährlich«, wiederholte die Mutter.

Doch Klim glaubte ihr aus irgendeinem Grund nicht und hatte damit recht: Zwölf Tage später starb die Frau des Doktors, und Dronow teilte ihm im Vertrauen mit, sie sei aus dem Fenster gesprungen und dabei ums Leben gekommen. Am Morgen des Beerdigungstages traf der Vater ein, er hielt eine Rede am Grab der Doktorsfrau und weinte. Es weinten alle Bekannten außer Warawka, er stand abseits, rauchte eine Zigarre und schimpfte mit den Bettlern.

Doktor Somow kam vom Friedhof zu Samgins, betrank sich rasch und rief in seinem Rausch: »Ich habe sie geliebt, sie aber haßte mich und lebte nur, damit es mir schlecht ging.«

Klims Vater tröstete den Doktor mit vielen Worten, er aber hob seine haarige und große Faust zum Ohr, schüttelte sie und sagte unter Tränen des Rausches: »Fünfzehn Jahre habe ich mit einem Menschen gelebt, ohne mit ihm einen einzigen Gedanken gemein zu haben, und habe ihn geliebt, geliebt, nicht wahr? Und ich liebe sie noch. Sie aber haßte alles, was ich las, dachte und sagte.«

Klim hörte, wie Warawka halblaut zur Mutter sagte: »Sehen Sie nur, was er da erdacht hat.«

»Darin ist ein Körnchen Wahrheit«, entgegnete die Mutter ebenso leise.

Man führte den Doktor zum Schlafen ins Mezzanin hinauf, wo

Tomilin gewohnt hatte. Warawka stützte ihn unter den Achseln und schubste ihn durch Kopfstöße in den Rücken voran, während der Vater mit einer brennenden Kerze vorausging. Doch eine Minute später kam er, den Leuchter schwenkend, die Kerze hatte er verloren, ins Speisezimmer gerannt und sagte aus irgendeinem Grund halblaut: »Wera, komm, Großmutter ist schlecht geworden!«

Es stellte sich heraus, daß die Großmutter gestorben war. Sie hatte am Kücheneingang gesessen, die Kücken gefüttert und war plötzlich, ohne einen Laut, tot umgefallen. Es war sehr seltsam, aber nicht unheimlich, ihren großen, breithüftigen Körper, der sich vor der Erde verneigte, ihren zur Seite gedrehten Kopf und das wie lauschend an den Boden gepreßte Ohr zu sehen. Klim betrachtete ihre blaue Wange, das offene, ernste Auge und wunderte sich, ohne Schrecken zu empfinden. Ihm schien, die Großmutter wäre es so gut gewohnt gewesen, mit einem Buch in der Hand, einem geringschätzigen Lächeln auf dem dicken, würdigen Gesicht und ihrer unveränderlichen Vorliebe für Hühnerbouillon dahinzuleben, daß sie dieses Leben unendlich lange hätte leben könne, ohne jemanden zu stören.

Als man den formlosen, einem riesengroßen Bündel abgetragener Kleider gleichenden Körper ins Haus trug, sagte Dronow: »Famos ist sie gestorben.«

Und er fügte sogleich, sich an seine Großmutter wendend, hinzu: »Da kannst du was lernen, Kinderfrau!«

Die Kinderfrau war der einzige Mensch, der am Sarg der Entschlafenen stille Tränen vergoß. Nach der Beerdigung hielt Iwan Akimowitsch Samgin beim Mittagsmahl eine kurze Rede, in der er den Menschen dankte, die zu leben wissen, ohne ihre Nächsten zu stören. Akim Wassiljewitsch Samgin äußerte nach kurzem Überlegen: »Ich glaube, auch für mich wird es Zeit, zu den Stammvätern zu gehen.«

»Er ist nicht sehr überzeugt davon«, flüsterte Warawka in das rosa Ohr Wera Petrownas. Das Antlitz der Mutter war nicht traurig, sondern irgendwie ungewöhnlich freundlich, ihre strengen Augen leuchteten milde. Klim saß an ihrer anderen Seite, er hörte dieses Geflüster und sah, daß der Tod der Großmutter niemandem naheging und sich für ihn sogar als nützlich erwies: Die Mutter überließ ihm Großmutters gemütliches Zimmer mit dem Gartenfenster und dem milchweißen Kachelofen in der Ecke. Das war sehr gut, denn in einem Zimmer mit dem Bruder zu wohnen wurde unruhig und unangenehm. Dmitrij arbeitete lange und störte ihn beim Schlafen, zudem besuchte ihn seit kurzem der flegelhafte Dronow, und sie murmelten und raschelten oft fast bis Mitternacht.

Dronow, der eng in eine lange, bis über die Knie hinabreichende Uniform eingeknöpft war, war abgemagert, hatte den Bauch eingezogen und sah kahlgeschoren wie ein Liliputsoldat aus. Wenn er mit Klim sprach, schlug er die Schöße der Uniform zurück, steckte die Hände in die Hosentaschen, stellte sich breitbeinig hin, rümpfte sein rosa Nasenstümpfchen und fragte: »Warum lernst du denn so schlecht, Samgin? Ich bin bereits Drittbester in der Klasse ...«

Er warf sich in die Brust, ruderte mit den Ellenbogen und sagte selbstsicher: »Du wirst sehen – ich werde es noch weiter bringen als Lomonossow.«

Großvater Akim hatte es eingerichtet, daß Klim doch noch ins Gymnasium aufgenommen wurde. Aber der Junge fühlte sich bei der ersten wie bei der nochmaligen Prüfung von den Lehrern beleidigt und war schon voreingenommen gegen die Schule. Gleich in den ersten Tagen nach Klims Einkleidung in die Gymnasiastenuniform durchblätterte Warawka seine Schulbücher und legte sie geringschätzig beiseite: »Ebenso dumm wie die Bücher, nach denen man uns unterrichtet hat.«

Dann erzählte er lange und komisch von der Dummheit und Bosheit der Lehrer, und in Klims Gedächtnis blieb besonders fest sein Vergleich des Gymnasiums mit einer Zündholzfabrik sitzen: »Die Kinder werden wie Hölzchen mit einer Substanz bestrichen, die leicht entflammt und schnell verbrennt. Das ergibt überaus schlechte Zündhölzer, längst nicht alle brennen an, und man kann bei weitem nicht mit jedem etwas anzünden.«

Klim ging der Ruf voran, ein Junge mit außergewöhnlichen Fähigkeiten zu sein; dieser Ruf weckte eine verschärfte und mißtrauische Aufmerksamkeit der Lehrer und die Neugier der Schüler, die sich den neuen Gefährten als kleinen Zauberkünstler vorstellten. Klim fühlte sich sogleich in der ihm bekannten, aber gesteigert schwierigeren Lage eines Menschen, der so zu sein verpflichtet ist, wie man ihn sehen will. Doch er hatte sich an diese Rolle fast schon gewöhnt, sie war für ihn offenbar ebenso unvermeidlich, wie das morgendliche Abreiben des Körpers mit kaltem Wasser, das Einnehmen von Lebertran, die Suppe beim Mittagessen und das lästige Zähneputzen vor dem Zubettgehen.

Der Selbstverteidigungstrieb gab ihm einige Verhaltensregeln ein. Er erinnerte sich, wie Warawka den Vater belehrt hatte: »Vergiß nicht, Iwan, daß ein Mensch, der wenig spricht, klüger scheint.«

Klim beschloß, möglichst wenig zu sprechen und sich von dem rasenden Rudel kleiner Ungeheuer fernzuhalten. Ihre zudringliche Neugier war erbarmungslos, und Klim kam sich in den ersten Tagen wie ein gefangener Vogel vor, den man rupft, bevor man ihm den Hals umdreht. Er spürte die Gefahr, sich unter den gleichförmigen Jungen zu verlieren; kaum voneinander zu unterscheiden, sogen sie ihn auf, suchten, ihn zu einem unauffälligen Teilchen ihrer Masse zu machen.

Das erschreckte ihn, und er verbarg sich hinter dem Schild der Langenweile, mit der er sich wie mit einer Wolke umgab. Er ging gesetzten Schrittes, hatte die Hände wie Tomilin auf den Rücken gelegt und besaß die Miene eines Jungen, der mit etwas sehr Ernstem, von mutwilligen Streichen und wilden Spielen weit Entferntem beschäftigt ist. Von Zeit zu Zeit half ihm das Leben, aufrichtig nachzudenken: Mitte September, in einer regnerischen Nacht, erschoß sich Doktor Somow auf dem Grab seiner Frau.

Seine gekünstelte Nachdenklichkeit erwies sich in zweierlei Hinsicht als nützlich: Die Jungen ließen das langweilige Menschlein bald in Ruhe, während die Lehrer sich damit die Tatsache erklärten, daß Klim Samgin in den Unterrichtsstunden oft unaufmerksam war. Diese Ansicht teilten alle Lehrer mit Ausnahme eines tückischen kleinen alten Mannes mit Chinesenschnurrbart. Er unterrichtete Russisch und Geographie, die Jungen hatten ihm den Spitznamen »der Unfertige« gegeben, weil das linke Ohr des alten Mannes kleiner war als das rechte, wenn auch so unauffällig, daß Klim, selbst als man ihn darauf aufmerksam machte, sich nicht sofort von der Ungleichheit der Ohren des Lehrers überzeugte. Der Junge fühlte von den ersten Stunden an, daß der alte Mann ihm nicht glaubte, ihn bei irgend etwas ertappen und ihn auslachen wollte. Jedesmal, wenn er Klim aufrief, strich sich der Alte über den Schnurrbart und zog die lilaroten Lippen so zusammen, als wollte er pfeifen, dann musterte er Klim ein paar Sekunden durch die Brille und fragte schließlich freundlich: »Also, Samgin, woran ist ein Seengebiet reich?«

»An Fischen«

»Ja? Gibt es dort vielleicht Wälder?«

»Jawohl.«

»Demnach sitzen also die Fische auf den Bäumen!«

Die Klasse lachte, der Lehrer lächelte, wobei er dunkle Zähne in Gold zeigte. »Wie kommt es, mein Genialer, daß du dich so schlecht auf die Stunde vorbereitet hast?«

Wenn Klim dann auf seinen Platz zurückging, sah er Reihen kugelförmiger, kahlgeschorener Köpfe mit grinsendem Mund und verschiedenfarbigen Augen, die vor Lachen funkelten. Es war zum Weinen kränkend, dies zu sehen.

Die Jungen waren der Ansicht, »der Unfertige« unterrichte lustig,

Klim jedoch fand ihn dumm, bösartig und kam zu der Überzeugung, im Gymnasium zu lernen sei langweiliger und schwieriger als bei Tomilin.

»Warum spielst du nicht mit?« fiel in den Pausen Iwan Dronow über Klim her, glühendrot, strahlend und glücklich. Er war in der Tat in die Reihen der Besten der Klasse und der größten Wildfänge des ganzen Gymnasiums gelangt, es schien, als beeilte er sich, alle Spiele nachzuspielen, von denen ihn Turobojew und Boris Warawka ausgeschlossen hatten. Wenn er mit Klim und Dmitrij vom Gymnasium heimging, pfiff er, die Mißerfolge der Brüder rücksichtslos verspottend, selbstbewußt vor sich hin, fragte aber Klim nicht selten: »Gehst du heute zu Tomilin? Ich komme mit.«

Und, bei dem rothaarigen Lehrer angelangt, sog er sich an ihm fest und überschüttete ihn mit Fragen nach dem göttlichen Gesetz, was für Klim das langweiligste Thema war. Tomilin hörte sich seine Fragen lächelnd an, antwortete vorsichtig, und wenn Dronow fortgegangen war, schwieg er ein bis zwei Minuten und fragte Klim dann mit den Worten Glafira Warawkas: »Nun, wie steht es bei euch zu Hause?«

Er fragte so, als erwartete er, etwas Ungewöhnliches zu hören. Er versank immer mehr hinter Büchern; in der Ecke am Fußende des Bettes türmten sie sich fast bis zur Decke. Auf dem Bett ausgestreckt, belehrte er Klim: »Edelmetalle nennen wir jene, die kaum oder gar nicht oxydieren. Merk dir das, Klim. Edle, geistig standhafte Menschen oxydieren ebenfalls nicht, das heißt, sie geben den Schlägen des Schicksals nicht nach, dem Unglück und überhaupt . . .«

Solche Ergänzungen zur Wissenschaft gefielen dem Jungen mehr als die Wissenschaft selbst und prägten sich ihm leichter ein, und Tomilin war mit Ergänzungen sehr freigebig. Er sprach, als läse er etwas von der Zimmerdecke ab, die mit weißem, doch schon stark vergilbtem, rissigem Glanzpapier beklebt war. »Eine komplizierte Substanz verliert beim Erwärmen einen Teil ihres Gewichts, eine einfache bewahrt oder vermehrt es.«

Nach kurzem Schweigen fügte er hinzu: »Du zum Beispiel bist schon nicht mehr einfach genug für dein Alter. Dein Bruder ist noch mehr Kind, obwohl er älter ist als du.«

»Aber Mitja ist dumm«, erinnerte Klim.

Mechanisch ruhig wie immer sagte der Lehrer: »Ja, er ist dumm, aber – seinem Alter gemäß. Jedem Alter entspricht eine bestimmte Dosis von Dummheit und Verstand. Was man in der Chemie Kompliziertheit nennt – ist völlig gesetzmäßig, was man aber im Charakter eines Menschen für Kompliziertheit hält, ist oftmals nur seine Erfindung, seine Spielerei. Zum Beispiel – die Frauen ...«

Er schwieg von neuem, als wäre er mit offenen Augen eingeschlafen. Klim sah von der Seite das porzellanartige, glänzende Weiß seiner Augen, es erinnerte ihn an das tote Auge von Doktor Somow. Er verstand, daß der Lehrer, als er über die Erfindung redete, mit sich selbst sprach und ihn, den Schüler, vergessen hatte. Und nicht selten erwartete Klim, der Lehrer werde sogleich etwas von der Mutter sagen, davon, wie er im Garten ihre Beine umarmt hatte. Doch der Lehrer sagte: »Ein nützlicher Einfall wird als Frage, als Vermutung formuliert: Vielleicht ist das so? Es wird von vornherein ehrlich angenommen, daß es vielleicht nicht so ist. Schädliche Einfälle haben stets die Form einer Behauptung: Das ist eben so und nicht anders. Daher die Irrtümer, die Fehler und ... überhaupt. Ja.«

Klim hörte diesen Reden aufmerksam zu und war eifrig bestrebt, sie sich einzuprägen. Er empfand Dankbarkeit seinem Lehrer gegenüber: Ein Mensch, der niemandem glich, den niemand mochte, sprach mit ihm wie mit einem Erwachsenen und seinesgleichen. Das war sehr nützlich: Klim merkte sich die etwas ungewöhnlichen Sätze des Lehrers, verwendete sie, als stammten sie von ihm selbst, und festigte dadurch seinen Ruf als Schlaukopf.

Zuweilen jedoch erschreckte ihn der Rothaarige: Er vergaß die Anwesenheit des Schülers, sprach so viel, lange und unverständlich, daß Klim erst sich räuspern, mit dem Absatz auf den Boden klopfen oder ein Buch fallen lassen und den Lehrer hierdurch an sich erinnern mußte. Doch auch Lärm weckte Tomilin nicht immer, er redete weiter, sein Gesicht versteinerte, die Augen traten angespannt hervor, und Klim meinte, Tomilin werde sogleich schreien wie die Frau des Doktors: »Nein! Nein!«

Besonders unheimlich war es, wenn der Lehrer beim Sprechen die rechte Hand in Gesichtshöhe hob und mit den Fingern irgend etwas Unsichtbares aus der Luft rupfte – wie der Koch Wlas Haselhühner oder anderes Wild zu rupfen pflegte.

In solchen Augenblicken sagte Klim laut: »Es ist schon spät.«

Tomilin blickte in die Dunkelheit hinter dem Fenster und stimmte zu: »Ja, soviel für heute.«

Und er reichte dem Schüler die behaarten Finger mit den schwarzen Nagelrändern. Der Junge ging fort, nicht so sehr mit Kenntnissen als mit Überlegungen beladen.

An Winterabenden war es angenehm, auf dem knirschenden Schnee hinzuschreiten und sich dabei vorzustellen, wie daheim am Teetisch Vater und Mutter über die neuen Gedanken des Sohnes erstaunt sein würden. Schon lief der Laternenanzünder mit der Leiter auf der Schulter behende von Laterne zu Laterne, gelbe Lichter in der blauen Luft aufhängend, und das Laternenglas klang angenehm in der winterlichen Stille. Die zottigen Köpfe schüttelnd, liefen die Droschkenpferde vorüber. An der Straßenkreuzung stand wie eine Steinsäule ein Polizist und verfolgte mit seinen grauen Augen den kleinen, aber würdigen Gymnasiasten, der ohne Eile von der einen Ecke zur anderen hinüberging.

Jetzt, da Klim einen großen Teil des Tages außer Haus verbrachte, entging vieles seinen Augen, die zu beobachten gewohnt waren, aber er sah dennoch, daß es im Hause immer unruhiger wurde, alle gingen jetzt anders umher, und sogar die Türen schlugen lauter zu.

Der »richtige alte Mann«, der seine versteiften Beine behutsam bewegte, stieß mit seinem Stock zu kräftig auf den Boden und hustete so heftig, daß seine Ohren zitterten und Gesicht und Hals die Farbe einer reifen Pflaume annahmen; mit dem Stock aufklopfend und verärgert hustend, sagte er zur Mutter:»Unter Ausnutzung seines weichen Charakters, meine Gnädige . . . unter Ausnutzung der kindlichen Vertrauensseligkeit Iwans haben Sie, meine Gnädige . . .«

Die Mutter warnte ihn halblaut: »Sprechen Sie nicht so laut, im Speisezimmer ist jemand . . .«

»Es ist meine Pflicht, Ihnen zu sagen, Wera Petrowna . . .«

»Bitte sehr, ich höre.«

Die Mutter ging zur angelehnten Tür des Speisezimmers und schloß sie.

Der Vater fuhr immer häufiger in den Wald, ins Werk oder nach Moskau, er war zerstreut und brachte Klim keine Geschenke mehr mit. Sein Haar hatte sich stark gelichtet, seine Stirn war größer geworden, sie drückte auf die Augen, die Augen wölbten sich jetzt stärker vor und waren langweilig farblos geworden, ihre bläuliche Wärme war erloschen. Er hatte einen komisch hüpfenden Gang bekommen, hielt die Hände in den Taschen und pfiff Walzer vor sich hin. Die Mutter sah ihn immer häufiger wie einen Gast an, den man schon über hat, der aber nicht merkt, daß es für ihn Zeit zu gehen ist. Sie kleidete sich jetzt schöner, festlicher, hielt sich noch stolzer aufrecht, war stärker, fülliger geworden, sie sprach weicher, obwohl sie ebenso selten und sparsam lächelte wie früher. Klim war sehr erstaunt und dann beleidigt, als er merkte, daß der Vater von ihm auf die Seite Dmitrijs übergelaufen war und daß er mit Dmitrij irgendwelche Geheimnisse hatte. An einem heißen Sommerabend traf Klim den Vater und den Bruder im Garten, in der Laube; der Vater saß neben Dmitrij, drückte ihn fest an sich und lachte ein ungewöhnliches, schluckendes Lachen; Dmitrijs Gesicht war verweint; er sprang sofort auf und ging fort, während der Vater die Tränen auf seiner Hose mit dem Taschentuch abwischte und zu Klim sagte: »Er ist ganz verstört.«

»Worüber hat er geweint?«

»Er? Er ... über die Dekabristen. Er hat Nekrassows ›Russische Frauen‹ gelesen. Ja. Und ich habe ihm nun von den Dekabristen erzählt, und das hat ihn sehr bewegt.«

Nachdem er noch ungern und wenig von den Dekabristen gesprochen hatte, sprang der Vater auf und ging fort, vor sich hin pfeifend, und hatte in Klim den eifersüchtigen Wunsch geweckt, seine Worte zu prüfen. Klim ging sogleich in das Zimmer des Bruders und traf Dmitrij auf dem Fensterbrett sitzend an.

Die Arme um die Beine gelegt, stützte er das Kinn auf die Knie, bewegte den Unterkiefer und hörte den Bruder nicht eintreten. Als Klim ihn um das Buch Nekrassows bat, stellte sich heraus, das Dmitrij es nicht besaß, der Vater jedoch versprochen hatte, es ihm zu schenken.

»Du hast über die russischen Frauen geweint?« vernahm ihn Klim.

Dmitrij war sehr erstaunt. »Wa-a-as?«

»Worüber hast du geweint?«

»Ach, scher dich zum Teufel«, sagte Dmitrij kläglich und sprang vom Fensterbrett in den Garten.

Dmitrij war stark gewachsen und abgemagert, in seinem runden, dicken Gesicht waren die eckigen Backenknochen hervorgetreten, und wenn er nachdachte, bewegte er wie Großvater Akim unangenehm den Unterkiefer. Er war oft nachdenklich, betrachtete die Erwachsenen mißtrauisch, mürrisch. Obwohl er ebenso häßlich aussah wie früher, war er doch geschickter, gewandter geworden, aber in ihm zeigte sich etwas Grobes. Er hatte sich sehr mit Ljuba Somowa angefreundet, hatte ihr Schlittschuhlaufen beigebracht, fügte sich gern ihren Launen, und als Dronow einmal Ljuba durch irgend etwas beleidigte, zog Dmitrij ihn heftig, aber ruhig und gutmütig an den Haaren. Klim beachtete er nicht mehr, so wie Klim ihn früher nicht beachtet hatte, während er die Mutter gekränkt anblickte, als wäre er von ihr schuldlos bestraft worden.

Die Schwestern Somow wohnten bei Warawka, unter der Aufsicht von Tanja Kulikowa: Warawka war in Bahnangelegenheiten nach Petersburg gefahren und mußte von dort ins Ausland reisen, um seine Frau zu beerdigen. Fast jeden Abend ging Klim nach oben und traf dort immer den Bruder an, der mit den Mädchen spielte.

Wenn sie das Spielen über hatten, setzten sich die Mädchen auf den Diwan und verlangten, daß Dmitrij ihnen etwas erzähle.

»Etwas zum Lachen«, bat Ljuba.

Er setzte sich in die Ecke, auf die Seitenlehne des Diwans, an die Wand, und belustigte die Mädchen, vorsichtig lächelnd, mit Erzählungen über Lehrer und Gymnasiasten. Zuweilen wandte Klim ein: »Das war nicht so!«

»Nun, meinetwegen war es nicht so!« stimmte Dmitrij gleichgültig zu, und Klim kam es vor, als glaubte der Bruder, selbst wenn er wahrheitsgemäß erzählte, dennoch nicht an das, was er sagte. Er kannte eine Unmenge alberner und komischer Anekdoten, erzählte sie aber nicht lachend, sondern sich sogar irgendwie genierend. Überhaupt zeigte sich in ihm jetzt eine Klim unverständliche Besorgtheit, und er betrachtete die Menschen auf der Straße mit einem so prüfenden Blick, als hielte er es für notwendig, jeden der sechzigtausend Einwohner in der Stadt zu verstehen.

Dmitrij besaß ein dickes Heft mit schwarzem Wachstuchdeckel, in das er aus Zeitungen ausgeschnittene spaßige Notizen, Witze und kurze Verse einklebte oder schrieb, die er dann den Mädchen, ebenfalls irgendwie mißtrauisch, unentschlossen, vorlas:

»Auf dem Odojewsker Stadtfriedhof lenkt folgendes Epitaph auf dem Grabmal der ›Kaufmannsfrau Polikarpowa‹ die Aufmerksamkeit auf sich:

> Geschehen ist's, daß fern von Mann und Sohn sie
>   sterben mußte.
> Dort, in Krapiwno, war ein großer Ball;
> Und niemand etwas von ihr wußte.
> Doch dann erhielten sie ein Telegramm,
> Von ihrem Tode haben sie erfahren,
> Sind von der Hochzeit schnell davongefahren.
> Die Gattin, Mutter Olga ruhet hier,
> Wie helfen ihrer Seele wir,
> Mit welchem Wort hienieden?
> Gott schenk ihr ewigen Frieden.«

»Wie albern das ist!« empörte sich Lidija.

»Aber komisch ist es«, rief Ljuba. »Es gibt nichts Schöneres als was zum Lachen ...«

Auf dem breiten Gesicht ihrer Schwester zerfloß langsam ein träges Lächeln.

Manchmal kam Wera Petrowna und fragte gelangweilt: »Spielt ihr?«

Lidija sprang vom Diwan auf, machte vor ihr betont höflich einen Knicks, die Somows liebkosten sie lebhaft, Dmitrij schwieg verlegen und versuchte ungeschickt, sein Heft zu verstecken, aber Wera Petrowna fragte: »Hast du etwas Neues aufgeschrieben? Lies es mal vor.« Dmitrij las, das Gesicht mit dem Heft verdeckend:

»Es steht ein Polizist am blauen Meer,
Das blaue Meer, es rauscht und rauscht so sehr,
Den Polizisten frißt die Wut, er denkt daran,
Daß er das Rauschen nicht verhindern kann.«

»Streich das!« befahl die Mutter und ging majestätisch, etwas rechnend, ausmessend, aus dem einen Zimmer in das andere. Klim sah, daß Lida Warawka sich auf die Lippen biß und sie mit feindseligem Blick verfolgte. Ein paarmal schon hatte er das Mädchen fragen wollen: »Warum magst du meine Mama nicht?«

Aber er entschloß sich nicht dazu; nachdem Turobojew fortgefahren war, hatte Lida sich ihm von neuem freundlich genähert.

Eines Tage kam Klim von der Stunde bei Tomilin nach Hause, als der Abendtee schon vorüber war. Im Speisezimmer war es dunkel und im ganzen Haus so ungewöhnlich still, daß der Junge, nachdem er abgelegt hatte, in dem von einer kleinen Wandlampe trist erleuchteten Vorzimmer stehenblieb und ängstlich in die verdächtige Stille hineinlauschte.

»Laß das, es scheint, jemand ist gekommen«, hörte er das trockene Flüstern der Mutter; irgendwessen Füße schlurrten schwer über den Boden, dann erklang das vertraute scheppernde Geräusch des Messingtürchens am Kachelofen, und von neuem trat eine Stille ein, die zum Lauschen herausforderte. Das Flüstern der Mutter verwunderte Klim, sie duzte niemanden außer den Vater, der Vater aber war gestern ins Sägewerk gefahren. Der Junge bewegte sich behutsam auf die Tür des Speisezimmers zu, ihm entgegen seufzten die leisen, müden Worte: »O Gott, wie unersättlich, wie ungeduldig du bist . . .«

Klim blickte durch den Türspalt: Vor dem quadratischen, mit glutroten Kohlen gefüllten Rachen des Ofens streckte sich in dem niedrigen Lieblingssessel der Mutter Warawka, die Arme um der Mutter Hüfte, sie aber saß auf seinen Knien und schaukelte hin und her wie ein kleines Mädchen. In Warawkas bärtigem, vom Widerschein der Kohlen erleuchtetem Gesicht war etwas Unheimliches, seine kleinen Äugelchen glühten auch wie Kohlen, während vom Kopf der Mutter über den Rücken hinab prächtig in goldenen Bächen ihr Mondhaar rieselte.

»Oh, du«, seufzte sie leise.

In dieser Pose lag etwas, das Klim verwirrte, er tapste zurück, trat auf einen Gummi-Überschuh, der Gummischuh schnellte in die Höhe und fiel klatschend um.

»Wer ist dort?« rief die Mutter zornig und befand sich unglaublich rasch in der Tür. »Du? Bist du durch die Küche hereingekommen? Warum so spät? Ist dir kalt? Willst du Tee . . .«

Sie sprach schnell, freundlich, scharrte aus irgendeinem Grund mit den Füßen und knarrte mit einem Türflügel, den sie auf- und wieder zumachte; dann nahm sie Klim bei der Schulter, schubste ihn heftiger als nötig ins Speisezimmer und zündete eine Kerze an. Klim schaute sich um, im Speisezimmer war niemand, in der Tür zum Nebenzimmer ballte sich dicht die Finsternis.

»Was schaust du?« fragte die Mutter, nachdem sie ihn kurz angesehen hatte. Klim antwortete zaghaft: »Mir schien, hier wäre jemand . . .«

Die Mutter zog erstaunt die Brauen hoch und blickte sich ebenfalls im Zimmer um. »Nun, wer hätte denn hier sein können? Vater ist nicht da. Lidija ist mit Mitja und den Somows auf der Eisbahn, Timofej Stepanowitsch ist oben bei sich – hörst du es nicht?«

Ja, oben stapfte jemand wuchtig herum. Die Mutter setzte sich an den Tisch vor den Samowar, betastete mit den Fingern seine Seiten, goß Tee in eine Tasse und fuhr, sich das üppige Haar ordnend, fort: »Ich saß hier am Ofen, habe nachgedacht. Bist du eben erst gekommen?«

»Ja«, log Klim, der begriffen hatte, daß man lügen mußte.

Die Mutter spielte mit der Zuckerzange und verstummte, sie blickte leise lächelnd in die unruhige Kerzenflamme, die vom Kupfer des Samowars widergespiegelt wurde. Dann warf sie die Zange beiseite, glättete den Spitzenkragen ihres Hauskleides und erzählte unnötig laut, Warawka kaufe ihr Großmutters Gutshof ab, er wolle ein großes Haus bauen. »Er ist offensichtlich eben erst heimgekommen, aber ich will trotzdem hinaufgehen, um mit ihm darüber zu sprechen.«

Sie küßte Klim auf die Stirn und ging. Der Junge stand auf, trat an den Ofen, setzte sich in den Sessel, strich die Asche von der Lehne.

Mama möchte den Mann wechseln, aber sie schämt sich noch, mutmaßte er, während er zuschaute, wie auf den roten Kohlen blaue, durchsichtige Flämmchen aufflackerten und wieder erloschen. Er hatte gehört, daß die Frauen den Mann und die Männer die Frau recht oft wechseln. Warawka gefiel ihm von jeher besser als der Vater, doch es war peinlich und traurig, zu erleben, daß die Mama, solch eine ernste, würdige, von allen verehrte und gefürchtete Mama, die Unwahrheit sagte und so ungeschickt redete. Da er das Bedürfnis empfand, sich zu trösten, wiederholte er: »Sie schämt sich noch.«

Das war die einzige Erklärung, die er finden konnte, doch da soufflierte ihm das Gedächtnis die Szene mit Tomilin, er durchdachte sie, grübelte sinnlos und schlief ein.

Die Geschehnisse im Haus, die Klim vom Lernen ablenkten, beunruhigten ihn nicht so stark wie das Gymnasium, wo er keinen seiner würdigen Platz fand. Er unterschied in der Klasse drei Gruppen: Etwa zehn Jungen, die musterhaft lernten und sich musterhaft benahmen; dann bösartige und ausgelassene Wildfänge, von denen einige, wie Dronow, ebenfalls vortrefflich lernten; die dritte Gruppe bestand aus armen, kränklichen Jungen, die eingeschüchtert und verängstigt waren, aus Pechvögeln, die von der ganzen Klasse ausgelacht wurden. Dronow hatte Klim gesagt: »Mit denen freunde dich nicht an, das sind lauter Feiglinge, Flenner, Angeber. Der dort – der Rothaarige – ist ein Judenbengel, und der dort – der Schieläugige – wird bald ausgeschlossen, er ist arm und kann nicht zahlen. Der ältere Bruder von dem da hat Überschuhe gestohlen und sitzt jetzt in einer Verbrecherkolonie, und der dort drüben, der Iltis, ist unehelich.«

Klim Samgin lernte eifrig, aber nicht sehr erfolgreich, dumme Streiche hielt er für unter seiner Würde, und er konnte auch nicht ausgelassen sein. Er merkte bald, daß irgendwelche nicht spürbaren Stöße ihn gerade zu dieser Ausschußgruppe drängten. Aber unter ihnen fühlte er sich noch weniger am Platz als in der dreisten Gesellschaft der Jungen um Dronow. Er sah in sich den Klügsten der Klasse, er hatte bereits eine Reihe Bücher gelesen, von denen seine Altersgenossen keine Ahnung hatten, er fühlte, daß sogar ältere Jungen kindlicher waren als er. Wenn er von den Büchern erzählte, die er gelesen hatte, hörten sie ihm mißtrauisch, ohne Interesse zu und begriffen vieles gar nicht. Zuweilen verstand auch er selber nicht: Warum verliert ein interessantes Buch, das er gelesen hatte, in seiner Wiedergabe alles das, was ihm gefallen hatte?

Eines Tages fragte der uneheliche, knochenwangige und mürrische Junge, der Inokow hieß, Klim: »Hast du Iwangoä gelesen?«

»Ivenhoe«, korrigierte Klim. »Das hat Walter Scott geschrieben.«

»Dummkopf«, sagte Inokow verächtlich. »Was korrigierst du alle?« Und dann lächelte er gezwungen und prophezeite ihm: »Paß auf, wenn du groß bist, wirst du Lehrer.«

Die Jungen lachten. Sie verehrten Inokow, er war zwei Klassen weiter als sie, aber mit ihnen befreundet und trug den Indianernamen »Feuerauge«. Vielleicht flößte er ihnen durch sein mürrisches Wesen, seinen scharfen und durchdringenden Blick auch Angst ein.

Durch die zärtliche Aufmerksamkeit daheim verwöhnt, bedrückte Klim die geringschätzige Mißgunst der Lehrer. Einige waren ihm physisch unangenehm: Der Mathematiker litt an chronischem Schnupfen, er nieste, die Schüler ansprühend, ohrenbetäubend und bedrohlich, kniff das linke Auge zu und stieß pfeifend die Luft durch die Nase; der Geschichtslehrer betrat die Klasse vorsichtig wie ein Halbblinder und schlich stets mit einem Gesicht an die Bänke, als wollte er alle Schüler der ersten zwei Reihen ohrfeigen, trat näher und sagte mit dünnem, gedehntem Stimmchen: »N-nu-us . . .«

Sie nannten ihn »Gnus«.

Fast an jedem Lehrer entdeckte Klim etwas Unsympathisches und ihm Feindseliges, all diese schmuddeligen Menschen in den schäbigen Uniformröcken schauten ihn an, als hätte er sich ihnen gegenüber etwas zuschulden kommen lassen. Und obwohl er sich bald überzeugte, daß die Lehrer sich nicht nur zu ihm, sondern zu fast allen Jungen so sonderbar verhielten, erinnerten ihn ihre Grimassen an die angewiderte Miene, mit der die Mutter in der Küche auf die Krebse gesehen hatte, als ein betrunkener Händler den Korb umgekippt und die schmutzigen Krebse, trocken raschelnd, auf dem Boden auseinandergekrochen waren.

Doch schon im Frühjahr merkte Klim, daß Xaverij Rshiga, der Schulinspektor und Lehrer für alte Sprachen, und nach diesem noch einige Lehrer ihm milder begegneten. Das geschah, nachdem in der großen Pause jemand zweimal Steine ins Fenster des Inspektorkabinetts geworfen, die Scheiben zertrümmert und eine seltene Blume auf dem Fensterbrett abgebrochen hatte. Man fahndete eifrig nach dem Schuldigen, konnte ihn aber nicht finden.

Am vierten Tag fragte Klim den allwissenden Dronow: »Wer hat die Scheibe eingeschlagen?«

»Wozu brauchst du das?« erkundigte sich Dronow mißtrauisch.

Sie standen an der Biegung des Korridors, hinter der Ecke, und Klim erblickte plötzlich den an der Wand langsam entlangkriechenden Schatten des gehörnten Inspektorkopfes. Dronow stand mit dem Rücken zum Schatten.

»Du weißt es nicht?« begann Klim den Gefährten zu reizen. »Du brüstest dich doch sonst immer: Ich weiß alles.« Der Schatten stellte seine Bewegung ein.

»Natürlich weiß ich es: Inokow«, sagte Dronow halblaut, als Klim ihn genügend gereizt hatte.

»Er sollte es ehrlich eingestehen, sonst haben seinetwegen andere zu leiden«, sagte Klim belehrend.

Dronow blickte ihn an, blinzelte und sagte, nachdem er auf den Boden gespuckt hatte: »Gesteht er es – dann schließt man ihn aus.«

Da schepperte ungeduldig die Glocke und rief in die Klassen.

Doch am nächsten Tag auf dem Heimweg teilte Dronow Klim mit: »Weißt du, irgend jemand hat ihn verraten.«

»Wen?« fragte Klim

»Wen, wen – was kakelst du? Inokow.«

»Ach, das habe ich vergessen.«

»Gleich nach der Pause gestern haben sie ihn geschnappt. Rausschmeißen wird man ihn. Man müßte herauskriegen, wer es hinterbracht hat, der Schuft.«

Klim hatte tatsächlich sein Gespräch mit Dronow vergessen, jetzt aber, da er begriffen hatte, daß er es war, der Inokow verraten hatte, machte er sich erschrocken Gedanken: Warum hatte er das getan? Er dachte nach und kam zu dem Schluß, daß der verzerrte Schatten des Inspektorkopfes in ihm, Klim, den jähen Wunsch erweckt hatte, dem prahlerischen Dronow etwas Unangenehmes zuzufügen.

»Du bist daran schuld, du hast den Mund nicht gehalten«, sagte er zornig.

»Wann soll ich den Mund nicht gehalten haben?« entgegnete Dronow bissig.

»In der Pause, mir gegenüber!«

»Du hast ihn doch nicht verraten! Du hattest gar keine Zeit dazu. Inokow ist doch gleich aus der Klasse herausgerufen worden.«

Sie standen einander wie rauflustige Hähne gegenüber. Doch Klim fühlte, daß man sich mit Dronow nicht verzanken sollte.

»Vielleicht hat man uns belauscht«, sagte er friedfertig, und ebenso friedfertig entgegnete Dronow: »Es war niemand da. Ein Klassenkamerad Inokows wird es verraten haben . . .«

Schweigend gingen sie weiter. Klim, der seine Schuld empfand, dachte darüber nach, wie sie wieder gutzumachen war, doch da ihm nichts einfiel, wurde er in dem Wunsch bestärkt, Dronow etwas Unangenehmes zuzufügen.

Im Frühjahr hörte die Mutter auf, Klim mit Musikstunden zu plagen, und fing selber eifrig zu spielen an. Abends kam zu ihr mit einer Geige der rotgesichtige, glatzköpfige Rechtsanwalt Makow, ein unfroher Mensch mit dunkler Brille; dann traf in einer ratternden Droschke Xaverij Rshiga mit einem Cello ein, dürr, krummbeinig, mit Eulenaugen im knochigen, rasierten Gesicht, und über seine gelben Schläfen ragten wie Hörner zwei graue Haarschöpfe heraus. Wenn er spielte, schlüpfte irgendwie seine Zunge heraus und ruhte, zwei Goldzähne im Oberkiefer entblößend, auf der welken Lippe. Er redete mit der hohen Stimme eines Küsters, sagte stets etwas besonders Denkwürdiges und so, daß man nicht herausbekommen konnte, ob er ernst sprach oder spaßte. »Ich muß sagen, daß die Schüler weit besser wären, wenn sie keine lebenden Eltern hätten. Ich sage das deshalb, weil Waisen gefügig sind«, äußerte er, den Zeigefinger bis zur bläulichen Nase hebend. Von Klim sagte er, seine dürre Hand auf dessen Kopf, Wera Petrowna zugewandt: »In Ihrem Sohn schlägt ein ritterlich, ehrlich Herz. So ist es!«

Klim selbst jedoch belehrte er: »Um Wissen zu erlangen, muß man beobachten, vergleichen, erst dann legt man den Kern alles Bestehenden bloß.«

Aufs Beobachten verstand sich Klim. Er hielt es für notwendig, an den Gefährten Mängel zu suchen; er war sogar beunruhigt, wenn er keine fand, doch er mußte sich selten beunruhigen, denn bei ihm hatte sich ein genauer Maßstab herausgebildet: alles, was ihm nicht gefiel oder ihn neidisch machte, war schlecht. Er hatte nicht nur schon gelernt, das Lächerliche und Dumme an den Menschen scharfsichtig zu bemerken, sondern verstand auch geschickt, die Mängel des einen in den Augen des anderen hervorzuheben. Als Boris Warawka und Turobojew in den Ferien heimkamen, merkte Klim als erster, daß Boris etwas sehr Schlimmes getan haben mußte und daß er fürchtete, man könnte davon etwas erfahren. Er war abgemagert, hatte blaue Schatten unter den Augen, sein Blick war zerstreut und unruhig. Nach wie vor unermüdlich beim Spielen, erfinderisch in Streichen, geriet er zu leicht in Erregung, in seinem blatternarbigen Gesicht flammten kleine, rote Flecke auf, seine Augen funkelten herausfordernd und boshaft, und wenn er lächelte, entblößte er die Zähne so, als wollte er jemanden beißen. In seinem hitzigen und ungestümen Hin und Her spürte Klim etwas Gefährliches, und so ging er den Spielen mit ihm bald aus dem Wege. Auch merkte er, daß Igor und Lidija Boris' Geheimnis kannten, die drei verkrochen sich oft in eine Ecke und tuschelten besorgt.

Und dann wurde eines Abends, kurz nachdem der Briefträger die Post gebracht hatte, mit Krach das Fenster von Vater Warawkas Zimmer aufgerissen, und es ertönte der zornige Ruf: »Boris, komm rauf!«

Boris und Lidija saßen am Kücheneingang und knüpften aus Fäden ein Netz, Igor schnitzte aus einer Holzschaufel einen Dreizack

– sie wollten einen Gladiatorenkampf veranstalten. Boris erhob sich, zupfte den unteren Saum seiner Hemdbluse zurecht, zog den Leibriemen straff und bekreuzigte sich hastig.

»Ich gehe mit«, sagte Turobojew.

»Ich auch?« brachte Lidija fragend hervor, aber der Bruder stieß sie sacht zurück und sagte: »Untersteh dich!«

Die Jungen gingen fort. Lidija blieb zurück, warf die Fäden beiseite und hob, auf etwas horchend, den Kopf. Kurz vorher war der Garten reichlich vom Regen besprengt worden, bunte Tropfen glitzerten lustig auf dem erfrischten Laub in den Strahlen der untergehenden Sonne. Lidija fing an zu weinen, sie wischte die Tränen mit dem Finger von den Wangen, ihre Lippen zitterten, und das ganze Gesicht verzog sich schmerzlich. Klim sah es, er saß auf dem Fensterbrett seines Zimmers. Er fuhr erschreckt zusammen, als über seinem Kopf der wütende Schrei von Boris' Vater ertönte: »Du lügst!«

Der Sohn antwortete ebenfalls mit einem gellenden Schrei: »Nein. Er ist ein Schuft!«

Hierauf erklang die wie immer ruhige Stimme Igors: »Erlauben Sie, ich erzähle es.«

Das Fenster oben wurde geschlossen. Lidija stand auf und ging durch den Garten, wobei sie absichtlich die Zweige des Buschwerks so streifte, daß ihr die Regentropfen auf Kopf und Gesicht fielen.

»Was hat Boris getan?« fragte Klim sie. Es war schon nicht mehr das erste Mal, daß er sie danach fragte, aber Lidija antwortete ihm auch diesmal nicht, sondern blickte ihn nur wie einen Fremden an. Er wäre am liebsten in den Garten hinabgesprungen und hätte sie an den Ohren gezogen. Jetzt, da Igor zurückgekehrt war, hörte sie wieder auf, Klim zu beachten.

Nach diesem Zwischenfall begann Warawka wie auch die Mutter sich so um Boris zu sorgen, als hätte er eben eine gefährliche Krankheit überstanden oder eine heroische und geheimnisvolle Tat vollbracht. Das reizte Klim, machte Dronow neugierig und schuf im Haus die unangenehme Stimmung von Geheimniskrämerei.

»Zum Teufel«, murmelte Dronow und rieb mit dem Finger seine Nase, »ich gäbe einen Zehner, um zu erfahren, was er angestellt hat. Hu, ich kann diesen Burschen nicht leiden...«

Als Klim die Mutter, nachdem er sich lieb Kind gemacht hatte, fragte, was mit Boris vorgefallen sei, antwortete sie: »Man hat ihn schwer gekränkt.«

»Wodurch?«

»Das brauchst du nicht zu wissen.«

Klim sah auf ihr strenges Gesicht und verstummte hoffnungslos, er fühlte, daß seine alte Feindseligkeit gegen Boris sich noch mehr verschärfte.

Eines Tages konnte er heimlich beobachten, wie Boris in einer Ecke hinter dem Schuppen stand, das Gesicht mit den Händen bedeckte und lautlos weinte, so stark weinte, daß es ihn hin und her schüttelte, während seine Schultern bebten wie bei der weinerlichen Warja Somowa, die lautlos und wie ein Schatten ihrer munteren Schwester lebte. Klim wollte auf Warawka zutreten, entschloß sich aber nicht dazu, denn es war ja auch angenehm zu sehen, daß Boris weinte, es war nützlich zu erfahren, daß die Rolle eines Gekränkten doch nicht so beneidenswert war, wie es schien.

Auf einmal wurde das Haus leer; Warawka hatte seine Kinder, Turobojew und die Somows unter der Aufsicht von Tanja Kulikowa zu einer Dampferfahrt auf der Wolga fortgeschickt. Man hatte natürlich auch Klim vorgeschlagen mitzufahren, aber er hatte gewichtig gefragt: »Wie soll ich mich denn da auf die Prüfung vorbereiten?«

Durch diese Frage wollte er nur an seine ernste Einstellung zur Schule erinnern, aber die Mutter und Warawka hatten sich aus irgendeinem Grund beeilt zuzustimmen, daß er nicht fahren mußte. Warawka hatte ihn sogar am Kinn gefaßt und lobend gesagt: »Braver Junge! Beunruhige dich aber trotz allem nicht zu sehr dadurch, daß das Wissen dir zwischen den Zähnen steckenbleibt – alle talentierten Menschen haben schlecht gelernt.«

Die Kinder fuhren fort, Klim indes weinte vor Kränkung fast die ganze Nacht. Einen Monat lang verbrachte er mit sich allein, wie vor einem Spiegel. Dronow verschwand vom Morgen an aus dem Haus auf die Straße, wo er gebieterisch eine Schar kleiner Kinder kommandierte; er ging mit ihnen baden, führte sie zum Pilzesuchen in den Wald, sandte sie zu Raubzügen in Gärten und Gemüsefelder aus. Dann erschienen irgendwelche schreienden Leute, um sich bei der Kinderfrau über ihn zu beschweren, doch sie war schon völlig taub geworden und starb, ohne sich zu beeilen, in dem kleinen, halbdunklen Zimmerchen hinter der Küche dahin. Wenn sie die Kläger hörte, rollte sie den Kopf auf dem speckigen Kissen hin und her und versprach wohlwollend: »Nun ja, der Herr sieht alles, der Herr wird alle strafen.«

Die Kläger forderten, die Herrin des Hauses zu sprechen; streng, aufrecht trat die Mutter auf die Freitreppe, und nachdem sie schweigend die schüchternen, verworrenen Reden angehört hatte, versprach sie ebenfalls: »Gut, ich werde ihn bestrafen.«

Aber sie bestrafte ihn nicht. Ein einziges Mal nur hörte Klim, wie sie zum Fenster hinaus auf den Hof rief: »Iwan, wenn du Gurken stiehlst, werden sie dich aus dem Gymnasium jagen.«

Sie und Warawka waren für Klim immer weniger zu sehen, es schien, als spielten sie Versteck miteinander; mehrmals am Tage hörte Klim die an ihn oder Malascha, das Dienstmädchen, gerichtete Frage: »Weißt du nicht, wo die Mutter ist – ist sie im Garten?«

»Ist Timofej Stepanowitsch heimgekommen?«

Wenn sie sich trafen, lächelten sie einander zu, und das Lächeln der Mutter war Klim fremd, sogar unangenehm, obwohl ihre Augen dunkler und dadurch noch schöner geworden waren. Und bei Warawka fiel irgendwie gierig und häßlich die schwere, fleischige Unterlippe aus dem Bart hervor. Neu und unangenehm war es auch, daß die Mutter jetzt übermäßig viel so starkes Parfüm gebrauchte, daß es Klim, wenn er ihr vor dem Zubettgehen die Hand küßte, in die Nase stach und fast Tränen hervorrief, wie der scharfe Geruch von Meerrettich. Manchmal, an den Abenden, wenn nicht musiziert wurde, ging Warawka Arm in Arm mit der Mutter im Speisezimmer oder im Wohnzimmer umher und schnurrte in den Bart hinein: »O-o-oh! O-o-oh!«

Die Mutter lächelte.

Wenn musiziert wurde, setzte sich Warawka an seinen Platz in den Sessel hinter dem Flügel, zündete sich eine Zigarre an und betrachtete aus den schmalen Schlitzen halb geschlossener Augen durch den Rauch Wera Petrowna. Er saß regungslos da, es schien, als schlummerte er, er qualmte und schwieg.

»Schön?« fragte ihn Wera Petrowna lächelnd.

»Ja«, antwortete er leise, als fürchtete er, jemanden zu wecken. »Ja.«

Und einmal sagte er: »Das ist das Allerschönste, denn das ist immer Liebe.«

»Aber nicht doch!« widersprach Rshiga. »Nicht immer.«

Und er hob die Hand mit dem Bogen hoch und redete so lange von Musik, bis der Rechtsanwalt Makow ihn unterbrach: »Meine verstorbene Frau wiederum mochte keine Musik.«

Er seufzte und fügte halblaut, brummig hinzu: »Ich bin völlig außerstande, eine Frau zu verstehen, die Musik nicht liebt, wo sogar die Hühner, die Wachteln . . . hm.«

Die Mutter fragte ihn: »Sind Sie schon lange verwitwet?«

»Neun Jahre. Ich war siebzehn Monate verheiratet. Ja. Darauf begann ich von neuem, Geige zu spielen.«

Klim, der den Gesprächen der Erwachsenen über Ehemänner, Ehefrauen und Familienleben aufmerksam zuhörte, bemerkte im

Ton dieser Gespräche etwas Unklares, zuweilen Schuldbewußtes, oftmals Spöttisches, als spräche man von bedauerlichen Fehlern, von Dingen, die man nicht hätte tun sollen. Und wenn er die Mutter ansah, fragte er sich: Wird auch sie so reden?

Sie wird es nicht, antwortete er sich überzeugt und lächelte.

In einem zärtlichen Augenblick fragte Klim sie: »Hast du einen Roman mit ihm?«

»O Gott, für dich ist es noch zu früh, an solche Dinge zu denken!« sagte die Mutter erregt und zornig. Dann wischte sie sich die roten Lippen mit dem Taschentuch ab und fügte sanfter hinzu: »Du siehst doch: Er ist allein, und ich auch. Wir langweilen uns. Langweilst du dich auch?«

»Nein«, sagte Klim.

Doch er langweilte sich bis zum Stumpfsinn. Die Mutter beobachtete ihn so wenig, daß Klim vor dem Frühstück, dem Mittagessen, dem Tee sich jetzt auch versteckte, so wie sie und Warawka sich versteckten. Er hatte ein wenig Vergnügen daran, wenn er hörte, wie das Dienstmädchen, in Hof und Garten herumlaufend, ihn rief.

»Wohin verschwindest du immer?« fragte die Mutter erstaunt, zuweilen jedoch voller Unruhe. Klim antwortete: »Ich habe nachgedacht.«

»Worüber?«

»Über alles. Auch über die Unterrichtsstunden.«

Tomilins Stunden wurden immer langweiliger, immer weniger verständlich, während der Lehrer selbst unnatürlich in die Breite gegangen und in sich zusammengesunken war. Er trug jetzt ein weißes Kittelhemd mit gesticktem Kragen, an seinen bloßen, bronzefarbenen Füßen glänzten Pantoffeln aus grünem Saffian. Wenn Klim etwas nicht begriff und ihm dies sagte, blieb Tomilin, ohne ungehalten zu werden, aber mit offenkundigem Erstaunen mitten im Zimmer stehen und sagte fast immer dasselbe: »Begreif vor allem eines: Hauptziel allen Wissens ist, eine Reihe ganz einfacher, leicht verständlicher und tröstlicher Wahrheiten exakt festzustellen. So ist es.«

Er trommelte mit den Fingern auf das Kinn, betrachtete mit vorstehenden Augen die Decke und fuhr eintönig fort: »Eine von diesen Wahrheiten ist Darwins Theorie vom Kampf ums Dasein – erinnerst du dich, ich erzählte dir und Dronow von Darwin. Diese Theorie stellt die Unvermeidlichkeit des Bösen und der Feindschaft auf Erden fest. Das, mein Lieber, ist der am besten geglückte Versuch des Menschen, sich selbst vollkommen zu rechtfertigen. Ja . . . Erinnerst du dich an die Frau des Doktor Somow? Sie haßte Darwin bis zum

Wahnsinn. Es ist anzunehmen, daß gerade bis zum Wahnsinn gesteigerter Haß allumfassende Wahrheit schafft . . .«

Im Stehen redete er am unverständlichsten, am wortreichsten und erweckte Verdruß. Jetzt hörte Klim dem Lehrer nicht sehr aufmerksam zu, er hatte seine eigene Sorge: Er wollte den Kindern so begegnen, daß sie sogleich sahen, er ist nicht mehr der, als den sie ihn zurückgelassen hatten. Er dachte lange darüber nach, was er tun müsse, und kam zu dem Schluß, daß er sie am stärksten verblüffen würde, wenn er eine Brille trüge. Nachdem er der Mutter gesagt hatte, daß seine Augen ermüden und daß man ihm im Gymsasium geraten habe, sich eine Schutzbrille zu kaufen, belud er gleich am nächsten Tag seine spitze Nase mit dem Gewicht zweier rauchgrauer Gläser. Durch diese Gläser erschien alles auf Erden wie mit einer leichten Schicht schwarzgrauen Staubs bedeckt, und sogar die Luft wurde etwas grau, ohne ihre Durchsichtigkeit zu verlieren. Der Spiegel überzeugte Klim, daß die Brille sein schmales Gesicht sowohl imponierend als auch noch klüger machte.

Kaum waren jedoch die Kinder zurückgekehrt, da sagte Boris, als er Klim die Hand drückte und mit seinen kräftigen Fingern festhielt, spöttisch: »Schaut her: Hier habt ihr den Affen im Greisenalter.«

Ljuba Somowa rief mitleidig: »Oh, was für ein Eulchen du geworden bist!«

Turobojew lächelte höflich, doch sein Lächeln war ebenfalls kränkend, noch kränkender aber war Lidijas Gleichgültigkeit; die Hand auf Igors Schulter, sah sie Klim an, als wollte sie ihn nicht erkennen. Dann seufzte sie müde und fragte: »Tun dir die Augen weh? Warum tut dir immer irgend etwas weh?«

»Mir tut nie etwas weh«, sagte Klim entrüstet und fürchtete, gleich in Tränen auszubrechen.

Doch von diesem Tage an erkrankte er an einer heftigen Feindschaft gegen Boris, der aber fing schnell dieses Gefühl auf und begann es beharrlich zu schüren, indem er fast jeden Schritt, jedes Wort Klims verspottete. Die Spazierfahrt auf dem Dampfer hatte Boris offensichtich nicht beruhigt, er war ebenso nervös, wie er aus Moskau gekommen war, seine dunklen Augen funkelten ebenso mißtrauisch und böse, und manchmal bemächtigte sich seiner eine sonderbare Zerstreutheit, eine Müdigkeit, er hörte auf zu spielen und ging irgendwohin fort.

Um zu weinen, mutmaßte Klim mit wohltuender Bosheit.

Noch immer umsorgten die Schwester und Turobojew Boris schonend und aufmerksam, liebkoste ihn Wera Petrowna, brachte ihn der Vater zum Lachen, ertrugen alle geduldig seine Launen und plötzlichen Zornausbrüche. Klim quälte sich ab mit dem Bemühen, durch Ausfragen Boris' Geheimnis zu enträtseln, doch Ljuba sagte sehr doktorenhaft: »Das kommt von den Nerven, verstehst du? Das sind solche weißen Fädchen im Körper, und die zittern.«

Turobojew erklärte es nicht besser. »Er hat eine Unannehmlichkeit gehabt, aber ich möchte nicht darüber sprechen.«

Schließlich schlug ihm Lidija mit finsterer Miene und verzogenem Mund vor: »Schwöre bei Gott, daß Boris nie erfahren wird, daß ich es dir gesagt habe!«

Klim schwor aufrichtig, das Geheimnis für sich zu behalten, und hörte mit Gier den angsterfüllten, zusammenhanglosen Bericht an: »Boris ist aus der Kriegsschule ausgeschlossen worden, weil er sich geweigert hat, Kameraden zu verraten, die irgendeinen Streich angestellt hatten. Nein, nicht deshalb!« berichtigte sie, sich umschauend, hastig. »Dafür setzten sie ihn in den Karzer, aber ein Lehrer hat trotzdem gesagt, Borja sei ein Anschwärzer und habe die anderen verpetzt; da haben die Jungen ihn, als man ihn aus dem Karzer gelassen hatte, in der Nacht verprügelt, und er hat in der Stunde dem Lehrer einen Zirkel in den Bauch gestoßen, und da hat man ihn ausgeschlossen.«

Sie schluchzte auf und fügte hinzu: »Er wollte auch sich selber umbringen. Ihn hat sogar ein Irrendoktor behandelt.«

Aus ihren schwarzen Augen kam eine Menge Tränen, und diese Tränen schienen Klim ebenfalls schwarz. Er geriet in Verwirrung – Lidija weinte so selten, aber jetzt, in Tränen, glich sie den anderen Mädchen, verlor ihre Unvergleichlichkeit und weckte in Klim ein dem Mitleid nahes Gefühl. Was sie vom Bruder erzählte, rührte und wunderte ihn nicht, er hatte von Boris immer ungewöhnliche Taten erwartet. Er setzte die Brille ab, spielte mit ihr und sah Lidija mürrisch an, ohne Worte des Trostes für sie zu finden. Doch er hätte sie gern getröstet – Turobojew war bereits zur Schule abgefahren.

Sie stand mit dem Rücken an einen dünnen Birkenstamm gelehnt und stieß mit der Schulter daran; von den halbkahlen Zweigen fielen langsam gelbe Blätter herab, Lidija trat sie in den Boden, wobei sie die ungewohnten Tränen mit den Fingern von den Wangen wischte, und es lag etwas wie Ekel in den schnellen Bewegungen ihrer sonnengebräunten Hand. Auch ihr Gesicht war bronzefarben getönt, an ihr schlankes, schmales Figürchen schmiegte sich hübsch ein mit roten Borten besetztes blaues Kleid; an ihr war etwas Ungewöhnliches, Erstaunliches, wie an Zirkusmädchen.

»Er – schämt sich wohl?« fragte Klim schließlich.

Lidija nickte mit dem Kopf und sagte halblaut: »Nun, ja! Bedenke doch: wenn er sich in irgendein Mädchen verliebt, muß er ihr doch alles von sich erzählen, wie kann man aber erzählen, daß man verprügelt worden ist?«

Klim stimmte ihr leise zu: »Ja, darüber kann man nicht ...«

»Er hat sogar die Freundschaft mit Ljuba abgebrochen und geht jetzt immer mit Warja, denn Warja schweigt wie eine Melone«, sagte Lidija nachdenklich. »Wir aber, Papa und ich, haben solche Angst um Boris. Papa steht sogar nachts auf und sieht nach, ob er schläft. Und gestern kam deine Mutter, als es schon spät war und alle schliefen.«

Sie senkte nachdenklich den Kopf und entfernte sich, die gelben Blätter mit den Absätzen in die Erde drückend. Und kaum war sie verschwunden, fühlte Klim sich gut gewappnet gegen Boris, in der Lage, ihm alle seine Spöttereien reichlich heimzuzahlen; das zu fühlen machte froh. Schon am nächsten Tag konnte er sich nicht enthalten, Warawka diese Freude zu zeigen. Er begrüßte ihn nachlässig, indem er ihm die Hand hinhielt und sie gleich wieder in die Tasche steckte; er lächelte dem Feind herablassend ins Gesicht und entfernte sich, ohne ein Wort zu sagen. Doch als er sich in der Tür des Speisezimmers umblickte, sah er, wie Boris, die Hände auf den Tischrand gestützt, ihn mit zurückgeworfenem Kopf und zusammengepreßten Lippen erschreckt anstarrte. Da lächelte Klim nochmals, doch Warawka war mit zwei Sätzen bei ihm, packte ihn an den Schultern, schüttelte ihn und fragte halblaut, heiser: »Warum lachst du?«

Sein pockennarbiges Gesicht wurde scheckigrot, er entblößte die Zähne, und seine Hände auf Klims Schultern zitterten.

»Laß mich los«, sagte Klim, der schon fürchtete, Boris werde ihn schlagen, doch dieser wiederholte ganz leise und gleichsam bittend: »Worüber lachst du? Sprich!«

»Nicht über dich.«

Er entwand sich Boris' Händen und ging, ohne sich umzuschauen, mit eingezogenem Kopf fort.

Dieser Auftritt, der ihm einen Schreck eingejagt hatte, gab ihm ein vorsichtigeres Verhalten zu Warawka ein, dennoch konnte er es sich nicht versagen, Boris ab und zu mit dem Blick eines Menschen in die Augen zu sehen, der sein schmähliches Geheimnis kennt. Er sah deutlich, daß seine grinsenden Blicke den Jungen aufregten, und das tat ihm wohl, wenn auch Boris noch ebenso frech spöttelte, ihn immer argwöhnischer beobachtete und ihn wie ein Habicht umkreiste. Und dieses gefährliche Spiel brachte Klim sehr bald dazu, daß er seine Vorsicht vergaß.

An einem jener warmen, aber traurigen Tage, an denen die

Herbstsonne von der arm gewordenen Erde Abschied nimmt und irgendwie an ihre sommerliche, lebenspendende Kraft erinnern möchte, spielten die Kinder im Garten. Klim war lebhafter als sonst, und Boris war gutmütiger gestimmt. Lidija und Ljuba tollten vergnügt herum, das ältere der Somow-Mädchen machte einen Strauß aus grellen Ahorn- und Ebereschenblättern. Klim, der einen verspäteten Käfer gefangen hatte, reichte ihn mit zwei Fingern Boris und sagte: »Da hast du einen Kä-Verprügelter.«

Das Wortspiel hatte sich ganz von selbst, unerwartet ergeben, und Klim mußte darüber lachen, während Boris unnatürlich aufschnaubte, ihn weit ausholend einmal, zweimal ins Gesicht schlug, dann mit einem Fußtritt zu Boden stieß und Hals über Kopf, wild heulend davonrannte.

Klim schrie auch, weinte, drohte mit den Fäusten, die Schwestern Somow redeten ihm zu, doch Lidija sprang vor ihm herum und sagte außer Atem: »Wie konntest du es wagen? Du bist gemein, du hattest geschworen. Ach, ich bin auch gemein ...«

Sie lief davon. Die Somows führten Klim in die Küche, um von seinem zerschlagenen Gesicht das Blut wegzuwaschen; mit zornig zusammengezogenen Brauen trat Wera Petrowna ein, rief jedoch sofort erschreckt: »Mein Gott, was hast du? Ist das Auge heil?«

Nachdem sie das Gesicht des Sohnes rasch abgewaschen hatte, führte sie ihn ins Zimmer, zog ihn aus, legte ihn ins Bett, tat einen feuchten Umschlag auf sein geschwollenes Auge, nahm auf einem Stuhl Platz und sagte eindringlich: »Einen Gekränkten zu hänseln – das paßt nicht zu dir. Man muß großmütig sein.«

Klim, der fühlte, daß alle ihm feindselig gesinnt, daß alle auf Boris' Seite waren, murmelte: »Du hast doch gesagt, das sei nicht notwendig, das sei Dummheit.«

»Was soll Dummheit sein?«

»Großmut. Du hast es gesagt. Ich erinnere mich.«

Die Mutter neigte sich zu ihm herab, blickte streng in das rechte, offene Auge und sagte: »Du darfst nicht meinen, du verstündest alles, was die Erwachsenen reden ...«

Klim fing zu weinen an und beklagte sich: »Mich hat niemand lieb.«

»Das ist Unsinn, mein Lieber. Das ist Unsinn«, wiederholte sie und versank, mit ihrer leichten, wohlriechenden Hand seine Wange streichelnd, in Nachdenken. Klim war verstummt, er erwartete, sie würde sagen: »Ich habe dich lieb«, doch ehe sie dazu kam, trat, die Hand am Bart, Warawka ein, setzte sich auf das Bett und sagte scherzhaft: »Weshalb rauft ihr euch denn, ihr grimmigen Spanier?«

Doch obwohl er scherzhaft sprach, waren seine Augen traurig, sie blinzelten unruhig, und sein gepflegter Bart war zerzaust. Er bemühte sich sehr, Klim aufzuheitern, und trug ihm mit dünner Stimme ein Verschen vor:

>»Dramen, Damen, Namen, Rahmen,
>Ameisen, Hippopotamen,
>Nachtigallen und Karossen –
>Unsinn alles, Possen, Possen!«

Die Mutter sah ihn an und lächelte, aber auch ihre Augen blickten betrübt. Schließlich schob Warawka die Hand unter die Bettdecke, kitzelte Klim an Fersen und Fußsohlen, brachte ihn zum Lachen und ging sogleich mit der Mutter fort.

Am nächsten Abend veranstalteten sie ein üppiges Versöhnungsfest – es gab Tee mit Kuchen und Konfekt, Musik und Tanz. Vor Beginn der Feier veranlaßten sie Klim und Boris, sich zu küssen, aber Boris biß beim Küssen fest die Zähne zusammen und schloß die Augen, während Klim ihn am liebsten gebissen hätte. Dann forderte man Klim auf, Nekrassows Gedicht »Die Holzfäller« vorzutragen, und Lidijas hübsche Freundin Alina Telepnjowa erbot sich, auch etwas zu rezitieren, trat an den Flügel, verdrehte entzückt die Augen und begann halblaut aufzusagen:

>»Die Menschen schlafen, laß uns in des Gartens Schatten gehn,
>Die Menschen schlafen, nur die Sterne können uns noch sehn,
>Auch sie, inmitten dichter Zweige, sehen uns nicht mehr
>Und hören nicht, es hört allein die Nachtigall.«

Schelmisch lächelnd, sprach sie die nächsten Zeilen noch leiser:

>»Ach sie hört nicht, so laut ist ihres Liedes Schall,
>Vielleicht hört nur das Herz, die Hand,
>Wieviel der Erdenlust uns ward gesandt,
>Und wieviel Glück wir trugen her . . .«

Sie war lieblich, wie das Bildchen einer Konfektschachtel. Ihr rundes, von schokoladenbraunen Löckchen umwuscheltes Gesichtchen glühte hell, ihre bläulichen Augen strahlten nicht kindlich schelmisch, und als sie sich nach beendetem Vortrag elegant verneigt hatte und schwebend auf den Tisch zukam, empfingen sie alle mit erstauntem Schweigen, worauf Warawka sagte: »Unvergleichlich, nicht? Wera Petrowna – was sagen Sie dazu?«

Er hob den Bart mit der Hand hoch, verdeckte mit ihm sein Gesicht und fügte durch das Barthaar hinzu: »Wie früh doch die Frau beginnt, nicht?«

Wera Petrowna zischte, ihm mit dem Finger drohend: »Pssst!« Sie raunte ihm ein paar Worte zu, die Warawka zu einem schuldbewußten Achselzucken veranlaßten, dann fragte sie: »Wo hast du gelernt, so vorzutragen?«

Das Mädchen, das vor Stolz errötete, sagte, im Hause ihrer Eltern wohne eine alte Schauspielerin und die erteile ihr Unterricht.

Sogleich erklärte Lidija: »Papa, ich möchte auch bei der Schauspielerin lernen.«

Klim saß betrübt da, man hatte vergessen, ihn für sein Gedicht zu loben, er hielt Alina für einfältig und ungeachtet ihrer Schönheit für ebenso nutzlos und uninteressant wie Warja Somowa.

Es verlief alles sehr gut. Wera Petrowna spielte auf dem Flügel Boris' und Lidijas Lieblingsstücke: »Die musikalische Schnupfdose« von Ljadow, die »Troika« von Tschaikowskij und noch einige dieser einfachen und netten Sachen, dann setzte sich Tanja Kulikowa an den Flügel und begann, verzückt auf dem Klavierstuhl hüpfend, einen Walzer zu trommeln. Warawka tanzte mit Wera Petrowna rund um den Tisch; Klim sah zum erstenmal, wie leicht dieser breite, schwere Mann tanzte, wie geschickt er die Mutter vom Boden löste und in der Luft kreisen ließ. Alle Kinder applaudierten einmütig und begeistert den Tänzern, und Boris rief: »Papa, du bist wunderbar!«

Klim merkte, daß sein Feind durch die Musik, das Tanzen, die Gedichte besänftigt war, auch er selbst fühlte sich ungewöhnlich leicht, er war gerührt durch die allgemeine Stimmung stiller und heller Freude.

»Eine Quadrille, Kinder!« kommandierte die Mutter und trocknete sich die Schläfen mit einem Spitzentüchlein.

Lidija, die immer noch auf Klim böse war und ihn nicht ansah, schickte ihren Bruder nach oben, etwas zu holen – eine Minute später folgte Klim ihm, getrieben von dem plötzlichen Wunsch, Boris etwas Gutes, Freundschaftliches zu sagen, sich vielleicht wegen seines dummen Scherzes zu entschuldigen.

Als er die Treppe bis zur Mitte hinaufgelaufen war, erschien Boris, ein Paar Halbschuhe in der Hand, am oberen Treppenende; er blieb stehen, duckte sich so, als wollte er auf Klim zuspringen, schritt dann aber langsam Stufe um Stufe herab, und Klim vernahm sein schnaubendes Flüstern: »Wage nicht, mir nahe zu kommen, du!«

Klim erschrak, als er das vorgeneigte und gleichsam auf ihn zu fahrende Gesicht mit den spitzen Backenknochen und dem wie bei einem Hund vorgeschobenen Kinn sah; mit der Hand nach dem Geländer greifend, begann auch er langsam treppab zu gehen, gewärtig, daß Warawka sich auf ihn stürze, aber Boris ging an ihm vorbei, indem er lauter, durch die Zähne, wiederholte: »Wage es nicht!«

Starr vor Schrecken, stand Klim auf der Treppe, es würgte ihn in der Kehle, Tränen rollten ihm aus den Augen, er wollte in den Garten, auf den Hof laufen und sich verstecken; er trat an die Haustür – der Wind warf den Herbstregen gegen die Tür. Er schlug mit der Faust an die Tür, kratzte mit den Nägeln und fühlte, daß in seiner Brust irgend etwas zerbrochen, verschwunden war und ihn leer gemacht hatte. Als er, seiner wieder Herr geworden, ins Speisezimmer trat, wurde dort bereits Quadrille getanzt, er lehnte es ab zu tanzen, stellte einen Stuhl an den Flügel und spielte mit Tanja vierhändig zur Quadrille auf.

Nun brachen schwere, harte Tage für ihn an; er lebte in Angst vor Boris und in Haß gegen ihn. Er hielt sich von den Spielen fern, drückte sich mürrisch in den Ecken herum, folgte Boris mit gieriger Spannung und wartete wie auf eine große Freude darauf, daß Boris hinfiele und sich verletzte. Warawka indes warf spielerisch seinen geschmeidigen Körper hin und her, krampfhaft, wie ein Betrunkener, doch stets so, als wäre jede Bewegung, jeder Sprung vorher fehlerlos berechnet. Alle waren entzückt von seiner Geschicklichkeit, Unermüdlichkeit und von der Fähigkeit, Begeisterung und Leben ins Spiel zu tragen. Klim hörte, wie die Mutter halblaut zu Boris' Vater sagte: »Welch talentierter Körper!«

In diesem Jahr verspätete sich der Winter, erst in der zweiten Novemberhälfte beschlug ein trockener, grimmiger Wind den Fluß mit graublauem Eis und kratzte tiefe Risse in die nicht mit Schnee bekleidete Erde. An dem verblaßten, frostklaren Himmel beschrieb die weiße Sonne hastig einen kurzen Bogen, und es schien, als ergösse sich gerade von dieser farblos gewordenen Sonne erbarmungslose Kälte auf die Erde.

Eines Sonntags begaben sich Boris, Lidija, Klim und die Schwestern Somow auf die Eisbahn, die soeben erst am Stadtufer des Flusses freigelegt worden war. Rings um das große Oval bläulichgrauen Eises waren Tannen aufgestellt, und ein Strick aus Lindenbast verband ihre Stämme. Die Wintersonne versank glühend in dem schwarzen Wald jenseits des Flusses, lila Glanzlichter legten sich auf das Eis. Viele Schlittschuhläufer waren da.

»Das ist ja ein Sack Kartoffeln, aber keine Eisbahn«, erklärte Boris launisch. »Wer geht mit mir hinaus auf den Fluß? Du, Warja?«

»Ja«, sagte die wohlbeleibte, farblose Somowa.

Sie krochen unter dem Strick durch, faßten sich an den Händen und jagten quer über den Fluß auf die Wiesen zu. Hinter ihnen her bliesen die Messingtrompeten der Militärkapelle laut und mißtönend einen Bravourmarsch. Ljuba Somowa wurde von ihrem Bekannten, dem vom Gymnasium ausgeschlossenen Inokow gepackt und fortgezogen – ein Kavalier, der unansehnlich und dürftig mit einem Tuchhemd bekleidet war, das er in die viel zu weite Hose gestopft hatte; auf seinem Kopf saß, schief übers Ohr geschoben, eine zottige Lammfellmütze. Lidija, die eine Weile auf den Fluß hinausgeschaut hatte, wo die Somowa und Boris ungestüm und wie in der Luft schwebend liefen und zur aufgedunsenen, roten Sonne pendelten, schlug Klim vor, ihnen nachzulaufen, aber als sie unter dem Strick durchgekrochen waren und gemächlich dahinglitten, rief sie plötzlich: »Oh, sieh . . .«

Doch Klim hatte schon gesehen, daß Boris und die Somowa verschwunden waren.

»Sie sind hingefallen«, sagte er.

»Nein –«, flüsterte Lidija, wobei sie Klim so mit der Schulter stieß, daß er aufs Knie fiel. »Sieh hin – sie sind eingebrochen . . .«

Und sie lief schnell weiter, dorthin, wo nahe am Ufer, vor dem roten Grund des Sonnenuntergangs krampfhaft zwei schwarze Kugeln hüpften.

»Rasch«, schrie Lidija, sich immer mehr entfernend. »Den Gürtel! Wirf ihnen den Gürtel zu! Schrei . . .!«

Klim überholte sie schnell, er lief mit solcher Geschwindigkeit, daß ihm die weitaufgerissenen Augen schmerzten.

Ihm entgegen kroch unbegreiflich, unnatürlich, sich immer mehr erweiternd, eine mit wogendem Wasser gefüllte schwarze Grube, er hörte das kalte Platschen des Wassers und sah zwei knallrote Hände; die Finger gespreizt, griffen diese Hände an den Rand des Eises, das Eis brach ab und krachte,. Die Hände schimmerten wie die gerupften Flügel eines seltsamen Vogels, zwischen ihnen sprang ein glatter und glänzender Kopf mit riesengroßen Augen im blutigen Gesicht hervor; er sprang hoch, verschwand wieder, und von neuem zappelten über dem Wasser die kleinen, roten Hände. Klim hörte ein röchelndes Heulen: »Laß mich los! Laß mich los, du Dumme . . . Laß mich doch los!«

Nicht mehr als fünf oder sechs Schritte trennten Klim vom Rand des Eislochs, er machte eine scharfe Wendung und fiel, mit dem Ellbogen heftig aufschlagend, auf das Eis. Auf dem Bauch liegend, sah er zu, wie das Wasser, das eine ungewöhnliche Farbe hatte, dickflüssig und wahrscheinlich sehr schwer war, Boris auf die Schultern, auf den Kopf klatschte. Es riß seine Hände vom Eis los, platschte ihm spielend über seinen Kopf, schlug ihm ins Gesicht, in die Augen, Boris' ganzes Gesicht heulte wild, es schien sogar, als schrien auch seine Augen: »Die Hand . . . gib mir die Hand . . .«

»Gleich, gleich«, murmelte Klim, während er die stechend kalte Schnalle des Gürtels zu öffnen suchte. »Halt dich fest, gleich . . .«

Es gab einen Augenblick, in dem Klim dachte: Wie schön wäre es, Boris mit so verzerrtem, angstvollem Gesicht, so hilflos und verzweifelt nicht hier, sondern zu Hause zu sehen. Und daß ihn alle sähen, wie er in dieser Minute war.

Doch dachte er dies nur in dem Schreck, der ihn mit entkräftender Kälte umklammerte. Als er den Gürtel mühevoll mit dumpf schmerzender Hand abgeschnallt hatte, warf er ihn ins Wasser, Boris fing das Ende auf, zog daran und treckte Klim leicht über das Eis zum Wasser hin. Klim kreischte auf, schloß die Augen und ließ den Gürtel aus der Hand rutschen. Doch als er die Augen wieder öffnete, sah er, daß das schwarzviolette, schwere Wasser Boris immer öfter, stärker auf die Schultern und den entblößten Kopf klatschte und daß die kleinen, nassen, rot glänzenden Hände, das Eis abbröckelnd, immer näher rückten. Mit einer krampfhaften Bewegung seines ganzen Körpers kroch Klim vor diesen gefährlichen Händen zurück, doch kaum war er zurückgekrochen, da verschwanden Boris' Hände und Kopf, und auf dem wogenden Wasser schaukelte nur die schwarze Persianermütze, schwammen bleigraue Eisstückchen und erhoben sich kleine, von den Strahlen des Sonnenuntergangs gerötete Wasserbuckel.

Klim atmete tief, erleichtert auf, all dies Furchtbare hatte qualvoll lange gedauert. Doch obwohl er vor Angst abgestumpft war, wunderte es ihn, daß Lidija erst jetzt herbeikam, ihn an den Schultern packte, mit den Knien in den Rücken stieß und gellend schrie: »Wo – wo sind sie?«

Klim sah zu, wie das Wasser, ruhiger werdend, nach einer Seite floß und mit Boris' Mütze spielte, er sah zu und murmelte: »Sie hat ihn ertränkt . . . Er schrie – laß mich los! und schimpfte auf sie. Den Gürtel hat er mir weggerissen . . .«

Lidija kreischte auf und fiel auf das Eis.

Das Eis knirschte unter vielen Schlittschuhen, schwarze Menschengestalten jagten auf das Eisloch zu, ein Mann in halblangem Pelzmantel stieß eine lange Stange ins Wasser und brüllte: »Auseinandergehen! Sie brechen ein. Es ist tief hier, meine Herrschaften, hier hat der Bagger gearbeitet, wissen Sie denn das nicht?«

Klim stand auf und wollte Lidija aufheben, aber er wurde umgerannt, fiel wieder auf den Rücken und schlug mit dem Hinterkopf auf, ein schnurrbärtiger Soldat packte ihn am Arm, zog ihn über das Eis und schrie: »Alle auseinanderjagen!«

Der Bauer aber, der mit der Stange im Wasser rührte, schrie etwas anderes: »Gebildete Herren, befehlen könnt ihr, aber das Gesetz kennt ihr nicht . . .«

Und besonders überraschte Klim irgendwessen ernste, mißtrauische Frage: »Ja – ist denn ein Junge dagewesen, vielleicht war gar kein Junge da?«

»Er war da!« wollte Klim rufen und vermochte es nicht.

Zu Hause kam er wieder zu sich, im Bett, mit hohem Fieber. Verschwommen neigte sich das Gesicht der Mutter über ihn, mit fremden Augen, klein und gerötet.

»Haben sie sie herausgezogen?« fragte Klim, nachdem er eine Weile geschwiegen und einen grauhaarigen Mann mit Brille angeschaut hatte, der mitten im Zimmer stand. Die Mutter legte ihm die angenehm kühle Hand auf seine Stirn und antwortete nicht.

»Herausgezogen?« wiederholte er.

Die Mutter sagte: »Er flüstert irgend etwas.«

»Fieber«, stieß ohrenbetäubend der grauhaarige Mann aus.

Klim hatte eine Lungenentzündung und lag sieben Wochen im Bett; im Laufe dieser Zeit erfuhr er, daß Warwara Somowa beerdigt, Boris aber nicht gefunden worden war.

ZWEITES KAPITEL

In seinem siebzehnten Lebensjahr war Klim Samgin ein schlanker junger Mann von mittlerem Wuchs, er bewegte sich bedächtig und gesetzt, sprach nicht viel und bemühte sich dabei, seine Gedanken treffend und einfach auszudrücken und seine Worte durch gemessene Gesten seiner weißen Hände zu unterstreichen, die lang und feinfingerig waren wie bei einem Musiker. Sein schmales, spitznasiges Gesicht zierte eine rauchfarbene Brille, welche den mißtrauischen Glanz der bläulichen, kalten Augen verdeckte, während das spröde und spärliche, nach Vorschrift kurz geschorene Haar und die peinlich saubere Uniform seine Gewichtigkeit betonten. Ohne sich durch Erfolge im Lernen auszuzeichnen, bestach er die Lehrer durch Wohlerzogenheit und Sittsamkeit. Er saß in der sechsten Klasse, verhielt sich jedoch seinen Klassenkameraden gegenüber zurückhaltend; Freunde hatte er in der siebenten und achten Klasse.

Es war bekannt, daß Vater Tichon, der wegen seines scharfsinnigen Verstandes berühmte Religionslehrer, auf einer Sitzung des pädagogischen Rates über Klim gesagt hatte: »Die Saite seines Verstandes ist wohltönend und hoch gestimmt. Insbesondere jedoch schätze ich an ihm das vorsichtige und sogar skeptische Verhalten zu jenen Nichtigkeiten, für die sich unsere Jugend zu ihrem eigenen Schaden so gern begeistert.«

Xaverij Rshiga, der nicht zu altern schien, bloß noch mehr zusammengeschrumpft war, flößte Klim ein: »Ohne an deiner Einsicht zu zweifeln, möchte ich dir doch sagen, daß du Kameraden hast, die dich kompromittieren könnten. Ein solcher ist, ich will ihn beim Namen nennen, Iwan Dronow, und ein solcher ist Makarow Dixi.«

Klim verneigte sich korrekt und schweigend vor dem Inspektor. Er kannte seine Kameraden selbstverständlich besser als Rshiga, und obwohl er keine besondere Sympathie für sie hegte, setzten sie ihn beide in Erstaunen. Dronow sog immer noch ebenso unermüdlich und gierig alles in sich ein, was einzusaugen war. Er lernte vortrefflich, man betrachtete ihn als eine Zierde des Gymnasiums, aber Klim wußte, daß die Lehrer Dronow ebenso haßten, wie Dronow sie insgeheim haßte. Nicht nur im Umgang mit den Lehrern, sondern sogar mit einigen Schülern, Söhnen einflußreicher Personen, verhielt sich Dronow offen schmeichlerisch, doch entschlüpften ihm bei seinen

Schmeichelreden und seinem buhlenden Lächeln ständig die bald bissigen, bald geringschätzigen Wörtchen eines Menschen, der sehr gut um seinen wahren Wert weiß.

Vater Tichon charakterisierte ihn folgendermaßen: »Selbiger Dronow, Iwan, benimmt sich gleich einem Kundschafter im Lande Kanaan.«

Der plattgedrückte Schädel hinderte Dronow augenscheinlich daran, in die Länge zu wachsen, er wuchs in die Breite. Er blieb ein kleines Menschlein, wurde breitschultrig, und seine Knochen ragten plump nach rechts und links, die Krümmung seiner Beine war auffälliger geworden, und die Ellenbogen bewegte er so, als dränge er sich immer durch eine dichte Menschenmenge. Klim Samgin fand, daß ein Buckel die seltsame Gestalt Dronows nicht nur nicht verdorben, sondern ihr sogar Vollendung verliehen hätte.

Dronow wohnte in dem Mezzanin, in dem einst Tomilin gehaust hatte, und das Zimmer lag voller Schachteln, Herbarblätter, Mineralproben und Bücher, die Iwan von dem rothaarigen Lehrer heimschleppte. Er hatte die Neigung zum Phantasieren nicht eingebüßt, aber sie paßte jetzt nicht mehr zu ihm. Klim schien es sogar, als täte sich Dronow Gewalt an, wenn er phantasierte. Er hatte seine Absicht, »es weiter zu bringen als Lomonossow«, nicht vergessen und erinnerte bisweilen prahlerisch daran. Klim fand, daß Dronows Kopf eine ebenso alles verschlingende Müllgrube geworden war wie der Kopf Tanja Kulikowas, und er wunderte sich über Dronows Fähigkeit, unersättlich »geistige Nahrung« zu verschlingen, wie der im Seitenbau wohnende Schriftsteller Nestor Katin sich ausdrückte. Doch mischte sich Klims Staunen zuweilen ein seltsames Gefühl bei, als würde er von Dronow bestohlen. Dronow schnaufte nicht mehr, er grunzte jetzt irgendwie sorgenvoll, fassungslos. »Chrumm... Was meinst du, wie ist das Auge entstanden?« fragte er. »Das erste Auge! Da kroch irgend so ein blindes Wesen, ein Wurm vielleicht, herum – wie wurde es sehend, hm?«

»Das weiß ich nicht«, antwortete Klim, den andere Gedanken beschäftigten, Dronow jedoch mutmaßte krampfhaft: »Sicherlich – durch Schmerz. Es stieß mit dem vorderen Ende, mit dem Kopf an allerhand Hindernisse, empfand Schmerz dabei, und an der Stoßstelle entstand ein Sehfühler, was?«

»Mag sein«, stimmte ihm Klim halb bei.

»Das werde ich entdecken«, versprach Dronow.

Er las Buckle, Darwin, Setschenow, die Apokryphen und die Werke der Kirchenväter, las die »Genealogische Geschichte der Tataren« von Abdulghasi Bahadur Chan und wiegte den Kopf beim

Lesen auf und nieder, als picke er von den Seiten des Buches seltsame Fakten und Gedanken ab. Samgin schien es, als würde seine Nase dadurch immer größer, das Gesicht indes noch platter. In den Büchern standen jene seltsamen Fragen, die Iwan beunruhigten, nicht, Dronow erdachte sie selbst, um die Originalität seines Verstandes zu unterstreichen.

»Pferd« nannte ihn Makarow.

Auch Makarow war eine Zierde des Gymnasiums und dessen Held: seit zwei Jahren schon führte er mit den Lehrern einen hartnäckigen Kampf wegen eines Knopfes. Er hatte die Angewohnheit, an den Knöpfen seiner Uniform herumzudrehen; wenn er die Aufgaben aufsagte, hielt er die Hand unter dem Kinn und drehte am obersten Knopf; der baumelte bei ihm stets herab, und nicht selten riß er ihn vor den Augen des Lehrers ab und steckte ihn in die Tasche. Er wurde dafür bestraft, man sagte ihm, wenn ihn der Rockkragen am Halse drücke, müsse der Kragen erweitert werden. Es nützte nichts. Er hatte überhaupt viele Fehler: er willigte nicht ein, sich die Haare kurz schneiden zu lassen, wie es die Vorschrift verlangte, und auf seinem verbeulten Schädel ragten nach allen Seiten Schöpfe von zweierlei Farbe, dunkelblonde und helle; es schien, als bekäme er ungeachtet seiner achtzehn Jahre schon graues Haar. Es war bekannt, daß er trank, rauchte und auch in schmutzigen Schenken Billard spielte.

Er war aus einer anderen Stadt in die fünfte Klasse gekommen; das dritte Jahr schon bezauberte er die Lehrer durch seine Erfolge im Lernen, beunruhigte und reizte sie jedoch durch sein Benehmen. Mittleren Wuchses, wohlgebaut und kräftig, hatte er einen leichten, gleitenden Gang wie ein Artist. Sein Gesicht war nicht russisch, es hatte eine Höckernase und war scharf umrissen, doch es wurde gemildert durch braune, fraulich zärtliche Augen und ein unlustiges Lächeln schöner, ausgeprägter Lippen; die Oberlippe war bereits mit dunklem Flaum bedeckt.

Klim war die Freundschaft dieser zu verschiedenen Menschen unbegreiflich. Dronow wirkte neben Makarow noch abstoßender und fühlte es offensichtlich. Er sprach mit Makarow hitzig, kreischend und in dem Ton eines Menschen, der irgend etwas befürchtet und zur Verteidigung bereit ist; er streckte hochmütig die Brust heraus, warf den Kopf in den Nacken, und seine umherhuschenden Äugelchen kamen wachsam und mißtrauisch zum Stillstand, als erwarteten sie etwas Ungewöhnliches. Im Verhalten Makarows zu Dronow dagegen beobachtete Klim eine scharfe Neugier, die mit der kränkenden Geringschätzung eines Erfahreneren und Sehenden zu einem halb Blinden verbunden war; ein derartiges Verhalten hätte Klim sich gegenüber nicht zugelassen.

Dronow steckte Makarow Drapers Buch »Katholizismus und Wissenschaft« zu und kreischte herausfordernd: »Hier wird bewiesen, daß die Mönche Feinde der Wissenschaft waren, während doch Giordano Bruno, Campanella, Morus . . .«

»Scher dich zum Teufel mit alldem«, rief Makarow, der eine Zigarette anrauchte.

»Ich will die Wahrheit wissen«, erklärte Dronow und sah Makarow mißtrauisch und feindselig an.

»Dann erkundige dich bei Tomilin oder bei Katin, die werden sie dir sagen«, bemerkte Makarow gleichgültig, Rauch wegblasend.

Eines Tages fragte Klim: »Gefällt dir Dronow?«

»Ob er mir gefällt? Nein«, antwortete Makarow entschieden. »Aber er hat etwas für mich aufreizend Unbegreifliches an sich, und das will ich begreifen.«

Dann, nach kurzem Nachdenken, sagte er nachlässig: »Mit einer Fratze, wie er sie hat, ist es schwer zu leben.«

»Warum?«

»N-un . . . Er muß sich gut kleiden, einen besonderen Hut tragen. Mit einem Spazierstöckchen herumgehen. Denn sonst – wie wird es mit den Mädchen? Die Hauptsache, mein Lieber, sind die Mädchen. Die aber sehen es gern, wenn man mit einem Spazierstöckchen, mit einem Säbel, mit Gedichten ankommt.«

Nach diesen Worten begann Makarow leise durch die Zähne zu pfeifen.

Klim Samgin machte sich leicht fremde Gedanken zu eigen, wenn sie den Menschen vereinfachten. Vereinfachende Gedanken erleichterten ihm sehr die Notwendigkeit, über alles eine eigene Meinung zu haben. Er hatte es gelernt, seine Meinung geschickt zwischen ja und nein zu stellen, und das festigte seinen Ruf als Mensch, der unabhängig zu denken und auf Kosten seines Verstandes zu leben weiß. Nach Makarows Äußerung über Dronow kam er endgültig zu dem Schluß, Dronows Suchen nach der Wahrheit sei das Bestreben einer Krähe, sich mit Pfauenfedern zu schmücken. Da er selber in der beunruhigenden Strömung dieses Strebens lebte, kannte er gut dessen Stärke und zwingende Kraft.

Er hielt die Kameraden für dümmer als sich, sah aber zugleich, daß sie beide talentierter, interessanter waren als er. Er wußte, daß der weise Pope Tichon von Makarow gesagt hatte: »Ein glänzender junger Mann. Immerhin aber sollte man den sinnigen Ausspruch des berühmten Hans Christian Andersen nicht vergessen:

Goldschnitt vergeht,
Schweinsleder besteht.«

Klim hatte große Lust, die Vergoldung von Makarow wegzuwischen, sie blendete ihn, obwohl er merkte, daß der Kamerad oft in eine unbegreifliche, ihn bedrückende Unruhe verfiel. Iwan Dronow hingegen schien ihm ein Hasardspieler, der sich beeilt, alle zu schlagen, indem er mit falschen Karten spielt. Bisweilen war Klim ehrlich verlegen, wenn er sah, daß die Kameraden sich zu ihm besser, vertrauensvoller verhielten, als er zu ihnen, offensichtlich anerkannten sie ihn als klüger, erfahrener als sich selbst. Doch stellte sich diese ehrliche Verlegenheit nicht für lange und nur in den seltenen Minuten ein, wenn er, der ständigen Selbstbeobachtung müde, spürte, daß er einen schwierigen und gefährlichen Weg ging.

Makarow aber wischte die Vergoldung selber von sich weg; das geschah, als sie auf der Mauer der Kirche »Mariä Himmelfahrt auf dem Berge« saßen und den Sonnenuntergang bewunderten.

Es war einer jener märchenhaften Abende, an denen der russische Winter mit bezwingender, fürstlicher Freigebigkeit alle seine kalten Schönheiten entfaltet. Der Rauhreif an den Bäumen glitzerte wie blaßrosa Kristall, der Schnee funkelte wie buntschillernder Edelsteinstaub, hinter den lila Blößen des vom Wind blankgefegten Flüßchens ruhte auf den Wiesen eine prunkvolle Brokatdecke, und über ihr lag blaue Stille, die, so schien es, nie durch irgend etwas erschüttert werden könnte. Diese feinnervige Stille umfing alles Sichtbare, als erwarte, als fordere sie sogar, daß etwas besonders Bedeutsames gesagt werde.

Makarow blies ein blaues Fähnchen Zigarettenrauch in die frostige Luft und fragte auf einmal: »Schreibst du keine Gedichte?«

»Ich?« wunderte sich Klim. »Nein. Du?«

»Habe angefangen. Sie geraten nicht.«

Und ganz plötzlich begann er gekränkt, roh und schamlos zu erzählen: »Schon seit fast zwei Jahren kann ich an nichts anderes denken als nur an Mädchen. Zu Prostituierten kann ich nicht gehen, so weit bin ich noch nicht. Es drängt mich zur Onanie, die Hände möchte ich mir abhacken. Dieser Trieb, mein Lieber, hat etwas bis zu Tränen, bis zum Ekel vor dir selbst Kränkendes. Bei Mädchen komme ich mir wie ein Idiot vor. Da erzählt sie mir etwas von Büchern, von verschiedenen Dichtungen, ich aber denke daran, was für Brüste sie hat und daß ich das Mädchen küssen möchte und dann gleich sterben wollte.«

Er warf die nicht zu Ende gerauchte Zigarette fort, sie blieb mit aufwärts gerichteter Glut wie eine Kerze im Schnee stecken und zierte die kalte glasklare Luft mit einem krausen Fähnchen blauen Rauches. Makarow betrachtete sie und sagte halblaut: »Dumm, wie zwei Lehrer. Und vor allem kränkend, weil es unüberwindlich ist. Hast du das noch nicht empfunden? Du wirst es bald empfinden.«

Er erhob sich, drückte die Zigarette mit der Schuhsohle aus und sprach, das rot blinkende Kreuz auf der Kirche mit zugekniffenen Augen betrachtend, im Stehen weiter: »Dronow hat irgendwo gelesen, daß hier der ›Geist des Geschlechts‹ am Werk sei, daß das ›die Venus wünscht‹. Der Teufel soll sie holen, das Geschlecht und die Venus, was gehen sie mich an? Ich will mich nicht wie ein Rüde fühlen, ich werde schwermütig davon und bekomme Selbstmordgedanken, so sieht es aus!«

Klim hörte mit gespanntem Interesse zu, es tat ihm wohl, zu sehen, daß Makarow sich als ohnmächtig und schamlos darstellte. Makarows Unruhe war Klim noch nicht bekannt, obwohl er bisweilen nachts, wenn er verwirrende Anforderungen des Körpers empfand, sich darüber Gedanken machte, wie sich sein erster Roman abspielen werde, und schon wußte, daß die Heldin dieses Romans Lidija sein würde.

Makarow pfiff eine Weile, steckte die Hände in die Manteltaschen und krümmte sich fröstelnd. »Ljuba Somowa, das stupsnasige Dummchen, mag ich nicht, das heißt, sie gefällt mir nicht, und doch fühle ich mich von ihr abhängig. Du weißt ja, die Mädchen sind mir sehr gewogen, aber . . .«

Nicht alle, beendete Klim in Gedanken den Satz, und er erinnerte sich, wie feindselig sich Lidija Warawka gegen Makarow verhielt.

»Gehen wir, es ist kalt«, sagte Makarow und fragte mürrisch: »Warum schweigst du?«

»Was kann ich sagen?« Klim zuckte die Achseln. »Eine Banalität: das Unvermeidliche ist unvermeidlich.«

Ein paar Minuten gingen sie stumm auf dem knirschenden Schnee.

»Warum fängt das so früh an? Hier steckt irgendeine Schikane dahinter, mein Lieber . . .«, sagte Makarow leise und nachdenklich. Klim antwortete ihm nach einer Weile: »Schopenhauer hat wahrscheinlich recht.«

»Aber vielleicht hat Tolstoi recht: ›Wende dich von allem ab und schau in eine Ecke.‹ Wenn du dich aber vom Besten in dir abwendest, wie?«

Klim Samgin schwieg, es wurde ihm immer angenehmer, die traurigen Reden des Kameraden anzuhören. Es tat ihm sogar leid, als Makarow sich plötzlich von ihm verabschiedete und, nachdem er sich umgesehen hatte, den Hof einer Schenke betrat.

»Ich will etwas Billard spielen«, sagte er und schlug die Zauntür ärgerlich zu.

Die verflossenen Jahre hatten keine Ereignisse in Klims Leben gebracht, die ihn besonders tief bewegt hätten. Alles ging sehr einfach vor sich. Allmählich und ganz natürlich verschwanden einzelne Menschen, einer nach dem anderen. Der Vater fuhr immer häufiger irgendwohin fort, er wurde irgendwie immer weniger, schmolz dahin und verschwand schließlich ganz. Zuvor hatte er angefangen, weniger zu reden, sprach nicht mehr so sicher und sogar so, als fiele ihm die Wahl der Worte schwer; er hatte sich einen Vollbart stehenlassen, doch das rötliche Haar in seinem Gesicht wuchs horizontal, und als die Oberlippe wie eine Zahnbürste aussah, genierte sich der Vater, rasierte die Haare ab, und Klim sah, daß das Vatergesicht jämmerlich schlaff geworden, gealtert war. Warawka sprach mit ihm in antreibendem Ton. »N-nun, Iwan Akimytsch, wie steht es denn, he? Haben Sie das Sägewerk verkauft?«

Die Ohren des Vaters färbten sich dunkelrot, wenn er Warawka anhörte, und wenn er antwortete, blickte er ihm auf die Schulter und tappte mit dem Fuß wie ein Scherenschleifer. Nicht selten kam er betrunken nach Hause, ging ins Schlafzimmer der Mutter, und dort hörte man noch lange sein wimmerndes Stimmchen. Am Morgen seiner letzten Abreise kam er, ebenfalls betrunken, in Klims Zimmer, begleitet von den halblauten Geleitworten der Mutter: »Ich bitte dich – keine dramatischen Monologe.«

»Nun, lieber Klim«, sagte er laut und tapfer, obwohl seine Lippen zitterten und die geschwollenen, geröteten Augen geblendet blinzelten. »Geschäftliche Angelegenheiten zwingen mich, auf lange Zeit zu verreisen. Ich werde in Finnland, in Wyborg wohnen. Ja, so ist es. Mitja kommt auch mit. Nun, leb wohl.«

Er umarmte Klim, küßte ihn auf Stirn und Wangen, klopfte ihm auf den Rücken und fügte hinzu: »Großvater kommt auch mit. Ja, leb wohl. A... achte die Mutter, sie ist würdig...«

Ohne gesagt zu haben, wessen die Mutter eigentlich würdig sei, hob er die Hand und kratzte sich am Kinn. Klim hatte den Eindruck, als wolle er mit der Hand seinen geschwollenen Mund verdecken.

Als der Großvater, der Vater und der Bruder, der sich grob und feindselig von Klim verabschiedet hatte, abgereist waren, war das Haus nicht leer geworden, doch ein paar Tage später fielen Klim plötzlich die ungläubigen Worte ein, die auf dem Fluß gesagt worden waren, als Boris Warawka ertrunken war: »Ja – ist denn ein Junge dagewesen, vielleicht war gar kein Junge da?«

Das Entsetzen, das Klim in jenen Minuten empfunden hatte, als sich die roten, anklammernden Hände aus dem Wasser reckten und auf ihn zukamen, hatte Klim fast vergessen; an die Szene von Boris' Tod erinnerte er sich immer seltener und nur wie an einen unangenehmen Traum. Doch in den Worten des skeptischen Mannes lag etwas Aufdringliches, als wollten sie als spaßige, zwinkernde Redewendung Fuß fassen: »Vielleicht war gar kein Junge da?«

Klim liebte solche Redewendungen, da er ihre schlüpfrige Zweideutigkeit unklar empfand und merkte, daß gerade sie gern für Weisheit gehalten wurden. Nachts im Bett, vor dem Einschlafen, rief er sich alles in Erinnerung, was er am Tag gehört hatte, siebte das Unverständliche und Unscheinbare wie Spreu heraus und bewahrte die größten Körner verschiedener Weisheiten sorgfältig im Gedächtnis auf, um sie bei Gelegenheit zu verwenden und seinen Ruf, ein nachdenklicher junger Mann zu sein, weiter zu festigen. Er verstand sich darauf, das Fremde so vorsichtig, so nebenher und zugleich so nachlässig zu sagen, als wäre es nur ein ganz nichtiges Teilchen der Schätze seines Verstandes. Und es gab glückhafte Minuten des Erfolgs, wenn er an diese dachte, ergötzte er sich an sich selbst mit dem gleichen Erstaunen, mit dem sich die anderen an ihm ergötzten.

Doch fast immer dachte Klim hinterher bestürzt, mit einem an böse Mutlosigkeit grenzenden Ärger an Lidija, die ihn nicht so sehen konnte oder wollte, wie die anderen ihn sahen. Sie ging tage- und wochenlang an ihm vorbei, als ob sie ihn überhaupt nicht sähe, als wäre er für sie körperlos, farblos und gar nicht vorhanden. Je mehr sie heranwuchs, ein desto sonderbareres und schwierigeres Mädchen wurde sie. Warawka lächelte ein breites, rotes Lächeln in seinen Fuchsbart und sagte: »Sie ist nach der Mutter geraten. Die war auch eine Meisterin im Erfinden. Sie erdenkt etwas – und glaubt daran.«

Das Verb »erdenken« und das Wort »Erfindung« verwendete Lidijas Vater häufiger als alle anderen Bekannten, und dieses Wort beruhigte, stärkte Klim immer. Immer, außer bei einem Vorfall mit Lidija, einem Vorfall, der in ihm ein sehr verwickeltes Gefühl zu diesem Mädchen weckte.

Im Sommer, im zweiten Jahr nach Boris' Tod, als Lidija zwölf Jahre alt geworden war, hatte Igor Turobojew sich geweigert, in der Kriegsschule zu lernen, und er mußte in eine andere nach Petersburg fahren. Und da hatte Lidija ein paar Tage vor seiner Abreise beim Frühstück ihrem Vater entschieden erklärt, sie liebe Igor, könne nicht ohne ihn leben und wolle nicht, daß er in einer anderen Stadt zur Schule gehe.

»Er muß hier wohnen und lernen«, sagte sie, mit ihren kleinen, aber kräftigen Fäustchen auf den Tisch schlagend. »Und wenn ich fünfzehn Jahre und sechs Monate alt bin, werden wir uns trauen lassen.«

»Das ist Unsinn«, sagte der Vater streng. »Ich verbiete . . .«

Lidija wollte nicht wissen, was er verbot, stand vom Tisch auf und ging fort, bevor Warawka sie zurückhalten konnte. In der Tür sagte sie noch, sich am Türpfosten festhaltend: »Das liegt in Gottes Hand . . .«

»So ein exaltiertes Mädchen«, bemerkte die Mutter, wobei sie Klim beifällig ansah – er lachte. Auch Warawka lachte auf.

Doch noch bevor sie mit dem Frühstück fertig waren, erschien Igor Turobojew, bleich, mit blauen Ringen unter den Augen, machte vor Klims Mutter korrekt einen Kratzfuß, küßte ihr die Hand, blieb vor Warawka stehen und erklärte mit tönender Stimme, er liebe Lida, könne nicht nach Petersburg fahren und bitte Warawka . . .

Warawka hörte seine Rede gar nicht bis zu Ende an, sondern begann zu lachen, wobei er seinen riesigen Körper hin und her wiegte und mit dem Stuhl knarrte; Wera Petrowna lächelte herablassend, Klim sah Igor unangenehm erstaunt an, Igor indes stand regungslos da, aber es schien, als strecke er sich immer mehr, als wüchse er. Er wartete ab, bis Warawka sich satt gelacht hatte, und sagte dann ebenso tönend: »Ich bitte Sie, meinem Papa zu sagen, daß ich mich, falls das nicht geschieht, umbringen werde. Ich bitte Sie, mir zu glauben. Papa glaubt es mir nicht.«

Ein paar Sekunden schwiegen der Mann und die Frau und wechselten Blicke, dann wies die Mutter Klim mit den Augen zur Tür; Klim zog sich verwirrt zurück, er wußte nicht, wie er sich bei diesem Vorfall verhalten sollte. Vom Fenster seines Zimmers aus sah er: Warawka führte, erbittert seinen Bart schüttelnd, Igor an der Hand auf die Straße, und dann kehrte er zusammen mit dem kleinen, schmächtigen Vater Igors zurück, einem glatzköpfigen Mann in grauer Uniformjacke und grauer Hose mit roten Streifen.

Sie gingen lange auf einem Gartenweg auf und ab, Turobojews grauer Schnurrbart zitterte ununterbrochen, er sagte etwas mit heiserer, abgehackter Stimme, Warawka gab dumpf unartikulierte Laute von sich, fuhr mit dem Taschentuch häufig über das rote Gesicht und nickte. Dann kam die Mutter und befahl Klim streng: »Es ist Zeit für dich, zu Tomilin zur Stunde zu gehen, du wirst ihm natürlich von diesen Dummheiten nichts erzählen.«

Als Klim von der Stunde zurückkehrte und Lidija aufsuchen wollte, sagte man ihm, das gehe nicht, Lidija sei in ihrem Zimmer eingesperrt. Es war ungewöhnlich langweilig und angespannt still im Hause, doch es schien Klim, als werde gleich irgend etwas mit furchtbarem Gepolter zu Boden fallen. Aber es fiel nichts. Die Mutter und Warawka waren fortgegangen, und Klim begab sich in den Garten und schaute zu Lidijas Fenster hinauf. Doch das Mädchen erschien nicht am Fenster, nur der Strubbelkopf Tanja Kulikowas tauchte ab und zu auf. Klim setzte sich auf eine Bank und saß lange da, dachte an nichts, sah nur die Gesichter Igors und Warawkas vor sich und wünschte, man möge Igor tüchtig verprügeln, Lidija indes ... Er überlegte lange, wie man sie bestrafen sollte, und fand für das Mädchen keine Strafe, die nicht auch für ihn kränkend gewesen wäre.

Die Mutter und Warawka kehrten spät zurück, als er schon schlief. Er wurde von ihrem Lachen und dem Lärm wach, den sie im Speisezimmer machten, sie lachten, als wären sie betrunken. Warawka versuchte immer zu singen, die Mutter jedoch rief: »Doch nicht so! So doch nicht! ...«

Dann gingen sie ins Wohnzimmer hinüber, die Mutter begann etwas Lustiges zu spielen, aber plötzlich brach die Musik ab. Klim schlummerte wieder ein, wurde durch dröhnendes Herumlaufen im oberen Stock geweckt und hörte dann ein Geschrei: »So eine verteufelte Komödie! Lidija ist nicht da. Tatjana schläft, Lidija aber ist nicht da! Verstehst du das, Wera?«

Klim sprang aus dem Bett, zog sich rasch an und lief ins Speisezimmer, aber dort war es dunkel, nur im Schlafzimmer der Mutter brannte eine Lampe. Warawka stand in der Tür und hielt sich an beiden Türpfosten wie ein Gekreuzigter, er war im Schlafrock und hatte Pantoffeln an den bloßen Füßen, die Mutter warf sich hastig den Morgenrock über.

Sie ließen Klim Dronow wecken und Lidija im Hof und im Garten suchen, wo Tanja Kulikowa bereits schuldbewußt mit gedämpfter Stimme rief: »Lida! Was sind das für Dummheiten! Liduscha!«

Klim fühlte sich ganz seltsam, diesmal schien es ihm, als nähme er an einer Erfindung teil, die unvergleichlich interessanter war als alles, was er kannte, interessanter und schrecklicher. Auch die Nacht war seltsam, es sauste ein heißer Wind, der die Bäume schüttelte und alle Gerüche durch trockenen, warmen Staub erstickte; über den Himmel krochen Wolken, die alle Augenblicke den Mond auslöschten, alles wankte, zeigte eine erschreckende Unbeständigkeit und flößte Unruhe ein. Verschlafen und erbost ging Dronow auf seinen krummen Beinen umher, stolperte, gähnte, spie aus; er hatte gestreifte Zwillichunterhosen und ein dunkles Hemd an, seine Gestalt verschwand vor dem Grund des Buschwerks, während sein Kopf wie eine Blase in der Luft schwebte.

»Sie ist wahrscheinlich zu Turobojews in den Garten gelaufen«, vermutete er.

Ja, sie war dort. Sie saß auf der Lehne einer gußeisernen Bank unter überhängenden Büschen. Das durch die Dunkelheit zerdrückte schmale Figürchen des Mädchens hatte sich formlos zusammengekrümmt, und es war etwas an ihr, das entfernt an einen großen weißen Vogel erinnerte.

»Lida!« schrie Klim auf.

»Was brüllst du wie ein Polizist«, sagte Dronow mit gedämpfter Stimme, stieß Klim grob mit der Schulter beiseite und schlug Lidija vor: »Wozu denn hier herumsitzen, kommen Sie mit nach Hause.«

Klim war empört über Dronows Grobheit, erstaunt über seine zärtliche Stimme und darüber, daß er Lidija wie eine Erwachsene siezte.

»Sie haben ihn geschlagen, ja?« fragte das Mädchen, ohne sich zu rühren, ohne Dronows ausgestreckte Hand zu ergreifen. Ihre Worte klangen gebrochen, so reden Mädchen, wenn sie sich ausgeweint haben.

»Ich bin hingefallen wie eine Blinde, als ich über den Zaun kletterte«, sagte sie aufschluchzend. »Wie eine dumme Trine. Ich kann nicht gehen . . .«

Klim und Dronow hoben sie herunter und stellten sie auf die Erde, aber sie stöhnte auf und fiel um wie eine Puppe, die Jungen konnten sie gerade noch stützen. Als sie Lidija nach Hause führten, erzählte sie ihnen, sie sei nicht beim Überklettern des Zaunes, sondern bei dem Versuch gefallen, an dem Regenrohr zu Igors Fenster hochzuklettern.

»Ich wollte wissen, was er tut . . .«

»Er schläft«, sagte Dronow.

Lidija hob die Hand zum Mund, sog das Blut unter den abgebrochenen Fingernägeln fort und verstummte.

Auf dem Hof knurrte Warawka in Schlafrock und Tatarenkäppchen die Tochter an: »Was machst du nur?«

Doch plötzlich nahm er sie erschrocken auf die Arme und hob sie hoch. »Was hast du?«

Da sagte das Mädchen mit einer Stimme, deren Klang Klim lange nicht vergessen konnte: »Ach, Papa, du verstehst das gar nicht! Das kannst du nicht . . . Du hast ja Mama nicht geliebt!«

»Psssst! Du bist wohl von Sinnen«, zischte Warawka und lief mit ihr ins Haus, wobei er einen seiner Saffianpantoffeln verlor.

»Die Ziege ist außer sich«, sagte Dronow leise und lächelte gezwungen. »Na ja, ich gehe schlafen . . .«

Doch er ging nicht, sondern setzte sich auf eine Stufe des Kücheneingangs, kratzte sich an der Schulter und murmelte: »Da hat sie sich ein Spiel ausgedacht . . .«

Klim schritt im Hof umher und grübelte: Sollte das alles nur Spiel und Erfindung sein? Aus einem offenen Fenster des ersten Stocks klangen die brummigen Stimmen Warawkas und der Mutter herüber; Tanja Kulikowa kam eilig die Treppe heruntergerannt.

»Macht das Tor nicht zu, ich gehe den Doktor holen«, sagte sie und lief auf die Straße.

Dronow murmelte ärgerlich und spöttisch: »Rshiga hat mich die ›Ilias‹ und die ›Odyssee‹ lesen lassen. So ein Unsinn! Die Achillesse und Patroklosse sind alle Dummköpfe. Langweilig! Die ›Odyssee‹ ist besser, da hat Odysseus alle ohne Rauferei reingelegt. Ein Spitzbube, wie für heute.«

»Klim, schlafen gehen!« rief Wera Petrowna streng aus dem Fenster. »Dronow, weck den Hausknecht und geh auch schlafen.«

Nach ein paar Tagen wurde dieser Roman in der Stadt bekannt, und die Gymnasiasten fragten Klim: »Was ist das für ein Mädchen?«

Klim antwortete zurückhaltend, er mochte nicht erzählen, Dronow jedoch schwatzte lebhaft: »Sie ist nicht hübsch, darum hat sie sich auch verliebt, eine Hübsche – Quatsch –, die verliebt sich nicht!«

Klim hörte sein Geschwätz mit Verdruß an, erwartete jedoch, daß Dronow vielleicht etwas sagen würde, was die Ungewißheit, die ihn sehr beunruhigte, beseitigen könnte.

»Ich sagte zu ihr: Du bist noch ein kleines Mädchen«, erzählte Dronow den Jungen. »Und auch ihm sagte ich das . . . Na, für ihn war das natürlich interessant; es ist für jeden interessant, wenn man sich in ihn verliebt.«

Es war ärgerlich zu hören, wie Dronow log, da Samgin aber sah, daß diese Lüge Lidija zur Heldin der Gymnasiasten machte, störte er Iwan nicht. Die Jungen hörten ernst zu, und einige blickten mit jenem seltsamen Kummer um sich, der Klim bereits von den Porzellanaugen Tomilins her bekannt war.

Lidija hatte sich den Fuß verstaucht und lag elf Tage zu Bett. Auch ihre linke Hand war verbunden. Bevor Igor abreiste, führte die dicke Frau Turobojew, die keine Luft bekam und ihre Augen unheimlich aufriß, ihn zu Lidija, um sich zu verabschieden, die Verliebten umarmten sich und weinten, auch Igors Mutter brach in Tränen aus.

»Das ist lächerlich, aber schön«, sagte sie und trocknete sich mit dem Taschentuch vorsichtig die aufgerissenen Augen. »Es ist schön, weil es von gestern ist.«

Warawka knurrte finster irgendein hartes und unbekanntes Wort.

Man beruhigte die Kinder, indem man ihnen sagte: Ja, sie seien Braut und Bräutigam, das sei entschieden; sie würden getraut werden, sobald sie erwachsen seien, und bis dahin erlaube man ihnen, sich Briefe zu schreiben. Klim überzeugte sich bald davon, daß man sie betrog. Lidija schrieb täglich an Igor, übergab die Briefe Igors Mutter und wartete ungeduldig auf Antwort. Doch Klim merkte, daß Lidijas Briefe in Warawkas Hände gerieten, der las sie der Mutter vor, und beide lachten. Lidija begann wütend zu werden, worauf man ihr sagte, Igor sei in eine ganz strenge Schule gekommen, deren Leitung es den Jungen nicht einmal erlaubte, mit ihren Angehörigen in Briefwechsel zu stehen.

»Das ist wie ein Kloster«, log Warawka, Klim aber hätte Lidija am liebsten zugerufen: »Deine Briefe stecken in seiner Tasche.«

Klim sah jedoch, daß Lidija, die die Erzählungen des Vaters mit verkniffenen Lippen anhörte, ihm nicht glaubte. Sie zog an ihrem Taschentuch oder an einem Zipfel ihrer Gymnasiastinnenschürze und sah zu Boden oder zur Seite, als schämte sie sich, in das breite, blutrote, bärtige Gesicht zu sehen. Klim sagte dennoch: »Weißt du, daß sie dich betrügen?«

»Schweig!« rief Lidija, mit dem Fuß aufstampfend. »Das geht dich nichts an, nicht du wirst betrogen. Und Papa betrügt nicht; weil er aber Angst hat, daß...«

Sie errötete, war böse und lief fort.

Im Gymnasium galt sie als einer der ersten Wildfänge, und sie lernte nachlässig. Wie ihr Bruder trug sie viel Leben in die Spiele und, wie Klim aus Klagen über sie wußte, viel irgendwie Launisches, Fragendes und sogar Böswilliges. Sie war noch frommer geworden, besuchte eifrig den Gottesdienst, und in Minuten der Nachdenklichkeit betrachteten ihre schwarzen Augen alles mit einem so durchdringenden Blick, daß Klim ihr gegenüber schüchtern wurde.

Zu ihm verhielt sie sich fast ebenso geringschätzig und spöttisch wie zu allen anderen Jungen, und schon schlug nicht mehr sie Klim, sondern er ihr vor: »Wollen wir ein Stück gehen und was erzählen?«

Sie erklärte sich selten und nicht besonders gern dazu bereit und erzählte Klim schon nicht mehr von Gott, den Katzen, von Freundinnen, sondern hörte nachdenklich seine Berichte vom Gymnasium, seine Meinung über Lehrer und Jungen und über die von ihm gelesenen Bücher an. Als Klim ihr die Neuigkeit verkündete, daß er nicht an Gott glaube, sagte sie geringschätzig: »Das ist Dummheit. Wir haben auch ein Mädchen in der Klasse, die sagt, daß sie nicht glaubt, aber das kommt daher, weil sie bucklig ist.«

Drei Jahre lang kam Igor Turobojew kein einziges Mal in den Ferien heim. Lidija schwieg über ihn. Als Klim jedoch versuchte, mit ihr über den untreuen Geliebten zu sprechen, bemerkte sie kühl: »Über Liebe kann man nur mit einem Menschen reden...«

Mit fünfzehn Jahren war Lidija in die Höhe geschossen, aber sie war noch immer schmal und leicht und hatte ihren federnden Gang behalten. Sie war eckig geworden, an ihren Schultern und Hüften ragten die Knochen hervor, und obwohl sich die Brüste schon scharf abzeichneten, waren sie spitz wie Ellenbogen und stachen Klim unangenehm in die Augen; die Nase hatte sich zugespitzt, die dichten und strengen Brauen waren dunkler, die dicken Lippen indes erregend rot geworden. Ihr Gesicht war Klim gut bekannt, um so mehr wunderte er sich beunruhigt, als er sah, daß hinter den Zügen dieses Gesichtes, die er sich eingeprägt hatte, geheimnisvoll ein anderes, ihm fremdes Gesicht erschien. Von Zeit zu Zeit war es so deutlich sichtbar, daß Klim nahe daran war, das Mädchen zu fragen: »Sind Sie das?«

Manchmal fragte er: »Was hast du?«
»Nichts«, antwortete sie mit leichtem Erstaunen. »Wieso?«
»Ihr Gesicht hat sich verändert.«
»Ja? Wie denn?«

Auf diese Frage wußte er nicht zu antworten. Er siezte sie bisweilen, ohne es zu merken, und sie merkte es auch nicht.

Besonders verwirrte ihn der Blick ihres verborgenen Gesichts, er verwandelte sie in eine Fremde. Dieser scharfe und durchdringende Blick erwartete, suchte, ja forderte sogar irgend etwas, und plötzlich wurde er geringschätzig und stieß kühl zurück. Es war sonderbar, daß sie alle ihre Katzen davongejagt hatte und daß sich überhaupt in ihrem Verhalten zu Tieren ein krankhafter Ekel zeigte. Wenn sie ein Pferd wiehern hörte, fuhr sie zusammen, verzog das Gesicht und hüllte ihre Brust fest in den Schal; Hunde erweckten bei ihr Widerwillen; sogar Hähne und Tauben waren ihr offenkundig unangenehm.

Auch ihre Gedanken waren jetzt ebenso scharf umrissen, ebenso eckig wie ihr Körper.

»Lernen ist langweilig«, sagte sie. »Wozu muß ich denn wissen, was ich selber nicht machen kann oder was ich nie sehen werde?«

Einmal sagte sie zu Klim: »Du weißt viel. Das muß doch sehr unbequem sein.«

Tanja Kulikowa, die Haushälterin Warawkas, die allem auf der Welt wohlwollend und ergeben zulächelte, sprach von Lidija wie Klims Mutter von ihrem üppigen Haar: »Meine Qual.«

Doch sie sagte es ohne Ärger, zärtlich und liebevoll. An ihren Schläfen zeigten sich graue Haare und in ihrem zerknitterten Gesicht das Lächeln eines Menschen, der begreift, daß er unglücklich, zur Unzeit geboren ist, niemanden interessiert und an alldem in sehr hohem Maße selbst schuld ist.

In dem Seitengebäude war der fröhliche Schriftsteller Nestor Nikolajewitsch Katin mit seiner Frau, deren Schwester und einem schlappohrigen Hund eingezogen, den er »Traum« nannte. Der richtige Familienname des Schriftstellers war Pimow, aber er hatte ein Pseudonym gewählt und erklärte das scherzhaft folgendermaßen: »Man sagt ja bei uns nicht Nestor, sondern Nester, und so hätte ich meine Erzählungen mit dem Namen Nesterpimow unterzeichnen müssen. Fürchterlich. Zudem sind jetzt Pseudonyme nach dem Vornamen der Ehefrau Mode: Werin, Walin, Saschin, Maschin ...«

Er war ein zottiges Männlein, trug ein gekräuseltes Kinnbärtchen, sein Hals war mit geringeltem schwarzem Haar umsäumt, und sogar auf den Handrücken und auf den Fingergelenken wuchsen Büschel dunklen Haares. Als lebhafter, sehr beweglicher, sogar etwas allzu geschäftiger Mensch und unermüdlicher Schwätzer erinnerte er Klim an den Vater. In seinem behaarten Gesicht funkelten lebhaft kleine Äugelchen, aber Klim hegte irgendwie den Verdacht, dieser Mann wolle lustiger scheinen, als er war. Wenn er sprach, neigte er den Kopf zur linken Schulter, als lausche er seinen eigenen Worten, und seine Ohrmuschel zitterte ein wenig.

Er gebrauchte kirchenslawische Wörter wie: sintemal, dieweil und so weiter; dadurch wollte er offensichtlich, wenn auch mit wenig Erfolg, die Leute zum Lachen bringen. Er erzählte begeistert von der Schönheit der Wälder und Felder, vom patriarchalischen Wesen des Dorflebens, von der Zähigkeit der Bäuerinnen und dem Verstand der Bauern, von der schlichten, weisen Seele des Volkes und davon, wie die Stadt diese Seele vergiftet. Er mußte seinen Zuhörern oft ihnen unbekannte Worte erklären und verkündete nicht ohne Stolz: »Ich kenne die Volkssprache besser als Gleb Uspenskij, er verwechselt Bäuerliches und Kleinbürgerliches, mich aber ertappt man nicht bei so etwas, o nein!«

Nestor Katin trug ein Russenhemd, das mit einem schmalen Riemen umgürtet war, steckte die Hosenbeine in die Stiefelschäfte und ließ sich das Haar rundum scharf abgesetzt »à la Muschik« schneiden: er ähnelte einem Handwerker, der gut verdient und gern ein lustiges Leben führt. Fast jeden Abend kamen zu ihm ernste, nachdenkliche Leute. Sie schienen Klim alle sehr stolz und über irgend etwas gekränkt. Sie tranken Tee und Wodka und aßen dazu Salzgurken, Wurst und eingelegte Pilze, der Schriftsteller schrumpfte zusammen und entfaltete sich wieder, lief im Zimmer umher und redete: »Ja, ja, Stjopa, die Literatur hat sich vom Leben gelöst, sie verrät das Volk; man schreibt jetzt niedliche Nichtigkeiten zum Vergnügen der Satten; der Spürsinn nach der Wahrheit ist verlorengegangen . . .«

Stjopa, ein breitschultriger, graubärtiger, blauäugiger Mann, saß immer abseits von den anderen, rührte melancholisch mit dem Löffel im Teeglas und schwieg, beifällig mit dem Kopfe wackelnd, eine Stunde, zwei Stunden. Dann jedoch sprach er plötzlich gemessen, mit matter Stimme von den Bedürfnissen der Volksseele, den Pflichten der Intelligenz und besonders viel von dem Verrat der Kinder an dem heiligen Vermächtnis der Väter. Klim bemerkte, daß der Kenner der Intelligenzpflichten nie das Weiche des Brotes aß, sondern nur die Rinde, daß er Tabakrauch nicht mochte und daß er mit unverhohlenem Widerwillen und gleichsam nur pflichtgemäß Wodka trank.

»Du hast recht, Nestor, man vergißt, daß das Volk die Substanz, das heißt der Urgrund ist, und man stellt jetzt die Lehre von den Klassen in den Vordergrund, eine deutsche Lehre, hm . . .«

Makarow fand, an diesem Menschen sei etwas, das an eine Amme erinnere, er wiederholte das so oft, daß es auch Klim bald schien: Ja, Stjopa hatte ungeachtet seines Bartes eine gewisse Ähnlichkeit mit einem starkbrüstigen Weib, dessen Pflicht darin besteht, mit ihrer Milch fremde Kinder zu stillen.

Sonntags versammelte sich bei Katin die Jugend, und dann traten Gesang und Tanz an die Stelle der ernsten Gespräche über das Volk. Der blatternarbige Absolvent des Priesterseminars Saburow, der seine Arme langsam in der verqualmten Luft ausbreitete, schwamm irgendwie im Stehen und erteilte in angenehmem Bariton den inständigen Rat: »Komm an die Wo-o-lga . . .«

»Wessen Stöhnen . . .«, fiel der Chor nicht sehr harmonisch ein. Die Erwachsenen sangen feierlich, reumütig, der schrille Tenor des Schriftstellers klang scharf, das langsame Lied hatte etwas Kirchliches, Totenmessenhaftes. Fast immer wurde nach dem Singen geräuschvoll Quadrille getanzt, und den meisten Lärm machte der Schriftsteller, der zugleich Kapelle und Tanzordner war. Mit seinen kurzen, dicken Beinen aufstampfend, spielte er geschickt auf einer kleinen, billigen Ziehharmonika und kommandierte verwegen: »Kavaliere zwischen den Damen durch! Die eigene lassen, die fremde fassen!«

Das brachte alle zum Lachen, und der Schriftsteller, der noch mehr in Feuer geriet, sang zur Harmonika im Takt der Quadrille:

> »Hin zum Haus die Kinder springen,
> Ziehn den Vater an der Hand.
> ›Vater, unsre Netze fingen
> Einen Toten! Komm zum Strand!‹«

Warawka nannte diese Belustigung ärgerlich »Fischquadrille«.

Klim schien es, als amüsiere sich der Schriftsteller mit großer Anstrengung und sogar verzweifelt; er hüpfte, zappelte und schwitzte. Wenn er den verwegenen Mann spielte und Worte schrie, die gar nicht zu ihm paßten, war er ehrlich bemüht, die Tanzenden zum Lachen zu bringen, und sobald er das erreicht hatte, seufzte er erleichtert: »Hu!«

Dann ulkte er von neuem mit albernen Worten und komischen Sprüngen herum und zwinkerte seiner Frau zu, die selbstvergessen mit einem schlaftrunkenen Lächeln auf dem Puppengesicht eine Quadrillenfigur ausführte.

»Ach, du Mollige!« rief er ihr zu.

Seine Frau, rundlich, rosig und schwanger, war unbegrenzt freundlich zu allen. Mit kleinem, aber liebem Stimmchen sang sie zusammen mit ihrer Schwester ukrainische Lieder. Die Schwester, schweigsam, mit langer Nase, lebte mit geschlossenen Augen, als fürchte sie, etwas Erschreckendes zu sehen, sie schenkte schweigend sorgfältig Tee ein, reichte den Imbiß, und nur ab und zu hörte Klim ihre tiefe Stimme: »Das – ja!« Oder: »Das ist kaum zu glauben.«

Sie brachte selten etwas anderes heraus als diese zwei Sätze.

Klim fühlte sich nicht schlecht bei den unterhaltsamen und für ihn neuen Menschen in dem hell und lustig tapezierten Zimmer. Alles rundum war unordentlich wie bei Warawka, aber niedlich. Ab und zu erschien Tomilin, er schritt langsam, feierlichen Schrittes durch den Hof, ohne die Fenster der Samgins anzublicken; wenn er bei dem Schriftsteller eingetreten war, drückte er jedem wortlos die Hand und setzte sich in die Ecke neben den Ofen, neigte den Kopf und hörte sich die Debatten und Lieder an. Hastig kam Tanja Kulikowa hereingelaufen; ihr unbedeutendes, schwer einprägsames Gesicht verdunkelte sich beim Anblick Tomilins, wie Fayenceteller vom Alter dunkel werden.

»Wie geht es Ihnen?« fragte sie.

»Es geht«, antwortete Tomilin leise und anscheinend ärgerlich.

Zwei- bis dreimal kam auch Warawka, sah und hörte ein wenig zu, daheim jedoch sagte er zu Klim und der Tochter mit einer wegwerfenden Handbewegung: »Die übliche russische Kwaßbrauerei. Eine Jahrmarktsbude, in der aus der Mode gekommene Kunststücke gezeigt werden.«

Klim fand das treffend gesagt, und seitdem schien es ihm, als wäre all das, wovon man vor zehn Jahren im Hause Aufhebens gemacht hatte, von dort in den Seitenbau gefegt worden. Dennoch begriff er, daß es für ihn nützlich war, bei dem Schriftsteller zu verkehren, wenn er sich auch manchmal langweilte. Einiges ähnelte dem Gymnasium, nur mit dem Unterschied, daß sich hier die Lehrer nicht aufregten, die Schüler nicht anschrien, sondern die Wahrheit mit unanfechtbarem und glühendem Glauben an ihre Kraft lehrten. Dieser Glaube klang fast in jedem Wort, und obwohl Klim sich von ihm nicht hinreißen ließ, trug er doch aus dem Seitengebäude nicht nur etliche Gedanken und treffende Ausdrücke davon, sondern noch etwas, das ihm nicht ganz klar war, dessen er aber bedurfte; er betrachtete es als Menschenkenntnis.

Makarow trank aufmerksam Wodka, aß knirschende Salzgurken dazu und flüsterte Klim zuweilen etwas Boshaftes ins Ohr: »Das Vermächtnis der Väter! Mein Vater hat mir vermacht: Lerne ordentlich, du Halunke, sonst setze ich dich auf die Straße, dann kannst du unter die Barfüßler gehen. Na, so lerne ich denn. Doch glaube ich nicht, daß man hier etwas lernen kann.«

Man bemühte sich um die jungen Leute, aber das war ihnen lästig. Makarow, Ljuba Somowa, sogar Klim saßen schweigend und bedrückt da, und Ljuba bemerkte einmal seufzend: »Sie sprechen so, als ob ich bei starkem Regen unter einem Schirm ginge und nicht hören könnte, was ich denke.«

Nur Iwan Dronow stellte fordernd und übermäßig kreischend Fragen nach der Intelligenz, nach der Bedeutung der Persönlichkeit im Verlauf der Geschichte. Sachverständiger in diesen Fragen war jener Mann, der einer Amme glich; von allen Freunden des Schriftstellers schien er Klim der am tiefsten Gekränkte.

Bevor er eine Frage beantwortete, betrachtete dieser Mann alle im Zimmer mit seinen hellen Augen, räusperte sich vorsichtig, beugte sich vor und streckte den Hals, wobei sich hinter seinem linken Ohr eine kahle, knochige Beule vom Ausmaß einer kleinen Kartoffel zeigte.

»Das ist eine Frage von sehr tiefer, allgemeinmenschlicher Bedeutung«, begann er mit hoher, etwas müder und matter Stimme; der Schriftsteller Katin hob vorbeugend die Hand und die Brauen und betrachtete ebenfalls alle mit einem Blick, der ausdrucksvoll kommandierte: »Achtung! Stillgestanden!«

»Doch nirgends in der Welt wird diese Frage mit einer solchen Schärfe gestellt wie bei uns, in Rußland, denn bei uns gibt es eine Kategorie von Menschen, die selbst der hochkultivierte Westen nicht hervorbringen konnte – ich meine die russische Intelligenz, jene Menschen, deren Los Gefängnis, Verbannung, Zuchthaus, Folter, Galgen ist«, sagte dieser Mann bedächtig, und im Ton seiner Rede spürte Klim stets etwas Sonderbares, als suchte der Redner nicht zu überzeugen, sondern rede hoffnungslos. Die Worte Zuchthaus, Folter, Galgen gebrauchte er so häufig und einfach, als wären es gewöhnliche, gängige Ausdrücke; Klim gewöhnte sich daran, sie zu hören, ohne den furchtbaren Inhalt dieser Worte zu empfinden. Makarow, der alle immer skeptischer anblickte, flüsterte: »Er redet, als wäre das alles dreihundert Jahre vor uns gewesen. Die Milch der Amme ist sauer geworden.«

Aus der Ecke sah Tomilin aufmerksam, mit weißen Augen die Amme an und fragte ab und zu halblaut: »Sie beschuldigen Marx, die Persönlichkeit aus der Geschichte gestrichen zu haben, aber hat denn nicht Lew Tolstoi, der als Anarchist gilt, in ›Krieg und Frieden‹ das gleiche getan?«

Man hatte Tomilin auch hier nicht gern. Man antwortete ihm karg, nachlässig. Klim fand, daß das dem rothaarigen Lehrer gefiel und er absichtlich alle reizte. Einmal warf der Schriftsteller Katin, nachdem er einen Artikel irgendeiner Zeitschrift heruntergemacht hatte, die Zeitschrift auf das Fensterbrett, doch der Band fiel zu Boden; Tomilin sagte: »Sehen Sie, eine Ikone hätten Sie, ein Ungläubiger, nicht so hingeschmissen, ein Buch hat aber doch mehr Seele als eine Ikone.«

»Seele?« fragte der Schriftsteller bestürzt und aufgebracht und fügte unbeholfen, aber noch aufgebrachter hinzu: »Was hat die Seele damit zu tun? Das ist ein publizistischer Artikel, der auf Daten der Statistik beruht. Seele!«

Der Schriftsteller war ein leidenschaftlicher Jäger und begeisterte sich gern für die Natur. Blinzelnd, lächelnd, seine Worte mit einer Menge kleiner Gesten untermalend, erzählte er von keuschen Birklein, von der nachdenklichen Stille der Waldschluchten, von den bescheidenen Blumen der Felder und dem klingenden Singen der Vögel, er erzählte davon so, als hätte er das alles als erster gesehen und gehört. Er bewegte die Hände in der Luft wie ein Fisch die Flossen und sagte voll Rührung: »Und überall ist unbesiegbares Leben, alles strebt, das Gesetz der Schwerkraft durchbrechend, nach oben, zum Himmel.«

Tomilin rieb sich die Hände und fragte: »Wie kommt es, daß Sie, der Sie so beredt Ihre Liebe zum Lebendigen bekunden, nur aus Freude am Töten Hasen und Vögel umbringen? Wie läßt sich das vereinbaren?«

Der Schriftsteller wandte sich ihm halb zu und sagte brummig: »Turgenjew und Nekrassow sind auch auf Jagd gegangen. Auch Lew Tolstoi in seiner Jugend, und überhaupt – viele. Sie sind Tolstojaner, was?«

Tomilin lächelte und rief bei Klim ein verständnisvolles Lächeln hervor; für ihn wurde dieser unabhängige Mensch immer lehrreicher, der ruhig und eigensinnig, ohne jemandem beizupflichten, treffende Worte zu sagen verstand, die sich gut dem Gedächtnis einprägten. Krampfhaft mit den Händen fuchtelnd, mehr und mehr errötend, erzählte der Schriftsteller die russische Geschichte, die er als schwere und endlose Kette lächerlicher, gemeiner und dummer Anekdoten darstellte. Über das Lächerliche und Dumme lachte er selbst als erster, und wenn er von den gemeinen Grausamkeiten der Zarenmacht sprach, drückte er die Faust an seine Brust und fuhr sich über das Herz. Es war immer peinlich, zu sehen, daß er nach seiner flammenden Rede ein Gläschen Wodka leerte und dazu ein dick mit Senf bestrichenes Stückchen Brotrinde aß.

»Lesen Sie die ›Geschichte der Stadt Glupow‹ – das ist die wahre und ehrliche Geschichte Rußlands«, mahnte er.

Makarow hörte die Reden des Schriftstellers, ohne ihn anzusehen, die Lippen verkniffen, und sagte danach zu seinem Kameraden: »Was brüstet er sich damit, daß er unter Polizeiaufsicht lebt? Als wäre das eine Eins in Betragen.«

Ein andermal, als er beobachtete, wie der Schriftsteller sich wand und krümmte, sagte er zu Lidija: »Sehen Sie, mit welchen Mühen die Wahrheit geboren wird?«

Lidija verzog das Gesicht und rückte von ihm ab.

Sie war selten im Seitenbau, gleich nach dem ersten Besuch, bei dem sie den ganzen Abend neben der freundlichen und stummen Frau des Schriftstellers gesessen hatte, erklärte sie befremdet: »Warum schreien sie so? Man hat den Eindruck, als würden sie gleich aufeinander losschlagen, doch dann setzen sie sich an den Tisch, trinken Tee und Wodka und schlucken Pilze ... Die Frau des Schriftstellers streichelte mir fortwährend den Rücken, als ob ich eine Katze wäre.«

Lidija fuhr auf, runzelte die Stirn und fügte fast mit Ekel hinzu: »Und dann der Bauch bei ihr ... ich vertrage keine schwangeren Frauen!«

»Ihr alle seid böse!« rief Ljuba Somowa. »Mir gefallen diese Leute; sie sind wie die Köche in der Küche vor einem großen Fest – vor Ostern oder vor Weihnachten.«

Klim warf einen mißbilligenden Blick auf das häßliche Mädchen, er merkte in letzter Zeit, daß Ljuba klüger wurde, und das war irgendwie unangenehm. Doch gefiel es ihm sehr, zu beobachten, daß Dronow weniger selbstsicher wurde und daß sich Niedergeschlagenheit in seinem abgemagerten, besorgten Gesicht zeigte. Seinen kreischenden Fragen mischte sich jetzt ein Ton von Gereiztheit bei, und er lachte zu lange und laut, als Makarow ihm einmal etwas erklärte und dabei scherzte: »Na, Iwan, fühlst du, wie die Wissenschaft am Jüngling zehrt?«

»Dennoch, Freunde, was ist denn die Intelligenz?« forschte er.

Klim dozierte mit den Worten Tomilins: »Intelligenz – das sind die Besten des Landes, Leute, die alles Schlechte im Land verantworten müssen ...«

Makarow griff das sogleich auf: »Das sind also jene Gerechten, derentwegen Gott bereit war, Sodom, Gomorrha oder irgend etwas anderes, Verdorbenes zu verschonen? Das ist keine Rolle für mich ... Nein.«

Gut gesagt, dachte Klim, und um das letzte Wort zu behalten, erinnerte er sich der Worte Warawkas. »Es gibt noch einen anderen Gesichtspunkt: Der Intellektuelle ist ein hochqualifizierter Arbeiter – und nichts weiter.«

Doch auch hier erriet es Makarow. »Das hört sich nach Warawka an.«

Das Gefühl heimlicher Feindseligkeit gegen Makarow wuchs in Klim. Makarow sah, laut und frech vor sich hin pfeifend, alles mit den Augen eines Menschen an, der eben aus einer großen Stadt in eine kleine gekommen ist, wo es ihm nicht gefällt. Er sagte oft und mühelos Sätze und Worte, die nicht weniger interessant waren als die von Warawka und Tomilin. Klim war eifrig bemüht, in sich die Fähigkeit zu entwickeln, eigene Worte zu schaffen, aber er empfand fast immer, daß seine Worte wie ein fernes Echo von fremden klangen. Es wiederholte sich das gleiche wie bei den Büchern: Was Klim über Gelesenes erzählte, war genau und ausführlich, aber das Markante ging verloren. Makarow hingegen wußte sogar auch Fremdes zur rechten Zeit und geschickt zu sagen.

Eines Tages ging er mit Makarow und Lidija zu einem Klavierkonzert. Aus der Tür des Gouverneurpalastes führten zwei Gecken feierlich die widerlich dicke alte Gouverneurin heraus und hoben sie nicht besonders geschickt, mit vieler Mühe in den Wagen.

Makarow seufzte und sagte zu Lidija: »Puschkin hat recht: ›Die Wonne, von den Frauen beachtet zu werden, ist fast das einzige Ziel unserer Bemühungen.‹«

Lidija lächelte vorsichtig oder widerstrebend, während Klim wieder fühlte, wie ihn der Neid stach.

Ihn erregten die undurchsichtigen Beziehungen zwischen Lidija und Makarow, hier gab es etwas Verdächtiges; Makarow, verwöhnt durch die Aufmerksamkeit der Gymnasiastinnen, betrachtete Lidija mit einem ihm nicht eigenen Ernst, obwohl er mit ihr ebenso spöttisch sprach wie mit seinen Verehrerinnen, Lidija indes betonte offen und zuweilen sehr schroff, daß Makarow ihr unangenehm sei. Zugleich merkte Klim Samgin jedoch, daß ihre zufälligen Begegnungen immer häufiger wurden, es kam ihm sogar der Gedanke: Sie besuchen auch das Seitengebäude des Schriftstellers nur, um sich zu sehen.

Besonders bestärkte ihn darin ein sonderbarer Vorfall im Stadtpark. Er saß mit Lidija auf einer Bank in einer Allee alter Linden; die struppige Sonne versank in einem Chaos bläulicher Wolken, deren schwere Pracht sie mit ihrer purpurnen Glut entflammte. Auf dem Fluß tanzten kupferrote Glanzlichter, es rötete sich der Rauch einer Fabrik jenseits des Flusses, grell wie lichtrotes Gold erglühten die Scheiben eines Kioskes, in dem Eis verkauft wurde. Eine herbstliche, traurige Kühle streichelte Samgins Wangen.

Klim fühlte sich unbehaglich, verwirrt; der in Farben getauchte Fluß erinnerte ihn an Boris' Tod, in seinem Gedächtnis erklangen aufdringlich die Worte: Ja – ist denn ein Junge dagewesen? Vielleicht war gar kein Junge da?

Er wollte Lidija so gern etwas Bedeutsames und Angenehmes sagen, er hatte es schon ein paarmal versucht, aber es war ihm nicht gelungen, das Mädchen aus ihrer tiefen Nachdenklichkeit herauszubringen. Ihre schwarzen Augen schauten unablässig auf den Fluß, auf die purpurnen Wolken. Klim fiel irgendwie eine Legende ein, die Makarow ihm erzählt hatte.

»Weißt du«, fragte er, »daß Clemens von Alexandrien behauptete, die Engel wären vom Himmel herabgestiegen und hätten mit Menschentöchtern Romane gehabt?«

Ohne den Blick von der Ferne abzuwenden, sagte Lidija gleichgültig und leise: »Das Kompliment eines Heiligen ist nicht viel wert, meine ich . . .«

Ihre Gleichgültigkeit machte Klim verlegen, er verstummte und machte sich Gedanken: Warum verwirrte dieses häßliche, launische Mädchen ihn so oft? Nur sie verwirrte ihn.

Plötzlich erschien Makarow in zerschlissenem Mantel, die Mütze in den Nacken geschoben, mit abgetretenen Stiefeln. Er sah aus wie ein Mensch, der eben irgendwo davongelaufen, der sehr müde und dem jetzt alles gleichgültig ist.

Er verläßt sich auf seine freche Fratze, dachte Klim.

Nachdem Makarow dem Kameraden schweigend die Hand gegeben hatte, fuhr er kurz damit durch die Luft und erwies Lidija unerwartet, doch nicht lächerlich, die Ehre, indem er die Hand militärisch an die Mütze legte. Er zündete sich eine Zigarette an und fragte dann Lidija, mit einem Kopfruck auf die Glut des Sonnenuntergangs deutend: »Schön?«

»Wie gewöhnlich«, entgegnete sie, stand auf und ging fort mit den Worten: »Ich gehe zu Alina . . .«

Sie hatte sich mit ihrem federnden Gang etwa zwanzig Schritte entfernt. Makarow sagte halblaut: »Wie dünn sie ist. Wie eine Nadel. Sonderbarer Familienname – Warawka . . .«

Auf einmal machte Lidija schroff kehrt und setzte sich erneut auf die Bank, direkt neben Klim.

»Ich habe es mir anders überlegt.«

Makarow rückte die Mütze zurecht, lächelte, krümmte den Rücken.

Und nun begann etwas, das Klim sehr peinlich überraschte: Makarow und Lidija fingen zu reden an, als hätten sie sich heftig gezankt und freuten sich über die Gelegenheit, sich noch einmal zu zanken. Sie sahen sich zornig an und sprachen, ohne die Absicht zu verbergen, einander zu verletzen, zu beleidigen.

»Schön ist das, was mir gefällt«, sagte Lidija hochmütig, worauf Makarow spöttisch entgegnete: »Was Sie nicht sagen! Ist das nicht ein bißchen wenig?«

»Zum Schönsein genügt das vollkommen.«

Klim, der zwischen ihnen saß, sagte: »Spencer definiert die Schönheit . . .«

Aber sie hörten ihn nicht. Sie fielen sich gegenseitig ins Wort und stießen ihn dabei. Makarow, der die Mütze abgenommen hatte, schlug Klim zweimal mit dem Mützenschirm schmerzhaft aufs Knie. Sein zweifarbiges Büschelhaar hatte sich aufgerichtet und verlieh seinem höckernasigen Gesicht einen Klim unbekannten, fast raubgierigen Ausdruck. Lidija zerrte an Klims Mantelärmel und zeigte die Zähne in einem bösen Lächeln. Auf ihren Wangen entbrannten rote Flecken, ihre Ohren waren auch rot angelaufen, die Hände zitterten. Klim hatte sie noch nie so böse gesehen.

Er fühlte sich in der erniedrigenden Lage eines Menschen, der übersehen wird. Ein paarmal schon wollte er aufstehen und fortgehen, blieb aber sitzen und hörte Lidija erstaunt zu. Sie las ungern Bücher – woher wußte sie das, wovon sie sprach? Sie war überhaupt wortkarg, vermied Auseinandersetzungen, und nur mit der üppigen Schönheit Alina Telepnjowa und mit Ljuba Somowa plauderte sie stundenlang, wobei sie ihnen halblaut und mit angewidert verzogenem Gesicht von irgend etwas wahrscheinlich Geheimnisvollem erzählte. Ihr Verhalten zu den Gymnasiasten war ebenfalls voll Abscheu, und sie machte kein Hehl daraus. Klim schien es, sie hielt sich für zehn Jahre älter als ihre Altersgenossen. Mit Makarow jedoch, der sich nach Klims Ansicht unverschämt gegen sie verhielt, stritt sie sich mit einer an Wut grenzenden Erregung, wie man mit einem Menschen streitet, der bezwungen und erniedrigt werden muß.

»Es wird Zeit zum Heimgehen, Lida«, sagte er und brachte sich ungehalten in Erinnerung.

Lidija erhob sich sofort und richtete sich kampflustig auf.

»Es mißlingt Ihnen, den Originellen zu spielen, Makarow«, sagte sie hastig, aber wohl etwas weicher.

Makarow hatte sich ebenfalls erhoben, er verneigte sich und streckte die Hand mit der Mütze zur Seite, wie es schlechte Schauspieler tun, wenn sie einen französischen Marquis spielen.

Als Antwort zog das Mädchen die Brauen hoch und entfernte sich rasch, wobei sie sich bei Klim einhakte.

»Warum bist du so zornig geworden?« fragte er. Sie ordnete das Haar, das über das Ohr gefallen war, und sagte empört: »Ich kann solche ... wie nennt man sie doch? ... solche Nihilisten nicht ausstehen. Er spielt sich auf, er raucht ... Sein Haar ist scheckig, seine Nase krumm ... Er soll ein sehr schmieriger Bengel sein?«

Doch ohne eine Antwort abzuwarten, hob sie gleich die Vorzüge des abfällig Beurteilten hervor.

»Schlittschuh läuft er großartig.«

Nach diesem Vorfall empfand Klim so etwas wie Achtung vor diesem Mädchen, vor ihrem Verstand, den er unerwartet entdeckt hatte. Dieses Gefühl wurde gesteigert durch die kleinen Stöße, die Lidija ihm durch ihr Mißtrauen, durch die Nachlässigkeit versetzte, mit der sie ihm zuhörte. Ab und zu dachte er ängstlich, Lidija könnte ihn bei irgend etwas ertappen, ihn irgendwie bloßstellen. Es war ihm schon längst aufgefallen, daß die Altersgenossen gefährlicher waren als die Erwachsenen, sie waren schlauer, mißtrauischer, während der Eigendünkel der Erwachsenen unerklärlicherweise mit Naivität verbunden war.

Doch obwohl er vor Lidija Angst hatte, empfand er keine Feindseligkeit gegen sie, im Gegenteil, das Mädchen erweckte in ihm den Wunsch, ihr zu gefallen, ihr Mißtrauen zu überwinden. Er wußte, daß er in sie nicht verliebt war, und erfand nichts in dieser Hinsicht. Er war noch frei von dem Wunsch, jungen Mädchen den Hof zu machen, und sexuelle Emotionen beunruhigten ihn nicht sehr. Die üblichen zahlreichen Romane, die Gymnasiasten mit Gymnasiastinnen hatten, riefen bei ihm nur ein herablassendes Lächeln hervor; für sich hielt er einen solchen Roman für unmöglich, denn er war überzeugt, daß ein junger Mann, der eine Brille trägt und ernste Bücher liest, in der Rolle eines Verliebten lächerlich sein muß. Er hörte sogar auf zu tanzen, da er fand, Tänze seien unter seiner Würde. Den bekannten jungen Mädchen gegenüber verhielt er sich trocken, mit kühler Höflichkeit, die er von Igor Turobojew übernommen hatte, und als Alina Telepnjowa begeistert erzählte, wie Ljuba Somowa und der Telegraphist Inokow sich auf der Eisbahn geküßt hatten, schwieg Klim aufgeblasen, da er fürchtete, man könnte ihn der Neugier für Romanbagatellen verdächtigen. Um so bestürzter war er, als er sich verliebt fühlte.

Das begann, als Klim Samgin sich eines Tages zum Unterricht verspätet hatte, hastig durch die dichte Trübe eines Februar-Schneesturms dahinschritt und plötzlich, nicht weit von dem gelben Gebäude des Gymnasiums, auf Dronow stieß – Iwan stand auf dem Bürgersteig, hielt mit der einen Hand den Riemen des über den Rücken geworfenen Schulranzens und ließ die andere mit der Mütze herunterhängen.

»Man hat mich ausgeschlossen«, murmelte er. Auf seinem Kopf, auf seinem Gesicht zerging der Schnee, und es schien, als sickerten aus der Haut seines ganzen Gesichts, von der Stirn bis zum Kinn, Tränen.

»Weswegen?« fragte Klim.

»Diese Schufte.«

Klim riet ihm: »Setz die Mütze auf.«

Iwan hob langsam die Hand, als wäre die Mütze aus Eisen; sie war vollgeschneit, er setzte sie so, mit dem Schnee darin, auf, nahm sie aber nach einer Minute wieder ab, schüttelte sie und machte sich auf den Weg, wobei er mit stockender Stimme sagte: »Das war Rshiga. Und der Pope. Schädlicher Einfluß angeblich. Und überhaupt – sagt er – bist du, Dronow, eine zufällige und unerwünschte Erscheinung im Gymnasium. Sechs Jahre haben sie mich unterrichtet – und nun ... Tomilin beweist, daß alle Menschen auf Erden eine zufällige Erscheinung sind.«

Klim schritt Schulter an Schulter mit Dronow nach Hause und hörte ihm aufmerksam zu, wunderte sich aber nicht, empfand kein Mitleid, während Dronow immerzu murmelte, nur mit Mühe Worte fand, sie aus sich herauskratzte.

»Erledigt haben sie mich, diese Schufte! Schädlicher Einfluß! Ganz einfach – Rshiga hat mich erwischt, als ich mich mit Margarita küßte.«

»Mit ihr?« fragte Klim dazwischen, seine Schritte verlangsamend.

»Na ja ... Er selber aber, Rshiga ...«

Doch Klim hörte schon nicht mehr zu, jetzt war er erstaunt, sowohl unangenehm als auch feindselig. Er erinnerte sich an Margarita, die Näherin mit dem runden, blassen Gesicht, mit dichten Schatten in den Höhlen der tiefliegenden Augen. Sie hatte Augen von unbestimmter gelblicher Farbe, einen etwas schläfrigen, müden Blick, sie war wohl schon an die dreißig. Sie nähte und flickte die Wäsche der Mutter, Warawkas und seine; sie ging in die Häuser.

Es war kränkend, zu erfahren, daß Dronow ihn auch im Umgang mit Frauen bereits überflügelt hatte.

»Wie ist denn das mit ihr?« fragte Klim und stockte, da er nicht wußte, wie er das weitere sagen sollte.

»Wenn sie mir nur kein Wolfsbillett ausstellen«, brummte Dronow.

»Erlaubt sie es dir?«

»Wer?«

»Margarita.«

Dronow ruckte mit der Schulter, als stieße er jemanden fort, und sagte: »Na, welches Weibsbild erlaubt es denn nicht?«

»Hast du es schon lange mit ihr?« forschte Klim.

»Ach, laß mich«, sagte Dronow, bog scharf um die Ecke und verschwand sofort im weißen Schneegestöber.

Klim ging nach Hause. Er wollte nicht glauben, daß diese bescheidene Näherin Dronow gern geküßt haben konnte, glaubwürdiger war, daß er sie gewaltsam geküßt hatte. Und natürlich – mit Gier. Klim zuckte sogar zusammen, als er sich vorstellte, wie Dronow beim Küssen schmatzte.

Als er sich zu Hause auszog, hörte er die Mutter im Wohnzimmer ein Musikstück üben, das ihm unbekannt war.

»Warum so früh?« fragte sie. Klim erzählte ihr von Dronow und fügte hinzu: »Ich bin nicht zur Schule gegangen, dort sind sie sicher sehr aufgeregt. Iwan hat ausgezeichnet gelernt, hat vielen geholfen, er hat nicht wenig Freunde.«

»Es ist vernünftig, daß du nicht hingegangen bist«, sagte die Mutter; heute war sie, in einem neuen, himmelblauen Hauskleid, besonders jung und imposant schön. Sie biß sich auf die Lippen, blickte in den Spiegel und schlug dem Sohn vor: »Setz dich ein bißchen zu mir.«

Mit leichtem, schwebendem Gang im Zimmer auf und ab gehend, begann sie sehr sanft: »Rshiga hat mich rechtzeitig davon unterrichtet, daß mit Iwan streng verfahren werden müsse. Er hat irgendwelche verbotenen Bücher und unanständige Photographien in die Klasse mitgebracht. Ich sagte Rshiga, daß es in den Büchern wahrscheinlich nichts Ernsthaftes gäbe, das wäre bloß die Wichtigtuerei Dronows.«

Klim fügte in gesetztem Ton hinzu: »Ja, Wichtigtuerei oder die bei Kindern und Halbwüchsigen übliche Vorliebe für Pistolen . . .«

»Sehr treffend«, lobte ihn die Mutter lächelnd. »Aber die Verbindung schädlicher Bücher mit unanständigen Bildern, das zeigt bereits eine verdorbene Natur. Rshiga sagt sehr schön, die Schule sei die Anstalt, in der die Auswahl von Menschen vorgenommen wird, die befähigt sind, das Leben in dieser oder jener Weise zu verschönern, zu bereichern. Nun und: Wodurch könnte Dronow das Leben verschönern?«

Klim lächelte.

»Es ist etwas Seltsames, daß Dronow und dieser ruppige, verrückte Makarow deine Freunde sind. Du gleichst ihnen so wenig. Du mußt wissen, daß ich an deine Vernunft glaube und um dich keine Angst habe. Ich denke, daß dich ihre scheinbare Begabung anzieht. Aber ich bin überzeugt, diese Begabung ist nichts weiter als Aufgewecktheit und Schlauheit.«

Klim nickte zustimmend, die Worte der Mutter gefielen ihm sehr. Er gab zu, daß Makarow, Dronow und noch einige Gymnasiasten in Worten klüger waren als er, war aber selbst überzeugt, daß er klüger war als sie, nicht in Worten, sondern irgendwie anders, solider, tiefer.

»Gewiß, auch Schlauheit ist ein Vorzug, aber ein zweifelhafter, sie verwandelt sich oft in, milde gesagt, Gewissenlosigkeit«, fuhr die Mutter fort, und ihre Worte gefielen Klim immer. Er stand auf, umarmte sie fest an der Hüfte, ließ sie aber sogleich wieder los, da er plötzlich und zum erstenmal in der Mutter die Frau fühlte. Das verwirrte ihn dermaßen, daß er die zärtlichen Worte vergaß, die er ihr sagen wollte, er trat sogar ein wenig zurück, aber die Mutter legte ihm selber den Arm um die Schultern und zog ihn an sich, wobei sie irgend etwas vom Vater, von Warawka und von den Motiven ihrer Trennung vom Vater sagte.

»Ich hätte dir das alles schon längst sagen sollen«, vernahm er. »Doch, um es noch einmal zu sagen, da ich wußte, wie du beobachtest und nachdenkst, hielt ich es für überflüssig.«

Klim küßte ihr die Hand.

»Ja, Mama – es erübrigt sich, davon zu reden. Du weißt ja, ich verehre Timofej Stepanowitsch sehr.«

Er spürte eine Erregung, die ihm neu war. Vor dem Fenster brodelte lautlos dichte, weiße Trübe, in dem weichen, farblosen Dämmerlicht des Zimmers schienen alle Dinge wie in Nachdenken versunken, wie verblaßt. Warawka liebte Bilder und Porzellan, und seit der Vater fort war, hatte sich alles im Haus geändert und war nicht wiederzuerkennen, es war gemütlicher, schöner, wärmer geworden. Die schlanke Frau mit dem kühlen, stolzen Gesicht stand dem jungen Mann plötzlich nahe wie nie zuvor. Sie sprach mit ihm wie mit ihresgleichen, bestechend freundschaftlich, und ihre Stimme klang ungewöhnlich sanft und deutlich.

»Mich beunruhigt Lidija«, sagte sie, mit dem Sohn im gleichen Schritt gehend. »Sie ist ein anormales Mädchen, mit schwerer erblicher Belastung mütterlicherseits. Erinnere dich an die Geschichte mit Turobojew. Gewiß, das war kindlich, aber ... Auch habe ich zu ihr nicht das Verhältnis, wie ich es wünschte.«

Sie blickte dem Sohn in die Augen und fragte lächelnd: »Bist du – nicht in sie verliebt? Ein klein wenig, nicht wahr?«

»Nein«, erwiderte Klim entschieden.

Nachdem sie noch etliches in mißbilligendem Ton über Lidija gesagt hatte, fragte die Mutter ihn, vor dem Spiegel stehenbleibend: »Du kommst sicherlich mit deinem Taschengeld nicht aus.«

»Es reicht vollkommen ...«

»Du mein Lieber«, sagte die Mutter, ihn umarmend und auf die Stirn küssend. »In deinem Alter braucht man sich gewisser Wünsche nicht mehr zu schämen.«

Nun begriff Klim den Sinn ihrer Frage wegen des Geldes, wurde tiefrot und wußte nicht, was er ihr sagen sollte.

Nach dem Essen ging er zu Dronow ins Mezzanin, dort stand bereits, an den Ofen gelehnt, Makarow, blies Rauchfahnen zur Decke und glättete mit einem Finger die dunklen Schatten auf der Oberlippe, während Dronow im Schneidersitz auf dem Bett saß und irgendwem kreischend drohte: »Ihr irrt euch! In die Universität werde ich mich trotzdem einschleichen.«

Gleich nach Klim wurde die Tür nochmals geöffnet, auf der Schwelle stand Lidija, kniff die Augen zusammen und fragte: »Werden hier Fische geräuchert?«

Dronow rief grob: »Schließen Sie die Tür, es ist nicht Sommer.«

Makarow indes verneigte sich schweigend vor dem Mädchen und zündete am Stumpf der Zigarette eine neue an.

»Welch abscheulicher Tabak«, sagte Lidija, trat an das mit Schnee verpappte Fenster, blieb dort mit der Seite zu allen stehen und begann Dronow auszufragen, weswegen man ihn ausgeschlossen habe; Dronow antwortete ihr ungern, zornig. Makarow bewegte die Brauen, blinzelte und musterte durch den Rauchschleier eingehend die dunkelbraune Gestalt des Mädchens.

»Warum gibst du dumme Bücher zu lesen, Iwan?« hub Lidija an. »Du hast Ljuba Somowa ›Was tun?‹ gegeben, aber das ist doch ein dummer Roman! Ich habe versucht, ihn zu lesen, und – brachte es nicht fertig. Das ganze Buch ist keine zwei Seiten von Turgenjews ›Erste Liebe‹ wert.«

»Junge Mädchen lieben Süß-Säuerliches«, sagte Makarow und pustete, da ihn sein fehlgeschlagener Auftritt wohl verlegen machte, angestrengt die Asche von der Zigarette. Lidija antwortete ihm nicht. In dem, was sie gesagt hatte, hörte Klim ihren Wunsch, jemanden zu treffen, und unerwartet fühlte er sich selbst getroffen, als sie hitzig fortfuhr: »Ein Mann, der eine Frau einem anderen überläßt, ist natürlich ein Waschlappen.«

Klim rückte die Brille zurecht und sagte belehrend: »Betrachtet man jedoch die Geschichte der Beziehungen Herzens...«

»Des Schwätzers ›Vom anderen Ufer‹?« fragte Lidija. Makarow lachte, drückte die Zigarette an einer Ofenkachel aus und warf den Stummel schwungvoll zur Tür hinüber.

»Wie denn, das belustigt Sie?« fragte das Mädchen herausfordernd, und binnen weniger Minuten wiederholte sich vor Klim der gleiche Auftritt, den er schon im Stadtpark beobachtet hatte, doch jetzt spielten ihn Makarow und Lidija in schärferem Ton.

Klim, der ihrem Streit aufmerksam zuhörte, merkte, daß sie zwar gewöhnliche, ihm bekannte Worte schrien, aber der Zusammenhang dieser Worte war unfaßbar, und ihr Sinn wurde von jedem der Streitenden auf seine Art entstellt. Es schien, daß sie im Grund gar nichts zu streiten hatten, doch sie stritten erregt, mit roten Köpfen und fuchtelnden Händen; Klim erwartete, daß sie im nächsten Augenblick einander beleidigen würden. Makarows schnelle, schroffe Gesten erinnerten Klim unangenehm an das verkrampfte Auftauchen der Hände des ertrinkenden Boris Warawka. Lidijas großäugiges

Gesicht hatte sich in jenes neue, fremde Gesicht verwandelt, das dumpfe Unruhe hervorrief.

Nein, sie sind nicht verliebt, überlegte Samgin. Sie sind nicht verliebt, das ist klar!

Dronow saß auf dem Bett, betrachtete die Streitenden mit umherhuschenden Augen und wippte leise; sein plattes Gesicht wurde ab und zu von einem herablassenden Lächeln verzogen.

Da gab sich Lidija plötzlich einen Ruck und ging hinaus, die Tür laut hinter sich zuschlagend, Makarow wischte sich mit der Hand über die schweißbedeckte Stirn und sagte gelangweilt: »Sie ist böse.«

Er zündete sich eine Zigarette an und setzte hinzu: »Klug ist sie. Na, auf Wiedersehen . . .«

Dronow lächelte hinter ihm her und ließ sich seitlich auf das Bett fallen.

»Sie machen Faxen, sie verstellen sich«, sagte er leise mit geschlossenen Augen. Dann fragte er Klim, der sich an den Tisch gesetzt hatte, etwas grob: »Die Lidija – hast du's gehört? Wie hitzig sie das gesagt hat: In der Liebe gibt es keine Barmherzigkeit! Hm? Hu, die wird vielen das Genick brechen.«

Dronows grober Ton empörte Klim nicht mehr, seit Makarow einmal gesagt hatte: »Wanka ist im Grunde eine gute Seele, er ist nur deshalb grob, weil er sich nicht traut, anders zu sprechen, weil er Angst hat, daß es dumm wirkt. Die Grobheit ist bei ihm ein Zeichen des Berufs, wie der blöde Helm beim Feuerwehrmann.«

Dronow lauschte dem Heulen des Schneesturms im Ofenrohr und fuhr noch immer mit der gleichen langweiligen Stimme fort: »Ich kenne einen Telegraphisten, der bringt mir Schachspielen bei. Glänzend spielt er. Er ist noch nicht alt, vierzig etwa, aber kahl ist er wie der Ofen hier. Der sagte mir von den Weibern: ›Aus Höflichkeit da sagt man Weib, doch Sklavin hieß es mit Ehrlichkeit! Als Mutter schuf sie die Natur, doch sie erstrebt die Hure nur!‹«

Plötzlich sprang er auf, als hätte ihn etwas gestochen, und sagte, mit der Faust gegen die Hand hämmernd: »Ihr irrt euch, ihr Teufel! Auf die Universität komme ich trotzdem. Tomilin hat versprochen, mir zu helfen . . .«

Nachdem Klim geduldig zugehört hatte, wie Dronow auf Rshiga und die anderen Lehrer schimpfte, fragte er beiläufig: »Wie ist das denn bei dir mit Margarita gekommen?«

»Was ist gekommen?« entgegnete Dronow nach einer Pause.

»Na das – die Liebe.«

»Die Liebe«, wiederholte Dronow nachdenklich und mit gesenktem Kopf. »Das kam so: Zuerst küßten wir uns, und dann kam das übrige. Das ist eine Kleinigkeit, mein Lieber . . .«

Er begann wieder vom Gymnasium zu reden. Klim hörte ihm noch eine Weile zu und ging dann fort, ohne das erfahren zu haben, was er hatte wissen wollen.

Er fühlte sich wie angeleimt, wie festgebunden an die Gedanken um Lidija und Makarow, um Warawka und die Mutter, um Dronow und die Näherin, doch ihm schien, diese aufdringlichen Gedanken lebten nicht in ihm, sondern außer ihm, sie würden nur durch Neugier und durch nichts anderes erweckt. Es lag etwas unerträglich Kränkendes darin, daß es Beziehungen und Stimmungen gab, die ihm unverständlich waren. Die Gedanken über die Frauen wurden für ihn das Wesentlichste, in ihnen konzentrierte sich alles Wirkliche und das Wichtigste, während alles übrige irgendwohin zurücktrat und die sonderbare Eigenart annahm, halb Traum, halb Wirklichkeit zu sein.

Halb wie im Traum schien ihm auch das ganze laute Treiben im Seitengebäude. Dort war ein langhaariger Mann mit schmalem, blassem und unbeweglichem Gesicht aufgetaucht, er glich auf keine Weise, durch nichts einem Bauern, trug aber wie die Bauern einen grauen Kittel aus hausgewebtem Tuch, schwere, bis ans Knie reichende Filzstiefel, ein stark mitgenommenes blaues Hemd und ebensolche Hosen. Er fuchtelte mit den schmalen Händen, drückte sie an die eingefallene Brust und hielt dabei den Kopf so sonderbar, als hätte man ihm einmal kräftig gegen das Kinn geschlagen und er könnte den Kopf, seitdem er ihn unwillkürlich zurückgeworfen hatte, nicht mehr vorneigen und müßte nun immer aufwärts schauen. Er redete den Menschen zu, auf das lasterhafte Stadtleben zu verzichten, aufs Land zu gehen und zu pflügen.

»Das ist alt!« sagte der Mann, der einer Amme glich, abwehrend; der Schriftsteller sekundierte ihm: »Haben wir versucht. Und uns dabei die Finger verbrannt.«

Der Mann, der als Bauer verkleidet war, sprach im Ton eines Predigers in der Kirche: »Ihr Blinden! Ihr ginget dorthin aus Eigennutz, um das Böse und die Gewalt zu predigen, ich aber rufe euch auf zu Taten des Guten und der Liebe. Ich spreche in den geheiligten Worten meines Lehrers: Werdet einfach, werdet Kinder der Erde, werfet von euch all die Flitterlüge, welche ihr selbst erfunden habt, welche euch verblendet.«

Aus der Ecke, vom Ofen her, ertönte die Stimme Tomilins: »Sie wollen, daß die Juweliere Pflugscharen schmieden? Jedoch, wäre eine solche Vereinfachung nicht – Verwilderung?«

Klim hörte, daß die Stimme des Lehrers lauter geworden war, seine Worte klangen überzeugter und schärfer. Er wurde immer behaarter und offenbar immer ärmer, sein Rock war an den Ellenbogen fast durchgewetzt, in die Hose war hinten ein dunkelgraues Dreieck eingesetzt, die Nase hatte sich zugespitzt, sein Gesicht war hungrig geworden. Schief lächelnd schüttelte er oft den Kopf, das rote Haar fiel über die Wangen und geriet zwischen den Bart, er warf es mit beiden Händen geduldig hinter die Ohren zurück. Er stritt ruhiger als alle mit dem bäuerlich verkleideten Mann und mit einem anderen, einem glatzköpfigen Rotgesichtigen, der behauptete, die für das Volk wahre, rettende Beschäftigung seien Käsebereitung und Bienenzucht.

Klim erdrückten die Fülle der Widersprüche und die Hartnäckigkeit, mit der jeder dieser Leute seine Wahrheit verfocht. Der als Bauer gekleidete Mann sprach streng und apostolisch zuversichtlich von Tolstoi und von den zwei Antlitzen Christi, dem kirchlichen und dem volkstümlichen, von Europa, das aus Übermaß an Sinnlichkeit und aus Armut an Geist zugrunde gehe, von den Irrtümern der Wissenschaft – die Wissenschaft verachtete er besonders.

»In ihr liegen alle Ursachen unserer Verirrungen, sie birgt das Gift, das die Seele zerstört.«

Vom Diwan, aus dessen zerrissenem Polsterbezug ein Büschel Bast wie ein Bart herausragte, sprang ein kleiner, strubbeliger Mann mit Klemmer auf und rief mit einem alle Stimmen übertönenden Baß: »Barbarei!«

»Genau«, bestätigte der Schriftsteller. Tomilin erkundigte sich neugierig: »Halten Sie etwa eine Rückkehr zu der Weltanschauung der chaldäischen Hirten für möglich und für uns heilsam?«

»Bäuerlicher Gewerbebetrieb! Die Schweiz – jawohl!« redete der glatzköpfige Mann mit heiserer Stimme auf die Frau des Schriftstellers ein. »Viehzucht. Käse, Butter, Leder, Honig, Holz und – fort mit den Fabriken!«

Das Chaos des Geschreis und der Reden wurde stets von dem gewaltigen Baß des Mannes mit dem Klemmer übertönt; er war ebenfalls Schriftsteller, verfaßte populärwissenschaftliche Broschüren. Er war sehr klein, deshalb schien sein riesiger Kopf mit dem strubbeligen dunklen Haar fremd auf den schmalen Schultern, das vom Haar umbuschte Gesicht war kaum zu sehen, und überhaupt gab es an ihm, an seiner ganzen Gestalt etwas Unfertiges. Doch sein tiefer Baß war unglaublich kräftig und löschte, wie Wasser Kohlen, mühelos alles Geschrei. Er sprang mitten ins Zimmer, wankte wie ein Betrunkener, beschrieb mit den Händen Kreise und Ellipsen in der

Luft und sprach von Affen, vom prähistorischen Menschen, vom Mechanismus des Weltalls so sicher, als hätte er selbst das Weltall erschaffen, die Milchstraße hineingesät, die Sternbilder verteilt, die Sonnen angezündet und die Planeten in Bewegung gesetzt. Ihm hörten alle aufmerksam zu, und Dronow sah, den Mund gierig geöffnet und ohne zu blinzeln, mit solcher Spannung in das unklare Gesicht des Redners, als erwarte er, daß gleich etwas gesagt würde, was alle Fragen für immer entschied.

Das Gesicht des als Bauer gekleideten Mannes blieb unbeweglich, es war sogar noch mehr versteinert, jedoch nachdem er die Rede angehört hatte, begann er sogleich in hoher Tonlage und wie ein Prediger in der Kirche zu reden: »Wenngleich die Astronomen von alters her berühmt sind durch ihre Mutmaßungen über die Geheimnisse des Himmels, flößen sie doch nur Entsetzen ein, gar nicht davon zu reden, daß von ihnen das Sein des Geistes geleugnet wird, der alles Bestehende erschaffen hat . . .«

»Nicht von allen«, warf Tomilin ein. »Nehmen Sie zum Beispiel Flammarion.«

Doch ohne auf die Einwände zu hören oder auf sie einzugehen, entwarf der Tolstojaner geschickt – wie Klim fand – ein unheimliches Bild: Grenzenlose, lautlose Finsternis, worin gleich goldenen Würmchen Milchstraßen zittern, sich winden, Welten entstehen und vergehen.

»Und inmitten dieser zahllosen Anhäufung von Sternen, die in die unbesiegbare Finsternis eingestreut sind, verliert sich unsere winzige Erde, die Heimstatt der Trauer und Leiden; und nun stellen Sie sich diese Erde vor und den Schrecken Ihrer Einsamkeit auf ihr, den Schrecken Ihrer Nichtigkeit in der schwarzen Leere, inmitten grimmig lodernder Sonnen, die zum Erlöschen verurteilt sind.«

Klim hörte sich diese Schrecknisse ziemlich ruhig an, nur ab und zu lief ihm eine unbehagliche Kälte den Rücken hinunter. Wie sie sprachen, interessierte ihn mehr als das, wovon sie sprachen. Er sah, daß der großköpfige, unfertige Schriftsteller vom Mechanismus des Weltalls mit Begeisterung sprach, und auch der Mann, der sich als Bauer schöngemacht hatte, schilderte den Schrecken der Einsamkeit der Erde im Weltall mit Genuß.

Dronow beeindruckten diese Reden sehr stark. Er krümmte sich, wurde immer kleiner und fragte, sich umschauend, Klim oder Makarow ganz leise: »Welcher hat deiner Meinung nach recht, he?«

Er kratzte sich krampfhaft mit dem Nagel die linke Braue und brummte: »Ja, zum Teufel . . . Man muß lernen. Von den Groschen des Gymnasiums kann man nicht leben.«

Makarow befriedigten die hitzigen Debatten bei Katin auch nicht. »Sie wissen viel, können es auch sagen, und das alles ist von Bedeutung, doch obwohl es leuchtet, wärmt es nicht. Und es ist nicht das Wesentliche...«

Dronow fragte schnell: »Was ist denn das Wesentliche?«

»Du fragst dumm, Iwan!« erwiderte Makarow ärgerlich. »Wenn ich das wüßte, wäre ich der Weiseste unter den Weisen...«

Spät in der Nacht, nach einem langwierigen Wortgefecht, begleiteten sie zu dritt Tomilin heim, und Dronow richtete seine Fragen an ihn: »Wer hat recht?«

Tomilin, der langsam dahinschritt und mit seinen Porzellanaugen zu den Sternen emporblickte, sagte unwillig: »Diese Frage ist fehl am Platz, Iwan. Dies ist der unvermeidliche Zusammenstoß zweier Gewohnheiten, die Welt zu betrachten. Diese Gewohnheiten bestehen seit alters und sind völlig unversöhnbar, sie werden die Menschen immer in Idealisten und Materialisten teilen. Wer recht hat? Der Materialismus ist einfacher, praktischer und optimistischer, der Idealismus ist schön, aber unfruchtbar. Er ist aristokratisch, fordert vom Menschen mehr. In allen Systemen der Weltbetrachtung sind, mehr oder weniger geschickt, Elemente des Pessimismus verborgen; im Idealismus mehr als in dem ihm entgegengesetzten System.«

Er schwieg eine Weile, verlangsamte seinen trägen Schritt noch mehr und sagte dann: »Ich bin kein Materialist. Aber auch kein Idealist. Alle diese Leute jedoch...«, er deutete mit der Hand über die Schulter, »... sind ungebildet. Darum sind sie gläubig. Grob, ungeschickt wiederholen sie alte Gedanken. Gewiß, jeder Gedanke hat unbedingten Wert. Bei ernsthafter Einstellung zu ihm kann er, selbst wenn er falsch formuliert ist, zum Erreger einer endlosen Reihe anderer Gedanken werden, wie ein Stern wirft er seine Strahlen nach allen Seiten. Doch der absolute, reine Wert eines Gedankens geht unverzüglich verloren, sobald der Prozeß seiner praktischen Ausbeutung beginnt. Hüte, Schirme, Nachtmützen, Brillen und Klistierspritzen – das ist es, was kraft unserer Neigung zu Ruhe, Ordnung und Gleichgewicht aus dem reinen Gedanken hergestellt wird.«

Er blieb stehen und wies wieder mit der Hand über die Schulter: »Byron hat zwar Gedichte geschrieben, aber man stößt bei ihm nicht selten auf tiefe Gedanken. Einer von ihnen lautet: ›Der Denkende ist weniger real als sein Gedanke.‹ Die dort kennen das nicht.«

Er schloß brummig, ungehalten: »Der Mensch ist das Denkorgan der Natur, eine andere Bedeutung hat er nicht. Durch den Menschen sucht die Materie sich selbst zu erkennen. Darin liegt alles.«

Als sie Tomilin bis vor seine Wohnung gebracht und sich von ihm verabschiedet hatten, sagte Dronow: »Er fängt an, wichtig zu tun, als sei er zum Bischof geweiht. Dabei hat er einen Flicken auf der Hose.«

All diese Gedanken, Worte, Eindrücke gelangten durch anderes bis zu Klims Bewußtsein. Das Gedächtnis, als ob es versuche, sich von dem überflüssigen Ballast einförmiger Bilder zu befreien, belebte sie aufdringlich immer wieder. Es war, als wuchere das Gedächtnis mit geheimnisvoller Kraft wie ein Strauch, der Blüten entfaltet, die zu betrachten ein wenig schamerregend, doch sehr interessant und angenehm ist. Es wunderte ihn, wieviel er von dem gesehen hatte, was als unanständig, als schamlos galt. Er brauchte nur einen Augenblick die Augen zu schließen, und schon sah er die wohlgeformten Beine der auf der Eisbahn ungeschickt hingefallenen Alina Telepnjowa, sah er die nackten, melonengleichen Brüste des schlafenden Dienstmädchens, die Mutter auf dem Schoß Warawkas, den Schriftsteller Katin, der seiner Frau, die halb bekleidet auf dem Tische saß, die rundlichen Knie küßte.

Stumm und weich, wie eine Katze, schenkte die Frau des Schriftstellers abends ununterbrochen Tee ein. Sie war jedes Jahr in anderen Umständen, und früher hatte es Klim abgestoßen, da es in ihm ein Gefühl von Abscheu erregte; er war der gleichen Meinung gewesen wie Lidija, die schroff gesagt hatte, schwangere Frauen hätten etwas Unsauberes an sich. Jetzt aber, nachdem er ihre nackten Knie und ihr freudetrunkenes Gesicht gesehen hatte, erweckte diese Frau, die alle eintönig freundlich anlächelte, seine Neugier, in der für das Gefühl des Abscheus schon kein Platz mehr war.

Sogar die langnasige Schwester, die die Gäste so besorgt bediente wie ein Dienstmädchen, das sich etwas hatte zuschulden kommen lassen und nun der Herrschaft wieder gefallen muß, – sogar dieses Mädchen, das unauffällig war wie Tanja Kulikowa, lenkte Klims Aufmerksamkeit durch ihren Busen auf sich, um den sich ihr buntes Kattunjäckchen straffte. Klim hatte gehört, wie der Schriftsteller Katin sie anschrie: »Ich kann nichts dafür, daß die Natur Mädchen erschafft, die nichts können, nicht einmal Pilze einzulegen verstehen . . .«

Damals war Klim dieses Gockelgeschrei komisch vorgekommen, doch jetzt schien ihm das langnasige Mädchen mit den Mitessern im Gesicht ungerecht gekränkt und sympathisch, und das nicht nur, weil stille, unauffällige Menschen überhaupt angenehm waren: Sie fragten nach nichts, verlangten nichts.

Eines Abends brachte Klim dem Schriftsteller das neue Heft einer

Zeitschrift. Katin empfing ihn, einen zerknitterten Brief schwingend, mit Freudengeschrei: »Wissen Sie schon, junger Mann, daß in zwei bis drei Wochen Ihr Onkel aus der Verbannung hier eintrifft? Jetzt fliegen endlich nach und nach die alten Adler zusammen!«

An der Wand platzte raschelnd die Tapete, in dem Spalt der ein wenig geöffneten Tür zeigte sich das erschreckte Gesicht der Schwägerin des Schriftstellers.

»Es hat angefangen«, sagte sie und verschwand sofort wieder.

»Meine Frau kommt nieder, warten Sie etwas, das geht bei ihr schnell!« murmelte Katin hastig, nahm eine billige Messinglampe vom Tisch und verschwand in der schmalen Tapetentür. Klim blieb in Gesellschaft eines halben Dutzend Wiener Stühle an einem mit Büchern und Zeitungen überhäuften Tisch zurück; ein anderer Tisch füllte die Mitte des Zimmers aus, auf ihm ragte ein erloschener Samowar, stand ungewaschenes Geschirr, lag auseinandergenommen ein doppelläufiges Gewehr. An der Wand lehnte ein schwarzer Diwan, aus dem Bastbüschel herausschauten, und über ihm hingen Porträts von Tschernyschewskij und Nekrassow, im goldenen Rahmen saß der massige Herzen mit übergeschlagenem Bein, neben ihm das strenge, bärtige Gesicht Saltykows. Aus all dem wehte Klim trostlose Armut entgegen, nicht die, die den Schriftsteller hinderte, die Miete pünktlich zu zahlen, sondern irgendeine andere, unheilbare, beängstigende, doch zugleich rührende Armut.

Nach etwa zehn Minuten schnellte der Schriftsteller aus der Wand heraus, setzte sich auf die Tischecke und brüstete sich: »Sie gebiert bemerkenswert leicht, aber die Kinder bleiben nicht am Leben!«

Und sich vorneigend, mit der Hand auf den Tisch gestützt, begann er halblaut, hastig: »Jakow Samgin ist einer von jenen Matrosen auf dem Schiff der russischen Geschichte, die die Segel mit ihrer Energie füllen, um die Fahrt des Schiffes zu den Gestaden der Freiheit und Wahrheit zu beschleunigen.«

Nacheinander bezeichnete er Jakow Samgin als Steuermann, Schmied und Apostel und wiederholte erregt: »Sie fliegen zusammen, sie fliegen zusammen, die Adler!« – sprang auf und verschwand hinter der Tür, von wo immer lauteres Stöhnen ertönte. Klim ging eilig fort, da er fürchtete, der Schriftsteller frage ihn nach seiner in der Zeitschrift gedruckten Erzählung; die Erzählung war nicht besser als die anderen Werke Katins, in ihr waren kindlich gutmütige Bauern dargestellt, sie erwarteten wie immer das Kommen der göttlichen Wahrheit, das hatte ihnen der Dorflehrer, ein redlich denkender Mann, verheißen, der von zwei Feinden verfolgt wurde: dem hartherzigen Kulaken und dem schlauen Popen.

Zu Hause teilte Klim der Mutter mit, daß der Onkel zurückkehre, sie warf stumm und fragend einen Blick auf Warawka, doch der neigte den Kopf über den Teller und sagte gleichmütig: »Ja, ja, diese Leute, denen die Geschichte befohlen hat, in den Ruhestand zu treten, kehren allmählich ›von ferner Fahrt‹ zurück. In meinem Kontor sind drei von dieser Sorte beschäftigt. Ich muß zugeben, daß sie gut arbeiten . . .«

»Aber?« fragte die Mutter. Warawka antwortete: »Davon später.«

Klim begriff, daß Warawka in seiner Gegenwart nicht reden wollte, er fand das taktlos, blickte die Mutter fragend an, begegnete aber ihren Augen nicht, sie sah zu, wie der müde, zerzauste Warawka ärgerlich seinen Schinken verzehrte. Dann kam Rshiga und nach ihm der Rechtsanwalt, sie spielten mit der Mutter sehr schön fast bis Mitternacht, die Musik berauschte und rührte Klim, wie er es noch nie erlebt hatte, sie stimmte ihn so lyrisch, daß er, als er der Mutter beim Gutenachtsagen die Hand küßte, dem Drang irgendeines neuen Gefühls zu ihr nachgebend, flüsterte: »Meine Liebe, Gute.«

Die Mutter umarmte ihn fest, streichelte ihm schweigend die Wange, küßte ihn mit heißen Lippen auf die Stirn.

Als er zu Bett gegangen war, ergriff ihn gleich das Unüberwindbare, mit dem er lebte. Ihm fiel ein Gespräch ein, das er vor kurzem mit Makarow geführt hatte; als Klim ihm von Dronows Roman mit der Weißnäherin berichtete, hatte Makarow gemurmelt: »Sieh mal einer an! So ein Vieh . . .«

Er hatte diese Worte ohne Ärger und Neid, nicht verächtlich, nicht verwundert, sondern so vorgebracht, daß die letzten drei Worte überflüssig klangen. Dann hatte er gelächelt und erzählt: »Mein Zimmerwirt – ein Briefträger – lernt Geige spielen, weil er seine Mama liebt und sie nicht durch eine Heirat betrüben will. ›Die Ehefrau ist eben doch ein fremder Mensch‹, sagt er. ›Selbstverständlich werde ich einmal heiraten, aber erst, wenn meine Mama gestorben ist.‹ Jeden Sonnabend besucht er das Freudenhaus und hinterher das Bad. Er spielt schon das fünfte Jahr, aber nur Übungen, und ist überzeugt, es ›schade dem Gehör und den Händen‹, Musikstücke zu spielen, solange man nicht alle Übungen durchgespielt hat.«

Makarow war verstummt, hatte ein finsteres Gesicht gemacht.

»Wozu erzählst du das?« hatte Klim gefragt.

»Ich weiß nicht«, hatte Makarow geantwortet und aufmerksam den Zigarettenrauch betrachtet. »Hier besteht irgendein Zusammenhang mit Wanka Dronow. Obwohl Wanka schwindelt, er hat sicherlich gar keinen Roman. Aber mit unzüchtigen Photographien hat er gehandelt, das stimmt.«

Er hatte den Kopf geschüttelt und dann halblaut und erbost weitergesprochen: »Eine Eselsstimmung. Alles ist unwichtig, außer dem einen. Man fühlt sich nicht als Mensch, sondern nur als eines der menschlichen Organe. Kränkend und widerlich. Als wenn ein Aufseher ermahnte: Du bist ein Hahn, geh also zu deinen Hennen. Ich aber will eine Henne und will auch wieder nicht. Ich will keine Übungen spielen. Du braver Junge, spürst du irgend etwas Derartiges?«

»Nein«, hatte Klim entschlossen gelogen.

Sie hatten eine Weile geschwiegen. Makarow saß gekrümmt, mit übergeschlagenem Bein. Klim hatte ihn scharf angesehen und gefragt: »Wie stehst du denn zur Frau?«

»Gottesfürchtig«, hatte Makarow mürrisch gesagt, sich erhoben und nach seiner Mütze gegriffen. »Ich gehe.«

Als Klim sich an diesen Vorgang erinnerte, verfiel er gereizt in Gedanken über Tomilin. Dieser Mann mußte etwas Beruhigendes, Klärendes kennen, das Scham und Angst beseitigen würde, und mußte es einem sagen können. Ein paarmal schon hatten Klim vorsichtig und Makarow ungestüm und schroff versucht, mit dem Lehrer ein Gespräch über die Frau anzuknüpfen, doch Tomilin war gegen dieses Thema so sonderbar taub, daß er bei Makarow die zornige Bemerkung hervorrief: »Er verstellt sich, der rothaarige Teufel!«

»Er wird sich die Finger verbrannt haben«, hatte Dronow lächelnd gesagt, und dieses Lächeln rief Klim den Vorfall im Garten ins Gedächtnis und brachte ihn zu dem Verdacht: Sollte er es gesehen haben, davon wissen?

Einmal nur hatte der Lehrer, dem hartnäckigen Drängen Makarows nachgebend, im Gehen und ohne die jungen Männer anzusehen, gesagt: »Von der Frau muß man in Versen sprechen; ohne Würze ist diese Kost ungenießbar. Ich mag Verse nicht.«

Die Augen zur Decke emporrichtend, hatte er geraten: »Lest Schopenhauers ›Metaphysik der Liebe‹, darin findet ihr alles, was ihr wissen müßt. Eine ganz gescheite Illustration dazu ist Tolstois ›Kreutzersonate‹.«

Sie, die drei, besuchten Tomilin seltener. Sie trafen ihn gewöhnlich bei einem Buch an, er las, die Ellenbogen auf den Tisch gestützt, die Ohren mit den Händen zugedrückt. Manchmal lag er auf dem Bett mit angezogenen Beinen, ein Buch auf den Knien haltend, in seinen Zähnen steckte ein Bleistift. Wenn sie an die Tür klopften, antwortete er nie, selbst wenn sie drei- bis viermal anklopften. »Ich bin doch keine Frau«, erklärte er und ergänzte, »ich bin nicht nackend.«

Und nach kurzem Nachdenken setzte er weiter hinzu: »Bin nicht verheiratet.«

Im Zimmer auf und ab schreitend, belehrte er sie: »In der Welt der Ideen muß man zwischen jenen Subjekten unterscheiden, die suchen, und solchen, die sich verstecken. Die ersteren wollen um jeden Preis den Weg zur Wahrheit finden, wohin er auch führen mag, selbst wenn in einen Abgrund, zur Vernichtung des Suchenden. Die letzteren wünschen nur sich selbst zu verbergen, ihre Angst vor dem Leben, ihr Nichtverstehen seiner Geheimnisse, sie wollen sich in einer angenehmen Idee verstecken. Der Tolstojaner ist ein komischer Typ, doch er gibt uns in vollendeter Weise die Vorstellung von Menschen, die sich verstecken.«

Klim sah, daß Makarow, in sich zusammengekrümmt, die Füße des Lehrers verfolgte, als warte er, wann Tomilin stolpere. Er wartete ungeduldig. Anspruchsvoll und laut stellte er Fragen, als wollte er einen Eingeschlafenen wecken, bekam aber keine Antwort.

Während Klim der ruhigen, nachdenklichen Stimme des Erziehers lauschte und ihn genau betrachtete, riet er: Was müßte das für eine Frau sein, die Tomilin lieben könnte? Wahrscheinlich eine unschöne, unbedeutende, wie Tanja Kulikowa oder wie die Schwägerin Katins, die jede Hoffnung auf Liebe verloren hat. Doch diese Überlegungen hinderten Klim nicht daran, metallene Paradoxe und Aphorismen aufzufangen.

»Der Weg zu wahrem Glauben führt durch die Wüste des Unglaubens«, vernahm er. »Glaube als bequeme Gewohnheit ist unvergleichlich schädlicher als Zweifel. Es ist anzunehmen, daß der Glaube in seinen stärksten Ausprägungen ein unnormales Gefühl, vielleicht sogar eine psychische Krankheit ist: wir sehen Gläubige als Hysteriker, als Fanatiker, wie Savonarola oder den Protopopen Awwakum; bestenfalls sind es Schwachsinnige, wie zum Beispiel Franz von Assisi.«

Bisweilen stellte Dronow Fragen sozialer Art, aber der Lehrer antwortete ihm entweder nicht oder redete widerwillig und unverständlich. Von all seinen Reden blieb Klim nur ein Urteil gut in Erinnerung. »Es ist falsch, zu denken, die Energie von Menschen, die in einer Organisation, in einer Partei vereint sind, steigere sich in ihrer Kraft. Im Gegenteil: Indem die Menschen ihre Wünsche, ihre Hoffnungen, ihre Verantwortung Führern auferlegen, mindern sie die Temperatur und das Wachstum ihrer persönlichen Energie. Die ideale Verkörperung von Energie ist Robinson Crusoe.«

Als erster ermüdete Makarow von diesen Offenbarungen. »Na, für uns wird es Zeit«, sagte er etwas grob. Tomilin gab ihnen seine warme und feuchte Hand, lächelte träge und lud sie nie zu sich ein.

Makarow verhielt sich zu Tomilin immer weniger ehrerbietig, und eines Tages sagte er, als er die Treppe von ihm hinunterging, anscheinend absichtlich laut: »Der Rothaarige erinnert mich an eine Tarantel. Ich habe das Insekt nie gesehen, aber in der altertümlichen ›Naturgeschichte‹ von Gorisontow heißt es: ›Taranteln sind dadurch nützlich, daß sie, mit Öl angesetzt, als bestes Medikament gegen die von ihnen zugefügten Stiche dienen.‹«

Sein boshafter Scherz veranlaßte Dronow zu einem unangenehm schluckenden Gelächter.

Als Klim an all dies zurückdachte, vernahm er plötzlich im Wohnzimmer ein unerklärliches, hastiges Rascheln und ein leises Saitendröhnen, als wenn Rshigas Cello, nachdem es ausgeruht, an sein abendliches Spiel zurückdachte und es jetzt für sich selbst zu wiederholen suchte. Dieser für Klim ungewöhnliche Gedanke machte, nachdem er kurz aufgetaucht war, dem Schreck vor Unverständlichem Platz. Er horchte aufmerksamer hin: Es war klar, daß die Töne im Wohnzimmer und nicht oben entstanden, wo Lidija zuweilen sogar spät in der Nacht die Saiten des Klaviers in Unruhe versetzte.

Klim zündete eine Kerze an, nahm eine Hantel in die rechte Hand und ging ins Wohnzimmer, wobei er fühlte, daß seine Beine zitterten. Das Cello tönte lauter, das Rascheln war deutlicher. Augenblicklich erriet er, daß eine Maus im Instrument saß, er legte es vorsichtig mit der Rückseite nach oben auf den Fußboden und sah, wie ein Mäuschen herauspurzelte, klein wie eine schwarze Küchenschabe.

Ein heller Lichtstreif, der aus dem Schlafzimmer kam, durchschnitt senkrecht und straff das dunkle Zimmer der Mutter.

Sie schläft nicht. Ich will ihr von dem Mäuschen erzählen.

Als er sich jedoch der Tür des Schlafzimmers näherte, fuhr er zurück: Das Licht des Nachtlämpchens fiel auf das Gesicht der Mutter und auf einen nackten Arm, der Arm lag um Warawkas behaarten Hals, sein struppeliger Kopf schmiegte sich an die Schulter der Mutter. Die Mutter lag mit dem Gesicht nach oben, ihr Mund war leicht geöffnet, sie schlief anscheinend fest; Warawka schnarchte feucht und wirkte aus irgendeinem Grunde kleiner, als er bei Tage war. Das alles hatte etwas Schamerregendes, Verwirrendes, aber auch Rührendes.

In sein Zimmer zurückgekehrt, legte Klim sich tief erregt ins Bett.

An ihm vorüber schwebten in der Finsternis nacheinander die Gestalten der dicklichen Ljuba Somowa und der schönen Alina mit ihrer launisch hochgezogenen Lippe, dem kühnen Blick der bläulichen Augen, den trägen Bewegungen und der tiefen, gebieterischen Stimme. Die ihm am besten bekannte Gestalt Lidijas stellte ihre Freundinnen in den Schatten; als Klim an sie dachte, verlor er sich in einem sehr komplizierten und ihm unverständlichen Gefühl. Er begriff, daß Lidija nicht schön, oft sogar unangenehm war, aber er fühlte sich unwiderstehlich zu ihr hingezogen. Seine nächtlichen Gedanken über die jungen Mädchen wurden spürbar, indem sie in seinem Körper eine beunruhigende, fast krankhafte Spannung erweckten, die Klim das beängstigende Buch von Professor Tarnowskij über den verderblichen Einfluß der Onanie in Erinnerung rief, ein Buch, das die Mutter ihm schon längst vorsorglich und unauffällig zugesteckt hatte. Er sprang aus dem Bett, zündete die Lampe an und ergriff das gelbe Büchlein Menschikows »Über die Liebe«. Das Buch erwies sich als langweilig und handelte nicht von jener Liebe, die Samgin beunruhigte. Vor dem Fenster schüttelte der Wind die Bäume, ihr Rauschen erweckte die Vorstellung von einem vorbeifliegenden riesigen Vogelschwarm, vom Rascheln der Röcke bei den Tänzen auf den Gymnasialabenden, die Rshiga veranstaltete.

Klim schlief bei Tagesanbruch ein, er erwachte spät, fühlte sich müde und unbehaglich. Es war Sonntag, der vormittägliche Spätgottesdienst ging bereits zu Ende, die Glocken läuteten, ein Aprilregen schlug gegen das Fenster, eintönig klang das Blech der Dachtraufe. Klim dachte gekränkt: Sollte ich etwa dasselbe ausstehen müssen wie Makarow?

An Makarow konnte er schon nicht mehr denken, ohne an Lidija erinnert zu werden. In Lidijas Gegenwart wurde Makarow erregt, sprach lauter, frecher und spöttischer als sonst. Doch sein scharfes Gesicht wurde weicher, seine Augen glänzten fröhlicher.

»Stimmt es, daß Makarow wegen Trunksucht aus dem Gymnasium ausgeschlossen werden soll?« hatte Lidija gleichgültig gefragt, und Klim begriff, daß ihre Gleichgültigkeit unecht war.

Die Tür wurde vorsichtig geöffnet, das neue Dienstmädchen trat ein, dick, einfältig, mit einer Stupsnase und farblosen Augen. »Die Mama läßt fragen, ob Sie Kaffee trinken werden. Denn bald wird gefrühstückt.«

Die weiße Schürze umspannte straff ihre Brust. Klim kam der Gedanke, ihre Brüste müßten ebenso fest und rauh sein wie ihre Waden.

»Nein«, sagte er ungehalten.

Er fand plötzlich, Lidijas Roman mit Makarow wäre alberner als alle Romane zwischen Gymnasiasten und Gymnasiastinnen, und fragte sich: Vielleicht bin ich gar nicht verliebt, sondern bin nur, ohne es selbst zu merken, der Atmosphäre der Verliebtheit unterlegen und habe alles erdacht, was ich fühle?

Doch diese Überlegung beruhigte ihn nicht, sondern erinnerte ihn aus irgendeinem Grund nur an das verrückte Geschwätz des betrunkenen Makarow; auf dem Stuhl hin und her schaukelnd, bemüht, die störrischen, zweifarbigen Haarbüschel mit den Fingern glattzustreichen, hatte er mit schwerer, trunkener Zunge gesagt: »Die Physiologie lehrt, daß nur neun von unseren Organen sich im Zustand der Weiterentwicklung befinden und daß wir absterbende, rudimentäre Organe besitzen – verstehst du? Vielleicht lügt die Physiologie, doch vielleicht haben wir auch absterbende Gefühle. Stell dir vor, der Hang zur Frau wäre ein agonisierendes Gefühl, daher wäre es so schmerzlich, so beharrlich, wie? Stell dir vor, der Mensch wollte nach Tomlins Theorie leben, was? Das Gehirn als Behälter des forschenden, schöpferischen Geistes – der Teufel soll ihn holen – begänne bereits die Liebe als Vorurteil aufzufassen? Und die Onanie, die Päderastie wären im Grunde ein Streben nach Freiheit von der Frau? Nun? Wie denkst du darüber?«

Das war damals, als diese Fragen Klim noch nicht beunruhigten, und die trunkenen Worte des Kameraden hatten in ihm nur ein Gefühl von Abscheu hervorgerufen. Jetzt aber schienen ihm die Worte »Freiheit von der Frau« nicht dumm. Und es war fast angenehm, sich in Erinnerung zu bringen, daß Makarow immer mehr trank, obwohl er anscheinend ruhiger und zuweilen so tief nachdenklich wurde, als wäre er plötzlich von Blindheit und Taubheit geschlagen. Klim beobachtete, daß Makarow, wenn er sich eine Zigarette anzündete, das Streichholz nicht auslöschte, sondern sorgsam im Aschenbecher ausbrennen ließ oder abwartete, bis es in seinen Fingern verbrannte, indem er es vorsichtig am abgebrannten Ende festhielt. Die mehrfach versengte Haut an den zwei Fingern war dunkel und hart geworden wie bei einem Schlosser.

Klim fragte nicht, warum er das tat, er zog es überhaupt vor, zu beobachten und nicht zu fragen, eingedenk der mißglückten Versuche Dronows und der treffenden Worte Warawkas: »Dummköpfe fragen häufiger als wißbegierige Menschen.«

Jetzt trug Makarow das Buch irgendeines anonymen Verfassers mit dem Titel »Die Triumphe der Frauen« bei sich. Er lobte es so feurig und beredt, daß Klim sich das ziemlich dicke Büchlein bei ihm auslieh, es aufmerksam durchlas, aber nichts darin fand, was des Entzückens wert gewesen wäre. Der Verfasser erzählte langweilig von der Liebe Ovids und Corinnas, Petrarcas und Lauras, Dantes und Beatrices, Boccaccios und Fiamettas; das Buch war mit Prosaübersetzungen von Elegien und Sonetten gefüllt. Klim dachte lange und mißtrauisch nach: Was an alldem begeisterte den Kameraden so? Und da er nichts entdeckte, fragte er Makarow.

»Du hast es nicht begriffen?« wunderte sich dieser, schlug das Buch auf und las ihm eine der ersten Sätze aus dem Vorwort des Verfassers vor: »›Der Sieg über den Idealismus war zugleich ein Sieg über die Frau.‹ Da ist die Wahrheit! Die Höhe der Kultur wird an der Einstellung zur Frau gemessen – verstehst du?«

Klim nickte zustimmend, doch dann, als er in das scharfe Gesicht Makarows, in seine schönen, kecken Augen gesehen hatte, begriff er sofort, daß Makarow »Die Triumphe der Frauen« wegen der zynischen Freiheiten Ovids und Boccaccios, nicht aber wegen Dante und Petrarca brauchte. Es bestand kein Zweifel, daß er dieses Buch nur dazu brauchte, um Lidija in die erwünschte Stimmung zu versetzen.

Wie einfach im Grunde alles ist, dachte er und sah Makarow mürrisch an, der mit Feuereifer von Troubadouren, Turnieren und Duellen redete.

Als Klim ins Speisezimmer trat, erblickte er die Mutter, sie versuchte vergeblich, das Fenster zu öffnen, und mitten im Zimmer stand ein ärmlich gekleideter Mann in schmutzigen und langen, bis ans Knie reichenden Stiefeln, er stand da mit zurückgeworfenem Kopf, offenem Mund und schüttete sich auf die herausgestreckte, zu einem Schiffchen geformte Zunge ein weißes Pulver aus einem Papierchen.

»Das ist Onkel Jakow«, sagte die Mutter hastig. »Mach doch bitte das Fenster auf!«

Klim ging zum Onkel, verneigte sich, streckte die Hand aus und ließ sie wieder sinken: Jakow Samgin, der in der einen Hand ein Glas Wasser hielt, mit den Fingern der anderen das Papier zu einem Kügelchen zusammenrollte und sich die Lippen leckte, schaute den Neffen mit einem unnatürlich glänzenden Blick grauer, geschwollener Augen ins Gesicht. Nachdem er einen Schluck Wasser genommen hatte, stellte er das Glas auf den Tisch, warf das Papierkügelchen auf den Boden, drückte dem Neffen mit seiner dunklen, knochigen Rechten die Hand und fragte dumpf: »Das ist doch der zweite? Klim? Und Dmitrij? Aha. Student? Naturwissenschaftler selbstverständlich?«

»Sprich lauter, ich werde vom Chinin allmählich taub«, machte Jakow Samgin Klim aufmerksam, setzte sich an den Tisch, schob das

Gedeck mit dem Ellenbogen beiseite und zeichnete mit dem Finger einen Kreis auf das Tischtuch.

»Einen geheimen Treffpunkt gibt es also nicht? Auch keine Zirkel? Sonderbar. Was machen sie denn jetzt?«

Die Mutter zuckte die Achseln und zog die Brauen zu einer Linie zusammen. Ohne ihre Antwort abzuwarten, sagte Samgin zu Klim: »Du wunderst dich wohl? Hast du solche Menschen noch nicht gesehen? Ich habe zwanzig Jahre in Taschkent und im Semipalatinskaja-Gebiet verbracht, mein Lieber, unter Menschen, die man wohl als Wilde bezeichnen kann. Ja. Mich nannte man, als ich in deinem Alter war, ›l'homme qui rit‹.«

Klim merkte, daß der Onkel l'homme wie ljom aussprach.

»Habe Kanäle gegraben. Aryks. Dort ist das Fieber, mein Junge.«

Der Onkel blickte sich im Speisezimmer um und rieb sich dann kräftig die Backe.

»Hm, Iwan ist reich geworden. Wie macht er das? Treibt er Handel?«

Und nachdem er das Zimmer nochmals mit seinem tastenden Blick genau angesehen hatte, machte er es für Klims Augen farblos: »Genau wie ein Bahnhofsbüfett.«

Er hatte in das Speisezimmer den Geruch fauligen Leders und noch einen anderen, ebenso muffigen Geruch gebracht. Auf den Knochen seiner Schultern hing ein weiter, eisenfarbener Rock, auf der Brust aufgeknöpft, zeigte er ein graues Hemd aus grober Leinwand; um den runzligen Hals, unter dem spitzen Adamsapfel, hatte sich ein rotseidenes Tuch zum Strick zusammengedreht, das Tuch war uralt und in den Falten zerschlissen. Die erdige Gesichtsfarbe, die grauen, spärlichen Borsten des gestutzten Schnurrbarts, der kahle, verräucherte Schädel mit Resten lockigen Haars am Hinterkopf, hinter dunklen, ledernen Ohren – das alles verlieh ihm Ähnlichkeit mit einem alten Soldaten oder einem ausgestoßenen Mönch. Doch seine Zähne glänzten weiß und jung, und der Blick seiner grauen Augen war klar. Dieser etwas zerstreute, aber nachdenklich sich erinnernde Blick unter dichten Brauen und tiefen Stirnfalten hervor erschien Klim wie der Blick eines halbwahnsinnigen Menschen. Überhaupt war der Onkel irgendwie erschreckend zufällig und fremd, durch seine Anwesenheit hatten die Möbel des Speisezimmers ihr solides Aussehen verloren, waren die Bilder verblaßt, war vieles schwer und dadurch überflüssig und störend geworden. Die Fragen des Onkels klangen wie Fragen eines Examinators, die Mutter war aufgeregt, antwortete kurz, trocken und wie schuldbewußt.

»Nun, wie steht's, was habt ihr im Gymnasium für Zirkel?« vernahm Klim, und da er schlecht unterrichtet war, antwortete er unsicher, aber ehrerbietig, als spräche er mit Rshiga: »Tolstojaner. Dann – Ökonomisten . . . nicht viele.«

»Erzähle!« befahl der Onkel. »Sind die Tolstojaner eine Sekte? Ich habe gehört, sie bilden Kolonien in den Dörfern.«

Er nickte.

»Das war einmal. Wir haben das auch gemacht. Ich kenne doch die Sektierer, bin Propagandist unter den Molokanen im Saratower Gouvernement gewesen. Über mich, heißt es, hat Stepnjak geschrieben, der Krawtschinskij, weißt du? Der Gussew – das bin ich.«

Es war gut, daß er, wenn er fragte, auf die Antworten nicht wartete. Doch nach den Tolstojanern forschte er hartnäckig weiter: »Nun, was machen sie denn? Kolonien, ja, aber was noch?«

Klim warf einen Seitenblick zur Mutter, die am Fenster saß; er hätte sie fragen wollen: Warum wird kein Frühstück aufgetragen? Doch die Mutter schaute zum Fenster hinaus. Da teilte er, aus Angst, in Verlegenheit zu geraten, dem Onkel mit, daß im Seitenbau ein Schriftsteller wohne, der ihm von den Tolstojanern und von allem besser erzählen könne als er, er selbst sei nämlich so sehr mit dem Lernen beschäftigt, daß . . .

»Uns hat das Lernen nicht gehindert«, bemerkte der Onkel vorwurfsvoll und zog die graue Lippe hoch. Dann begann er ihn über den Schriftsteller auszufragen. »Katin? Kenne ich nicht.«

Ihm gefiel sehr, daß der Schriftsteller unter polizeilicher Aufsicht stand, er lächelte. »Aha, also einer von den Ehrlichen. Zu meiner Zeit schrieben ehrlich: Omulewskij, Nefjodow, Bashin, Stanjukowitsch, Sassodimskij, einen Lewitow gab es, das war ein Schwätzer. Slepzow – mit allerhand Krimskrams . . . Uspenskij ebenfalls. Es gab zwei Uspenskijs, der eine war etwas tapferer, der andere ging gerade noch. Mit etwas Spott.«

Er versank in Nachdenken und fragte plötzlich die Mutter: »Ich habe ganz vergessen: Iwan schrieb mir, er sei mit dir auseinander. Mit wem lebst du denn, Wera? Mit einem Reichen offenbar? Ein Rechtsanwalt, was? Aha, ein Ingenieur. Ein Liberaler? Hm . . . Und Iwan ist in Deutschland, sagst du? Weshalb denn nicht in der Schweiz? Er ist zur Kur? Nur zur Kur? Er war doch gesund. Aber in den Prinzipien war er nicht fest. Das wußten alle.«

Er sprach laut, als wäre er taub, seine heisere Stimme klang gebieterisch. Die kurzen Antworten der Mutter wurden auch immer lauter, es schien, nur noch ein paar Minuten, und auch sie beginnt zu schreien.

»Wie alt bist du – fünfunddreißig, siebenunddreißig? Du siehst noch jung aus«, sagte Jakow Samgin und holte, plötzlich verstummend, ein Pulver aus der Rocktasche hervor, nahm es ein, trank Wasser nach, stellte das Glas fest auf den Tisch und befahl Klim: »Führe mich doch mal zu dem Schriftsteller. Zu meiner Zeit haben Schriftsteller einiges bedeutet . . .«

Über den Hof ging Jakow Samgin langsam und schaute sich um wie einer, der sich verirrt hat, der sich an etwas längst Vergessenes erinnert. »Ist das Iwans Haus? Gehört es ihm?«

»Dem Großvater. Aber Warawka hat es gekauft . . .«

»Wer?«

Klim wußte nicht, wie er antworten sollte, da sah der Onkel ihm ins Gesicht und antwortete selbst: »Ich verstehe – Mutters Hausfreund. Warum bist du denn verlegen? Das ist eine gewöhnliche Sache. Die Frauen lieben das – Prunk und dergleichen. Wie aufgeblasen du aussiehst, mein Lieber«, schloß er plötzlich.

Katin empfing Samgin ehrerbietig wie einen Vater und begeistert wie ein junger Mann. Lächelnd, sich verneigend, schüttelte er ihm mit beiden Händen die dunkle Hand und sagte hastig: »Ich erblicke Sie vom Fenster aus und fühlte sofort: Das ist er! Mir hat Sarachanow aus Saratow geschrieben . . .«

Onkel Jakow betrachtete lächelnd die ärmliche Behausung, und Klim merkte sofort, daß sein dunkles, runzliges Gesicht sich erhellte, irgendwie verjüngte. »Nun, nun«, sagte er, auf dem altersschwachen Diwan Platz nehmend. »So ist das. Ja. In Saratow sind einige. In Samara auch . . . ich verstehe das nicht. Simbirsk ist wie eine unbewohnte Hütte.«

Er zählte noch einige an der Wolga gelegene Städte auf und fragte schließlich: »Nun, und wie steht es bei Ihnen? Sprechen Sie lauter und nicht schnell, ich höre schlecht, das Chinin macht taub«, bemerkte er vorsorglich, und als zweifelte er, daß man ihn verstehen werde, hob er die Hände und zupfte sich mit den Fingern an seinen Ohrläppchen; Klim dachte, diese von der Sonne versengten, dunklen Ohren müßten knacken, wenn man sie berührte.

Der Schriftsteller begann vom Leben der Intelligenz im Ton eines Menschen zu erzählen, der befürchtet, man könnte ihn in irgendeiner Hinsicht beschuldigen. Er lächelte verlegen, bewegte sich beschämt, nannte Klim kaum bekannte Namen seiner Freunde und fügte bekümmert hinzu: »Er arbeitet auch im Semstwo, als Statistiker.«

»Im Semstwo – das ist gut«, sagte Onkel Jakow beifällig, setzte jedoch hinzu: »Aber das genügt noch nicht.«

Dann sagte er, den Adamsapfel vorwölbend, mit einem Seufzer: »Verwildert seid ihr.«

»Das heißt jetzt ›klüger werden‹«, erläuterte Katin schuldbewußt. »Es gibt sogar eine Erzählung zum Thema des Verrates an der Vergangenheit, die heißt auch so: ›Klüger geworden‹. Boborykin hat sie geschrieben.«

»Boborykin ist ein Schwätzer!« erklärte der Onkel, die Hand hebend, entschieden. »Ahmen Sie ihn nicht nach, Sie sind jung. Boborykin darf man nicht nachahmen.«

Leise ging die Tür auf, schüchtern trat die Frau des Schriftstellers ein, er sprang auf, ergriff sie bei der Hand. »Das ist meine Frau, Jekaterina, Katja.«

Jakow Samgin betrachtete die Frau freundlich und lächelte. »Eine Popentochter, nicht wahr?«

»Ja!«

»Die Gesichtszüge! Unverkennbar. Sind auch Kinder da?«

»Sie sterben immer wieder.«

»Hm ... Und was liest die Jugend jetzt?«

Katin begann leiser, weniger lebhaft zu reden. Klim schien es, als ob der Schriftsteller trotz der Freude, mit der er den Onkel empfangen hatte, Angst vor ihm hätte wie ein Schüler vor seinem Lehrer. Die heisere Stimme des Onkel Jakow hingegen war kräftiger geworden, in seinen Worten klang eine Unmenge dröhnender Laute auf.

Klim wäre gern fortgegangen, aber er fand, es wäre unpassend, den Onkel allein zu lassen. Er saß in der Ecke am Ofen und beobachtete, wie die Frau des Schriftstellers um den Tisch herumging, geräuschlos das Teegeschirr aufstellte und bisweilen den Gast mit erschrockenen Augen ansah. Sie fuhr sogar zusammen, als Onkel Jakow sagte: »Revolution wird nicht mit Pausen gemacht.«

Klim freute sich, als das Dienstmädchen kam und ihn zum Frühstück rief. Onkel Jakow lehnte die Aufforderung mit einer Handbewegung ab. »Ich lebe nur von gekochtem Reis, Tee und Brot. Und wer frühstückt denn um zwei Uhr?« fragte er, auf die Wanduhr blickend.

Daheim im Speisezimmer schritt Warawka mit düsterer Miene auf und ab und kämmte mit einem schwarzen Kamm seinen Bart; er empfing Klim mit der Frage: »Und der Onkel?«

»Er lebt nur von gekochtem Reis.«

Schweigend setzten sie sich zu Tisch. Die Mutter seufzte und fragte: »Wie gefällt er dir?«

Klim, der die Stimmung erriet, antwortete: »Er ist sonderbar ...«

Die Mutter lehnte sich auf dem Stuhl zurück, kniff die Augen zu und sagte: »Wie ein Gespenst.«

»Ein hungernder Inder«, unterstützte sie der Sohn.

»Er ist nicht älter als fünfzig«, dachte die Mutter laut. »Er war lustig, ein Tänzer, ein Spaßvogel. Doch plötzlich ging er ins Volk, zu den Sektierern. Es scheint, er hatte eine unglückliche Liebe.«

Warawka wischte sich den Bart ab und schenkte allen freigebig Wein ein. »Sie haben alle einen unglücklichen Liebesroman mit der Geschichte. Die Geschichte ist eine Messalina, Klim, sie liebt Verhältnisse mit jungen Leuten, aber – kurzfristige. Noch ehe die junge Generation dazu kommt, nach Herzenslust zu schwärmen, ihr den Hof zu machen, treten schon neue Liebhaber an ihre Stelle.«

Er wischte sich den Bart kräftig mit der Serviette ab und begann dann energisch zu belehren, daß nicht die Herzens, nicht die Tschernyschewskijs die Geschichte machten, sondern die Stephensons und Arkwrights, und daß in einem Land, wo das Volk an Hausgeister, an Zauberer glaube und die Erde mit einem hölzernen Hakenpflug aufstochere, mit Gedichtchen nichts zu machen sei.

»Vor allem braucht man einen guten Pflug, danach erst ein Parlament. Kecke Reden sind billig. Man muß in Worten reden, die die Instinkte bändigen und den Verstand wecken«, stieß er irgendwie immer gereizter hervor, und sein Gesicht lief rot an. Die Mutter schwieg besorgt, und Klim verglich unwillkürlich ihr Schweigen mit dem Schreck der Schriftstellersfrau. Warawkas plötzliche Gereiztheit hatte auch etwas mit dem erregten Ton Katins gemein.

»Ich denke, ihn im Mezzanin unterzubringen«, sagte die Mutter leise.

»Und Dronow?« fragte Warawka.

»Ja . . . Ich weiß nicht . . .«

Warawka zuckte die Achseln. »Wie du willst.«

Doch Onkel Jakow lehnte es ab, im Mezzanin zu wohnen.

»Treppensteigen ist nicht gut für mich, mir schmerzen die Füße«, sagte er und ließ sich beim Schriftsteller in dem kleinen Zimmer nieder, wo die Schwester seiner Frau gewohnt hatte. Die Schwester wurde in einer Kammer untergebracht. Die Mutter fand, es wäre taktlos von Onkel Jakow, nicht bei ihnen zu wohnen, Warawka stimmte ihr zu: »Eine Demonstration . . .«

Onkel Jakow benahm sich in der Tat etwas ungewöhnlich. Er kam nicht ins Haus, grüßte Klim zerstreut und wie einen Unbekannten; er ging über den Hof wie auf der Straße und blickte hocherhobenen Hauptes, den mit grauen Stoppeln gezierten Adamsapfel vorgereckt, mit den Augen eines Fremden in die Fenster. Er verließ den Seitenbau fast immer zur Mittagszeit, in den heißen Stunden, und kehrte gegen Abend zurück, den Kopf nachdenklich gesenkt, die Hände in die Taschen seiner dicken, kamelhaarfarbenen Hose gesteckt.

»Ein altes Beil«, sagte Warawka von ihm. Er verhehlte nicht, daß ihm Jakow Samgins Anwesenheit im Seitenbau nicht gefiel. Täglich sagte er in grobem Ton etwas Spöttisches über ihn, was die Mutter offensichtlich bedrückte und sogar auf das Dienstmädchen Fenja wirkte, es betrachtete die Mieter des Seitenbaus und ihre Gäste so ängstlich und feindselig, als wären diese Leute imstande, das Haus in Brand zu stecken.

Beunruhigt durch das Verlangen nach einer Frau, fühlte Klim, daß er abstumpfte, die Farbe verlor, besessen wurde wie Makarow, und er beneidete bis zum Haß Dronow, der zwar das Wolfsbillett erhalten hatte, aber irgendwie zur Ruhe gekommen war und, nachdem er in Warawkas Kontor eine Stellung gefunden hatte, fortfuhr, sich bei Tomilin unbeirrt auf die Reifeprüfung vorzubereiten.

Da er nicht wußte, was er mit sich anfangen sollte, ging Klim zuweilen in den Seitenbau, zum Schriftsteller. Dort waren neue Leute aufgetaucht: die starknasige Heilgehilfin Isaakson; ein kleiner alter Mann, dessen Augen hinter einer dunklen Brille versteckt waren, der sich alle Augenblicke die dicklichen Hände rieb und dabei rief: »Ich unterschreibe!«

Zuweilen erschien ein Handwerker, nach den Händen zu urteilen ein Schlosser; auch er sagte meist ein und dasselbe: »Das brauchen wir wie der Hund das fünfte Bein.«

Die Fensterläden waren geschlossen, die Scheiben verhängt, aber die Frau des Schriftstellers trat trotzdem ab und zu an die Fenster, hob den Vorhang hoch und schaute auf das schwarze Quadrat. Und ihre Schwester lief auf den Hof, blickte zum Tor hinaus, auf die Straße, und Klim hörte, wie sie halblaut, beruhigend zur Schwester sagte: »Es ist niemand da, keine Menschenseele.«

Klim gab auf die ihm bereits bekannten Reden und Debatten fast nicht mehr acht, sie berührten, sie interessierten ihn nicht. Der Onkel sagte auch nichts Neues, er war wohl weniger gesprächig als die anderen, seine Gedanken waren einfach und liefen auf das eine hinaus: »Man muß das Volk in Bewegung bringen.«

Klim ging dann in den Seitenbau, wenn er erfuhr oder sah, daß Lidija hingegangen war. Das bedeutete, daß auch Makarow dort sein würde. Wenn er jedoch das Mädchen beobachtete, kam er zu der Überzeugung, daß sie noch etwas anderes als Makarow hinzog. Sie saß in einer Ecke, hüllte sich trotz der rauchigen Schwüle in ein orangefarbenes Tuch und sah die Leute, die Lippen fest zusammengekniffen, mit einem strengen Blick ihrer dunklen Augen an. Klim schien es, als zeigte sich in diesem Blick und überhaupt in Lidijas ganzem Benehmen etwas Neues, fast Komisches, irgendein gekünstelter, witwenhafter Ernst und Kummer.

»Was sagst du zum Onkel?« fragte er und war sehr erstaunt, als er die sonderbare Antwort hörte: »Er ähnelt Johannes dem Täufer.«

Als sie einmal in einer Frühlingsnacht nach Verlassen des Seitenbaus mit Klim im Garten spazierenging, sagte sie: »Sonderbar, daß es Menschen gibt, die nicht nur an sich selbst denken können. Mir scheint, darin liegt etwas Unsinniges. Oder – etwas Gekünsteltes.«

Klim sah sie fast ärgerlich an; sie hatte gerade das gesagt, was er empfand, wofür er aber noch keine Worte gefunden hatte.

»Und dann«, fuhr das Mädchen fort, »ist bei ihnen alles irgendwie auf den Kopf gestellt. Mir scheint, sie sprechen von der Liebe zum Volk mit Haß, vom Haß gegen die Zarenmacht aber mit Liebe. Wenigstens höre ich das so.«

»Aber es ist natürlich nicht so«, sagte Klim, wobei er hoffte, daß sie fragen werde: Wie denn? – und dann hätte er vor ihr glänzen können, er wußte schon, wie und wodurch. Doch das Mädchen schwieg, schritt nachdenklich weiter und schlug ihr Tuch fest um die Brust; Klim entschloß sich nicht, ihr das zu sagen, was er wollte.

Er fand, daß Lidija zu ernst und zu klug für ihr Alter sprach, das war unangenehm, aber sie versetzte ihn dadurch immer häufiger in Erstaunen.

Ein paar Tage später fühlte er von neuem, daß Lidija ihn bestahl. Nach dem Abendessen im Speisezimmer begann die Mutter aus irgendeinem Grund Lidija sehr beharrlich darüber auszufragen, was im Seitenbau gesprochen würde. Das Mädchen, das am offenen Gartenfenster seitwärts von Wera Petrowna saß, antwortete widerstrebend und nicht sehr höflich, plötzlich aber wandte sie sich schroff auf dem Stuhl um und sagte nun schon etwas gereizt: »Vater fürchtet auch, daß mich diese Leute mit irgend etwas anstecken. Nein. Ich denke, all ihr Reden und Debattieren ist nur ein Versteckspielen. Diese Leute verstecken sich vor ihren Leidenschaften, vor Langerweile; vielleicht – vor Lastern . . .«

»Bravo, meine Tochter!« rief Warawka, sich im Lehnstuhl rekelnd, und steckte sich eine Zigarre in den Bart. Lidija fuhr leiser und ruhiger fort: »Man muß sich selbst vergessen. Das wollen viele, meine ich. Natürlich nicht solche wie Jakow Akimowitsch. Er . . . ich weiß nicht, wie ich das ausdrücken soll . . . er hat sich ein für allemal einer Idee als Opfer hingeworfen . . .«

»Ist wie ein Blinder in eine Grube gefallen«, flocht Warawka ein, während Klim, der fühlte, daß er vor Ärger erbleichte, sich darüber Gedanken machte: Weshalb ergab es sich immer so, daß alle ihm zuvorkamen? Tomilins Worte, daß die Menschen sich in Ideen voreinander versteckten, hatten ihm besonders gefallen, er hielt sie für richtig.

»Das sagt Tomilin«, äußerte er ärgerlich.

»Ich habe nicht behauptet, daß das von mir erdacht sei«, erwiderte Lidija.

»Du hast es von Makarow gehört«, beharrte Klim.

»Na und?«

»Onkel Jakow ist ein Opfer der Geschichte«, sagte Klim hastig. »Er ist kein Jakob, sondern ein Isaak.«

»Das verstehe ich nicht«, sagte Lidija und zog die Brauen hoch, aber Klim ärgerte sich über sich selber wegen der Worte, die niemand beachtete, und murmelte zornig: »Wenn Makarow betrunken ist, redet er schrecklichen Unsinn. Er nennt sogar die Liebe ein rudimentäres Gefühl.«

Warawka brach, die Zigarre schwenkend, in heftiges Gelächter aus. Wera Petrowna bemerkte nachsichtig lächelnd: »Er weiß nicht, was ›rudimentär‹ bedeutet.«

Lidija warf einen Blick auf sie und ging leise zur Tür. Klim schien es, als wäre sie vom Lachen des Vaters gekränkt, Warawka indes ächzte, sich die Tränen abwischend: »Oh, oh ... ach, diese Kinder, diese Kinder!«

Klim wäre Lidija gern nachgegangen, um sich mit ihr zu streiten, doch da wandte sich Warawka, des Lachens müde, ihm zu und fing an, mit satter Stimme über die Schule zu reden: »Man lehrt euch nicht das, was ihr wissen müßt. Vaterlandskunde – das ist die Wissenschaft, die von den ersten Klassen an gelehrt werden sollte, wenn wir eine Nation sein wollen. Die Russen sind noch immer keine Nation, und ich fürchte, Rußland wird noch einmal so durcheinandergeschüttelt werden müssen wie Anfang des siebzehnten Jahrhunderts. Dann werden wir eine Nation sein – wahrscheinlich.«

Er wurde lebhafter und sprach davon, daß die Stände sich ironisch und feindselig gegeneinander verhielten, wie Stämme unterschiedlicher Kulturen, daß jeder von ihnen überzeugt sei, alle anderen könnten ihn nicht verstehen, und sie fänden sich ruhig damit ab, daß aber alle miteinander der Ansicht seien, die Bevölkerung der drei benachbarten Gouvernements bestehe, was ihre Gepflogenheiten, Gebräuche, sogar die Sprache anbelange, aus anderen Menschen, aus schlechteren als sie, die Einwohner dieser Stadt.

Klim langweilte das. Er konnte nicht über Rußland, das Volk, die

Menschheit, die Intelligenz nachdenken, das alles berührte ihn kaum. Von den sechzigtausend Einwohnern der Stadt kannte er einige sechzig oder hundert, und er war überzeugt, die ganze stille, staubige, zu drei Vierteln aus Holzhäusern bestehende Stadt gut zu kennen. Vor der Stadt floß träge ein trüber Fluß, auf der Seite des Klosterfriedhofs ging die Sonne auf und gemächlich, nach Vollendung ihrer Bahn hinter dem Schlachthof, in den Gemüsefeldern unter. Ohne Hast, demütig lebten die Adligen, Kaufleute, Bürger und Handwerker, von der Geistlichkeit und den Beamten betreut.

Je mehr er die Liebhaber von Debatten und Meinungsverschiedenheiten beobachtete, desto argwöhnischer verhielt er sich zu ihnen. Es entstand bei ihm ein unklarer Zweifel an dem Recht und den Versuchen dieser Leute, die Aufgaben des Lebens zu lösen und die Lösungen ihm aufzudrängen. Hierzu mußte es andere Menschen geben, solidere, weniger hitzige und auf jeden Fall keine halbverrückten wie den abgehetzten Onkel Jakow.

Tomilin wurde für Klim zum einzigen außer Zweifel stehenden und zum menschlichsten Menschen. Er hatte sich dazu verurteilt, über alles nachzudenken, und konnte oder wollte nichts tun. Er suchte nicht den Zuhörer in seine Gedanken einzuspannen, sondern erzählte nur, was er dachte, und interessierte sich offenbar wenig dafür, ob man ihm zuhörte. Er lebte, ohne jemanden zu stören, ohne zu verlangen, daß man ihn besuche, wie es die familiäre Liebenswürdigkeit und das Lächeln des Schriftstellers Katin verlangten. Man konnte zu ihm hingehen oder nicht hingehen; er erweckte weder Sympathie noch Antipathie, während die Leute im Seitenbau ein beunruhigendes Interesse und zugleich unklare Feindseligkeit hervorriefen. Man mußte schließlich zugeben, daß Makarow recht hatte, als er von diesen Leuten sagte: »Hier ist jeder bestrebt, mich wie einen Jagdhund abzurichten.«

Klim fühlte dieses Bestreben auch, und da er es für eigennützig, für eine Bedrohung seiner persönlichen Freiheit hielt, gewöhnte er sich an, jedesmal, wenn er sich dem Druck dieses oder jenes Glaubenslehrers aussetzte, höflich zu schweigen oder halb beizustimmen.

Seine sexuellen Emotionen, geschürt durch Dronows glückliches Lächeln, wirkten sich immer lästiger aus. Das hatte Warawka bereits bemerkt; als Klim einmal durch den Korridor ging, hörte er ihn zur Mutter sagen: »In seinem Alter war ich in meine leibliche Tante verliebt: Beunruhige dich nicht, er ist kein Romantiker und ist nicht dumm. Schade, daß unser Dienstmädchen so eine Vogelscheuche ist . . .«

Der Zynismus, das Dienstmädchen zu erwähnen, berührte Klim unangenehm, peinlich war ihm auch, daß sein Schmachten bemerkt worden war, immerhin aber gestatteten Warawkas ruhig gesprochene Worte etwas. Zwei Tage später gingen die Mutter und Warawka ins Theater, Lidija und Ljuba Somowa begaben sich zu Alina, Klim lag in seinem Zimmer, er hatte Kopfschmerzen. Im Haus war es still, dann ertönte ganz plötzlich im Speisezimmer ein halblautes Lachen, irgend etwas patschte schallend wie eine Ohrfeige, ein Stuhl wurde gerückt, und zwei Frauenstimmen begannen gedämpft zu singen. Klim stand lautlos auf, öffnete behutsam die Tür: Das Dienstmädchen und die Weißnäherin Rita tanzten einen Walzer rund um den Tisch, auf dem gleich einem kupfernen Götzen der Samowar glänzte.

»Eins, zwei, drei«, lehrte Rita halblaut. »Stoß nicht mit den Knien. Eins, zwei . . .« Das Dienstmädchen sah mit geneigtem Kopf besorgt auf die Füße, doch Rita, die über ihre Schulter hin Klim in der Tür erblickte, stieß sie von sich, grüßte ihn, ordnete mit beiden Händen ihr zerzaustes Haar und sagte munter und betäubend laut: »Oh, entschuldigen Sie . . .«

»Bitte schön, bitte schön«, sagte Klim hastig, während er die Hände in die Taschen steckte. »Ich kann Ihnen sogar etwas spielen – wollen Sie?«

Das verwirrte Dienstmädchen ergriff den Samowar und lief davon, die Näherin begann, das Geschirr vom Tisch auf ein Tablett abzuräumen, wobei sie sagte: »Nein, wozu denn . . .«

Klim erinnerte sich unklar an all das, was geschah. Er handelte in einem Zustand von Angst und plötzlicher Trunkenheit; er ergriff Rita bei der Hand und zerrte sie in sein Zimmer, indem er sie flüsternd anflehte: »Bitte . . . bitte . . .«

Sie entriß ihm leise lachend ihre heiße Hand und ging neben ihm her, indem sie ebenfalls flüsterte: »Was ist mit Ihnen? Darf man das?«

Doch nachher, als sie vom Bett aufgesprungen war, beugte sie sich über ihn, küßte ihn, seine Wangen in ihre Hände pressend, dreimal auf die Lippen und flüsterte ganz außer Atem: »Ach, Sie, Sie, Sie!«

Als Klim zu sich gekommen war, wunderte er sich: Wie einfach das alles war. Er lag auf dem Bett, und es wiegte ihn sacht hin und her; ihm schien, sein Körper wäre leichter und stärker geworden, obwohl er mit angenehmer Müdigkeit gesättigt war. Es kam ihm vor, als lägen in dem glühenden Flüstern Ritas, in ihren letzten drei Küssen sowohl Lob als auch Dankbarkeit.

Dabei habe ich doch gar nichts versprochen, dachte er und fragte sich sogleich: Womit zahlt ihr Dronow?

Die Erinnerung an Dronow kühlte ihn etwas ab, hier war etwas Dunkles, Doppeldeutiges und zwiefach Komisches. Als ob er sich vor jemandem rechtfertige, sagte sich Klim Samgin fast laut: Das werde ich mir natürlich nicht mehr erlauben mit ihr. Doch nach einer Minute entschied er anders: Ich werde ihr sagen, daß sie sich nicht mehr unterstehen soll, mit Dronow ...

Er wollte aufstehen, die Lampe anzünden und sich im Spiegel betrachten, aber die Gedanken um Dronow fesselten ihn, da sie mit irgendwelchen Unannehmlichkeiten drohten. Doch Klim unterdrückte diese Gedanken mühelos, indem er sich an Makarow erinnerte, an seine düstere Unruhe, an die nichtigen »Triumphe der Frauen«, das »rudimentäre Gefühl« und den übrigen lächerlichen Unsinn, von dem dieser Mensch lebte. Es bestand kein Zweifel – Makarow hatte das alles zur Beschönigung seiner selbst erfunden und führte sicher insgeheim ein ausschweifenderes Leben als andere. Wenn er schon trank, mußte er auch ein ausschweifendes Leben führen, das war klar.

Diese Überlegungen erlaubten Klim, an Makarow mit einem verächtlichen Lächeln zu denken, er schlief bald ein, und als er erwachte, fühlte er sich als ein anderer Mensch, als wäre er in der Nacht gewachsen und als wäre in ihm das Gefühl seiner Bedeutsamkeit, der Selbstachtung und des Selbstvertrauens gewachsen. Etwas Fröhliches gärte in ihm, er hätte sogar singen mögen, und die Frühlingssonne schaute irgendwie wohlwollender als gestern in sein Fenster. Dennoch zog er es vor, seine neue Stimmung vor allen zu verbergen, er benahm sich zurückhaltend wie immer und dachte an die Weißnäherin zärtlich, dankbar.

Nach etwa fünf Tagen, die er in dem angenehmen Bewußtsein durchlebt hatte, den ernsthaften Schritt so einfach vollbracht zu haben, drückte ihm das Dienstmädchen Fenja vorsichtig einen kleinen zerknitterten Briefumschlag in die Hand; ihm war in der einen Ecke ebenso wie beim Briefbogen ein blaues Vergißmeinnicht aufgeprägt. Klim las nicht ohne Stolz: »Wenn Sie mich nicht vergessen haben, kommen Sie morgen, wenn die Glocken zum Abendgottesdienst zu läuten aufhören. Stumpfe Ecke, Haus Wesjolyj, fragen nach Marg. Waganowa.«

Margarita empfing ihn, als käme er nicht zum ersten-, sondern zum zehntenmal. Als er eine Schachtel Konfekt auf den Tisch legte, einen Korb mit Gebäck und eine Flasche Portwein dazustellte, fragte sie mit verschmitztem Lächeln: »Sie wollen also – Tee trinken?«

Klim umarmte sie und sagte: »Ich will, daß du mich liebst.«

»Das – verstehe ich doch nicht!« erwiderte die Frau mit gutherzigem Lachen.

Erstaunlich einfach war es mit ihr und um sie herum in dem kleinen, sauberen, von einem sonderbar berauschenden Duft erfüllten Zimmer. In der einen Ecke an der Wand stand, das Kopfende zum Fenster, mit einer weißen Pikeedecke bedeckt, das Bett. Das Fenster ging auf ein niedriges Dach hinaus, ein weißer Vorhang verhüllte die Scheiben; hinter dem Dach ragten blaßrosa Zweige blühender Apfel- und Kirschbäume hervor. Eine Wespe schlug gegen die Fensterscheibe. Auf der Kommode, die mit einer Häkeldecke belegt war, stand ein ungerahmter Spiegel und waren sorgsam Kästchen und Döschen aufgebaut; in der einen Ecke blinkte die silberne Einfassung einer Ikone, und die Ecke an der Tür war mit einem hellgrauen Stück Kaliko verhängt. Alles war ungemein ruhig, still, das Summen der Wespe gehörte dazu, alles schien der Wirklichkeit und Klims gewohnter Welt unermeßlich weit entrückt.

Margarita sprach halblaut, sie zog die leeren Worte träge auseinander, ohne nach etwas zu fragen. Auch Klim fand nichts, worüber er mit ihr hätte reden können. Da er sich dumm vorkam und dadurch etwas befangen wurde, lächelte er. Margarita, die Schulter an Schulter mit dem Gast auf einem Stuhl saß, schaute ihm ab und zu mit zehrendem Blick ins Gesicht, als erinnere sie sich an etwas; das beunruhigte Klim sehr, er streichelte ihr behutsam ihre Schulter, die Brust und konnte sich zu nichts Weiterem entschließen. Sie tranken zwei Gläschen Portwein, dann fragte Margarita: »Nun, ins Bettchen?«

Sie stand gleich auf und riet ihm beim Ausziehen besorgt: »Zieh dich auch ganz aus, so wird es besser sein . . .«

Eine Stunde später, als sie mit herabhängenden Beinen nackt auf dem Bett saß, betrachtete sie Klims Socke und sagte mit müdem Gähnen: »Das muß gestopft werden.«

Klim schlummerte.

Nach fünf, sechs Zusammenkünften fühlte er sich bei Margarita mehr zu Hause als in seinem Zimmer. Bei ihr brauchte er nicht auf sich zu achten, sie verlangte von ihm weder Verstand noch Zurückhaltung, überhaupt – sie verlangte nichts und bereicherte ihn unauffällig mit vielem, das er als für sich wertvoll entgegennahm.

Er begann jetzt, die bekannten Mädchen mit anderen Augen zu betrachten. Er sah, daß Ljuba Somowa wie mit der Axt behauene Hüften hatte, daß der Rock flach an ihnen herunterhing und sich hinten zu sehr blähte und daß Ljubas Gang spatzenhaft hüpfend war. Dicklich und unförmig, redete sie oft von Liebe, erzählte von Romanen, ihr hübscher gewordenes Gesichtchen rötete sich erregt, in den gütigen, grauen Augen leuchtete die sanfte Rührung einer alten Frau, die von Wundern, vom Leben der Heiligen und großen Märtyrern erzählt. Das klang bei ihr naiv, manchmal sogar so rührend, das Klim es notwendig fand, sie auf jeden Fall durch ein freundliches Lächeln zu ermuntern, doch dabei dachte er: Ein glückseliges Närrchen. Ein Dummchen.

Ihre Geschichten reizten Lidija fast immer, zuweilen aber brachten sie sie auch zum Lachen. Lidija lachte vorsichtig, unsicher und schrill und blickte gleich darauf finster um sich, als sei sie eines unangebrachten Verhaltens schuldig. Die Somowa brachte Romane mit und gab sie Lidija zu lesen; als Lidija jedoch »Madame Bovary« gelesen hatte, sagte sie zornig: »Alles, was da wahr ist – ist Gemeinheit, und was gut ist – ist gelogen.«

Zu »Anna Karenina« verhielt sie sich noch schärfer: »Das sind alles Pferde; diese Anna und der Wronskij und alle anderen.«

Die Somowa empörte sich: »Mein Gott, was für ein ungebildetes Geschöpf, was für ein Scheusal du bist! Du bist irgendwie nicht normal!«

Auch Klim fand an Lidija etwas Unnormales; er begann sogar, ihren allzu unverwandten, forschenden Blick etwas zu fürchten, obwohl sie nicht nur ihn, sondern auch Makarow so ansah. Doch Klim merkte, daß ihr Verhalten zu Makarow freundschaftlicher wurde und daß Makarow mit ihr nicht mehr so spöttisch und zänkisch sprach.

Sehr erstaunt war Klim über Lidijas Freundschaft zu Alina Telepnjowa, die, während sie betörend schön wurde, offenkundig immer mehr verdummte, wie Klim dies, den Worten der Mutter entsprechend, fand, die gesagt hatte: »Dieses Mädchen wäre netter und klüger, wenn sie nicht so schön wäre.«

Klim hatte sofort erkannt, daß das zutraf. Die Schönheit war die Quelle ständiger Beunruhigung für das Mädchen, Alina behandelte sich wie eine Kostbarkeit, die ihr jemand für kurze Zeit und unter der Drohung gegeben hatte, sie ihr sofort wieder wegzunehmen, sobald sie nur ihr bezauberndes Gesicht durch irgend etwas verdürbe. Ein Schnupfen war für sie eine ernsthafte Krankheit, sie fragte erschrocken: »Ist meine Nase sehr rot? Meine Augen sind trübe, was?«

Eine winzige Pustel im Gesicht brachte sie zur Verzweiflung, ebenso ein Niednagel oder ein Mückenstich. Sie hatte Angst, zu dick, und Angst, zu dünn zu werden, sie hatte Angst vor dem Donner.

»Mag es blitzen«, sagte sie. »Das ist sogar schön, aber ich kann es nicht ertragen, wenn über mir der Himmel kracht.«

Sie hatte sich einen vorsichtigen, gleitenden Gang zugelegt und hielt sich so gerade, als stünde auf ihrem Kopf ein Gefäß mit Wasser. Auf der Eisbahn lief sie, aus Angst, zu fallen, allein, abseits und langsam oder aber mit sehr erfahrenen Schlittschuhläufern, von deren Geschicklichkeit und Kraft sie überzeugt war. Der einzige Zug, der Klim an diesem Mädchen gefiel, war ihre Fähigkeit, es sich ruhig und bequem zu machen. Sie wählte sich immer den vorteilhaftesten Platz, einen für sie besonders zärtlichen Sonnenstrahl. Etwas komisch war ihre übertriebene Reinlichkeit, ihr fast krankhafter Abscheu vor Staub, Kehricht, Straßenschmutz; bevor sie sich hinsetzte, musterte sie aufmerksam den Stuhl oder Sessel, wedelte unauffällig mit dem Taschentüchlein den Sitz ab; wenn sie irgendeinen Gegenstand in der Hand gehalten hatte, wischte sie sich sofort die Finger ab. Sie aß so akkurat und andächtig, daß Makarow zu ihr sagte: »Sie essen religiös, Alinotschka! Sie essen nicht wie wir Sterbliche, Sie kommunizieren.«

Ohne ihn anzusehen, entgegnete Alina ruhig: »Der Arzt hat mir geraten, sorgfältig zu kauen.«

Zuweilen riefen Alinas Ängste um ihre Schönheit bei ihr Zustände von Gereiztheit, ja fast Groll hervor, wie bei einem Dienstmädchen mit allzu anspruchsvoller Hausfrau. Und wahrscheinlich diesen Ängsten zufolge blickten Alinas unwiderstehlich freundliche bläuliche Augen fragend, während die langen Wimpern zuckten und ihrem Blick einen flehenden Ausdruck verliehen.

Sie war langweilig, redete nur von Kleidern, vom Tanzen und von Verehrern, aber auch davon sprach sie ohne Begeisterung, wie von einer etwas langweiligen Pflicht. Ihr machte bereits ein greiser Artilleriegeneral, ein stattlicher und schöner Witwer mit klugen Augen, den Hof; auch der Staatsanwaltsadjunkt Ippolitow hofierte sie, ein kleines Männchen mit schwarzem Schnurrbart im braunen Gesicht, lustig und gewandt. »Nein, ich will nicht heiraten«, sagte sie mit tiefer Bruststimme, »ich werde Schauspielerin.«

Sie trug nicht schlecht klingend, aber etwas zu süßlich, Gedichte von Fet und Fofanow vor und sang verträumt Zigeunerromanzen; aber die Romanzen klangen bei ihr seelenlos, die Gedichte unlebendig, undeutlich, von ihrer Samtstimme zerknetet. Klim war überzeugt, daß sie den Sinn der langsam dahingesungenen Worte nicht verstand.

»Eine Puppe, die zum Spielen zu schade ist«, sagte Makarow von ihr, achtlos, wie er immer von jungen Mädchen redete.

Klim sah ihn schief an, er empfand immer schärfere Neidstiche, wenn er hörte, wie treffend die Menschen einander beurteilten, und Makarow machte bedauerlich oft kleine, treffende Äußerungen.

Wie an allen Menschen hätte Klim auch an Alina gern etwas Künstliches, Erfundenes bemerkt. Zuweilen fragte sie ihn: »Ich bin heute blaß, nicht wahr?«

Er begriff, daß Alina nur fragte, um erneut die Aufmerksamkeit auf sich zu lenken, aber das schien ihm natürlich, berechtigt und erweckte in ihm sogar Mitgefühl für das Mädchen. Es verstärkte sich noch nach den Worten der Mutter, die ihn auf den Gedanken brachten, daß man Alinas Schönheit als eine Strafe auffassen könne, die sie zu leben störe, sie fast alle fünf Minuten zum Spiegel treibe und zwinge, alle Menschen als Spiegel zu betrachten. Manchmal kam er dunkel darauf, daß er mit ihr etwas gemein hätte, da er aber diese Vermutung als für sich erniedrigend ansah, suchte er nicht ernsthaft darüber nachzudenken.

Er sah, daß Makarow und Lidijas Urteile über Alina sich scharf voneinander unterschieden. Lidija verhielt sich zu ihr fürsorglich, sogar mit Zärtlichkeit, einem Gefühl, das Klim an Lidija früher nicht beobachtet hatte. Makarow verspottete Alina nicht sehr boshaft, aber hartnäckig. Lidija zankte sich mit ihm. Die Somowa, die sich mit Stundengeben durchschlug, versöhnte sie, indem sie ihnen lange, interessante Briefe ihres Freundes Inokow vorlas, der den Telegraphendienst aufgegeben hatte und mit einer Gemeinschaft Sergatscher Fischer an das Kaspische Meer gefahren war.

Im allgemeinen lebte es sich zu Hause bedrückend, langweilig, zugleich aber auch unruhig. Die Mutter und Warawka pflegten an den Abenden, mit Papieren raschelnd, besorgt und ärgerlich irgend etwas nachzurechnen. Warawka schlug mit der Handfläche auf den Tisch und schalt: »Idioten, nicht einmal zu stehlen verstehen sie!«

Klim zog jene Langeweile vor, die er bei Margarita empfand. Diese Langeweile bedrückte ihn nicht, sondern beruhigte ihn, da sie das Denken abstumpfte und alles Erfinden überflüssig machte. Er erholte sich bei der Näherin von der Notwendigkeit, sich wie ein Soldat bei der Parade zu verhalten. Margarita rief in ihm durch die Einfachheit ihrer Gefühle und Gedanken ein eigenartiges Interesse hervor. Manchmal sang sie, weil sie wahrscheinlich den Verdacht hegte, daß er sich langweile, mit kleiner, miauender Stimme noch nie gehörte Lieder:

»Kann nicht träumen, kann nicht liegen,
Und an Schlaf es mir gebricht,
Würde Rita gern besuchen,
Wo sie wohnt, das weiß ich nicht.

Den Kameraden tät ich bitten,
Mich zu führen in ihr Haus,
Doch der Kamerad ist schmucker,
Spannt mir nur die Rita aus.«

»Ein dummes Lied«, sagte Klim gähnend, doch die Sängerin entgegnete belehrend: »Das ist ja das Schöne daran, mein kleiner Freund. Alle Lieder sind dumm, alle Lieder von der Liebe, das ist das Schöne an ihnen.«

Sie belehrte Klim überhaupt gern, und das machte ihm Spaß. Er sah, daß das Mädchen sich mütterlich fürsorglich zu ihm verhielt, das machte auch Spaß, rührte ihn aber auch ein wenig. Klim wunderte sich über Margaritas Uneigennützigkeit, es hatte sich in ihm unmerklich die Meinung herausgebildet, alle Mädchen dieses Gewerbes seien habsüchtig. Doch wenn er Rita Süßigkeiten und Geschenke mitbrachte, warf sie ihm vor: »Du wunderliches Kerlchen! Für das Geld, das du für mich ausgibst, könntest du ein schöneres und jüngeres Mädchen finden als mich!«

Sie sagte das so schlicht und überzeugend, das Klim sie keiner Lüge verdächtigen konnte.

Doch wenn sie von einem Mädchen sprach, das schöner war als sie, prahlte sie, sich mit den Händen Brust und Hüften streichelnd: »Siehst du, was ich für eine Haut habe? Nicht jedes Herrentöchterchen hat so eine.«

An der Wand über der Kommode war mit zwei Nägeln eine kleine ungerahmte, in der Mitte geknickte Photographie befestigt, sie stellte einen jungen Mann dar, glatt frisiert, mit buschigen Brauen, kräftigem Schnurrbart und üppiger Krawattenschleife. Die Augen waren ausgestochen.

»Wer ist das?« fragte Klim.

Margarita sah die Photographie aufmerksam, mit zugekniffenen Augen ein paar Sekunden an, als erinnere sie sich, dann sagte sie: »Ein Ikonenmaler.«

»Warum sind ihm denn die Augen ausgestochen?«

»Er ist erblindet, der Dummkopf«, antwortete Rita, seufzte und wollte auf weitere Fragen nicht mehr antworten, sondern schlug vor: »Nun, ins Bettchen?«

In einer zärtlichen Minute entschloß er sich endlich, sie nach Dronow zu fragen; er begriff, daß er verpflichtet·war, sie danach zu fragen, obwohl er fühlte, daß diese Frage je länger desto mehr an Notwendigkeit und Bedeutung verlor. Es verbarg sich dahinter etwas Beunruhigendes, Unreines. Als er gefragt hatte, zog Rita erstaunt die Brauen hoch: »Wer ist denn das?«

»Verstell dich nicht!« Klim hatte es streng sagen wollen, aber er brachte es nicht fertig und lächelte sogar.

Rita richtete sich vom Kissen auf, setzte sich hin und sagte teilnahmsvoll, während sie das Hemd anzog und dabei das Gesicht verdeckte: »Ach, das ist der Wanja, der bei euch im Mezzanin wohnt! Du denkst, ich hätte mich mit ihm eingelassen, mit so einem häßlichen Menschen? Das hast du dir schlecht ausgedacht!«

Die Strümpfe über ihre blau geäderten weißen Beine ziehend, fuhr sie hastig, unklar und oft seufzend fort: »Er tut mir leid. Der Pope hat ihn doch in meinem Beisein davongejagt, ich arbeitete an dem Tage beim Popen. Wanja unterrichtete seine Tochter und hatte irgend etwas angestellt, ich glaube, er hat das Dienstmädchen gezwickt. Er hat es auch bei mir versucht. Ich drohte ihm, mich bei der Popenfrau zu beklagen, da ließ er mich in Frieden. Er ist trotzdem ein spaßiger Junge, wenn auch ein böser.«

Dann sprach sie leiser und in anderem Ton zu Ende: »Man hat ihn aus dem Gymnasium gejagt. Man hätte ihm die Ohren lang ziehen sollen – das hätte genügt!«

Klim glaubte ihr nur zu gern; und Dronows Schatten, der ihn bis dahin trotz allem etwas gestört hatte, verschwand.

Der junge Mann hatte schon längst begriffen, daß das saubere Bettchen an der Wand für dieses Mädchen ein Opferaltar war, auf dem Rita unermüdlich und fast andächtig eine heilige Handlung vollzog. Nach dem beruhigenden Gespräch über Dronow kam Klim der Wunsch, Rita möglichst oft eine Freude zu bereiten, doch sie freute sich nur über Malzhonigkuchen und Küsse, die ihn bisweilen ermüdeten. Und schon kam der Tag, an dem ihre Aufforderung: »Nun, ins Bettchen« plötzlich dumpfe Gereiztheit, irgendeine unbegreifliche Kränkung in ihm hervorrief. Er begann sie fast zornig auszufragen, warum sie keine Bücher läse, nicht ins Theater ginge und nichts Besseres wüßte als das Bettchen, aber Rita, der offenbar der Ton seiner Fragen entgangen war, fragte ruhig, während sie ihr Haar löste: »Was soll man denn sonst mit dem Leben anfangen? Denk mal nach. Nichts.«

Dann erzählte sie, daß sie wohl ins Theater gehe.

»Wenn dort lustige Komödien, Vaudevilles gespielt werden.

Dramen mag ich nicht. Ich gehe in die Kirche, in die Mariä-Himmelfahrtskirche, dort ist der Chor besser als in der Kathedrale.«

Zuweilen, wenn er müde und mit sich selber unzufrieden war, machte Klim sich vorsichtig Gedanken: Ist das nun – Liebe?

Aus irgendeinem Grund war es unmöglich zuzugeben, daß Lidija Warawka für solch eine Liebe geschaffen sei. Und es war schwer sich vorzustellen, nur diese Liebe läge den Romanen und Gedichten zugrunde, die er gelesen hatte, sie wäre die Wurzel der Qualen Makarows, der immer trauriger wurde, weniger trank und weniger redete, ja selbst leiser pfiff.

Dann kamen für Klim Tage, an denen er nach den Zusammenkünften mit Margarita sich so verwüstet, so abgestumpft fühlte, daß er erschrak; da zwang er sich dann, zu den Quellen der Weisheit – zu Tomilin oder in das Seitengebäude – zu gehen.

Mit Tomilin war igend etwas geschehen; er trug jetzt bunte »Phantasiehemden«, statt einer Krawatte eine Schnur mit Bommeln, einen grauen Rock und eine fliederfarbene, sehr weite Hose. Das alles wirkte fremd an ihm und betonte noch stärker das flammende Rot des gestutzten Haars, das über den Ohren waagerecht abstand und sich über seiner weißen Stirn emporsträubte. Besonders auffällig waren die Durchsteckknöpfe an den Ärmelaufschlägen – große, schwere Mondsicheln. Tomilin sprach jetzt lauter, aber anscheinend weniger sicher, er machte häufig Pausen, guckte in den Rockärmel hinein und drehte an den Manschettenknöpfen. Es schien, als hätte Tomilin gleichzeitig mit dem Anzug auch neue Gedanken bekommen. Klim spürte, daß diese Gedanken ihn sogar beängstigten durch ihre grobe Blöße, die man als Kühnheit und als Schamlosigkeit auffassen konnte. Bisweilen stellte Klim sich diese nackten Gedanken als Schwaden beißenden Rauchs, als Wolkenfetzen vor; sie breiteten sich in der warmen Luft des engen Zimmers aus und bedeckten die Bücher, die Wände, die Fensterscheiben und den Denker selbst mit grauem, schmuddeligem Staub.

Er wog einen der fünf Riesenbände von Moritz Carrières »Die Kunst im Zusammenhang der Kulturentwicklung« auf der Handfläche und sagte: »Ein gewisser Italiener behauptet, Genialität sei eine der Wahnsinnsformen. Möglich. Menschen mit übersteigerten Fähigkeiten sind überhaupt schwer für normal zu halten. Nehmen wir die Gefräßigen, die Wollüstlinge und . . . die Denker. Ja, auch die Denker. Es ist durchaus anzunehmen, daß ein übermäßig entwickeltes Gehirn eine ebensolche Mißbildung ist wie ein erweiterter Magen oder ein übermäßig großer Phallus. Dann erkennen wir etwas Gemeinsames zwischen Gargantua, Don Juan und dem Philosophen Immanuel Kant.«

Diese Zusammenstellung gefiel Klim, wie ihm vereinfachende Gedanken immer gefielen. Er merkte, daß Tomilin selbst über seine offenbar zufällige Entdeckung erstaunt war. Er warf das schwere Buch aufs Bett, legte die Hände in den Nacken unter seinen flachen Hinterkopf und sah zum Fenster hinaus, wobei er die Brauen bewegte. »Ja«, sagte er zwinkernd. »Ich muß hinuntergehen, zum Tee. Hm ...«

Immer häufiger und seltsam mürrisch redete Tomilin jetzt von den Frauen, vom Weiblichen überhaupt, und zuweilen nahm es skandalöse Formen an. Als im Seitenbau der Schriftsteller Katin hitzig behauptete, Schönheit sei Wahrheit, sagte der Rothaarige in dem üblichen Ton eines Menschen, der das echte Antlitz der Wahrheit genau kennt: »Nein, Schönheit ist gerade Unwahrheit, sie ist voll und ganz vom Menschen zu seinem Trost erdacht, ebenso wie Barmherzigkeit und noch vieles andere ...«

»Und die Natur? Und die Schönheit der Formen in der Natur? Nehmen Sie Haeckel«, schrie der Schriftsteller triumphierend, und als Antwort krochen ihm die gleichmütigen Worte entgegen: »Die Natur ist eine chaotische Ansammlung von allerhand Häßlichkeiten und Mißgestalten.«

»Die Blumen!« beharrte der Schriftsteller.

»In der Natur gibt es keine solchen Rosen und Tulpen, wie sie von den Menschen in England, Frankreich, Holland gezüchtet worden sind.«

Der Streit wurde immer gereizter, immer grimmiger, und je lauter die Stimmen der Streitenden wurden, desto eigensinniger und mürrischer sprach Tomilin. Schließlich sagte er: »Am meisten brauchen wir die Schönheit, wenn wir uns der Frau nähern wie ein Tier dem anderen. Hier ist die Schönheit aus dem Schamgefühl entstanden, weil der Mensch keinem Bock, keinem Kaninchen gleichen will.«

Er sagte ein paar noch derbere Worte und erstickte den Streit, nachdem er allgemeine Verlegenheit, boshaftes Lächeln und ironisches Geflüster hervorgerufen hatte. Onkel Jakow, der krank in einem Berg von Kissen auf dem Diwan ruhte, fragte halblaut, erstaunt: »Ist er verrückt geworden?«

Der Schriftsteller raunte ihm lächelnd etwas zu, doch der Onkel schüttelte seinen kahlen Schädel und sagte: »Er kommt zu spät. Die Nihilisten haben klüger argumentiert.«

Der Onkel war sichtlich zufrieden. Sein sonnenversengtes Gesicht wurde blasser und knochiger, aber die Augen schauten gutmütiger drein, er lächelte oft. Klim wußte, daß er nach Saratow fahren und dort leben wollte.

Im Seitenbau fühlte sich Klim immer weniger am richtigen Platz. Alles, was dort vom Volk, von der Liebe zum Volk geredet wurde, war ihm von Kind auf bekannt, alle Worte klangen leer, sie berührten ihn in keiner Weise. Sie waren ihm drückend langweilig, und Klim hatte sich angewöhnt, sie nicht zu hören.

Ihn interessierten sehr die unverhohlen bösen Blicke Dronows zum Lehrer. Auch Dronow war ganz plötzlich ein anderer geworden. Trotz seiner Fähigkeit, Menschen zu beobachten, schien es Klim immer, die Menschen veränderten sich plötzlich, sprunghaft, wie der Minutenzeiger der spaßigen Uhr, die Warawka vor kurzem gekauft hatte: er bewegte sich nicht kontinuierlich fort, sondern sprang von Strich zu Strich. So war es auch beim Menschen: Gestern war er noch der gleiche wie vor einem halben Jahr, heute aber zeigte sich in ihm plötzlich ein neuer Zug.

In dunkelblauem Rock, schwarzer Hose und stumpf zulaufenden Schuhen hatte Dronows Gestalt eine komische Solidität erlangt. Doch sein Gesicht war eingefallen, die Augen waren unbeweglicher, die Pupillen trüber geworden, während das Augenweiß sich wie bei einem Menschen, der an Schlaflosigkeit leidet, mit rötlichen Äderchen durchsetzte. Er fragte nicht mehr so gierig und viel wie früher, redete weniger, hörte zerstreut zu und drehte, die Ellenbogen an die Hüften gepreßt, mit gefalteten Händen wie ein alter Mann die Daumen. Er sah alles von der Seite an, keuchte häufig und müde und redete, wie es schien, nicht von dem, woran er dachte.

Nach jeder Zusammenkunft mit Rita wollte Klim Dronow der Lüge überführen, doch das hätte bedeutet, das Verhältnis zu der Näherin zu verraten, und Klim begriff, daß er sich mit seinem ersten Roman nicht brüsten konnte. Zudem ereignete sich etwas, das ihn tief bestürzte: Eines Abends trat Dronow ganz formlos in sein Zimmer, setzte sich müde hin und begann mürrisch: »Hör mal, Warawka will mich dienstlich nach Rjasan versetzen, aber das, mein Lieber, paßt mir nicht. Wer wird mich dort für die Universität vorbereiten? Und dazu noch unentgeltlich wie Tomilin?«

Er nahm den Briefbeschwerer, einen gläsernen Rhombus, vom Tisch, hielt ihn in einen schrägen Sonnenstrahl, beobachtete die regenbogenfarbenen Lichtflecke an der Wand und an der Decke und fuhr fort: »Dann – Margarita. Es wäre unvorteilhaft für mich, sie zu verlassen, ich werde von ihr, wie man so sagt, benäht und bewaschen. Ich hänge auch an ihr. Und ich weiß, daß ich ihr nicht viel geben kann.«

Er verzog das Gesicht und richtete den regenbogenfarbenen Lichtfleck auf die Photographie von Klims Mutter, auf ihr Gesicht; darin empfand Klim etwas Beleidigendes. Er saß am Tisch, doch als er Ritas Namen gehört hatte, sprang er rasch und unvorsichtig auf.

»Laß den Unsinn«, sagte er trocken und blinzelte, als hätte der Sonnenstrahl sein Auge getroffen; Dronow warf den Beschwerer nachlässig auf den Tisch, Klim indes, der sich bemühte, gleichmütig zu sprechen, fragte ihn: »Lebst du immer noch mit ihr?«

»Warum denn nicht?«

Klim setzte sich auf den Tischrand und faßte Dronow genau ins Auge; der ruhige Ton, in dem er von Rita sprach, kam Klim verdächtig vor. Darauf begann er, sehr freundschaftlich und sich naiv stellend, ihn ausführlich über das Mädchen auszufragen, Dronow bekam wieder seine Prahlsucht, und nach einer Minute hatte Klim den Wunsch, ihn anzuschreien: Scher dich weg!

»Sie ist gut!« sagte Dronow.

Klim kehrte ihm den Rücken, da sprang Dronow plötzlich mit finsterem Gesicht zu einem anderen Thema über. »Tomilin werde ich bald hassen, ich habe auch schon jetzt manchmal Lust, ihm eine Ohrfeige zu geben. Ich will etwas wissen, er aber lehrt, nichts zu glauben, sucht einen zu überzeugen, Algebra sei willkürlich, und kein Teufel kennt sich darin aus, was er eigentlich will! Er schärft einem ständig ein, der Mensch müsse das vom Verstand gewobene Spinnennetz der Begriffe zerreißen und irgendwohin springen, in die Grenzenlosigkeit der Freiheit. Es ergibt sich so etwas wie: Spaziere nackt herum! Welcher Satan dreht denn diese Kaffeemühle?«

Klim sagte zwischen den Zähnen hindurch: »Ein sehr kluger Mensch.«

»Klug?« zweifelte Dronow offen. Er sah ärgerlich auf die Uhr und erhob sich. »Sprich also mal mit Warawka.«

Ohne ihn wurde es erträglicher im Zimmer. Klim stand am Fenster, zupfte an den Begonienblättern und verzog das Gesicht, bedrückt von Groll, Erniedrigung. Als er im Vorzimmer die Stimme Warawkas vernahm, ging er sofort zu ihm; Warawka stand vor dem Spiegel, kämmte seinen Fuchsbart und schnitt Grimassen.

»Nach Rjasan, nach Rjasan!« antwortete er zornig auf Klims Frage. »Oder – hinaus mit ihm. Versuche nicht zu bitten!«

»Ich beabsichtige gar nicht, für ihn zu bitten«, sagte Klim mit Würde.

Warawka legte seinen Arm um ihn und führte ihn in sein Arbeitszimmer, wobei er sagte: »Ich habe diesen Burschen satt. Er arbeitet schlecht, ist zerstreut und frech. Und er schwatzt zu gern mit den Leuten, die unter polizeilicher Aufsicht stehen.«

»Ja«, sagte Klim gesetzt. »Es zieht ihn zu ihnen hin, er ist so oft im Seitenbau.«

Warawka ließ ihn in einem Sessel an dem riesigen Schreibtisch Platz nehmen und fuhr fort: »Ich verstehe nicht, was dich zu solchen Typen wie Dronow und Makarow hinzieht. Du studierst sie wohl?«

Der stets spöttische, oft schroffe Warawka konnte auch einschmeichelnd, freundschaftlich inständig sprechen. Klim hatte schon mehr als einmal gefühlt, wie leicht dieser Mann ihn veranlaßte, manches Überflüssige zu äußern, und suchte ausweichend, vorsichtig mit seinem Stiefvater zu sprechen. Doch wie immer brachte ihn Warawka auch diesmal unmerklich dazu, daß er sagen mußte, Lidija träfe sich allzu häufig mit Makarow und die Beziehungen der beiden sähen sehr nach einem Roman aus. Das sagte sich ganz von allein, sehr einfach: Zwei ernste, geistig ebenbürtige Menschen unterhielten sich bekümmert über junge und unausgeglichene Leute, deren Zukunft ihnen Sorge bereitet. Es wäre sogar ungehörig gewesen, die sonderbaren Beziehungen Lidijas und Makarows zu verschweigen.

Warawka schloß für ein paar Sekunden seine Bärenäuglein, schob die Hand unter den Bart und plusterte ihn durch eine rasche Geste fächerförmig auseinander. Dann sagte er mit fleischigem Lächeln: »Romantik. Die Krankheit dieses Alters. Du wirst von ihr verschont bleiben, davon bin ich überzeugt. Lidija ist auf der Krim, im Herbst fährt sie nach Moskau, zur Theaterschule.«

»Aber Makarow wird doch auch in Moskau die Universität besuchen«, erinnerte Klim.

Warawka antwortete nicht, er schnitt sich die Nägel, die Schnipsel hüpften auf den mit Papieren überhäuften Tisch. Dann nahm er ein Notizbuch aus der Tasche, trug mit Bleistift irgendwelche Zeichen ein und versuchte etwas zu pfeifen, aber es gelang nicht.

»Du bist doch auch manchmal im Seitenbau?« fragte er, schlug Klim dann freundschaftlich aufs Knie und begann: »Ich rate dir, geh nicht hin! Gewiß, die Leute dort sind arglos, harmlos, und ihr vieles Reden läuft darauf hinaus, daß sie die Haut wechseln wollen. Aber – es gibt auch eine andere Meinung über sie. Wenn es in einem Staat eine politische Polizei gibt – muß es auch politische Verbrecher geben. Politik ist zwar, wie die Turnüren, jetzt nicht Mode, aber es gibt ja das Beharrungsvermögen, und es gibt Altgläubige. Eine Revolution ist in Rußland nur möglich als Bauernaufstand, das heißt als eine kulturell fruchtlose, zerstörende Erscheinung . . .«

Darauf sprach er lange vom Dekabristenaufstand, wobei er ihn einen »eigentümlichen, tragischen Mummenschanz«, die Sache der Petraschewzen eine »Verschwörung professioneller Schwätzer« nannte, doch noch ehe er zu den Volkstümlern übergehen konnte, trat majestätisch die Mutter ins Zimmer, in fliederblauem, spitzenbesetztem Kleid, mit einer langen Perlenschnur auf der Brust.

»Es ist Zeit!« sagte sie streng. »Und du hast dich noch nicht umgezogen.«

»Verzeih!« rief Warawka schuldbewußt, indem er aufsprang und hastig davonlief. »Wir haben uns so interessant unterhalten.«

Klim tat es stets wohl, zu sehen, daß die Mutter diesen Mann wie ein unterlegenes Geschöpf, wie ein Pferd lenkte. Sie blickte hinter Warawka her und holte tief Atem, dann glättete sie mit duftendem Finger die Brauen des Sohnes und erkundigte sich: »Worüber habt ihr gesprochen?«

»Ich glaube, ich habe taktlos gehandelt«, gestand Klim, der an Dronow dachte, doch von Lidija und Makarow erzählt hatte.

»Was hättest du anderes tun sollen?« wunderte sich die Mutter leicht. »Es war deine Pflicht, ihren Vater darauf aufmerksam zu machen.«

»Fertig«, sagte Warawka von der Tür her; im schwarzen Rock wirkte er besonders stämmig.

Sie gingen fort. Klim blieb in der Stimmung eines Menschen zurück, der nicht weiß, muß er eine Aufgabe, der er sich plötzlich gegenüberstehen sieht, lösen oder nicht. Er öffnete das Fenster, die satte Luft eines Sommerabends strömte ins Zimmer. Eine kleine, blaugraue Wolke verhüllte die Mondsichel. Klim beschloß: Ich gehe zu ihr.

Er hatte es beschlossen – doch er wurde nachdenklich; der plötzliche Wunsch, zu Margarita zu gehen, wurde durch ein peinliches Gefühl gestört, durch die Befürchtung, er würde sich nicht enthalten können, sie nach Dronow zu fragen, und plötzlich würde sich herausstellen, daß Dronow die Wahrheit gesagt hatte. Diese Wahrheit wollte er nicht.

Aus dem Seitenbau traten, einer nach dem anderen, dunkle Gestalten mit Bündeln und Koffern in den Händen, der Schriftsteller führte Onkel Jakow am Arm. Klim wollte auf den Hof hinaus, um Abschied zu nehmen, aber er blieb am Fenster stehen, da ihm einfiel, daß der Onkel ihn schon lange nicht mehr beachtete. Der Schriftsteller half dem Onkel in den Wagen des schwarzen Droschkenkutschers, der Onkel rief: »Wo ist denn das Paket?«

»Hier«, antwortete der Schriftsteller laut.

Der Wagen rollte schwerfällig ins Halbdunkel der Straße hinaus. Der Onkel setzte seinen Hut straffer auf, ohne sich nach dem Tor umzuschauen, wo die Frau des Schriftstellers, ihre Schwester und noch zwei Leute Taschentücher und Hüte schwenkten und freudig riefen: »Leben Sie wohl!«

All dies – auch das Halbdunkel – erinnerte Klim an eine Szene aus einem langweiligen Roman: Der Abschied eines jungen Mädchens, das sich entschlossen hat, Gouvernante zu werden, um ihre verarmte Familie zu unterstützen.

Klim holte tief Atem und horchte, wie das Dröhnen des Wagens in der Stille verhallte, er wollte über den Onkel nachdenken, seine Existenz in bedeutsame Worte fassen, doch in seinem Kopf summte wie eine Mücke die kränkende Frage: Wenn aber Dronow die Wahrheit gesagt hat?

Diese Frage, die ihn abhielt, zu Margarita zu gehen, ließ ihn zugleich an nichts anderes als nur an sie denken. Nachdem er eine öde Stunde im Dunkeln gesessen hatte, ging er in sein Zimmer, zündete die Lampe an, sah in den Spiegel, und der zeigte ihm ein fast fremdes, ein gekränktes, durch ratlose Miene zerknirschtes Gesicht. Er löschte sofort das Licht, entkleidete sich im Dunkeln, legte sich ins Bett und zog das Laken über den Kopf. Doch ein paar Minuten später schon kam er zu der Überzeugung, daß er noch heute, sofort, Margarita der Lüge überführen müsse. Ohne wieder Licht zu machen, kleidete er sich an und ging in kampflustiger Stimmung, festen Schrittes, zu ihr. Wie immer empfing ihn Margarita mit dem gewohnten: »Aha, da bist du ja!«

Schon längst bedrückten ihn diese Worte, nie hörte er aus ihnen Freude oder Vergnügen. Und immer beschämender waren ihre gleichförmigen Zärtlichkeiten, die sie wohl für ihr ganzes Leben eingeübt hatte. Zuweilen bedrückte Klim das Bedürfnis nach diesen Zärtlichkeiten schon etwas, es erschütterte sogar seine Selbstachtung.

Diesmal aber klangen die bekannten Worte auf neue Weise farblos. Margarita war eben erst aus dem Dampfbad gekommen, sie saß an der Kommode vor dem Spiegel und kämmte ihr feuchtes Haar, das dunkler war als sonst. Ihr rotes Gesicht wirkte zornig.

Ausholend, mit spöttischem Lächeln auf den Lippen, aber mit wutzitternder Hand klatschte Klim ihr auf die heiße, dampfgerötete Schulter, doch sie wich ihm aus und sagte ungehalten: »Das tut weh. Was hast du?«

Dann fuhr sie sogleich in sachlichem Ton fort: »Hör zu, eine Neuigkeit: Ich trete eine gute Stellung an, in einem Kloster, in der

Schule; ich werde den Mädchen dort das Nähen beibringen. Auch Unterkunft bekomme ich in der Schule. Leb also wohl! Männer dürfen dort nicht hin.«

Sie ließ das Hemd bis zu den Knien herunter, trocknete sich Hals und Brust mit dem Handtuch ab und bat dann nicht, sondern befahl: »Reib mir mal den Rücken ab.«

Als der junge Mann sie nackt erblickte, fühlte er seinen Vorrat an Kampflust schwinden. Doch der Befehl des Mädchens, ihr den Rücken abzureiben, verblüffte und empörte ihn. Niemals hatte sie sich mit Bitten um dergleichen an ihn gewandt, und er erinnerte sich nicht, daß er ihr aus Höflichkeit je eine ähnliche Gefälligkeit erwiesen hatte. Er saß da und schwieg. Das Mädchen fragte: »Zu faul dazu?«

Da gab er der aufflackernden Wut nach und sagte leise und verächtlich: »Du hast mich angelogen. Dronow ist dein Geliebter ...«

Er begriff sogleich, daß er es nicht so gesagt hatte wie nötig, nicht mit den richtigen Worten. Margarita saß vorgebeugt, mit dem Rücken zu ihm und zog ein Paar neue Schuhe an. Sie antwortete nicht sofort, aber ruhig: »Sieh mal an, wie einfach das gegangen ist«, und fragte: »Hat Fenka dir das gesagt?«

Klim fühlte sich durch diese Frage wie vor die Brust gestoßen. Er trommelte krampfhaft mit den Fingern auf der Messingschnalle seines Gürtels und wartete ab: Was wird sie noch sagen? Doch Margarita, die jetzt mit einem Haken die Schuhe zuknöpfte, sagte nichts weiter.

»Dronow selbst hat es mir gesagt«, erklärte Klim grob.

Sie stand auf, hob den Rock ein wenig hoch und blickte kritisch auf ihre Füße. Dann setzte sie sich wieder auf den Stuhl, atmete erleichtert auf und wiederholte: »Sieh mal an, wie gut das gegangen ist. Und ich denke hier eine Woche lang nach: Wie sage ich es bloß, daß ich nicht mehr mit dir kann?«

Klim fühlte, daß sie ihn um den Verstand brachte, fast kopflos fragte er: »Warum hast du gelogen?«

Das Mädchen sah zum Fenster hinaus, als dächte sie an etwas ganz anderes, und antwortete mit ruhiger Stimme: »Deine Mutter hat mir nicht deshalb Geld gegeben, damit ich dir die Wahrheit sage, sondern damit du dich nicht mit Straßenmädchen herumtreibst, dich nicht ansteckst.«

Klim war, als hätte man ihn verbrannt, er schrie: »Du lügst! Niemals würde Mutter ...«

»Es drückt«, sagte Rita leise und schob den Fuß unter dem Rocksaum vor. Dann bezeichnete sie jemanden als »Schuft« und fuhr belehrend und teilnahmslos fort: »Auf deine Mama sei nicht böse, sie ist um dich besorgt. In der ganzen Stadt kenne ich nur drei Mütter, die sich so um ihre Söhne kümmern.«

Klim vernahm ihre unsinnigen Worte durch ein Dröhnen im Kopf, ihm zitterten die Knie, und hätte Rita nicht so gleichmütig gesprochen, so hätte er gedacht, sie mache sich über ihn lustig.

Mutter hat sie also gedungen, überlegte er. Sie zahlte ihr, daher war dieses Luder so uneigennützig.

»Sie ist zwar eine hochmütige Frau und hat mich beleidigt, aber ich muß doch sagen: Sie ist eine Mutter wie selten eine. Aber jetzt, nachdem sie mir meine Bitte abgeschlagen hat, Wanka nicht nach Rjasan zu schicken, komm du nicht mehr zu mir. Und ich komme nicht mehr zu euch arbeiten!«

Den letzten Satz brachte sie drohend hervor, als dächte sie, Samgins und Warawkas werden ohne ihre Arbeit unglücklich sein.

Klim hätte gern seinen Gurt abgeschnallt und dem Mädchen damit in das rote und schweißfeuchte Gesicht geschlagen. Aber er fühlte sich durch diese dumme Szene entkräftet, fühlte, daß er vor Kränkung, vor Scham ebenfalls bis an die Ohren errötet war. Er ging fort, ohne Margarita anzusehen, ohne ihr ein einziges Wort zu sagen, während sie ihn mit dem vorwurfsvollen Ausruf begleitete: »Pfui, wie häßlich, warst doch sonst höflich . . .«

Er ging lange in den Straßen umher, saß dann im Stadtpark und dachte nach, was er tun sollte. Er hatte Lust, Dronow zu verprügeln oder ihm zu erzählen, daß Margarita als Prostituierte gedungen werde, wollte der Mutter etwas sehr Kräftiges sagen, das sie verlegen machen würde. Doch diese Wünsche glitten nur oberhalb der hartnäckigen, beharrlichen Gedanken um Margarita dahin. Er war gewohnt, sich ihr gegenüber herablassend, ironisch zu verhalten, und dachte nun zum erstenmal mit allem Ernst, dessen er fähig war, über das Mädchen nach. Das Bild Margaritas spaltete sich unbegreiflich. Er erinnerte sich ihrer zweifellos ehrlichen Zärtlichkeiten, ihrer ungekünstelten und oft komischen, doch aufrichtigen Worte, jener törichten, zarten Worte der Liebe, die einen Helden Maupassants benötigten, sich von seiner Geliebten loszusagen. Mit was für Zärtlichkeiten aber mochte sie Dronow bedenken, welche Worte flüsterte sie ihm zu? Mit dumpfem Befremden erinnerte er sich ihrer Sorgen um die Freuden seines Leibes, und dann fragte er sich: Wie konnte sie so unauffällig und geschickt lügen? Als er sich jedoch ihrer Bemerkung über die drei fürsorglichen Mütter erinnerte, dachte er, daß vielleicht außer ihm noch zwei ebensolche wie er Margaritas

Fürsorge anvertraut seien. Es kam ihm plötzlich der seltsame, fremde Gedanke: Prostituierte oder Barmherzige Schwester?

Dieser Gedanke verflüchtigte sich jedoch sogleich wieder, als er sich erinnerte, daß Rita offensichtlich nur den vierten, den häßlichen, unangenehmen Dronow liebte.

Diese Überlegungen erregten immer heftiger ein Gefühl von Abscheu, von Kränkung, sie bedrückten ihn unerträglich, doch Klim fehlte die Kraft, sie von sich zu stoßen. Er saß auf der eisernen Bank, das Gesicht dem dunklen, öden Fluß zugekehrt, dessen Wasser matt wie ein riesengroßes Dachblech blinkte, er floß träge, lautlos und schien weit entfernt. Es war eine dunkle, mondlose Nacht, im Wasser spiegelten sich wie gelbe Fettpünktchen die Sterne. Hinter seinem Rücken vernahm Klim Schritte, Gelächter und Stimmen, ein verschmitzter Tenor sang nach der Melodie von »La donna e mobile«:

> »Deine Stimme hör ich,
> Süß, voll Zärtlichkeit,
> Für die Stimme, heißt es,
> Halt das Geld bereit . . .«

Eine bedrückende Abgeschmacktheit klang siegreich in diesem Gesang. Klim erschrak plötzlich, sprang auf und ging schnell nach Hause.

Die Mutter und Warawka waren nach dem Landhaus unweit der Stadt gefahren, Alina war auch im Landhaus, und Lidija und Ljuba Somowa waren auf der Krim. Klim war daheimgeblieben, um die Instandsetzung des Hauses zu beaufsichtigen und mit Rshiga Latein zu machen. Allein mit sich, brauchte Klim nicht die gewohnte Rolle zu spielen, und so erholte er sich sehr langsam von dem Schlag, der ihm zugefügt worden war. Er mußte immerzu an Margarita denken, und diese Gedanken, die allmählich ihre Schärfe verloren, wurden weniger kränkend, aber immer unverständlicher. Sie stellten das Mädchen in ein anderes Licht. Klim hielt Margarita schon nicht mehr für einfältig, er hatte ihre belehrenden Worte wieder im Ohr, und es schien ihm, als seien sie meist von Erbitterung gegen die Frauen gefärbt gewesen. So war Margarita einmal vom Bett aufgesprungen, hatte sich den schweißnassen Körper mit einem Schwamm abgerieben und beifällig gesagt: »Das ist sehr gut für dich, daß du nicht hitzig bist. Unsereins hat Vergnügen daran, die Hitzigen zu entflammen und bald zu Asche zu verbrennen. Viele gehen durch uns zugrunde.«

Ein andermal hatte sie ihn zärtlich beschworen: »Der Weiberliebe darfst du nicht trauen. Vergiß nicht, daß das Weib nicht mit der Seele, sondern mit dem Leibe liebt. Die Weiber sind schlau, oh! sie sind böse. Sie haben sich selbst untereinander nicht gern, schau mal auf der Straße, wie boshaft und neidisch sie einander ansehen, das alles kommt von der Gier: Jede ärgert sich, daß außer ihr noch andere auf der Welt sind.«

Sie hatte sogar begonnen, ihm einen Roman zu erzählen, aber Klim war eingeschlummert, und von dem ganzen Roman waren ihm nur ein paar Worte in Erinnerung geblieben: »Worauf aber war sie aus? Nur darauf, ihn mir auszuspannen. Um sagen zu können: Siehst du wohl, wieviel geschickter ich bin als du.«

Jetzt, da ihm ihre Belehrungen wieder einfielen, wunderte er sich über ihre Menge und Gleichförmigkeit und wollte meinen, Rita habe mit ihm unter dem Druck ihres Gewissens so gesprochen, um ihm ihren eigenen Betrug anzudeuten.

Will ich sie rechtfertigen? fragte er sich. Doch sogleich tauchte Dronows flaches Gesicht, sein prahlerisches Lächeln vor ihm auf, hörte er dessen schamlose Worte über Margarita.

Wenn ich mit ihr in den Fluß fiele, würde sie mich ertränken wie Warja Somowa den Boris, dachte er erbost.

Doch wenn er auch erbost an Rita dachte, fühlte er, daß der erniedrigende Wunsch, zu ihr zu gehen, immer stärker in ihm wurde, und das erboste ihn noch mehr. Einen Ausweg für seinen Grimm fand er in den Arbeitern.

Schräg über der Straße rissen die Maurer ein altes, zweistöckiges kasernenartiges Gebäude mit kleinen, düsteren Fenstern ab, das einmal gelb angestrichen gewesen war; Warawka hatte dieses Haus für den Kaufmannsklub erworben. Es waren wohl zwanzig staubbedeckte Männer an der Arbeit, unter denen zwei besonders auffielen: ein kraushaariger, wulstlippiger Bursche mit runden Augen in dem behaarten, staubig-grauen Gesicht und ein kleines altes Männchen in blauem Hemd und langer Schürze. Die stählernen Hände des Burschen zerstückelten ohne Sinn und Verstand mit einer Brechstange die fest verwachsenen Backsteine des alten Gemäuers; der Bursche hatte große Kraft, er spielte und prahlte damit, während der Alte ihn kreischend anspornte: »Hau zu-u, Motja! Zerschlag sie, Motja – bald ist Feierabend!«

Der Vorarbeiter, ein rotbärtiger, stämmiger Bauer, mahnte: »Treib keinen Unfug, Nikolajitsch! Wozu denn die Steine zerschlagen?«

Der Alte witzelte: »Tu ich es denn? Das ist doch Motja! Ach Motja, ein Ast treff dich ins Ohr – eine Kraft hast du!«

Auch er selbst war darauf aus, mit seiner Brechstange nicht auf den Mörtel zwischen die Ziegel, sondern wahllos aufs Ganze zu schlagen. Der Vorarbeiter rief von neuem in gewohntem, aber gleichmütigem Ton, die alten Ziegel seien noch verwendbar, seien größer, fester als die neuen – und der Alte kreischte zustimmend: »Ri-ichtig! Unsere Väter und Großväter haben besser gearbeitet als wir! Ach – Motja!«

Sämtliche Arbeiter rissen das Gebäude mit Begeisterung ein, der Alte jedoch, so schien es Klim, hatte eine gewisse Grenze überschritten und war widerlich in seiner Raserei. Motja indes arbeitete blind, maschinenartig, und wenn es ihm gelang, mehrere Ziegel auf einen Schlag wegzubrechen, schrie er ohrenbetäubend auf, die Arbeiter lachten, pfiffen, und der Alte kreischte rasend und schauerlich: »Hau zu-u!«

Idioten! dachte Klim. Er erinnerte sich der stillen Tränen der Großmutter vor den Ruinen ihres Hauses, erinnerte sich an Straßenszenen, an Raufereien von Handwerkern, an die Tollheiten betrunkener Bauern vor den Türen der Basarschenken auf dem Stadtplatz gegenüber dem Gymnasium und von neuem an die Tränen der Großmutter, an die zornig-spöttischen Äußerungen Warawkas über das trunksüchtige, verschlagene und faule Volk. Es schien ihm sogar, nach der Geschichte mit Margarita wären alle Menschen schlechter geworden: sowohl der gottesfürchtige, ehrwürdige alte Hausknecht Stepan als auch die schweigsame, dicke Fenja, die unersättlich alles Süße verschlang.

Das Volk, dachte er, innerlich lächelnd, und lauschte in Erinnerung an die glühenden Reden über die Liebe zum Volk und über die Notwendigkeit, für seine Aufklärung zu arbeiten.

Klim ging zu Tomilin, um mit ihm über das Volk zu sprechen, er ging mit der geheimen Hoffnung, seine Antipathie zu rechtfertigen. Doch Tomilin schüttelte den kupferroten Kopf und sagte: »Aufrichtiges Interesse für das Volk können nur Industrielle, Ehrgeizige und Sozialisten empfinden. Volk ist ein Thema, das mich nicht interessiert.«

Tomilin wurde offenbar wohlhabender, er kleidete sich nicht nur sauberer, sondern darüber hinaus bedeckten sich die Wände seines Zimmers schnell mit neuen Büchern in drei Sprachen: in deutsch, französisch und englisch.

»Russisch gibt es nichts zu lesen«, erklärte er. »Auf russisch wird zwar interessant empfunden, aber erfolglos, abhängig, unoriginell gedacht. Das russische Denken ist zutiefst gefühlsmäßig und darum grob. Das Denken ist nur dann fruchtbar, wenn es vom Zweifel bewegt wird. Dem russischen Verstand ist der Skeptizismus ebenso fremd wie dem des Inders und des Chinesen. Bei uns streben alle zum Glauben. Völlig gleichgültig, woran, sei es an die rettende Kraft des Unglaubens, an Christus, an die Chemie, an das Volk. Dabei ist das Streben zum Glauben ein Streben nach Ruhe. Es gibt bei uns keine Menschen, die sich zu der Unrast unabhängiger Denkarbeit verurteilt haben.«

Nicht alle von diesen Aussprüchen gefielen Klim, viele von ihnen waren seiner Natur zuwider. Doch bemühte er sich ehrlich, alles zu behalten, was Tomilin im Takte seiner schlürfenden Filzpantoffeln oder nackten Fußsohlen redete.

»Es gibt keine Menschen, welche die Wahrheit um ihrer selbst willen, wegen der Freude an ihr benötigen. Ich wiederhole: Der Mensch will die Wahrheit, weil er nach Ruhe dürstet. Dieser Durst wird vollkommen durch die sogenannten wissenschaftlichen Wahrheiten gestillt, deren praktische Bedeutung ich nicht leugne.«

Eines Tages wurde er, als er zum Lehrer kam, durch die Witwe des Hauswirts – der Koch war an Lungenentzündung gestorben – angehalten. Die Frau saß auf den Flurstufen und verscheuchte mit einem Akazienzweig die Fliegen von ihrem runden, ölig glänzenden Gesicht. Sie war schon an die Vierzig, war schwerfällig und hatte einen Ammenbusen. Sie erhob sich vor Klim, versperrte die Tür mit ihrem breiten Rücken, lächelte mit Schafsaugen und sagte: »Entschuldigen Sie, er schreibt und hat befohlen, niemanden hereinzulassen. Sogar Vater Innokentij habe ich abgewiesen. Es kommen doch jetzt Priester zu ihm: der vom Seminar und der von der Himmelfahrtskirche.«

Sie sprach mit gedämpfter Stimme und verschluckte sich an ihren Worten, ihre Schafsaugen strahlten vor Freude, und Klim sah, daß sie bereit war, lange von Tomilin zu erzählen. Aus Höflichkeit hörte er ihr drei Minuten zu und verabschiedete sich von ihr, als sie mit einem Seufzer sagte: »Anfangs tat er mir leid, aber jetzt fürchte ich ihn.«

Oft und stets irgendwie zur Unzeit erschien Makarow, staubig, in einer Segeltuchbluse mit breitem Leibriemen und mit Sandalen an den nackten Füßen. Das zweifarbige Haar war lang geworden, hing in Strähnen herab, das verlieh ihm Ähnlichkeit mit einem Klosterbruder. Das Gesicht war von Wind und Sonne gebräunt; an Ohren und Nase blätterte die Haut wie Fischschuppen ab, und in seinen Augen saß Trauer. Doch zuweilen glühten sie fremdartig auf und flößten Klim dunkle Befürchtung ein. Er verhielt sich vorsichtig zu Makarow, verhehlte seine Empörung über die vagabundenhafte

Schlampigkeit der Kleidung und verbarg die herablassende Ironie, mit der er Makarows Reden anhörte, deren er längst überdrüssig war. Makarow wanderte von Dorf zu Dorf, von Kloster zu Kloster und erzählte davon wie von einer Reise durch ein fremdes Land, doch wovon auch immer er sprach, aus allem hörte Klim, daß sein Denken und Reden den Frauen, der Liebe galt.

»Du studierst wohl das Volk?«

»Mich selbst natürlich. Mich selbst, nach dem Gebot der alten Weisen«, antwortete Makarow. »Was heißt: Das Volk studieren? Lieder aufzeichnen? Die Mädchen singen schändlichen Unsinn. Die alten Leute denken an irgendwelche Seelenmessen. Nein, mein Lieber, auch ohne diese Lieder ist man nicht froh«, schloß er und fuhr, eine zerknitterte Zigarette, die mit Staub gefüllt schien, zwischen den Fingern glättend, fort: »Mir kommt es zuweilen vor, als hätten die Tolstojaner am Ende recht: Das Klügste, was man tun kann, ist, wie Warawka sagte, zu den Dummköpfen zurückzukehren. Vielleicht ist die wahre Weisheit hundsmäßig einfach, und wir versteigen uns vergeblich wer weiß wohin?«

Klim wußte, daß er diese Fragen nur mit Tomilins Worten beantworten konnte, die Makarow kannte. Er schwieg und dachte, wenn Makarow sich zu einem Verhältnis mit einem Mädchen wie Rita entschlösse, so würden alle seine Ängste verschwinden. Noch besser jedoch wäre, wenn dieser zerzauste, schöne Junge Dronow die Näherin ausspannte und aufhörte, sich um Lidija zu bemühen. Makarow fragte zwar nie nach ihr, aber Klim sah, daß er beim Erzählen zuweilen den Kopf zur Seite legte und lauschend zur Zimmerdecke hinaufsah.

Er denkt, sie ist zurück, mutmaßte Klim spöttisch, aber auch ärgerlich.

Makarow indes murmelte nachdenklich: »Manchmal scheint es einem, daß verstehen dumm ist. Ich nächtigte ein paarmal auf freiem Feld; man liegt auf dem Rücken, kann nicht schlafen, schaut zu den Sternen hinauf, denkt an Bücher, und plötzlich, verstehst du, durchfährt es einen bedrückend: Was aber, wenn die Großartigkeit und Unermeßlichkeit des Weltalls nur eine Dummheit und irgendwessen Unfähigkeit ist, die Welt verständlicher und einfacher einzurichten?«

»Das scheint von Tomilin zu stammen«, erinnerte sich Klim.

Makarow dachte kurz nach und stieß den Rauch der Zigarette aus.

»Einerlei, woher. Aber daraus folgt, daß der Mensch für seinen eigenen Verstand nicht faßbar ist.«

Makarows Unzufriedenheit mit der Welt erregte Klim, er fand,

Makarow spiele sich töricht als Philosoph auf, ahme ungeschickt Tomilin nach. Er sagte ungehalten und ohne den Gefährten anzusehen: »In zwei, drei Jahren denken wir nicht mehr an diese . . .«

Er hatte »Dummheiten« oder »Lappalien« sagen wollen, beherrschte sich aber und sagte: »So naiv . . .«

Die Zigarette an der Sohle seiner Sandale ausdrückend, fragte Makarow: »Gehen wir zu den Dummköpfen?«

Dann bat er Klim um drei Rubel und verschwand. Klim sah ihm vom Fenster aus nach, wie er leicht und behende über den Hof ging, und hätte ihm gern die Faust gezeigt.

Am Sonnabend fuhr er zum Landhaus, und als er ihm näher kam, erblickte er schon von weitem auf der Terrasse die Mutter, die im Sessel saß, und an einer Säule der Terrasse sah er Lidija im weißen Kleid, mit einem himbeerroten Schal um die Schultern. Er zuckte unwillkürlich zusammen, nahm straffe Haltung an, und obwohl das Pferd im Schritt ging, sagte er zum Fuhrmann: »Langsamer.«

Er erschrak sogar ein wenig, als Lidija, nachdem sie ihm ohne ein Lächeln die Hand gegeben hatte, ihm rasch und unfreundlich ins Gesicht blickte. Sie hatte sich in den zwei Monaten stark verändert, ihr braunes Gesicht war noch dunkler geworden, ihre hohe, etwas scharfe Stimme klang voller.

»Das Meer ist gar nicht so, wie ich gedacht hatte«, sagte sie zur Mutter. »Es ist einfach eine große, flüssige Langeweile. Die Berge sind eine steinerne, vom Himmel begrenzte Langeweile. Nachts bildet man sich ein, die Berge kröchen auf die Häuser zu und wollten sie ins Wasser stoßen, und das Meer wäre schon bereit, die Häuser zu verschlingen . . .«

Wera Petrowna blickte zur Straße am Wald und mahnte: »Nachts denkt man nicht, nachts schläft man.«

»Dort schläft es sich schlecht, die Brandung stört. Die Steine knirschen wie Zähne. Das Meer schmatzt wie eine Million Schweine . . .«

»Du bist immer noch so . . . nervös«, sagte Wera Petrowna; an der Pause erriet Klim, daß sie etwas anderes hatte sagen wollen. Er sah, daß Lidija ein ganz erwachsenes Mädchen geworden war, ihr Blick war regungslos, man konnte meinen, sie warte gespannt auf etwas. Sie redete in einer ihrem Wesen nicht entsprechenden, hastigen Art, als wolle sie schnell alles Nötige sagen.

»Ich begreife nicht, warum alle übereingekommen sind zu sagen, die Krim sei schön.«

Ihr Eigensinn erregte die Mutter offensichtlich. Klim merkte, daß sie die Lippen zusammenkniff, während ihre Nasenspitze errötete und zitterte.

»Die meisten Menschen suchen nur nach Schönheit, aber wenige schaffen sie«, hub er an. »Womöglich gibt es in der Natur gar keine Schönheit, so wie im Leben keine Wahrheit; Wahrheit und Schönheit schafft der Mensch selbst.«

Ohne ihm bis zum Schluß zuzuhören, sagte Lidija: »Du bist alt geworden. Das heißt, du bist jetzt ein Mann.«

Wera Petrowna stand auf und ging ins Haus, indem sie unterwegs übermäßig laut sagte: »Das von der Schönheit hast du sehr originell gesagt, Klim . . .«

Allein mit Lidija zurückgeblieben, fühlte er erstaunt, daß er nicht wußte, worüber er mit ihr sprechen sollte. Das Mädchen machte ein paar Schritte auf der Terrasse, sah hinüber zum Wald und fragte: »Ist Vater auf die Jagd gegangen?«

»Ja.«

»Allein?«

»Mit einem Bauern, einem von den sieben, die der Gouverneur im Frühjahr auszupeitschen befahl.«

»Ja?« fragte Lidija. »Dort haben auch irgendwo die Bauern rebelliert. Auf sie wurde sogar geschossen . . . Nun, ich gehe, ich bin müde.«

Sie schritt die Terrasse hinab zu einem kleinen Hain dünnstämmiger Birken und sagte, ohne Klim anzusehen: »Ljuba hat eine Stellung als Gesellschafterin für ein schwindsüchtiges junges Mädchen angenommen.«

Sie trat in das Birkengehölz und ließ Klim, entrüstet über ihre Gleichgültigkeit ihm gegenüber, allein. Er setzte sich in den Sessel, in dem die Mutter gesessen hatte, griff nach einem gelben französischen Buch, Maupassants Roman »Stark wie der Tod«, schlug damit auf sein Knie und versank in einen Strom ungeordneter Gedanken. Gewiß, dieses Mädchen war nicht für dieselbe Liebe wie Rita geschaffen. Es war unmöglich, sich ihren zerbrechlichen, schlanken Körper nackt und in stürmischen Krämpfen vorzustellen. Dann dachte er an die errötende Nase der Mutter und erinnerte sich der Sätze, die sie bei seinem letzten Besuch im Landhaus hier auf der Terrasse mit Warawka gewechselt hatte.

Klim hatte in seinem Zimmer gesessen und gehört, wie die Mutter anscheinend erfreut sagte: »Mein Gott, du bekommst eine Glatze.«

Warawka hatte geantwortet: »Ich bemerke die grauen Haare an deinen Schläfen nicht. Meine Augen sind höflicher.«

»Bist du mir böse?« hatte die Mutter erstaunt gefragt.

»Nein, gewiß nicht. Aber es gibt Worte, die aus dem Munde einer Frau nicht sehr erfreulich zu hören sind. Zumal von einer Frau, die sehr gut über die Gepflogenheiten der französischen Galanterie unterrichtet ist.«

»Warum sagst du nicht – einer geliebten Frau?«

»Und einer geliebten Frau«, hatte Warawka hinzugefügt.

Klim erinnerte sich der Worte Margaritas über die Mutter, schleuderte das Buch zu Boden und blickte hinüber in den Hain. Lidijas weiße, schlanke Gestalt war zwischen den Birken verschwunden. Interessant: Wie wird ihre Begegnung mit Makarow sein? Und – wird sie begreifen, daß ich bereits das Geheimnis der Beziehungen zwischen Mann und Frau kennengelernt habe? Und wenn sie es errät – wird mich das in ihren Augen heben? Dronow hat gesagt, Mädchen und Frauen merken einem jungen Mann unfehlbar auf Grund irgendwelcher Anzeichen die verlorene Unschuld an. Mutter hat von Makarow gesagt: Man sieht es seinen Augen an, daß er ein liederlicher junger Mann ist. Mutter fängt ihre trockenen Sätze immer häufiger mit Gott an, obwohl sie nur aus Anstand gottesfürchtig ist.

Klim wippte mit dem Sessel, er fühlte sich durcheinandergeschüttelt und unfähig, die Unruhe zu ergründen, die Lidijas Ankunft in ihm hervorgerufen hatte. Dann begriff er plötzlich, daß er Angst hatte, Lidija könnte durch das Dienstmädchen Fenja von seinem Roman mit Margarita erfahren.

Wenn Mutter Margarita nicht gedungen hätte, so hätte diese Dirne mich zurückgewiesen, dachte er und preßte die Finger so fest zusammen, daß sie knackten. Eine Mutter wie selten eine . . .

Lidija war unbemerkt von ihrem Spaziergang zurückgekehrt, und als man sich zum Abendessen setzte, stellte sich heraus, daß sie schon schlief. Auch am nächsten Tag tauchte sie vom Morgen bis zum Abend immer seltsam unruhig auf, wobei sie auf Wera Petrownas Fragen nicht sehr höflich antwortete, als suche sie Streit.

»Hast du das gelesen?« erkundigte sich Wera Petrowna und zeigte ihr das Buch von Maupassant.

»Ja. Es ist langweilig.«

»So? Das finde ich nicht.«

»Eine sonderbare Angewohnheit, das Lesen«, hub Lidija an. »Es ist dasselbe wie auf fremde Kosten leben. Und alle fragen einander: Hast du gelesen, habt ihr gelesen, haben Sie gelesen?«

»O Gott, was redest du da«, rief Wera Petrowna leicht gekränkt, während Lidija lächelnd weitersprach: »So ein Spatzengeschwätz. Es stimmt doch gar nicht, daß die Liebe ›stark wie der Tod‹ ist.«

Nun lachte sogar Wera Petrowna: »Sieh mal an! Das – weißt du?«

»Ich sehe es doch. Man liebt fünfmal hintereinander und – lebt dennoch weiter.«

Klim schwieg voll Besorgnis, da er erwartete, daß sie sich zanken würden, und da er fühlte, daß er vor Lidija schüchtern wurde.

Spät am Abend fuhr er in die Stadt. Der reichlich alte, ausgeleierte Wagen der Kleinbahn schuckelte und holperte wie ein Bauernwagen. Am Fenster floß gleich einem schwarzen Strom langsam der Wald vorbei, es wetterleuchtete. Klim beunruhigte die Vorahnung irgendwelcher Unannehmlichkeiten. In seine Gedanken über sich selbst hatte sich das sonderbare Mädchen eingedrängt und zwang ihn gebieterisch, sich mit ihr zu beschäftigen, doch das war schwierig. Er bemühte sich, das Spiel ihrer Gefühle und Gedanken zu verstehen, aber sie gab dem nicht nach. Doch sie und alle andern Menschen sollten ihm verständlich sein, wie Zahlen. Man mußte gewisse feste Grenzen finden und in ihnen einen Platz einnehmen, nachdem man auf dem Weg dahin alles Erdachte, das einen daran hinderte, leicht und einfach zu leben, entlarvt und beiseite geworfen hatte – das war es, was not tat.

Einen Tag später traf Lidija mit dem Vater ein. Klim ging mit ihnen über Schutt und Späne rund um das Haus, das mit Gerüsten umgeben war, auf denen die Stukkateure arbeiteten. Das Dachblech dröhnte unter den Hammerschlägen der Dachdecker; Warawka schüttelte zornig den Bart, schimpfte, und seine stets ungewöhnlichen Ausdrücke prägten sich Klim fest ein.

»Wie die Sargmacher arbeiten sie, hastig, nachlässig.«

Lidija ging Arm in Arm mit dem Vater, schmiegte sich an ihn, was man gar nicht bei ihr kannte, und sagte: »Du wärest imstande, eine ganze Stadt zu bauen, Papa.«

»Das wäre ich!« stimmte Warawka bei. »Zehn Städte würde ich bauen. Eine Stadt, meine Liebe, ist ein Bienenstock, in einer Stadt speichert sich der Honig der Kultur. Wir müssen die Hälfte vom Dorfrußland in Städte aufsaugen, dann werden wir zu leben anfangen.«

Als er eine Weile mit der Tochter und Klim geplaudert hatte, schalt er die Arbeiter, gab ihnen dann reichlich Trinkgeld und fuhr weg. Lidija ging in ihr Zimmer, verbarg sich dort, und beim Abendtee hänselte sie Tanja Kulikowa mit Fragen: »Wieso ist das interessant?«

Tanja Kulikowa wurde immer grauer, dürrer, farbloser, als wollte sie ganz unsichtbar werden.

»Wie wenig ihr junges Volk lest, wie wenig ihr wißt!« grämte sie sich. »Meine Generation dagegen . . .«

»Generation – leitet sich das von ›degenerieren‹ ab?« fragte Lidija.

Die Grobheit, die Klim seit der Kindheit an ihr kannte, nahm jetzt Formen an, die ihn durch ihre Schärfe verwirrten. Es war fast unmöglich, mit Lidija zu reden, sie richtete auch an ihn solche Fragen: »Warum soll mich das denn interessieren? Warum muß man das wissen?«

Bei Tisch wurde sie auf einmal nachdenklich und saß minutenlang wie eine Taubstumme da, dann zuckte sie plötzlich zusammen, wurde unnatürlich lebhaft und hänselte Tanja von neuem, indem sie behauptete, Katin ziehe, wenn er Erzählungen aus dem Bauernleben schreibe, Bastschuhe an.

»Das braucht er zur Inspiration.«

Klim beobachtete sie scharf, er sah ihre zusammengezogenen Brauen, den konzentriert suchenden Blick ihrer dunklen Augen, hörte ihre allzu stürmisch gespielte lyrische Musik Chopins und Tschaikowskijs und ahnte, daß sie an irgend etwas Erregendem hängengeblieben war, buchstäblich hängengeblieben wie an einem Hagebuttenstrauch.

Ist sie verliebt? fragte er sich und wollte nicht daran glauben. Nein, als Verliebte würde sie sich sicher nicht so benehmen.

An einem trüben Abend im August traf Klim, vom Landhaus zurückgekehrt, Makarow bei sich an. Er saß mitten im Zimmer vornübergebeugt auf einem Stuhl, die Ellenbogen auf die Knie gestützt, die Finger in das zerzauste Haar vergraben; zu seinen Füßen lag die zerknüllte, verschossene Mütze. Klim öffnete leise die Tür, Makarow rührte sich nicht.

Er ist betrunken, dachte Klim und sagte vorwurfsvoll: »Du bist mir einer!«

Makarow hob schwer den Kopf, ohne die Finger aus dem Haar zu nehmen; sein Gesicht war aufgelöst, die Backenknochen wie geschwollen, die Augäpfel waren gerötet, aber der Blick glänzte nüchtern.

»Katzenjammer?« fragte Klim.

Makarow hob die Mütze auf, legte sie aufs Knie und stützte den Ellenbogen darauf, dann senkte er wieder den Kopf, als müßte er etwas zu Ende denken.

Klim fragte, ob er schon lange aus Moskau zurückgekehrt, ob er in die Universität aufgenommen worden sei. Makarow betastete seine Hosentasche und antwortete gedämpft: »Vorgestern. Bin aufgenommen.«

»In der medizinischen?«

»Laß mich.«

Er blieb noch eine Minute sitzen, dann stand er auf und ging nicht in seinem Gang, sondern träge schlürfend zur Tür.

»Zu ihr?« fragte Klim, mit den Augen zur Decke deutend. Makarow blickte ebenfalls nach oben und antwortete, nach dem Türpfosten greifend: »Nein. Leb wohl.«

Als Klim sah, wie langsam und unsicher er schritt, dachte er mit einem gemischten Gefühl aus Angst, Mitleid und Schadenfreude: Hat er sich angesteckt?

Da kam Fenja ins Zimmer gelaufen und sagte ängstlich: »Das gnädige Fräulein bittet, Obacht auf ihn zu geben, ihn nicht fortgehen zu lassen.«

Mit albern aufgerissenen Augen sang sie: »Was gewe-esen i-ist!«

Klim ging nach oben, doch Lidija kam ihm auf der Treppe entgegengelaufen und fauchte: »Warum hast du ihn fortgelassen, warum?«

Im Schein der Wandlampe, die den Kopf des jungen Mädchens dürftig beleuchtete, sah Klim, daß ihr Kinn zitterte, daß die Hände krampfhaft ein Tuch über der Brust hielten und wie sie, vorgebeugt, nahe daran war, zu fallen.

»Lauf ihm nach, bring ihn her!« rief sie, mit dem Fuß aufstampfend.

Erschreckt und wie im Traum rannte Klim davon, lief zum Tor hinaus und horchte; es war schon dunkel und sehr still, aber kein Geräusch von Schritten war zu hören. Klim lief in Richtung der Straße, wo Makarow wohnte, und bald erblickte er im Halbdunkel, unter den Linden an der Kircheneinfriedung Makarow – er stand, hielt sich mit der einen Hand an einem Holzpfeiler fest, die andere war bis zum Kopf erhoben, und obwohl Klim in ihr keinen Revolver sah, begriff er doch, daß Makarow im nächsten Augenblick abdrücken würde, und rief: »Untersteh dich!«

Er war nur noch zwei Schritte von Makarow entfernt, als dieser mit trunkener Stimme sagte: »Halleluja! Zum – Teufel mit allem . . .«

Klim konnte ihm gerade noch einen Stoß geben und prallte, durch das trockene Knacken des Schusses erschreckt, zurück, während Makarow die Hand mit dem Revolver sinken ließ und leise ächzte.

Wenn Klim sich diesen Vorfall später vergegenwärtigte, erinnerte er sich, wie Makarow hin und her getaumelt war, als hätte er sich entscheiden wollen, nach welcher Seite er umfallen sollte, wie er, langsam den Mund öffnend, erschreckt aus den seltsam runden Augen geschaut und dazu gemurmelt hatte: »Da . . . da haben wir's . . .«

Klim legte den Arm um ihn, hielt ihn aufrecht und führte ihn. Es war sonderbar: Makarow hinderte ihn beim Gehen, er stieß ihn, schritt aber rasch, er lief fast, und doch gingen sie qualvoll lange bis zum Tor des Hauses. Er knirschte mit den Zähnen, flüsterte pfeifend: »Laß, laß mich.«

Auf dem Hof indes, an der Vortreppe, auf der drei weibliche Gestalten standen, murmelte er undeutlich: »Ich weiß – es war dumm . . .«

Tanja Kulikowa schüttelte vorwurfsvoll ihren glattgekämmten Kopf und jammerte weinerlich: »Man sollte sich schämen . . .«

»Schweig!« befahl Lidija, »Fjokla, hol den Doktor!«

Dann faßte sie Makarow unter und fragte halblaut: »Wohin hast du geschossen – du Gymnasiast . . .«

Klim hörte, daß sie erbost, sogar verächtlich fragte.

Bei sich im Zimmer, bei Licht, sah Klim, daß sich Makarows Bluse auf der linken Seite dunkel gefärbt hatte und feucht glänzte, während vom Stuhl schwarze Tropfen auf den Boden fielen. Lidija stand schweigend vor ihm und hielt seinen Kopf, der auf die Brust gefallen war, Tanja, die schnell Klims Bett zurechtmachte, schluchzte.

»Zieh ihn aus«, befahl Lidija. Klim trat herzu, ihn schwindelte von dem süßlichen, tranigen Geruch.

»Nein, leg ihn zuerst aufs Bett«, kommandierte Lidija. Klim schüttelte den Kopf, ging halb ohnmächtig ins Wohnzimmer und sank dort in einen Sessel.

Als er wieder zu sich gekommen war und in sein Zimmer zurückkehrte, lag Makarow bis zu den Hüften entblößt auf seinem Bett; ein fremder, grauhaariger Arzt beugte sich über ihn und stocherte, die Ärmel aufgekrempelt, mit einer langen glänzenden Nadel in seiner Brust herum, wobei er sagte: »Was macht ihr jungen Leute nur immerzu für dumme Sachen? Schießen!«

An den Schläfen, auf der gewölbten Stirn Makarows glänzte der Schweiß, die Nase war spitz geworden wie bei einem Toten, er biß sich auf die Lippen und hielt die Augen fest geschlossen. Am Fußende des Bettes standen Fenja mit einem Kupferbecken in der Hand und die Kulikowa mit Mullbinden und anderem Verbandzeug.

»Männer wie Puschkin und Lermontow haben anders geschossen«, murmelte der Arzt.

Klim ging ins Speisezimmer, dort saß Lidija am Tisch, die Arme auf der Brust verschränkt, die Beine von sich gestreckt, und sah ins Kerzenlicht.

»Besteht Gefahr?« fragte sie zwischen den Zähnen hindurch und ohne Klim anzusehen.

»Ich weiß auch nicht.«

»Der Doktor scheint grob zu sein?«

Klim antwortete nicht, goß sich Wasser in ein Glas, und als er es ausgetrunken hatte, sagte er: »Da haben wir's. Deinetwegen erschießen sie sich schon.«

Lidija bat leise, aber streng: »Hör auf.«

Sie verstummten und lauschten. Klim stand am Büfett und rieb sich mit dem Taschentuch kräftig die Hände ab. Lidija saß regungslos da, sie starrte auf das goldene Lanzenspitzchen der Kerze. Kleinliche Gedanken überwältigten Klim: Der Arzt hat mit Lidija ehrerbietig gesprochen, wie mit einer Dame. Das kommt natürlich daher, weil Warawka in der Stadt eine immer bedeutendere Rolle spielt. Man wird in der Stadt erneut von ihr reden, so wie man von ihrem Kindheitsroman mit Turobojew geredet hat. Es ist unangenehm, daß sie Makarow auf mein Bett gelegt haben. Es wäre besser, ihn in die Dachkammer zu schaffen. Auch er hätte dann mehr Ruhe.

Die Gedanken waren unpassend. Klim wußte das, aber er konnte an nichts anderes denken.

Der Arzt kam herein und verkündete, sich die Hände reibend: »N...nun, es steht alles so günstig wie nur möglich. Es war ein ziemlich schlechter Revolver, die Kugel schlug gegen eine Rippe, scheint sie etwas verletzt zu haben, drang durch den linken Lungenlappen und blieb unter der Rückenhaut stecken. Ich habe sie herausgeschnitten und dem Helden überreicht.«

Beim Sprechen sah er aufmerksam, mit schwachem Lächeln, Lidija an, aber sie merkte es nicht, denn sie kratzte mit dem Griff eines Teelöffels heruntergeronnenes Stearin von einer Kerze. Der Arzt erteilte ein paar Ratschläge, verneigte sich vor ihr, doch sie merkte auch das nicht, und als er fort war, sagte sie, den Blick in die Zimmerecke gerichtet: »Nachts werden ich und Tanja bei ihm wachen. Du geh schlafen, Klim.«

Klim war froh, fortgehen zu dürfen; er wußte nicht, wie er sich verhalten sollte, was er hätte sagen müssen, und fühlte, daß seine schmerzliche Miene sich in eine Grimasse nervöser Müdigkeit verwandelte.

Makarow lag vier Tage in Klims Zimmer, am fünften bat er, man möchte ihn heimbringen. Diese Tage voll schwerer und aufregender Eindrücke waren für Klim eine sehr harte Zeit. Gleich am Morgen des ersten Tages traf er, als er zum Kranken ging, Lidija dort an – ihre Augen waren gerötet und glänzten fieberhaft, wenn sie in das graue, zerquälte, hohläugige Gesicht Makarows blickten; seine dunkel gewordenen Lippen flüsterten trocken irgend etwas, zuweilen schrie er auf und knirschte mit den gefletschten Zähnen.

»Er phantasiert«, sagte sie flüsternd und gab Klim ein Zeichen. »Geh!«

Doch Klim blieb einen Augenblick in der Tür stehen und hörte die erstickte, heisere Stimme: »Ich – bin nicht schuld . . . Ich – kann nicht.«

Lidija wiederholte, in befehlendem Ton: »Geh hinaus!«

Gegen Abend ging es Makarow besser, und am dritten Tag sagte er mit mattem Lächeln zu Klim: »Verzeih, mein Lieber! Ich habe dir hier alles schmutzig gemacht . . .«

Er war betreten und sah Klim aus den dunklen Augenhöhlen unangenehm eindringlich an, als erinnere er sich an etwas und glaube nicht daran. Lidija benahm sich offen unaufrichtig, und sie schien es selbst zu wissen. Sie redete Nichtigkeiten, lachte unpassend, verblüffte durch eine ihr sonst nicht eigene Ungezwungenheit und begann dann plötzlich, Klim gereizt zu verspotten: »Du hast einen Geschmack wie ein alter Mann; nur alte Männer und alte Frauen hängen so viel Photographien auf.«

Makarow schwieg, sah zur Decke und schien irgendwie neu, fremd. Er hatte auch ein fremdes Hemd an, eins von Klim.

Als Wera Petrowna und Warawka, vom Landhaus zurück, Klims ausführlichen Bericht angehört hatten, begannen sie sogleich halblaut zu streiten. Warawka stand seitlich zur Mutter am Fenster, hielt seinen Bart in der Faust und verzog das Gesicht, als hätte er Zahnschmerzen, die Mutter saß vor dem Wandspiegel, warf den Kopf zurück und kämmte ihr üppiges Haar.

»Lidija ist allzu kokett«, sagte sie.

»Na, das ist erfunden! Keine Spur von Koketterie.«

»Es gibt verschiedene Formen von Koketterie.«

»Das weiß ich, aber . . .«

»Makarow ist ein lockerer junger Mann, Klim weiß das.«

»Du bist ungerecht zu Lida . . .«

Klim hörte zu, ohne ein Wort zu sagen. Die Mutter sprach immer hochmütiger. Warawka geriet in Zorn, begann zu schmatzen, zu brüllen und ging fort. Da sagte die Mutter zu Klim:

»Lidija ist verschlagen. Ich spüre in ihr etwas Raubtierhaftes. Aus solchen, den kalten Mädchen, entwickeln sich Abenteuerinnen. Sei vorsichtig mit ihr.«

Klim wußte längst, daß die Mutter Lidija nicht leiden konnte, aber so entschieden sprach sie zum erstenmal von ihr.

»Ich verstehe selbstverständlich deine kameradschaftlichen Gefühle, doch es wäre vernünftiger, den ins Krankenhaus zu schaffen. Ein Skandal, bei unserer gesellschaftlichen Position . . . du verstehst schon . . . O mein Gott!«

Oben trampelte Warawka wie ein Elefant herum, und man hörte ihn dumpf schreien: »Ich verbiete es. Blö-ödsinn!«

Dann lief Lidija die Innentreppe herunter, Klim stand am Fenster und sah, daß sie in den Garten rannte. Nachdem er geduldig noch einige Bemerkungen der Mutter angehört hatte, ging auch er in den Garten, überzeugt, Lidija dort gekränkt, in Tränen vorzufinden, so daß er sie trösten müsse.

Doch sie saß mit übergeschlagenem Bein auf einer Bank bei der Laube und empfing Klim mit der Frage: »Du würdest dich nicht aus Liebe erschießen, nicht wahr?«

Sie fragte so ruhig und grob, daß Klim dachte: Sollte Mutter doch recht haben?

»Je nachdem«, antwortete er mit Achselzucken.

»Nein, du würdest es nicht tun!« wiederholte sie überzeugt und schlug ihm, wie in der Kindheit, vor: »Laß uns ein bißchen hier sitzen.«

Dann warf sie ihm von der Seite einen Blick zu und sagte nachdenklich: »Du wirst wahrscheinlich ein Wüstling werden. Ich glaube, du bist es schon. Ja?«

Der verblüffte Klim kam gar nicht zum Antworten – Lidijas Gesicht zuckte, verkrampfte sich, sie schüttelte den Kopf, nahm ihn zwischen die Hände und flüsterte verzweifelt: »Wie entsetzlich das ist! Und – wozu? Da bin ich nun auf die Welt gekommen, du bist auf die Welt gekommen – wozu? Wie denkst du darüber?«

Klim nahm eine würdevolle Haltung an, wollte viel und klug reden, aber sie sprang auf und entfernte sich mit den Worten: »Nicht nötig. Schweig.«

Als sie verschwunden war, zog es Klim zu ihr hin, schon nicht mehr, um etwas Kluges zu sagen, sondern einfach, um neben ihr herzugehen. Dieser Drang war so stark, daß Klim aufsprang und hinterherlief, doch da ertönte auf dem Hof der halblaute, aber klingende Ausruf Alinas: »Ist es denn möglich! Nun, ich hab es ja gesagt.«

Klim blieb eine Weile stehen, setzte sich dann wieder und dachte: Ja, wahrscheinlich kennt Lidija, und vielleicht auch Makarow, eine andere Liebe – eine Liebe, auf die die Mutter und Warawka offenbar neidisch und eifersüchtig waren. Weder sie noch er hatten den Kranken besucht. Warawka hatte einen Wagen vom Roten Kreuz kommen lassen, und als die Sanitäter, die wie Köche aussahen, Makarow über den Hof trugen, stand Warawka, die Hand um den Bart gelegt, am Fenster. Er hatte Lidija nicht erlaubt, den Kranken zu begleiten, und die Mutter schien absichtlich fortgegangen zu sein.

Auf dem Hof hellte sich Makarows Gesicht sogleich auf, es kam Leben in ihn, und er sagte, zu dem klaren, kühlen Himmel emporblickend, leise: »Wunderbar.«

Im Wagen verzog er wegen der heftigen Stöße das Gesicht und streichelte mit der rechten Hand Klims Knie.

»Nun, mein Lieber, ich danke dir. Dieser Aderlaß wird vielleicht von Nutzen sein, er beruhigt.«

Und er lächelte schwach, indem er hinzufügte: »Nur solltest du es – nicht versuchen: es tut weh, und man schämt sich auch ein wenig.«

Er schloß die Augen, und mit seinen dunklen Augenhöhlen sah er aus wie blind, unheimlicher als ein Blindgeborener. Auf dem grasbedeckten kleinen Hof vor einem Spielzeughäuschen, das seine drei Fenster kokett hinter einem Vorgärtchen versteckte, wurde Makarow von einem ungeheuerlich großen, dürren Mann mit einem Clownsgesicht begrüßt. Er warf den Besen, den er in der Hand hielt, fort, kam zur Trage gerannt, knickte über ihr zusammen und begann, Klim und die Sanitäter beiseite stoßend, mit komischer Stimme zu lamentieren: »Ach, Kostja, ei-jei-jei! Als Lidija Timofejewna es uns sagte, waren wir ganz starr vor Schreck. Dann waren wir wieder froh, als sie sagte, es sei ungefährlich. Na, Gott sei Dank! Wir haben gleich alles gescheuert und saubergemacht. – Mamachen!« rief er und stellte sich, Klim mit seinen langen Fingern am Ellenbogen packend, vor: »Slobin, Pjotr, Posttelegraphist, sehr erfreut.«

Aus der Tür eines kleinen Schuppens kroch eine kräftige, rotwangige Alte in grauem Kleid, das wie ein Priestergewand aussah, bückte sich mühevoll, küßte Makarow auf die Stirn, brach in Tränen aus und sagte brummig: »Na, du bist mir ein Närrchen!«

Klim war gerührt. Es war spaßig zu sehen, daß ein so langer Mann und eine so gewaltige Alte in einem Spielzeughaus wohnten, in sauberen Zimmerchen, in denen viele Blumen standen, wo an der einen Wand auf einem kleinen, ovalen Tisch eine Geige feierlich in ihrem Kasten ruhte. Man bettete Makarow in einem gemütlichen, sonnigen Zimmer. Slobin setzte sich linkisch auf einen Stuhl und sagte: »Und ich, weißt du, habe mir aus diesem Anlaß erlaubt, ein Musikstückchen einzuüben: ›Souvenir de Vilna‹ – es ist sehr nett! Habe mich drei Abende damit geplagt.«

Stupsnasig, blauäugig, mit halbergrauter Bürste, kam er Klim immer mehr wie ein Clown vor. Sein wuchtiges Mamachen indes ging, wackelnd wie eine Kuh, zwischen den Zimmern hin und her, wobei sie Karaffen und Gläser für den Tisch vor Makarows Bett herbeitrug, und brummte dabei: »Wozu soll das nun gut sein? Ihr haltet euch selbst zum besten, ihr jungen Leute, und dann müßt ihr euch grämen.«

Sie bot Klim Tee an, doch Klim lehnte höflich ab und verabschiedete sich von Makarow, der mit stummem Lächeln die Slobins ansah.

»Besuche mich, bitte«, bat Makarow, und die Slobins wiederholten einstimmig: »Bitte.«

Klim ging fort, er wurde traurig. Makarows spaßige Freunde hatten ihn wohl sehr gern, und mit ihnen zu leben war gemütlich, einfach. Ihr einfaches Wesen ließ ihn an Margarita denken – ja, bei ihr hätte er sich gut von den unsinnigen Aufregungen dieser Tage erholen können. Und während er über sie nachdachte, fühlte er plötzlich, daß dieses Mädchen in seinen Augen unmerklich gewachsen war, doch abseits von Lidija und ohne diese in den Schatten zu stellen.

Wenn Lidija in den Kreis seiner Überlegungen einbrach, konnte er an nichts anderes mehr denken als an sie. Im Grunde dachte er gar nicht, sondern stand vor ihr und betrachtete das Mädchen ebenso verständnislos wie zuweilen ziehende Wolken oder einen strömenden Fluß. Die Wolken und Wellen versetzten ihn, indem sie jegliche Gedanken wegwischten, fortschwemmten, in den gleichen gedankenlosen, stummen Zustand einer Halbhypnose wie dieses Mädchen. Wenn er sie jedoch nicht mehr in Gedanken, sondern leibhaftig vor sich sah, erwachte in ihm ein fast feindseliges Interesse für sie; es verlangte ihn dann, jedem ihrer Schritte zu folgen, zu wissen, was sie dachte, worüber sie mit Alina, mit dem Vater sprach, es verlangte ihn, sie bei irgend etwas zu ertappen.

Ein paar Tage später fragte Lidija ganz beiläufig, aber herausfordernd, wie es Klim schien: »Warum besuchst du Makarow nicht einmal?«

Er sagte, er sei beunruhigt über das Verhalten des Lehrerkollegiums zu ihm; einige Mitglieder konnten sich nicht entschließen, ihm das Reifezeugnis auszustellen, und verlangten eine Nachprüfung.

»Nun, Rshiga wird das schon in Ordnung bringen«, sagte Lidija nachlässig, dann aber lachte sie, die Augen zukneifend, leise vor sich hin und fügte hinzu: »Tu doch nicht so, als ob du bedauerst, deinen Kameraden daran gehindert zu haben, sich das Leben zu nehmen.«

Sie ging, noch ehe er ihr etwas entgegnen konnte. Sie hatte natürlich nur gescherzt, das hatte Klim an ihrem Gesicht gesehen. Doch selbst als Scherz erregten ihn ihre Worte. Wieso, auf Grund welcher Beobachtungen konnte dieser beleidigende Gedanke bei ihr entstanden sein? Klim suchte lange, angespannt in seinem Innern: Gab es bei ihm dieses Bedauern, das Lidija vermutete? Er fand es nicht und beschloß, sich mit Lidija auszusprechen. Zwei Tage lang konnte er jedoch keine Zeit für die Aussprache wählen, und am dritten begab er sich, von einer ihm nicht ganz klaren Absicht bedrückt, zu Makarow.

Auf der Schwelle eines der kleinen Zimmer in dem Spielzeughaus blieb er mit unwillkürlichem Lächeln stehen: Auf dem Diwan an der Wand lag Makarow, bis zur Brust mit der Bettdecke bedeckt, der offene Hemdkragen zeigte seine verbundene Schulter; an dem kleinen, runden Tisch saß Lidija; auf dem Tisch stand eine Schale mit Äpfeln; ein schräger Sonnenstrahl, der durch die oberen Fensterscheiben kam, fiel auf die blutroten Früchte, auf Lidijas Haar und die eine Hälfte von Makarows höckernasigem Gesicht. Das Zimmer duftete und war sehr heiß, wie es Klim schien. Der Kranke und das Mädchen aßen Äpfel.

»Eine Paradiesbeschäftigung«, murmelte Klim.

»Der dritte im Paradies war der Teufel«, sagte Lidija sogleich und rückte mit dem Stuhl etwas vom Diwan ab, während Makarow Klim die Hand drückte und ihren Scherz aufgriff: »Samgin ähnelt aber mehr dem Faust als Mephisto.«

Beide Scherze gefielen Klim nicht und ließen ihn aufhorchen, aber Makarow und Lidija fuhren fort mit ihren Scherzen und verletzten ihn damit immer häufiger. Er parierte ungeschickt, verlegen, und glaubte aus ihren Worten den Ärger und die Gereiztheit von Menschen zu hören, die gestört werden. Kränkung und noch irgendein verzagtes Gefühl stiegen in ihm auf. Der Mensch, den er daran gehindert hatte, sich das Leben zu nehmen, war allzu fröhlich, und er war sogar schöner geworden. Die Blässe des Gesichts unterstrich günstig das feurige Funkeln seiner Augen, der Schatten auf der Oberlippe war dichter, sichtbarer geworden, und überhaupt war Makarow in diesen paar Tagen ungewöhnlich viel männlicher geworden. Er sprach sogar, wenn auch mit schwacher, so doch tieferer Stimme.

Lidija verhielt sich unangehm einfach zu ihm, nicht hochmütig und aufgeblasen wie sonst. Und obwohl Klim merkte, daß sie auch zu ihm heute gütiger war als sonst, kränkte ihn auch das.

»Wie hübsch es hier ist, nicht wahr?« wandte sie sich, mit der Hand einen Kreis beschreibend, an Samgin.

Klim entgegnete: »Wie bei Kleinbürgern üblich . . .«
»Sieh mal an, so ein Aristokrat«, sagte Makarow und verbarg das Gesicht vor der Sonne. Auch Lidija lächelte, Klim indes stellte sich in diesem Augenblick die Zukunft des Mädchens vor: Sie ist mit dem Gymnasiallehrer Makarow verheiratet, der natürlich ein Trinker ist; sie trägt schon das dritte Kind, läuft in Pantoffeln herum, die Ärmel ihrer Jacke sind bis zu den Ellenbogen hochgekrempelt, in der einen Hand hält sie einen schmutzigen Lappen, mit dem sie wie ein Dienstmädchen Staub wischt, auf dem Boden kriechen kleine Kinder mit rotem Hintern herum und quietschen. Dieses rasch vor ihm erstehende Bild hob ein wenig seine gedrückte Stimmung, da blickte die alte Slobina zur Tür herein und lud ein: »Ich bitte zum Tee! Heute gibt es Ihre Lieblingsplätzchen, Lidija Timofejewna!«

Lidija lief zu ihr hin und sprach auf sie ein, wobei sie eine Strähne grauen Haars, die auf die bläulichrote Wange der Alten herabgefallen war, mit ihren schmalen Fingern streichelte. Die Slobina schüttelte sich mit einem tiefen Lachen. Klim hörte gar nicht, was Lidija sprach, er zuckte nur mit den Schultern auf Makarows Frage: »Was guckst du wie ein Kauz?«

Sieh mal einer an! dachte er. Sie kommt also schon seit langem und häufig hierher, sie ist hier zu Hause! Doch warum wollte Makarow sich erschießen?

Mit hartnäckiger Aufdringlichkeit drehte sich in seinem Kopf der Gedanke, Makarow lebe mit Lidija, wie er mit Margarita gelebt hatte, und indem er die beiden mürrisch betrachtete, schrie er in Gedanken: Ihr Lügner! Ihr falschen Menschen!

Neben ihm saß Slobin, stieß ihn mit seiner knochigen Schulter an und redete davon, daß er nur die Musik und sein Mamachen liebe.

»Wegen dieser Liebe habe ich auch nicht geheiratet, denn wissen Sie, ein dritter Mensch im Hause – das ist bereits störend! Auch kann nicht jede Ehefrau das Üben auf der Geige aushalten. Ich übe nämlich jeden Tag. Mamachen hat sich so daran gewöhnt, daß sie es schon nicht mehr hört . . .« Klim verließ die Leute in so bedrückter Stimmung, daß er Lidija nicht einmal anbot, sie heimzubegleiten. Aber sie lief selbst mit bis ans Tor, hielt ihn an und bat ihn freundlich, mit einem pfiffigen Lächeln in ihren Augen: »Sag daheim nicht, daß ich hier war – nein?«

Er nickte bestätigend. Heimzugehen hatte er keine Lust, er ging zum Flußufer und dachte, langsam dahinschreitend: Ich sollte anfangen zu rauchen, man sagt, das beruhigt.

Über der glattgefegten Erde wölbte sich jenseits des Flusses wie eine umgekippte runde Schüssel eine blaßrosa Leere und erinnerte ihn aus irgendeinem Grund an das saubere Spielzeughäuschen und an die Menschen darin.

Wie dumm das alles ist!

Daheim traf er Warawka und die Mutter im Speisezimmer an, der riesengroße Tisch war mit einer Unmenge von Papieren überhäuft, Warawka klapperte mit den Kugeln seines Rechenbretts und summte in den Bart: »Die-se Spitzbuben!«

Die Mutter übertrug eilig irgendwelche Zahlen von einförmigen quadratischen Zetteln auf einen großen, sauberen Bogen; vor ihr stand ein Teller mit einer riesigen Wassermelone, vor Warawka eine Flasche Jerezwein.

»Na, was macht dein Schütze?« fragte Warawka. Als er Klims Antwort angehört hatte, musterte er ihn mißtrauisch, schenkte sich ein Glas Wein ein, trank andächtig die Hälfte aus, leckte sich die fleischigen Lippen, lehnte sich im Stuhl zurück und sagte, mit dem Finger auf den Tischrand klopfend: »Die Welt zerfällt in zweierlei Menschen. Die einen sind klüger als ich – die liebe ich nicht, die anderen sind dümmer als ich – die verachte ich.«

Die Mutter blickte ihn prüfend an und fragte: »Weshalb sagst du das ... jetzt auf einmal?«

»Weil es nötig ist«, antwortete Warawka, spießte mit der Gabel ein würfeliges Stück Wassermelone auf und schob es in den Mund. »Doch dann gibt es noch eine Kategorie von Menschen, die ich fürchte«, fuhr er laut und energisch fort. »Das sind die echten russischen Menschen, die glauben, man könne mit der Logik der Worte die Logik der Geschichte beeinflussen. Ich gebe dir, Klim, den freundschaftlichen Rat: Hüte dich, dem echten russischen Menschen zu trauen. Er ist ein sehr lieber Mensch, ja! Über die Zukunft mit ihm zu plaudern ist ein Genuß. Aber die Gegenwart versteht er überhaupt nicht. Und er sieht nicht, wie traurig seine Rolle ist. Er ist ein Kind, das verträumt mitten auf der Straße geht und unter die Pferde kommen wird, denn den schweren Karren der Geschichte ziehen Pferde, die wohl von erfahrenen, aber undelikaten Kutschern gelenkt werden. Unsere echten Menschen sind an der ganzen Sache gar nicht beteiligt. Sie dienen bestenfalls als Stuck an der Fassade eines Gebäudes, das sich im Bau befindet; da das Gebäude aber erst errichtet wird, so ...«

Die Mutter unterbrach ihn widerspenstig: »Du solltest dich erinnern, daß Christus ...«

»... ebenfalls eine vorzeitige und darum schädliche Erscheinung ist«, setzte Warawka fort, indem er mit seinem dicken Finger den Takt zu seiner Rede schlug. »Die sogenannte christliche Kultur ist so etwas wie ein regenbogenfarbener Ölfleck auf einem breiten, trüben Fluß. Kultur, das sind vorläufig Bücher, Bilder, ein wenig Musik und sehr wenig Wissenschaft. Die Kultiviertheit eines Häufchens von Menschen, die sich als das ›Salz der Erde‹, als ›Ritter des Geistes‹ und so weiter bezeichnen, kommt nur darin zum Ausdruck, daß sie nicht laut und unflätig fluchen und daß sie mit Ironie vom Wasserklosett reden. Alle, die ›in Christo‹ leben, sind nach meiner Kulturauffassung höchst kulturfeindlich. Kultur, meine Teure, das ist Liebe zur Arbeit, und zwar ebenso unbezähmbar gierig wie die Liebe zur Frau . . .«

Warawka, der sich hastig eine Zigarette angezündet hatte, redete, redete und stieß blauen Rauch aus. Seine Saffianstirn glänzte rötlich, die scharfen Äuglein funkelten erregt, der Fuchsbart rauchte, selbst seine Worte schienen zu rauchen.

Warawkas Ausbrüche von Beredsamkeit waren Klim schon lange und gut bekannt, sie überkamen ihn besonders heftig, wenn er vom Geschäftsleben ermüdet war. Klim sah, daß Warawka von den Leuten auf der Straße immer ehrerbietiger gegrüßt wurde, und wußte gleichzeitig, daß man in den Häusern immer schlechter, immer böser von ihm sprach. Auch fiel ihm folgendes sonderbare Zusammentreffen auf: je mehr und je schlechter von Warawka in der Stadt geredet wurde, desto hemmungsloser und reichlicher philosophierte er zu Hause.

Heute dauerte der Ausbruch unerträglich lange. Warawka knöpfte sogar die unteren Westenknöpfe auf, wie er es zuweilen beim Mittagessen tat. In seinem Bart funkelte ein rotes Lächeln, der Stuhl unter ihm knackte. Die Mutter hörte zu, sie hatte sich über den Tisch gebeugt, und zwar so ungeschickt, daß ihre mädchenhaften Brüste auf dem Tischrand lagen. Klim war dieser Anblick peinlich.

»Erlaube mal, erlaube mal«, schrie Warawka ihr zu, »diese Menschenliebe – die, nebenbei bemerkt, von uns erdacht worden ist und unserer Natur, die nicht nach Liebe zum Nächsten, sondern nach Kampf mit ihm lechzt, zuwider ist –, diese unglückliche Liebe hat nichts zu bedeuten und ist nichts wert ohne Haß, ohne Ekel vor dem Schmutz, in dem der Nächste lebt. Schließlich darf man auch nicht vergessen, daß sich das geistige Leben nur auf der Grundlage materiellen Wohlergehens erfolgreich entfalten kann.«

Klim lauschte in sich hinein, er spürte in der Brust, im Kopf eine stille, stumpfe Langeweile, fast einen Schmerz; das war für ihn eine neue Empfindung. Er saß neben der Mutter, aß träge von der Wassermelone und konnte nicht fassen: warum philosophieren sie alle? Es schien ihm, als würde in letzter Zeit mehr und hastiger philosophiert. Er war froh gewesen, als man im Frühjahr den Schriftsteller Katin unter dem Vorwand einer Instandsetzung des Seitenbaus gebeten hatte, die Wohnung zu räumen. Wenn er jetzt über den Hof ging, betrachtete er mit Vergnügen die geschlossenen Fensterläden am Seitenbau.

Zuweilen kam es ihm vor, als wäre er dermaßen von fremden Worten überschüttet, daß er sich selbst nicht mehr sah. Es war, als hätte jeder vor irgend etwas Angst, suchte in ihm einen Bundesgenossen und wäre deswegen bestrebt, ihm etwas Eigenes ins Ohr zu schreien; alle hielten ihn für einen Empfänger ihrer Ansichten, begruben ihn im Sand ihrer Worte. Das bedrückte, erbitterte ihn. Heute war er in einer solchen Stimmung.

Da trat Fenja ins Zimmer und meldete, der Bauunternehmer sei gekommen.

»Aha!« rief Warawka zornig, sprang auf und ging rasch, aber schwerfällig wie ein Bär fort. Klim stand auch auf, doch die Mutter faßte ihn am Arm und führte ihn zu sich hinüber, wobei sie fragte: »Diese Geschichte mit Lidija hat dich offenbar sehr aufgeregt?«

Sie ging auf dem Teppich des Wohnzimmers umher und wiederholte mit gedämpfter Stimme, langweilig, all die Klim bekannten Ansichten über Lidija und Makarow, wobei sie sichtlich darauf bedacht war, nichts Überflüssiges zu sagen. Der Sohn hörte schweigend ihrer Rede zu, der Rede eines Menschen, der überzeugt ist, stets das Klügste und Notwendigste zu sagen, und plötzlich dachte er: Wodurch unterscheidet sich ihre und Warawkas Liebe von der, die Margarita kennt und lehrt?

Er begriff sofort das ganze Gewicht, den ganzen Zynismus dieser Nebeneinanderstellung, fühlte sich schuldig vor der Mutter, küßte ihr die Hand und bat sie, ohne ihr in die Augen zu sehen: »Beunruhige dich nicht, Mama! Und – verzeih, ich bin so müde.«

Sie küßte ihn auch fest auf die Stirn und sagte: »Ich verstehe, daß du es bei deiner außergewöhnlichen Tiefsinnigkeit schwer hast.«

In seinem Zimmer warf er den Rock ab und dachte, daß es schön wäre, ebenso all diese Tiefsinnigkeit, den Wirrwarr von Gefühlen und Gedanken abzuwerfen und so einfach zu leben wie die andern, unbefangen alle Dummheiten auszusprechen, die einem gerade auf die Zunge kamen, alle hohen Weisheiten Tomilins, Warawkas zu vergessen ... Und Dronow zu vergessen.

Er schlief schlecht, stand früh auf, fühlte sich halb krank, ging zum Kaffeetrinken ins Speisezimmer und erblickte dort Warawka, der sich auf den Tageskampf vorbereitete, indem er geröstetes Brot knabberte und dazu Portwein trank.

»Hör zu«, sagte er, die Brauen zusammengezogen, leise, wobei er Klims Hand festhielt und so den jungen Mann etwas Unangenehmes erwarten ließ. »Gestern habe ich dir das von Dronow nicht sagen wollen, um Wera nicht aufzuregen, und hatte auch keine Zeit dazu. Der Friedensrichter Kosmin hat mich, ohne zu wissen, daß dieses Individuum bereits nicht mehr bei mir angestellt ist, darauf aufmerksam gemacht, daß Dronow sich das Sparkassenbuch irgendeines Mädchens angeeignet hat und angezeigt worden ist. Es steckt eine verzwickte Geschichte dahinter. Obwohl der Richter den Ausdruck ›angeeignet‹ gebrauchte, ist es klar, daß es sich um Diebstahl handelt, für den ein Friedensrichter zudem nicht zuständig ist, da es ein Diebstahl von mehr als 300 Rubel ist. Also – Kreisgericht. In welchen Beziehungen stehst du zu diesem Burschen? Aha, du bist mit ihm auseinander? Das freut mich sehr.«

Klim war ebenfalls froh darüber und senkte, um es zu verbergen, den Kopf. Es kam ihm vor, als hörte er auch in seinem Innern ein triumphierendes Aha, als flammte in ihm wie ein Spektrum ein Band vielfältiger Gedanken auf, inmitten derer die Linie der Anteilnahme für Margarita leuchtete. Warawka faßte Klims Freude anscheinend als Schreck auf und sagte ein paar tröstende Aphorismen: »Na, was denn – für die Anständigkeit eines Menschen kann man nie garantieren. Wir wählen Freunde nachlässiger aus als Schuhe. Merk dir, ein Mensch ohne Freunde – ist mehr Mensch.«

Selbstzufrieden schloß er: »Ich – habe keine Freunde.«

Nun ließ ein Gefühl der Dankbarkeit für die Freude Klim sagen, daß Lidija häufig Makarow besuche. Zu seinem Erstaunen geriet Warawka nicht in Zorn, sondern warf nur einen ängstlichen Blick zum Zimmer der Mutter und sagte gedämpft: »Ja, ja, ich weiß. Romantik, zum Teufel noch mal! Obwohl Romantik immerhin, weißt du, besser ist . . .«

Er machte mit der Rechten eine unbestimmte Geste, schob die dicke Aktentasche unter den Arm und fragte ganz leise: »Du hast doch der Mutter nichts davon gesagt? Nein? Sag ihr auch bitte nichts. Sie haben sich schon ohnedies nicht besonders gern. Ich – gehe jetzt.«

Kaum war er verschwunden – schwand auch Klims Freude, sie war ausgelöscht durch das Bewußtsein, daß er häßlich gehandelt hatte, als er Warawka das von der Tochter gesagt hatte. Dann ging er, der im allgemeinen zu raschen Entschlüssen unfähig war, nach oben, immer zwei Stufen auf einmal nehmend.

Lidija saß unfrisiert, in orangefarbenem Schlafröckchen, die Schuhe an den bloßen Füßen, mit einem Notenheft in der Hand in der Diwanecke. Sie deckte ohne Eile die nackten Beine mit dem Schlafrock zu, blickte Klim unfreundlich an und fragte ihn: »Was ist geschehen? Warum machst du so ein Gesicht?«

Er nahm auf dem Rand des Diwans Platz und sagte sofort, als befürchte er, daß er das, was er sagen wollte, nicht sagen werde: »Verzeih mir, ich habe mich versehentlich verplappert . . .«

Lidija warf die Noten auf die Knie und unterbrach ihn: »Ich weiß. Ich hatte mir schon gedacht, daß du es Vater sagen würdest. Ich hatte dich vielleicht gerade gebeten, nichts zu sagen, um dich auf die Probe zu stellen. Aber ich habe es ihm gestern selber gesagt. Du bist – zu spät gekommen.«

Ihre Stimme und ihre Augen hatten etwas tief Kränkendes. Klim schwieg, er fühlte, wie die Wut in ihm anschwoll, das Mädchen jedoch sagte erstaunt, traurig: »Ich verstehe dich nicht. Du machst den Eindruck eines anständigen Menschen, aber . . . immer wieder greifst du zu Schlechtem. Was heißt das?«

Klim fühlte den Ekel in ihren Worten, er sprang vom Diwan auf, und mit unglaublicher Schnelle entbrannte zwischen ihnen ein Streit. Klim sagte im Ton des Älteren: »Das heißt, daß ich in deinem Benehmen nichts Gutes sehe . . .«

»Wie lächerlich du bist«, entgegnete das Mädchen und rückte in die Diwanecke, die Füße unter sich ziehend.

»Dein Roman mit Makarow . . .«

Verblüfft, zornig, mit weit aufgerissenen Augen sagte Lidija halblaut: »Mein Benehmen? Ein Roman? Du wagst es, du Bengel – du stellst dir wohl vor . . .«

Ihr versagte die Stimme, sie war offenbar außerstande, ein bestimmtes Wort auszusprechen, ihr braunes Gesicht war rot und sogar heiß geworden, in den Augen zeigten sich Tränen; sie hob ihren leichten Körper nach vorn in die Knie und flüsterte: »Du denkst wohl . . .«

Klim erschrak plötzlich vor ihrem Zorn, er verstand kaum, was sie sagte, und wollte nur eins: den Strom ihrer Worte aufhalten, die immer schärfer und zusammenhangloser wurden. Sie stemmte den Finger gegen seine Stirn, zwang ihn, den Kopf zu heben, und fragte, ihm in die Augen blickend: »Denkst du denn ernsthaft, daß ich . . . daß ich mit Makarow ein solches Verhältnis habe? Und begreifst du nicht, daß ich das nicht will . . . und daß er sich deswegen erschießen wollte? Begreifst du das nicht?«

Klim fühlte an seiner Stirn einen scharfen Stoß von dem Finger des Mädchens, und ihm schien, daß er zum erstenmal in seinem Leben eine derartige Beleidigung erlitt. Lidija redete ziemlich einfältig und kindlich, benahm sich aber wie eine Erwachsene, wie eine Dame. Er sah in ihr ernstes Gesicht, in ihre traurigen Augen, er wollte ihr sehr böse Worte sagen, doch sie gingen ihm nicht von der Zunge. Da lief er wortlos fort in sein Zimmer, und dort trat er mit bitterer Trockenheit im Mund und einem zusammenhanglosen Tosen böser Worte im Kopf ans Fenster und sah zu, wie der Wind das Laub von den Bäumen riß. In der Scheibe spiegelte sich sein Gesicht, und obwohl die Züge verschwommen waren, erinnerte es an das trockene und würdevolle Gesicht der Mutter.

Mit aller Entschlossenheit, zu der Klim in diesem Augenblick fähig war, fragte er sich: Was war an seinen Gefühlen zu Lidija echt, nicht erdacht? Nicht ohne Mühe und langsam nur entwirrte er den festen Knäuel dieser Gefühle: Das wehmütige Empfinden des Verlustes von etwas sehr Wichtigem, bittere Unzufriedenheit mit sich selbst, der Wunsch, sich an Lidija für die Kränkung zu rächen, geschlechtliche Neugier gerade auf sie, und neben dem allen der angespannte Wunsch, das Mädchen von seiner Bedeutsamkeit zu überzeugen – aus alldem ergab sich die Gewißheit, daß er letztlich Lidija mit echter Liebe, gerade mit jener Liebe liebe, von der in Versen und Prosa geschrieben wird und an der nichts Jungenhaftes, Komisches, Erdachtes ist.

Er atmete erleichtert auf und dachte weiter nach: Wenn Lidija Makarow liebte, müßte sie aus Dankbarkeit ihr hochmütiges Verhalten zu dem Menschen, der ihrem Geliebten das Leben gerettet hatte, ändern. Aber er hatte von ihr kein Wort der Dankbarkeit zu hören bekommen. Das war sonderbar. Heute hatte sie etwas Unverständliches gesagt: Makarow wollte sich aus Angst vor der Liebe erschießen, so waren ihre Worte zu verstehen. Doch war wohl eher anzunehmen, daß diese Angst in Lidija selbst lebte. Klim erinnerte sich rasch an eine Reihe von Anzeichen, die ihn davon überzeugten, daß es so war: Lidija fürchtete sich vor der Liebe, sie hatte Makarow mit ihrer Angst angesteckt, und darum traf sie die Schuld, daß ein Mensch sich das Leben nehmen wollte. Es war angenehm, durch Nachdenken zu solch einem Ergebnis zu gelangen; Klim überprüfte noch einmal seinen Gedankengang, hob den Kopf und lächelte: Was für ein gefestigter Mensch war er, der Unannehmlichkeiten so rasch zu überwinden wußte!

Er beschloß, sich zu Lidija großmütig zu verhalten, wie es die höchst seltenen und edlen Romanhelden tun, die, liebend, alles verzeihen. Schon zum zweitenmal geriet er in diese Lage. Doch diesmal begriff er schnell, daß er durch diese Rolle in Lidijas Augen nur verlor. Er betrachtete sich im Spiegel und sah, daß die lyrische, traurige

Miene sein Gesicht bedeutungslos machte. Er war überhaupt mit seinem Gesicht unzufrieden, fand seine Züge kleinlich, da sie die ganze Kompliziertheit seiner Seele nicht wiedergaben. Die Kurzsichtigkeit zwang ihn, die Augen zuzukneifen, die Pupillen kamen ihm, durch die Brillengläser gesehen, unangenehm groß vor. Die Nase mißfiel ihm, sie war gerade und dürftig und nicht groß genug, die Lippen waren schmal, das Kinn zu spitz, der Schnurrbart sproßte in zwei hellen Büscheln nur über den Mundwinkeln. Wenn er finster dreinblickte, die spärlichen Brauen zusammenzog, wurde sein Gesicht interessanter und klüger. Auf die lyrische Miene mußte er verzichten.

Er begann Lermontow zu lesen, die strenge Herbheit dieser Verse schien ihm nützlich, er zitierte immer häufiger die bissigsten Zeilen des düsteren Dichters.

Er versuchte auch, mit Lidija wie mit einem Mädchen zu reden, deren Verirrungen ihm, obwohl er sie für etwas lächerlich hielt, verständlich waren. In Gegenwart der Mutter oder Warawkas gelang es ihm, diesen Ton zu bewahren, doch sobald er mit ihr allein war, verlor er ihn.

Lidija war im Begriff, nach Moskau zu fahren, aber sie machte sich ohne besondere Eile ungern reisefertig. Wenn sie Warawkas Gesprächen mit Klims Mutter zuhörte, betrachtete sie beide mit prüfendem Blick wie unbekannte Menschen und schüttelte, offenbar mit dem, was sie hörte, nicht einverstanden, schroff den Kopf mit seinem krausen Haar.

Makarow war gesund geworden und schon zur Universität gefahren, das geschah etwas verdächtig hastig; als er sich von Klim verabschiedete, hatte er diesem fest die Hand gedrückt, aber nur die zwei Worte gesagt: »Danke, Bruder.«

Nach seiner Abreise kam es Samgin vor, als vermiede Lidija noch auffälliger eine Begegnung mit ihm unter vier Augen. Ihr Blick hatte einen starren, nonnenhaft trostlosen und bösen Ausdruck angenommen, doch es schien, als sei sie jetzt noch mehr Kind als ein paar Wochen vorher. Klim merkte, daß sie mit seiner Mutter nicht mehr so trocken und fremd redete wie früher und daß auch die Mutter milder zu ihr war. Es war etwas Beunruhigendes daran, daß sie zuweilen in das Zimmer der Mutter ging, wo sie in leisem Gespräch beisammensaßen. Gegen Mitternacht, nach einem langweiligen Preferencespiel mit Warawka und der Mutter, ging Klim in sein Zimmer, doch ein paar Minuten später trat die Mutter, bereits in lila Schlafrock und Pantoffeln, bei ihm ein, setzte sich aufs Sofa und fing, mit den Quasten ihres Gürtels spielend, besorgt zu sprechen an.

»Du bist in diesem Sommer irgendwie blaß, schlapp geworden und gleichst dir überhaupt nicht mehr.«

Er schwieg, zupfte an den Büscheln seines Schnurrbarts, ahnte, daß dies die Einleitung zu einem ernsten Gespräch war, und täuschte sich nicht. Mit fast grober Einfachheit sagte die Mutter, ihn mit ihren immer ruhigen Augen anblickend, daß sie seine Begeisterung für Lidija sähe. Klim, der fühlte, daß er tief errötet war, fragte lächelnd: »Irrst du dich auch nicht?«

Als hätte sie seine Frage nicht gehört, fuhr sie in lehrhaftem Ton fort: »Liebe in deinem Alter, das ist noch nicht die Liebe, die . . . Das ist noch nicht Liebe, nein!«

Nachdem sie ein paar Sekunden geschwiegen hatte, seufzte sie.

»Ich bin mit deinem Vater getraut worden, als ich achtzehn Jahre alt war, und ich begriff schon zwei Jahre später, daß das ein Fehler war.«

Sie verstummte von neuem, hatte offenbar nicht das gesagt, was sie hatte sagen wollen, während Klim, der verwirrt nur einzelne Sätze auffing, zu begreifen suchte, weshalb ihn die Worte der Mutter empörten.

»Meine Beziehungen zu ihrem Vater . . .«, vernahm er, während er überlegte, mit welchen Worten er sie daran erinnern könnte, daß er schon ein erwachsener Mensch sei. Und plötzlich sagte er nachlässig, mit finsterer Miene: »Ich verhalte mich freundschaftlich zu Lidija, und mich erschreckt natürlich ein wenig ihre Geschichte mit Makarow, einem Menschen, der ihrer einfach nicht würdig ist. Es mag sein, daß ich mit ihr etwas zu hitzig, unbeherrscht über ihn gesprochen habe. Ich denke, das ist alles, das übrige ist Einbildung.«

Während er so sprach, war er überzeugt, nicht zu lügen, und fand, daß er gut sprach. Es schien ihm, er müßte noch etwas Gewichtiges hinzufügen, und so sagte er: »Du weißt doch: Existieren tut nur der Mensch, alles übrige besteht nur in seiner Vorstellung. Das hat, glaube ich, Protagor . . .«

Die Augen ein wenig zukneifend, entgegnete die Mutter: »Das stimmt zwar nicht ganz, ist aber sehr klug. Du hast ein vortreffliches Gedächtnis. Und du hast natürlich recht: Die Mädchen greifen immer ein wenig vor, indem sie sich das Unvermeidliche einbilden. Du hast mich beruhigt. Ich und Timofej legen so großen Wert auf die Beziehungen, zu denen es zwischen uns gekommen ist und die sich immer mehr festigen . . .«

Klim, verwirrt durch den offenen Egoismus der Mutter, senkte den Kopf, da er begriff, daß sie in diesem Augenblick nur eine von der Angst um ihr Glück beunruhigte Frau war.

Er fragte: »Du scheinst gütiger zu Lidija geworden zu sein?«

»Meine Ansicht ist dir bekannt, sie ändert sich nicht«, antwortete die Mutter, küßte ihn und erhob sich. »Schlaf nun!«

Sie ging, den erregenden Duft eines starken Parfüms und ein leichtes Lächeln auf den Lippen des Sohnes hinterlassend.

Die Gespräche mit ihr festigten Klim stets in sich selbst, nicht so sehr durch die Worte als durch ihren unerschütterlich selbstsicheren Ton. Wenn er sie eine Weile angehört hatte, fand er, daß alles im Grunde sehr einfach sei und daß man leicht und behaglich leben könne. Die Mutter lebte nur aus sich selbst und – nicht schlecht. Sie erdachte nichts.

Selbstverständlich mußte einiges erdacht werden, um das Leben zu salzen, wenn es zu fade, es zu versüßen, wenn es bitter war. Aber man mußte das richtige Maß finden. Und es gab Gefühle, die zu schüren gefährlich war. Das war zum Beispiel die bis zu mißlungenen Schüssen aus einem schlechten Revolver geschürte Liebe zu einer Frau. Die Liebe war bekanntlich ein Instinkt wie Hunger, Durst, Scham – wer aber nimmt sich denn aus Hunger oder Durst oder deshalb, weil er keine Hose besitzt, das Leben?

In den Minuten solcher Betrachtungen, allein mit sich selbst, fühlte Klim sich klüger, stärker und eigenartiger als alle Menschen, die er kannte. Und in ihm erwuchs allmählich ein herablassendes Verhalten zu ihnen, dem es nicht an lächelnder Ironie mangelte, an der er sich insgeheim ergötzte. Schon erweckte auch Warawka zuweilen dieses neue Gefühl in ihm, der zwar ein geschäftstüchtiger Mann, aber dennoch ein wunderlicher Schwätzer war.

Klim erhielt schließlich das Reifezeugnis und stand vor seiner Reise nach Petersburg, als Margarita ihm noch einmal über den Weg lief. An einem nebligen Abend ging er zu Tomilin, sich verabschieden, da trat plötzlich von den Flurstufen eines unansehnlichen Kaufmannshauses eine Frau auf den Gehsteig – er erkannte in ihr sogleich Margarita. Er wunderte sich nicht über diese Begegnung, er begriff, daß er der Näherin schließlich einmal begegnen mußte, er hatte diese zufällige Begegnung erwartet, aber seine Freude darüber verbarg er selbstverständlich.

Sie wechselten vorsichtig ein paar bedeutungslose Worte. Margarita erinnerte ihn daran, daß er unhöflich mit ihr umgegangen war. Sie gingen langsam nebeneinander her, sie sah ihn schmollend, mit finsterer Miene, von der Seite an; er bemühte sich, gutherzig mit ihr zu reden, schaute sie zärtlich in die Augen und überlegte, wie er sie dazu bringen könnte, daß sie ihn zu sich einlud.

Ihn zog sowohl der Wunsch zu ihr, noch einmal ihre Zärtlichkeiten zu erleben, als auch eine plötzlich auftauchende wichtige Idee. Als er sie teilnahmsvoll nach Dronow fragte, entgegnete sie: »Nichts dergleichen, er hat das Buch gar nicht gestohlen.«

Und sie teilte ihm ruhig, kurz mit: »Er genierte sich, Geld zu sparen, und zahlte es bei der Sparkasse auf mein Buch ein. Als wir uns aber verzankten . . .«

»Weswegen?«

»Nun, weswegen zanken sich Männer mit Frauen? Wegen Männern und Frauen natürlich. Er bat mich um sein Geld, und ich zog ihn auf und gab es ihm nicht. Da stibitzte er das Buch, und ich mußte das dem Friedensrichter melden. Da gab Wanka mir das Buch zurück; das ist alles.«

An der Ecke einer dunklen, nebligen Gasse schlug sie vor: »Kommst du ein wenig mit? Ich habe eine neue Wohnung. Trinken wir zusammen Tee.«

In einem engen Zimmerchen, das sich in nichts von dem früheren, Klim bekannten, unterschied, verbrachte er bei ihr an die vier Stunden. Sie küßte anscheinend heißer, hungriger als früher, doch ihre Zärtlichkeiten vermochten Klim nicht dermaßen zu berauschen, daß er vergessen hätte, was er erfahren wollte. Er nutzte einen Augenblick ihrer Müdigkeit und fragte sie, von fern her sich dem Ziele nähernd, nach dem, was ihn nie interessiert hatte: »Wie hast du gelebt?«

Die Frage erstaunte sie: »Ich habe gelebt, wie alle leben.«

Doch Klim fragte beharrlich weiter, sie rückte ein wenig von ihm ab, gähnte, schlug ein Kreuz vor ihrem Mund und sagte dann: »Ich habe gelebt wie alle Mädchen, habe anfangs nichts gewußt, dann begriffen, daß man euresgleichen lieben muß, nun, und so gewann ich einen lieb. Er wollte mich heiraten, überlegte es sich aber anders.«

Als sie dies ruhig und arglos gesagt hatte, schloß sie die Augen, während Klim, ihre Wange, Hals und Schultern streichelnd, zärtlich seine Hauptfrage stellte: »Wie bist du Frau geworden?«

»Wie alle anderen«, antwortete sie achselzuckend, ohne die Augen zu öffnen.

»Hattest du Angst?«

»Wieso?«

»Beim erstenmal . . . in der ersten Nacht.«

Margarita dachte kurz nach, als müßte sie sich erinnern, und leckte sich die Lippen.

»Das war bei Tage, nicht in der Nacht; am Allerheiligentag, auf dem Friedhof.«

Sie machte die Augen auf und warf das Haar zurück, das ihr über

Ohren und Wangen gefallen war. An ihren Gesten fiel Klim eine sinnlose Hast auf. Es ärgerte ihn, daß sie ihm den eigentlichen Vorgang nicht schildern wollte oder konnte, obwohl Klim sich bei seinen Fragen nicht in der Wahl der Worte genierte.

»Das ist sehr einfach: Man wird schwindlig, und dann – ade, Mädchen.«

Sie sagte sonst nichts weiter über die Technik und begann, ihn wohlwollend mit der Theorie vertraut zu machen. Um bequemer reden zu können, richtete sie sich sogar im Bett auf.

»Ich habe gehört, daß dein Kamerad mit einer Pistole auf sich geschossen hat. Wegen Mädchen und Weibern erschießen sich viele. Die Weiber sind niederträchtig, launisch. Und sie haben einen Eigensinn – ich kann nicht sagen, was für einen. Da ist ein Mann gut und gefällt ihnen, und doch ist er nicht der rechte. Nicht, weil er arm oder häßlich wäre – er ist gut und doch nicht der rechte!«

Sie flocht ihr Haar zu einem Zopf und sprach immer nachdenklicher: »Wenn du einmal heiratest, wähle ein Mädchen mit Charakter; die charaktervollen sind dumm, sie sind leichter zu erkennen, sie verplappern selbst alles. Vor den sanften aber, den bescheidenen – vor denen hüte dich, solche betrügen zweimal in einer Stunde.«

Ihr Gesicht veränderte sich plötzlich, die Pupillen verengten sich wie bei einer Katze, auf das gelbliche Augenweiß legte sich der Schatten der Wimpern, sie starrte mit fremden Augen etwas an und schien sich rachsüchtig zu erinnern. Klim schien, sie hätte früher von den Frauen nicht so boshaft, sondern nur wie von fernen Verwandten gesprochen, von denen sie nichts, weder Gutes noch Schlechtes, erwartete; sie waren ihr nicht interessant, schon halb vergessen. Und während er ihr zuhörte, dachte er wieder einmal bange, alle ihm bekannten Menschen hätten sich wohl mit dem Ziel verschworen, ihn zu übertreffen; alle wollten klüger sein als er, undurchsichtig für ihn, wandten List an und versteckten sich hinter Worten. Alle wollten vielleicht gerade deshalb immer undurchsichtiger sein, weil sie fürchteten, Klim Samgin könnte sie rasch enträtseln.

Margarita sagte unterdessen: »Ich glaube nicht einmal, daß es heilige Frauen gegeben hat, das waren sicherlich alte Jungfern – die Heiligen, meine ich – oder vielleicht Jungfrauen.«

Klim, der neben seinen Gedanken Margaritas Geplapper zuhörte, wartete noch darauf, daß sie ihm sagen würde, wodurch ihre Mädchenangst vor dem ersten Liebhaber besiegt worden sei. Seltsam blinkte, außerhalb und abseits von ihm, der Gedanke auf: Die Worte dieses Mädchens haben irgend etwas mit den flotten Reden Warawkas und sogar mit den weisen Worten Tomilins gemein.

Müde des Zuhörens, sagte Klim schließlich gelangweilt: »Du bist heute in philosophischer Stimmung.«

Rasch an sich heruntersehend, fragte Margarita: »In was?«

Als er seine Worte erklärt hatte, sagte sie: »Ach, ich dachte schon, du hättest Blut gesehen; es wäre wieder Zeit bei mir . . .«

Angewidert fuhr Klim zusammen und sprang vom Bett auf. Die Einfältigkeit dieses Mädchens hatte er auch früher schon bisweilen als schamlos und unsauber empfunden, doch er hatte sich damit abgefunden. Jetzt hingegen verließ er Margarita mit einem Gefühl heftiger Abneigung und mit Selbstvorwürfen für diesen nutzlosen Besuch. Er war froh, daß er am übernächsten Tag nach Petersburg fahren mußte. Warawka hatte ihn überredet, das Ingenieurinstitut zu besuchen, und hatte alles geregelt, daß Klim dort aufgenommen wurde.

Die Nacht war feuchtkalt, schwarz; die Laternen brannten trübe und traurig, als hätten sie die Hoffnung aufgegeben, die dichte, klebrige Finsternis zu durchdringen. Klim war bedrückt, er konnte an nichts denken. Doch plötzlich belebte ihn von neuem der Gedanke, daß sich zwischen Warawka, Tomilin und Margarita etwas Verwandtes spüren ließ, sie alle belehrten, warnten, wollten bange machen, und hinter ihren tapferen Worten schien sich Angst zu verbergen. Wovor? Vor wem? Vor ihm etwa, einem Menschen, der einsam und furchtlos durch die nächtliche Finsternis schritt?

DRITTES KAPITEL

Von Petersburg war bei Klim Samgin unmerklich die unter Provinzlern durchaus übliche mißgünstige und sogar etwas feindselige Vorstellung entstanden: Diese Stadt habe keine Ähnlichkeit mit anderen russischen Städten, sei eine Stadt harter, mißtrauischer und sehr scharfsinniger Menschen; dieses Haupt des Riesenleibes Rußland berge kaltes und böses Hirn. Nachts, im Eisenbahnwagen, dachte Klim an Gogol, an Dostojewskij.

Er traf in der Hauptstadt ein, entschlossen, sich den Menschen gegenüber vorsichtig zu verhalten, überzeugt, sie würden ihn sogleich auf die Probe stellen, ihn studieren und mit ihren Ansichten anstecken.

Dichter Nebel hüllte die Stadt ein, und obwohl es erst drei Uhr nachmittags war, suchten die Straßenlaternen wie gigantische Pusteblumen den Newskij Prospekt mit regenbogenfarbenem Licht zu erhellen. Klebrige Feuchtigkeit benetzte das Gesicht, herber Rauchgeruch kitzelte die Nase. Klim krümmte den Nacken, zog die Schultern hoch, blickte rechts und links in die feuchten Schaufenster der Läden, die innen so hell erleuchtet waren, als würde darin mit den Sonnenstrahlen der Sommertage gehandelt. Ungewohnt war der gedämpfte Lärm der Stadt, zu weich und stumpf das Aufschlagen der Pferdehufe auf dem Holzpflaster, das Geräusch der Gummi- und Eisenbereifung an den Rädern der Equipagen unterschied sich kaum, auch die Stimmen der Menschen klangen dumpf und eintönig. Es war seltsam, nicht mehr das klingende Getrappel der Hufe auf dem Kopfsteinpflaster, das Rattern und Dröhnen der Wagen, das kecke Ausrufen der Straßenhändler zu hören. Und es fehlte das Glockengeläut.

Auf wäßrig-schmutzigen Trottoirs gingen die Menschen überaus hastig dahin und waren unnatürlich einfarbig. Die ebenfalls einfarbigen grauen Steinhäuser, die nicht durch Zwischenräume getrennt und dicht aneinandergedrängt waren, sahen aus wie ein einziges und endloses Gebäude. Die grell erleuchtete unterste Etage war platt an den Erdboden und in ihn hineingedrückt, während die oberen dunkel in den grauen Nebel ragten, hinter dem kein Himmel zu spüren war.

Inmitten dieser Häuser schienen die Menschen, die Pferde, die

Polizisten kleiner und unbedeutender als in der Provinz, sie waren stiller und unterwürfiger. Etwas Fischartiges, Gleitendes fiel Klim an ihnen auf, es schien, als trachteten sie alle krampfhaft danach, so rasch wie möglich aus dem tiefen Kanal zu entkommen, der voll Wasserstaub und Geruch faulenden Holzes war.

Die Menschen blieben für Sekunden in kleinen Gruppen unter den Laternen stehen und wandten einander unter schwarzen Hüten und Schirmen hervor die gelben Flecke ihrer Gesichter zu.

Die rasche Gangart der Menschen erweckte in Klim einen trostlosen Gedanken: All diese Hunderte und Tausende kleiner Willen rennen, sich begegnend und wieder auseinandergehend, zu ihren Zielen, die wahrscheinlich unwesentlich, aber jedem von ihnen klar sind. Man konnte sich einbilden, der herbe Nebel sei der warme Atem der Menschen und nur durch ihr Herumlaufen sei alles in der Stadt mit Feuchtigkeit beschlagen. Er hatte auf einmal Angst, sich in dieser Masse kleiner Menschen zu verlieren, und erinnerte sich an einen der zahllosen Aphorismen Warawkas – den bedrohlichen Ausspruch: »Die Mehrzahl der Menschen ist dazu da, sich demütig ihrer Bestimmung zu fügen, Rohstoff der Geschichte zu sein. Sie brauchen, ebenso wie die Hanffaser, nicht darüber nachzudenken, wie dick und wie fest das Seil werden soll, das aus ihnen gedreht wird, und wozu es gebraucht wird.«

Vergebens habe ich dem Drängen der Mutter und Warawkas nachgegeben, vergebens bin ich in diese erstickende Stadt gefahren, dachte Klim voll Zorn gegen sich selbst. Sollte sich hinter den Ratschlägen der Mutter der Wunsch verbergen, mich nicht in einer Stadt mit Lidija leben zu lassen? Wenn das zutrifft, ist es töricht; sie haben Lidija Makarow ausgeliefert.

Die opalfarbenen Bläschen rund um die Laternen, die angespannt zitterten und jeden Augenblick zu platzen drohten, störten ihn beim Denken. Sie bildeten sich aus kleinen Nebelstäubchen, die, ununterbrochen in die Laternensphäre eindringend, ebensoschnell aus ihr heraussprangen, ohne den Umfang der Sphäre zu vergrößern oder zu verkleinern. Dieses seltsame Spiel regenbogenfarbenen Staubs war fast unerträglich für das Auge und ließ den Wunsch entstehen, es mit irgend etwas zu vergleichen, durch Worte auszulöschen und nicht mehr zu sehen.

Klim nahm die beschlagene Brille ab, da entfärbten sich die Riesenkugeln flüssigen Opals, verdichteten sich, aber wurden noch unangenehmer, während das Licht verblaßte und tiefer in ihre Zentren rückte. Warawkas abgedroschener Vergleich, eine Stadt sei ein Bienenstock, paßte nicht dazu. Diese gespenstischen Lichter ließen sich besser auslöschen durch Worte des großköpfigen Verfassers populärwissenschaftlicher Bücher; der hatte einmal im Seitenbau bei Katin feurig zu beweisen gesucht, das Denken und der Wille des Menschen seien elektrochemische Erscheinungen und die Konzentrierung des Willens um eine Idee könne Wunder wirken, gerade aus solch einer Konzentration seien die höchst dynamischen Epochen, die Kreuzzüge, die Renaissance, die Große Revolution und ähnliche Explosionen der Willensenergie zu erklären.

Auf dem Senatsplatz beleuchteten ebensolche opalfarbenen Blasen die dunkle, ölig glänzende Gestalt des stürmischen Zaren, der mit seiner Bronzehand über den breiten Fluß hinweg den Weg nach dem Westen wies; über dem Fluß war der Nebel noch dichter und kalt. Klim fühlte sich verpflichtet, sich an Puschkins »Ehernen Reiter« zu erinnern, es fielen ihm aber nur Zeilen aus »Poltawa« ein:

> Und mit gestrengem Winke seiner Hand
> Hat gegen Schweden er das Heer gewandt.

Dann raunte es ihm aus Goethes »Erlkönig« zu:

> Wer reitet so spät durch Nacht und Wind?

Die Hufe des Droschkengauls trappelten auf der Holzbrücke über dem schwarzen, unruhigen Fluß. Dann brachte der Kutscher das galoppierende Pferd in einer der Linienstraßen der Wassilij-Insel vor einem unpersönlichen Haus zum Halten und bat in rauhem Ton: »Eine Zulage sollten Sie geben, Herrchen!«

Warum denn Herrchen? dachte Klim und gab dem Kutscher keine Zulage.

Ein alter Portier mit Chinesenschnurrbart, Medaillen auf der eingefallenen Brust und einem schwarzen Käppchen auf dem kahlen Schädel sagte offiziell: »Wohnung der Frau Premirowa, erster Stock, vier.«

Er wackelte mit den roten Ohren und stach mit dem Finger irgendwohin in eine Ecke. Dann kam ein zierliches Dienstmädchen mit weißer Schürze die rostrot gestrichene, mit einem grauen, rot umrandeten Läufer belegte Steintreppe heruntergeflattert. Die Treppe erinnerte Klim an das Gymnasium, das Dienstmädchen an eine Schäferin aus Porzellan.

Sie sagte mit leichter Stimme: »Ihr Zimmer ist im Korridor rechts die erste Tür, das Ihres Bruders ist rechts das Eckzimmer.«

»Meines Bruders?« fragte Klim verblüfft.

»Dmitrij Iwanowitschs«, sagte das Dienstmädchen gleichsam

entschuldigend, indem es die zwei Koffer ergriff und sich straff zwischen ihnen aufrichtete. »Sie sind doch Herr Samgin?«

»Ja«, antwortete Klim mürrisch und überlegte: Weshalb hatte die Mutter nichts davon gesagt, daß er in der gleichen Wohnung wie sein Bruder wohnen würde?

Ohne erst in sein Zimmer zu gehen, klopfte er zornig und herausfordernd an Dmitrijs Tür. Drinnen rief jemand vergnügt: »Bitte!«

Dmitrij lag auf dem Bett, sein linker Fuß war verbunden; in blauer Hose und gesticktem Hemd sah er wie ein Schauspieler einer ukrainischen Truppe aus. Er hob den Kopf und stützte sich mit dem Arm auf das Bett, verzog das Gesicht und stammelte: »Das ... das ist ja Klim! Du?«

Er streckte dem Bruder die Hand entgegen und rief vergnügt: »Aha, da ist sie also, die Überraschung!«

Samgin sah einen fremden Menschen vor sich; nur Dmitrijs Augen erinnerten an den jungen Mann vor vier Jahren, sie lächelten immer noch das gleiche Lächeln, das Klim weibisch nannte. Dmitrijs rundes und weiches Gesicht war jetzt von einem hellen Bärtchen bewachsen; sein langes Haar lockte sich an den Enden. Er erzählte munter, er sei vor fünf Tagen hierher gezogen, weil er sich den Fuß verletzt habe; Marina habe ihn hergebracht.

»Sie hat mich schon lange auf die Folter gespannt: Es steht Ihnen eine Überraschung bevor! Wer Marina ist? Die Nichte der Premirowa. Auch die Tante ist ein lieber Mensch, eine Liberale; sie ist eine ferne Verwandte Warawkas.«

Dmitrijs gehobene Stimmung sank, als er sich nach der Mutter, Warawka und Lidija erkundigte. Klim hatte einen bitteren Geschmack im Mund und Druck im Kopf. Es war ermüdend und langweilig, die ehrerbietig gleichgültigen Fragen des Bruders zu beantworten. Der gelbliche Nebel vor dem Fenster, von Telegraphendrähten akkurat liniert, erinnerte an altes Notenpapier. Durch den Nebel schimmerte die dunkelbraune Mauer eines Hauses, die mit den Flicken zahlreicher Schilder bepflastert war.

»Nun, und wie geht es Onkel Jakow? Er ist krank? Hm... In einer Abendgesellschaft kürzlich hat ein Schriftsteller, ein Volkstümler, vortrefflich von ihm erzählt. Du weißt sicher, daß er in Saratow wieder verhaftet worden ist?«

Klim wußte es nicht, aber er nickte.

»Die Volkstümler rühren sich von neuem«, sagte Dmitrij so beifällig, daß Klim am liebsten gelächelt hätte. Er betrachtete den Bruder gleichgültig, wie einen Fremden, während der Bruder vom Vater ebenfalls wie von einem fremden, aber doch spaßigen Menschen sprach.

»Du würdest ihn nicht wiedererkennen, er ist jetzt solide geworden und versucht sogar, im Bariton zu sprechen. Er liefert eichene Faßdauben an Franzosen und Spanier, fährt in Europa spazieren und ißt schrecklich viel. Im Frühjahr ist er hier gewesen, jetzt ist er in Dijon.«

Er hüpfte auf einem Bein im Zimmer herum, wobei er sich an den Stuhllehnen festhielt und sich das Haar aus dem Gesicht schüttelte, und seine weichen, dicken Lippen lächelten leutselig. Dann schob er eine Krücke unter die Achsel und sagte: »Gehen wir Tee trinken. Umkleiden? Nicht notwendig, bist auch so auf Hochglanz.«

Klim ging dennoch in sein Zimmer, der Bruder begleitete ihn, mit der Krücke aufklopfend, und redete immerzu mit einer Klim unverständlichen und ihn verwirrenden Freude. »Na, das langt, siehst bezaubernd aus, komm!«

In dem warmen, angenehmen Halbdunkel eines mittelgroßen Zimmers saß am Tisch neben dem Samowar ein kleines, glattfrisiertes altes Frauchen mit goldener Brille auf dem spitzen rosa Näschen; sie reichte Klim ihr graues Affenpfötchen mit einem roten Wollfädchen um das Handgelenk und sagte, wobei sie wie ein kleines Mädchen das r vernachlässigte: »Seh' e'f'eut.«

Als Klim ihre Hand drückte, ächzte sie und erklärte, sie leide an Rheumatismus. Hastig, mit kleinen, knappen Worten begann sie sich nach Warawka zu erkundigen, doch da trat ein üppiges Mädchen ins Zimmer, das sich mit dem Ende des dicken goldblonden Zopfes wie mit einem Fächer ins Gesicht wedelte, und sagte mit tiefer Altstimme: »Marina Premirowa.«

Sie setzte sich neben Dmitrij und verkündete: »In den Straßen herrscht selbstherrlichster und gewaltigster Dreck.«

Klim wurde es eng im Zimmer. Marina nahm mit schroffer Geste von dem Teller dicht vor seiner Nase einen Zwieback, bestrich ihn reichlich mit Butter und Konfitüre und begann zu essen, wobei sie den Mund weit öffnete, um ihre prallen, himbeerroten Lippen nicht zu beschmieren; in ihrem Mund glänzten bedrohlich große, dichtstehende Zähne. Sie war hochrot, als käme sie nicht von der Straße, sondern aus einem heißen Bad, und sie war übertrieben, fast häßlich massiv. Klim fühlte sich erdrückt von dieser Körpermasse, die straff von gelbem Jersey umspannt war. Sie erinnerte ihn an Tolstois »Kreutzersonate«. Innerhalb fünf Minuten erfuhr Klim, daß Marina ein ganzes Jahr die Hebammenschule besucht habe, daß sie jetzt Gesangunterricht nehme, daß ihr Vater, ein Botaniker, nach den Kanarischen Inseln entsandt worden und dort gestorben sei und daß es eine sehr komische Operette, »Die Geheimnisse der Kanarischen Inseln«, gebe, die bedauerlicherweise nicht aufgeführt werde.

»Ulkige Generäle sind darin – Patakes, Bombardos ...«

Mitten im Satz abbrechend, sagte sie zu Dmitrij: »Heute kommt Kutusow und dieser ...«

Sie deutete mit den Augen zur Decke; sie hatte hervorstehende, bernsteinfarbene Augen, ihr Blick war unangenehm gerade und zudringlich.

»Du wirst einen Bekannten zu sehen bekommen«, warnte Dmitrij zwinkernd.

»Wen?«

»Das sage ich nicht.«

Auf dem Tisch huschten die Affenpfötchen des alten Frauchens hin und her, verteilten sicher und geschickt das Geschirr und schenkten Tee ein, und unaufhörlich raschelten die r-losen Wörtchen, denen niemand zuhörte. In mausgraues Tuch gekleidet, sah sie ganz und gar wie ein Äffchen aus. Über die Runzeln ihres dunklen Gesichts glitt ab und zu rasch ein leichtes Lächeln. Klim fand das Lächeln hinterlistig und die ganze Alte geziert. Ihr Geplapper ertrank in der groben und dummen Stimme Dmitrijs.

»Die Rasseneigenschaften werden durch das Blut der Frauen bestimmt, das ist bewiesen. So sind zum Beispiel die Autochthonen von Chile und Bolivien ...«

Die junge Premirowa wurde böse. »Was heißt das: die Autochthonen? Warum gebrauchen Sie unverständliche Worte?«

Neben der gewaltigen Marina wirkte der breitknochige, plump muskulöse Dmitrij klein, ungeraten. Er fühlte sich Schulter an Schulter neben Marina offenkundig glücklich, während sie mit abstoßendem Blick fortwährend Klim musterte, und in der Tiefe ihrer Pupillen blitzten rote Funken auf.

Sie ist verwöhnt und launisch, entschied Klim.

»Tante hat recht«, sagte Marina mit tönender Stimme, laut und im Tonfall eines Bauernmädchens. »Die Stadt ist morsch, und die Menschen darin sind trocken. Und geizig sind sie, sie zerschneiden die Zitrone zum Tee in zwölf Scheiben.«

Klim wählte einen günstigen Augenblick, klagte über Müdigkeit und verließ das Zimmer. Der Bruder, der ihn begleitete, fragte aufdringlich: »Nette Leute, nicht?«

»Ja.«

»Na, ruh dich aus.«

Klim zog ärgerlich Jacke und Schuhe aus, ließ sich aufs Bett fallen und schlief ein, fest entschlossen, nicht hier zu bleiben, sondern aus Höflichkeit ein bis zwei Wochen hier zu wohnen und dann in eine andere Wohnung zu ziehen.

Drei Stunden später etwa weckte ihn der Bruder, hieß ihn sich waschen und führte ihn abermals zu den Premirows. Klim ging willenlos mit, nur darauf bedacht, seine Gereiztheit zu verbergen. Im Speisezimmer war es eng, es erklangen Klavierakkorde. Marina stampfte mit dem Fuß und schmetterte:

»Das arme Roß im Felde fiel . . .«

Ein Universitätsstudent in einem langen, kaftanartigen Rock, grauäugig, mit breitem, bäuerlichem Bart, stand mitten im Zimmer einem elegant schwarzgekleideten, stattlichen, blaßgesichtigen Herrn gegenüber; der wippte mit der Lehne eines Stuhls und redete mit betonter Liebenswürdigkeit, aus der Klim sogleich Ironie heraushörte.

»Ich kann mir keinen freien Menschen vorstellen, der nicht das Recht und den Wunsch zur Macht über seine Nächsten hätte.«

»Zum Teufel, wozu braucht man Macht, wenn das Privateigentum abgeschafft ist?« rief mit wohltönendem Bariton der bärtige Student. Sein Blick streifte Klim, er streckte ihm die breite Hand entgegen und nannte mit unverhohlener Verdrossenheit seinen Namen: »Kutusow.«

Der Herr in Schwarz indes fragte lächelnd: »Erkennen Sie mich nicht, Samgin?«

Dmitrij lachte albern und rief: »Das ist doch Turobojew! Da staunst du wohl?«

Klim kam nicht zum Staunen, denn Marina ergriff ihn und bugsierte ihn durch das Zimmer, indem sie ihn wie einen kleinen Jungen vor sich her stieß.

»Noch ein Samgin, Klim, ein schrecklich ernster«, sagte sie zu einer hochgewachsenen Dame mit Katzengesicht. »Sie heißt Jelisaweta Lwowna, und das hier ist ihr Mann.«

Am Flügel saß, über die Noten geneigt, ein kleines, stark gebeugtes Männchen mit einem Turban krausen Haars. Das Haar hatte einen bläulichen Schimmer, während das Gesicht grau und an den Backenknochen rosafleckig war.

»Spiwak«, sagte er dumpf. »Singen Sie?«

Die verneinende Antwort erstaunte ihn, er nahm den rauchgrauen Klemmer von der trostlosen Nase herunter und blickte Klim hüstelnd und blinzelnd mit geschwollenen Augen ins Gesicht, als wollte er fragen: Warum denn nicht?

»Kommen Sie, er hat für nichts Verständnis außer für Noten.«

Auf dem Diwan saß halb hingestreckt ein dürres junges Mädchen in dunklem Reformkleid wie ein Nonnengewand, und über sie gebeugt brummte Dmitrij: »Ercilla, ein Freund des Cervantes, der Verfasser des Epos ›Araucana‹ . . .«

»Schluß mit den Spaniern«, rief Marina. »Samgin – Serafima Nechajewa. Jetzt haben wir alle!«

Sie ließ Klim allein und lief zum Flügel, während die Nechajewa nachlässig nickend die dünnen Beine an sich zog und sie mit dem Saum des Kleides bedeckte. Klim faßte dies als Aufforderung auf, sich neben sie zu setzen.

Klim war erbost. Die geräuschvolle Lebhaftigkeit Marinas erregte ihn, und die Begegnung mit Turobojew war ihm aus irgendeinem Grund unangenehm. Es war kaum zu fassen, daß gerade dieser Mann mit dem blutleeren Gesicht und den eigentümlich schreienden Augen der Junge war, der vor Warawka gestanden und mit tönender Stimme von seiner Liebe zu Lidija gesprochen hatte. Unangenehm war auch der bärtige Student.

Er stimmte jetzt mit Jelisaweta Spiwak ein Duett an, das Klim nicht kannte. Der kleine Musiker begleitete sie vortrefflich. Musik beruhigte Klim stets, genauer gesagt: sie machte ihn leer, indem sie alle seine Gedanken und Gefühle vertrieb. Wenn er Musik hörte, empfand er nur zarte Wehmut. Die Dame sang begeistert, mit kleiner, aber sehr durchgebildeter Sopranstimme, ihr Gesicht hatte das Katzenhafte verloren, es war durch Trauer veredelt, ihre schlanke Gestalt war noch höher und schmaler geworden. Kutusow sang mit sehr schönem Bariton, leicht und gekonnt. Besonders ergreifend sangen sie das Finale:

> »O Nacht! O decke rasch und lind
> Mit deinem Schleier meine Seele zu,
> Reich die Phiole ihr mit heilendem Vergessen,
> Ach, ihrer Sehnsucht Pein ist unermessen,
> Und wie die Mutter ihrem Kind,
> So gib ihr Ruh!«

Klim glaubte diese Seelenpein, von der sie sangen, schon längst zu kennen, aber erst jetzt fühlte er sich bis zum Ersticken, fast bis zu Tränen von ihr gefüllt.

Nach beendetem Gesang trat die Dame an den Tisch, nahm einen Apfel aus der Obstschale, streichelte ihn nachdenklich mit ihrer kleinen Hand und legte ihn wieder zurück.

»Haben Sie gesehen?« flüsterte die Nachbarin Klim zu.

»Was?« fragte er mit einem Blick auf ihren glatten Dohlenkopf und in ihr kindliches, kleines Vogelgesicht.
»Haben Sie gesehen, wie sie den Apfel . . .?«
»Ja, ich habe es gesehen.«
»Welch eine Grazie, nicht wahr?«
Klim senkte zustimmend den Kopf und dachte: Ein Institutsmädchen wahrscheinlich.

Der eigentümliche, gleichsam flehende Blick der schmalen grünlich-grauen Augen ging ihm nicht aus dem Sinn.

Dmitrij ergriff seine Krücke und begann schwerfällig zu rumoren. Er neckte: »Ihr Verlaine ist dennoch schlechter als Fofanow.«

Am Flügel tönte die angenehme Stimme Kutusows: »Schon Galen wußte, daß die Seele ihren Sitz im Gehirn hat . . .«

»Singen Sie mit dem Gehirn so innig?« fragte Turobojew.

Wie überall, dachte Klim. Es gibt nichts, worüber nicht gestritten würde.

Marina packte Kutusow am Ärmel und schleppte ihn zum Flügel, dort begannen sie mit »Führ mich nicht in Versuchung«. Klim fand, der Bärtige sänge allzu gefühlvoll, das harmoniere nicht mit seiner stämmigen Gestalt und dem bäuerlichen Gesicht, das harmoniere nicht und wirke sogar etwas komisch. Marinas starke und reiche Stimme betäubte, sie beherrschte sie schlecht, die oberen Noten klangen schrill, scharf. Klim war sehr zufrieden, als Kutusow nach beendetem Duett unumwunden zu ihr sagte: »Nein, Mädchen, das ist nichts für Sie.«

Marina und Dmitrij mit seiner Krücke nahmen in dem Zimmer am meisten Platz ein. Dmitrij bewegte sich hinter dem Mädchen her wie ein Lastkahn hinter dem Schleppdampfer, und das rastlose Umhergehen Marinas hatte etwas Beunruhigendes, man spürte einen Überschuß an animalischer Energie, und das erregte Klim, da es in ihm unbescheidene und für das Mädchen wenig schmeichelhafte Gedanken erweckte. Selbst von weitem ließ sie ihn erwarten, daß sie ihn mit dem hohen, prallen Busen anstieße oder mit der Hüfte streifte. Es schien, als wäre es ihrem Körper nicht nur im Kleid, sondern auch im Zimmer sehr eng. Klim beobachtete sie mißgünstig und dachte, sie röche sicherlich nach Schweiß, nach Küche und Bad. Jetzt drängte sie sich gerade mit ihrem Busen an Kutusow heran und sagte schrill und anscheinend gekränkt: »Ja doch, ich trage Jersey, weil ich Lew Tolstois Predigten nicht ausstehen kann.«

»Hu!« rief Kutusow und schloß die Augen so fest, daß sein Gesicht sich greisenhaft in Falten legte.

Die Frau des Pianisten irrte ruhelos im Zimmer umher, wie eine

Katze, die zum erstenmal und zufällig in eine fremde Wohnung geraten ist. Ihr wiegender Gang, der zerstreute Blick der bläulichen Augen, ihre Art, Gegenstände zu berühren, das alles lenkte Klims Aufmerksamkeit auf sich, das Lächeln des schönen Mundes mit den straffen Lippen schien ihm gezwungen, die Schweigsamkeit verdächtig.

Sie ist hinterlistig, dachte Klim.

Die Nechajewa war ihm unangenehm. Sie saß eckig zusammengekrümmt da und strömte einen betäubenden Geruch starken Parfüms aus. Man konnte meinen, die Schatten ihrer Augenhöhlen wie auch die Röte ihrer Wangen und das übermäßige Leuchten ihrer Lippen wären künstlich. Das über die Ohren gekämmte Haar machte ihr Gesicht schmal und spitz, doch fand Samgin dieses Mädchen schon nicht mehr so häßlich, wie sie ihm auf den ersten Blick vorgekommen war. Ihre Augen sahen die Menschen traurig an, und sie schien sich irgendwie ernster als alle anderen in diesem Zimmer vorzukommen.

Plötzlich erinnerte sich Klim, wie empörend sich Lidija bei ihrer Abreise nach Moskau von ihm verabschiedet hatte. »Ich erwarte, daß du mit einem Schild und nicht auf einem Schild zurückkehrst«, hatte sie mit einem boshaften Lächeln gesagt.

Da trat der Bruder heran, ließ sich dicht neben der Nechajewa nieder, und kurz darauf vernahm Klim, wie sie andächtig, als läse sie den Heiligenkalender herunter, aufzählte:

»Mallarmé, Rollinat, René Ghil, Péladan ...«

»Max Nordau hat sie vortrefflich heruntergemacht«, sagte Dmitrij in hänselndem Ton.

Kutusow zischte und drohte mit dem Finger, da Spiwak mit Mozart angefangen hatte. Turobojew kam vorsichtig heran und setzte sich, Klim zulächelnd, auf die Diwanlehne. In der Nähe wirkte er älter, als er tatsächlich war, seine auffallend weiße Gesichtshaut sah wie gepudert aus, unter den Augen hatte er bläuliche Schatten, die Mundwinkel hingen müde herab. Als Spiwak zu spielen aufgehört hatte, sagte Turobojew: »Sie haben sich sehr verändert, Samgin. Ich habe Sie als kleinen Pedanten in Erinnerung, der jedermann gern belehrte.«

Klim biß die Zähne aufeinander, er überlegte, was er diesem Menschen entgegnen könnte, dessen durchdringender Blick ihn bedrückte. Dmitrij begann unangebracht und allzulaut vom Konservativismus der Provinz zu reden, Turobojew sah ihn mit verkniffenen Augen an und sagte lässig: »Mir hingegen gefällt die Beharrlichkeit im Geschmack und in den Ansichten.«

»Das Dorf ist noch beharrlicher«, bemerkte Klim.

»Ich finde nicht, daß das übel ist«, sagte Turobojew, sich eine Zigarette anzündend. »Hier hingegen hat man den Eindruck, alle Erscheinungen und selbst die Menschen seien kurzlebiger, ich möchte sogar sagen – sterblicher als woanders.«

»Sehr richtig!« stimmte ihm die Nechajewa zu.

Turobojew lächelte. Er hatte ganz verschiedene Lippen, die untere war bedeutend dicker als die obere, seine dunklen Augen waren hübsch geschlitzt, aber ihr Blick war unangenehm zweideutig, unerhaschbar. Samgin fand, das seien die schreienden Augen eines Kranken, der seinen Schmerz verbergen will, und Turobojew sei ein vorzeitig verbrauchter Mensch. Der Bruder stritt mit der Nechajewa über den Symbolismus, sie redete etwas gereizt auf ihn ein: »Sie bringen alles durcheinander, an den Symbolismus muß man von Platons Ideen aus herangehen.«

»Erinnern Sie sich noch an Lidija Warawka?« fragte Klim. Turobojew antwortete nicht sofort, den Rauch seiner Zigarette betrachtend: »Gewiß. Das flotte Zigeunermädel. Was ... wie geht es ihr? Sie will Schauspielerin werden? Eine echt weibliche Tätigkeit«, schloß er, lächelte Klim ins Gesicht und blickte zu der Spiwak hinüber; die beugte sich über die Schulter ihres Mannes zu den Klaviertasten und fragte Marina: »Hörst du? Mi, b-Moll ...«

Und das ist alles? wandte Klim sich in Gedanken an Lidija; er hätte es gern schadenfroh getan, doch er dachte es traurig.

Es wurde wieder gesungen, und Samgin wollte wieder nicht recht glauben, daß der bärtige Mann mit dem groben Gesicht und den roten Fäusten so gekonnt und schön zu singen verstand. Marina sang inbrünstig, aber etwas falsch, sie riß den Mund weit auf, zog die goldenen Brauen zusammen, ihre Brüste spannten sich anstößig.

Gegen Mitternacht ging Klim unauffällig in sein Zimmer, zog sich sofort aus und legte sich betäubt und müde hin. Aber er hatte vergessen, die Tür abzuschließen, und ein paar Minuten später kam Dmitrij herein, setzte sich auf das Bett und begann glücklich lächelnd zu schwatzen: »Das ist bei ihnen jeden Sonnabend so. Sieh dir diesen Kutusow an, er ist ein hervorragend kluger Mensch! Turobojew ist ebenfalls ein Original, aber auf andere Art. Er ist von der Juristenhochschule zur Universität hinübergewechselt, hört aber keine Vorlesungen und trägt keine Uniform.«

»Trinkt er?«

»Er trinkt auch. Hier leben überhaupt viele in unruhiger Stimmung. Umbruch der Seele!« fuhr Dmitrij immer noch munter fort. »Ich selber aber scheine jetzt Dronow zu ähneln: Möchte alles wissen und erreiche nichts, bin sowohl Naturwissenschaftler als auch Philologe ...«

Klim erkundigte sich nach der Nechajewa, obwohl er nach der Spiwak hatte fragen wollen.

»Die Nechajewa? Sie ist komisch, aber übrigens auch interessant. Die französischen Dekadenten haben es ihr angetan. Aber die Spiwak, mein Lieber, das ist was! Sie ist schwer zu verstehen, Turobojew macht ihr den Hof, und, wie es scheint, nicht hoffnungslos. Aber ich weiß natürlich nicht ...«

»Ich möchte schlafen«, sagte Klim unfreundlich, und als der Bruder fort war, erinnerte er sich: Ich muß mir morgen gleich ein anderes Zimmer suchen.

Doch dazu kam er nicht, denn er geriet gleich am Morgen in die festen Hände Marinas.

»Na, gehen wir die Stadt besichtigen.« Es war mehr ein Befehl als ein Vorschlag. Klim hielt es für unhöflich abzulehnen und lief mit ihr etwa drei Stunden im Nebel über glitschige Trottoirs, die mit besonders widerlichem Schmutz bedeckt waren, der keine Ähnlichkeit mit dem Matsch in der Provinz hatte. Marina marschierte schnell und fest wie ein Soldat, ihr Gang war von derselben Unbändigkeit wie ihr Reden, doch ihre Aufrichtigkeit bestach Klim ein wenig.

»Petersburg ist eine Stadt mit vielen Gesichtern. Sehen Sie: heute hat es ein geheimnisvolles und beängstigendes Gesicht. In den weißen Nächten ist die Stadt bezaubernd luftig. Es ist eine lebendige, tief empfindsame Stadt.«

Klim sagte: »Gestern dachte ich, Sie lieben sie nicht.«

»Gestern hatte ich mich mit ihr verzankt; zanken bedeutet nicht: nicht lieben.«

Samgin fand diese Antwort nicht dumm.

Klim sah durch den Nebel den bleiernen Glanz des Wassers, die eisernen Geländer der Kais, die plumpen Lastkähne, die in dem schwarzen Wasser versanken wie Schweine im Schmutz. Diese Lastkähne wirkten beleidigend neben den prächtigen Gebäuden. Die zahllosen trüben Fensterscheiben erweckten einen sonderbaren Eindruck: Es schien, als wären die Häuser mit unsauberem Eis vollgestopft. Die nassen Bäume waren erstaunlich häßlich, jämmerlich kahl; die Spatzen waren unlustig, fast stumm; die Glockentürme der wenigen Kirchen ragten schweigend gen Himmel, es schien, als seien sie ganz überflüssig in dieser Stadt. Durch den Nebel über der Newa zwängte sich träge der schwarze Rauch der Dampfer; die Fabrikschlote durchstießen den Nebel wie steinerne Finger. Traurig war der dumpfe Lärm der sonderbaren Stadt, die grauen Menschen in der

Masse riesiger Häuser waren erniedrigend klein, und alles zusammen setzte das eigene Daseinsgefühl erschreckend herab. Klim schritt willenlos in einem Zustand der Selbstvergessenheit dahin, ohne an irgend etwas zu denken, und vernahm die tiefe Altstimme Marinas: »Der verrückte Paul wollte ein Monument errichten, das besser sein sollte als das von Falconet, aber es gelang ihm nicht. Es ist schlecht.«

Das Mädchen ging so schnell, als wollte es unbedingt müde werden, während Klim sich gern in einen trockenen, hellen Winkel zurückgezogen hätte, um dort über alles nachzudenken, was bleiern und vergoldet, kupferrot und bronzeglänzend an seinen Augen vorbeiwanderte.

»Warum schweigen Sie?« fragte Marina streng, und als Samgin entgegnete, daß ihn die Stadt in Erstaunen versetze, rief sie triumphierend: »Aha!«

Ein paar Tage führte sie ihn durch die Museen, und Klim sah, daß ihr das Vergnügen bereitete wie einer Hausfrau, die sich mit ihrem Haushalt brüstet.

Als Samgin am Abend das Zimmer des Bruders betrat, traf er dort Kutusow und Turobojew an, sie saßen wie Damespieler einander am Tisch gegenüber, und Turobojew, der gerade eine Zigarette anrauchte, sagte: »Wenn sich nun plötzlich herausstellt, daß der Zufall ein Pseudonym des Satans ist?«

»Ich glaube nicht an Teufel«, sagte Kutusow ernst, während er Klim die Hand drückte.

Turobojew hatte die Zigarette mit dem Stummel der vorherigen zum Glimmen gebracht und stellte diesen in die Reihe zu sechs anderen, bereits erloschenen. Turobojew hatte getrunken, sein dünnes, welliges Haar war zerzaust, die Schläfen feucht, das blasse Gesicht war dunkel angelaufen, aber die Augen, die den rauchenden Zigarettenrest beobachteten, funkelten stechend. Kutusow betrachtete ihn mit abfälligem Blick. Dmitrij, der halb hingestreckt auf dem Bett saß, dozierte: »Der Gedanke von dem schädlichen Einfluß der Wissenschaft auf die Sitten ist uralt und längst überholt. Zum letztenmal wurde er von Rousseau im Jahre 1750 in seiner Antwort an die Akademie von Dijon sehr geschickt dargelegt. Ihr Tolstoi hat ihn wahrscheinlich aus Jean-Jacques ›Discours‹ herausgelesen. Sie sind ja auch gar kein Tolstojaner, Turobojew! Sie sind einfach ein launischer Mensch.«

Turobojew entgegnete ihm nichts, er lächelte, während Kutusow Klim fragte: »Wie stehen Sie denn zum Tolstojanertum?«

»Es ist ein Versuch, zur Einfalt zurückzukehren«, antwortete

Samgin tapfer. Er hatte im Gesicht, in den Augen Turobojews etwas entdeckt, was auch Makarow vor dem Selbstmordversuch gehabt hatte.

Kutusow brach in ein Gelächter aus, wobei er den großzahnigen Mund weit aufriß und sich die Hände rieb. Turobojew äußerte nachdenklich und eigensinnig mit farbloser Stimme: »Zur Einfalt zurückkehren – das ist nicht übel gesagt. Ich denke, daß das für uns unvermeidlich ist, ob wir nun von Lew Tolstoi oder von Nikolai Michailowskij ausgehen.«

»Wenn man aber von Marx ausgeht?« fragte Kutusow belustigt.

»An den Fabrikkessel als Rettungsmittel für Rußland glaube ich nicht.«

Klim sah Kutusow ratlos an: Sollte dieser als Student verkleidete Bauer ein Marxist sein? Kutusows schöne Stimme harmonierte nicht mit dem Leseton, in dem er langweilige Worte und Zahlen vorbrachte. Dmitrij hinderte Klim am weiteren Zuhören: »Ich habe eine Karte für die Oper übrig – willst du gehen? Ich habe sie für mich besorgt, kann aber nicht hin. Marina und Kutusow gehen.«

Dann erzählte er empört, die Zensur habe die Aufführung der Oper »Kaufmann Kalaschnikow« endgültig verboten.

Turobojew erhob sich, er schaute, die Stirn an die Scheibe gedrückt, zum Fenster hinaus und ging plötzlich fort, ohne sich zu verabschieden.

»Ein kluger Bursche«, sagte Kutusow irgendwie mit Bedauern und fügte mit einem Seufzer hinzu: »Er ist giftig!«

Er schnippte die in einer Reihe stehenden Zigarettenstummel einen nach dem andern mit dem Fingernagel vom Tisch auf den Fußboden und begann Klim ausführlich auszufragen, wie man in seiner Heimatstadt lebe, erklärte aber bald, indem er sich den Bart kraulte und das Gesicht verzog: »Es ist dasselbe wie bei uns in Wologda.«

Samgin merkte, daß Kutusow ihn um so freundlicher und aufmerksamer ansah, je zurückhaltender er antwortete. Er beschloß, sich bei dem bärtigen Marxisten ein wenig ins gute Licht zu setzen, und äußerte bescheiden: »Im Grunde haben wir wohl kaum das Recht, so entschiedene Schlüsse über das menschliche Leben zu ziehen. Bei Zehntausenden wissen wir bestenfalls, wie hundert von ihnen leben, reden aber, als hätten wir das Leben aller erforscht.«

Der Bruder stimmte ihm bei: »Ein richtiger Gedanke.«

Kutusow jedoch fragte: »Wirklich?«

Hierauf begann er wieder vom Prozeß der Klassenspaltung, von der entscheidenden Rolle des ökonomischen Faktors zu reden. Er sprach nicht mehr so langweilig wie zu Turobojew und, was Klim besonders wunderte, mit bestechender Feinfühligkeit und mit Takt. Samgin hörte seinen Worten aufmerksam zu, machte geschickt vorsichtige Zwischenbemerkungen, die Kutusows Argumentation bestätigten, er gefiel sich selbst und fühlte, daß sich in ihm irgendwie Sympathie für den Marxisten regte.

Als er in sein Zimmer ging, war er überzeugt, den ersten Stein gelegt zu haben zu dem Sockel, auf dem er, Samgin, einmal monumental dastehen würde. Im Zimmer roch es stark nach Öl, am Morgen hatte der Glaser die Winterfenster eingekittet. Klim schnupperte, öffnete die Luftklappe und sagte herablassend, halblaut: »Am Ende könnte man auch hier wohnen.«

Zwei Wochen später war er dann endgültig überzeugt, daß es interessant war, bei den Premirows zu wohnen. Man schien ihn hier seinem Wert entsprechend zu schätzen, und er war sogar ein wenig verwundert darüber, wie wenig Mühe ihn das gekostet hatte. Aus all dem Bissigen, das er sich aus den Aphorismen Warawkas und den Betrachtungen Tomilins zu eigen gemacht hatte, baute er gut abgerundete Sätze, die er mit dem Lächeln eines Menschen vorbrachte, der Worten nicht recht glaubt. Er sah bereits, daß die etwas flegelige Marina sich ihm gegenüber ehrerbietig verhielt, daß Jelisaweta Spiwak ihn mit schmeichelhafter Neugier ansah und daß die Nechajewa sich mit ihm bereitwilliger und vertrauensvoller unterhielt als mit allen anderen. Es war klar, daß auch der ständig in dicke Bücher vertiefte Dmitrij auf seinen klugen Bruder stolz war. Klim war ebenfalls bereit, auf die ungeheure Belesenheit Dmitrijs stolz zu sein und wäre es auch gewesen, wenn er nicht hätte sehen müssen, wie der Bruder ihn dadurch in den Schatten stellte, daß er jedermann als Lexikon für die verschiedensten Wissensgebiete diente. Er belehrte die alte Premirowa, wie man Eier »auf Björneborger Art« zubereite, erklärte Spiwak den Unterschied zwischen dem echten Volkslied und den süßlichen Imitationen Zyganows, Weltmanns und anderer ; sogar Kutusow fragte ihn: »Samgin, wer war das doch, der den Grafen Jakow Tolstoi der Spionage überführt hat?«

Worauf Dmitrij ausführlich von einem allerseits unbekannten, im Jahre 1846 erschienenen Buch eines Iwan Golowin erzählte. Er sprach gern sehr ausführlich und wie ein Professor, aber immer so, als erzählte er es sich selber.

Die größte Autorität bei den Premirows war Kutusow, doch selbstverständlich nicht, weil er oft und heftig über Politik sprach, sondern weil er künstlerisch vollendet sang. Er besaß einen unerschöpflichen Vorrat von etwas grober Gutmütigkeit, war bei den endlosen Disputen mit Turobojew nie gereizt, und Klim sah oft, wie dieser ungeschickt zugeschnittene, aber fest genähte Mensch alle mit einem seltsam nachdenklichen und irgendwie bedauernden Blick seiner hellgrauen Augen betrachtete. Klim wunderte sich über Kutusows geringschätziges, bisweilen schroffes Verhalten Marina gegenüber, als wäre dieses Mädchen ein untergeordnetes Geschöpf. Eines Abends beim Tee sagte sie zornig: »Wenn Sie singen, Kutusow, möchte man meinen, Sie könnten auch empfinden, aber . . .«

Kutusow ließ sie den Satz nicht beenden. »Wenn ich singe, kann ich nichts falsch machen, wenn ich aber mit jungen Damen rede, fürchte ich, daß es bei mir zu einfach klingt, und aus Angst wähle ich den falschen Ton. Das wollten Sie doch sagen?«

Marina wandte sich schweigend von ihm ab.

Mit Jelisaweta Spiwak sprach Kutusow selten und wenig, verkehrte aber in freundschaftlichem Ton mit ihr. Er duzte sie und nannte sie zuweilen zärtlich Tante Lisa, obwohl sie wahrscheinlich nur zwei bis drei Jahre älter war als er. Die Nechajewa beachtete er nicht, hörte aber aufmerksam und stets aus einiger Entfernung ihren Disputen mit Dmitrij zu, der das sonderbare Mädchen unermüdlich neckte.

Kutusows leichte Grobheit faßte Klim als die Naivität eines wenig kultivierten Menschen auf und verzieh sie ihm, da er in ihr nichts »Erdachtes« sah. Es war ihm angenehm, zu sehen, wie das bärtige Gesicht des Studenten nachdenklich wurde, wenn er Musik hörte. Klim gefiel das bedauernde Lächeln, der traurige, auf irgendeinen Punkt hinter den Menschen, hinter der Wand gerichtete Blick. Wie Dmitrij ihm erzählt hatte, war Kutusow der Sohn eines unbegüterten und ruinierten Dorfmüllers, hatte zwei Jahre als Dorfschullehrer gearbeitet und sich in dieser Zeit für die Kasaner Universität vorbereitet, von der er nach einem Jahr wegen Beteiligung an Studentenunruhen relegiert worden war. Doch es war ihm schon nach einem weiteren Jahr durch Hilfe von Jelisaweta Spiwaks Vater, des Kreisadelsmarschalls, gelungen, wieder auf die Universität zu gelangen.

Turobojew gegenüber verhielt man sich unbestimmt, bald voll Sorge, wie bei einem Kranken, bald irgendwie ängstlich verärgert. Klim begriff nicht, weshalb Turobojew bei den Premirows verkehrte. Marina betrachtete ihn mit unverhohlener Feindseligkeit, die Nechajewa stimmte kurz, aber widerstrebend seinen Worten bei, während die Spiwak sich selten und fast immer halblaut mit ihm unterhielt. Im allgemeinen war das alles sehr interessant, und er hätte gern gewußt, was diese so verschiedenartigen Menschen miteinander verbinden mochte. Wozu bedurfte die grobe und allzu körperliche

Marina der fast körperlosen Nechajewa, und weshalb kümmerte sie sich so aufrichtig und komisch um sie?

»Iß! Du mußt mehr essen!« redete sie auf sie ein. »Selbst wenn du nicht magst, mußt du essen. Du hast deshalb so trübe Gedanken, weil du dich schlecht ernährst. Samgin der Ältere, wie heißt das auf lateinisch? Hörst du? In einem gesunden Körper wohnt ein gesunder Geist...«

Marinas Fürsorge zwang die Nechajewa zu einem verlegenen Lächeln und rührte sie, Klim erkannte es an den dankbar glänzenden Augen des mageren und bedauernswerten Mädchens. Die Nechajewa streichelte mit ihrer durchsichtigen Hand die rosige Wange der Freundin, und die dunklen Äderchen auf der blassen Haut ihres Handrückens verschwanden.

Klim fand, daß die Nechajewa und Turobojew hier die zufälligsten und fremdesten Menschen waren, ja daß sie beide wahrscheinlich in allen Häusern, unter den verschiedensten Menschen den Eindruck von Verirrten machen müßten. Er fühlte, daß seine Antipathie gegen Turobojew ständig zunahm. Dieser Mensch hatte etwas Verdächtiges, sehr Kaltes, der unverwandte Blick seiner schreienden Augen war der Blick eines Beobachters, der Verborgenes entdecken will. Seine Augen blickten zuweilen tückisch; Klim fing diesen aufreizenden und sogar unverschämten Blick oft auf, wenn er auf ihn selbst gerichtet war. Turobojews Worte bestärkten Klim in seinem Verdacht: Dieser Mensch war zweifellos über irgend etwas erbost, verbarg seine Wut hinter spöttischer Nachlässigkeit und redete nur, um den Gesprächspartner zu reizen. Zuweilen schien ihm Turobojew ganz unerträglich, am häufigsten bei seinen Gesprächen mit Kutusow und Dmitrij. Klim begriff nicht, wie Kutusow über die skeptischen Äußerungen dieses Gecken gutmütig lachen konnte.

»Sie, Kutusow, prophezeien ständig. Meiner Ansicht nach reden die Propheten nur von der Zukunft, um die Gegenwart zu tadeln.«

Kutusow lachte schallend, während Dmitrij Turobojew an eine Reihe von Fällen erinnerte, in denen soziale Prophezeiungen in Erfüllung gegangen waren.

Mit Marina sprach Turobojew in spöttischer Weise.

»Das ist nicht wahr!« rief sie, über irgend etwas aufgebracht. Er antwortete ernst: »Möglich. Aber ich bin kein Souffleur, nur Souffleure sind verpflichtet, die Wahrheit zu sagen.«

»Wieso denn die Souffleure?« fragte Marina, ihre ohnehin schon großen Augen weit aufreißend.

»Natürlich! Wenn der Souffleur lügt, verdirbt er Ihnen das Spiel.«

»So ein Unsinn!« sagte das Mädchen ärgerlich und kehrte ihm den Rücken.

Ja, das alles war interessant, und Klim fühlte, wie er immer mehr danach dürstete, die Menschen zu verstehen.

Die Universität ließ Samgin völlig ungerührt. Die Einführungsvorlesung des Historikers erinnerte ihn an seinen ersten Tag im Gymnasium. Die großen Menschenansammlungen bedrückten ihn, in der Menge schrumpfte er innerlich zusammen und vernahm die eigenen Gedanken nicht; mitten unter den gleichförmig gekleideten und irgendwie gleichgesichtigen Studenten fühlte er sich auch entpersönlicht.

Unten, am Katheder, ragte, den Arm eintönig hin und her bewegend, die Oberhälfte des dürren Professors hervor, schaukelte sein bärtiger Glatzkopf, blinkten die Gläser und das Gold der Brille. Voll Feuereifer sprach er mit lauter Stimme eindringliche Worte.

»Vaterland. Volk. Kultur. Ruhm«, vernahm Klim. »Die Errungenschaften der Wissenschaft. Eine Armee von Arbeitern, die im Kampf mit der Natur immer leichtere Lebensbedingungen schaffen. Ein Triumph des Humanismus.«

Klims Nachbar, ein magerer Student mit großer Nase im pockennarbigen Gesicht, murmelte stotternd: »Ni-nicht dick.«

Dann sah er mit seinen stark vorstehenden und trüben Augen lange und aufmerksam auf das Zifferblatt der Wanduhr. Schließlich verschwand der Professor, nachdem er den Kopf wie ein Stier nach vorn geworfen hatte. Der Stotterer hob die langen Arme, klatschte dreimal gemessen mit den Händen, aber wiederholte: »Nicht di-ick. Dabei heißt es, er sei ein R-radikaler. Sind Sie nicht aus Nowgorod, Kollege? Nein? Na, einerlei, machen wir Bekanntschaft – Popow, Nikolai.«

Dann schüttelte er Samgin die Hand und lief hastig davon.

Die Wissenschaften interessierten Klim nicht sonderlich, er wollte die Menschen kennenlernen und fand, daß ein Roman ihm in dieser Hinsicht mehr gäbe als ein wissenschaftliches Buch und eine Vorlesung. Er sagte Marina sogar, die Kunst wisse vom Menschen mehr als die Wissenschaft.

»Na, selbstverständlich«, stimmte ihm Marina bei. »Man beginnt das jetzt zu begreifen. Hören Sie mal der Nechajewa zu.«

Spätabends kam Dmitrij, durchnäßt und müde, nach Hause; er rieb sich den Hals und fragte heiser: »Na, wie war's? Was hast du für einen Eindruck?«

Als Klim gestand, daß er im Tempel der Wissenschaft keinen

heiligen Schauer empfunden habe, räusperte sich der Bruder und sagte: »Ich war in der ersten Vorlesung sehr aufgeregt.«

Und offenbar nicht an das denkend, wovon er sprach, fügte er ohne Zusammenhang hinzu: »Jetzt sehe ich, daß Kutusow recht hat: Die Studentenunruhen sind wahrhaftig nutzlose Kraftvergeudung.«

Klim lächelte, schwieg aber. Es war ihm schon aufgefallen, daß alle Studenten, die mit dem Bruder und Kutusow bekannt waren, von den Professoren und der Universität fast ebenso feindselig sprachen, wie die Gymnasiasten von den Lehrern und vom Gymnasium geredet hatten. Er suchte nach den Gründen für dieses Verhalten und entdeckte, daß so unterschiedliche Menschen wie Turobojew und Kutusow den Ton angaben. Turobojew äußerte sich mit der ihm eigenen, etwas lässigen Ironie: »An der Universität studieren Deutsche, Polen, Juden und von den Russen nur Pfaffensöhne. Alle übrigen Russen studieren nicht, sie begeistern sich für die Poesie unbewußter Handlungen und leiden an plötzlichen Anfällen spanischen Stolzes. Gestern noch ist so ein Bursche von seinem Papa an den Haaren gezogen worden, heute jedoch ist ihm die geringschätzige Antwort oder der schiefe Blick eines Professors Anlaß zum Duell. Gewiß, dieses hochnäsige Benehmen kann man als ungewöhnlich rasche Entwicklung der Persönlichkeit betrachten, aber ich bin geneigt, anders zu urteilen.«

»Ja«, sagte Kutusow und nickte mit dem schweren Kopf, »man kann beobachten, daß die Kälber die Schwänze recken. Aber man muß auch sagen: man führt die Jugend sehr ungeschickt an der Nase herum, indem man versucht, die Sturmdenkart aus ihr zu vertreiben ...«

»Die Sturmsprechart«, verbesserte ihn Turobojew.

Klim bemühte sich eifrig zu erraten, was diese Menschen miteinander verbinden mochte. Als er einmal, in Erwartung des üblichen Konzerts, bei den Premirows neben dem Gecken auf dem Diwan saß, machte Kutusow diesem den Vorwurf: »Sie verzetteln sich in Ironie, das ist billig!«

»Unvorteilhaft«, gab Turobojew zu. »Ich verstehe, daß es vorteilhafter wäre, sich dem Leben von links anzupassen, aber – o weh! – dazu bin ich nicht fähig.«

Mit einem ansteckenden Lachen schrie Kutusow: »Sie haben sich ja bereits von links angepaßt!«

Am gleichen Abend noch fragte Klim ihn: »Was gefällt Ihnen eigentlich an Turobojew?«

Worauf der Bärtige ihm in väterlichem Ton antwortete: »In bestimmter Dosis sind Säuren für den Organismus ebenso unentbehrlich wie Salz. Ich ziehe Tschaadajewsche Gesinnung der süßlichen hohen Weisheit gewisser literarischer Glöckner vor.«

Das wurde im Beisein Dmitrijs gesagt, der hastig erläuterte: »Turobojew ist interessant als Vertreter einer absterbenden Klasse.«

Kutusow blickte ihn lächelnd an und spendete ihm Beifall: »Richtig, Mitja!«

Samgin fand das Lächeln nicht schmeichelhaft für den Bruder. Dieses herablassende und etwas pfiffige Lächeln erhaschte Klim nicht selten auf dem bärtigen Gesicht Kutusows, aber es erweckte in ihm kein Mißtrauen gegen den Studenten, sondern steigerte nur sein Interesse für ihn. Immer interessanter wurde auch die Nechajewa, doch machte sie Klim verlegen durch ihr aufrichtiges und hastiges Bestreben, einen Gleichgesinnten in ihm zu finden. Wenn sie ihm unbekannte Namen französischer Dichter aufzählte, sprach sie, als teile sie ihm Geheimnisse mit, die nur er, Klim Samgin, zu erfahren würdig wäre.

»Haben Sie ›Illusion‹ von Jean Lahor gelesen?« fragte sie.

Der allwissende Dmitrij erläuterte: »Pseudonym von Doktor Cazalis.«

»Er ist Buddhist, dieser Lahor, aber er ist so bissig, so bitter.«

Dmitrij erinnerte sich, zur Decke blickend: »Da ist auch noch Cazotte, der Verfasser des albernen Romans ›Der verliebte Teufel‹.«

»Wie schade, daß Sie so viel Überflüssiges wissen«, sagte die Nechajewa verdrießlich zu ihm und wandte sich von neuem dem jüngeren Samgin zu, dem sie Rostands »Die Prinzessin im Morgenland« pries.

»Das ist ein Meisterwerk der neuen Romantik. Rostand wird in allernächster Zukunft als Genie erkannt werden.«

Klim sah, daß alle verwirrt waren durch die Unmenge von Namen und Büchern, die niemand kannte außer Dmitrij, daß man Nechajewas Ansichten über Literatur mißtrauisch anhörte und nicht ernst nahm und daß dies das Mädchen kränkte. Sie tat ihm ein wenig leid. Turobojew aber, der Feind der Propheten, suchte ihre Begeisterung mit vorsätzlicher Erbarmungslosigkeit zu löschen, indem er sagte: »Das ist aufzufassen als Anzeichen einer Übersättigung der Kleinbürger mit billigem Rationalismus. Das ist der Anfang vom Ende einer sehr unbegabten Epoche.«

Klim begann die Nechajewa für ein phantastisches Wesen zu halten. Sie war irgendwie weit über die Wirklichkeit hinausgeschossen und lebte in Gedanken, die Dmitrij als Friedhofsideen bezeichnete. Dieses Mädchen hatte etwas bis zur Verzweiflung Gespanntes, in manchen Augenblicken schien es, als sei sie imstande, aus dem Fenster zu springen. Am meisten wunderte Klim, daß sie gar nichts Weibliches hatte, daß man sie körperlich kaum wahrnahm: sie erweckte in ihm keinerlei männliche Emotionen.

Sie aß und trank fast mit Widerwillen, als müßte sie sich dazu zwingen, und man sah, daß es kein Spiel, keine Koketterie war. Ihre dünnen Finger hielten sogar Messer und Gabel ungeschickt, sie brach mäkelig kleine Stückchen Brot ab, und ihre Vogelaugen blickten die Flocken des weichen Brotes fragend an, als dächte sie: Ist das auch nicht bitter oder giftig?

Immer häufiger dachte Klim, die Nechajewa sei gebildeter und klüger als alle anderen in dieser Gesellschaft, aber das brachte ihm das Mädchen nicht näher, sondern erweckte in ihm die Befürchtung, die Nechajewa könnte in ihm das verstehen, was sie nicht zu verstehen brauchte, und dann mit ihm ebenso herablassend, geringschätzig und verdrießlich reden, wie sie mit Dmitrij sprach.

Wenn Samgin nachts im Bett lag, lächelte er bei dem Gedanken, wie rasch und einfach er die Sympathie aller gewonnen hatte, er war überzeugt, es sei ihm vollkommen geglückt. Doch obwohl er das Zutrauen der Nächsten wahrnahm, verlor er nicht die Vorsicht des Menschen, der weiß, daß sein Spiel gefährlich ist, und empfand sehr wohl die Schwierigkeit seiner Rolle. Es gab Augenblicke, in denen diese Rolle ihn ermüdete und in ihm das vage Bewußtsein schuf, von einer feindlichen Kraft abhängig zu sein, Augenblicke, in denen er sich als Diener eines unbekannten Herrn vorkam. Einer der zahllosen Aussprüche Tomilins fiel ihm ein: »Auf die meisten Menschen wirken übermäßig viel Eindrücke zersetzend, da sie ihre Moral gefährden. Der gleiche Reichtum an Eindrücken schafft jedoch bisweilen ausnehmend interessante Menschen. Man sehe sich die Biographien berühmter Verbrecher, Abenteurer, Dichter an. Und überhaupt sind alle mit Erfahrung überladenen Menschen amoralisch.«

Diese Worte des rothaarigen Lehrers hatten für Klim etwas Beängstigendes und zugleich Verführerisches. Ihm schien, er wäre schon mit Erfahrung überladen, doch fand er manchmal, daß er all die Eindrücke, all die Gedanken, die er in sich gesammelt hatte, gar nicht brauchte. Sie enthielten nichts, das in ihm Wurzel schlagen konnte, das er als sein eigenes, persönliches Denkergebnis, als sein Glaubensbekenntnis hätte bezeichnen können. Dies alles lebte in ihm irgendwie gegen seinen Willen und – nicht tief, sondern dicht unter der Haut, tief innen aber war eine Leere, die eines anderen Inhalts harrte. Diese Unstimmigkeit und Feindschaft zwischen seinem Ich und dem, was er in sich behielt, empfand Klim immer häufiger und beunruhigender. Er beneidete Kutusow, der gelernt hatte, an etwas zu glauben, und ruhig seinen Glauben predigte, aber er beneidete auch Turobojew. Er, der offenkundig an nichts glaubte, besaß den Mut, den Glauben der anderen zu verspotten. Wenn Turobojew sich mit Kutusow und Dmitrij unterhielt, erinnerte er Klim an den alten Maurer, der den dummen, kräftigen Burschen so listig und schadenfroh angespornt hatte, die brauchbaren Ziegelsteine sinnlos zu zerschlagen.

Samgin war überzeugt, alle Menschen seien ehrgeizig, jeder wolle sich von den anderen nur absondern, um selbst mehr aufzufallen, und daher kämen alle Meinungsverschiedenheiten, alle Streitigkeiten. Doch er begann zu vermuten, es sei an den Menschen außerdem noch etwas, das er nicht verstand. Und es wuchs in ihm das unbezwingliche Verlangen, das Innere der Menschen bloßzulegen, die Triebfeder zu verstehen, die einen Menschen gerade so und nicht anders zu reden und zu handeln zwang. Für den ersten Versuch wählte Klim Serafima Nechajewa. Sie erschien ihm am geeignetsten, da sie über keine weiblichen Reize verfügte und man sie studieren, entlarven, bei irgend etwas ertappen konnte, ohne Gefahr zu laufen, in die dumme Lage Greslous zu geraten, des Helden in dem aufsehenerregenden Roman »Der Schüler« von Bourget. Marina stieß ihn durch ihre animalische Energie ab, auch war so gar nichts Rätselhaftes an ihr. Wenn Klim zufällig mit ihr allein im Zimmer blieb, fühlte er sich unter dem Blick ihrer vorstehenden Augen in Gefahr, er kam ihm herausfordernd, schamlos vor. Die Nechajewa aber hatte seine Neugier ganz besonders gesteigert, als sie Dmitrij fast hysterisch ins Gesicht schrie: »Verstehen Sie doch, ich vertrage Ihre normalen Menschen nicht, ich vertrage keine vergnügten Leute. Sie sind geradezu entsetzlich dumm und banal.«

Ein andermal hatte sie zornig gesagt: »Nietzsche war ein Laffe, bemühte sich aber, eine tragische Rolle zu spielen, und wurde dabei wahnsinnig.«

Wenn sie sich ärgerte, verschwanden die roten Flecke auf ihren Wangen, das Gesicht wurde aschgrau und starr, und in den Augen glitzerten grüne Funken.

An einem grellen Wintertag schritt Samgin langsam den Newa-Kai entlang und ordnete eindrucksvolle Sätze einer Vorlesung ins Gedächtnis ein. Schon von weitem sah er die Nechajewa, sie trat aus der Tür der Akademie der Künste, ging über die Straße, kreuzte seinen Weg, blieb bei der Sphinx stehen und betrachtete den Fluß, der mit blendend weißem Schnee bedeckt war. Stellenweise hatte der Wind die Schneedecke zerrissen und kahle bläuliche Eisflächen bloßgelegt. Die Nechajewa begrüßte Klim mit einem freundlichen Lächeln und sagte mit ihrer schwachen Stimme: »Ich komme von der Ausstellung. Lauter Anekdoten in Farben. Tödlich unbegabt. Gehen Sie in die Stadt? Ich auch.«

In grauem, herbsthimmelfarbenem Pelzmantel, ein sonderbares Fehfellmützchen auf dem Kopf, die Hände in einem Muff aus gleichem Fell vergraben, war sie betont auffällig. Ihr Gang war ungleichmäßig, es war schwierig, mit ihr Schritt zu halten. Die blitzblaue, strahlende Luft zwickte ihr die Nase, sie versteckte sie im Muff.

»Wenn doch das ganze Leben zum Stillstand käme wie dieser Fluß, damit die Menschen Zeit hätten, ruhig und tief über sich nachzudenken«, sagte sie undeutlich in den Muff hinein.

Unter dem Eis fließt der Fluß doch weiter, wollte Klim sagen, aber nach einem flüchtigen Blick auf ihr Vogelgesicht sagte er: »Leontjew, der berühmte Konservative, war der Ansicht, man sollte Rußland ein wenig gefrieren lassen.«

»Warum Rußland allein? Die ganze Welt sollte erstarren, für einige Zeit – um auszuruhen.«

Ihre Augen blinzelten vom stechenden Gleißen des Schnees ringsumher. Leise, etwas trocken hüstelnd, sprach sie mit der Gier eines Menschen, der lange geschwiegen hat, als wäre sie soeben aus der Einzelhaft im Gefängnis entlassen worden. Klim antwortete ihr wie einer, der überzeugt ist, daß er nichts Originelles zu hören bekommen wird, hörte aber sehr aufmerksam zu. Von einem Thema zum anderen übergehend, fragte sie: »Wie gefällt Ihnen Turobojew?«

Und antwortete selbst: »Ich verstehe ihn nicht. Er ist so etwas wie ein Nihilist, der zu spät geboren ist, gleichgültig gegen alles und gegen sich selbst. Sonderbar, daß die kalte, engherzige Spiwak sich für ihn begeistert.«

»So?«

»O ja!«

Nach kurzem Schweigen fragte sie, wie Klim über Marina denke, und erklärte wieder, ohne eine Antwort abzuwarten: »Sie wird sehr glücklich werden in dem bekannten weiblichen Sinn des Begriffes Glück. Sie wird viel lieben; dann, wenn sie dessen müde ist, wird sie Hunde und Kater lieben, mit jener Liebe, wie sie mich liebt. Sie ist so satt, so russisch. Ich komme mir nicht als Russin vor, ich bin Petersburgerin. Moskau entpersönlicht mich. Ich kenne Rußland überhaupt wenig und verstehe es nicht. Mir scheint, das ist das Land von Menschen, die niemand braucht und die sich selbst nicht brauchen. Die Franzosen und Engländer dagegen – braucht die ganze Welt. Und – die Deutschen, obwohl ich die Deutschen nicht mag.«

Sie redete ununterbrochen und verblüffte Samgin durch ihre ungewöhnlichen Urteile, doch spürte er hinter der überraschenden Freimütigkeit keine Aufrichtigkeit und wurde darum noch vorsichtiger in seinen Worten. Auf dem Newskij Prospekt schlug sie vor, Kaffee zu trinken, und im Restaurant benahm sie sich, wie es Klim schien, zu frei für ein junges Mädchen.

»Sie sind mein Gast«, sagte sie, als sie Kaffee, Likör, Biskuit bestellt hatte, und knöpfte ihren Pelzmantel auf; Klim schlug der Duft eines unbekannten Parfüms entgegen. Sie saßen am Fenster; hinter den Eisblumen an den Scheiben bewegte sich ein dunkler Menschenstrom vorüber. Die Nechajewa nagte mit ihren Mäusezähnen am Biskuit und fuhr fort: »In Rußland spricht man nicht von dem, was wichtig ist, man liest nicht die Bücher, die man lesen müßte, man tut nicht das, was man tun sollte, und man tut nicht etwas für sich, sondern um sich damit sehen zu lassen.«

»Das ist wahr«, sagte Klim. »Es gibt sehr viel Erdachtes. Und alle examinieren einander.«

»Kutusow ist beinahe ein fertiger Opernsänger, studiert jedoch politische Ökonomie. Ihr Bruder hat ein unglaubliches Wissen, nichtsdestoweniger ist er – verzeihen Sie! – ein ungebildeter Mensch.«

»Auch das stimmt«, gab Klim zu, wobei er dachte, daß es langsam Zeit würde zu widersprechen. Aber die Nechajewa schien ohnehin plötzlich müde geworden zu sein; auf ihren Wangen, die vom Frost Farbe bekommen hatten, waren nur noch rosige Flecke zu sehen, die Augen hatten den Glanz verloren, sie begann träumerisch davon zu sprechen, daß man nur in Paris aus voller Seele leben könne, daß sie diesen Winter eigentlich hätte in der Schweiz verbringen sollen, aber wegen eines langweiligen Prozesses um eine kleine Erbschaft nach Petersburg hätte kommen müssen. – Sie hatte alle Biskuits aufgegessen, zwei Gläschen Likör getrunken, und als sie den Rest des Kaffees ausgetrunken hatte, bekreuzigte sie schnell, mit einer fast unmerklichen Geste, ihre schmale Brust.

»In zwei, drei Wochen werde ich wahrscheinlich wegfahren.«

Sie zog den einen Handschuh an und seufzte, sich auf die Lippen beißend: »Vielleicht – auf immer.«

Auf der Straße fragte sie: »Kennen Sie Maeterlinck? Oh, lesen Sie unbedingt den ›Tod des Tintagiles‹ und ›Die Blinden‹. Das ist ein Genie! Er ist noch jung, aber erstaunlich tief . . .«

Plötzlich blieb sie auf dem Gehsteig wie vor einer Mauer stehen und reichte ihm die Hand. »Leben Sie wohl. Besuchen Sie mich einmal . . .«

Sie nannte ihre Adresse und setzte sich in einen Schlitten. Als der durchfrorene Gaul scharf anzog, wurde sie so stark zurückgeworfen, daß sie beinahe über die niedrige Rückenlehne des Schlittens gekippt wäre. Klim nahm sich ebenfalls einen Schlitten und versank, hin und her geschaukelt, in Nachdenken über dieses Mädchen, das keine Ähnlichkeit hatte mit allen, die er bisher kannte. Einen Augenblick schien ihm, als hätte sie etwas mit Lidija gemein, aber er wies diese Ähnlichkeit unverzüglich zurück, da er sie wenig schmeichelhaft für sich fand, und erinnerte sich der brummigen Äußerung Vater Warawkas: »Wo man nicht versteht, bildet man sich ein und irrt sich.«

Das hatte Warawka zur Tochter gesagt.

Diese Begegnung hatte ihm die Nechajewa nicht angenehmer gemacht, doch Klim fühlte: Das Mädchen hatte seine Neugier besonders dadurch geweckt, daß es sich im Restaurant so ungezwungen benommen hatte, als wäre es dort ein gewohnter Gast.

An dem Tage, da Klim Samgin zu ihr ging, fiel beklemmend dichter Schnee auf die verdrießliche Stadt herab; er fiel rasch, senkrecht herunter, die Flocken waren ungewöhnlich groß und raschelten wie nasse Papierfetzchen.

Die Nechajewa wohnte in einem Logierhaus mit möblierten Zimmern, die letzte Tür am Ende eines langen Korridors. Der Gang wurde schwach erhellt durch ein Fenster, das halb von einem Schrank verdeckt war; das Fenster wies unmittelbar auf eine dunkelbraune, glatte Hauswand. Zwischen den Fensterscheiben und der Mauer fiel schwer der Schnee, grau wie Asche.

In was für einem schmutzigen Loch sie haust, dachte Klim. Als er jedoch in dem kleinen, spärlich beleuchteten Vorraum den Mantel abgelegt hatte und das Zimmer betrat, fühlte er sich märchenhaft weit fortgerückt von dem unsichtbaren, langsam zu Schnee zerkrümelnden Himmel, von der im Schnee unsichtbaren Stadt. Das Zimmer, warm erleuchtet von der starken Flamme einer Lampe mit orangefarbenem Schirm, war geschmückt mit orientalischen Stoffen in den fahlen Tönen verlöschenden Abendrots. Auf dem Tisch und auf dem Sofa waren wie Blätter einer seltsamen Pflanze die gelben Bändchen französischer Literatur verstreut. Die Nechajewa, in goldgelbem, von einem breiten grünlichen Gurt zusammengehaltenem Schlafröckchen, begrüßte ihn erschreckt: »Entschuldigen Sie, ich bin ganz häuslich gekleidet.«

»Es ist hübsch bei Ihnen«, sagte Klim.

»Gefällt es Ihnen?«

Sie zündete hastig den Spirituskocher an, stellte einen eigenartig geformten kupfernen Teekessel darauf und sagte: »Ich kann Samoware nicht leiden.«

Sie stieß ein paar zu Boden gefallene Bücher erbarmungslos mit dem Fuß im grünen Saffianpantoffel unter den Tisch, schob die Sachen auf dem Tisch alle auf eine Seite, an das dunkel verhängte Fenster, und tat das alles sehr flink. Klim setzte sich auf das Sofa und sah sich um. Die Zimmerecken waren durch Drapierungen ausgeglichen, ein Drittel des Raums war durch einen chinesischen Wandschirm abgeteilt, hinter dem Schirm zeigte sich ein Stück Bett, das Fenster am Fußende des Bettes war mit einem dicken mattroten Teppich verhängt, ein ebensolcher Teppich bedeckte den Fußboden. Die warme Luft des Zimmers war mit Parfüm gesättigt.

»Ich mag keine grellen Farben, keine laute Musik, keine geraden Linien. Das alles ist zu real und darum – verlogen«, hörte Klim.

Bei den eckigen Bewegungen des Mädchens flatterten die Ärmel des Schlafrocks wie Flügel, die umherirrenden Hände erinnerten Klim an die blinden Hände Tomilins, und die Nechajewa sprach in dem launischen Ton Lidijas, als sie dreizehn bis vierzehn Jahre alt war. Klim hatte den Eindruck, das Mädchen sei durch irgend etwas aus der Ruhe gebracht und benehme sich wie auf frischer Tat ertappt. Sie vergaß, sich umzukleiden, der Schlafrock rutschte ihr immer wieder von den Schultern, entblößte das Schlüsselbein und die vom Lampenlicht unnatürlich gefärbte Haut der Brust.

Beim Tee bekam Klim zu hören, das Wahre und Ewige liege in der Tiefe der Seele verborgen, alles Äußere dagegen, die ganze Welt, sei nur eine verwickelte Kette von Mißerfolgen, Irrtümern, abstoßenden Ungeschicklichkeiten und kläglichen Versuchen, die ideale Schönheit jener Welt zum Ausdruck zu bringen, die in den Seelen auserwählter Menschen existiere.

»Oh, ich habe ganz vergessen . . .«, rief sie, vom Sofa hochschnellend, holte aus einem Schränkchen eine Flasche Wein, Likör, eine Schachtel Schokolade und Biskuits, verteilte alles auf dem Tisch, dann stützte sie die Ellenbogen auf die Tischplatte, wobei sie die dünnen Arme entblößte, und fragte: »Können Sie über die Nutzlosigkeit des Daseins nachdenken?«

Klim hätte lächeln mögen, er beherrschte sich aber und antwortete gesetzt: »Das ist manchmal sehr aufregend.«

Als er merkte, daß die Augen der Nechajewa aufleuchteten, fügte er hinzu: »Es kommt vor, daß man am Morgen aufwacht und meint, vergebens erwacht zu sein.«

Die Nechajewa nickte zustimmend. »Ja, gewiß, gerade so müssen Sie empfinden. Ich erkannte das an Ihrer Zurückhaltung, an Ihrem immer ernsten Lächeln und daran, wie schön Sie schweigen, wenn alle schreien. Und worüber schreien sie?«

Sie kreuzte die Arme auf der Brust, legte die Hände auf ihre spitzen Schultern und fuhr empört fort: »Volk, Arbeiterklasse, Sozialismus, Bebel – ich habe ›Die Frau‹ von ihm gelesen, mein Gott, wie langweilig das ist! In Paris und Genf traf ich Sozialisten, das sind Menschen, die sich bewußt beschränken. Sie haben etwas mit Mönchen gemein, beide sind nicht frei von Heuchelei. Sie ähneln alle mehr oder weniger Kutusow, doch ohne seine komische, bäuerliche Nachsicht gegen Leute, die er nicht verstehen kann oder will. Kutusow selber ist nicht dumm und scheint aufrichtig an alles, was er sagt, zu glauben, aber das Kutusowtum, all diese nebelhaften Dinge wie: Volk, Massen, Führer – wie tötend das alles ist!«

Sie zuckte zusammen, ihre Hände glitten leblos von den Schultern. Sie hob ein kleines Glas wie eine Blüte an langem Stiel gegen das Licht der Lampe und betrachtete eine Weile die giftiggrüne Farbe des Likörs, trank ihn aus und hustete, den ganzen Körper schüttelnd, mit dem Taschentuch vor dem Mund.

»Das ist schädlich für Sie«, sagte Klim, der mit dem Fingernagel an sein Glas tippte. Die Nechajewa hustete noch immer, schüttelte aber den Kopf und erzählte dann, schwer atmend, mit Pausen zwischen den einzelnen Sätzen, von Verlaine, den der Absinth, die »grüne Fee« zugrunde gerichtet habe.

»Liebe und Tod«, hörte Klim ein paar Minuten später, »hinter diesen zwei Mysterien verbirgt sich der ganze furchtbare Sinn des Daseins, alles übrige – auch das Kutusowtum – sind nur mißlungene, feige Versuche, sich mit Lappalien zu betrügen.«

Klim fragte: »Ist denn der Humanismus eine Lappalie?« und spitzte die Ohren in Erwartung, was sie über die Liebe sagen würde; erschien es ihm doch spaßig, sich anzuhören, was dieses leiblose Mädchen über die Liebe vorbrächte. Doch nachdem sie den Humanismus als eine »kleinbürgerliche Träumerei von der allgemeinen Sattheit« bezeichnet hatte, als einen Traum, »dessen Undurchführbarkeit von Malthus bewiesen worden« sei – begann sie vom Tod zu sprechen. Zunächst hörte Klim in ihrem Ton etwas Kirchliches, sie sprach sogar ein paar Verse aus den liturgischen Gesängen der Seelenmesse, die düsteren Verse klangen trübselig. Klim putzte unterdessen seine Brillengläser sorgfältig mit Sämischleder, er fand, die Nechajewa rede wie ein altes Weib. Er senkte den Kopf und sah das Mädchen nicht an, denn er fürchtete, sie könnte irgendwie sehen, daß sie ihn langweilte. Sie hatte es anscheinend schon begriffen oder war müde geworden, ihre Worte klangen immer leiser. Klim hob den Kopf und wollte die Brille aufsetzen, vermochte es aber nicht, seine Hände sanken langsam auf den Tischrand herab.

»Nein, stellen Sie sich das nur vor«, sagte fast flüsternd die Nechajewa, neigte sich zu ihm vor und hielt die zitternde Hand mit den schmalen Fingerknöcheln nach oben; ihre Augen hatten sich unnatürlich geweitet, das Gesicht wirkte noch spitzer als sonst. Er lehnte sich an die Rückenlehne des Stuhls und lauschte dem einschmeichelnden Geraune.

»Irgendeine geheimnisvolle Macht wirft den Menschen hilflos, ohne Verstand und Sprache, in diese Welt hinein, reißt ihm dann in der Jugend seine Seele vom Fleische los und macht sie zur kraftlosen Zuschauerin der qualvollen Leidenschaften des Leibes. Dann verseucht dieser Satan den Menschen mit krankhaften Lastern und hält ihn, nachdem er ihn zermartert hat, noch lange in der Schmach der Leidenschaft, löscht in ihm noch immer nicht den Liebesdurst, nicht die Erinnerung an die Vergangenheit, an die Fünkchen Glückes, die für Minuten einmal trügerisch vor ihm aufgeleuchtet waren, er erlaubt ihm nicht, erlebtes Leid zu vergessen und quält ihn mit Neid auf die Freuden der Jungen. Schließlich, nachdem sie also an dem Menschen Rache dafür genommen hat, daß er sich erkühnte zu leben, tötet ihn die erbarmungslose Macht. Was hat das für einen Sinn? Wohin verschwindet jenes sonderbare Wesen, das wir Seele nennen?«

Sie flüsterte bereits nicht mehr, ihre Stimme klang ziemlich laut und war mit zornigem Pathos erfüllt. Ihr Gesicht war greulich verzerrt, es erinnerte Klim an die Hexe auf einem Bild zu Andersens Märchen. Der trockene Glanz ihrer Augen umstrich brennend sein Gesicht, ihm schien, in ihrem Blick brenne ein böses und rachsüchtiges Gefühl. Er senkte den Kopf, er erwartete, das sonderbare Geschöpf werde im nächsten Augenblick verzweifelt wie die wahnsinnige Doktorsfrau Somowa schreien: »Nein, nein, nein!«

Wenn Klim Samgin Bücher und Gedichte über Liebe und Tod gelesen hatte, erregten sie ihn nicht. Doch jetzt, da die Gedanken von Liebe und Tod die zornigen Worte eines kleinen, fast häßlichen Mädchens waren, fühlte Klim plötzlich, daß diese Gedanken ihn heftig sowohl im Herz als auch im Kopf trafen. Alles in ihm verwirrte sich und wirbelte umher wie Rauch. Er hörte den erregten Worten der Nechajewa schon nicht mehr zu, er sah sie an und dachte: Warum ist gerade dieses unscheinbare, flachbrüstige, gefährlich kranke Wesen dazu verurteilt, solche unheimlichen Gedanken in sich herumzutragen? Das ist abscheulich ungerecht. Er bedauerte dieses mit krankem Leib und kranker Seele gestrafte Menschenkind. Es war das erste Mal, daß er so starkes Mitleid empfand, denn dieses Gefühl war ihm überhaupt kaum bekannt.

Er nahm ein Glas vom Tisch, das wie eine Blüte aussah, aus der die Farben herausgesogen waren, und sagte, den dünnen Stiel zwischen den Fingern pressend, mit einem Seufzer: »Sie müssen ein schweres Leben haben mit solchen Gedanken ...«

»Aber Sie doch auch? Sie nicht auch?«

Sie brachte diese Worte so sonderbar hervor, als fragte sie nicht, sondern bat darum. Ihr errötetes Gesicht wurde wieder blasser, schmolz – es schien, sie würde immer schöner.

Klim hätte ihr gern etwas Freundliches gesagt, doch er zerbrach den Fuß des Glases.

»Haben Sie sich geschnitten?« schrie das Mädchen, sprang auf und stürzte zu ihm.

»Ein wenig«, antwortete er schuldbewußt, indem er den Finger mit dem Taschentuch umwickelte, während die Nechajewa, nachdem sie mit ihrer unnatürlich heißen Hand die seine gestreichelt hatte, dankbar, halblaut, sagte: »Wie tief Sie empfinden!«

Sie begann im Zimmer umherzulaufen, zerriß ein Taschentuch, goß etwas Beißendes auf die Schnittwunde und schlug dann, als sie den Finger fest verbunden hatte, vor: »Trinken Sie etwas Wein.«

Darauf schenkte sie sich Likör ein und setzte sich wieder an den Tisch.

Ein, zwei Minuten schwiegen sie, ohne einander anzusehen. Klim fand es unschicklich, noch länger zu schweigen, auch wollte er noch mehr von der Nechajewa hören. Er fragte: »Mögen Sie Schopenhauer?«

»Ich – habe ihn gelesen«, entgegnete das Mädchen nach kurzem Zögern. »Aber sehen Sie – allzu unverhüllte Worte gelangen nicht bis zu meiner Seele. Denken Sie an Tjutschew: ›Ein ausgesprochener Gedanke ist eine Lüge.‹ Für mich ist Maeterlinck mehr Philosoph als dieser grobe und böse Deutsche. Das gesungene Wort ist tiefer, bedeutsamer als das gesprochene. Sie werden mir beistimmen, daß nur die erhabenste Kunst – die Musik – die Tiefen der Seele zu berühren vermag.«

Sie seufzte, dann drehte sie die Lampe schwächer. Das Zimmer wurde enger, alle Dinge und die Nechajewa selbst rückten näher an Samgin heran. Er nickte zustimmend mit dem Kopf. »Maeterlinck ist die Ethik des Mitleids auch nicht fremd, und er hat sie vielleicht von Schopenhauer entlehnt... Aber – wozu brauchen zum Tode Verurteilte Mitleid?«

Klim blickte in das orange Halbdunkel über dem Kopf des Mädchens und fragte sich: Weshalb hat sie das Licht heruntergedreht?

Die Nechajewa bückte sich, stieß mit dem Fuß die gelben Bücher unter dem Tisch hervor und sprach unter den Tisch: »Wir leben in einer Atmosphäre der Grausamkeit... das berechtigt uns, in allem... im Haß, in der Liebe... grausam zu sein.«

Ehe noch Samgin auf den Gedanken kam, ihr zu helfen, hob sie ein Buch auf, schlug es auf und sagte streng: »Hier, hören Sie zu...«

Halblaut, die Vokale dehnend, begann sie Verse zu lesen; sie las angespannt, pausierte unerwartet und dirigierte mit dem bis zum Ellenbogen entblößten Arm. Die Verse waren sehr musikalisch, hatten aber einen unfaßlichen Sinn; es war in ihnen von Jungfrauen mit goldenen Binden um die Augen und von drei blinden Schwestern die Rede. Nur aus den zwei Zeilen:

»Erbarme dich mein, so ich zaudre
An der Grenze meines Sehnens...«

hörte Klim etwas halb Verständliches, etwas wie eine Herausforderung oder eine Andeutung heraus. Er sah das Mädchen fragend an, aber sie blickte ins Buch. Ihre rechte Hand irrte in der Luft herum. Mit dieser Hand, die im Halbdunkel bläulich und unkörperlich wirkte, berührte die Nechajewa ihr Gesicht, die Brust, die Schulter, als ob sie sich unvollständig bekreuzigte oder als wollte sie sich davon überzeugen, daß sie existierte.

Klim fühlte, daß der Wein, das Parfüm und die Verse ihn ungewohnt berauschten. Er ergab sich allmählich einer unbekannten Langeweile, die alles farblos machte und dabei den Wunsch erweckte, sich nicht zu bewegen, nichts zu hören, an nichts zu denken. Er dachte auch nicht. Er lauschte nur, wie der lastende Eindruck von den Reden des Mädchens langsam in ihm verschwand.

Als sie zu lesen aufhörte, das Buch auf das Sofa warf und sich mit zitternder Hand wieder Likör einschenkte, sah sich Samgin, die Stirn reibend, um wie einer, der soeben erwacht ist. Er fühlte mit Staunen, daß er die wohlklingenden, aber wenig verständlichen fremdsprachigen Verse noch lange hätte anhören können.

»Verlaine, Verlaine«, seufzte die Nechajewa. »Er ist wie ein gefallener Engel...«

Dann warf sie sich mit großer Leichtigkeit vom Stuhl und legte sich auf das Sofa.

»Sind Sie müde geworden?« fragte Klim.

Er erhob sich, blickte dem Mädchen in das graue, an den Schläfen rot gefleckte Gesicht.

»Ich danke Ihnen«, sagte er hastig. »Es war ein wunderbarer Abend. Bleiben Sie, bitte liegen ...«

»Kommen Sie recht bald wieder«, bat sie und drückte ihm mit den heißen Knöcheln ihrer Finger die Hand. »Ich werde ja bald verschwinden.«

Mit der anderen Hand reichte sie ihm ein Buch. »Und dies hier lesen Sie ...«

Draußen fiel immer noch Schnee, er fiel so dicht, daß es sich nur schwer atmen ließ. Die Stadt war vollständig verstummt, unter dem weißen Flaum verschwunden. Mit dicken Hauben bedeckt, standen die Laternen in ihren Lichtpyramiden. Den Mantelkragen hochgeklappt, die Hände in den Taschen vergraben, schritt Klim gemächlich, die Eindrücke des Abends abwägend, auf dem lautlosen Schnee dahin. Die weiße Asche fiel ihm ins Gesicht, zerschmolz rasch und erfrischte die Haut. Klim blies ärgerlich die Wassertröpfchen von der Oberlippe und von der Nase fort, er hatte die Empfindung, eine drückende Last, ein unheimliches Traumgesicht mit sich herumzutragen, das er nie vergessen würde. Vor ihm im Schnee flimmerte das Gesicht einer alten Zauberin; wenn er die Augen schloß, um es nicht zu sehen, wurde es deutlicher, und der finstere Blick forderte beharrlich irgend etwas. Doch der Schnee und der vortrefflich ausgebildete Selbsterhaltungstrieb erweckten in Klim bald Gedanken des Protestes. Das Äußere des Mädchens und ihre großen Worte stimmten mit der Schönheit der Verse, die sie vorgetragen hatte, auf verdächtige Weise nicht überein. Man konnte meinen, dieser klägliche Leib beherberge eine fremde Seele. Dann dachte Samgin, die Nechajewa trinke zu viel Likör und esse zu viel Rumpralinen.

Ein kranker Mensch. Es ist ganz natürlich, daß sie an den Tod denkt und davon spricht. Gedanken dieser Art – vom Zweck des Daseins und dergleichen – sind nichts für sie, sondern für gesunde Menschen. Für Kutusow zum Beispiel, für Tomilin ...

Bei der Erinnerung an die ziemlich langweiligen Reden Kutusows lächelte Klim: Kutusowtum, das ist nicht schlecht gesagt.

Als Klim Samgin sich seiner Wohnung näherte, hatte er sich bereits davon überzeugt, daß das Experiment mit der Nechajewa beendet sei. Die in ihr wirkende Triebfeder war die Krankheit. Und es hatte keinen Sinn, sich ihre von der Todesangst hervorgerufenen hysterischen Reden anzuhören.

Im Grunde ist alles sehr einfach ...

In der Nacht las er »Die Blinden« von Maeterlinck. Die eintönige

Sprache dieses Dramas ohne Handlung hypnotisierte ihn, erfüllte ihn mit dunkler Trauer, doch den Sinn des Stücks erfaßte Klim nicht. Er warf das Buch ärgerlich auf den Boden, versuchte einzuschlafen und konnte es nicht. Seine Gedanken kehrten zu der Nechajewa zurück, doch er beurteilte sie jetzt milder. Als ihm ihre Worte einfielen vom Recht des Menschen, in der Liebe grausam zu sein, fragte er sich: Was hat sie damit sagen wollen? – Dann seufzte er mitfühlend: »Es wird sich wohl kaum ein Mensch finden, der sie liebt.«

Seine müden Augen sahen im finsteren Zimmer eine Schar gespenstischer, grauer Schatten und mitten darin das kleine Mädchen mit Vogelgesicht und glattfrisiertem Kopf ohne Ohren, weil das Haar sie verdeckte.

Die Angst hat sie blind gemacht ...

Die Schatten schwankten wie die kaum erkennbaren Widerspiegelungen von Herbstwolken auf dem dunklen Wasser eines Flusses. Die eingebildete Bewegung der Dunkelheit im Zimmer wurde real und vertiefte seine Traurigkeit. Die Phantasie hinderte Klim zu schlafen und auch zu denken, sie füllte die Dunkelheit mit eintönigen Geräuschen, mit dem Echo fernen Läutens oder mit jammernden Tönen einer gedämpften Geige. Die schwarzen Fensterscheiben verblichen langsam und wurden zinnerngrau.

Klim erwachte nach zwölf Uhr mittags in der Stimmung eines Menschen, der am Vorabend etwas Bedeutsames erlebt hat und nicht weiß, ob er dadurch gewonnen oder verloren hat. Das sonst leichte Nachdenken über sich selbst war schwierig, schwerfällig geworden. Er vernahm seine eigenen Gedanken schlecht, und diese Taubheit erregte ihn. Sein Gedächtnis war von einem Chaos sonderbarer Worte und Verse, den Klagen der »Blinden«, dem einschmeichelnden Flüstern, den zornigen Ausrufen der Nechajewa verstopft. Während des Ankleidens hob er zornig das Buch vom Boden auf; im Stehen las er eine Seite, schleuderte das Buch aufs Bett und zuckte die Achseln. Vor dem Fenster schneite es immer noch, doch war der Schnee bereits trockner und feiner.

Klim Samgin beschloß, das Zimmer nicht zu verlassen, aber das Stubenmädchen sagte, als sie den Kaffee brachte, die Dielenbohnerer würden gleich kommen. Er nahm das Buch und ging ins Zimmer des Bruders hinüber. Dmitrij war nicht da, am Fenster stand Turobojew im Studentenrock; er trommelte mit den Fingern gegen die Scheibe und sah zu, wie eine zottige Rauchwolke träge in den Himmel hineinkroch.

»Ein Brand«, sagte er, als er Samgin matt und achtlos wie immer die Hand gab.

In der unebenen Linie all der Dächer, die mollig in Schnee gehüllt waren, stieg von einem Dach dünner, grauer Rauch auf; messingbehelmte Männer, auch grau wie der Rauch, krochen schwerfällig auf der dicken Schneedecke herum.

In diesem Bild sah Klim etwas erschütternd Langweiliges.

»Es will nicht brennen«, sagte Turobojew und entfernte sich vom Fenster. Hinter sich vernahm Klim seinen leisen Ausruf: »Ah, Maeterlinck . . .«

Klim wollte den unangenehmen Menschen gern empfindlich treffen und suchte nach einem scharfen, kränkenden Ausdruck. Aber er fand keinen und murmelte nur: »Unsinn.«

Turobojew war nicht gekränkt. Er trat wieder neben Klim und begann, auf irgend etwas lauschend, leise, gleichmütig zu reden: »Nein, warum denn Unsinn? Recht geschickt gemacht ist das – eine Allegorie zur Belehrung von Schülern der Oberstufe. Die Blinden sind die heutige Menschheit, unter den Blindenführern kann man – je nach Wunsch – Verstand oder Glauben verstehen. Ich habe die Sache übrigens gar nicht zu Ende gelesen.«

Klim ging, ungehalten über sich selbst, vom Fenster weg. Wie war es möglich, daß er den Sinn des Stückes nicht erfaßt hatte?

Turobojew, der sich auf einen Stuhl gesetzt hatte, zündete sich eine Zigarette an, warf sie aber nervös gleich wieder in den Aschenbecher.

»Ist es die Nechajewa, die sich um Ihre Bildung bemüht? Sie hat auch mich zu entwickeln versucht«, sagte er, nachdenklich in dem Buch blätternd. »Sie liebt das Spitze. Offenbar hält sie ihr Gehirn für so etwas wie ein Nadelkissen – wissen Sie, es gibt solche mit Sand gefüllten Kissen.«

»Sie ist sehr belesen«, sagte Klim, nur um irgendwas zu sagen, während Turobojew ganz leise hinzufügte: »Eine Herbstfliege . . .«

Von oben wurde mit etwas Schwerem, mit einem Stuhlbein wahrscheinlich, dreimal gegen die Decke geklopft. Turobojew erhob sich, blickte Klim wie einen leeren Fleck an und verließ, nachdem er ihn mit diesem Blick ans Fenster geheftet hatte, das Zimmer.

Er ist zu der Spiwak gegangen, sie war es, die geklopft hat, kombinierte Klim. Er blickte auf das Dach, auf dem die Feuerwehrleute den Schnee breittraten, so daß der graue Rauch noch dichter strömte.

Er ist selbst eine Herbstfliege, dieser Turobojew.

Nun trat, ohne anzuklopfen, wie in ihr eigenes Zimmer, Marina ein.

»Möchten Sie Tee?«

»Ja, bitte.«

Sie sah Klim zornig ins Gesicht und fragte: »Wo ist Ihr Bruder?«
»Ich weiß nicht.«

Sie wandte sich zur Tür, trat aber, die Tür anlehnend, nochmals einen Schritt auf Samgin zu.

»Er hat nicht zu Hause übernachtet«, sagte sie streng.

Klim lächelte. »Das kommt bei jungen Leuten vor.«

Marina fragte, tief errötend: »Sie wollen Plattheiten sagen, wie? Ist Ihnen aber bekannt, daß er sich mit Arbeitern abgibt und daß dafür . . .«

Sie ließ den Satz unbeendet und ging hinaus, noch bevor Samgin, empört über ihren Ton, ihr sagen konnte, daß er nicht Dmitrijs Erzieher sei.

»Du Dumme«, schimpfte er, im Zimmer auf und ab gehend. »Dumm und primitiv.«

Er mußte daran denken, wie er eines Tages beim Betreten des Speisezimmers Kutusow und Marina in ihrem Zimmer erblickt hatte, sie stand vor ihm, schlug mit der Faust der rechten Hand in die offene linke und sagte dem bärtigen Studenten ins Gesicht: »Ich – bin Weib! Wei-ei-b!«

Zunächst schienen Klim ihre Ausrufe verwundert oder gekränkt. Sie stand mit dem Rücken zu ihm, er konnte ihr Gesicht nicht sehen, aber in den nächsten Sekunden begriff er, daß sie voll Wut redete und daß sie, wenn sie auch nur halblaut sprach, imstande gewesen wäre, ohrenbetäubend zu schreien und mit den Füßen zu stampfen.

»Verstehen Sie?« hatte sie gefragt, wobei sie jedes Wort mit einem klatschenden Faustschlag in die weiche Handfläche begleitete. »Er hat seinen eigenen Weg. Er wird ein Gelehrter werden, jawohl! Ein Professor.«

»Maulen Sie nicht«, hatte Kutusow gesagt.

Er überragte Marina um eine halbe Kopfhöhe, und man konnte sehen, wie seine grauen Augen neugierig das Gesicht des Mädchens musterten. Mit der einen Hand strich er sich den Bart, in der anderen, die herabhing, glomm eine Zigarette.

Marinas Zorn wurde immer heftiger, auffälliger.

»Er ist vertrauensselig, ehrlich, aber er hat keinen Willen . . .«

»Oh, ich habe Ihnen wohl ein Loch in den Rock gebrannt«, hatte Kutusow gerufen und war etwas von ihr zurückgetreten. Marina hatte sich umgewandt, hatte Klim erblickt und war mit einem Gesicht, ebenso hochrot wie jetzt, ins Speisezimmer gegangen.

Das Leben des Bruders interessierte Klim nicht, doch nach dieser Szene hatte er begonnen, Dmitrij aufmerksamer zu beobachten. Er überzeugte sich bald, daß der Bruder sich Kutusows Einfluß unterwarf und bei ihm die fast erniedrigende Rolle eines Werkzeugs im Dienste seiner Interessen und Ziele spielte. Klim sagte das Dmitrij einmal, so brüderlich liebevoll und ernst er konnte. Doch der Bruder starrte ihn erstaunt mit seinen Schafsaugen an und lachte auf. »Du bist wohl verrückt!«

Doch dann patschte er Klim mit der Hand aufs Knie und sagte: »Wie dem auch sei – danke schön! Gut hast du das gesagt, du komischer Kauz!«

Klim verstummte, da er sein Erstaunen, das Lachen und die Geste dumm fand. Zweimal sah er auf dem Tisch des Bruders illegale Broschüren; die eine handelte davon, »Was der Arbeiter wissen und im Auge behalten muß«, die andere »Von den Strafen«. Beide waren schmuddelig, zerknittert, die Schrift war stellenweise mit schwarzen Flecken bedeckt, die an Fingerabdrücke erinnerten.

Es ist klar, daß er sich mit Arbeitern abgibt. Und wenn man ihn verhaftet, kann das auch mich berühren: wir sind Brüder, wohnen unter ein und demselben Dach ...

Erregt schritt er immer rascher im Zimmer auf und ab, so daß das Fenster an der Wand von rechts nach links entlang zu wandern begann.

Unter all den Menschen, die Klim begegnet waren, machte der Müllerssohn auf ihn den Eindruck eines in seiner Vollkommenheit ganz ungewöhnlichen Wesens. Samgin bemerkte an ihm nichts Überflüssiges, Erfundenes, nichts, das zu denken erlaubt hätte: Dieser Mensch ist nicht so, wie er scheint. Seine etwas grobe Sprechweise, die schwerfälligen Gesten, das herablassende und gutmütige Lächeln in den Bart hinein, die schöne Stimme – das alles war gediegen aufeinander abgestimmt und jedes einzelne unentbehrlich wie die Bestandteile für eine Maschine. Klim erinnerte sich sogar an die Verszeile eines jungen, aber schon recht bekannten Dichters:

Es liegt Schönheit in der Lokomotive.

Doch Kutusows Predigten wurden immer aufdringlicher und gröber. Klim fühlte, daß Kutusow imstande war, nicht nur den weichen Dmitrij, sondern auch ihn selbst sich geistig untertänig zu machen. Kutusow zu widersprechen war schwierig, er schaute einem gerade in die Augen, sein Blick war kalt, in seinem Bart regte sich ein beleidigendes Lächeln. Er sagte: »Sie denken naiv, Samgin. In Ihrem Kopf herrscht ein Durcheinander. Man kann nicht klug werden: Was sind Sie? Ein Idealist? Nein. Ein Skeptiker? Sie sehen nicht danach aus. Na, und wann hätten Sie Jüngling auch Skepsis erwerben sollen? Der Skeptizismus Turobojews, ja, der ist erklärlich; das ist die Weltauffassung eines Menschen, der deutlich spürt, daß seine Klasse ihre Rolle ausgespielt hat und auf einer schiefen Ebene rasch hinabgleitet ins Nichts.«

Dann begann Kutusow langweilig von Agrarpolitik, von der Adelsbank, vom Wachstum der Industrie zu sprechen.

Klim fühlte bedrückt, daß Kutusow sein Selbstvertrauen allzu leicht ins Wanken brachte, daß dieser Mensch ihn vergewaltigte, indem er ihn zwang, sich mit Schlußfolgerungen einverstanden zu erklären, denen er, Klim Samgin, nur die Worte ›Ich will nicht‹ hätte entgegenstellen können.

Aber es fehlte ihm der Mut, diese Worte auszusprechen.

Er blieb plötzlich mit verschränkten Armen mitten im Zimmer stehen und lauschte aufmerksam, wie in ihm eine tröstliche Vermutung wuchs: Alles, was die Nechajewa sagte, könne ihm als gute Waffe zu seiner Verteidigung dienen. Das alles stand sehr fest dem »Kutusowtum« entgegen. Die sozialen Fragen waren nicht der Rede wert neben der Tragödie des individuellen Seins.

Gerade hieraus erklärt sich meine Gleichgültigkeit gegen Kutusows Predigten, entschied Klim, von neuem im Zimmer auf und ab schreitend. Das hat mir niemand eingeflüstert, ich habe es selbst und schon lange begriffen . . .

Er ging ins Speisezimmer hinüber, trank Tee und saß dort einsam eine Weile, sich daran ergötzend, wie leicht ihm immer neue Gedanken kamen. Dann brach er zu einem Spaziergang auf und befand sich, ehe er es sich versah, am Eingang des Hauses, in dem die Nechajewa wohnte.

Die Gespräche mit ihr sind nützlich, dachte er, sich gleichsam vor jemandem entschuldigend.

Das Mädchen begrüßte ihn freudig. Sie lief wieder so ungeschickt und geschäftig von einer Ecke zur anderen und erzählte dabei jammernd, daß sie nachts nicht schlafen könne, die Polizei sei dagewesen, es sei irgendwer verhaftet worden, eine betrunkene Frau habe geschrien, im Korridor sei getrampelt und umhergelaufen worden.

»Gendarmen?« fragte Klim finster.

»Nein, Polizei. Ein Dieb wurde verhaftet . . .«

Beim Tee sprach Klim zurückhaltend von Maeterlinck wie einer, der seine Meinung hat, sie dem Gesprächspartner aber nicht aufdrängen möchte. Dennoch sagte er, die Allegorie der »Blinden« sei allzu durchsichtig und Maeterlinck nähere sich in seiner Einstellung zum Verstand Lew Tolstoi. Es war ihm angenehm, daß die Nechajewa ihm zustimmte.

»Ja«, sagte sie, »aber Tolstoi ist gröber. Vieles bei ihm ist eben dem

Verstand, der trüben Quelle entnommen. Und ich glaube, daß ihm das Gefühl der inneren Freiheit organisch zuwider ist. Tolstois Anarchismus ist eine Legende und wird nur dank der Großzügigkeit seiner Verehrer zu seinen Vorzügen gerechnet.«

An diesem Abend stach ihre physische Dürftigkeit Klim besonders ins Auge. Das schwere Wollkleid von undefinierbarer Farbe machte sie alt und hinderte ihre Bewegungen, sie bewegte sich langsamer und gezwungen. Das frischgewaschene Haar hatte sie nachlässig zu einem Knoten gesteckt, wodurch ihr Kopf unvorteilhaft vergrößert wurde. Klim empfand auch heute leichte Regungen von Mitleid mit diesem Mädchen, das sich in einem dunklen Winkel unsauberer, möblierter Zimmer versteckte, wo sie sich dennoch ein wohnliches Nest einzurichten verstanden hatte.

Sie sagte das gleiche wie gestern, sprach von den Geheimnissen des Lebens und des Todes, nur mit anderen Worten, ruhiger, auf etwas lauschend und irgendwie auf Einwendungen gefaßt. Ihre sanften Worte lagerten sich als dünne Schicht in Klims Gedächtnis wie Stäubchen auf einer lackierten Fläche.

Von der Liebe will sie nicht reden, sie würde es sicherlich gern, aber sie wagt es nicht.

Er selbst hatte kein Verlangen, das Gespräch auf dieses Thema zu lenken. Der gesenkte Lampenschirm füllte das Zimmer mit orangefarbenem Nebel. Die dunkle, von vielen Rissen durchfurchte Zimmerdecke, die stoffverkleideten Wände, der rötliche Teppich auf dem Boden – das alles erweckte in Klim ein sonderbares Gefühl: Es kam ihm vor, als säße er in einem Sack. Es war sehr warm und unnatürlich still. Nur hin und wieder ließ sich ein dumpfes Dröhnen vernehmen, dann zitterte das ganze Zimmer und schien sich gleichsam zu senken. Wahrscheinlich fuhr auf der Straße ein schwer beladener Wagen vorbei.

Während Klim unaufmerksam der leisen Stimme der Nechajewa zuhörte, dachte er: Ich bin nicht auf die Welt gekommen, um zu entscheiden, wer recht hat: die Volkstümler oder die Marxisten.

Er merkte nicht, wann und weshalb die Nechajewa von sich selbst zu erzählen begann.

»Mein Vater war Professor, Physiologe, er war schon über vierzig, als er heiratete, ich bin sein erstes Kind. Es kommt mir vor, als hätte ich zwei Väter gehabt: bis zum siebenten Lebensjahr den einen – er hatte ein gütiges, rasiertes Gesicht mit großem Schnurrbart und lustige, helle Augen. Er spielte sehr gut Cello. Dann bekam er einen grauen Bart, wurde unordentlich und böse, verbarg die Augen hinter einer rauchgrauen Brille und betrank sich oft. Das kam daher, weil

Mutter, nachdem sie ein totes Kind geboren hatte, gestorben war. Ich habe sie in Weiß oder Hellblau in Erinnerung, mit einem dicken kastanienbraunen Zopf auf der Brust oder auf dem Rücken. Sie sah nicht wie eine Dame aus, sie war bis zu ihrem Tode wie ein Mädchen, klein, mollig und sehr lebhaft. Sie starb im Sommer, als ich mich auf dem Lande in der Sommerfrische aufhielt, ich war damals noch nicht ganz sieben Jahre alt. Ich erinnere mich, wie sonderbar das war: Ich kam nach Hause, doch Mama war nicht mehr da, und Vater war nicht mehr der gleiche.«

Die Nechajewa erzählte langsam, leise, doch ohne Trauer, und das war eigentümlich. Klim warf einen Blick auf sie; sie kniff oft die Augen zu, ihre nachgezogenen Brauen zuckten. Sie fuhr mit der Zunge über die Lippen und machte mitten im Satz unangebrachte Pausen, noch unangebrachter aber war das Lächeln, das über ihre Lippen glitt. Klim sah zum erstenmal, daß sie einen schönen Mund hatte, und dachte mit jungenhafter Neugier: Wie mag sie nackt aussehen? Wahrscheinlich komisch.

Im nächsten Augenblick tadelte er sich wegen dieser Neugier, machte ein finsteres Gesicht und begann aufmerksamer zuzuhören.

»Auf meine kindlichen Fragen: woraus der Himmel gemacht sei, wozu die Menschen lebten, weshalb sie stürben, antwortete der Vater: ›Das ist noch niemandem bekannt. Schau, Fima, du bist dazu geboren, um es zu erfahren.‹ Er nahm mich auf die Knie, atmete mir Biergeruch ins Gesicht, und sein rauher Bart stach mich unangenehm am Hals und an den Ohren. Er trank entsetzlich viel Bier, sein Leib war aufgeschwemmt, die Backen bläulich aufgedunsen, seine Augen ertranken in Fett. Er war mir unangenehm. Er erweckte in mir ein ablehnendes Gefühl, weil er keine einzige meiner Fragen zu beantworten wußte oder – wie ich damals meinte – beantworten wollte. Mir schien, er verberge absichtlich vor mir märchenhafte Geheimnisse, die er enträtselt hatte, und zwinge mich, sie selbst zu lösen, so wie er mich die Aufgaben aus dem Rechenbuch lösen ließ. Er half mir nie bei den Schulaufgaben und verbot allen, mir zu helfen. Ich mußte alles selber machen. Ganz besonders aber stieß er mich ab, wenn er immer wieder sagte: ›Das weiß niemand. Versuche selbst, dahinterzukommen.‹ Diese Worte wiederholte er sehr oft.«

»Mein Vater beantwortete alle Fragen«, fügte Klim plötzlich und unwillkürlich ein.

»Ja? Er beantwortete sie?« fragte die Nechajewa. »Es ist aber doch . . .«

Mitten im Satz abbrechend, schwieg sie ein paar Sekunden, und dann begann ihre Stimme von neuem zu rascheln. Klim hörte nachdenklich zu, er fühlte, daß er das Mädchen heute mit anderen Augen sah; nein, sie ähnelte Lidija in keiner Weise, aber sie hatte eine entfernte Ähnlichkeit mit ihm selbst. Er konnte sich nicht klarwerden, ob ihm das angenehm oder unangenehm war.

»Nachts, wenn er betrunken war, spielte Vater Cello. Die heulenden Töne weckten mich. Mir schien, als spielte er nur auf den Baßsaiten und nicht mehr so gut, wie er früher gespielt hatte. Dunkelheit, Stille, und in der Finsternis die langen Klangstreifen, die noch schwärzer waren als die Finsternis. Mich ängstigte dieses schwarze Heulen nicht, aber mir war so traurig zumute, daß ich weinte. Vater starb nach vier Tagen Krankheit. Wie mir Ziffern, Zahlen zuwider sind! Vier Tage lag er, nach Atem ringend, blau angelaufen, aufgequollen da, sah aus feuchten Augenschlitzen zur Decke und schwieg. Am Tage seines Ablebens versuchte er – es war das einzige Mal! – mir etwas zu sagen, sagte aber nur: ›Schau, Fima, du wirst nun selbst . . .‹ Er konnte den Satz nicht vollenden, aber ich begriff natürlich, was er hatte sagen wollen. Ich beklagte ihn nicht besonders, obwohl ich viel weinte, aus Angst wahrscheinlich. Im Sarg sah er unheimlich aus, so riesengroß und – blind.«

Die Nechajewa senkte den Kopf und verstummte, mit den Handflächen den Rock auf ihrem Knie glättend. Ihre Erzählung hatte Klim lyrisch gestimmt, er seufzte: »Ja, unsere Väter . . .«

»›Die Väter aßen saure Weintrauben, und die Zähne der Söhne wurden stumpf.‹ Welcher von den Propheten hat das doch gesagt? Ich habe es vergessen.«

»Ich erinnere mich auch nicht«, sagte Klim, obwohl er die Propheten gar nicht gelesen hatte.

Die Nechajewa hob langsam, unentschlossen die Arme und schickte sich an, ihre nachlässige Frisur zu ordnen, doch das Haar fiel ihr plötzlich aufgelöst über die Schultern herab, und Klim war erstaunt, wie reich und locker es war. Das Mädchen lächelte.

»Entschuldigen Sie.«

Klim verneigte sich leicht, er beobachtete, wie sie sich erfolglos bemühte, das Haar zu bändigen. Er schwieg. Es fielen ihm keine bedeutsamen Worte ein, für einfache, alltägliche Worte jedoch war dieses Mädchen nicht zugänglich. Er war verlegen, da er einer peinlichen Situation oder einer Gefahr gewärtig war.

»Ich muß nun gehen.«
»Weshalb?«
»Es ist schon spät.«
»So?«

Sie senkte die Arme, das Haar fiel ihr wieder über Wangen und Schultern; ihr Gesicht wurde noch kleiner.

»Kommen Sie recht bald wieder«, sagte sie in einem sonderbaren Ton, gleichsam befehlend.

Es war um Mitternacht, als Klim heimkam. Vor der Zimmertür des Bruders standen Dmitrijs Schuhe, er selbst schien schon zu schlafen; er antwortete nicht auf das Klopfen, obwohl in seinem Zimmer noch Licht brannte und das Schlüsselloch ein gelbliches Lichtband in den dunklen Korridor fließen ließ. Klim wollte noch etwas essen. Er schaute vorsichtig ins Speisezimmer, dort schritten Marina und Kutusow Schulter an Schulter auf und ab; Marina hatte die Arme verschränkt und den Kopf gesenkt, Kutusow, der mit der Zigarette vor seinem Gesicht herumfuchtelte, sagte halblaut: »Wir verfügen nur über eine Kraft, die uns wirklich umwandeln kann, das ist die Kraft der Wissenschaft...«

Mit tiefer, aber seltsam kläglicher Stimme brummte Marina: »Und die Kunst?«

»Sie tröstet, aber sie erzieht nicht...«

Klim verzog spöttisch das Gesicht, ging ärgerlich in sein Zimmer und legte sich schlafen mit dem Gedanken, wieviel interessanter als dieser Mensch doch die Nechajewa war.

Zwei Tage darauf saß er am Abend wieder bei ihr. Er war zeitig gekommen und hatte sie zu einem Spaziergang aufgefordert, doch auf der Straße hatte das Mädchen langweilig geschwiegen und nach einer halben Stunde geklagt, ihr sei kalt.

»Fahren wir zu mir.«

»Im Schlitten werden Sie noch mehr frieren.«

»Nein, so geht es schneller«, hatte sie entschieden gesagt.

Zu Hause zeigte sie beim Sprechen und bei allem, was sie tat, eine nervöse Hast und Gereiztheit, sie krümmte den Hals wie ein Vogel, der den Kopf unter dem Flügel versteckt, und sagte, den Blick nicht auf Samgin, sondern irgendwohin unter die Achsel gerichtet: »Ich kann festliche Straßen und Menschen, die am siebenten Tag der Woche einen sauberen Anzug, die Maske der Glücklichen anlegen, nicht ertragen.«

Klim erzählte ihr spöttisch von Kutusows Ausspruch über die Kraft der Wissenschaft. Die Nechajewa zog die Schultern hoch und sagte fast zornig: »Solche Menschen wie er können wohl kaum besser werden davon, daß überall das blutlose elektrische Licht aufflammt.«

Klim, der etwas mehr als sonst getrunken hatte, benahm sich ungezwungener und redete kecker: »Ich begreife, daß das Leben übermäßig kompliziert ist, aber Kutusow beabsichtigt nicht, es zu vereinfachen, sondern zu verunstalten.«

Er spielte mit einem Messer zum Bücheraufschneiden, einer kapriziös geschwungenen Bronzeklinge mit dem vergoldeten Kopf eines bärtigen Satyrs als Griff. Das Messer entglitt seinen Händen und fiel dem Mädchen vor die Füße; Klim bückte sich, es aufzuheben, kippte ungeschickterweise mit dem Stuhl nach vorn und griff, um sich festzuhalten, nach dem Arm der Nechajewa, das Mädchen riß sich los, und Klim sank, der Stütze beraubt, ins Knie. Er erinnerte sich schlecht, wie sich alles weiter abgespielt hatte, erinnerte sich nur an die heißen Handflächen auf seinen Wangen, an den trockenen, raschen Kuß auf die Lippen und an die hastig geflüsterten Worte: »Ja, ja ... oh, mein Gott ...«

Dann empfand er mehr Verwunderung als Freude und hörte, wie die Nechajewa, neben ihm liegend, in sich hinein schluchzte und leidenschaftlich flüsterte: »Lieben, lieben ... Das Leben ist so furchtbar. Es ist entsetzlich, wenn man nicht liebt.«

Klim nahm ihren Kopf, legte ihn auf seine Brust und drückte ihn mit der Hand fest an sich. Er wollte ihre Augen nicht sehen, es war ihm peinlich, ein Schuldbewußtsein diesem sonderbar heißen Körper gegenüber machte ihn verlegen. Sie lag auf der Seite, ihre kleinen, schlaffen Brüste hingen unschön beide nach einer Seite herab.

»Liebster«, flüsterte sie, und warme Tränentröpfchen streichelten seine Brust. »Du bist so lieb, so einfach wie der Tag. So unheimlich, so vertraut.«

Er schwieg und strich ihr über den Kopf. Durch die mit silbernen Vögeln bestickte Seide des Wandschirms betrachtete er den orangefarbenen Fleck der Lampe und dachte voll Unruhe: Wie wird das weitergehen? Wird sie am Ende in Petersburg bleiben und nicht zur Kur fahren? Er hatte ja ihre Zärtlichkeiten nicht gesucht und nicht gewollt. Er hatte sich bloß des Mädchens erbarmt.

Während er aber so dachte, empfand er zugleich Stolz auf sich selbst: Von allen Männern, die sie kannte, hatte sie gerade ihn gewählt. Dieser Stolz wurde noch gesteigert durch ihre neugierigen Zärtlichkeiten und ihre glühenden, naiv schamlosen Worte.

»Oh, ich weiß, daß ich nicht schön bin, aber ich habe so großes Verlangen zu lieben. Ich bereite mich darauf vor wie eine Gläubige auf das Abendmahl. Und ich verstehe zu lieben, nicht wahr?«

»Ja«, sagte Klim sehr aufrichtig. »Du bist wunderbar. Aber dennoch ist es schädlich für dich, und du solltest fahren ...«

Sie hörte nicht zu; hustend und nach Atem ringend, beugte sie sich über sein Gesicht, blickte ihm mit Augen, aus denen immerzu kleine und warme Tränen herabfielen, in seine verlegenen Augen und flüsterte: »Liebster! Verurteilter!«

Ihre Tränen schienen unangebracht: Worüber hatte sie denn zu weinen? Er hatte sie doch nicht gekränkt, hatte ihre Liebe nicht verschmäht. Das unbegreifliche Gefühl, das diese Tränen hervorrief, ängstigte Klim. Er küßte die Nechajewa auf die Lippen, damit sie schwiege, und verglich sie unwillkürlich mit Margarita – die war schöner und hatte ihn nur physisch ermüdet. Diese hier aber flüsterte indessen: »Bedenk: Die Hälfte aller Frauen und Männer des Erdballs lieben einander in dieser Minute wie wir beide, Hunderttausende werden zur Liebe geboren, Hunderttausende sterben, die ausgeliebt haben. Liebster, Unerwarteter...«

Selbst ihre Worte waren überflüssig, ja sogar irgendwie unwahr. Unerwarteter? Stimmte das?

Der orangefarbene Fleck auf dem Wandschirm erinnerte an die Abendsonne, die eigensinnig nicht in den Wolken verschwinden wollte. Die Zeit schien in unschlüssiger und an Langeweile grenzender Verlegenheit stehengeblieben zu sein.

»Wir bringen uns demütig und leidenschaftlich dem furchtbaren Geheimnis zum Opfer, das uns erschaffen hat.«

Klim umschlang sie und schloß den glühenden Mund des Mädchens fest mit einem Kuß. Dann schlummerte sie plötzlich ein, indem sie ermattet die Brauen hochzog und den Mund öffnete, ihr mageres Gesicht nahm einen Ausdruck an, als wäre sie stumm geworden, als hätte sie schreien wollen und dies nicht vermocht. Klim erhob sich vorsichtig und kleidete sich an.

Als er sie verließ, war es sehr spät. Der Mond schien mit jener durchdringenden Klarheit, die vieles auf Erden als überflüssig entlarvt. Gläsern knirschte der Schnee unter seinen Füßen. Die riesigen Häuser sahen sich mit den Glotzaugen der vereisten Fenster an; an den Türen hockten als schwarze Kolosse die wachhabenden Hausknechte; in der Leere des Himmels blinkten verloren ein paar Sterne. Alles ringsum war klar.

Klim, der körperlich ermüdet war, ging ohne Eile, er fühlte, wie die helle Nachtkälte ihm die unklaren Gedanken und Empfindungen ausfror. Im Innern sang er sogar nach einem Operettenmotiv:

Ja, ist denn ein Junge dagewesen, vielleicht war gar kein Junge da?

Er rieb sich die frierenden Hände und atmete erleichtert auf. Die Nechajewa spielte sich also nur als ein pessimistisch angehauchter Mensch auf, um sich in ein ungewöhnliches Licht zu setzen und dadurch die Aufmerksamkeit der Männer auf sich zu lenken. So verfahren die Weibchen irgendwelcher Insekten. Klim Samgin fühlte, daß sich zu seiner Entdeckungsfreude ein starker Ärger über jemanden gesellte. Es war schwer zu sagen, ob über die Nechajewa oder über sich selbst. Oder über das Unfaßbare, das ihm nicht erlaubte, einen Halt zu finden?

Dann fiel ihm ein, daß in der Tasche ein Brief der Mutter steckte, den er tags erhalten hatte; dieser wortkarge, mit algebraischer Genauigkeit geschriebene Brief teilte ihm mit, kultivierte Menschen seien verpflichtet zu arbeiten, sie wolle in der Stadt eine Musikschule eröffnen, während Warawka die Absicht habe, eine Zeitung herauszugeben und Stadtoberhaupt zu werden. Lidija wird also Tochter des Stadtoberhaupts. Er wird ihr vielleicht einmal von seinem Roman mit der Nechajewa erzählen. So etwas erzählt man am besten in humorvollem Ton.

Er zwang sich, weiter über die Nechajewa nachzudenken, doch ließ sich das jetzt schon wohlwollend tun. Was sie getan hatte, war im Grunde nichts Ungewöhnliches: Jedes Mädchen will ja Frau sein. Ihre Fußnägel waren schlecht geschnitten, sie schien ihm die Haut am Knöchel zerkratzt zu haben. Klim schritt immer sicherer und schneller. Der Tag brach an, der Himmel, grün verfärbt im Osten, war noch kälter geworden. Klim Samgin machte ein verdrossenes Gesicht: es war peinlich, am Morgen heimzukommen. Das Stubenmädchen würde natürlich erzählen, daß er nicht zu Hause übernachtet hatte.

Er erwachte in munterer Stimmung. Das unerwartete Erlebnis gab ihm Auftrieb und bestärkte seinen Verdacht, daß, wovon auch immer die Menschen reden mochten, sich hinter den Worten eines jeden etwas ganz Simples verbarg, wie es sich bei der Nechajewa gezeigt hatte. Er hatte keine Lust, am Abend zu ihr zu gehen, aber er begriff, daß sie dann selber erscheinen und ihn möglicherweise durch irgend etwas in den Augen des Bruders, der Tischgäste oder Marinas kompromittieren würde. Er wollte aus irgendeinem Grund besonders nicht, daß Marina von seiner Beziehung zu der Nechajewa höre, doch hatte er nichts dagegen, daß die Spiwak das wüßte.

Er lag im Bett und dachte mit Besorgnis an die hungrigen, gierigen Liebkosungen der Nechajewa zurück, und es kam ihm vor, als hätten sie etwas Krankhaftes, das an Verzweiflung grenzte. Sie hatte sich so an ihn geschmiegt, als wollte sie in ihm aufgehen. Doch besaß sie auch etwas kindlich Zärtliches und weckte bisweilen auch in ihm Zärtlichkeit.

Ich muß hingehen, beschloß er und machte sich am Abend auf den Weg, nachdem er dem Bruder gesagt hatte, er ginge in den Zirkus.

Im Zimmer der Nechajewa stand eine mollige, rundliche alte Frau am Tisch, sie nahm geräuschlos einen Gegenstand und ein Buch nach dem anderen in die Hand und staubte es mit einem Lappen ab. Bevor sie etwas in die Hand nahm, nickte sie höflich und wischte es dann vorsichtig ab, als wäre das Väschen oder das Buch lebendig und empfindlich wie ein Kücken. Als Klim das Zimmer betrat, zischte sie: »Schtscht – sie schläft!«

Die Alte schien ebenso erfunden wie das ganze Zimmer und seine Inhaberin selbst.

»Sagen Sie ihr, Samgin sei dagewesen.«

Hinter dem Wandschirm ertönte eine schwache Stimme: »Sind Sie es? Oh, bitte . . .«

Klim trat in das gelbliche Halbdunkel hinter dem Wandschirm, seine einzige Sorge war, der Nechajewa zu verbergen, daß sie enträtselt war. Doch er fühlte gleich, wie ihm Stirn und Schläfen erkalteten. Die Decke auf dem Bett war so glatt und straff gespannt, daß es aussah, als sei kein Körper darunter, als läge nur ein Kopf auf dem Kissen, und unter dem grauen Streifen der Stirn glänzten unnatürlich die Augen.

Theater, sagte er sich, doch fiel ihm dieses Wort erst nach einer Weile ein.

»Ich habe achtunddreißig sechs«, vernahm er eine leise, schuldbewußte Stimme. »Nehmen Sie Platz. Ich freue mich so. Tante Tasja, machen Sie Tee, ja?«

»Aber gern«, antwortete eine piepsige Spielzeugstimme.

Die Nechajewa holte den bloßen Arm unter der Plüschdecke hervor und wickelte sich mit der anderen Hand wieder bis zum Kinn ein; ihre Hand war feuchtheiß und unangenehm leicht: Klim zuckte zusammen, als er sie ergriff. Doch das Gesicht, das sich lebhaft gerötet hatte und von einem freudigen Lächeln belebt war, schien Klim im Schatten des aufgelösten Haars plötzlich so lieb, wie er es nie gesehen hatte, während die leuchtenden Augen Stolz und Trauer zugleich in ihm erweckten. Hinter dem Wandschirm raschelte und schwebte ab und zu, den orangefarbenen Lichtfleck der Lampe verdeckend, eine dunkle Wolke vorüber; das Gesicht des Mädchens veränderte sich, indem es bald aufflammte, bald wieder erlosch.

An diesem Abend zitierte die Nechajewa keine Verse, nannte keine Dichternamen, sprach nicht von ihrer Angst vor dem Leben und vor dem Tod, sie sprach in Worten, die Klim nie gehört und nie gelesen hatte, nur von der Liebe. Lächelnd spielte sie mit den Fingern seiner Hand, sog gierig die Luft ein und flüsterte ihre ungewöhnlichen Worte, und Klim, der ihre Aufrichtigkeit nicht bezweifelte, dachte: Nicht jeder kann sich rühmen, solche Liebe erweckt zu haben! Zugleich war sie so kindlich bedauernswert, daß auch er gern aufrichtig gesprochen hätte. In ihren Worten fühlte er so viel trunkenes Glück, daß sie auch ihn trunken machten und in ihm das Verlangen weckten, ihren unsichtbaren Körper zu umarmen und zu küssen. In ihm blitzte der seltsame Gedanke auf: Man könnte sie kneifen, beißen und allerart quälen, sie würde auch das als Liebkosung aufnehmen. Sie flüsterte: »Ich gefalle dir doch? Liebst du mich ein wenig?«

»Ja«, antwortete Klim im Glauben, nicht zu lügen. »Ja!«

Er blickte in die erweiterten Pupillen ihrer halb wahnsinnigen Augen, und sie offenbarten ihm in ihrer Tiefe etwas, wovon er unwillkürlich dachte: Das also ist Liebe? – Und sogleich dachte er an Lidijas Augen, dann an den stummen Blick der Spiwak. Er begriff dunkel, daß wahre Liebe ihn lieben lehrte, und begriff, was das für ihn bedeutete. Unmerklich fühlte er an diesem Abend, daß das Mädchen ihm nützlich war: Mit ihr allein erlebte er eine Reihe mannigfaltiger, neuer Empfindungen und wurde sich selbst interessanter. Er verstellte sich nicht vor ihr, schmückte sich nicht mit fremden Worten, und die Nechajewa sagte zu ihm: »Wieviel aristokratischer du mit deiner Zurückhaltung im Vergleich zu anderen bist! Es ist so angenehm zu sehen, wie du mit deinen Gedanken, deinen Kenntnissen nicht sinnlos und nutzlos um dich wirfst, wie die andern das voreinander paradierend tun! Du hast Achtung vor den Geheimnissen deiner Seele, das kommt selten vor. Ich kann Menschen, die wie im Walde verirrte Blinde schreien, nicht vertragen. Ich, ich, ich! schreien sie.«

Klim stimmte ihr bei: »Ja, wovon auch immer sie schreien, sie schreien letzten Endes doch nur von ihrem Ich.«

»Weil es farblos ist, sehen sie es nicht«, griff sie seine Worte auf.

Besonders wertvoll an der Nechajewa war, daß sie die Menschen von weitem und von oben her zu betrachten verstand. In ihrer Darstellung wurden sogar Leute, von denen man ehrerbietig sprach und lobend schrieb, klein und unbedeutend irgend etwas Geheimnisvollem gegenüber, das sie empfand. Dieses Geheimnisvolle beunruhigte Klim nicht sonderlich, doch es tat ihm wohl, daß das Mädchen große Menschen vereinfachte und ihm dadurch das Bewußtsein seiner Gleichheit mit ihnen einflößte.

Er ging nun jeden Abend zu ihr und fühlte, wie er, sich an ihren Reden sättigend, wuchs. Sein Roman wurde natürlich bemerkt, und Klim sah, daß ihn das vorteilhaft hervorhob. Jelisaweta Spiwak sah ihn neugierig und gleichsam aufmunternd an, Marina sprach noch freundlicher mit ihm, der Bruder schien ihn zu beneiden. Dmitrij war trübsinniger, schweigsamer geworden und sah Marina mit gekränktem Blinzeln an.

Klim spürte in sich das Spiel fröhlicher Nachsicht zu jedermann, das prickelnde Verlangen, Kutusow, der mit unveränderter Hartnäckigkeit die Notwendigkeit des Marx-Studiums und die Genialität Mussorgskijs bewies, auf die Schulter zu klopfen. Kutusow beugte sich mit seinem ganzen Gewicht über den stillen, schweigsamen Spiwak, der stets am Flügel saß, und sagte: »Die schwächste Oper von Rimskij-Korsakow ist talentierter als die beste Oper Verdis...«

»Schreien Sie mir nicht ins Ohr«, bat Spiwak.

Zu Hause war es ziemlich langweilig, es wurden immer wieder die gleichen Romanzen, Duette und Trios gesungen. Kutusow ärgerte sich unverändert über Marina, weil sie falsch sang, und unverändert stritt er zusammen mit Dmitrij gegen Turobojew, wodurch sie auch in Klim den Wunsch erweckten, ihnen herausfordernd etwas Spöttisches zuzurufen.

Die Nechajewa war wieder auf den Beinen, die roten Flecke auf ihren Wangen glühten noch greller, unter ihren Augen lagen Schatten, die ihre Backenknochen spitzer erscheinen ließen und dem Blick einen fast unerträglichen Glanz verliehen. Marina begrüßte sie zornig: »Du bist ja von Sinnen! Wozu hast du einen Arzt? Das ist doch Selbstmord!«

Die Nechajewa lächelte sie an, fuhr mit der Zunge über die trokkenen Lippen, setzte sich in die Diwanecke, und bald erklang dort aufdringlich ihr Stimmchen, das dozierend auf Dmitrij Samgin einredete: »Das Bestreben des Gelehrten, die Naturerscheinungen zu analysieren, entspricht in seinem Wert dem Spiel eines Kindes, das die Spielsachen zerbricht, um zu sehen, was sich in ihrem Innern befindet...«

»Ist das nicht banal, gnädiges Fräulein?« fragte von weitem mit zusammengezogenen Brauen Kutusow, wobei er sich am Bart zupfte. Sie antwortete ihm nicht, das übernahm Turobojew, der träge sagte: »Im Innern zeigt sich dann gewöhnlich etwas Unerkennbares oder irgend so ein Zeug wie der Kampf ums Dasein...«

Nachdem sie eine bis anderthalb Stunden dagesessen hatte, pflegte die Nechajewa wieder aufzubrechen, und Klim begleitete sie, was er nicht immer gern tat.

Sie schenkte ihm gern Bücher, Reproduktionen moderner Bilder, schenkte ihm eine Schreibunterlage, in deren Leder ein Faun eingeprägt war, und ein unglaublich verschnörkeltes Tintenfaß. Sie kannte viele komische Wahrzeichen, kleine Vorurteile, und schämte sich ihrer, schämte sich offensichtlich auch ihres Glaubens an Gott.

Als sie mit Klim in der Kasaner Kathedrale der Ostermesse beiwohnte, zuckte sie zusammen, als das »Christ ist erstanden« angestimmt wurde, wankte und schluchzte ganz leise.

Als sie dann mit ihm unter schwarzem Himmel und im kalten Wind, der den trockenen Schnee zornig zerstäubte und die spärlichen Glockenklänge zerfetzt über die Stadt sandte, durch die Straßen ging, hustete sie und sagte schuldbewußt: »Ist es komisch, daß ich geweint habe? Mich erschüttert eben das Geniale, und die russische Kirchenmusik ist genial . . .«

Dunkle Menschengestalten lösten sich aus der steinernen Umklammerung der Kathedrale und eilten nach allen Richtungen auseinander. Im schwachen Licht der dürftigen Illumination erschienen sie dunkler als sonst; nur unter den Mänteln der Frauen schauten Streifen hellen Stoffs hervor.

Während er ihr zuhörte, dachte Klim, daß die Provinz feierlicher und freudvoller war als diese kalte Stadt, die akkurat und langweilig zweimal in der Längsrichtung durchschnitten war: von dem in Granit gezwängten Fluß und von dem endlosen, auch wie aus Stein gehauenen, kanalähnlichen Newskij Prospekt. Wie lebendig gewordene Steine bewegten sich auf dem Prospekt die Menschen, rollten die Equipagen, von maschinenhaften Pferden gezogen, dahin. Das kupferne Läuten hatte inmitten der steinernen Mauern nicht den Wohlklang wie in der hölzernen Provinz.

Die Nechajewa, die sich bei Klim eingehängt hatte, sprach von der düsteren Poesie der Totenliturgie und brachte ihren Weggefährten so dazu, daß er sich mit Unwillen an das Märchen von dem Narren erinnerte, der auf einer Hochzeit Begräbnislieder sang. Sie gingen gegen den Wind, das Reden fiel ihr schwer, sie keuchte. Klim sagte streng, im Ton des Älteren: »Schweig, schließ den Mund und atme durch die Nase.«

Als sie jedoch eine Droschke genommen hatten und zu Premirows fuhren, hielt sie sich den Muff vor den Mund und fing von neuem zu reden an.

»Du betrachtest das alles natürlich als Vorurteil, doch ich liebe die Poesie der Vorurteile. Irgendwer hat gesagt: ›Vorurteile sind Überreste alter Wahrheiten.‹ Das ist ein sehr kluges Wort. Ich glaube, daß die alten Wahrheiten herrlicher denn je wiedererstehen werden.«

Klim hörte schweigend zu, er fühlte, daß in dem Mädchen der Wunsch heranwuchs, ihn zum Streit herauszufordern, ihm zu widersprechen. Er merkte das nicht zum erstenmal und verbarg nur mit Mühe vor der Nechajewa, daß sie ihn ermüdete. Ihre hysterischen Zärtlichkeiten waren zu etwas Gewohntem geworden, sie waren eintönig, ihre Worte wiederholen sich ständig. Und immer öfter beunruhigten ihn ihre sonderbaren Anwandlungen fragenden Schweigens. Es war ihm unbehaglich, mit einem Menschen zusammen zu sein, der ihn schweigend betrachtete, als erriete er irgend etwas. Der trockene Husten der Nechajewa erinnerte ihn an die Ansteckungsgefahr der Tuberkulose.

Das Speisezimmer bei Premirows war hell erleuchtet, auf dem blumengeschmückten Tisch glänzten verschiedenfarbige Flaschen, Becher und Pokale, blinkte der Stahl der Messer; an dem breiten, blauen Rand einer Fayenceschale spiegelte sich freundlich das Lampenlicht und beleuchtete grell einen kleinen Berg buntgefärbter Eier. Mitten auf dem Tisch lag quer auf einer Platte im Schaum saurer Sahne und geriebenen Meerrettichs vergnügt lächelnd ein Spanferkel, an drei Seiten umgeben von einer goldgelb gebratenen Gans, einer Truthenne und einer soliden Schinkenkeule.

»Ich bitte zu Tisch!« verkündete die alte Premirowa; ganz in Seide gekleidet, mit einem Spitzenhäubchen auf dem grauen Haar, nahm sie als erste Platz und rühmte sich bescheiden: »Bei mir ist alles wie in alten Zeiten.«

Neben sie setzte sich Marina, in einem prächtigen, fliederfarbenen Kleid mit Puffen an den Schultern und einer Unmenge von Fältchen und Falbeln, die ihren kräftigen Körper noch breiter machten; in der Herzgegend war wie ein Orden eine kleine emaillierte Uhr festgesteckt. An der anderen Seite der alten Frau nahm Dmitrij Samgin Platz, er hatte einen weißen Kittel an und war so frisiert, daß er einem Verkäufer aus dem Mehlladen glich. Der Geck Turobojew kam weit weg von Klim ans andere Tischende zu sitzen, und Kutusow zwischen Marina und die Spiwak. In einem abgetragenen und engen Rock saß er krumm, mit hochgezogenen Schultern da, was nicht zu seiner breiten Gestalt passen wollte. Er sagte sogleich zu Marina: »Sie sehen wie ein Sturmbock aus.«

»Was ist denn das wieder?« fragte sie zornig.

Kutusow erklärte liebenswürdig: »Eine Vorrichtung, die in alten Zeiten bei der Belagerung von Städten verwendet wurde.«

Marina bewegte die dichten Brauen, überlegte kurz, erinnerte sich an irgend etwas und entgegnete errötend: »Sehr grob.«

Dmitrij Samgin klopfte mit dem Löffel an den Tischrand und tat den Mund auf, sagte aber nichts, sondern schnalzte nur mit den Lippen, während Kutusow der Spiwak schmunzelnd etwas ins Ohr raunte. Sie trug ein hellblaues Kleid ohne alberne Schulterballons, und dieses glatte Gewand ohne jegliche Verzierung und das glattfrisierte kastanienbraune Haar machten ihr Gesicht noch ernster und steigerten den unfreundlichen Glanz ihrer ruhigen Augen. Als sie Kutusow bestätigend zunickte, sah Klim Turobojew schief lächeln.

Die Nechajewa, in einem weißen und irgendwie kindlichen Kleid, wie niemand es trug, rümpfte die Nase beim Anblick des beladenen Tisches und hüstelte vorsichtig ins Taschentuch. Sie erinnerte an eine aus Barmherzigkeit zu Tisch geladene arme Verwandte. Das ärgerte Klim, seine Geliebte hätte farbiger, auffälliger sein sollen. Auch aß sie mit noch größerem Widerwillen als sonst, man konnte meinen, sie täte es demonstrativ, den anderen zum Ärger.

Man aß fleißig, war rasch gesättigt, und es begann eines jener zusammenhanglosen Gespräche, die Klim schon von Kind auf kannte. Einer beklagte sich über die Kälte, und sogleich begann zu Klims Erstaunen die schweigsame Spiwak begeistert die Natur des Kaukasus zu loben. Turobojew hörte ihr ein, zwei Minuten zu, gähnte und sagte dann betont träge: »Das Interessanteste im Kaukasus ist das tragische Brüllen der Esel. Offenbar begreifen nur sie, wie sinnlos diese Anhäufung von Steinen, Gletschern und Schluchten und die ganze gepriesene Großartigkeit der Gebirgsnatur ist.«

Er sog beim Sprechen nervös an seiner Zigarette, stieß den Rauch wieder aus und blickte das Zigarettenende an. Die Spiwak antwortete ihm nicht, während die alte Frau Premirowa mit einem Seufzer sagte: »Im Kaukasus ist mein Vater getötet worden...«

Auch ihr antwortete niemand, worauf sie rasch hinzusetzte: »Er sah Lermontow ähnlich.«

Aber auch das wurde überhört. Die mancherlei Leid gewohnte alte Frau wischte den silbernen Becher, aus dem sie Wein getrunken hatte, mit der Serviette aus, bekreuzigte sich und verschwand schweigend.

Klim, der wußte, daß Turobojew in die Spiwak verliebt war, und zwar – wenn er an das dreimalige Klopfen an der Zimmerdecke des Bruders dachte – nicht ohne Erfolg, wunderte sich. Turobojew verhielt sich dieser Frau gegenüber spöttisch und gereizt. Er machte sich über ihre Äußerungen lustig und wünschte wohl überhaupt nicht, daß sie in seiner Gegenwart mit anderen spräche.

Sie haben sich offensichtlich verzankt, überlegte Klim und spürte, daß ihm das angenehm war.

Er hatte einen kleinen Rausch, und es entstand der übermütige Wunsch, sich bemerkbar zu machen; er schritt im Zimmer auf und ab, beobachtete die Anwesenden, hörte ihren Gesprächen zu und fand fast an jedem etwas, das ihn belustigte: Marina beispielsweise drückte einen blonden, langnasigen jungen Mann beinahe an die

Wand und redete auf ihn ein: »Sie sollten Prosa schreiben, mit Prosa verdienen Sie mehr Geld und kommen schneller zu Ruhm.«

»Wenn ich aber Lyriker bin?« fragte der junge Mann erstaunt und rieb sich die Stirn.

»Reiben Sie nicht Ihre Stirn, Sie bekommen rote Augen davon«, sagte Marina.

Turobojew erklärte einem hochgewachsenen Mann mit jüdischem Gesicht: »Nein, ich bin nicht von dem Bestreben angesteckt, Geschichte zu machen, Professor Kljutschewskij befriedigt mich völlig, er macht vortrefflich Geschichte. Ich habe gehört, er hat Ähnlichkeit mit dem Zaren Wassilij Schuiskij: er schreibt die Geschichte, wie sie dieser schlaue Zar geschrieben hätte . . .«

Seine Worte wurden von Dmitrijs zorniger Stimme übertönt: »Das ist nichts Neues. Die Ähnlichkeit zwischen Dionysos und Christus ist schon längst festgestellt.«

Wie früher ertönte streitsüchtig das Stimmchen der Nechajewa: »In Rußland kennt man nur Lyrismus und das Pathos der Zerstörung.«

»Sie kennen Rußland ziemlich schlecht, gnädiges Fräulein.«

»Liebe, kalt wie Schnee, Barmherzigkeit wie Eis.«

»Oho! Was für Worte!«

»Erfundene Seelen . . .«

Die Nechajewa schrie zu laut, Klim dachte, sie habe wahrscheinlich zu viel getrunken, und suchte sich von ihr fernzuhalten; die Spiwak saß auf dem Diwan und fragte: »Gibt es in Ihrer Heimatstadt noch mehr Samgins?«

»Ja, meine Mutter.«

»Offenbar ist sie es, die meinen Mann auffordert, dort eine Musikschule einzurichten?«

Dmitrij, ziemlich betrunken und rot im Gesicht, sagte lachend: »Das haben Sie mich doch schon einmal gefragt!«

»Wirklich?« rief die Spiwak erstaunt. »Ich habe ein schlechtes Gedächtnis.«

Sie erhob sich leicht vom Diwan und begab sich wankend in Marinas Zimmer, woher das Schreien der Nechajewa kam; Klim blickte ihr lächelnd nach, es schien ihm, als wollten ihre Schultern und Hüften den Stoff abwerfen, der sie umgab. Sie verwendete ein sehr starkes Parfüm, und Klim erinnerte sich plötzlich, daß es ihm zum erstenmal vor zwei Wochen aufgefallen war. Da ging sie an ihm vorbei und sang aus der Romanze »An den Hügeln Georgiens« die erregende Stelle: »Dir, nur dir allein!«

Er ging schnell in Marinas Zimmer, wo Kutusow, die Rockschöße zurückgeschlagen und die Hände in den Taschen, wie ein Denkmal mitten im Zimmer stand und mit hochgezogenen Brauen den Reden Turobojews zuhörte. Klim sah Turobojew zum erstenmal sprechen ohne das übliche Lächeln und die Grimassen, die sein schönes Gesicht entstellten.

»Es ist ganz klar, daß die Kultur zugrunde geht, denn die Menschen haben sich angewöhnt, auf Kosten fremder Kraft zu leben, und diese Gewohnheit hat alle Klassen, alle menschlichen Beziehungen und Handlungen durchdrungen. Ich verstehe durchaus: diese Gewohnheit rührt von dem Wunsch des Menschen her, sich die Arbeit zu erleichtern. Aber sie ist ihm zur zweiten Natur geworden und hat nicht nur abscheuliche Formen angenommen, sondern untergräbt den tiefen Sinn der Arbeit, ihre Poesie.«

Kutusow lächelte freundlich: »Sie sind ein Idealist, Turobojew. Und ein Romantiker. Das ist aber schon ganz unzeitgemäß.«

Marina zerrte ärgerlich an der Schnur der Luftklappe. Die Spiwak trat zu ihr, um zu helfen, aber Marina hatte die Schnur bereits abgerissen und auf den Boden geworfen.

»Die Männer gehen jetzt!« kommandierte sie. »Serafima, du schläfst bei mir; alle sind betrunken, es ist niemand da, der dich heimbegleiten könnte.«

»Ich bin nicht betrunken!« erklärte Klim.

Die Spiwak stand auf einem Stuhl und bemühte sich hartnäckig, die Luftklappe zu öffnen. Kutusow trat heran, hob sie wie ein Kind vom Stuhl herunter, stellte sie auf den Boden, machte die Luftklappe auf und sagte: »Gehen wir zu Samgin ... dem Älteren. Ja, Tante Lisa?«

Sie gingen. Im Speisezimmer nahm Turobojew mit der Geste eines Zauberkünstlers eine Flasche Wein vom Tisch, doch die Spiwak nahm sie ihm aus den Händen und stellte sie auf den Fußboden. In Klim brannte plötzlich die Frage: Warum warf ihm das Leben solche Frauen wie die käufliche Margarita oder die Nechajewa vor die Füße? Er betrat das Zimmer des Bruders als letzter und unterbrach ein paar Minuten später das ruhige Gespräch Kutusows und Turobojews. Hastig brachte er vor, was er schon lange hatte sagen wollen.

»Seit meiner Kindheit höre ich vom Volk, von der Notwendigkeit einer Revolution, von alledem, wovon die Menschen sprechen, um sich einander klüger zu zeigen, als sie es in Wirklichkeit sind. Wer – wer spricht davon? Die Intelligenz.«

Als Samgin dunkel empfand, daß er zu hitzig begonnen hatte und daß die Worte, an denen er schon lange Gefallen gefunden hatte, ihm nur mit Mühe wieder einfielen und nicht leicht genug von der Zunge gingen, verstummte er für einen Augenblick und sah sich alle genau an. Die Spiwak stand am Fenster und zerrann als blauer Fleck an den trüben Scheiben. Der Bruder stand am Tisch, hielt eine Zeitung vor dem Gesicht und sah über sie hinweg Kutusow an, der lächelnd etwas zu ihm sagte.

Sie hören mir nicht zu, begriff Klim und wurde ärgerlich.

Turobojew saß vornübergebeugt in einer Ecke und blies Rauchringe ins Zimmer. Er sagte leise: »Ihr Onkel ist, wie ich hörte . . .«

Klim schrie: »Was wollen Sie sagen? Mein Onkel ist ebensolch ein Zerfallsprodukt der obersten Gesellschaftsschichten wie Sie selbst . . . wie die ganze Intelligenz. Sie findet keinen Platz im Leben und ist darum . . .«

Turobojew sagte aus seiner Ecke: »Sie scheinen Marxist geworden zu sein, Samgin, aber ich glaube, das kommt nur daher, weil Sie bei Tisch unvorsichtigerweise Weißwein mit Rotwein gemischt haben . . .«

Dmitrij lachte laut auf, Kutusow sagte zu ihm: »Misch dich nicht ein.«

Klim wollte, daß man mit ihm stritt, er sprach noch herausfordernder in Warawkas Worten: »Das Volk selbst macht nie Revolution, es wird von den Führern dazu getrieben. Es fügt sich ihnen eine Zeitlang, aber bald beginnt es, sich den Ideen, die ihm von außen aufgezwungen worden sind, zu widersetzen. Das Volk weiß und fühlt, daß sein einziges Gesetz die Evolution ist. Die Führer suchen auf alle mögliche Art, dieses Gesetz zu verletzen. Das ist die Lehre, die uns die Geschichte erteilt . . .«

»Eine interessante Geschichte«, sagte Turobojew.

»Eine sehr alte«, setzte Kutusow hinzu und erhob sich. »Nun, es wird Zeit, daß ich gehe.«

Klims Gedanken rissen plötzlich alle ab, die Worte entschwanden. Ihm schien, die Spiwak, Kutusow und Turobojew seien gewachsen und in die Breite gegangen, nur der Bruder war unverändert geblieben; er stand mitten im Zimmer, hielt sich an den Ohren und wankte.

»Sie haben die unangenehme Angewohnheit, Kutusow, mit vorgestelltem linkem Bein dazustehen. Das bedeutet: Sie halten sich schon für einen Führer und denken an Ihr Standbild . . .«

»Um in Schnee und Regen zu stehen«, murmelte Dmitrij Samgin, den Arm um den Bruder legend. Klim stieß ihn mit der Schulter zurück und fuhr kreischend fort: »Doch bei Ihrem Glauben, Kutusow, können Sie nicht auf die Rolle eines Führers Anspruch erheben. Marx gestattet das nicht, es gibt keine Führer, die Geschichte wird von den Massen gemacht. Lew Tolstoi hat diese irrtümliche Idee verständlicher und einfacher als Marx entwickelt, lesen Sie mal ›Krieg und Frieden‹.«

Klim Samgin stieß den Bruder von neuem zurück. »Lesen Sie es! Nebenbei bemerkt haben Sie denselben Familiennamen wie der Heerführer, der die Armee kommandierte.«

Überzeugt davon, etwas Bissiges, Scharfsinniges gesagt zu haben, lachte Klim mit geschlossenen Augen, und als er sie wieder öffnete, war niemand mehr im Zimmer außer dem Bruder, der aus einer Karaffe Wasser in ein Glas goß.

An alles Weitere konnte Klim sich nicht erinnern.

Er erwachte mit schwerem Kopf und der verworrenen Erinnerung an einen Fehler, eine Unvorsichtigkeit, die er am vorhergehenden Abend begangen hatte. Im Zimmer herrschte das unangenehm diffuse, weißliche Licht der Sonne, die in der farblosen Leere vor dem Fenster versteckt war. Dmitrij kam zu ihm, sein feuchtes, glattfrisiertes Haar schien stark geölt und entblößte häßlich die geröteten Augen und das weibische, ein wenig geschwollene Gesicht. Schon an seinem verzagten Blick erkannte Klim, daß er gleich etwas recht Schlimmes zu hören bekommen würde.

»Was war denn gestern mit dir los?« begann der Bruder. Er blickte nach unten und verkürzte seine Hosenträger. »Bisher hast du geschwiegen, immer geschwiegen ... Man hat dich für einen ernst denkenden Menschen gehalten, und nun bringst du auf einmal so etwas Kindisches vor. Man weiß nicht, was man von dir halten soll. Gewiß, du hattest getrunken, aber es heißt doch: Was der Nüchterne im Sinn hat, liegt dem Betrunkenen auf der Zunge.«

Dmitrij sprach nachdenklich und gehemmt. Als er mit den Hosenträgern zurechtgekommen war, setzte er sich auf einen knarrenden Stuhl.

»Weißt du, das war so, als wenn sich in ein Orchester ein fremder Musiker eingeschlichen und aus Mutwillen nicht das mitgespielt hätte, was alle anderen spielen.«

Was für ein öder, unbegabter Mensch, dachte Klim. Genau wie Tanja Kulikowa.

Er fuhr ihn an: »Na, genug! Du bist doch nicht mein Hofmeister. Du solltest dich lieber darum bemühen, deine albernen Kalauer zu lassen ...«

In seiner Erregung sprach er zum Bruder auch von dem, wovon er nicht hatte sprechen wollen: Als er einmal nachts aus dem Theater kam und leise die Treppe hinaufging, hatte er plötzlich auf dem Treppenabsatz über sich die gedämpften Stimmen Kutusows und Marinas vernommen: »Wann wirst du es denn Samgin sagen?«

»Ich habe keinen Mut . . . Und er tut mir leid, er ist ja so . . .«

»Ich bin auch so . . .«

Dann schmatzte man einen Kuß, und Marina sagte ziemlich laut: »Untersteh dich!«

Kutusow hatte irgendwas gebrummt, während Klim geräuschlos die Treppe hinuntergegangen und von neuem, diesmal hastigen und festen Schrittes hinaufgestiegen war. Als er den Treppenabsatz erreichte, war dort niemand mehr. Es hatte ihn sehr gelüstet, diesen Dialog unverzüglich dem Bruder zu erzählen, doch war er nach einigem Überlegen zu dem Schluß gekommen, es sei verfrüht: der Roman versprach interessant zu werden, seine Helden waren alle so fleischlich, so robust. Ihre Fleischlichkeit erweckte Klims Neugier ganz besonders. Kutusow und der Bruder würden sich wahrscheinlich verzanken, und das wäre für den Bruder, der sich Kutusow allzusehr unterordnete, von Nutzen.

Als er Dmitrij jetzt das belauschte Gespräch erzählte, fügte er hänselnd hinzu: »Sie wird ihn natürlich bevorzugen . . .«

Er blickte beim Sprechen zur Decke und sah nicht, was Dmitrij tat; zwei schwer klatschende Schläge ließen ihn zusammenfahren und sich ruckartig im Bett aufrichten. Der Bruder stand in der festen Pose Kutusows mitten im Zimmer und schlug sich mit einem Buch auf die Hand. Mit fremder Stimme, stotternd, sagte er: »S-solche D-dinge pflegen Dienstmädchen zu erzählen. So etwas ist nur im Katzenjammer verzeihlich.«

Er schleuderte das Buch auf den Tisch und ging. Klim war so geschlagen, daß er erst zwei Minuten später auf den Gedanken kam: Er hätte es nicht wagen dürfen, in diesem Ton mit mir zu reden. Ich muß mich mit ihm auseinandersetzen.

Er beschloß, zum Bruder zu gehen und ihn zu überzeugen, daß sein Bericht über Marina durch das natürliche Gefühl der Kränkung veranlaßt worden war, die er für einen Menschen, den man hinterging, empfand. Als er sich jedoch gewaschen und angezogen hatte, stellte sich heraus, daß der Bruder und Kutusow unterdessen nach Kronstadt gefahren waren.

Jelisaweta Spiwak hatte sich erkältet und lag zu Bett. Marina lief übermäßig besorgt treppauf und treppab, schaute oft zum Fenster hinaus und fuchtelte unsinnig mit den Händen, als finge sie Motten, die niemand sah außer ihr. Als Klim den Wunsch äußerte, die Kranke zu besuchen, sagte Marina trocken: »Werde sie fragen.«

Doch Klim war überzeugt, daß sie nicht gefragt hatte, er wurde nicht nach oben gerufen. Er langweilte sich. Nach dem Frühstück kam wie immer der kleine Spiwak ins Speisezimmer herunter. »Störe ich auch nicht?« fragte er und ging an den Flügel. Es schien, er würde so fragen, selbst wenn niemand im Zimmer wäre. Aber auch wenn man ihm geantwortet hätte: »Ja, Sie stören«, wäre er wohl an das Instrument geschlichen.

Klim konnte ihn sich nicht anders vorstellen als am Flügel sitzend, angekettet daran wie ein Sträfling an die Schubkarre, die er nicht vom Fleck zu bringen vermag. Mit seinen Fingern in dem zweifarbigen Gebein der Tasten herumwühlend, entlockte er dem schwarzen Bauwerk dumpfe Töne, ungewöhnliche Akkorde, und lauschte, den tief zwischen die Schultern gezogenen Kopf zur Seite geneigt, mit verdrehten Augen den Klängen. Er sprach wenig und ausschließlich von zwei Dingen: mit geheimnisvollem Blick und stiller Begeisterung von der chinesischen Tonleiter und jammernd, mit Betrübnis von der Unvollkommenheit des europäischen Ohrs.

»Unser Ohr ist durch den Lärm der steinernen Städte, durch die Droschken abgestumpft, ja, ja, ja! Wahre, reine Musik kann nur aus vollkommener Stille entstehen. Beethoven war taub, aber Wagners Ohr hörte unvergleichlich schlechter als Beethoven, deshalb ist seine Musik nur chaotisch gesammeltes Material für Musik. Mussorgskij mußte sich mit Wein betäuben, um in den Tiefen der Seele die Stimme seines Genius zu vernehmen, verstehen Sie?«

Klim Samgin hielt diesen Menschen für einen Irren. Bisweilen jedoch erweckte die kleine Gestalt des Musikers, die vor dem schwarzen Koloß des Flügels hockte, den unheimlichen Eindruck einer Grabfigur: ein großer, schwarzer Stein, und an seinem Fuß trauert still ein Mensch.

Für Klim begann eine schwere Zeit. Die Haltung der anderen zu ihm veränderte sich schroff, und niemand machte ein Hehl daraus. Kutusow hörte nicht mehr auf seine spärlichen, sorgfältig überlegten Sätze und begrüßte ihn gleichgültig, ohne zu lächeln. Der Bruder verschwand am Morgen und zeigte sich erst spät und müde wieder. Er magerte ab, wurde ungesprächig und lächelte verlegen, wenn er Klim begegnete. Als Klim den Versuch machte, sich mit ihm auszusprechen, sagte Dmitrij leise, aber bestimmt: »Laß das.«

Turobojew schnitt noch mehr Grimassen als zuvor, übersah Klim und blickte zur Decke.

»Warum schauen Sie immerzu nach oben?« fragte ihn die alte Premirowa.

Er antwortete durch die Zähne: »Ich warte, wann die Fliegen wiederkommen.«

Die Nechajewa reiste nicht ab. Klim fand, daß ihr Gesundheitszustand sich besserte, sie hustete weniger und schien sogar etwas zugenommen zu haben. Das beunruhigte ihn sehr, hatte er doch gehört, daß Schwangerschaft das Fortschreiten der Tuberkulose nicht nur aufhalte, sondern sie zuweilen sogar heile. Und der Gedanke, durch dieses Mädchen Vater zu werden, erschreckte Klim.

Sie war jetzt schweigsamer und sprach nicht mehr so leidenschaftlich, nicht mehr so farbig wie früher. Ihre Zärtlichkeit wurde süßlich, ihr vergötternder Blick bekundete etwas von Glückseligkeit. Dieser Blick weckte in Klim den Wunsch, den halbirren Glanz durch ein spöttisches Wort auszulöschen. Aber er konnte keinen dafür geeigneten Augenblick erhaschen; jedesmal, wenn er dem Mädchen etwas Unfreundliches oder Spitzes sagen wollte, änderten die Augen der Nechajewa sofort ihren Ausdruck und blickten ihn fragend, forschend an.

»Worüber lachst du?« fragte sie.

»Ich lache nicht«, leugnete Klim schüchtern.

»Ich sehe es doch«, beharrte sie. »Du hast Eisstückchen in den Augen.«

Er wurde noch schüchterner, erwartete, daß sie ihn gleich fragen werde, wie er über ihre weiteren gegenseitigen Beziehungen denke.

Petersburg wurde noch unangenehmer, weil die Nechajewa hier lebte.

Der Frühling rückte langsam näher. Zwischen den trägen Wolken, die fast jeden Tag trostlos Regen ausgossen, zeigte sich für kurze Zeit die Sonne und entblößte lustlos und gleichgültig den Schmutz in den Straßen, den Ruß an den Hauswänden. Vom Meer her blies ein kalter Wind, der Fluß war bläulich angeschwollen, schwere Wellen leckten gierig am granitenen Ufer. Von seinem Fenster aus sah Klim über die Dächer hinweg die drohend zum Himmel erhobenen Finger der Fabrikschlote; sie erinnerten ihn an die geschichtlichen Voraussagen und Prophezeiungen Kutusows, erinnerten ihn an den spitzgesichtigen Arbeiter, der feiertags geheimnisvoll über die Hintertreppe zu seinem Bruder Dmitrij kam, und auch an die geheimnisvolle junge Dame mit dem Tatarengesicht, die bisweilen den Bruder besuchte. Die junge Dame war irgendwie lautlos und blinzelte kurzsichtig mit den pechschwarzen Augen.

Zuweilen schien es, als besäße der drückende Rauch der Fabrikschlote eine sonderbare Eigenschaft, als wollte er die Stadt, über die er aufstieg und zerrann, zerfressen. Die Dächer der Häuser schmolzen, sie schwebten in die Höhe, verschwanden und senkten sich dann wieder aus dem Rauch herab. Die gespenstische Stadt wankte, als wollte sie sich auflösen, und das erfüllte Samgin mit einer eigentümlichen Schwere, es erinnerte ihn an die Slawophilen, die Petersburg, den »Ehernen Reiter« und die krankhaften Erzählungen Gogols nicht gemocht hatten.

Ihm mißfiel die Nadel der Peter-Pauls-Festung und der Engel, den sie durchbohrte; sie mißfiel ihm deshalb, weil man von dieser Festung mit ehrerbietigem Haß sprach, aus dem jedoch bisweilen so etwas wie Neid herausklang. Der Student Popow nannte die Festung begeistert: »Das P-antheon.«

Das P kam heraus wie der Schuß aus einer Spielzeugpistole, während er die übrigen Laute mit gedämpfter Stimme aussprach.

»B-akunin«, sagte er, und dann, einen Finger nach dem anderen einbiegend: »Netsch-schajew, Fürst Krop-potkin . . .«

Es lang etwas Unsinniges in der Granitmasse der Isaakskathedrale, in den grauen Stäbchen und Bretterchen ihrer Gerüste, auf denen Klim nie auch nur einen einzigen Arbeiter sah. Durch die Straßen marschierten im Maschinenschritt ungewöhnlich große Soldaten; einer von ihnen, der vorneweg schritt, pfiff durchdringend auf einer kleinen Flöte, ein anderer schlug heftig die Trommel. In dem spöttischen, arglistigen Pfeifen dieser Flöte, dem vielstimmigen Heulen der Fabriksirenen, das am frühen Morgen den Schlaf zerriß, hörte Klim etwas, das ihn aus der Stadt trieb.

Er merkte, daß in ihm Gedanken, Bilder und Vergleiche entstanden, die seinem Wesen nicht entsprachen. Wenn er über den Schloßplatz oder daran entlang ging, sah er nur wenige Passanten über das kahle Pflaster eilen, während er sich gewünscht hätte, daß eine bunte, freudig lärmende Menschenmenge den Platz füllte. Die Alexandersäule erinnerte unangenehm an einen Fabrikschornstein, aus dem ein bronzener Engel herausgeflogen und sinnlos in der Luft erstarrt war, als überlegte er, wohin er sein Kreuz werfen solle. Das Zarenpalais, immer stumm, mit leeren Fenstern, machte den Eindruck eines unbewohnten Hauses. Zusammen mit dem Halbkreis langweiliger, rostbrauner Gebäude, die den öden Platz umschlossen, erweckte das Palais ein Gefühl der Trostlosigkeit. Klim fand, es wäre besser, wenn das Haus des Herrn von Rußland durch die furchterregenden Säulenfiguren der Ermitage gestützt würde.

Beim Anblick dieses Platzes dachte Klim an die lärmreiche Universität und an die Studenten seiner Fakultät, die Verbrecher anzuklagen und zu verteidigen lernten. Sie erhoben schon jetzt Anklage gegen Professoren, Minister und gegen den Zaren. Die Selbstherrschaft des Zaren wurde unglücklich und schüchtern von wenig markanten Leuten verteidigt; es waren nur wenige, und sie verschwanden neben den Anklägern.

Klim hatte die endlosen Diskussionen zwischen den Volkstümlern und den Marxisten über, und ihn erregte, daß er nicht verstehen konnte, wer von beiden sich mehr irrte. Er war fest, grundsätzlich davon überzeugt, daß sich sowohl die einen wie die anderen irrten, er konnte nicht anders denken, doch er begriff nicht, für welche Gruppe das Gesetz der allmählichen und friedlichen Entwicklung des Lebens besonders bindend war. Manchmal schien ihm, die Marxisten erfaßten tiefer als die Volkstümler, daß das Gesetz der Evolution nicht zu zerstören war, dennoch betrachtete er sowohl die einen wie die anderen als Vertreter des ihm schon fast verhaßten »Kutusowtums«. Es war unerträglich, diese geschwätzigen Leutchen zu sehen, denen ihre jugendliche Dummheit den vermessenen Wunsch eingab, den in Jahrhunderten festgelegten, gleichmäßigen Fortlauf des Lebens anzutreiben, anzupeitschen.

Ganz besonders beschäftigte ihn der Streit, ob die Führer den Willen der Massen beherrschen oder ob die Masse, nachdem sie einen Führer hervorgebracht hat, ihn zu ihrem Werkzeug, zu ihrem Opfer macht. Der Gedanke, daß er, Samgin, das Werkzeug eines fremden Willens sein könnte, erschreckte und empörte ihn. Er gedachte der biblischen Legende vom Brandopfer Abrahams und der erregenden Worte der Nechajewa: »Das Volk ist der Feind des Menschen! Das bezeugen uns die Biographien fast aller großen Menschen.«

Klim stimmte dem bei: Der Rachen irgendeines Ungeheuers verschlingt nacheinander die besten Menschen der Erde und speit dafür Feinde der Kultur aus wie Bolotnikow, Rasin, Pugatschow.

Klim wurde immer wieder von dem Studenten Popow belästigt; dieser ewig hungrige Mensch rannte unermüdlich durch die Gänge und Hörsäle, seine Arme zuckten wie ausgerenkt krampfhaft in den Schultergelenken; wenn er auf Kameraden stieß, holte er aus den Taschen seiner abgetragenen Uniformjacke Briefe, Zigarettenpapierbögen mit hektographiertem Text hervor und murmelte, den S-Laut einziehend: »S-amgin, hören Sie mal: aus Od-dessa schreiben sie ... Die S-tudentenschaft ist die Avantgarde ... Die Un-niversität ist der Organisierungspunkt der K-ulturkräfte ... Die Landsmannschaften sind die Keimzellen des Gesamtrussischen Verbandes ... Aus K-asan wird mitgeteilt ...«

Solche geschäftigen und verrenkten Leute wie Popow gab es mehrere. Klim konnte insbesondere diese Menschen nicht leiden, er fürchtete sie sogar und sah, daß sie nicht nur für ihn, sondern für fast alle ernsthaft Studierenden ein Schrecken waren.

Sie drängten einem ständig Eintrittskarten auf für Abendveranstaltungen zugunsten von Landsmannschaften, für irgendwelche Konzerte, die zu einem geheimnisvollen Zweck veranstaltet wurden.

Die Vorlesungen, die Diskussionen, das Geflüster, der ganze chaotische Lärm Hunderter von Lebensgier und Tatendrang berauschter junger Menschen – das alles betäubte Samgin dermaßen, daß er nicht einmal seine eigenen Gedanken vernahm. Es schien, als wären alle diese Menschen vom Spielwahn befallen, dem sie sich um so mehr hingaben, je gefährlicher das Spiel war.

Er faßte plötzlich, aber fest den Entschluß, in eine der Provinzuniversitäten zu wechseln, wo man wahrscheinlich stiller und einfacher lebte. Er mußte die Nechajewa loswerden. Neben ihr kam er sich wie ein Reicher vor, der einer Bettlerin freigebig Almosen spendet und sie zugleich verachtet. Als Vorwand für die plötzliche Abreise diente ihm ein Brief seiner Mutter, der ihn benachrichtigte, daß sie erkrankt war.

Als er zu der Nechajewa ging, um sich zu verabschieden, erwartete er griesgrämig Tränen und Worte des Bedauerns, doch war er dann selbst fast zu Tränen gerührt, als das Mädchen seinen Hals fest mit ihren dünnen Armen umschlang und flüsterte: »Ich weiß, du hast mich nicht sehr . . . nicht gar zu innig geliebt. Ja, ich weiß! Aber ich bin dir unendlich, mit ganzer Seele dankbar für diese Stunden zu zweit . . .«

Sie schmiegte sich mit aller Kraft ihres armseligen, dürren Körpers an ihn und schluchzte inbrünstig: »Gott möge verhüten, daß du solch grenzenlose Einsamkeit auszustehen habest, wie ich sie auszustehen hatte.«

Sie legte die drei ersten ihrer schmalen, spitzen Finger aneinander und bekreuzigte Klim, wobei sie seine Stirn, Brust und Schultern berührte; sie zitterte, vermochte sich kaum auf den Beinen zu halten und wischte hastig die Tränen mit der Hand aus dem Gesicht.

»Mit meinem Glauben an Gott ist es, wie mir scheint, schlecht bestellt, für dich aber werde ich zu jemandem beten, das werde ich! Ich möchte, daß du ein schönes, leichtes Leben hast . . .«

Sie weinte in einer Weise, daß ihr Anblick nicht bedrückte, sondern fast wohltuend, wenn auch ein wenig traurig war; sie vergoß heiße Tränen, aber nicht mehr als nötig.

Klim reiste mit der Überzeugung ab, sich von der Nechajewa gut, für immer verabschiedet zu haben und durch diesen Roman bedeutend bereichert worden zu sein. Nachts im Bahnwagen dachte er: Nun, Lidija Timofejewna, ich kehre mit dem Schild zurück.

Er beschloß, sich etwa zwei Tage in Moskau aufzuhalten, um sich bei Lidija zu zeigen, und scherzte in Gedanken:

Universitätsprüfungen können aufgehoben werden, diese jedoch will ich sofort ablegen.

Beim Einschlafen fiel ihm ein, daß Lidija seine sorgfältig humoristisch abgefaßten Briefe nur zweimal, sehr kurz und uninteressant beantwortet hatte; in einem der Briefe hieß es:

»Es gefällt mir nicht, daß Du Deine Bekannte Smertjaschkina nennst, das ist gar nicht komisch.«

Sie ist unbegabt. Ihre Schulaufgaben hat immer die Somowa verbessert, erinnerte er sich und schlief, hierdurch getröstet, fest ein.

Über Moskau strahlte prahlerisch ein Frühlingsmorgen; auf dem Kopfsteinpflaster schlugen klingend die Hufe auf, polterten die Lastwagen; in der warmen, hellblauen Luft dröhnte festlich das Kupfer der Glocken; auf den ausgetretenen Gehsteigen der mäßig breiten, krummen Straßen schritten munter unbeschwerte Menschen; ihr Gang war beschwingt, das Trappeln der Füße klang deutlich, sie schlurften nicht mit den Sohlen wie die Petersburger. Es war hier überhaupt mehr Lärm als in Petersburg, und der Lärm klang anders, nicht so feucht und behutsam wie dort.

Im Moskauer Lärm vernimmt man den Menschen mehr, dachte Klim, und es berührte ihn angenehm, daß die Worte sich wie zu einer Redewendung fügten. Hin und her geschüttelt in dem ratternden Gefährt eines zottigen Droschkenkutschers, sah er sich um wie ein aus einem fremden Lande Heimgekehrter.

Ob ich nicht an die hiesige Universität wechsle? fragte er sich.

Im Gasthof empfing man ihn mit der kunstvoll eingespielten gefälligen Gutherzigkeit der Moskauer, die Klim im Grunde unbekannt war und jetzt in ihm den Eindruck von Schlichtheit und Klarheit bestärkte. Mittags begab er sich zu Lidija.

Es ist Sonntag. Sie müßte zu Hause sein.

Durch die wohlig warmen, mutwillig verworrenen Gassen schreitend, überlegte er, was er Lidija sagen, wie er sich im Gespräch mit ihr verhalten solle; er betrachtete die bunten, gemütlichen Häuschen mit den freundlichen Fenstern und den Blumen auf den Fensterbrettern. Über den Zäunen reckten sich Baumzweige in die Sonne, der feine, süßliche Duft frisch entfalteter Blattknospen lag in der Luft.

Um eine Ecke kamen Arm in Arm, einmütig einen Marsch pfeifend, zwei Studenten. Der eine von ihnen blieb breitbeinig auf den Backsteinfliesen des Trottoirs stehen und knüpfte ein Gespräch mit einer Frau an, die Fensterscheiben putzte, der andere zog ihn weiter und redete auf ihn ein: »Hör auf, Wolodka! Komm!«

Klim Samgin verließ den Gehsteig, um an den Studenten vorbeizukommen, wurde aber sogleich von einer festen Hand an der Schulter gepackt. Er wandte sich rasch und zornig um, da blickte ihm freudig Makarow ins Gesicht und rief: »Klimuscha? Woher? Macht euch bekannt: Samgin – Ljutow . . .«

»Kaufmannssohn vom sechsten Semester der humoristischen Fakultät«, stellte sich närrisch, den Kopf zur Seite geneigt, der halb betrunkene, schielende Student vor.

»Wolodka! Das ist der, der verhindert hat, daß ich mich erschoß.«

»Sie bekommen eine goldene Medaille, Kollege! Denn indem Sie diesem jungen Mann das Leben retteten, trugen Sie sehr viel zur Mehrung der russischen Blödianistik bei . . .«

Sie benahmen sich beide so laut, als wäre außer ihnen niemand auf der Straße. Makarows Freude schien verdächtig; er war nüchtern, redete aber so erregt, als wollte er den wirklichen Eindruck der Begegnung verbergen, überschreien. Sein Kamerad drehte unruhig den Kopf hin und her, indem er sich bemühte, seine schielenden Augen auf Klims Gesicht zu richten. Sie gingen langsam, Schulter an Schulter, ohne entgegenkommenden Passanten auszuweichen. Klim, der Makarows rasche Fragen zurückhaltend beantwortete, erkundigte sich nach Lidija.

»Hat sie dir denn nicht geschrieben, daß sie die Schauspielschule aufgegeben hat und zur Frauenhochschule gehen will? Sie ist vor etwa zwei Wochen nach Hause gefahren . . .«

Er sah Klim erstaunt ins Gesicht.

»Sie fand, daß sie sich nicht verstellen kann.«

»Richtig: Das kann sie nicht!« bestätigte Ljutow und schüttelte den Kopf so heftig, daß ihm die Mütze in die Stirn rutschte.

»Die Telepnjowa verläßt ebenfalls die Schule, sie heiratet, das hier ist ihr Bräutigam!«

Ljutow stieß sich mit dem Zeigefinger gegen die Brust, in die Herzgegend, und drehte ihn wie einen Korkenzieher. Seine stark glänzenden Augen von unbestimmbarer Farbe sahen Klim mit unangenehm tastendem Blick ins Gesicht; das eine Auge versteckte sich an der Nasenwurzel, während das andere zur Schläfe lief. Beide zuckten spöttisch, als Klim sagte: »Gratuliere. Ein ausnehmend schönes Mädchen.«

»Sinnbetörend«, verbesserte Ljutow und nahm Klim ohne weitere Umstände beim Arm. »Moskau lebt ja, um zu essen.«

Ein paar Minuten später saßen sie in einer halbdunklen, aber gemütlichen Ecke einer kleinen Gastwirtschaft; Ljutow bestellte im Tonfall eines Betenden bei dem greisen Kellner: »Gib uns, Vater, zum Wodka etwas westfälischen Schinken und etwas spanische Zwiebel, selbige dick aufgeschnitten . . .«

»Ich weiß, Herr.«

»Das bezweifle ich nicht, ich erinnere nur daran . . .«

»Es freut einen, dich zu sehen!« sagte Makarow, der an einer Zigarette zog, mit rauchigem Lächeln. »Sonderbar, mein Lieber, daß wir uns nicht schreiben, nicht? Wie steht's, bist du Marxist?«

Er stellte hastig eine Frage nach der anderen und veranlaßte Klim dadurch zu noch größerer Vorsicht.

»Marxist?« rief Ljutow aus. »Solche Leute verehre ich!«

Er stützte die Ellenbogen auf den Tisch und begann mit etwas heiserer Stimme zu reden, wobei er ab und zu kreischende Laute ausstieß, die Klim an Dronow erinnerten.

»Ich verehre sie nicht als Vertreter jener Klasse, welcher von Karl Marx die Dynamik des Kapitals und ihre kulturelle Kraft erschöpfend klargemacht worden ist, sondern verehre sie als Russe, der den aufrichtigen Wunsch hegt: Schluß mit jeglicher Bummelei! Denn in Marx haben wir endlich einen Glaubenslehrer, stark wie neunzigprozentiger Wodka. Das ist nicht unser, nicht russisches Gebräu, das lyrische Seelenkrätze erregt, nicht die Brühe des Fürsten Kropotkin, des Grafen Tolstoi, des Oberst Lawrow und der zu Sozialisten umgetauften Absolventen des Priesterseminars, mit denen sich angenehm plaudern läßt, nein! Mit Marx quasselt man nicht! Bei uns ist das doch so: Man leckt ein wenig an der galligen Leber Seiner Exzellenz Michail Jewgrafowitsch Saltykows, schwemmt den bitteren Geschmack weg mit etwas Ikonenöl aus der Fabrik Seiner Erlaucht von Jasnaja Poljana und – ist vollkommen zufrieden! Bei uns ist die Hauptsache, daß es etwas zu quasseln gibt, leben kann man auf jede Weise, selbst wenn man gepfählt wird – lebt man doch!«

Ljutows Rede floß leicht, ohne Pausen dahin; dem Inhalt nach hätte sie ironisch oder boshaft klingen müssen, doch Klim merkte ihr keine Ironie und Bosheit an. Das wunderte ihn. Noch verwunderlicher war jedoch, daß hier ein vollkommen nüchterner Mensch sprach. Klim betrachtete ihn aufmerksam und dachte:

Habe ich mich denn geirrt? – Vor fünf Minuten war er doch betrunken.

Irgend etwas an Ljutow kam ihm unecht vor. Seine verdrehten Augen hatten eine unreine Farbe; nicht etwas Trübes, sondern geradezu etwas Unreines lag im Weiß seiner Augen, das wie von innen her mit dunklem Staub durchsetzt schien. In den Pupillen jedoch glommen listige, besorgniserregende Fünkchen auf.

Die Augen sind das nach außen gewendete Gehirn, fielen Klim irgendwessen Worte ein.

Ljutows gelbblondes Haar war à la Capoule frisiert, es paßte so wenig zu seinem länglichen Gesicht, daß eine Absicht darin zu liegen schien. Zu dem Gesicht hätte ein Vollbart gehört, Ljutow jedoch rasierte die Wangen und ließ sich einen Spitzbart stehen. Darüber quollen negerhaft dicke Guttaperchalippen vor, die obere war kaum mit einem spärlichen Schnurrbärtchen bedeckt. Seine Hände waren rot und sehnig, ebenso der Hals, während an den Schläfen die bläulichen Venen hervortraten. Es schien, als kleide er sich auch absichtlich nachlässig: Unter dem abgetragenen, offenstehenden Rock aus sehr teurem Tuch trug er ein seidenes Kittelhemd. Er mußte an die siebenundzwanzig, sogar dreißig Jahre alt sein und glich in nichts einem Studenten. Makarow, der sich äußerlich zu seinem Vorteil verändert hatte, schien diesen Menschen absichtlich, um sich selbst hervorzutun, zum Kameraden gewählt zu haben. Warum jedoch hatte die schöne Alina gerade ihn auserwählt?

Während er von dem Wodka, der so kalt war, daß die Zähne schmerzten, ein Gläschen nach dem anderen leerte und dazu dicke Zwiebel auf dünnen Schinkenscheiben aß, fragte Ljutow: »Die nichtkanonischen Schriften, will sagen: die Apokryphen – schätzen Sie die?«

»Er ist ein Erzketzer«, sagte Makarow mit einem gutmütigen Lächeln und einem zärtlichen Blick auf Ljutow.

»Die ›Offenbarung des Adam‹ – haben Sie die gelesen?«

Die Hand mit dem Messer erhebend, zitierte er: »»Und es sprach Satan zu Adam: »Mein ist die Erde, und Gottes ist der Himmel; so du mein sein willst, bebaue die Erde!« Und Adam sagte: »Wessen die Erde ist, dessen sind auch ich und meine Kinder.«« Da haben wir's! Das ist die Formulierung unseres bäuerlichen, verinnerlichten Materialismus!«

In seinem Bestreben, Unverständliches zu vereinfachen, gelangte Klim Samgin nach einer Stunde zu der Überzeugung, daß Ljutow in der Tat ein spitzbübischer Mensch war und sich gänzlich verfehlt als Narr aufspielte. Alles an ihm war gekünstelt, in allem zeigte sich das Gemachte; besonders verriet dies seine geschnörkelte Sprache, die von altslawischen Ausdrücken, lateinischen Zitaten und bissigen Heine-Versen durchsetzt und mit dem groben Humor ausgeschmückt war, mit dem die Schauspieler von Provinztheatern paradieren, wenn sie in den »Divertissements« Witze erzählen.

Ljutow schien wieder betrunken. Er hielt Klim das Champagnerglas hin und schrie errötend: »Wünschen Sie mir weder Daune noch Feder – trinken wir auf die Gesundheit der ausnehmend schönen Jungfrau Alina Markowna!«

Seine Stimme klang verzückt. Makarow stieß mit Ljutow an und sagte streng: »Jetzt hast du genug getrunken.«

Ljutow leerte das Glas in einem Zug und zwinkerte Klim zu. »Er erzieht mich. Ich verdiene es, denn ich bin oft betrunken und ergehe mich um der Bezähmung des Fleisches willen in unzüchtigen Reden. Ich fürchte mich vor der Hölle und vor dem da«, er beschrieb mit der Hand einen Halbkreis in der Luft, »und vor dem Jenseits. Aus jüdischer Angst halte ich Freundschaft mit der Geistlickeit. Ach, Kollege, ich werde Ihnen einen Diakon zeigen . . .«

Ljutow schloß die Augen, schüttelte den Kopf, dann zog er aus der Hosentasche eine stählerne Schlüsselkette, an deren Ende eine schwere goldene Uhr baumelte.

»Hu! Ich muß aufbrechen! Kostja, sag, sie sollen's aufschreiben.«

Er reichte Samgin die Hand. »Freue mich, Ihre Bekanntschaft gemacht zu haben. Habe viel Gutes über Sie gehört. Vergessen Sie nicht: Ljutow, Daunen- und Federhandel . . .«

»Kokettiere nicht«, riet Makarow, aber der Schieläugige quetschte Samgins Hand und sagte mit einem Lächeln in seinem susdalischen Gesicht: »Wissen Sie, es gibt so eine Sorte Mädchen mit kleinen Unvollkommenheiten. Eine kleine Unvollkommenheit würde ja keinem auffallen, aber das Mädchen macht einen selbst darauf aufmerksam: Sehen Sie, mein Näschen ist mißraten, aber alles übrige . . .«

Er schob Klim sanft beiseite und wandte sich zum Gehen, blieb mit dem Fuß am Stuhlbein hängen und entfernte sich, dem Stuhl mit der Hand drohend.

»Ein . . . wunderlicher Kauz«, sagte Klim. Makarow stimmte ihm nachdenklich bei: »Ja, er ist etwas wunderlich.«

»Ich verstehe Alina nicht – was mag sie veranlaßt haben . . .«

Makarow zuckte die Achseln und begann hastig, als wollte er sich rechtfertigen: »Nein – wieso denn? Ihre Schönheit bedarf eines würdigen Rahmens. Wolodka ist reich. Interessant. Und geradezu lachhaft gütig. Er hat sein juristisches Studium abgeschlossen, ist jetzt an der historisch-philologischen Fakultät. Übrigens, er studiert nicht – ist verliebt, aufgeregt und steht überhaupt kopf.«

Makarow zündete sich eine Zigarette an, ließ das Streichholz ganz ausbrennen und warf die Zigarette auf einen Teller. Er hatte sichtlich einen Rausch, an seinen Schläfen zeigte sich Schweiß. Klim sagte, er wolle sich Moskau ansehen.

»Fahren wir auf die Sperlingsberge«, schlug Makarow lebhaft vor.

Sie verließen die Gastwirtschaft und nahmen eine Droschke; den Blick auf den krummen, vom blauen Kaftan straff umspannten Rücken des Kutschers gerichtet, sagte Makarow: »Moskau bringt einem den Kopf etwas durcheinander. Ich bin hingerissen, bezaubert von ihm und merke, daß ich hier verdummt bin. Findest du das nicht? Du bist liebenswürdig.«

Er nahm die Mütze ab, an seiner Schläfe klebte unbeweglich eine Haarsträhne, während das übrige Haar sich in Büscheln sträubte und durcheinanderfiel. Klim holte tief Atem. Dieser Makarow war ansehnlich und gut. Er sollte die Telepnjowa heiraten. Wie dumm das alles war. Durch den betäubenden Straßenlärm vernahm Klim: »Phantastisch talentiert sind hier die Menschen. Solche hat es wahrscheinlich zur Zeit der Renaissance gegeben. Ich werde nicht daraus klug, wer hier ein Heiliger und wer ein Gauner ist. Fast jeder ist eine Mischung von beiden. Und eine Unmenge von Leuten gibt es, die sich als Gottesnarren aufspielen – aber warum nur? Das weiß der Teufel. Du solltest das ergründen...«

Klim warf einen mißtrauischen Seitenblick auf den Kameraden. »Warum denn ich?«

»Du bist doch ein Philosoph, betrachtest alles in Ruhe...«

Wie offenherzig er ist, dachte Klim. »Du hast ein gutes Gesicht«, sagte er, nachdem er Makarow mit Turobojew verglichen hatte, der jeden Menschen wie ein alle Zivilisten verachtender Oberleutnant ansah. »Zudem bist du ein guter Bursche, wirst dich aber, wie mir scheint, dem Trunk ergeben.«

»Kann sein«, stimmte ihm Makarow ruhig bei, als wäre nicht von ihm die Rede. Doch danach verstummte er und versank in Nachdenken.

Auf den Sperlingsbergen kehrten sie in einem öden Wirtshaus ein; ein dicker Kellner führte sie auf eine Terrasse, wo gerade die Fensterrahmen gestrichen wurden, brachte ihnen Tee und befahl in geschwinder Rede dem Glaser: »Märe dahier nicht herum, versperr den Herrschaften den schönen Ausblick nicht!«

»Einer aus Kostroma«, stellte Makarow fest und blickte in die diesige Ferne, auf die brokatene, mit den Goldflecken der Kirchenkuppeln reich bestickte Stadt.

»Ja, das ist schön«, sagte er leise. Samgin nickte zustimmend, bemerkte aber gleich: »Ein relativer Begriff.«

Ohne zu antworten, schob Makarow das Glas mit dem Sonnenstrahl in dem rotbraunen, von einem Zitronenscheibchen bedeckten

Naß beiseite und stützte, die Finger in seine dichten, zweifarbigen Haarbüschel vergrabend, die Ellenbogen auf den Tisch.

Bei Klim Samgin erweckte Moskau kein Entzücken; in seinen Augen glich die Stadt einem ungeheuerlich großen, bunt bemalten, mit opalfarbenem Staub gepuderten, mürben Lebkuchen. Wenn von Schönheit gesprochen wurde, zog Klim es vor, vorsichtig zu schweigen, obwohl er längst gemerkt hatte, daß man immer mehr von ihr redete und daß sie zu einem ebenso gewohnten Gesprächsstoff wurde wie das Wetter und die Gesundheit. Er verhielt sich den allgemein anerkannten Schönheiten der Natur gegenüber gleichgültig, fand Sonnenuntergänge ebenso eintönig wie den scheckigen Himmel von Frostnächten. Er fühlte, daß Schönheit für ihn unerfaßbar war, und erkannte das als einen Mangel. In letzter Zeit begannen Lobreden auf die Schönheiten der Natur ihn sogar zu erregen und weckten die Befürchtung, ob nicht Lidija ihm mit ihrer Naturfeindschaft diese Gleichgültigkeit eingeflößt habe.

Turobojew hatte ihn in große Unruhe versetzt, als er einmal, um Jelisaweta Spiwak und Kutusow zu reizen, mit einem spöttischen Lächeln gesagt hatte: »Wenn aber nun plötzlich unsere ganze Schönheit nur ein Pfauenschweif des Verstandes ist, dieses Vogels, der einfältig ist wie ein Pfau?«

Die Frechheit dieser Worte hatte Klim verblüfft, und sie hatten sich seinem Gedächtnis um so fester eingeprägt, als Turobojew den Streit fortsetzte: »Je bunter, schöner ein Vogel ist, desto dümmer ist er, doch je häßlicher ein Hund ist, desto klüger ist er. Das ist auch bei den Menschen so: Puschkin sah wie ein Affe aus, und auch Tolstoi und Dostojewskij sind, wie überhaupt alle gescheiten Leute, keine schönen Männer.«

Makarows lyrisches Schweigen ärgerte Klim. Er fragte: »Erinnerst du dich an Puschkins Vers: ›Moskau, wehes Trauerbild!‹?«

Makarow blickte ihn mit nüchternen Augen an und entgegnete nichts. Das mißfiel Klim, es schien ihm unhöflich. Er nippte an seinem Tee und sagte in einem Aufmerksamkeit heischenden Ton: »Wenn von Schönheit gesprochen wird, kommt es mir vor, als ob man mich betrügen will.«

Makarow zog die Finger aus dem Haar, nahm die Ellenbogen vom Tisch und fragte erstaunt: »Was hast du gesagt?«

Klim wiederholte seinen Satz und fuhr fort: »Was ist denn Schönes an einer Wassermasse, die fruchtlos sechzig Werst weit aus einem See ins Meer fließt? Die Newa gilt als schön, während ich sie langweilig finde. Das berechtigt mich zu der Annahme, daß man sie schön nennt, um die Langeweile zu verbergen.«

Makarow trank rasch von dem erkalteten Tee und sah Klim mit verkniffenen Augen ins Gesicht.

»Den gleichen Wunsch, die Kärglichkeit der Natur vor sich selbst zu verbergen, erblicke ich in den Landschaften Lewitans und den lyrischen Birkchen Nesterows mit ihren hellblauen Schatten auf dem Schnee. Der Schnee glänzt wie der Beschlag von Mädchensärgen, er beißt ins Auge, blendet, es gibt in der Natur keine blauen Schatten. Das alles wird zum Selbstbetrug erfunden, damit wir behaglicher leben.«

Als Klim sah, daß Makarow ihm aufmerksam zuhörte, redete er wohl zehn Minuten. Er erinnerte sich der düsteren Klagen der Nechajewa und vergaß nicht, Turobojews Ausspruch über den Pfauenschweif des Verstands zu wiederholen. Er hätte noch mancherlei sagen können, aber Makarow murmelte: »Es ist erstaunlich, wie sehr das alles mit Lidijas Gedanken übereinstimmt.«

Er rieb sich die Stirn und fragte: »Hast du denn ...«

Und lächelte. »Ich weiß nicht, wie ich es sagen soll ... Das ist so sonderbar ...«

Er wurde plötzlich hochrot, sogar seine Ohren liefen rot an. Seine Augen funkelten zornig, als er halblaut zu sprechen begann: »Mich berühren diese Fragen nicht, ich betrachte die Dinge von einer anderen Seite und sehe: Die Natur ist ein unsinniges, böses Schwein! Vor kurzem präparierte ich die Leiche einer bei der Niederkunft gestorbenen Frau – wenn du gesehen hättest, mein Lieber, wie zerfleischt, wie verstümmelt sie war! Bedenke: der Fisch laicht, das Huhn legt schmerzlos ein Ei, eine Frau jedoch gebiert in teuflischen Qualen. Warum?« Die Organe mit ihren lateinischen Namen bezeichnend und ihre Umrisse in die Luft malend, entwarf Makarow schnell und zornig vor Klims Augen ein dermaßen widerliches Bild, daß Klim ihn bat: »Hör doch auf.«

Makarow jedoch sagte, immer entrüsteter, indem er mit dem Finger auf den Tisch klopfte: »Nein, denk einmal nach: Weshalb ist das so, wie?«

Klim fand die Entrüstung des Freundes naiv, ermüdend, auch wollte er Makarow die Erwähnung Lidijas vergelten. Und so sagte er lächelnd: »Verlege dich doch auf die Gynäkologie, werde Frauenarzt. Hast ja zum Glück das richtige Äußere dazu.«

Makarow stutzte plötzlich, sah ihn fassungslos an und sagte nach kurzem Schweigen mit einem Seufzer: »Du hast eine sonderbare Art zu scherzen.«

»Und du scheinst immer noch über die Frauen zu philosophieren, statt sie zu küssen.«

»Das klingt wie ein Satz aus einem Offizierslied«, sagte Makarow unschlüssig, strich sich mit beiden Händen kräftig über das Gesicht und schüttelte den Kopf. Sein Gesicht hatte einen erstaunten, verlegenen Ausdruck angenommen, als wäre er für einen Augenblick eingeschlummert, dann wachgerüttelt worden und sei nun sehr bestürzt über sein Einschlummern.

Er kommt zur Besinnung, dachte Klim Samgin und empfand zugleich das Verlangen, ihm auch das Offizierslied heimzuzahlen.

Dabei kamen ihm zwei Fliegen zu Hilfe; sie ließen sich auf dem Rücken eines Teelöffels nieder, vergnügten sich hastig aneinander, dann entschwebte die eine, während die andere ihr nach zwei bis drei Sekunden folgte.

»Hast du gesehen? Das ist alles!« sagte Klim.

»Nein!« antwortete Makarow beinahe schroff. »Ich glaube dir nicht«, fuhr er, unter zusammengezogenen Brauen hervorblickend, mit Protest fort. »Du kannst nicht so denken. Meiner Ansicht nach ist Pessimismus nichts anderes als Zynismus.«

Er trank den erkalteten Tee aus und fuhr leiser fort: »Ich bin wahrscheinlich ein wenig Dichter, vielleicht bin ich auch einfach dumm, aber ich kann nicht... Ich habe Achtung vor Frauen und – weißt du – zuweilen ist mir, als hätte ich Angst vor ihnen. Lächle nicht, warte! Vor allem – Achtung, sogar vor denen, die sich verkaufen. Und nicht Angst, sich anzustecken, nicht Abscheu – nein! Ich habe viel darüber nachgedacht...«

»Aber du sprichst nicht gut«, bemerkte Klim.

»Ja?«

»Unklar.«

»Du wirst es schon verstehen!«

Makarow schüttelte wieder den Kopf, schaute in den bunten Himmel, preßte beide Hände zu einer Faust zusammen und schlug sich damit aufs Knie.

»Dieses Gefühl hat Lidija mir eingeflößt – weißt du?«

»So?« sagte Klim unbestimmt und horchte auf.

»Wir sind Freunde«, fuhr Makarow fort, und seine Augen lächelten dankbar. »Sind nicht verliebt, stehen uns aber sehr nahe. Ich habe sie geliebt, aber das ist vorbei. Es ist unbeschreiblich schön, daß ich gerade sie liebgewann, und es ist gut, daß es vorüber ist.«

Er lachte, sein Gesicht strahlte.

»Verzwickt?« fragte er mitten im Lachen. »Es scheint nur so beim Reden, in der Seele ist mir alles klar. Begreife doch: Sie hat mich am äußersten Rand zurückgehalten... Aber wichtig ist selbstverständlich nicht, daß sie mich zurückgehalten hat, sondern daß sie da ist!«

Samgin dachte nicht ohne Stolz:

Ich hätte mir nie erlaubt, mit einem fremden Menschen so zu sprechen. Und warum »sie hat mich zurückgehalten«?

»Sie so lieben, wie allgemein geliebt wird – das darf man nicht«, sagte Makarow streng.

Klim lächelte. »Warum denn nicht?«

»Lache nicht. Das fühle ich: Man darf es nicht. Sie ist ein wunderbarer Mensch, mein Lieber!«

Er schloß die Augen und dachte eine Weile nach.

»In der Bibel hat sie gelesen: ›Und ich will Feindschaft setzen zwischen dir und dem Weibe.‹ Sie glaubt daran und fürchtet die Feindschaft, die Lüge. Ich denke mir, daß sie sich davor fürchtet. Weißt du, Ljutow sagte zu ihr: ›Warum sollten Sie in Theatern schauspielern, wenn Ihr Weg der Natur Ihrer Seele gemäß ins Kloster führt?‹ Mit ihm ist sie ebenso befreundet wie mit mir.«

Klim hörte gespannt zu, aber er begriff nicht, und er glaubte Makarow nicht: die Nechajewa hatte auch philosophiert, bevor sie sich nahm, was sie brauchte. Ebenso mußte das bei Lidija sein. Er glaubte auch nicht, was Makarow von seiner Einstellung zu den Frauen, von seiner Freundschaft mit Lidija sagte.

Auch das ist ein Pfauenschweif. Es ist klar, daß er Lidija liebt.

Samgin hörte nun den wirren, unklaren Reden Makarows weniger aufmerksam zu. Die Stadt wurde leuchtender, prächtiger; wie ein mit rosigem Nagel gezierter Finger ragte der Glockenturm Iwans des Großen zum Himmel. In der Luft schwebte ein sanftes Tönen, die Kirchenglocken läuteten vielstimmig den Abendgottesdienst ein. Klim blickte auf seine Taschenuhr.

»Ich muß zum Bahnhof. Begleitest du mich?«

»Selbstverständlich.«

»Du hast zu Anfang sehr richtig gesagt, daß sich die Menschen selbst erfinden. Es ist möglich, daß es so sein muß, damit der bittere Gedanke von der Zwecklosigkeit des Lebens versüßt wird . . .«

Makarow sah ihn erstaunt an und erhob sich. »Wie sonderbar, daß du, du das sagst! Ich habe sogar damals, als ich mir das Leben nehmen wollte, nichts dergleichen gedacht . . .«

»Du warst damals nicht normal«, erinnerte ihn Klim ruhig. »Der Gedanke von der Zwecklosigkeit des Daseins beunruhigt die Menschen immer hartnäckiger.«

»Fällt dir das Leben schwer?« fragte Makarow leise und freundlich. Klim entschied sich dafür, daß es bedeutsamer wäre, weder ja noch nein zu sagen, und schwieg, indem er die Lippen fest zusammenpreßte. Sie gingen zu Fuß, ohne zu eilen. Klim fühlte, daß Makarow ihn mit traurigen Augen von der Seite ansah. Die widerspenstigen Haarbüschel mit den Fingern unter die Mütze schiebend, erzählte er leise: »Nach den Prüfungen werde ich auch heimfahren, ich habe dort Stunden zu geben und werde Repetitor des Pflegekinds von Radejew – dem Dampferbesitzer, weißt du? Ljutow kommt auch mit.«

»Soso. Und wo ist die Somowa?«

»Sie ist Lehrerin an einer Dorfschule.«

Aus einer Wolke regenbogenfarbenen Staubs rollte ein bärtiger Droschkenkutscher, die beiden setzten sich in den Wagen und fuhren ein paar Minuten später dicht am Bürgersteig einer Straße der Innenstadt entlang. Klim betrachtete die Menschen; es gab hier mehr Dicke als in Petersburg, und die Dicken sahen trotz ihrer Bärte wie Weiber aus.

Wahrscheinlich beunruhigt keinen von ihnen der Gedanke an den Zweck des Daseins, dachte er halb verächtlich und erinnerte sich an die Nechajewa.

Sie ist doch ein liebes, ja sogar ein ganz außergewöhnliches Mädchen. Wie sich wohl Lidija zu ihr verhalten hätte?

Makarow schwieg. Sie fuhren am Bahnhof vor; Makarow, dem irgend etwas eingefallen war, beeilte sich, umarmte Klim und ging. »Wir sehen uns bald wieder!«

Klim sah ihm eine Weile nach, ging dann in den Wartesaal und setzte sich in einer Ecke an einen Tisch. Bis zur Abfahrt des Zuges hatte er noch über eine Stunde Zeit. Über Makarow nachzudenken, hatte er keine Lust; er hatte ihm alles in allem den Eindruck eines farblos gewordenen Menschen gemacht, und klug war er noch nie gewesen. Den Eindruck des Verblassens, als verlören sie ihre Farbe, erweckten in Klim alle Bekannten, er faßte das als Zeichen seines geistigen Wachstums auf. Dieser Eindruck wurde durch die Hast hervorgerufen und gefestigt, mit der alle sich mit den Pfauenfedern eines Nietzsche, eines Marx zu schmücken suchten. Klim ärgerte sich, als er daran dachte, daß auch Turobojew diese Hast empfand und zu verspotten wußte. Ja, der eilte nirgendwohin und wurde nicht farblos. Seine gestickten Brauen hochziehend, pflegte er mit funkelnden Augen zu sagen: »Das Bestreben eines jeden Junggesellen, sich diese oder jene Pute zur Gattin zu erküren und bis ans Ende seiner Tage in gutem Einvernehmen mit ihr zu leben, erkenne ich als durchaus berechtigt an – ich persönlich jedoch ziehe es vor, ledig zu bleiben.«

Klim beneidete Turobojew um seine Sprechweise fast bis zum Haß. Turobojew nannte Ideen »Jungfrauen aus dem geistigen

Stand«, er behauptete, daß »die humanistischen Ideen bedeutend mehr Glaubensgefühl erheischen als die kirchlichen, weil der Humanismus eine verdorbene Religion ist«. Samgin fragte sich betrübt: Warum vermag ich die Bücher, die ich gelesen habe, nicht ebenso blendend auszulegen?

Es kam ihm vor, als beobachte ihn Turobojew allzu aufmerksam, als studiere er ihn schweigend, als suche er ihn bei Widersprüchen zu ertappen. Er hatte Klim einmal unverschämt angesehen und geringschätzig gesagt: »Auf alle Fragen, Samgin, gibt es nur zwei Antworten: ja und nein. Sie wollen anscheinend eine dritte ausdenken? Das ist der Wunsch der meisten Menschen, doch bis jetzt ist es noch niemandem gelungen, ihn zu verwirklichen.«

Es war kränkend, diese Worte zu hören, und unangenehm, sich einzugestehen, daß Turobojew nicht dumm war.

Das Läuten eines Glöckchens und das Ausrufen des Bahnhofsdieners kündigten die Abfahrt des Zuges an und unterbrachen Samgins Gedanken über den Menschen, der ihm so unangenehm war. Er sah sich um, der Saal wimmelte von Reisenden, die in dichtem Gedränge dem Ausgang zum Bahnsteig zustrebten.

Klim stand auf und fragte sich achselzuckend: Wozu brauche ich Turobojew, wozu Kutusow?

VIERTES KAPITEL

Sonnenlicht, das durch das feine Netz der Musselinvorhänge gemildert wurde, füllte das Wohnzimmer mit der duftigen Wärme eines Frühlingsmittags. Die Fenster standen offen, doch der Musselin rührte sich nicht, die Blätter der Blumenstöcke auf den Fensterbänken standen reglos. Klim Samgin spürte, daß er eine solche Stille nicht mehr gewohnt war und daß sie ihn den Worten der Mutter anders lauschen ließ als früher.

»Du bist viel, viel männlicher geworden«, sagte Wera Petrowna nun wohl schon zum drittenmal. »Du hast sogar dunklere Augen bekommen.«

Sie hatte den Sohn mit einer ihn überraschenden Freude empfangen. Klim war seit seiner Kindheit ihre etwas trockene Zurückhaltung gewohnt und hatte sich angewöhnt, die Kühle der Mutter mit ehrerbietigem Gleichmut zu beantworten, jetzt jedoch mußte ein anderer Ton gefunden werden.

»Nun, und Dmitrij?« fragte sie. »Er studiert die Arbeiterfrage? O Gott! Übrigens hatte ich mir schon gedacht, daß er sich mit so etwas befassen würde. Timofej Stepanowitsch ist überzeugt, daß diese Frage künstlich aufgebauscht wird. Es gibt Leute, die meinen, Deutschland befürchte ein Anwachsen unserer Industrie und importiere darum zu uns den Arbeitersozialismus. Was sagt Dmitrij vom Vater? In den letzten acht Monaten – nein, länger schon! – hat Iwan Akimowitsch mir nicht geschrieben . . .«

Sie war in großer Aufmachung, als erwartete sie Gäste oder als wollte sie zu Besuch gehen. Das lila Kleid, das an Brust und Hüften straff anlag, verlieh ihrer Figur etwas Gespanntes und Herausforderndes. Sie rauchte eine Zigarette, das war neu. Als sie sagte: »Mein Gott, wie die Zeit verfliegt!«, hörte Klim aus dem Ton ihrer Worte eine Klage; das war auch nicht ihre Art gewesen.

»Du weißt ja, in der Fastenzeit mußte ich nach Saratow reisen, wegen Onkel Jakow; es war eine sehr schwere Reise! Ich kenne dort niemanden und geriet in die Hände der ortsansässigen . . . Radikalen, sie haben mir vieles verdorben. Ich vermochte nichts auszurichten, nicht einmal ein Zusammentreffen mit Jakow Akimowitsch hat man mir bewilligt. Ich gestehe, daß ich nicht sehr darauf bestanden habe. Was hätte ich ihm auch sagen können?«

Klim senkte zustimmend den Kopf. »Ja, mit ihm ist es schwer.«

Die Gesprächigkeit der Mutter verwirrte ihn ein wenig, doch machte er sie sich zunutze und fragte, wo Lidija sei.

»Sie ist mit Alina Telepnjowa ins Kloster gefahren, zu deren Tante, einer Äbtissin. Du weißt ja, sie hat eingesehen, daß sie kein Talent für die Bühne hat. Das ist gut. Aber sie sollte einsehen, daß sie überhaupt keine Talente hat. Dann wird sie sich nicht mehr für etwas Außergewöhnliches halten und wird vielleicht lernen . . . die Menschen zu achten.«

Wera Petrowna blickte auf die Uhr, seufzte und horchte auf.

»Hast du gehört, daß die Telepnjowa einen reichen Bräutigam gefunden hat?«

»Ich habe ihn in Moskau gesehen.«

»Ja? Wer ist es?«

»Irgend so ein Narr«, sagte Klim achselzuckend.

»Ich glaube, Timofej Stepanowitsch ist gekommen . . .«

Die Mutter erhob sich, ging zur Tür, doch diese tat sich bereits weit auf, von Warawkas gebieterischen Händen geöffnet.

»Aha, der Jurist ist eingetroffen, sei gegrüßt; na also, laß dich mal ansehen!«

Er füllte sofort das Zimmer mit dem Knarren seiner neuen Schuhe und dem Poltern umhergeschobener Sessel, während draußen auf der Straße ein Pferd schnaubte, Jungen schrien und ein wohlklingender Tenor sich hoch emporschwang: »Zwiebeln gibt's, Zwiebeln, Zwie-beln, Zwie-beln!«

»Wera – Tee, bitte. Um halb acht ist Sitzung. Die Stadt will dir einen Zuschuß für die Schule gewähren, hörst du?«

Aber sie war bereits nicht mehr im Zimmer. Warawka sah nach der Tür, fuhr mit der Hand durch seinen Bart und zwängte sich wuchtig in einen Sessel.

»Na, wie steht's, Jurist? Nach deinem Gesicht zu urteilen, haben die Wissenschaften dich nicht schlecht genährt. Erzähle!«

Er blickte Klim mit seinen Bärenäuglein in die Augen, patschte ihm aufs Knie und begann indessen selbst zu erzählen: »Eine Zeitung will ich herausgeben. Ha, eine Zeitung, mein Lieber! Wollen mal versuchen, den Küchenklatsch durch eine organisierte öffentliche Meinung zu ersetzen.«

Ein paar Minuten später, nachdem er seinen runden Leib ins Speisezimmer gewälzt hatte, rührte er den Tee im Glas behende mit dem Löffel um und lamentierte: »Was ist für uns, die Russen, die soziale Evolution? Sie ist der Prozeß der Vertauschung unserer hanfleinenen Hose gegen anständige Beinkleider . . .«

Klim schien es, als sorge die Mutter für Warawka mit demonstrativer Unterwürfigkeit, mit einer Gekränktheit, die sie nicht verbergen konnte oder wollte. Als Warawka eine halbe Stunde gelärmt und drei Gläser Tee getrunken hatte, verschwand er, wie eine nebensächliche Gestalt von der Theaterbühne verschwindet, nachdem sie das Stück belebt hat.

»Er arbeitet erstaunlich viel«, sagte die Mutter mit einem Seufzer. »Ich bekomme ihn fast nicht zu sehen. Er ist unbeliebt, wie alle kulturell tätigen Menschen.«

Wera Petrowna erging sich lange in Betrachtungen über die Unwissenheit und stumpfe Bosheit der Kaufmannschaft, über die kurzsichtigen Urteile der Intelligenz; es war langweilig, ihr zuzuhören, und es schien, als suchte sie sich zu betäuben. Als Warawka fortgegangen war, wurde es im Haus wie auch auf der Straße wieder still, es erklang nur die trockene Stimme der Mutter, die sich eintönig hob und senkte. Klim war froh, als sie ermattet sagte: »Ich glaube, du bist müde?«

»Ich würde gern etwas spazierengehen. Möchtest du nicht auch?«

»O nein«, sagte sie, wobei sie das graue Haar an den Schläfen mit den Fingern glättete oder zu verstecken suchte.

Klim betrat die Straße, als es bereits dunkel war. Die hölzernen Wände und Zäune der Häuser strahlten noch Wärme aus, irgendwo links ging der Mond auf, und auf die grauen Pflastersteine fielen die kühlen Schatten der Bäume. Die Fensterscheiben waren wie mit gelbglänzendem Fett bestrichen, auch die spärlichen Sterne glichen Tröpfchen fetten Schweißes. Die Häuser waren platt an die Erde gedrückt, sie schienen unmerklich zu schmelzen, zu Schatten auf der Straße zu zerfließen; von Haus zu Haus rannen als dunkle Bäche die Zäune. Im Stadtpark, auf dem Weg rund um den Teich, schritten langsam Menschen, über dem gläsernen Kreis des schwarzen Wassers schwebten träge gedämpfte Stimmen. Klim erinnerte sich der Bücher Rodenbachs, dachte an die Nechajewa; sie hätte hier leben sollen, in dieser Stille, inmitten der schwerfälligen Menschen.

Er setzte sich auf eine Bank, unter das dichte Laubdach eines Strauchs; die Allee bog scharf nach rechts ab, um die Ecke saßen irgendwelche Leute, zu zweit; der eine von ihnen brummte dumpf, der andere scharrte mit einem Stock oder mit der Stiefelsohle auf dem lockeren, knirschenden Kies. Klim lauschte dem monotonen Gebrumm und vernahm längst bekannte Gedanken.

»Er ringt wie Tolstoi um Glauben, nicht um Wahrheit. Frei über die Wahrheit nachzudenken ist nur dann möglich, wenn die Welt geleert ist. Entferne aus ihr alles – alle Dinge, Erscheinungen und alle deine Wünsche außer dem einen: das Denken in seinem Wesen zu erkennen. Sie denken beide über den Menschen, über Gott, über das Gute und das Böse nach, das aber sind nur Ausgangspunkte für das Suchen nach der ewigen, alles entscheidenden Wahrheit ...«

»Hätten Sie nicht einen Rubel?« fragte die säuerliche Stimme Dronows.

Klim Samgin erhob sich, er wollte unauffällig weggehen, sah aber an der Bewegung der Schatten, daß Dronow und Tomilin ebenfalls aufgestanden waren und auf ihn zukamen. Er setzte sich, beugte sich vor und versteckte das Gesicht.

»Ich habe keinen Rubel«, sagte Tomilin in dem gleichen Ton, in dem er von der ewigen Wahrheit gesprochen hatte.

Klim blickte ihnen nach, ohne den Kopf zu heben. Dronow hatte reichlich alte Stiefel mit schiefgetretenen Absätzen an und eine Wintermütze auf, während Tomilin einen langen, bis zu den Fersen herabreichenden schwarzen Mantel und einen breitkrempigen Hut trug. Klim lächelte, er fand, daß dieses Kostüm die seltsame Gestalt eines Provinzweisen sehr charakteristisch unterstrich. Da er sich hinreichend von dessen Philosophie gesättigt fühlte, empfand er kein Verlangen, Tomilin zu besuchen, und dachte mit Unbehagen an die unvermeidliche Begegnung mit Dronow.

Im Park wurde es stiller, die Menschen waren verschwunden, wie zerronnen; das schwarze Wasser des Teichs reflektierte einen grünlichen Streifen Mondlicht und füllte den Park mit schläfriger, unbelastender Langeweile. Mit raschen Schritten näherte sich ein Mann in gelbem Anzug, setzte sich neben Klim, seufzte schwer, nahm den Strohhut ab, wischte mit der Hand über seine Stirn, warf einen Blick auf die Handfläche und fragte ärgerlich: »Spielen Sie Billard, Student?«

Als er ein kurzes Nein vernahm, stand er auf und ging, den Hut schwenkend, ebenso rasch wieder fort. Als er sich etwa fünfzehn Schritte entfernt hatte, rief er laut: »Schmarotzer, Grünschnabel!«

Dann lachte er teuflisch auf und verschwand. Klim lächelte auch, blieb noch ein paar Minuten gedankenlos sitzen und ging dann nach Hause.

Am vierten Tag erschien Lidija.

»Oh, du bist da!« sagte sie und hob erstaunt die Brauen. Ihr Erstaunen, die unschlüssig gereichte Hand und der Blick, der Klims Gesicht rasch streifte, das alles veranlaßte ihn, sich mürrisch von ihr zurückzuziehen. Sie war voller geworden, aber ihre umschatteten Augen lagen tiefer, und ihr Gesicht schien kränklich. Sie trug ein graues Kleid mit Gürtel und einen Strohhut, der durch einen weißen

Schleier festgehalten wurde; so pflegten englische Damen auszusehen, die Ägypten bereisen. Sie begrüßte auch Wera Petrowna nachlässig, jammerte fünf Minuten lang launisch über das langweilige Kloster, über Staub und Schmutz der Reise und ging sich umkleiden, was alles Klims unangenehmen Eindruck noch verstärkte.

»Wie findest du sie?« fragte die Mutter, die vor dem Spiegel ihre Frisur ordnete, und sagte ihm sogleich die Antwort vor: »Sie schauspielert schon etwas, das ist der Einfluß der Schule.«

Zum Abendtee kam Alina. Sie hörte sich Samgins Komplimente wie eine Dame an, die mit allen Kombinationen schmeichlerischer Worte gut vertraut ist, ihre trägen Augen sahen Klim mit einem leichten Lächeln ins Gesicht.

»Man stelle sich vor – er siezt mich!« rief sie. »Das ist was wert. Ach, du hast meinen Bräutigam gesehen? Er ist zum Totlachen, nicht wahr?« Und mit den Fingern schnipsend, fügte sie genießerisch hinzu: »Ein Schlaukopf! Schieläugig, eifersüchtig. Es ist ergötzlich mit ihm, bis zur Gehirnerschütterung!«

»Und reich ist er ...«

»Das ist natürlich das Allerbeste!«

Sie leckte ein flüchtiges Lächeln von ihren üppigen Lippen und fragte: »Verurteilst du das?«

Sie hatte sich eine singende Sprechweise, schwungvolle, aber weiche und sichere Gesten angewöhnt, jene Ungezwungenheit der Bewegungen, die man in Kaufmannskreisen als Gediegenheit bezeichnet. Mit jeder Wendung des Körpers betonte sie geschickt und stolz die bezwingende Macht seiner Schönheit. Klim sah, daß die Mutter Alina mit wehmütigen Augen bewunderte.

«Die Freundinnen machen mir den Vorwurf, ich hätte mich durch das Geld verlocken lassen«, sagte Telepnjowa, während sie mit einer kleinen Zange Konfekt aus der Schachtel nahm. »Am meisten stichelt Lidija, nach ihren Gesetzen muß man mit dem Liebsten zusammen leben, und zwar in einer elenden Hütte. Aber ich bin ein Alltags- und Vaudevillegeschöpf, ich brauche ein hübsches Häuschen und eigene Pferde. Mir wurde erklärt: ›Ihnen, Telepnjowa, fehlt gänzlich das Verständnis für Dramatik.‹ Das hat nicht irgendwer gesagt, sondern er selbst, der Dramen schreibt. Lebt man jedoch mit dem Liebsten zusammen, bleibt das Drama nicht aus, wie dies in Versen und Prosa bewiesen ist ...«

Die ist von der Schule noch mehr verdorben als Lidija, dachte Klim. Die Mutter hatte sich, nachdem sie ihre Tasse Tee getrunken hatte, unauffällig entfernt. Lidija hörte der tönenden Stimme der Freundin zu, wobei ihre schmalen, sicherlich heißen Lippen sich zu einem kaum merklichen Lächeln verzogen. Alina erzählte belustigend von dem dramatischen Roman einer Gymnasiastin, die sich in einen intelligenten Buchbinder verliebt hatte.

»Ein richtiger Intellektueller, mit Brille, Spitzbart, an den Knien ausgebeulter Hose, der die säuerlichen Gedichtchen Nadsons rühmte! Da siehst du, Lidotschka, wie furchtbar das ist, ein Intellektueller und eine elende Hütte! Mein Ljutow hingegen ist ein Altgläubiger, ein Kaufherrnsöhnchen, er verehrt Puschkin; das ist auch Altgläubigentum, Puschkin zu lesen. Jetzt ist doch dieser – wie heißt er doch: Witebskij? Wilenskij – in Mode.«

Mit rosigen Fingern, deren Nägel wie Perlmutt glänzten, ergriff sie das Konfekt und biß, die weißen Zähne stolz zur Schau stellend, kleine Stückchen ab. Ihre Stimme klang gutmütig, die schimmernden Augen glitzerten freundlich.

»Ljutow und ich haben nichts übrig für drohende Verse wie:

> Glaub mir, auferstehn wird Baal,
> Wird verschlingen das Ideal . . .

Na, wohl bekomm's, mag er es verspeisen!«

Sie erglühte plötzlich, schnellte sogar ein wenig auf dem Stuhle hoch. »Oh, Lidotschka, was für Gedichtchen ich heute aus Moskau erhalten habe! Von irgendeinem neuen Dichter, Brussow oder Brossow – wunderbar! Sie sind etwas – frei, aber diese Musik, diese Musik!«

Sie wühlte hastig in den Falten des Rocks nach der Tasche, fand sie und schwang einen zerknitterten Briefumschlag hoch. »Hier sind sie . . .«

Geräuschvoll kam die rundliche Somowa in das Speisezimmer gelaufen, hinter ihr her schritt vorsichtig, als wate er auf schlüpfrigen Steinen durch den Fluß, ein hochgewachsener junger Mann in blauer Hose, einem Kittelhemd aus ungebleichtem Leinen und mit so etwas wie Sandalen an den bloßen Füßen.

»Liebe Freundinnen, das ist unerhört!« schrie die Somowa. »Ihr seid angekommen – und schweigt, obwohl ihr wißt, daß ich ohne euch nicht leben kann.«

»Und ohne mich«, sagte der junge Mann mit dem wilden Aussehen in dumpfem Baß.

»Und ohne dich, du Strafe Gottes, ohne dich, ja! Macht euch bekannt, ihr Mädchen: Inokow, das Kind meiner Seele, ein Vagabund, angehender Schriftsteller.«

Nachdem sie die Freundinnen abgeküßt hatte, setzte sich die Somowa neben Klim, trocknete sich das schweißnasse Gesicht mit einem Zipfel des Kopftuchs und musterte Samgin mit fröhlichem Blick.

»Was für ein Püppchen du geworden bist!«

Sie rollte sogleich zu Lidija hinüber und sagte: »Na, als Lehrerin haben sie mich an die Luft gesetzt, wie gefällt dir das?«

Auf ihren Platz setzte sich wuchtig Inokow; er rückte den Stuhl ein wenig von Klim fort, fuhr mit den Fingern durch das lange, rötliche Haar und heftete schweigend die blauen Augen auf Alina.

Klim hatte die Somowa mehr als drei Jahre nicht gesehen; in dieser Zeit hatte sie sich aus einem lymphatischen, ungelenken Backfisch in ein kattunberocktes Landmädel verwandelt. Um das an den Schläfen ausgebleichte Haar hatte sie ein weißes Kopftuch gebunden, die Wangen waren rund und prall geworden, die Augen glänzten lebhaft. Sie sprach laut, gebrauchte reichlich viel volkstümliche Ausdrücke und lächelte rosig. Sie hatte etwas Vulgäres an sich, das Klim innerlich abstieß. Inokow glich einem einfältigen Dorfhirten. Auch an ihm war nichts mehr von dem Gymnasiasten geblieben, als den Klim ihn in Erinnerung hatte. Aus seinem sommersprossigen Gesicht mit starken Backenknochen ragte häßlich eine stumpfe Nase, die breiten Nasenlöcher blähten sich nervös, auf der Oberlippe sproßte zaghaft ein spärlicher tatarischer Schnurrbart. Der Blick seiner blauen Augen änderte sich oft und gegensätzlich, war bald weiblich weich, bald ungerechtfertigt streng. Die stark vorgewölbte Stirn war schon von Falten durchfurcht.

»Machorka darf man hier wohl nicht rauchen?« fragte er Klim leise; Samgin schlug ihm vor, ans Fenster zu gehen, das nach dem Garten hin geöffnet war, und begleitete ihn. Dort holte Inokow einen Tabaksbeutel und Papier aus der Tasche, drehte sich ein Hundepfötchen, zündete es an, schwenkte das Streichholz, um es auszulöschen in der Luft herum und sagte aufseufzend: »Ein Teufelsmädel . . .«

»Wer?«

Inokow deutete mit den Augen auf Alina.

»Die da. Wie ein Traum.«

Klim unterdrückte ein Lächeln und fragte: »Womit beschäftigen Sie sich?«

Inokow bewegte die eine Schulter. »So ganz allgemein . . . Ich arbeite. Im Herbst habe ich im Kaspischen Meer Fische gefangen. Interessant. Schreibe für Zeitungen. Ab und zu.«

»Wird es gedruckt?«

»Wenig. Schreibe wohl zu selten.«

Wenn Inokow stand, wirkte er keilförmig: Die Schultern waren breit, das Becken schmal, die Beine dünn.

»Ich gedenke, mich ernsthaft mit der Fischsache, der Ichthyologie zu befassen.«

Die jungen Mädchen am Tisch lärmten sehr, aber die Somowa schnappte dennoch Inokows Worte auf.

»Schreiben wirst du«, rief sie.

Inokow warf die nicht zu Ende gerauchte Zigarette zum Fenster hinaus, blies den scharfen Rauch kräftig aus und ging auf den Tisch zu, indem er sagte: »Schreiben muß man wie Flaubert oder gar nicht. Bei uns wird nicht geschrieben, sondern werden Bastschuhe für die Seele geflochten.«

Er ergriff mit beiden Händen die Lehne eines schweren Stuhls und begann mit Feuereifer: »Wir sind, was den Fischreichtum anbelangt, das erste Land Europas, doch die Fischzucht ist bei uns barbarisch, den Fischfang betreiben wir gewinnsüchtig, wie Räuber. In Astrachan traf Professor Grimm ein, ein Ichthyologe, ich begleitete ihn durch die Fischereien, aber er ist blind, vorsätzlich blind...«

»Braucht denn das Volk Heringe?« rief die Somowa, ihre prallen Wangen mit einem unangenehm gelblichen Taschentuch abwischend.

Alina lachte ungeniert, wobei sie abwechselnd die Somowa anblickte und zu Inokow hinüberschielte; Lidija sah ihn mit zugekniffenen Augen an, wie man etwas weit Entferntes und Unverständliches betrachtet, doch er schlug den schweren Stuhl im Takt auf den Boden und dozierte selbstvergessen: »Der Aralsee, das Kaspische Meer, das Asowsche, das Schwarze Meer, dann die nördlichen Meere und die Flüsse...«

»Wenn sie doch austrocknen wollten!« erbitterte sich die Somowa. »Ich kann das nicht hören.«

Lidija stand auf und lud alle nach oben ein. Klim blieb einen Augenblick am Spiegel stehen und betrachtete einen Pickel auf seiner Lippe. Da trat die Mutter aus dem Wohnzimmer; sie verglich Inokow und die Somowa treffend mit Dilettanten der dramatischen Kunst, die ein mißglücktes Vaudeville spielen, legte Klim die Hand auf die Schulter und fragte: »Was sagst du zu Alina?«

»Eine blendende Erscheinung.«

»Und sie ist nicht dumm, obwohl sie sich... etwas plump aufspielt.« Ihm die Schulter streichelnd, sagte sie leise: »Wäre das nicht eine Braut für dich, wie?«

»Aber das ist doch ein Idol, Mama!« antwortete der Sohn lächelnd. »Man müßte zehntausend im Jahr haben, um es würdig schmücken zu können.«

»Das ist wahr!« sagte die Mutter ernst und seufzte. »Du hast recht.«

Klim ging zu Lidija. Dort saßen die Mädchen wie in der Kindheit auf dem Diwan. Der Bezug war zwar stark verschossen, die Sprungfedern knarrten vor Altersschwäche, aber er war noch ebenso breit und weich wie früher. Die kleine Somowa hockte mit den Beinen auf dem Diwan; als Klim herantrat, machte sie neben sich für ihn Platz, aber Klim setzte sich auf einen Stuhl.

»Er ist immer noch der gleiche, der Außenseiter«, sagte die Somowa zu den Freundinnen und stieß mit ihrem plumpen Schuh an seinen Stuhl. Alina forderte Klim auf, von Petersburg zu erzählen.

»Ja, was für Menschen leben dort?« murmelte Inokow, der mit einer dicken Zigarre Warawkas zwischen den Zähnen auf der Seitenlehne des Diwans saß.

Klim begann ohne Hast, vorsichtig die Worte wählend, von den Museen, den Theatern, den literarischen Abenden und den Schauspielern zu erzählen, merkte aber bald zu seinem Verdruß, daß er uninteressant sprach und daß man ihm unaufmerksam zuhörte.

»Die Menschen dort sind nicht besser, nicht klüger als überall«, fuhr er fort. »Man trifft selten einen, für den die Grundfragen des Seins Liebe oder Tod sind . . .«

Lidija strich eine Haarsträhne zurück, die ihr auf Ohr und Wange herabgefallen war. Inokow nahm die Zigarre aus dem Mund, schüttelte die Asche in die linke Hand, ballte sie zur Faust zusammen und bemerkte vorwurfsvoll: »Das sucht Lew Tolstoi uns einzureden . . .«

»Er weniger als andere.«

»Gibt es denn noch andere?«

»Verhalten Sie sich ablehnend gegen Fragen dieser Art?«

Inokow steckte die linke Hand in die Tasche und wischte sie dort ab.

»Ich weiß nicht.«

Klim spürte, daß dieser Bursche ihn erregte, da er ihn daran hinderte, die Aufmerksamkeit der Mädchen zu fesseln.

Er ist wahrscheinlich Propagandist und sicherlich dumm, dachte er.

Er begann kecker zu reden, bemühte sich aber, daß seine Worte weich und überzeugend klängen. Er erzählte von Maeterlinck, von dem Stück »Die Blinden«, von Rodenbachs »Spinnrad der Nebel«

und ging dann, ab und zu einen Blick auf Inokow werfend, dazu über, streng von Politik zu reden: »Unsere Väter befaßten sich allzu eifrig mit der Lösung von Fragen materieller Art, während sie die Rätsel des geistigen Lebens vollkommen irgnorierten. Die Politik ist das Gebiet der Selbstsicherheit, die die tiefsten Gefühle der Menschen abstumpft. Der Politiker ist ein beschränkter Mensch, er hält die Unruhe des Geistes für so etwas wie eine Hautkrankheit. All diese Volkstümler, Marxisten – sie sind nichts als Leute des Handwerks, aber das Leben fordert Künstler, schöpferische Menschen ...«

Inokow, der die Zigarre wie eine Kerze hielt, zerhackte mit einem Finger der Linken die blauen Rauchspiralen.

»Da sind nun Menschen einer anderen Denkart erschienen, sie offenbaren uns die geheimnisvolle Grenzenlosigkeit unseres Innenlebens und bereichern die Welt des Gefühls, der Phantasie. Indem sie den Menschen über die häßliche Wirklichkeit hinausheben, zeigen sie sie nichtiger, weniger entsetzlich, als sie einem scheint, wenn man sich auf gleicher Höhe mit ihr befindet.«

»In der Luft kann man nicht leben«, sagte Inokow gedämpft und steckte die Zigarre in die Erde eines Blumentopfes.

Klim verstummte. Es kam ihm vor, als hätte er etwas Falsches, ja sogar ihm selbst Unbekanntes ausgesprochen. Er traute den zufälligen Gedanken nicht, die zuweilen von außen her, ohne Zusammenhang mit einer bestimmten Person oder einem Buch, bei ihm auftauchten. Was von anderen Menschen stammte, mit seiner Grundstimmung im Einklang stand und sich dem Gedächtnis leicht zu eigen machen ließ, schien ihm zuverlässiger als diese plötzlich aufflackernden, vagabundierenden Gedanken, die etwas Gefährliches an sich hatten, als wollten sie ihn von dem Vorrat schon dauerhaft angeeigneter Ansichten losreißen und entführen. Klim Samgin ahnte unklar, daß die Angst vor unerwarteten Gedanken irgendeinem Gefühl in ihm widersprach, aber dieser Widerspruch war ihm ebenfalls nicht klar und wurde aufgesogen durch das Bewußtsein, daß er sich gegen den Ansturm von Ansichten wehren müsse, die ihm organisch zuwider waren.

Ein wenig aufgeregt blickte er die Zuhörer an, ihre Aufmerksamkeit beruhigte ihn, während der unverwandt auf ihn gerichtete Blick Lidijas ihm sehr schmeichelte.

Die Somowa löste nachdenklich das Ende ihres Zopfes und flocht es wieder zusammen. »Dronow philosophiert auch, der Unglückliche.«

»Ja, er ist bedauernswert«, bestätigte Inokow und nickte mit seinem Krauskopf. »Dabei war er im Gymnasium ein munterer Bursche. Ich rede ihm zu: Geh doch als Lehrer aufs Land.«

Die Somowa empörte sich: »Was ist er denn für ein Lehrer! Er ist böse . . .!«

Inokow trat wiegenden Schrittes ans Fenster und sagte von dort aus: »Ich kenne ihn wenig. Und ich mag ihn nicht. Als man mich aus dem Gymnasium hinauswarf, dachte ich, das hätte ich Dronow zu verdanken, er hätte mich denunziert. Ich fragte ihn sogar vor kurzem: ›Hast du mich damals denunziert?‹ – ›Nein‹, sagte er. ›Na, schon gut. Wenn du es nicht warst, dann warst du es eben nicht. Ich habe nur aus Neugier gefragt.‹«

Inokow lächelte beim Sprechen, obwohl seine Worte keines Lächelns bedurften. Dabei legte sich die ganze Haut auf dem Gesicht mit den breiten Backenknochen weich und strahlenförmig in Fältchen, die Sommersprossen rückten einander näher, und das Gesicht wurde dunkler.

Natürlich, er ist dumm, entschied Klim.

»Ja, Dronow ist böse«, sagte Lidija nachdenklich. »Aber er ist so langweilig böse, als wäre Bosheit sein Handwerk und als hätte er es satt . . .«

»Du bist klug, Liduscha«, seufzte die Telepnjowa.

»Ein Mädchen mit Pfeffer«, stimmte die Somowa zu, indem sie Lidija umarmte.

»Hören Sie«, wandte sich Inokow an sie. »Die Zigarre riecht nach Kirgise. Dürfte ich Machorka rauchen? Ich werde ans Fenster gehen.«

Klim erhob sich plötzlich, trat auf ihn zu und fragte: »Erinnern Sie sich nicht an mich?«

»Nein«, antwortete Inokow, während er, ohne ihn anzublicken, an seiner Zigarette zog.

»Wir haben zusammen die Schule besucht«, beharrte Klim.

Inokow stieß einen langen Rauchstrahl aus und schüttelte den Kopf.

»Ich erinnere mich nicht. Waren wir vielleicht in verschiedenen Klassen?«

»Ja«, sagte Klim und wandte sich von ihm ab.

Was habe ich nur, wozu das? dachte er.

Lidija war aus dem Zimmer gegangen, auf dem Diwan stritten laut die Somowa und Alina.

»Durchaus nicht jede Frau ist dazu bestimmt, Kinder in die Welt zu setzen«, rief Alina gekränkt. »Die Häßlichsten und die Schönsten brauchen das nicht zu tun.«

Die Somowa erwiderte lachend: »Närrchen! Dann sollte man mich wohl in ein Kloster stecken oder zur Zwangsarbeit schicken und dich anbeten wie eine Göttin?«

Klim schritt im Zimmer umher und dachte, wie schnell und unmerklich sich doch alle veränderten. Während er, wie die Somowa sagte, »immer noch der gleiche, der Außenseiter« war.

Darauf sollte ich stolz sein, ermahnte er sich. Dennoch war ihm traurig zumute.

Still und flach wie ein Schatten betrat Tanja Kulikowa mit einer brennenden Lampe in der Hand das Zimmer.

»Schließt das Fenster, sonst flattert das graue Dreckzeug herein«, sagte sie. Dann hörte sie zu, wie die Mädchen auf dem Diwan stritten, musterte mit zugekniffenen Augen den breiten Rücken Inokows und seufzte: »Ihr solltet in den Garten gehen.«

Man antwortete ihr nicht. Sie schlug mit dem Fingernagel gegen die milchige Lampenglocke, lauschte mit seitlich geneigtem Kopf dem Klingen des Glases und verschwand geräuschlos, nachdem sie Klims Traurigkeit durch irgend etwas noch mehr vertieft hatte.

Er ging in den Garten. Dort war es schon bläulich dunkel; die weißen Fliederblüten schienen blaßblau. Der Mond war noch nicht aufgegangen, am Himmel schimmerte matt eine Unmenge von Sternen. Gemischter Blütenduft stieg von der Erde auf. Blätter wie Atlas streiften kühl bald den Hals, bald die Wange. Klim ging über den knirschenden Sand, das laute Stimmengewirr, das aus dem Fenster schallte, hinderte ihn am Denken, auch hatte er keine Lust zum Nachdenken. Der starke Blütenduft berauschte, und Klim schien es, als ginge er, auf dem Gartenweg kreisend, irgendwohin von sich selbst fort. Plötzlich erschien Lidija und ging, die Brust fest in einen Schall gehüllt, neben ihm her.

»Du hast gut gesprochen. Als ob nicht du das gewesen wärst.«

»Danke«, entgegnete er ironisch.

»Ich habe heute einen Brief von Makarow erhalten. Er schreibt, du habest dich sehr verändert und habest ihm gefallen.«

»So? Das ist schmeichelhaft.«

»Laß diesen Ton. Weshalb solltest du dich nicht freuen, wenn du jemandem gefällst? Du gefällst doch gern, ich weiß es ...«

»Das habe ich an mir noch nicht bemerkt.«

»Bist du schlechter Laune? Warum bist du von denen da drin fortgegangen?«

»Und du?«

»Ich habe sie satt. Aber es ist peinlich, laß uns wieder hineingehen.«

Lidija hängte sich bei ihm ein und sagte nachdenklich: »Ich war überzeugt, dich zu kennen, doch heute schienst du mir unbekannt.«

Klim Samgin drückte ihren Arm behutsam und dankbar an sich, er fühlte, daß sie ihn wieder zu sich zurückgeführt hatte.

Im Zimmer wurde erregt debattiert. Alina stand am Flügel und wehrte die Somowa von sich ab, die wie ein Huhn auf sie zusprang und dabei rief: »Schamlosigkeit! Zynismus!«

Inokow sagte etwas hilflos lächelnd: »Im Grunde werde ich stets den Zynismus der Heuchelei vorziehen, Sie jedoch verteidigen die Poesie der Familienbadestuben.«

»Alina, man kann doch nicht . . .«

»Man kann wohl!« schrie die Telepnjowa, mit dem Fuß aufstampfend. »Ich werde es beweisen. Lida, hör zu, ich werde die Gedichte vorlesen. Auch Sie, Klim. . . Übrigens sind Sie . . . Na, einerlei . . .«

Ihr Gesicht loderte, die trägen Augen funkelten zornig, die Nasenlöcher blähten sich, aber ihre Empörung kam Klim gekünstelt und komisch vor. Als sie ein Blatt Papier aus der Tasche zog und es kampflustig in der Luft schwenkte, mußte Samgin unwillkürlich lächeln – auch Alinas Geste war kindlich komisch.

»Ich kann es auch so«, erklärte sie, sich beruhigend, und steckte das Blatt behutsam wieder ein. »Also, hört zu.«

Sie schloß die Augen, stand ein paar Sekunden schweigend und sich aufrichtend da, und als sich ihre dichten Wimpern langsam hoben, schien es Klim, als wäre das Mädchen plötzlich um einen Kopf gewachsen. Mit halblauter Stimme sagte sie in einem Atemzug:

»Wollüstige Schatten auf dunklem Pfühle, ringsum gelagert, lauerten, lockten . . .«

Sie stand da mit erhobenem Kopf und hochgezogenen Brauen, blickte verwundert in die bläuliche Finsternis vor dem Fenster, ihre Arme hingen am Körper herab, die offenen rosa Handflächen waren ein wenig von den Hüften abgespreizt.

»Ich sehe im Schimmer gemeißelter Knie weißmarmorne Schenkel, hauchzartes Haar . . .«, vernahm Klim.

Die Nechajewa hatte ihm oftmals solche krankhaft sinnlichen Verse zugeraunt, und sie hatten in Klim stets bestimmte Emotionen erweckt. Alina erweckte keine Emotionen dieser Art; sie erzählte verwundert und schlicht mit den Worten eines anderen irgendwessen Traumgesicht. In Klims Gedächtnis tauchte die Gestalt eines Mädchens auf, das vor langer Zeit einmal Verse von Fet, die sie liebte, verschmitzt rezitiert hatte. Hier dagegen klang aus den wollüstigen Versen nicht einmal Verschmitztheit, sondern nur Verwunderung. Gerade dieses Gefühl vernahm Klim in den tiefen Lauten der schönen Stimme, sah er in dem vielleicht vor Scham oder vor Angst erblaßten Gesicht und den geweiteten Augen. Die Stimme senkte sich immer mehr unter der Last der Worte dieses Fiebertraums. Alina, die jetzt langsamer und kraftloser vortrug, als läse sie etwas undeutlich Geschriebenes, sprach plötzlich eine Zeile laut, mit erleichtertem Aufatmen:

»O ferner Morgen am schäumenden Strand, fremdartig purpurne Töne der schamhaften Morgenröte ...«

Es war, als bereite es ihr Schwierigkeiten, die Worte des Dichters nachzusprechen, der, unsichtbar neben ihr stehend, unhörbar für die anderen, ihr die scharfen Worte zuraunte.

Klim stand an die Wand gelehnt, er verstand die Worte schon gar nicht mehr, sondern lauschte nur den rhythmischen Schwingungen der Stimme und sah wie gebannt Lidija an, die sich auf dem Stuhl wiegte und in die gleiche Richtung blickte wie Alina.

»... Chaos«, sprach Alina das letzte Wort des Gedichts und ließ sich, das Gesicht mit den Händen bedeckend, auf den Klaviersessel nieder.

»Unerhört gut«, murmelte Inokow.

Die Somowa trat leise zu der Freundin, streichelte ihr den Kopf und sagte mit einem Seufzer: »Du brauchst nicht zu heiraten, du bist eine Schauspielerin.«

»Nein, Ljuba, nein ...«

Inokow verfiel in mürrische Eile. »Wir müssen jetzt gehen, Ljuba.«

»Ich auch«, sagte Alina, sich erhebend.

Sie trat auf Lidija zu, küßte sie wortlos und innig und fragte Inokow: »Nun, was sagen Sie dazu?«

»Ich bin überwältigt – es war unerhört gut!« antwortete er, ihr kräftig die Hand schüttelnd.

Sie waren gegangen. Der Mond schien zum offenen Fenster herein. Lidija schob einen Stuhl heran, setzte sich und legte die Ellenbogen auf das Fensterbrett. Klim trat zu ihr. In dem bläulichen Halbdunkel hob sich deutlich das Profil des Mädchens ab, ihr dunkles Auge glänzte.

»Alles, was von Liebe handelt, trägt sie unnachahmlich vor«, fing Lidija an, »aber ich meine, sie schwärmt nur, sie empfindet nicht. Auch Makarow spricht feierlich von der Liebe, und auch er ... redet daran vorbei. Wer empfindet – das ist Ljutow. Ein erstaunlich interessanter Mensch, aber er ist wie ein gebranntes Kind, er scheut sich vor irgend etwas ... Er tut mir manchmal leid.«

Sie sprach, ohne Klim anzusehen, leise und als überprüfe sie ihre

Gedanken. Sie richtete sich auf, legte die Arme in den Nacken; ihre spitzen Brüste hoben den leichten Blusenstoff. Klim schwieg abwartend.

»Wie seltsam das alles ist ... Weißt du – in der Schule wurde mir mehr und beharrlicher der Hof gemacht als ihr, dabei bin ich doch im Vergleich zu ihr fast ein Scheusal. Und ich war sehr gekränkt – nicht meinetwegen, sondern wegen ihrer Schönheit. Ein ... sonderbarer Mensch, er heißt Diomidow, nicht einfach Demidow, sondern Diomidow, sagt, Alina sei abstoßend schön. Ja, so hat er es gesagt. Aber ... er ist ein ungewöhnlicher Mensch, man hört ihm gern zu, doch fällt es einem schwer, ihm zu glauben.«

Ehe noch Samgin sagen konnte, daß er sie nicht verstünde, fragte Lidija mit einem Blick hinter seine Brille: »Hast du gesehen, wie sie beim Deklamieren Ähnlichkeit mit einem Fisch bekommt? Sie hält die Hände wie Flossen.«

Klim stimmte ihr bei: »Ja, eine hölzerne Pose.«

»Man hat es ihr in der Schule nicht abgewöhnen können. Du denkst, ich verleumde, ich beneide sie? Nein, Klim, das tu ich nicht«, fuhr sie mit einem Seufzer fort. »Ich glaube, es gibt Schönheit, die keine ... rohen Gedanken erweckt – nicht wahr?«

»Gewiß«, sagte Klim. »Aber du sprichst sonderbar. Weshalb sollte Schönheit gerade rohe ...«

»Ja, ja«, unterbrach ihn Lidija, »widersprich nicht! Wenn ich schön wäre, würde ich gerade rohe Gefühle erwecken.«

Sie sprach das entschieden und hastig aus und fragte gleich darauf: »Wie hieß er doch, der ›Die Blinden‹ geschrieben hat? Maeterlinck? Verschaff mir das Buch. Wie sonderbar, daß du gerade heute auf das Allerwichtigste zu sprechen kamst!«

Ihre Stimme klang zärtlich, weich und erinnerte Klim an die halb vergessenen Tage, als sie, ein kleines Mädchen, müde vom Spielen, ihm vorgeschlagen hatte: »Komm, setzen wir uns ein wenig.«

»Diese Fragen beunruhigen mich«, sagte sie, zum Himmel emporblickend. »In der Christwoche nahm Dronow mich zu Tomilin mit; er ist in Mode, dieser Tomilin. Man lädt ihn in Intelligenzkreise ein, damit er dort predigt. Mir aber scheint, er verwandelt alles auf der Welt in Worte. Ich war noch ein zweites Mal bei ihm, allein; er warf mich in diese kalten Worte hinein wie ein Kätzchen in den Fluß, das war alles.«

Obwohl sie dies spöttisch, ohne Klage gesagt hatte, fühlte sich Klim gerührt. Er hätte offenherzig mit ihr sprechen, ihr die Hand streicheln mögen.

»Erzähl etwas«, bat sie.

Er fing an, von Turobojew zu erzählen, und dachte: Wie wäre es, wenn ich ihr etwas von der Nechajewa andeuten würde?

Lidija hörte seinem ironischen Reden kaum eine Minute zu und unterbrach ihn: »Das ist uninteressant.«

Und gleich darauf fragte sie nachlässig: »Ist er sehr krank?«

»Ich weiß nicht«, antwortete Klim erstaunt. »Weshalb fragst du? Das heißt, wie kommst du darauf?«

»Ich hörte, er habe die Schwindsucht.«

»Man merkt nichts davon.«

Lidija war verstimmt, sie strich mit dem Taschentuch kräftig über Lippen und Wange, dann sagte sie aufseufzend: »In der Schule hatten wir einen Kameraden Turobojews, er war ein ganz unerträglicher Flegel, aber außergewöhnlich talentiert. Und plötzlich...«

Sie zuckte nervös zusammen, sprang auf, ging zum Diwan, hüllte sich in ihren Schal und flüsterte empört: »Stell dir vor, wie entsetzlich das ist – sich mit zwanzig Jahren von einer Frau eine Krankheit zu holen. Das ist abscheulich! Das ist schon eine Gemeinheit! Liebe, und dann – das ...«

Sie wich vor Klim zurück und wäre fast in die Diwanecke gefallen.

»Was hat das denn mit Liebe zu tun?« murmelte Samgin.

Lidija unterbrach ihn zornig: »Ach, hör auf! Das verstehst du nicht. Dabei darf es keine Krankheiten, keine Schmerzen, nichts Unreines geben ...«

Sie wiegte sich mit gebeugtem Rücken hin und her und sprach durch die Zähne: »Alles ist so entsetzlich! Du weißt es gar nicht: Vater begeisterte sich im Winter für eine Vaudeville-Schauspielerin; sie war dicklich, rotbackig, ordinär, wie ein Marktweib. Ich stehe nicht sehr gut mit Wera Petrowna, wir mögen uns nicht, aber – mein Gott! Wie schwer sie es hatte! Ihre Augen sind wie irr geworden. Hast du gesehen, wie sie ergraut ist? Wie roh und furchtbar das alles ist. Die Menschen treten einander mit Füßen. Ich möchte leben, Klim, aber ich weiß nicht, wie.«

Die letzten Worte brachte sie so schroff hervor, daß Klim schüchtern wurde. Sie indes forderte: »Nun, so sag mir doch, wie soll ich leben?«

»Du mußt lieben«, antwortete er leise. »Wenn du liebst, wird alles klarwerden.«

»Weißt du das? Hast du es erprobt? Nein. Und – es wird auch dann nicht klarwerden. Bestimmt nicht. Ich weiß, daß man lieben muß, aber ich bin überzeugt – es wird mir nicht gelingen.«

»Weshalb?«

Lidija biß sich auf die Lippen und schwieg, die Ellenbogen auf die

Knie gestützt. Ihr bräunliches Gesicht war errötet und noch dunkler geworden, sie hatte wie geblendet die Augen halb geschlossen. Klim wollte ihr gern etwas Tröstliches sagen, aber er kam nicht dazu.

»Nun bin ich in der Schauspielschule gewesen, um nicht zu Hause zu leben und weil ich die Hebammenwissenschaften, die Mikroskope und das alles nicht mag«, begann Lidija nachdenklich, halblaut. »Ich habe eine Freundin, die ein Mikroskop besitzt und daran glaubt wie eine alte Frau an das heilige Abendmahl. Aber durch das Mikroskop kann man weder Gott noch den Teufel sehen.«

»Man kann sie auch durch ein Teleskop nicht sehen«, scherzte Klim zaghaft.

Lidija kauerte sich in die Diwanecke.

»Ich glaube«, begann Klim entschlossen, »ich bin sogar überzeugt, daß Menschen, die ihrer Phantasie freien Lauf lassen, leichter leben können. Schon Aristoteles sagte, das Erdachte käme der Wahrheit näher als die Wirklichkeit.«

»Nein«, widersprach Lidija entschieden. »Das stimmt nicht.«

»Ist denn die Poesie nicht etwas Erdachtes?«

»Nein«, sagte das Mädchen noch schroffer. »Ich verstehe nicht zu debattieren, aber ich weiß, daß es nicht stimmt. Ich bin nichts Erdachtes.«

Und indem sie Klims Ellenbogen mit der Hand berührte, bat sie: »Sprich doch nicht so in Zitaten wie Tomilin . . .«

Das verwirrte Klim dermaßen, daß er von ihr abrückte und hilflos murmelte: »Wie du willst . . .«

Ein bis zwei Minuten schwiegen sie beide. Dann mahnte Lidija leise: »Es ist schon spät.«

Als Klim sich in seinem Zimmer auskleidete, empfand er heftige Unzufriedenheit. Weshalb war er schüchtern geworden? Er merkte nicht zum erstenmal, daß er sich allein mit Lidija bedrückt fühlte und daß dieses Gefühl nach jeder Begegnung zunahm.

Ich bin doch kein in sie verliebter Gymnasiast, bin nicht Makarow, sagte er sich. Ich sehe wohl ihre Mängel, doch ihre Vorzüge sind mir im Grunde nicht klar, redete er sich zu. Was sie über die Schönheit sagte, war dumm. Sie spricht überhaupt ausgeklügelt . . . unnatürlich für ein Mädchen ihres Alters.

Als er zu begreifen suchte, was ihn zu diesem Mädchen hinzog, empfand er weder Verliebtheit noch jene physische Neugier, die durch die sachlichen Zärtlichkeiten Margaritas und durch die Gier der Nechajewa in ihm erweckt worden war. Doch zog es ihn immer unwiderstehlicher zu Lidija hin, und er befürchtete unbestimmt, daß in dieser Neigung eine Gefahr für ihn läge. Manchmal schien ihm, als zeige Lidija ihm gegenüber jetzt denselben Eigendünkel, den er in der Kindheit gehabt hatte, als er alle Mädchen außer Lidija für niedrigere Wesen als sich selbst gehalten hatte. Bei der Erinnerung daran, daß seine schlanke, geschmeidige Freundin schon immer den Trieb zum Kommandieren gehabt hatte, gelangte Klim zu der Vermutung, daß dieser Trieb sich jetzt abscheulich ausgewachsen habe, gewichtiger geworden sei und daß Lidija dadurch einen Druck auf ihn ausübe. Dieser Trieb war nicht in Lidijas Worten, er versteckte sich hinter den Worten und forderte gebieterisch, daß Klim Samgin ein anderer Mensch werde, anders denke, rede. Sie belehrte ihn: »Du sprichst zu schulmeisterlich und verhältst dich anderen gegenüber wie ein Beamter mit Sonderauftrag. Warum lächelst du so gezwungen?«

All das erweckte in Klim ein Gefühl des Protestes, das Bewußtsein, daß er sich wehren müsse, und dieses Bewußtsein, das ihn an Makarow erinnerte, diktierte ihm:

Ich werde ihr keine Beachtung schenken, und fertig. Ich will ja nichts von ihr.

Er versuchte, sich unabhängig zu verhalten, wollte Lidija davon überzeugen, daß sie ihm gleichgültig sei, suchte ihr ständig unter die Augen zu kommen und wünschte sich sehr, daß sie seine Unabhängigkeit merke. Als ihr dies auffiel, fragte sie nachlässig: »Wem gilt denn dein Schmollen?«

Dann forschte sie wieder: »Wieso gefällt dir ›Unser Herz‹? Das ist unnatürlich; einem Mann darf so ein Buch nicht gefallen.«

Es war nicht immer leicht, ihre Fragen zu beantworten. Klim spürte, daß sich hinter ihnen der Wunsch verbarg, ihn auf Widersprüchen zu ertappen, und spürte außerdem noch etwas, das in der Tiefe der dunklen Augen, in ihrem zäh forschenden Blick versteckt lag.

Als ihm einmal die Geduld riß, sagte er ärgerlich: »Du examinierst mich wie einen kleinen Jungen.«

Lidija fragte erstaunt: «So?«

Dann sah sie ihm mit einem unverständlichen Lächeln in die Augen und sagte ziemlich weich: »Nein, dich kann man auch nicht als jungen Mann bezeichnen, du bist so ein ...«

Sie suchte ein Wort und fand nur das sehr unbestimmte: ». . . eigenartig.«

Und wie gewöhnlich begann sie ihn zu verhören: »Was findest du an Rodenbach? Das ist meiner Ansicht nach schlechter Seifenschaum.«

Eines Abends, als ein strömender Frühlingsregen gegen die Fenster peitschte, Klims Zimmer blau auflodernte und die Fensterscheiben unter den Donnerschlägen bebten, dröhnten und klirrten, küßte Klim, lyrisch gestimmt, dem Mädchen die Hand. Sie nahm diese Geste mit Ruhe auf, als hätte sie sie gar nicht wahrgenommen, doch als Klim den Kuß wiederholen wollte, zog sie ihre Hand behutsam zurück.

»Du glaubst mir nicht, aber ich . . .«, begann Klim, doch sie unterbrach ihn.

»Du gleichst am allerwenigsten dem Chevalier des Grieux. Ich bin auch keine Manon.«

Kurz darauf sagte sie schaudernd: »Am widerlichsten, glaube ich, lieben die Schauspieler.«

Klim fragte beunruhigt: »Weshalb denn gerade die Schauspieler?« Sie antwortete nicht.

Solche Gedanken kamen ihr ganz unerwartet, ohne Zusammenhang mit dem Vorhergehenden, und Klim spürte in ihnen immer etwas Verdächtiges, eine Andeutung. Hielt sie etwa ihn für einen Schauspieler? Er war schon darauf gekommen, daß Lidija, wovon auch immer sie sprach, an Liebe dachte wie Makarow an das Los der Frauen, Kutusow an den Sozialismus, und wie die Nechajewa anscheinend an den Tod gedacht hatte, bis es ihr gelungen war, Liebe zu erzwingen. Klim Samgin bekam eine immer stärkere Abneigung gegen Menschen, die von einer Idee besessen waren, und fürchtete sie immer mehr, sie waren allesamt Bedrücker, sie waren alle mit dem Trieb behaftet, andere zu knechten.

Nicht selten kam es ihm vor, als spielte Lidija mit ihm; das vertiefte seine Mißgunst gegen sie, es steigerte auch seine Schüchternheit. Doch stellte er mit Erstaunen fest, daß ihn nicht einmal das an dem Mädchen abstieß.

Am unbehaglichsten war es ihm, wenn sie auf einmal mitten im Gespräch in eine seltsame Erstarrung versank. Die Lippen fest zusammengepreßt, die Augen weit geöffnet, starrte sie ihn an, als wollte sie ihn mit ihrem Blick durchbohren; über ihr bräunliches Gesicht huschte der Schatten unergründlicher Gedanken. In solchen Augenblicken schien sie ihm plötzlich älter, scharfsichtig und gefährlich weise. Klim senkte den Kopf, da er ihren Blick nicht ertrug und gewärtig war, daß sie sich sogleich etwas Ungewöhnliches, Unnormales ausdenken und von ihm verlangen werde, er solle diesen Einfall ausführen. Er fürchtete, daß er es ihr nicht abschlagen könnte. Ein einziges Mal nur fand er den Mut zu fragen: »Was hast du?«

»Nichts«, antwortete sie mit dem allgemein üblichen leeren Wort.

Dann jedoch sagte sie, ihr Gesicht gewaltsam durch ein langsames Lächeln aufhellend: »Der Schweigerich hat mich gepackt. Die Pawla – erinnerst du dich, das Dienstmädchen, das uns bestahl und spurlos verschwand? – erzählte mir, es gebe so ein Wesen, den Schweigerich. Ich verstehe das – ich sehe ihn fast: als Wolke, als Nebel. Er umschlingt den Menschen, dringt in ihn ein und verheert ihn. Das ist eine Art kalter Schauer. In ihm verschwindet alles, alle Gedanken, Worte, das Gedächtnis, der Verstand – alles! Es bleibt im Menschen nur noch eins: die Angst vor sich selbst. Verstehst du?«

»Ja«, antwortete Klim, sah zu, wie ihr gemachtes Lächeln erlosch, und dachte: Das ist gespielt. Natürlich ist das gespielt!

»Aber ich – verstehe es nicht«, fuhr sie mit einem neuen, spitzen Lächeln fort. »Weder bei mir noch bei anderen – ich begreife es nicht. Ich kann nicht denken . . . scheint mir. Oder ich denke nur über meine eigenen Gedanken nach. In Moskau machte man mich mit einem Sektierer bekannt, einem ganz einfachen Menschen, er hatte ein Gesicht wie ein Hundeschnäuzchen. Er wiegte sich hin und her und murmelte:

›Das Bein, das singt: Wohin gehe ich?
Die Hand, die singt: Warum nehme ich?
Das Fleisch aber singt: Wozu lebe ich?‹

Sonderbar, nicht wahr? So ein einfacher magerer Mensch. So etwas brauchte es nicht zu geben, meine ich.«

Klim stimmte ihr zu: »Das brauchte es nicht zu geben.«

Doch Lidija fragte plötzlich sehr streng: »Wenn es das aber doch geben muß? Woher weißt du, ob ja oder nein?«

Ständig machte sie es so: Sie zwang ihn, ihr beizustimmen, und bestritt dann sogleich ihre eigene Behauptung. Klim fiel es leicht, ihr beizustimmen, doch er wollte nicht mit ihr streiten, denn er hielt es für fruchtlos, da er sah, daß sie den Einwänden kein Gehör schenkte.

Auch sah er, daß seine Zwiegespräche mit Lidija der Mutter nicht gefielen. Warawka blickte gleichfalls finster drein, kaute mit den roten Lippen am Bart und sagte, die Vögel bauten erst dann Nester, wenn sie flügge seien. Von ihm strömte staubige Langeweile, Müdigkeit, Erbitterung aus. Wenn er heimkam, war er zerknirscht wie nach einer Rauferei. Seinen schweren Leib in einen Ledersessel zwängend, trank er Selterswasser mit Kognak, benetzte damit seinen Bart und beklagte sich über die Stadtverwaltung, das Semstwo, den Gouverneur. Er sagte: »In Rußland gibt es zwei Menschenstämme: Die einen können nur über die Vergangenheit nachdenken und reden, die anderen – nur über die Zukunft, und zwar unbedingt über eine – sehr ferne. Die Gegenwart, der morgige Tag, interessiert fast niemanden.«

Die Mutter saß ihm gegenüber, als säße sie einem Porträtmaler. Lidija war zu ihrem Vater auch früher nicht sehr zärtlich gewesen, jetzt indessen sprach sie geradezu nachlässig mit ihm, betrachtete ihn gleichgültig, wie einen Menschen, den sie nicht benötigte. Die bedrückende Langeweile trieb Klim auf die Straße hinaus. Dort sah er, wie ein betrunkener Bürger bei einer dicken, einäugigen Bäuerin Hühnereier kaufte, sie Stück für Stück aus dem Spankorb herausnahm, prüfend gegen das Licht hielt und dann in die Tasche steckte, wobei er tatarisch vor sich hin sagte: »Jakschi. Schtochjakschi.«

Ein Ei steckte er neben die Tasche und zertrat es, es schmatzte als Rührei unter der Sohle des schmutzigen Stiefels. Vor einem Gasthaus saßen auf einem abgebrochenen Schild mit der Aufschrift »Moskau mit mö ...« ein paar Tauben und guckten ins Fenster, dort stand ein schwarzbärtiger Mann in Hemdsärmeln, der, vor sich hin pfeifend, mit sorgenvollem Gesicht ein Paar blaue Hosenträger betrachtete und in die Länge zog. Eine alte Frau mit freundlichem Gesicht schob ein Wägelchen vor sich her, aus dem zwei puppenhafte rosa Händchen in die Luft griffen, streifte Klim mit einem Rad des Wägelchens und rief ärgerlich: »Sehen Sie denn nicht? Noch dazu mit Brille!«

Dann blieb sie stehen, um Tabak zu schnupfen, und redete laut und lange irgend etwas von den gottlosen Studenten. Klim ging weiter und dachte an den Sektierer, der »Das Bein, das singt: Wohin gehe ich?« murmelte, dachte an den betrunkenen Bürger, an die gestrenge Alte, an den schwarzbärtigen Mann, der sich für seine Hosenträger interessierte. Welcher Sinn lag im Leben dieser Menschen?

In einer schmalen Sackgasse spielten zwischen morschen Zäunen an die zwanzig Jungen geräuschvoll ein Wurfspiel mit Knütteln und Klötzen. Etwas abseits lag, barfuß und ohne Mütze, Inokow bäuchlings auf der Erde; sein zerzaustes Haar glänzte seidig in der Sonne, das scheckige Gesicht war zu einem glücklichen Lächeln verzerrt, die Sommersprossen zitterten. Er rief erregt, in flehendem Ton: »Keine Hast, Petja! Ruhig! Hau den Pfaffen um ...! Den Pfaffen ... ach, verfehlt!«

Inokow kam Klim oft ganz plötzlich zu Gesicht. Mal geht er irgendwohin, weit ausschreitend, auf die Erde blickend, die geballten Hände hinter dem gebeugten Rücken, als trage er eine unsichtbare Last auf den Schultern. Mal sitzt er auf einer Bank im Stadtpark und beobachtet mit offenem Mund, hingerissen, die launischen Spiele der Kinder. Aus dem Kellergewölbe des Hauses der Kaufherren Sinew sind Tausende von Würmern auf die Straße gekrochen, sie wimmeln, kriechen an den grauen Steinen des Fundaments hoch, es mit einem lebendigen, schwarzen Spitzenmuster bedeckend, kriechen über den Bürgersteig den Passanten unter die Füße, die Menschen weichen vor ihnen zurück, ängstlich die einen, angeekelt die andern, und brummen, unheilvoll die einen, schadenfroh die anderen: »Nichts Gutes, nichts Gutes hat das zu bedeuten.«

»Unsinn«, ruft Inokow, lacht, entblößt seine unregelmäßigen, bösen Zähne und erläutert: »Da ist irgendwas verfault ...«

Die Menschen weichen vor ihm, dem Langen und Dürren, ebenso zurück wie vor den Würmern.

Klim war ihm einmal auf der Straße begegnet und hatte ihn begrüßen wollen, aber Inokow war mit starrem Blick wie ein Blinder und mit verkniffenen Lippen an ihm vorbeigegangen.

Ein-, zweimal war Inokow gemeinsam mit Ljuba Somowa zu Lidija gekommen, und Samgin hatte gesehen, daß der keilförmige Bursche sich bei Lidija wie ein ungebetener Gast vorkam. Er schoß ohne Sinn und Verstand, wie ein einschlafender Barsch in einem Kübel Wasser, umher, schüttelte den langhaarigen Kopf, verzog das scheckige Gesicht, seine Augen betrachteten die Dinge im Zimmer mit fragendem Blick. Es war klar, daß Lidija ihm unsympathisch war und daß er sich über sie Gedanken machte. So trat er plötzlich auf sie zu und fragte mit hochgezogenen Brauen und weitgeöffneten Augen: »Mögen Sie Turgenjew?«

»Ich lese ihn.«

»Was soll das heißen – Sie lesen ihn? Haben Sie ihn schon gelesen?«

»Na schön, ich habe ihn gelesen«, willigte Lidija lächelnd ein, während Inokow sie belehrte: »Die Bibel, Shakespeare liest man eben, Turgenjew jedoch muß man durchlesen, um die Pflicht der Höflichkeit gegenüber der russischen Literatur zu erfüllen.«

Dann begann er dumm und dreist zu schwatzen: »Turgenjew ist ein Konditor. Was er hervorbringt, ist nicht Kunst, sondern Zuckergebäck. Wahre Kunst ist nicht süß, sie ist stets ein wenig bitter.«

Sagte es und wandte sich ab. Ein andermal fragte er sie ebenso unerwartet, indem er von hinten an sie herantrat und sich über ihre Schulter beugte: »Haben Sie Tschechows ›Eine langweilige Geschichte‹ gelesen? Spaßig, nicht? Da hat ein Professor sein ganzes Leben lang etwas gelehrt und ist zu guter Letzt auf den Gedanken gekommen: Es gibt keine allgemeine Idee. An welche Kette war er denn sein ganzes Leben lang geschmiedet? Was hat er denn – ohne eine allgemeine Idee – die Menschen gelehrt?«

»Eine allgemeine Idee, ist das nicht soviel wie ein Gemeinplatz?« fragte Lidija.

Inokow blickte sie erstaunt an und murmelte: »Ach so? Hm ... darüber habe ich nicht nachgedacht. Das weiß ich nicht.«

Und er fuhr beharrlich fort: »Tschechow hat ja auch keine allgemeine Idee. Er fühlt Mißtrauen gegen den Menschen, gegen das Volk. Leskow hat an den Menschen geglaubt, an das Volk aber auch nicht sehr. Er nannte es ›slawisches Dreckzeug, heimischer Mist‹. Leskow hat ganz Rußland durchschaut. Tschechow hat ihm sehr viel zu verdanken.«

»Davon merke ich nichts«, sagte Lidija, Inokow mit Neugier betrachtend.

»Lesen Sie einen nach dem anderen, dann werden Sie es merken...«

Er berührte mit dem Finger die Schulter des Mädchens, daß sie zurückfuhr: »Sagen Sie, wo ist denn dieses schöne Mädchen, Ihre Freundin?«

»Wahrscheinlich bei sich zu Hause. Wollen Sie etwas von ihr?«

Lidija lächelte, die Sommerprossen in Inokows Gesicht zitterten gleichfalls, seine Lippen gingen kindlich in die Breite, in seinen Augen schimmerte ein weiches Lachen.

»Habe ich komisch gefragt? Na, das macht nichts! Ich will selbstverständlich nichts von ihr, doch bin ich neugierig, wie sie leben wird. Wenn man so schön ist, ist das schwer. Und dann meine ich immer, daß bei uns unter dem neuen Zaren mal eine Lola Montez auftauchen müßte.«

»Er hat sich in sie verliebt, das ist es«, sagte die Somowa mit einem zärtlichen Blick auf ihren Freund. »Mein Lieber ist auf das Grelle versessen...«

»Verliebt, das ist Unsinn! Aufs Verlieben verstehe ich mich nicht. Dieses Fräulein hetzt mich einfach zu großen Gedanken. Sie ist gar zu sehr am unrechten Platz. Darum bin ich traurig, wenn ich an sie denke.«

»Versuchen Sie, nicht an sie zu denken«, riet Lidija.

Inokow wunderte sich und zog die Brauen hoch. »Ist denn das möglich: sehen und nicht daran denken?«

Als er und die Somowa fortgegangen waren, fragte Klim Lidija: »Weshalb sprichst du mit ihm wie eine Gnädige?«

Lidija lachte leise und erklärte ihm, die Arme verschränkend, mit einem Achselzucken: »Ich habe auch das Gefühl, daß das albern ist, aber ich kann keinen anderen Ton finden. Mir ist, als würde er mich, wenn ich anders mit ihm spräche, auf die Knie nehmen, mich umarmen und anfangen mich auszufragen: »Was sind Sie eigentlich?«

Klim dachte nach und sagte: »Ja, von ihm kann man allerhand Dreistigkeiten erwarten.«

Eines Abends kam die Somowa allein, sehr müde und offensichtlich erregt.

»Ich übernachte bei dir, Liduscha«, erklärte sie. »Mein Liebster ist irgendwo in den Bezirk, er muß sehen, wie die Bauern rebellieren werden. Gib mir etwas zu trinken, aber nur keine Milch. Hast du Wein?«

Klim ging hinunter und holte eine Flasche Weißwein, sie setzten sich zu dritt auf den Diwan, und Lidija begann die Freundin auszufragen, was für ein Mensch Inokow sei.

»Ja, das weiß ich selbst nicht, meine Freunde!« erklärte die Somowa, wobei sie mit einer Ratlosigkeit, die Klim für aufrichtig hielt, die Arme von sich breitete.

»Ich kenne ihn seit sechs Jahren, lebe mit ihm das zweite Jahr, sehe ihn aber selten, da er immerzu nach allen Seiten davonspringt. Er kommt hereingeflogen wie eine Hummel, kreist und summt ein wenig herum und sagt plötzlich: ›Ljuba, morgen fahre ich nach Cherson.‹ Merci, monsieur. Mais – pourquoi? Meine Lieben – es ist schrecklich unsinnig und sogar traurig, in unserem Dorf französisch zu sprechen, und doch möchte man es! Man möchte es wahrscheinlich, um die Unsinnigkeit zu verstärken, vielleicht aber auch, um sich etwas anderes, ein anderes Leben in Erinnerung zu bringen.«

Sie hatte scherzhaft, in humoristischem Ton zu sprechen begonnen, fuhr nun aber nachdenklich, wenn auch nicht ohne wehmütigen Humor, fort: »›Man muß Rußland kennen‹, sagt er. ›Man muß alles wissen.‹ Das ist ein Tick. So heißt es bei ihm sogar in einem Gedicht:

> Doch sprengen werd ich diese Fessel,
> Hab ich den Willen doch in mir,
> Die Seele weckte mir dafür
> Satan, Fanatiker des Wissens!

Ja, und dann ist er wieder weg. Briefe kommen auch keine, und es ist, als wäre ich nicht da. Und plötzlich kommt er, freundlich, schuldbewußt zur Tür herein. ›Erzähl, wo du warst, was hast du gesehen?‹ Er erzählt irgend etwas nicht allzu Erstaunliches, aber immerhin . . .«

Der Somowa traten Tränen in die Augen, sie holte ihr Taschentuch heraus, trocknete sich verlegen die Augen und lächelte. »Die

Nerven. Nun also. ›In Mariupol‹, sagt er, hat eine Kaufmannswitwe einen Matrosen, einen Neger, geheiratet, der Neger hat den russischen Glauben angenommen und singt in der Kirche, auf dem linken Chor, als Tenor.‹«

Die Somowa schluchzte laut auf und bedeckte von neuem die Augen mit dem Taschentuch.

»An den Neger glaube ich nicht, den Neger hat er erfunden. Das ist auch so ein Steckenpferd von ihm, Ungereimtheiten zu erfinden. Er streitet sich mit dem Leben wie mit einer launenhaften Ehefrau herum. ›Ach, so machst du das? Na, ich bin noch spitzfindiger.‹ Oh, Kinder das erschreckt mich an ihm. Wir hatten in unserem Dorf den durchtriebenen Flegel Mikeschka Bobyl, der machte allen mit seinen Streichen das Leben sauer. Als nun Inokow dort wohnte, beobachtete er ihn eine Weile und machte dann bei jeder Begegnung mit ihm einen Handstand, die Beine nach oben. Alle lachten – was hat das zu bedeuten? Auch Mikeschka lachte. Doch die Mädchen und Burschen begannen ihn zu hänseln: ›Du kannst das nicht, Bobyl!‹ Der wurde zornig, und fing mit Inokow zu raufen an. Aber Inokow war stärker, warf ihn zu Boden und zog ihn an den Ohren wie einen kleinen Jungen, dabei ist Bobyl schon an die Vierzig. Er zog ihn an den Ohren und rief dabei: ›Mach keinen Unfug, mach keinen Unfug! Unfug machen kann jeder, ja noch besser als du!‹«

Die Somowa verzog das Gesicht, seufzte und fuhr leise fort: »Offen gestanden war es nicht schön zu sehen, wie er da rittlings auf Bobyls Rücken saß. Wenn Inokow wütend ist, macht er ein . . . unheimliches Gesicht! Hinterher weinte Mikeschka. Wenn man ihn bloß geschlagen hätte, wäre er nicht so gekränkt gewesen, nun aber hatte man ihn an den Ohren gezogen. Man verspottete ihn, und so ging er als Knecht auf den Meierhof der Shadowskijs. Ich muß gestehen – ich war froh, daß er fortging, denn er warf mir immer allerhand Schmutz durchs Fenster ins Zimmer – tote Mäuse, Maulwürfe, lebendige Igel, dabei habe ich doch schreckliche Angst vor Igeln!«

Die Somowa zuckte zusammen, trank etwas Wein, leckte sich die Lippen und sagte, als erinnerte sie sich an etwas sehr weit Zurückliegendes: »Die Bauern liebten Inokow. Er erzählte ihnen alles, was er wußte. Auch war er stets bereit, ihnen bei der Arbeit zu helfen. Er ist ein guter Zimmermann. Er besserte ihnen die Wagen aus. Er versteht sich auf jede Arbeit.«

Sie schwieg eine Weile trübsinnig, dann setzte sie mit einem Seufzer hinzu: »Er arbeitet fröhlich.«

Nachdem Klim diesen Bericht gehört hatte, entschied er, Inokow sei in der Tat ein unnormaler und gefährlicher Mensch. Am nächsten Tag teilte er seine Schlußfolgerung Lidija mit, doch sie sagte sehr bestimmt: »Solche Leute gefallen mir.«

»Du scheinst ihm aber nicht besonders zuzusagen.«

Lidija schwieg und warf ihm einen Seitenblick zu.

Zwei Tage darauf kam die Somowa sehr erregt angerannt.

»Der Gouverneur hat befohlen, Inokow aus der Stadt auszuweisen, er fühlt sich durch den Zeitungsbericht über die Lotterie gekränkt, die seine Frau zugunsten der Brandgeschädigten veranstaltet hat. Die Polizei ist gekommen, ich sollte sagen, wo er ist. Aber ich weiß es doch nicht! Sie wollen mir nicht glauben.«

Auf dem Stuhl sitzend, nahm sie den Kopf in die Hände und wiegte sich hin und her. »Ich kann doch nicht sagen: er ist dahin gegangen, wo die Bauern rebellieren! Und ich ... weiß ja auch gar nicht, wo sie rebellieren.«

Lidija suchte sie zu beruhigen, aber sie sagte schluchzend: »Du verstehst das ja nicht. Er ist doch blind gegen sich selber. Er sieht sich nicht. Er braucht einen Blindenführer, braucht eine Kinderfrau, und das bin ich eben ... Lida, bitte doch deinen Vater ... aber – nein, es nicht nötig!«

Sie sprang vom Stuhl auf, küßte hastig die Freundin, ging zur Tür, hielt aber im Gehen inne und sagte: »Ich denke, daß Dronow über den Zeitungsbericht geplappert hat, denn außer ihm hat niemand davon gewußt. Und so haben sie es zu schnell erfahren. Sicherlich war es Dronow... Lebt wohl!«

Sie war fortgegangen und nun schon über drei Wochen nicht mehr in der Stadt zu sehen.

An dies alles dachte Klim, als er im Stadtpark am Teich saß und auf dem grünlichen Wasser sein verzerrtes Spiegelbild betrachtete. Er tauchte den Spazierstock ins Wasser, zerstörte den hellen Fleck, indem er ihn bespritzte, und beobachtete, wie dann von neuem Kopf und Schultern entstanden und die Brille glänzte.

Wozu muß es solche Menschen wie die Somowa oder Inokow geben? Das Leben ist doch erstaunlich verworren, voll Unrat, dachte er und redete sich ein, das Leben wäre leichter, einfacher auch ohne Lidija, die ihm wahrscheinlich nur deshalb rätselhaft erschien, weil sie ängstlich war – ängstlicher als die Nechajewa, doch ebenso gespannt auf eine Gelegenheit wartete, ihren Trieben freien Lauf zu lassen. Es ließe sich ruhiger leben ohne Tomilin, Kutusow, ja sogar ohne Warawka, überhaupt ohne all diese Weisen und Gaukler. Es gibt zu viele Menschen, die ihr Erdachtes, ihre Mutmaßungen anderen aufzudrängen suchen und darin ihr Lebensziel erblicken. Turobojew hatte nicht übel gesagt: »Jeder von uns läuft wie eine Schweizer Kuh mit einer Schelle am Hals herum.«

Wenn Samgin Gedanken solcher Art und Färbung kamen, fühlte er deutlich, daß das seine ureigenen Gedanken waren, solche, durch die er sich wahrhaftig von allen anderen Menschen unterschied. Doch fühlte er zugleich, daß diesen Gedanken etwas Unentschlossenes, Unentschiedenes und Schüchternes anhaftete. Sie laut zu äußern widerstrebte ihm. Er wußte sie sogar vor Lidija zu verbergen.

Auf dem Wasser des Teiches, neben dem weißen Fleck seiner Uniformjacke, tauchte plötzlich ein dunkler Fleck auf, und im selben Augenblick fragte ihn eine weibische Stimme in gekränktem Ton: »Nun, Samgin, hochmütig geworden?«

Klim fuhr zusammen, schwang den Stock hoch und erhob sich – neben ihm stand Dronow. Die zerknüllte Mütze war ihm in die Stirn gerutscht und drückte auf die Ohren, so daß sie noch stärker abstanden, unter dem Mützenschirm hervor blinkten die umherhuschenden Äugelchen.

»Ich habe dich doch gebeten mich einmal zu besuchen. Hat die Somowa es dir nicht gesagt?«

»Ich hatte keine Zeit«, sagte Samgin und drückte ihm die rauhe, harte Hand.

»Aber am fauligen Wasser zu sitzen, hast du Zeit?«

Dronow spuckte unter anhaltendem Husten und Schneuzen in den Teich; Klim merkte, daß er dabei genau immer wieder denselben Punkt oder ganz dicht daneben traf, und dieser Punkt war seine, Klims weiße Mütze, die sich im Wasser spiegelte. Er rückte etwas zur Seite und betrachtete aufmerksam Iwan Dronows Gesicht. In dem stark abgemagerten Gesicht bewegte sich zornig das rote, geschwollene Näschen, die Augen glitzerten gereizt, sie waren heller, kälter geworden und huschten schon nicht mehr so krampfhaft umher, wie Klim es in Erinnerung hatte. Mit fremder, näselnder Stimme erzählte Dronow abgerissen und schnell, daß es ihm schlecht gehe, daß er keine Arbeit habe, daß er zwei Wochen im Keller eines Bierlagers Flaschen gespült und sich dabei erkältet habe.

»Hast du keine Zigaretten?«

»Ich rauche nicht.«

»Ja, das habe ich vergessen. Wirst du nie rauchen?«

»Das weiß ich nicht«, antwortete Klim achselzuckend.

»Natürlich, du wirst nie rauchen.«

Dronow holte tief, mit pfeifendem Geräusch, Atem, bekam einen Hustenanfall und sagte dann: »Du studierst also! Und mir haben sie den Mund wäßrig gemacht und mich – rausgeschmissen. Hätte man mich nicht ins Gymnasium gesteckt, so würde ich Schilder oder Ikonen malen oder Uhren reparieren. Oder irgendeine leichte Arbeit verrichten. So aber muß ich jetzt als halbfertiger Mensch dahinleben.«

Klim dachte mit einem Blick auf die abstehenden Ohren: Du hättest eben keine verbotenen Bücher ins Gymnasium schleppen sollen.

Er wollte es ihm sogar sagen, doch Dronow fing, als hätte er seinen Gedanken erraten, selber an: »Als diese Idioten mich aus dem Gymnasium jagten, hatten nur drei aus der siebenten Klasse die Tolstoi-Broschüren gelesen, und jetzt...«

Er fuhr mit der Hand durch die Luft.

»Es kribbelt einem immer mehr im Hirn. Da ist ein Prophet Jesaja von der Art deines Onkelchens aufgetaucht, der redet den Leuten zu: ›Liebe Kinder, seid Helden, jagt den Zaren davon.‹«

»Nun – bist du bereit, ihn davonzujagen?«

»Bei diesem Spiel mache ich nicht mit. Ich traue weder Onkeln noch Tanten, mein Lieber.«

Mit leichtem Lächeln auf den schiefen Lippen begann Dronow, den dunklen Flaum auf dem Kinn streichelnd, freimütiger zu reden: »Tomilin traue ich. Der verlangt nichts von mir und treibt mich nirgendwohin. Er hat in seiner Dachkammer eine Art Welttribunal errichtet und ist zufrieden. Er wühlt in Büchern, in Ideen herum und beweist sehr einfach, daß alles auf Erden mit weißem Faden genäht ist. Er lehrt eins, mein Lieber – Mißtrauen. Das ist gewiß uneigennützig, wie?«

Er blickte Klim in die Augen und wiederholte: »Das ist doch uneigennützig?«

»Ja...«

Dronow nahm die Mütze ab, schlug sich damit aufs Knie und fuhr noch ruhiger fort: »Ein prächtiger Mensch. Lebt dahin, ohne das Gesicht zu verziehen. Dieser Tage wurde hier jemand beerdigt, und einer aus dem Trauergefolge witzelte: ›Neununddreißig Jahre hat er gelebt und das Gesicht verzogen, dann hat er es nicht länger ertragen – und ist gestorben.‹ Tomilin kann viel ertragen.

> Hart ist der Tatar – er zerbricht nicht!
> Sehnig der Hund – er zerreißt nicht!«

Hinter den Bäumen stiegen graue Wolken auf, das Wasser verlor seinen öligen Glanz, ein Atemstoß kühlen Windes kräuselte den Teich, ließ das Laub der Bäume weich aufrauschen und schwand dahin.

Wird er noch lange reden? dachte Klim, indem er Dronow mit einem Seitenblick musterte.

»Er hat ein Werk geschrieben, ›Über den dritten Trieb‹; ich weiß nicht, wovon es handelt, habe aber das Motto gelesen: ›Ich suche keinen Trost, nur die Wahrheit.‹ Er hatte das Manuskript an irgendeinen Professor in Moskau geschickt; der antwortete ihm mit grüner Tinte auf der ersten Manuskriptseite: ›Ketzerei und zensurwidrig.‹«

Er lachte mit sichtlichem Vergnügen, nicht allzu laut und etwas linkisch auf, wobei er die Mütze mit den Fingern auseinanderzog.

»Er wäre natürlich verhungert, aber die Kochswitwe hat ihn gerettet. Sie hält ihn für einen Heiligen. Läßt ihn die Sachen des Mannes anziehen und gibt ihm zu essen und zu trinken. Und schläft sogar mit ihm. Na ja!

> Geschenkt wird uns nichts. Das Schicksal,
> Es fordert sühnende Opfer.

Die Kochswitwe ist für ihn, den Philosophen, das Schicksal.«

Dronow redete abgerissen und hastig, da er zwischen zwei Hustenanfällen möglichst viel sagen wollte. Ihm zuzuhören war schwierig und langweilig. Klim versank in Nachdenken über seine eigenen Angelegenheiten, wobei er beobachtete, wie Dronow seine Mütze mißhandelte.

»Der Literat Pissemskij hatte auch eine Köchin zum Schicksal; er ging nie ohne sie aus dem Haus. Mein Schicksal aber hat immer noch nicht zu mir gefunden.«

Samgin wollte ihn plötzlich nach Margarita fragen, doch er unterdrückte das Verlangen, da er fürchtete, daß Dronows Geschwätz dadurch noch mehr in die Länge gezogen und sein familiärer Ton gesteigert würde. Es fiel ihm ein, wie dieser unangenehme Bursche Makarows Qualen herablassend und zynisch verspottet hatte: »Dieser Krüppel. Wovor hat er Angst? Er sollte beim erstenmal die Augen schließen, als nähme er Rhizinusöl ein, weiter nichts.«

»Dein Onkel lärmt von der Liebe...«

»Er ist verhaftet worden.«

»Ich weiß. Doch für ihn ist die Liebe um der Rauferei willen da...«

Das mag stimmen, dachte Klim.

»Tomilin hingegen schließt aus seinen Operationen sowohl die Liebe als auch alles übrige aus. Das ist nicht übel, mein Lieber. Ohne Betrug. Warum besuchst du ihn nicht mal? Er weiß, daß du hier bist. Er lobt dich. ›Das ist ein junger Mensch von unabhängigem Verstand‹, sagt er.«

»Natürlich werde ich ihn besuchen«, sagte Klim. »Ich muß erst noch aufs Landhaus fahren und etwas erledigen; morgen werde ich gleich fahren.«

Er hatte gar nichts zu erledigen und brauchte auch nicht aufs Land zu fahren, doch er hatte keine Lust, zu Tomilin zu gehen, und Dronows familiärer Ton beunruhigte ihn immer mehr. Klim fühlte sich unabhängiger, wenn Dronow ihm zornige Vorwürfe machte, jetzt aber weckte seine Redseligkeit die Befürchtung, daß er nach häufigen Begegnungen trachten und ihm überhaupt lästig werden würde.

»Brauchst du vielleicht Geld, Iwan?«

Er begriff im selben Augenblick, daß er schon vorher oder erst später hätte danach fragen sollen.

Dronow stand auf, sah sich um, stülpte langsam die Mütze auf seinen platten Schädel, setzte sich wieder und sagte: »Ja.«

Nachdem er das Geld genommen hatte, streckte er mit einer schroffen Geste das eine Bein aus, schob das Geld in die Tasche der zerdrückten Hose und schloß den einzigen Knopf seines grauen, an den Ellenbogen durchgewetzten Rockes.

»Ich werde mir die Stiefel flicken lassen.«

Dann spuckte er in das dunkle Wasser des Teiches und erzählte: »Im vergangenen Sommer hat sich hier der Landhauptmann Mussin-Puschkin vor den Augen der Spaziergänger vollständig ausgezogen und gebadet. Und ein paar Tage darauf hat er in seinem Dorf mit Wolfskartätschen aus dem Fenster auf eine Herde geschossen, die von der Weide kam. Die Bauern fesselten ihn, brachten ihn in die Stadt, und hier stellten die Ärzte fest, daß er schon lange, zwei bis drei Monate etwa, verrückt war. In diesem Zustand hatte er sich mit den laufenden Geschäften befaßt, hatte er über Menschen zu Gericht gesessen. Und Bronskij, auch ein Landhauptmann, erhebt von den Bauern eine Geldstrafe von einem halben Rubel, wenn sie vor seinem Pferd, das der Stallknecht zur Schwemme führt, die Mütze nicht abnehmen.«

Klim blieb noch zwei Minuten sitzen, verabschiedete sich dann und trat den Heimweg an. An der Wegbiegung blickte er sich noch einmal um: Dronow saß noch immer auf der Bank, vorgebeugt, als wollte er kopfüber in das dunkle Wasser des Teiches springen. Klim Samgin stieß ärgerlich mit dem Stock auf und beschleunigte seine Schritte.

Er war sehr unzufrieden mit diesem Treffen und mit sich selbst wegen der Farblosigkeit und Schlappheit, die er im Gespräch mit Dronow an den Tag gelegt hatte. Während er mechanisch das Gerede anhörte, hatte er zu erraten gesucht, was Lidija und Alina nun schon seit drei Tagen miteinander zu tuscheln haben mochten und warum sie heute plötzlich aufs Land gefahren waren. Die Telepnjowa war voller Unruhe gewesen, sie schien geweint zu haben, sie hatte müde Augen; Lidija, die sich besorgt um sie kümmerte, hatte sich zornig auf die Lippen gebissen.

Er ging gegen den Wind durch die Hauptstraße, die schon vom Licht der Laternen und Läden bunt erleuchtet war; Papierfetzen flogen ihm vor die Füße, das erinnerte ihn an den Brief, den Lidija und Alina gestern im Garten gelesen hatten, es erinnerte ihn an den Ausruf Alinas: »Nein, so einer! So ein gemeiner Kerl!«

Sollte sie damit Ljutow gemeint haben? überlegte Klim. Sie hat sicherlich nicht nur den einen Roman.

Der Wind spritzte ihm Regentropfen ins Gesicht, lauwarm wie die Tränen der Nechajewa. Klim nahm eine Droschke, und als er geborgen unter dem Lederverdeck des Wagens saß, dachte er voll Empörung, daß Lidija für ihn ein Alptraum, eine Krankheit werde, die ihn ungehindert zu leben störe.

Kaum war er zu Hause angelangt und hatte abgelegt, da erschienen Ljutow und Makarow. Makarow, zerknittert, aufgeknöpft, strahlte lächelnd und sah sich im Wohnzimmer um, als wäre es sein Lieblingsrestaurant, das er lange nicht mehr besucht hatte. Ljutow, ganz in Flanell gekleidet, mit grellgelben Schuhen, sah unvergleichlich albern aus. Er hatte sich das Bärtchen abrasiert, nur einen spärlichen Katerschnurrbart übriggelassen, sein Gesicht war unangenehm entblößt, es kam Klim jetzt wie ein Mongolengesicht vor! Ljutows dicklippiger Mund war unangemessen groß, durch ein krampfhaftes und schiefes Lächeln hindurch blinkten kleine Fischzähne.

Klim verblüffte die hastige Nachlässigkeit, mit der Ljutow der Mutter die Hand küßte und seinen Hals hin und her drehte, um mit seinen verrenkten Augen ihre Gestalt zu mustern.

Ist er schüchtern oder unverschämt? fragte sich Klim, während er feindselig beobachtete, wie Ljutows Augen schnell über das rotblaue Gesicht Warawkas wanderten, und noch mehr war er verblüfft, als er sah, daß Warawka den Moskauer mit Vergnügen und sogar ehrerbietig begrüßte.

»Mein Onkel, Radejew, hat Ihnen mitgeteilt . . .«

»Gewiß, gewiß«, rief Warawka und schob dem Gast einen Sessel hin.

»Sie wollen das Land eines gewissen Turobojew kaufen . . .«

»Jawohl.«

»Dazu gehört eine Parzelle, deren rechtmäßiger Besitz Turobojew durch die Tante meiner Braut, Alina Markowna Telepnjowa, der Freundin Ihrer Tochter, streitig gemacht wird...«

Klim merkte, daß Ljutow die Stimme des Gerichtsschreibers aus den »Kaschirischen Altertümern« nachahmte, daß er absichtlich näselnd wie ein Prozeßsüchtiger sprach.

Natürlich, er war es, den Alina als gemeinen Kerl bezeichnet hatte...

»... die, wie ich hoffe, bei guter Gesundheit ist.«

»Vollkommen. Sie ist heute mit Ihrer Braut aufs Landhaus gefahren...«

»Heute?« fragte Ljutow mit einem leisen Pfiff und erhob sich halb, mit den Händen auf die Seitenlehnen des Sessels gestützt. Doch er setzte sich sogleich wieder und sagte: »Ungeachtet des schlechten Wetters?«

Klim spürte in dieser Bewegung etwas Sonderbares, und er begann ihn aufmerksamer zu betrachten, doch Ljutow hatte bereits den Ton gewechselt und sprach mit Warawka über den Grundbesitz geschäftsmäßig und ruhig, ohne Hokuspokus.

Verdächtig war die gespielte Lebhaftigkeit, mit der die Mutter Makarow empfing; sie pflegte nur Leute zu begrüßen, die ihr unangenehm waren, die sie aber aus irgendeinem Grund brauchte. Als Warawka Ljutow in sein Arbeitszimmer geführt hatte, begann Klim die Mutter zu beobachten. Sie saß, mit der Lorgnette spielend, freundlich lächelnd, auf der Chaiselongue, Makarow auf einem weichen Hocker ihr gegenüber.

»Klim sagte mir, Sie seien bei den Professoren beliebt.«

Makarow lächelte. »Es ist leichter, die Wissenschaften zu lehren, als sie sich anzueignen.«

Weshalb erfindet sie das? fragte sich Klim. Ich habe ihr doch nie dergleichen gesagt.

Das Stubenmädchen trat ein und sagte zu Wera Petrowna: »Der gnädige Herr läßt Sie zu sich bitten...«

Als die Mutter hastig das Zimmer verlassen hatte, fragte Makarow erstaunt: »Alina ist heute weggefahren? Sonderbar.«

»Wieso?«

»Ach... nur so.«

Klim lächelte.

»Ein Geheimnis?«

»Nein, Unsinn... Fühlst du dich nicht wohl, oder bist du böse?«

»Ich bin müde.«

Klim blickte zum Fenster hinaus. Vom Himmel lösten sich graue Wolkenfetzen und fielen hinter die Dächer, hinter die Bäume.

Es ist unhöflich, daß ich ihm den Rücken zugewandt habe, dachte Klim matt, fragte aber, ohne sich umzudrehen: »Haben sie sich verzankt?«

Statt der Antwort Makarows ertönte die strenge Frage der Mutter: »Meinen Sie denn nicht, daß die Vereinfachung ein sicheres Anzeichen von normalem Verstand ist?«

Ljutow, der sich eine Zigarette anzündete, die schief in einer Bernsteinspitze steckte, schmatzte mit den Lippen, blinzelte und murmelte: »Von naivem . . . naivem Verstand!«

Er, die Mutter und Warawka standen dicht beisammen in der Tür, als könnten sie sich nicht entschließen, ins Zimmer zu treten; Makarow ging auf sie zu, zog Ljutow die Zigarette aus der Spitze, steckte sie sich in den Mundwinkel und sagte munter: »Wenn er Ihnen gegenüber irgend etwas Furchtbares geäußert haben sollte – glauben Sie ihm nicht! Das tut er nur, um zu verblüffen.«

Ljutow indes nahm die Uhr aus der Tasche, klopfte mit der Zigarettenspitze auf das Glas und fragte: »Gehen wir, Konstantin?«

Dann wandte er sich an Warawka: »Sie werden also Turobojew zur Eile treiben?«

Neben dem massiven Warawka wirkte er wie ein Halbwüchsiger, er stand mit hängenden Schultern, zusammengekrümmt da, hatte sogar etwas Schwächliches, Gedrücktes an sich.

Als die unerwarteten Gäste fort waren, sagte Klim: »Ein sonderbarer Besuch.«

»Ein geschäftlicher Besuch«, verbesserte Warawka und begann sofort, Klim mit seinem Bauch an die Wand drückend und mit dem Bart spielend, zu kommandieren: »Morgen früh fährst du aufs Landhaus und richtest dort unten für diese zwei ein Zimmer ein und oben eins für Turobojew. Kapiert? Na also!«

Wie ein junger Mann sprang er die Treppe hinauf in seine Wohnung; die Mutter blickte ihm nach, seufzte, verzog das Gesicht und sagte: »Mein Gott! Wie unsympathisch dieser Ljutow ist! Was mag Alina nur an ihm gefunden haben?«

»Geld«, antwortete Klim unwillig und setzte sich an den Tisch.

»Wie gut, daß du nicht rigoros bist«, sagte die Mutter nach kurzem Schweigen. Auch Klim schwieg, da er nicht wußte, worüber er mit ihr reden sollte. Sie fing zu sprechen an, nicht laut und offensichtlich an etwas anderes denkend: »Ein unheimliches Gesicht hat dieser Makarow. Aufreizend, wenn man es im Profil betrachtet. Von vorn aber ist es das Gesicht eines anderen Menschen. Ich will nicht sagen, er sei doppelgesichtig in einem für ihn wenig schmeichelhaften Sinn. Nein, er ist . . . unglücklich doppelgesichtig . . .«

»Wie ist das zu verstehen?« fragte Klim höflich.

Wera Petrowna antwortete achselzuckend: »Der Eindruck.«

Sie sagte noch irgend etwas von Turobojew. Klim dachte, ohne hinzuhören: Sie wird alt. Ist geschwätzig.

Als sie gegangen war, hatte er das Gefühl, ihn ergreife wie Zugluft eine bisher ungekannte schmerzhafte Empfindung: Er war voll bitteren Rauchs, und der zerfraß alle Gedanken und Wünsche und verursachte eine fast physische Übelkeit. Als wären plötzlich in Kopf und Brust die menschlichen Fähigkeiten zu denken und zu sprechen, die Fähigkeit des Erinnerns sanft aufgeflammt, brennten aber nicht, sondern verglömmen wieder langsam. Darauf meldete sich zehrend wie Schmerz ein Widerwille gegen die Umgebung, gegen diese Wände mit den bunten Vierecken der Bilder, gegen die schwarzen Fensterscheiben, die die Finsternis durchbrachen, gegen den Tisch, von dem der betäubende Geruch aufgebrühten Tees und verglimmender Holzkohle aufstieg.

Klim starrte in das leere Teeglas, lauschte dem leisen Summen des erlöschenden Samowars und wiederholte innerlich mechanisch das eine Wort: Schwermut.

Der untätige Verstand verlangte und erweckte kein anderes Wort. In diesem Zustand inneren Stummseins ging Klim Samgin in sein Zimmer hinüber, öffnete das Fenster und setzte sich davor, blickte in die feuchte Finsternis des Gartens und lauschte, wie das zweisilbige Wörtchen pochte und pfiff. Nebelhaft kam ihm der Gedanke, daß wohl in diesem Zustand der Depression durch Sinnlosigkeit die Landhauptleute verrückt geworden waren. Mit welcher Absicht hatte Dronow von ihnen erzählt? Weshalb erzählte er fast immer derartig haarsträubende Anekdoten? Antworten auf diese Fragen suchte er nicht.

Als ihn zu frieren begann, glitt er aus der Leere der Selbstvergessenheit heraus. Es kam ihm vor, als wären mehrere Stunden verstrichen, doch als er sich träge entkleidete, um zu Bett zu gehen, vernahm er den fernen Klang der Kirchenglocke und zählte nur elf Schläge.

Erst? Sonderbar...

Er legte sich schlafen, fühlte sich zerschlagen, zerknirscht und erwachte, aus dem Schlaf gerissen durch ein Klopfen an der Tür, mit dem das Stubenmädchen ihn zum Zug weckte. Er sprang schnell aus dem Bett und stand, geblendet von dem wunderbar grellen Glanz der Morgensonne, ein paar Sekunden mit geschlossenen Augen da. Auch das nasse Laub der Bäume vor dem offenen Fenster glänzte blendend, in den kristallklaren Regentropfen, die daran hafteten, brachen sich bunte, kurze und spitze Strählchen. Genesung spendender Geruch von feuchter Erde und Blumen füllte das Zimmer; die Morgenfrische prickelte ihm auf der Haut. Klim Samgin dachte mit einem leichten Kälteschauer: Gestern war ich in einer abscheulichen Stimmung.

Als er jedoch in sich hineinlauschte, fand er, daß von dieser Stimmung ein leichter Schatten zurückgeblieben war.

Wachstumskrankheit der Seele – entschied er und zog sich hastig an.

Am Abend saß er auf einem Sandhügel am Saum eines Birken- und Kiefernwaldes; hundert Schritte entfernt strömte buntschillernd in den Strahlen der Sonne lieblich der Fluß vorbei, glühte das brokatene Dach der Mühle, versteckt in krüppeligen Weiden, sträubte sich lustig das Korn auf den Feldern hinter dem Fluß. Klim sah die Landschaft wie ein koloriertes Bildchen aus einem Kinderbuch, obwohl er wußte, daß dieser Fleck als landschaftliche Schönheit gepriesen wurde. Auf der Kuppe des Hügels, der aussah wie der Galahut eines Friedensrichters, hatte Warawka ein großes, zweistöckiges Landhaus errichten lassen, während an den Hängen noch sechs bunte, mit russischem Schnitzwerk verzierte kleine Häuser zum Fluß hinabkrochen. In dem äußersten rechts wohnte Alinas Vormund, ein mürrischer, alter Mann, Mitglied des Bezirksgerichts, die übrigen Häuschen waren nicht vermietet.

Es war sehr still, nur die Käfer summten in dem feinen Laub der Birken, und der warm atmende Abendwind säuselte in den Nadeln der Kiefern. Schon mehr als einmal hatte Klim in der Stille die volle Stimme und das weiche Lachen Alinas vernommen, doch wollte er aus Eigensinn nicht zu den Mädchen hinübergehen. An dem Rauch, der aus den Schornsteinen von Warawkas Landhaus aufstieg, an den geöffneten Fenstern und dem Herumlaufen der Dienstboten mußten Lidija und Alina erkannt haben, daß jemand eingetroffen war. Klim trat ein paarmal auf den Balkon des Landhauses hinaus und blieb dort lange stehen, da er hoffte, daß die Mädchen ihn bemerken und herkommen würden. Er sah Lidijas schmale Gestalt in orangefarbener Bluse und blauem Rock und Alina im roten Kleid. Es war kaum anzunehmen, daß sie ihn nicht bemerkt hatten.

Es wäre schön, plötzlich vor ihnen aufzutauchen und irgend etwas Ungewöhnliches, Verblüffendes zu sagen oder zu tun, sich beispielsweise in die Luft zu erheben oder über den schmalen, aber tiefen Fluß wie über festen Boden ans andere Ufer zu schreiten.

Wie dumm das ist, warf Klim sich vor und erinnerte sich, daß solche kindlichen Gedanken in letzter Zeit nicht selten wie Schwalben an ihm vorbeiflogen. Sie waren fast immer mit Gedanken an Lidija verknüpft, und immer meldete sich danach leise Unruhe, das unbestimmte Vorgefühl einer Gefahr.

Es dunkelte schnell. In der Bläue über dem Fluß hingen an dünnen Strahlenfäden drei Sterne und spiegelten sich wie Öltröpfchen in dem dunklen Wasser. In dem Landhaus Alinas wurden zwei Fenster hell, und da kam im Fluß ein häßlich großes, viereckiges Gesicht mit gelben, verschwommenen Augen zum Vorschein, das mit einer spitzen Kappe bedeckt war. Ein paar Minuten später kamen aus dem Hauseingang die Mädchen ans Ufer gelaufen, und Alina rief jammernd: »O Gott, diese Langeweile! Das überlebe ich nicht.«

»So komm doch«, sagte Lidija mit offensichtlichem Ärger.

Klim erhob sich und ging schnell zu ihnen hin.

»Du?« wunderte sich Lidija. »Warum so geheimnisvoll? Wann bist du angekommen? Um fünf?«

Außer der Verwunderung hörte Klim in ihren Worten auch Freude. Alina war gleichfalls erfreut.

»Wunderbar! Wir wollen eine Bootsfahrt machen. Du wirst rudern. Nur bitte keine klugen Gespräche, Klim. Ich kenne schon alle klugen Dinge, von den Ichthyosauriern bis zu den Flammarionen, mein Verlobter hat mir alles erzählt.«

Eine halbe Stunde wohl ruderte Klim gegen die Strömung, die Mädchen schwiegen und lauschten, wie das dunkle Wasser spröde unter den Schlägen der Ruder plätscherte. Der Himmel schmückte sich immer reicher mit Sternen. Die Ufer atmeten berauschende Frühlingswärme. Alina sagte mit einem Seufzer: »Du und ich, Lidok, sind Gerechte, und Klim, dieser weiße Engel, fährt uns darum als Lebende ins Paradies.«

»Charon«, sagte Klim leise.

»Was? Charon ist grauhaarig und hat einen Mordsbart, du aber kannst noch lange warten, ehe du auch nur ein Bärtchen hast. Du hast mich gestört«, fuhr sie launisch fort. »Ich hatte mir etwas Komisches ausgedacht und wollte es sagen, und du... Es ist erstaunlich, wie gern alle Menschen lenken und verbessern! Die ganze Welt ist eine Art Besserungsanstalt für Alina Telepnjowa. Lidija hat mir den ganzen Tag mit den trostlosen Werken eines Metjolkon oder Metalkin den Atem benommen. Mein Vormund versichert mir ganz ernsthaft, die Großherzogin von Gerolstein sei keine historische Gestalt, sondern nur von Offenbach für die Operette erfunden worden. Mein verdammter Bräutigam sieht in mir ein Notizbuch, in das er seine Gedanken zur Aufbewahrung eintragen kann...«

Lidija lachte still, auch Klim lächelte.

»Nein, allen Ernstes«, fuhr das Mädchen fort. Sie umarmte die Freundin und wiegte sich mit ihr zusammen hin und her. »Er wird mich bald ganz vollgeschrieben haben! Und wenn er in seinen lyrischen Ton verfällt, redet er wie ein Küster.«

Ljutows Stimme nachahmend, sang sie näselnd: »O wunderschöne Tochter! Entbinde des Schweigens meine Lippen, sintemal ich mich brünstiglich sehne, Worte dir zu sagen, die deine Seele rühren werden. – Seht ihr, er ist überzeugt, das klinge komisch – sein ›sintemal‹ und ›brünstiglich‹ . . .«

Nachdenklich ertönte Lidijas Stimme: »Du verhältst dich leichtfertig zu ihm. Er ist schüchtern, verlegen, wegen der Augen . . .«

»So? Leichtfertig?« fragte Alina streitsüchtig. »Wie aber würdest du dich zu einem Bräutigam verhalten, der dir immer nur von Materialismus, Idealismus und dergleichen Schrecknissen des Lebens erzählt? Klim, hast du eine Braut?«

»Noch nicht.«

»Stell dir mal vor, du hättest eine. Worüber würdest du mit ihr reden?«

»Über alles selbstverständlich«, sagte Samgin, der begriff, daß ihm ein verantwortungsvoller Augenblick bevorstand. Mit durchaus natürlichen und den Ruderschlägen angepaßten Pausen begann er umsichtig davon zu reden, daß ein Glück mit einer Frau nur unter der Voraussetzung vollkommener Aufrichtigkeit im geistigen Umgang möglich sei. Doch Alina machte eine abwehrende Handbewegung und unterbrach ihn ironisch: »Das habe ich alles schon gehört. Das quaken wahrscheinlich schon die Frösche . . .«

Klim sagte unbeirrt: »Aber jede Frau hält sich einmal im Monat für verpflichtet zu lügen, sich zu verstecken.«

»Warum nur einmal?« fragte Alina ebenso ironisch, während Lidija dumpf sagte: »Das ist erschreckend wahr.«

»Was ist wahr?« fragte Alina ungeduldig und entrüstete sich: »Schämen Sie sich nicht Samgin?«

»Nein, ich bin traurig«, antwortete Klim, ohne sie und Lidija anzublicken. »Mir scheint, es gibt . . .«

Er hatte sagen wollen: Mädchen – vermied es aber.

». . . Frauen, die sich aus falscher Scham verachten, weil die Natur bei ihrer Erschaffung eine arge Dummheit begangen hat. Und es gibt Mädchen, die Angst haben zu lieben, weil sie meinen, die Liebe erniedrige sie, setze sie zu den Tieren herab.«

Er sprach vorsichtig, da er fürchtete, Lidija könnte seine Worte als Echo von Makarows Gedanken auffassen, die ihr sicherlich gut bekannt waren.

»Möglicherweise befleißigen sich einige gerade deshalb... einer unsauberen Lebensführung, weil sie es eilig haben, sich auszulieben, weil sie in sich das Weibliche – nach ihrer Bewertung: das Animalische – schnell überwinden und, von den Gewaltsamkeiten des Triebes befreit, ein Mensch sein wollen...«

»Das ist erstaunlich wahr, Klim«, sagte Lidija nicht laut, aber vernehmlich.

Klim fühlte, daß seine Worte in der Stille, über dem lautlosen Dahinströmen des Wassers, eindringlich klangen.

»Kennen Sie solche Frauen? Wenn auch nur eine?« fragte Alina leise und irgendwie ärgerlich.

Ja oder nein? erkundigte sich Klim bei sich selbst. »Nein, ich kenne keine. Aber ich bin überzeugt, daß es solche Frauen gibt.«

»Natürlich«, sagte Lidija.

Klim verstummte. Die Mädchen schwiegen ebenfalls; in einen Schal gehüllt, schmiegten sie sich dicht aneinander. Nach einigen Minuten schlug Alina vor: »Wird es nicht Zeit heimzufahren?«

Das Boot begann schaukelnd und geräuschlos in der Strömung zu treiben. Klim ruderte nicht mehr, er steuerte nur noch mit den Rudern. Er war zufrieden. Wie leicht hatte er Lidija dahin gebracht, sich zu enthüllen! Jetzt war es ganz klar, daß sie Angst hatte zu lieben, und diese Angst war alles, was ihm an ihr rätselhaft erschienen war. Seine eigene Schüchternheit ihr gegenüber indessen erklärte sich daraus, daß Lidija ihn ein wenig mit ihrer Angst ansteckte. Alles ist erstaunlich einfach, wenn man es richtig zu sehen weiß. Während Klim dies dachte, hörte er Alina zornig klagen: »Nun ist uns das kluge Gespräch doch nicht erspart geblieben! Oh, diese Gespräche werden mich noch dahin bringen, ›wo weder Trauer noch Seufzen, sondern das Leben ist‹... das so schnell verstreicht.«

Alina lachte, schaukelnd, und sagte immer wieder, indem sie mit den Händen auf die Knie schlug: »O Gott, das so schnell verstreicht!«

Klim fand sowohl ihr Lachen als auch ihre Gesten plump.

Lidija hängte ihren Arm über den Bootsrand und brachte den Kahn so stark ins Schwanken, daß ihre Freundin erschrak.

»Du bist wohl nicht gescheit!«

Lidija spritzte ihr Wasser ins Gesicht, strich sich mit der nassen Hand über die Wangen und sagte: »Feigling.«

An einer Seite des schwarzen Wasserstreifens erhoben sich rostbraune Sandhügel, an der anderen starrten unbeweglich borstige Sträucher. Alina deutete mit der Hand nach dem Ufer: »Schau, Lida, die Erde hat ihren Kopf zum Wasser geneigt, um zu trinken, und die Haare stehen ihr zu Berge.«

»Ein Schweinskopf«, sagte Lidija.

Als sie sich verabschiedeten, fühlte Klim, daß sie ihm die Hand sehr fest drückte und ungewöhnlich weich fragte: »Bist du für den ganzen Sommer gekommen?«

Alina blickte zu den Sternen und überlegte: »Morgen erscheint also mein Verlobter.«

Sie legte den Arm um Lidija und ging langsam zum Landhaus, Klim kletterte, sich an den Zweigen der jungen Kiefern festhaltend, den steilen Hang des Hügels hinauf. Durch das Rascheln der Nadeln und das Knirschen des Sandes hindurch vernahm er das Lachen der Telepnjowa und dann ihre Worte: ». . . Turobojew. Wie willst du denn zwischen zwei Feuern leben, Herzchen?«

Ja, dachte Klim. Wie?

Er blieb stehen und lauschte, konnte jedoch die Worte nicht mehr verstehen. Dann blickte er lange, bis ihn die Augen schmerzten, auf den in der Finsternis vollständig regungslosen Fluß und auf das trübe Spiegelbild der Sterne.

Am Morgen des nächsten Tages kamen Ljutow und Makarow zu Fuß von der Bahnstation, hinter ihnen her fuhr ein Bauernwagen, der beträchtlich mit Koffern, Kisten, irgendwelchen Bündeln und Säcken beladen war. Noch ehe Klim sie mit Tee bewirten konnte, erschien ein Bekannter Warawkas, der Doktor Ljubomudrow, ein langer, dürrer, glatzköpfiger, glattrasierter Mann mit kleinen goldgelben Äugelchen, die sich unter den schwarzen Büscheln der zusammengezogenen Brauen versteckten. Klim verbrachte mit diesem Doktor fast den ganzen Tag, indem er ihm die Landhäuser zeigte. Der Doktor betrachtete alles ringsum mit dem trübseligen Blick eines Menschen, der sich mit einem Ort vertraut macht, an dem er gegen seinen Willen wohnen muß. Er biß sich auf die Lippen, neben seinen Ohren bewegten sich eigentümliche Kügelchen, und während er von einem Landhaus zum anderen ging, murmelte er: »So. Na was denn? S. . . sehr schön.«

Schließlich sagte er in entschiedenem Ton mit Baßstimme zu Klim: »Reservieren Sie also dieses Haus für mich.«

Doch nachdem er den grauen, verbeulten Hut auf dem Kopf zurechtgeschoben hatte, korrigierte er: »Oder – das dort.«

Klim war ermüdet durch den Doktor und durch die Neugier, die ihn den ganzen Tag gequält hatte. Er hätte gern gewußt: Wie begegnen sich Lidija und Makarow, was tun sie, worüber sprechen sie? Er beschloß gleich, zu Lidija zu gehen, doch als er an seinem Landhaus vorbeikam, hörte er Ljutows Stimme: »Nein, warte, Kostja, laß uns noch etwas beisammensitzen . . .«

Ljutow sprach ganz in der Nähe, hinter einer dichten Birkengruppe etwas unterhalb des Fußpfades, auf dem Klim ging, aber er war nicht zu sehen, er lag wahrscheinlich, sichtbar war nur die Mütze Makarows und ein blaues Rauchwölkchen darüber.

»Ich möchte mich mit jemandem zanken, streiten«, erklang deutlich die Klarinettenstimme Ljutows. »Mit dir, Kostja, geht das nicht. Wie sollte man sich mit einem Lyriker zanken?«

»Versuch es doch mal.«

»Nein, das tue ich nicht.«

»Man sagt, Fet sei boshaft. Aber er ist ein Lyriker.«

Klim blieb stehen. Er wollte weder Ljutow noch Makarow sehen, doch der Pfad führte abwärts, ginge er weiter, würden sie ihn unvermeidlich erblicken. Und hügelaufwärts zu gehen, hatte Klim auch keine Lust, er war müde, außerdem würden sie das Geräusch seiner Schritte sowieso hören. Dann könnten sie meinen, er habe ihr Gespräch belauscht. Klim Samgin stand da und hörte mit mürrischer Miene zu.

»Weshalb trinkst du in ihrer Gegenwart?« fragte Makarow gleichmütig.

»Damit sie es sieht. Ich bin ein ehrlicher Bursche.«

»Ein Hysteriker bist du. Und du grübelst zuviel. Wenn du liebst, so liebe ›ohne Überlegungen, ohne Schwermut, ohne Schicksalsgedanken.«

»Dazu müßte man das Gehirn aus meinem Kopf herausschütteln.«

»Dann laß von ihr ab.«

»Dazu muß man den Willen haben.«

Makarow sprach an die zwei Minuten halblaut und so rasch, daß Klim nur einzelne Fetzen hören konnte: »Geschlechtsegoismus . . . Simulation . . .«

Dann begann Ljutow von neuem, auch nicht sehr laut, aber irgendwie durchdringend in die Stille zu reden: »Sehr reif und äußerst interessant. Doch du vergißt, daß ich ein Kaufmannssohn bin. Das verpflichtet, mit aller erdenklichen Genauigkeit abzumessen und abzuwägen. Alina Markowna entbehrt auch nicht der Lebensweisheit. Sie sieht, daß der künftige Gefährte ihrer ersten Lebensschritte nur sehr entfernt und sogar überhaupt nicht dem Adonis gleicht. Doch sie weiß und hat in Betracht gezogen, daß er Alleinerbe der Firma ›Gebrüder Ljutow, Daunen und Federn‹ ist.«

Ljutows Rede wurde für einige Sekunden durch Makarows Gebrummel unterbrochen.

»Mein Freund, du bist dumm wie ein Zündholz«, fuhr Ljutow fort. »Ich kaufe doch nicht ein Bild, sondern werfe mich einer Frau zu Füßen, mit der nicht nur mein irdischer Leib, sondern auch meine hungrige Seele sich zu verschmelzen lechzt. Und so liebkose ich denn die wunderschöne Hand dieser Frau und sage: ›Werkzeug der Werkzeuge!‹ – ›Was ist denn das wieder?‹ fragt sie. ›So weise‹, antworte ich, ›hat ein alter Grieche die menschliche Hand benannt.‹ – ›Sie sollten‹, sagt sie, ›mit Ihren eigenen Worten reden, das würde vielleicht spaßiger klingen.‹ Hör nur, Kostja, spaßiger! Und das ist alles. Ich kann es nicht begreifen: Bin ich denn zum Spaß erschaffen?«

»Na, genug, Wladimir. Geh schlafen!« sagte Makarow laut und ungehalten. »Ich habe dir schon mehrmals gesagt, daß ich diese ... Verrenkungen nicht verstehe. Ich weiß nur das eine: Die Frau gebiert den Mann für die Frau.«

»Höchster Unsinn ...«

»Das Matriarchat ...«

Ljutow stieß einen leisen Pfiff aus, und die Worte der Freunde wurden undeutlich.

Klim atmete erleichtert auf. Ihm war ein Käfer zum Hemdkragen hereingekrochen und spazierte unerträglich juckend auf seinem Rücken herum. Er hatte ein paarmal versucht, den Rücken vorsichtig an einem Birkenstamm zu reiben, aber der Baum hatte geknarrt und laubraschelnd gewankt. Er schwitzte vor Aufregung, als er sich vorstellte, Makarow werde sich gleich erheben, sich umblicken und sehen, daß er sie belauschte.

Ljutows Klagen hatte er mit Vergnügen angehört, er hatte sogar zweimal gelächelt. Er fand, daß er an Makarows Stelle klüger gesprochen und auf Ljutows Frage: Bin ich denn zum Spaß erschaffen? geantwortet hätte: Wozu denn sonst?

An der Stelle, wo Makarow gesessen hatte, stieg immer noch ein blaues Rauchwölkchen auf. Klim ging hinunter; in einer kleinen Sandkule wanden sich, rostbraune Kiefernnadeln und kleine Stückchen seidiger Birkenrinde verzehrend, goldene und bläuliche Flammenwürmchen.

So eine Kinderei, dachte Klim Samgin, streute Sand auf die züngelnden Flammen und trat ihn sorgfältig mit dem Fuß fest. Als er an dem Landhaus Warawkas vorbeikam, rief ihm Makarow aus einem Fenster leise zu: »Wohin willst du?«

Die unvermeidliche Zigarette zwischen den Zähnen und ein Blatt Papier in der Hand, stand er sehr malerisch da und sagte: »Die Mädchen befinden sich in gereiztem Gemütszustand. Alina fürchtet, sich erkältet zu haben, und hat schlechte Laune. Lidija ist unversöhnlich gestimmt, sie hat Ljutow angeschrien, weil er das ›Tagebuch der Baschkirzewa‹ abfällig beurteilt hat.«

Da Samgin fürchtete, Makarow werde ebenfalls zu den Mädchen gehen, beschloß er, sie später zu besuchen, und ging ins Zimmer. Makarow setzte sich auf einen Stuhl, knöpfte den Hemdkragen auf, schüttelte den Kopf, legte ein dünnblättriges Heft auf das Fensterbrett und stellte den Aschenbecher darauf.

»Alle langweilen sich irgendwie aufgeregt, mein Lieber«, sagte er, verzog das Gesicht und wühlte mit der Hand im Haar. »Aus der Literatur ist nicht zu ersehen, daß die Menschen in der Vergangenheit solch sonderbare Langeweile empfunden hätten. Vielleicht ist das gar keine Langeweile?«

»Das weiß ich nicht«, antwortete Klim, der eben gerade Langeweile empfand. Dann setzte er träge hinzu: »Es heißt, es mache sich eine Belebung bemerkbar . . .«

»In Büchern.«

Klim verharrte in Schweigen, er beobachtete, wie in einem rötlichen Sonnenstrahl die seltsam entfärbten Fliegen umherschossen; einige von ihnen schwirrten, als sähen sie in der Luft einen ruhenden Punkt, lange über diesem umher, ohne sich zum Setzen zu entschließen, ließen sich dann fast bis zum Boden fallen und flogen von neuem zu diesem unsichtbaren Punkt hinauf. Klim deutete mit den Augen auf das Heft. »Was ist das?«

»Der Programmentwurf des ›Bundes der Sozialrevolutionäre‹. Darin wird behauptet, die Dorfgemeinde habe unseren Bauern für den Sozialismus empfänglicher gemacht, als es der Bauer des Westens ist. Ljutow interessiert sich dafür.«

»Aus Langerweile?«

Makarow zuckte mit den Schultern.

»N . . . nein, er hat ein eigenes Verhältnis zur Politik. Darin verstehe ich ihn nicht.«

»Und in allem übrigen, außer diesem, was ist er da eigentlich?«

Makarow zog die Brauen hoch, zündete sich eine Zigarette an, wollte das brennende Streichholz in den Aschenbecher werfen, steckte es aber in ein Glas Milch.

»Oh, Teufel noch mal!«

Er schüttete die Milch zum Fenster hinaus, blickte dem weißen Guß nach und bemerkte ärgerlich: »Auf die Blumen. Gibt es hier ein Klavier?«

Er hatte offenbar Klims Frage vergessen oder wollte nicht antworten.

»Wozu brauchst du ein Klavier? Spielst du denn?« fragte Klim trocken.

»Ja, stell dir vor, ich spiele Klavier!« sagte Makarow und knackte mit den Fingern. »Ich fing nach dem Gehör an und nahm dann Stunden... Das war noch im Gymnasium. In Moskau jedoch redete mir mein Lehrer zu, das Konservatorium zu besuchen. Ja. Ich sei befähigt, sagte er. Ich glaube ihm nicht. Ich bin gar nicht befähigt. Aber es ist schwer, ohne Musik zu leben, das ist es, mein Lieber.«

»Drüben in Mutters Zimmer steht ein Klavier«, sagte Klim.

Makarow erhob sich, steckte nachlässig das Heft in die Tasche und ging händereibend hinaus.

Kaum erklangen die ersten Klavierakkorde, trat Klim auf die Terrasse, blieb eine Minute dort stehen und betrachtete die Landschaft jenseits des Flusses, die rechts von einem schwarzen Halbkreis Wald, links von einem Berg blaugrauer Wolken begrenzt wurde, hinter denen die Sonne bereits untergegangen war. Ein sanfter Wind trieb das Korn in graugrünen Wogen zärtlich zum Fluß. Es ertönte die wohlklingende Melodie eines unbekannten Stückes in Moll. Klim begab sich zu dem Landhaus der Telepnjowa. Ein bärtiger Bauer mit einem Holzbein vertrat ihm den Weg. »Möchten Sie nicht Jagd machen auf einen Wels, Herr?«

Klim lehnte wortlos mit einer Handbewegung ab.

»Ein Welslein von gut zwei Pud Gewicht«, sagte der Bauer verzagt hinter ihm her.

Alinas Dienstmädchen sagte Klim, das gnädige Fräulein fühle sich nicht wohl und Lidija sei spazierengegangen. Samgin ging an den Fluß hinunter, blickte stromaufwärts und -abwärts, aber Lidija war nicht zu sehen. Makarow spielte etwas sehr Stürmisches. Klim ging heim und stieß wieder auf den Bauern; der stand auf dem Pfad, hielt sich an einem Kiefernzweig fest, stocherte mit dem Holzbein im Sand herum und bemühte sich, einen Kreis zu zeichnen. Er blickte Klim nachdenklich ins Gesicht, trat ihm aus dem Weg und sagte ihm leise, fast ins Ohr: »Auch eine Soldatenfrau ist da... eine leckere!«

Als Klim die Terrasse betrat, hatte Makarow zu spielen aufgehört, und hastig rann Ljutows bohrendes Stimmchen dahin: »Das Volk hat über alles nachgedacht, liebe Lidija Timofejewna, über das Paradies der Unwissenheit wie auch über die Hölle der Erkenntnis.«

Im Zimmer brannte kein Licht, das Halbdunkel entstellte Ljutows Gestalt und nahm ihr die klaren Umrisse, während Lidija weiß gekleidet am Fenster saß, wo sich vom Musselin des Vorhangs nur ihr kraushaariger, schwarzer Kopf abhob. Klim blieb in der Tür hinter Ljutow stehen und hörte zu.

»Als Adam sich bei seiner Vertreibung aus dem Paradies nach dem Baum der Erkenntnis umblickte, sah er, daß Gott den Baum bereits vernichtet hatte: er war verdorrt. ›Und es nahete sich Adam der Teufel und sprach: »Kein anderer Weg bleibet dir, du verstoßenes Kind, denn der in die irdische Qual.« Und er führte Adam in die irdische Hölle und zeigte ihm alle Herrlichkeit und alles Elend, die der Same Adams erschaffen hat.‹ Über dieses Thema hat der Madjare Imre Madách eine recht bedeutende Sache geschrieben. So also ist das aufzufassen, Lidotschka, Sie aber ...«

»Das meine ich nicht«, sagte Lidija. »Ich glaube nicht ... Wer ist da?«

»Ich«, antworte Klim.

»Weshalb tauchst du so geheimnisvoll auf?«

Klim hörte in ihrer Frage Unwillen, er war gekränkt, ging an den Tisch und zündete die Lampe an. Dann trat blinzelnd und zerzaust Makarow ins Zimmer, warf einen scheelen Blick auf Ljutow und sagte, indem er sich mit den Händen auf Ljutows Schultern stützte und ihn in einen Korbsessel drückte: »Kannst wohl nicht schlafen und treibst die andern in den Schlaf?«

Lidija fragte: »Weshalb hast du die Lampe angezündet? Es wetterleuchtete so schön.«

»Das ist kein Wetterleuchten, sondern Gewitter«, korrigierte Klim und wollte die Lampe auslöschen, aber Lidija sagte: »Laß.«

Makarow schritt, leise vor sich hinpfeifend, auf der Terrasse umher, wo er, von dem lautlosen Glanz der Blitze beleuchtet, bald auftauchte, bald verschwand.

»Begleiten Sie mich«, wandte sich Lidija an Ljutow und erhob sich von ihrem Stuhl.

»Mit Vergnügen.«

Als sie auf die Terrasse hinaustraten, erklärte Makarow: »Ich gehe auch mit.«

Aber Lidija sagte: »Danke, nicht nötig.«

Makarow legte die Hände in den Nacken und sah ein paar Minuten zu, wie Ljutow Lidija behilflich war, indem er die Zweige der jungen Kiefern vor ihrem Kopf beiseite bog, dann lächelte er Klim zu. »Hast du gehört? Nicht nötig. Häufiger als alle anderen Worte, die ihr Verhalten zur Welt, zu den Menschen kennzeichnen, gebrauchte sie: Nicht nötig.«

Makarow zündete sich eine Zigarette an, ließ das Streichholz ausbrennen und fuhr, mit der Schulter an den Türpfosten gelehnt, im Ton eines Arztes, der einem Kollegen eine interessante Krankengeschichte erzählt, fort: »Wenn sie sich mit dem einen unterhält, sorgt sie stets dafür, daß kein anderer zuhört, daß keiner weiß, wovon die Rede ist. Es ist, als fürchte sie, die Menschen würden unaufrichtig, sich gegenseitig anpassend, miteinander reden, denn obwohl Widersprüche sie interessieren, erweckt sie sie nicht gern. Meint sie vielleicht, jeder Mensch besäße ein Geheimnis, das er nur dem jungen Mädchen Lidija Warawka mitteilen kann?«

Klim fand zutreffend, was Makarow sagte, und war ungehalten. Warum sagte das Makarow und nicht er? Und während er den Kameraden durch die Brille betrachtete, dachte er: Die Mutter hat recht, Makarows Gesicht ist zwiespältig. Wenn seine dümmlichen Kinderaugen nicht wären – dann wäre es das Gesicht eines lasterhaften Menschen. Klim sagte lächelnd: »Dennoch bist du in sie verliebt.«

Makarow blies so auf die Zigarette, daß aus ihrer Glut Funken stoben.

»Dabei ist sie nicht eitel. Mir scheint sogar, sie unterschätzt sich. Sie fühlt sehr wohl, daß das Leben eine sehr ernste Sache und nicht bloß zum Vergnügen da ist. Manchmal ist es, als gäre in ihr eine Feindschaft gegen sich selbst, gegen die Lidija von gestern.«

Makarow verstummte, dann lachte er leise und sagte: »Ein Naturwissenschaftler, ein Bekannter von mir, ein sehr begabter Bursche, aber ein Vieh und ein Kerl, der sich aushalten läßt – er lebt offen mit einem reichen, alten Weib –, hat das gut gesagt: ›Wir lassen uns alle nur von der Vergangenheit aushalten.‹ Ich machte ihm einmal Vorwürfe, und da sagte er das so. Da ist was dran, mein Lieber...«

»Ich sehe darin nichts als Zynismus«, sagte Samgin.

Ein Gewitter zog auf. Eine schwarze Wolke hüllte alles ringsum in undurchdringlichen Schatten. Der Fluß verschwand, und nur an einer Stelle erhellte das Licht aus einem Fenster des Landhauses der Telepnjowa das dickflüssige Wasser.

Makarow glich sehr wenig dem jungen Mann in blutüberströmter Segeltuchbluse, den Klim einst voller Schrecken durch die Straße geführt hatte. Diese Veränderung erweckte sowohl Neugier als auch Ärger.

»Du hast dich verändert, Konstantin«, bemerkte Samgin mißbilligend.

Makarow fragte lächelnd: »Zum Guten?«

»Ich weiß nicht.«

Makarow nickte mit dem Kopf und fuhr sich mit der Hand über das wirr herabfallende Haar.

»Mir scheint, ich bin ruhiger geworden. Weißt du, mir ist der Eindruck hinterblieben, als hätte ich auf ein reißendes Tier Jagd gemacht und hätte nicht auf mich, sondern auf dieses Tier geschossen. Und noch etwas: Ich habe um die Ecke geblickt.«

Nach kurzem Schweigen begann er nachdenklich und leise zu erzählen: »In der Kindheit hatte ich vor nichts Angst, weder vor der Dunkelheit noch vor dem Donner, weder vor Raufereien noch vor dem Feuer nächtlicher Brände; wir wohnten in einer Säuferstraße, dort brannte es oft. Vor Ecken jedoch – hatte ich sogar am Tage Angst; wenn ich so auf der Straße ging und um eine Ecke biegen mußte, war es mir immer, als wartete dort etwas auf mich – nicht Jungen, die mich hätten verprügeln können, und überhaupt nichts Reales, sondern irgend so etwas aus einem Märchen. Vielleicht war das auch gar keine Furcht, sondern ein allzu gieriges Warten auf etwas, das keine Ähnlichkeit mit dem, was ich schon gesehen hatte und kannte. Mit zehn Jahren, mein Lieber, kannte ich schon vieles . . . fast alles, wovon ich in diesem Alter nichts hätte zu wissen brauchen. Wahrscheinlich wartete ich auf das, was ich noch nicht kannte, einerlei, ob es schlimmer oder besser, wenn es nur etwas anderes wäre.«

Er blickte Klim mit lachenden Augen an und seufzte tief auf: »Jetzt blicke ich ruhig um alle Ecken, denn ich weiß: Selbst hinter der Ecke, die als die furchtbarste gilt, lauert nichts.«

»Ich meine, das Furchtbarste im Leben ist die Lüge!« sagte Klim Samgin in unerbittlichem Ton.

»Ja. Und die Dummheit. . . Meiner Ansicht nach leben die Menschen sehr dumm.«

Beide verstummten.

»Ich will gehen und noch etwas spielen«, sagte Makarow.

Über dem Tisch, rund um die Lampe, schwirrten unnütze, graue Geschöpfe, versengten sich, fielen auf das Tischtuch und bedeckten es mit Asche. Klim schloß die Terrassentür, löschte das Licht und ging schlafen.

Während Klim hörte, wie der Donner grollend näher kam, versank er in Gedanken über irgend etwas Gegenstandsloses, das sich weder in Worte noch in Bilder fassen ließ. Er fühlte sich in einem Strom von Unfaßbarem, einem Strom, der ihn langsam durchflutete, anscheinend aber auch außerhalb seines Gehirns in dem dumpfen Grollen des Donners, in dem Aufschlagen vereinzelter Regentropfen auf das Dach und in dem Stück von Grieg dahinfloß, das Makarow spielte. Die Wolke zog, nachdem sie spärlich ein paar schwere Tropfen hatte fallen lassen, vorüber, der Donner wurde leiser, entfernter, der Mond schien grell zum Fenster herein, und sein Licht versetzte allem ringsum irgendwie einen Stoß, die Möbel rührten sich, die Wand wankte. In der Mühle schlug ängstlich der Hund an, Makarow hörte zu spielen auf, eine Tür fiel laut zu, gedämpft ertönte Ljutows Stimme. Dann verstummte alles, und in der erstarrten Stille empfand Klim noch stärker das Strömen ungeformter Gedanken.

Das hatte keine Ähnlichkeit mit der Schwermut, die er vor kurzem empfunden hatte, es war das traumhafte, beunruhigende Gefühl des Hinabstürzens in einen bodenlosen Abgrund und an den gewohnten Gedanken vorbei irgendeinem neuen, ihnen feindlichen Gedanken entgegen. Die eigenen Gedanken waren noch in ihm, aber auch wortlos und machtlos wie Schatten. Klim Samgin spürte dunkel, daß er sich irgend etwas eingestehen müsse, doch er vermochte nicht zu erkennen, was es denn war, und fürchtete sich davor.

Es war windig geworden, die Kiefern rauschten, auf dem Dach pfiff es gedämpft; Mondschein fiel ins Zimmer ein und verschwand wieder, und von neuem füllten es die Geräusche und das Raunen der Finsternis. Der Wind zerstreute rasch die kurze Frühlingsnacht, der Himmel ergrünte kalt. Klim wickelte den Kopf in die Bettdecke, er dachte plötzlich: Im Grunde bin ich doch unbegabt.

Doch dieser Gedanke verflog, ohne ihn gekränkt zu haben, und er lauschte von neuem, wie das Verheerende, Formlose ihn durchströmte.

Er stand früh auf, hatte die Empfindung, als wäre sein Kopf inwendig verstaubt, und dachte: Woher und weshalb kommen mir solche Stimmungen?

Als er ganz allein Tee trank, erschienen grau, in Staubmänteln, Warawka und Turobojew; Warawka glich einem Faß, während Turobojew sogar in dem weiten, grauen Sack seine Schlankheit nicht eingebüßt hatte; als er jedoch den Segeltuchumhang abgeworfen hatte, kam er Klim noch gestreckter und betont dürr vor. Seine kalten Augen lagen tief in bläulichem Schatten, und Klim gewahrte in ihrem regungslosen Blick etwas sehr Trauriges, Böses.

Warawka schüttelte sich den Staub aus dem Bart und sagte zu Klim, die Mutter bitte ihn, noch morgen abend in die Stadt zurückzukehren. »Diese Musiker kommen zu ihr, du kennst sie doch, na und...«

Er machte eine vage Bewegung mit seiner roten Hand. Klim indes dachte fast erbost: Warawka und Mutter scheinen mich absichtlich herumzujagen, sie wollen, daß ich möglichst wenig mit Lidija zusammen bin.

Er fand, seine Bekannten versammelten sich um ihn mit verdächtiger Schnelligkeit, wie sie nur in einem Theaterstück oder bei einem

Unfall auf der Straße natürlich war. Er hatte keine Lust, in die Stadt zu fahren, ihn stach die Neugier: Wie wird Lidija Turobojew empfangen?

Warawka holte aus seiner dicken Aktentasche Pläne und Papiere hervor und sprach von den Hoffnungen, die die liberalen Semstwo-Abgeordneten in den neuen Zaren setzten; Turobojew hörte ihm mit undurchdringlichem Gesicht zu, wobei er aus einem Glas Milch schlürfte. In der Terrassentür erschien Ljutow, naßhaarig, mit gerötetem Gesicht, und erklärte, mit den Schielaugen blinzelnd: »Ich jedoch ... ich habe gebadet!«

»Etwas vor-r-zeitig, etwas r-riskant«, sagte Warawka vorwurfsvoll. »Hier, gestatten Sie, bek ... vorzustellen ...«

Klim merkte, daß Turobojew Ljutow sehr nachlässig die Hand gab, sie gleich wieder in die Tasche steckte, sich dann über den Tisch beugte und ein Brotkügelchen rollte. Warawka schob rasch das Geschirr beiseite, entfaltete einen Plan und begann, mit dem Griff eines Teelöffels auf die grünen Flecken des Plans klopfend, von Wäldern, Sümpfen und Sandflächen zu reden, Klim jedoch erhob sich und ging fort, denn er fühlte, daß in ihm Haß gegen diese Menschen entbrannte.

Auf einem Hügel im Wald wählte er einen Platz, von wo gut alle Landhäuser, das Flußufer, die Mühle und die nach dem kleinen, in der Nähe von Warawkas Landhäusern gelegenen Kirchdorf Nikonowo führende Straße zu sehen waren. Dort setzte er sich unter die Birken in den Sand und schlug Brunetières Büchlein »Symbolisten und Dekadente« auf. Doch am Lesen hinderte ihn die Sonne, und mehr noch als die Sonne – die Notwendigkeit, zu sehen, was dort unten vorging.

Neben der Mühle dichtete ein spielzeughaft kleiner bärtiger Bauer in rotem Hemd den Boden eines Kahns ab, die dröhnenden Schläge des Holzhammers schallten deutlich durch die Stille. Eine ebenso spielzeughafte Bauersfrau trieb, den Rocksaum schwenkend, Gänse zum Fluß. Zwei kleine Jungen, gelb der eine, blau der andere, gingen mit Angelruten auf der Schulter am Ufer entlang. An den Steg der Badehütte trat, ein Handtuch schwingend, Makarow, hängte den bloßen Fuß ins Wasser, zog ihn wieder heraus und schüttelte ihn wie ein Hund. Dann legte er sich bäuchlings auf den Steg, wusch sich Kopf und Gesicht und ging langsam zum Landhaus zurück, wobei er sich im Gehen das Haar abtrocknete. Es sah aus, als wickelte er sich das Handtuch um den Kopf, um ihn abzureißen.

Von der Sonne erwärmt, von den berauschenden Düften des Waldes betäubt, schlummerte Klim ein. Als er die Augen wieder öffnete, stand Turobojew am Ufer und drehte sich mit dem Hut in der Hand wie in einem Scharnier in Richtung zu Alina Telepnjowa, die zur Mühle ging. Linker Hand, in der Ferne, auf der Straße zum Kirchdorf, schwebte das schmale, weiße Figürchen Lidijas.

Ob sie ihn gesehen hat? Ob sie miteinander gesprochen haben?

Er erhob sich und wollte zum Fluß hinuntergehen, doch ein Gefühl tiefer Abneigung gegen Turobojew, gegen Ljutow, gegen die sich verkaufende Alina, gegen Makarow und Lidija – gegen sie alle, die nicht gewillt waren, oder es nicht fertigbrachten, Alina auf ihre Schamlosigkeit hinzuweisen, hielt ihn zurück.

Wenn ich ihr so nahestünde wie sie ... Ach, soll sie doch alle der Teufel holen ...

Er ließ sich träge in den Sand nieder, der von der Sonne schon stark erwärmt war, und begann die Brillengläser zu putzen, wobei er Turobojew beobachtete, der noch immer dastand, sein Bärtchen zwischen zwei Finger geklemmt, und mit dem grauen Hut in sein Gesicht fächelte. Jetzt trat Makarow auf ihn zu, und die beiden gingen still zur Mühle.

Im Grunde sind alle diese Schlauköpfe langweilig. Und – unaufrichtig, zwang sich Samgin zu denken, wobei er fühlte, wie ihn von neuem die Stimmung der hinter ihm liegenden Nacht überkam. In der Seele eines jeden von ihnen, hinter ihren Worten liegt sicherlich etwas ganz Simples. Der Unterschied zwischen ihnen und mir besteht nur darin, daß sie sich darauf verstehen, gläubig oder ungläubig zu scheinen, während ich vorläufig weder einen festen Glauben noch einen beharrlichen Unglauben habe.

Klim Samgin stellte sich nicht zum erstenmal vor, wie eine Unmenge scharfer, gleichwertiger Gedanken von außen her mechanisch in ihn eindrang. Doch wenn er alles, was er gehört und gelesen hatte, ordnen wollte, um einen Kreis von Ansichten zu schaffen, der ihm als Schild gegen die Gewaltsamkeit der Schlauköpfe dienen und zugleich mit hinreichender Klarheit seine Persönlichkeit hervorheben sollte, so gelang ihm das nicht. Er fühlte, daß in ihm ein langsamer Strudel unterschiedlicher Ansichten, Ideen, Theorien kreiste, doch dieser Strudel schwächte ihn nur, ohne ihm etwas zu geben, ohne bis in die Seele, in den Verstand zu dringen. Manchmal beängstigte ihn bereits dieses Empfinden seiner selbst als einer Leere, in der ununterbrochen Worte und Gedanken brodelten, ohne zu erwärmen. Er fragte sich sogar: Ich bin doch nicht dumm?

An diesem heißen Tag, da er, im Sand sitzend, zusah, wie Turobojew und Makarow mit Alina in der Mitte von der Mühle zurückkehrten – entstand in seinem Kopf die tröstliche Vermutung:

Ich rege mich vergebens auf. Im Grunde ist alles sehr einfach: Meine Stunde, zu glauben, ist noch nicht gekommen. Ich bin noch keinen Ideen begegnet, die mir »chemisch verbunden« sind. Kutusow sagt richtig, daß es für jede soziale Einheit einen Kreis ihr chemisch verbundener Ansichten und Meinungen gibt.

Die Erinnerung an Kutusow verwirrte Klim ein wenig, er fühlte sich innerlich über einen Widerspruch stolpern, doch er umging ihn schnell, indem er sich sagte: Hier besteht ein Wirrwarr, der beweist jedoch nur, daß es gefährlich ist, fremde Ideen zu gebrauchen. Es gibt einen Korrektor, der diese Fehler merkt.

Er lächelte vorsichtig, von seiner Entdeckung erfreut, erhob sich und trat guten Muts den Heimweg an.

Warawka und Ljutow saßen am Tisch, Ljutow mit dem Rücken zur Tür; als Klim das Zimmer betrat, vernahm er seine Worte: »Die erste Geige spielt in der Zeitung nicht der Leitartikelschreiber, sondern der Feuilletonist . . .«

Warawka empfing Klim brummig.

»Wo warst du denn? Man suchte dich zum Frühstück und fand dich nicht. Und wo ist Turobojew? Bei den Mädchen? Hm . . . so! Also, Klim, sei so gut, mach eine Abschrift von diesen zwei Papierchen.«

Ljutow blickte Klim mit krauser Stirn argwöhnisch an, dann sagte er, indem er sich über ein Papier beugte und irgend etwas mit dem Bleistift unterstrich: »Mein Onkel wird wahrscheinlich auf Ihre Bedingungen nicht eingehen.«

Er griff nervös nach einer Flasche auf dem Tisch und schenkte sich Bier ein. Drei Flaschen waren schon leer. Klim ging in sein Zimmer und lauschte beim Abschreiben den undeutlichen Stimmen Warawkas und Ljutows. Beide Stimmen bewegten sich fast auf gleicher Höhe und schlugen bisweilen in ein sonderbares Winseln um, als ärgerten sich zwei in einem Zimmer eingesperrte Hündchen vor Langerweile.

Turobojew, Makarow und die jungen Mädchen erschienen erst zum Abendtee. Klim bemerkte sofort, daß Lidija unlustig, nachdenklich gestimmt war, doch er erklärte es sich aus ihrer Müdigkeit. Makarow sah aus wie ein eben erst aufgewachter Mensch, ein zerstreutes Lächeln zuckte um seine schön gezeichneten Lippen, er rauchte wie üblich ununterbrochen, die Zigarette schwelte in seinem Mundwinkel, und der Rauch veranlaßte Makarow, das linke Auge zuzukneifen. Es war sonderbar, wie unverwandt und erstaunt Alina Turobojew anblickte, während die kalten Augen des Herrensohns Besorgnis zeigten, das gewohnte spitze Lächeln jedoch fehlte. Sie kamen in dem Augenblick, als Klim Samgin gerade ein stürmisches Wortgefecht zwischen Warawka und Ljutow beobachtete.

Es lag etwas Hungriges, Wollüstiges und schließlich sogar Lächerliches in dem Grimm, mit dem diese Menschen stritten. Es war, als hätten sie schon lange nach einer Gelegenheit gesucht, zusammenzutreffen, um einander ironische Ausrufe ins Gesicht zu schleudern, mit spöttischen Grimassen zu wetteifern und einander in jeder Weise zu zeigen, daß gegenseitige Achtung fehlte. Warawka saß nachlässig in einen Korbsessel gelümmmelt, die kurzen Beine von sich gestreckt, die Hände in den Hosentaschen vergraben – es schien, als hätte er sie in seinen Bauch hineingesteckt. Beim Zuhören blies er die glutroten Backen auf und kniff die Bärenäuglein zu, wenn er jedoch sprach, wölbte sich sein Riesenbart wellig auf dem Batisthemd wie eine riesige Zunge, die bereit ist, alles fortzulecken.

»Erlauben Sie mal, erlauben Sie mal!« schrie er durchdringend. »Sie haben zugegeben, daß die Industrie des Landes sich in einem rudimentären Zustand befindet, und halten es trotzdem für möglich, sogar für notwendig, den Arbeitern Feindschaft gegen die Industriellen einzuflößen?«

»Hä-hä-hä!« lachte Ljutow sein aufreizendes, näselndes Lachen.

»Nehmen Sie hinzu, daß der Klassenhaß unvermeidlich die Kulturentwicklung aufhält, wie das an dem Beispiel Europas ersichtlich ist . . .«

Klim überraschte dieses Lachen, an dem nichts Komisches war, aus dem jedoch deutlich aufreizende Unverschämtheit hervorklang. Ljutow saß mit gebeugtem Rücken, die Hände auf die Knie gestützt, auf der Stuhlkante. Klim sah, wie seine Schielaugen in dem Bestreben zitterten, auf Warawkas Gesicht haltzumachen, aber sie vermochten es nicht, sprangen hin und her und zwangen Ljutow, seinen Kopf hin und her zu drehen. Klim sah auch, daß dieser Mensch bei allen Mißgunst erweckte, außer bei der Tee einschenkenden Lidija. Makarow blickte zur offenen Terrassentür hinaus, klopfte mit einem Löffel auf die Fingernägel der linken Hand und hörte offensichtlich nichts.

»Aber die Motive? Ihre Motive?« schrie Warawka. »Was veranlaßt Sie, die Feindschaft anzuerkennen . . .«

»Mein Familienname«, kreischte Ljutow. »Ich hasse grimmig die Langeweile des Lebens . . .«

Turobojew verzog das Gesicht. Alina beugte sich, als sie das gesehen hatte, zu Lidija hinüber, raunte ihr etwas zu und versteckte das errötete Gesicht hinter ihrer Schulter. Lidija schob, ohne sie anzublicken, ihre Tasse beiseite und setzte eine finstere Miene auf.

»Wladimir Iwanowitsch!« rief Warawka aus. »Wir führen hier ein ernstes Gespräch, nicht wahr?«

»Durchaus!« rief Ljutow erregt.

»Was wollen Sie also?«

»Freiheit!«

»Anarchismus?«

»Wie es Ihnen beliebt. Wenn bei uns Fürsten und Grafen eigensinnig Anarchismus predigen – so gestatten Sie auch einem Kaufmannssohn, gutmütig über dieses Thema zu plaudern! Erlauben Sie einem Menschen, alle Wonne und allen Schrecken – ja, Schrecken! – der Freiheit des Handelns auszukosten. Erlauben Sie es ohne Einschränkung...«

»Und dann?« fragte Turobojew laut.

Ljutow wippte mit dem Stuhl auf seine Seite und wies mit dem Arm auf ihn.

»Und dann wird er sich kraft seines eigenen Willen selber beschränken. Er ist ein Feigling, der Mensch – er ist gierig. Er ist klug, weil er ein Feigling ist, ja gerade deshalb. Erlauben Sie ihm, sich selbst zu erschrecken. Gestatten Sie dies, und Sie werden ganz vortreffliche, sanftmütige Menschen, tüchtige Menschen vor sich haben, die sich selbst und einander unverzüglich beschränken, bändigen und sich dem Gott eines Lebens in Frieden und Wohlstand hingeben werden...«

Warawka riß empört die Hand aus der Tasche und machte eine abwehrende Bewegung.

»Verzeihen Sie, das ist... nicht ernst!«

»Dürfte ich ein paar Worte sagen?« fragte Turobojew. Und ohne eine Erlaubnis abzuwarten, fing er, ohne Ljutow anzusehen, zu reden an: »Wenn ich bei Debatten zuhöre, entsteht bei mir der etwas beschämende Eindruck: Wir Russen verstehen nicht, den Verstand zu beherrschen. Bei uns regiert nicht der Mensch seine Gedanken, sondern er läßt sich von seinen Gedanken knechten. Entsinnen Sie sich, Samgin, Kutusow nannte unsere Debatten eine ›Parade der Paradoxe‹?«

»Na und? Was folgt daraus?« kreischte Ljutow streitsüchtig.

»Bei uns gibt es erstaunlich viele Leute, die, wenn sie einen fremden Gedanken übernommen haben, außerstande sind, sogar anscheinend Angst haben, ihn zu überprüfen, von sich aus Korrekturen an ihm vorzunehmen, im Gegenteil, sie sind nur bestrebt, ihn geradezumachen, ihn zuzuspitzen und über die Grenzen der Logik, über die Grenzen des Möglichen hinauszutragen. Es scheint mir überhaupt, daß das Denken für den Russen etwas Ungewohntes und sogar Beängstigendes, wenn auch Verlockendes ist. Diese Unfähigkeit, den Verstand zu gebrauchen, erweckt bei den einen Angst vor ihm oder Feindschaft gegen ihn und bewirkt bei den anderen ein sklavisches Sichfügen in sein Spiel, ein Spiel, das die Menschen sehr oft verdirbt.«

Ljutow rieb sich kräftig die Hände und lächelte, Klim indessen dachte, daß er meist, ja fast immer gute Gedanken aus dem Mund unangenehmer Menschen zu hören bekam. Ljutows Geschrei von der Notwendigkeit der Freiheit hatte ihm gefallen, Turobojews Hinweis auf die Unfähigkeit der Russen, das Denken zu beherrschen, schien ihm richtig. In Nachdenken versunken, überhörte er, was Turobojew weiter sagte, und wurde aufgeschreckt durch den lauten Zwischenruf Ljutows: »Ihr redet sehr stolz!«

»Bei uns gibt es eine barbarische Gier nach Gedanken, insbesondere nach glänzenden, das erinnert an die Gier der Wilden nach Glasperlen«, fuhr Turobojew, ohne Ljutow angesehen zu haben, die Finger seiner rechten Hand betrachtend, fort. »Ich denke, daß sich allein hieraus solche Kuriositäten wie Voltairianer, die Leibeigene besitzen, darwinistische Pfaffenkinder, Idealisten aus den Reihen der Kaufmannschaft erster Gilde und Marxisten aus dem gleichen Stand erklären lassen.«

»Dieser Stein galt wohl meinem Garten«, zeterte Ljutow.

»Nein, ich möchte niemanden kränken; ich suche ja nicht zu überzeugen, ich erzähle nur«, erwiderte Turobojew mit einem Blick zum Fenster hinaus. Klim wunderte sehr der weiche Ton seiner Antwort. Ljutow wand sich, hüpfte auf dem Stuhl umher und wollte Einwände machen, er musterte alle im Zimmer, da er aber sah, daß man Turobojew aufmerksam zuhörte, lächelte er und schwieg.

»Ich weiß nicht, ob man diese Gier nach Fremdem daraus erklären kann, daß unser Land organisierende Ideen benötigt«, sagte Turobojew, sich erhebend.

Ljutow sprang gleichfalls auf. »Und die Slawophilen? Die Volkstümler?«

»Die einen sind nicht mehr, die andern fern‹ der Wirklichkeit«, antwortete Turobojew, wobei er zum erstenmal während des ganzen Streits lächelte.

Auf ihn zuspringend, schrie Ljutow: »Aber auch Sie, auch Sie denken nicht selbständig. O nein: Tschaadajew...«

»... sah auf Rußland mit den Augen eines klugen und Rußland liebenden Europäers.«

»Nein, warten Sie, soufflieren Sie mir nicht...«

Ljutow sprang auf Turobojew zu, drängte ihn auf die Terrasse hinaus und rief dort: »Ein standesgemäßes Denken ...«

»Es wird behauptet, ein anderes sei unmöglich ...«

»Ein sonderbarer Typ«, murmelte Warawka, und an seinem Seitenblick auf Alina erkannte Klim, daß er damit Ljutow gemeint hatte.

An die zwei Minuten schwiegen die vier im Zimmer und lauschten dem Streit auf der Terrasse; der fünfte, Makarow, schlief bedenkenlos in einer Ecke auf dem niedrigen Sofa. Lidija und Alina saßen Schulter an Schulter, Lidija hatte den Kopf geneigt, ihr Gesicht war nicht zu sehen, die Freundin flüsterte ihr etwas ins Ohr. Warawka rauchte mit halbgeschlossenen Augen eine Zigarre.

»Jetzt, nachdem sie einander die Flaggen ihrer Originalität gezeigt haben ... Aber was ist denn da?«

Eine dritte Stimme, etwas heiser und verzagt, sagte: »Wünschen die Herrschaften vielleicht, auf einen Wels Jagd zu machen? Hier haust zu Ihrem Vergnügen ein Wels, an die drei Pud schwer ... Es wäre ein interessanter Zeitvertreib ...«

Klim trat auf die Terrasse hinaus, unten stand der Bauer mit dem Holzbein, er hob das fellige Gesicht und sagte, inständig bittend: »Ich würde Ihnen für fünfundzwanzig Rubelchen etwa den Fang trefflich vorbereiten. Ein gefährlicher Riesenfisch ist das. Hernach könnten Sie sich vor den Angehörigen, vor den Bekannten schön damit brüsten ...«

Turobojew trat zur Seite, Ljutow reckte den Hals und musterte aufmerksam den Bauern, einen breitschultrigen Mann mit üppigem schwarzgrauem Haar, in rotem Kittelhemd ohne Gürtel; seine anderthalb Beine waren mit einer blauen Hose bekleidet. In der einen Hand hielt er ein Messer, in der anderen eine hölzerne Kelle, beim Sprechen schnitzelte er mit dem Messer an dem schartigen Rand der Kelle herum und blickte ab und zu mit seinen hellen Augen zu den Herrschaften empor. Er hatte ein beschäftigtes, fast düsteres Gesicht, seine Stimme klang hoffnungslos, und als er zu reden aufhörte, zogen sich seine Brauen finster zusammen.

Ljutow eilte zu ihm hinunter und sagte: »Komm.«

Er ging zum Fluß, der Bauer humpelte unbeholfen hinter ihm her. Im Zimmer lachte Alina auf.

»Wie gefällt Ihnen Ljutow?« fragte Klim Turobojew, der sich auf das Terrassengeländer gesetzt hatte. »Originell, nicht wahr?«

»Er gehört nicht zu denen, die mir Achtung einflößen, aber er ist interessant«, antwortete Turobojew nach kurzem Nachdenken und leise. »Er hat sich sehr boshaft über Kropotkin, Bakunin, Tolstoi und über das Recht des Kaufmannssohns geäußert, gutmütig zu plaudern. Das war das Klügste, was er gesagt hat.«

Aus dem Zimmer traten nacheinander Lidija und Alina. Lidija setzte sich auf die Terrassenstufen. Alina schritt, nachdem sie mit vorgehaltener Hand die untergehende Sonne betrachtet hatte, gleitenden Ganges wie über Eis geräuschlos auf Turobojew zu.

»Das hätte ich nie gedacht, daß auch Sie gern streiten!«

»Ist das ein Fehler?«

»Ja, natürlich. Das ist greisenhaft . . .«

»Unsere Generation kennt keine Jugend««, sagte Turobojew.

»Ach, Nadson!« rief Alina verächtlich und schnitt eine Grimasse. »Ich glaube, nur erfolglose, unglückliche Menschen streiten gern. Die glücklichen – leben schweigend.«

»So?«

»Ja. Den unglücklichen fällt es schwer einzugestehen, daß sie nicht zu leben wissen, und deshalb reden und schreien sie. Und zwar fortwährend vorbei, fortwährend nicht von sich selbst, sondern von der Liebe zum Volk, an die doch niemand glaubt.«

»Oho! Sie sind tapfer«, sagte Turobojew und lachte leise, weich.

Sein zärtlicher Ton wie auch das Lachen erregten Samgin. Er fragte ironisch: »Sie nennen das Tapferkeit? Wie würden Sie denn Narodowolzen, Revolutionäre, nennen?«

»Auch das sind tapfere Menschen. Insbesondere die, die selbstlos, aus Neugier Revolution machen.«

»Sie sprechen von Abenteurern.«

»Nein, wieso? Ich spreche von Menschen, denen das Leben zu eng ist und die die Ereignisse zu beschleunigen suchen. Cortez und Kolumbus sind doch auch Verkünder des Volkswillens, Professor Mendelejew ist nicht weniger Revolutionär als Karl Marx. Neugier ist eben Tapferkeit. Wenn Neugier jedoch eine Leidenschaft wird, dann ist es Liebe.«

Lidija blickte Turobojew über die Schulter hinweg an und fragte: »Sprechen Sie aufrichtig?«

»Ja«, antwortete er nach kurzem Zögern.

Klim fühlte, daß dieser Mensch ihn immer mehr erregte. Er hätte gern der Gleichstellung von Neugier und Tapferkeit widersprochen, fand aber keinen Einwand. Wie immer, wenn in seiner Gegenwart Paradoxien als Wahrheit vorgetragen wurden, beneidete er die Menschen, die das zu tun verstanden.

Ljutow kehrte zurück und rief, das Taschentuch schwenkend: »Bei Tagesanbruch werden wir den Wels fangen! Wir haben uns auf 13 Rubel geeinigt.«

Er kam auf die Terrasse gelaufen und fragte Alina: »Erkorene! Haben Sie nie einen Wels zu fangen versucht?«

Sie ging an ihm vorbei und sagte: »Weder Fische noch Tauben auf dem Dach...«

»Ich verstehe!« schrie Ljutow. »Sie ziehen den Spatzen in der Hand vor! Das billige ich!«

Klim sah, daß Alina sich schroff umwandte und einen Schritt auf den Verlobten zu machte, aber dann ging sie zu Lidija und nahm neben ihr Platz, wie ein Huhn vor dem Regen an sich herumzupfend. Ljutow stand da, rieb sich die Hände, verzog die Lippen, betrachtete alle Anwesenden mit erregt umherhuschenden Augen, und sein Gesicht schien wie betrunken.

»Wir leben in Sünden«, murmelte er. »Der Bauer jedoch... jawohl!«

Alle schienen gemerkt zu haben, daß er in noch grimmigerer Stimmung zurückgekehrt war – daraus erklärte sich Samgin das unhöfliche, abwartende Schweigen, mit dem man Ljutow antwortete. Turobojew lehnte auf der Terrasse mit dem Rücken an einer der gedrechselten Säulen; die Arme auf der Brust verschränkt, seine gestickten Brauen zusammengezogen, verfolgte er aufmerksam Ljutows umherhuschenden Blick, als erwartete er einen Angriff.

»Ich bin einverstanden!« sagte Ljutow, indem er mit kleinen Schritten dicht an ihn herantrat. »Es stimmt: Wir irren im Dickicht der Vernunft herum oder fliehen vor ihr als erschreckte Dummköpfe.«

Er fuchtelte so rasch mit der Hand, daß Turobojew, um einem Schlag auszuweichen, blinzelnd zur Seite wich und erbleichte. Ljutow hatte seine Bewegung offenbar nicht bemerkt und das zornige Gesicht nicht gesehen; mit der Hand fuchtelnd wie der ertrinkende Boris Warawka, fuhr er fort: »Aber das kommt daher, weil wir ein metaphysisches Volk sind. Bei uns steckt in jedem Statistiker des Semstwo ein Pythagoras, und unser Statistiker nimmt Marx auf wie Swedenborg oder Jakob Böhme. Auch die Wissenschaft vermögen wir nicht anders denn als Metaphysik aufzufassen, für mich beispielsweise ist die Mathematik eine Zahlenmystik, einfacher gesagt – eine Zauberei.«

»Nicht neu«, warf Turobojew leise ein.

»Es ist leeres Geschwätz, daß der Deutsche ein geborener Philosoph sei. Das ist Unsinn!« redete Ljutow mit gesenkter Stimme und sehr rasch, und seine Beine knickten dabei ein. »Der Deutsche philosophiert maschinell, gewerbsmäßig, feiertags. Wir hingegen tun es leidenschaftlich, selbstmörderisch, Tag und Nacht und im Schlaf und am Busen der Geliebten und auf dem Sterbebett. Eigentlich philosophieren wir nicht, weil das bei uns, müßt ihr wissen, nicht aus dem Verstand, sondern aus der Phantasie kommt, wir denken nicht, sondern träumen mit aller Kraft der Naturbestialität. Wobei Bestialität nicht im tadelnden, sondern im maßstäblichen Sinn zu verstehen ist.«

Er schwang die Arme hoch und beschrieb einen weiten Kreis in der Luft.

»So müßt ihr das verstehen. Grenzenlosigkeit und Unersättlichkeit. An klugen Köpfen mangelt es uns, wir haben irrsinnige Talente. Und uns allen geht die Luft aus, allen – von unten bis oben. Wir fliegen und fallen. Der Bauer steigt zum Präsidenten der Akademie der Wissenschaften empor, die Aristokraten sinken hinab zu Bauern. Wo findet man denn noch eine solche Mannigfaltigkeit und Unmenge von Sekten wie bei uns? Dazu noch die fanatischsten: Skopzen, Geißler, Roter Tod. Selbstverbrenner sind wir, brennen im Traum, von Iwan dem Schrecklichen und dem Protopopen Awwakum bis zu Michail Bakunin, bis Netschajew und Wsewolod Garschin. Schließt Netschajew nicht aus, das darf man nicht! Er ist ein prachtvoll russischer Mensch! Dem Geist nach ein leibliches Brüderchen des Konstantin Leontjew und des Konstantin Pobedonoszew.«

Ljutow hüpfte, fuchtelte mit den Armen, sprach aber immer leiser, zuweilen flüsterte er fast nur noch. In ihm zeigte sich etwas Unheimliches, Rauschhaftes und wirklich Leidenschaftliches, durch und durch Sinnliches. Turobojew fiel es sichtlich schwer, seinem Flüstern und Gewimmer zuzuhören und das erregte rote Gesicht mit den verdrehten Augen anzusehen.

Wie wird Alina bloß mit ihm leben? dachte Klim mit einem Blick auf das Mädchen; sie saß, den Kopf auf Lidijas Knie gelegt, Lidija spielte mit Alinas Zopf und hörte aufmerksam zu.

»Sie scheinen in vielem mit Dostojewskij übereinzustimmen?« fragte Turobojew. Ljutow prallte zurück.

»Nein! Worin? Bin schuldlos. Ich mag ihn nicht.«

In der Tür zeigte sich Makarow und fragte ärgerlich: »Wladimir, möchtest du Milch? Sie ist kalt.«

»Dostojewskij ist vom Zuchthaus verzaubert. Was ist sein Zuchthaus? Eine Parade. Er ist als Parade-Inspekteur im Zuchthaus gewesen. Und in seinem ganzen Leben hat er nichts anderes als Zuchthäusler darzustellen vermocht, der Gerechte hingegen ist bei ihm ein ›Idiot‹. Das Volk hat er nicht gekannt, an das Volk hat er nicht gedacht.«

Makarow trat aus der Tür, reichte Lidija ein Glas Milch und setzte sich neben sie, wobei er laut brummte: »Geht dieser Redestrom nun bald zu Ende?«

Ljutow drohte ihm mit der Faust.

»Unser Volk ist das freieste auf Erden. Es ist innerlich durch nichts gebunden. Die Wirklichkeit – liebt es nicht. Es liebt Kunststückchen. Zauberer und Wundertäter. Heilige Narren. Es ist selber so ein heiliger Narr. Es könnte morgen den mohammedanischen Glauben annehmen – probeweise. Ja, probeweise! Es könnte alle seine Hütten verbrennen und geschlossen in die Wüste, in die Sandöden ziehen, um das Oponische Reich zu suchen.«

Turobojew steckte die Hände in die Taschen und fragte kalt: »Was folgt nun daraus zu guter Letzt?«

Ljutow blickte sich um, offenbar, um die Aufmerksamkeit noch mehr auf sich zu lenken, und antwortete, sich hin und her wiegend: »Nun, daß das Volk Freiheit haben will. Nicht die, die ihm die Politiker verheißen, sondern jene, wie sie die Popen geben könnten, die Freiheit, furchtbar und auf jegliche Weise zu sündigen, um darüber zu erschrecken und – für dreihundert Jahre in sich selbst zur Ruhe zu kommen. Das ist es! Getan ist getan! Sämtliche Sünden sind begangen! Wir haben reinen Tisch gemacht!«

»Eine seltsame ... Theorie«, sagte Turobojew achselzuckend und ging von der Terrasse in die nächtliche Dämmerung hinunter. Als er sich jedoch zehn Schritte entfernt hatte, sagte er laut: »Dennoch ist das Dostojewskij. Wenn auch nicht den Gedanken, so doch dem Geist nach ...«

Ljutow kniff die stark schielenden Augen zu und murmelte: »Wir leben, um zu sündigen und um in Versuchung zu fallen... Wer nicht sündigt, kann nicht bereuen, wer nicht bereut, wird nicht die Seligkeit erlangen ...«

Alle schwiegen und blickten zum Fluß hinunter: Auf der schwarzen Bahn bewegte sich geräuschlos ein Boot, an seinem Bug brannte und rauchte kraus ein Feuer in eisernem Behälter, eine schwarze Gestalt bewegte behutsam die Ruder, während eine andere, mit einer langen Stange in den Händen, vorgebeugt am Bootsrand stand und mit der Stange nach dem Spiegelbild des Feuers im Wasser zielte; das Spiegelbild änderte wundervoll seine Form, bald glich es einem goldenen Fisch mit einer Unmenge Flossen, bald einer tiefen, bis zum Grund des Flusses hinabreichenden roten Grube, in die der Mann mit der Stange hinabspringen wollte, sich jedoch nicht dazu entschloß.

Ljutow blickte zum Himmel empor, der üppig mit Sternen besät war, zog die Uhr aus der Tasche und sagte: »Es ist noch nicht spät. Möchten Sie etwas spazierengehen, Alina Markowna?«

»Schweigend – wohl.«

»Vollkommen schweigend?«

»Armenische Witze könnte ich allenfalls gestatten.«

»Nun ja, auch das nehme ich mit Dank an!« sagte Ljutow, indem er der Verlobten beim Aufstehen behilflich war. Sie nahm seinen Arm.

Als sie sich ein Stück entfernt hatten, sagte Lidija leise. »Er tut mir leid.«

Makarow brummte etwas Unverständliches, Klim indes fragte: »Leid – warum?«

Lidija antwortete nicht, Makarow jedoch sagte halblaut: »Hast du gemerkt, wie er schreit? Er möchte sich selber überschreien.«

»Ich verstehe nicht.«

»Na, was ist denn da zu verstehen?«

Lidija erhob sich. »Begleite mich, Konstantin.«

Auch sie gingen fort. Der Sand knirschte. In Warawkas Zimmer klapperten deutlich und rasch die Kugeln des Rechenbretts. Das rote Feuer auf dem Boot leuchtete in der Ferne, am Mühlenwehr. Klim, der auf einer Treppenstufe der Terrasse saß, sah zu, wie die weiße Gestalt des Mädchens in der Dunkelheit verschwand, und überredete sich: Ich bin ja nicht in sie verliebt!

Um nicht nachdenken zu müssen, ging er zu Warawka und fragte, ob er ihn nicht brauche. Er brauchte ihn. Zwei Stunden wohl saß er am Tisch, machte eine Abschrift von dem Entwurf über den Bau eines neuen Theaters, schrieb und lauschte angespannt in die Stille. Doch alles ringsum schwieg steinern. Weder Stimmen noch das Geräusch von Schritten waren zu vernehmen.

Bei Sonnenaufgang stand Klim unter den Weiden am Mühlenwehr und hörte den Bauern mit dem Holzbein halblaut, beseligt erzählen: »Der Wels – ißt gern Grütze! Hirsebrei oder, sagen wir, Buchweizengrütze, das ist seine Lieblingsnahrung. Einen Wels kann man durch Grütze zu allem bringen.«

Das Holzbein des Bauern war in den Sand eingesunken, er stand zur Seite geneigt da und hielt sich mit kräftiger, knorriger Hand an dem Stumpf eines Weidenastes fest, dann zog er die Schultern hoch, hob das Holzbein aus dem Sand und stellte es an einen anderen Fleck; es versank von neuem in dem lockeren Grund, und der Bauer neigte sich wieder zur Seite.

»Wir haben ihm Grütze gegeben, dem Tier«, sagte er, die Stimme noch mehr senkend. Sein felliges Gesicht war feierlich, in den Augen glänzten Würde und Freude. »Die Grütze haben wir so heiß wie möglich gekocht und in einen Topf getan, der Topf aber ist angeschlagen, das ist die Sache, verstehen Sie?«

Er zwinkerte Ljutow zu und wandte sich an Warawka, der in kirschrotem Schlafrock, grünem, goldgesticktem Käppchen und bunten Saffianstiefeln fast majestätisch wirkte.

»Der Wels verschluckt also den Topf, und der Topf, der ja angeschlagen ist, fällt in seinem Bauch auseinander, und nun fängt die Grütze an, ihm die Därme zu verbrennen, das ist die Sache, verstehen Euer Gnaden? Dem Wels tut das weh, er schlägt um sich, er springt, und da packen wir ihn . . .«

Die Sonnenstrahlen trafen Warawka ins Gesicht, er blinzelte selig und strich sich mit den Händen über seinen kupfernen Bart.

Ljutow, in einem zerknitterten, mit rostroten Kiefernnadeln besäten Anzug, sah aus, als wäre er eben nach einem starken Gelage erwacht. Sein Gesicht war gelb, das Weiße seiner verrückten Augen war rot unterlaufen; leise und heiser sagte er schmunzelnd zu seiner Verlobten: »Er schwindelt natürlich! Aber kein Teufel, nur ein russischer Bauer kann solch einen Unsinn erfinden!«

Die unausgeschlafenen jungen Mädchen standen neben ihnen, gähnten um die Wette und schlotterten in der Morgenkühle. Ein leicht rosiger Nebel stieg vom Fluß auf, und durch ihn hindurch schienen Klim die bekannten Gesichter der Mädchen auf dem hellen Wasser ununterscheidbar ähnlich; Makarow saß in weißem Hemd mit offenem Kragen, mit entblößtem Hals und zerzaustem Haar zu Füßen der Mädchen im Sand. Er erinnerte an eine überall vorhandene Reproduktion des Porträts eines italienischen Knaben, eine Prämienbeilage zu der Zeitschrift »Niwa«. Samgin sah zum erstenmal, daß die breitbrüstige Gestalt Makarows ebenso keilförmig war wie die Gestalt des Vagabunden Inokow.

Abseits stand, straff und gespannt, Turobojew, er blickte unverwandt auf Ljutows knorrigen, gewölbten Hinterkopf und schien, die Zigarette langsam aus dem einen Mundwinkel in den anderen schiebend, lautlos etwas zu flüstern.

»Na, was ist denn, wird's bald?« fragte Ljutow ungeduldig.

»Sprechen Sie ein ganz klein wenig leiser, Herr«, flüsterete der Bauer streng. »Es – das Tier – ist schlau, es hört!«

Und sich zur Mühle wendend, rief er: »Mikola! He!«

Unwillig antworteten zwei Stimmen, eine männliche und eine weibliche: »Ho! Was ist?«

»Sieh nach – hat er ihn gefressen?«

»Hab nachgesehn.«

»Nun?«

»Er hat ihn gefressen.«

Ljutow warf dem Bauern einen zornigen Blick zu und versetzte ihm einen Stoß gegen die Schulter. »Was soll denn das: Ich darf nicht reden, und du brüllst aus vollem Hals!«

Der Bauer blickte ihn erstaunt an und lächelte so, daß alle Haare seines Gesichts sich sträubten.

»Mein Gott – er, dieser Wels, kennt mich doch, Sie aber sind für ihn ein fremder Mensch. Ein jedes Geschöpf übt seine eigene Vorsicht im Leben.«

Diese Worte sprach der Bauer flüsternd. Dann blickte er mit vorgehaltener Hand auf den Fluß und sagte ebenfalls sehr leise: »Jetzt – schauen Sie! Jetzt wird's ihn zu brennen anfangen, und er wird springen. Gleich ...«

Er sagte das derart überzeugend, mit so beseligtem Gesicht, daß alle lautlos näher ans Ufer herantraten, und sogar das rosig goldene Wasser schien sein langsames Strömen anzuhalten. Mit seinem Holzbein tief in den Sand stechend, humpelte der Bauer zur Mühle. Alina zuckte zusammen und flüsterte erschreckt: »Seht nur, seht! Dort am anderen Ufer, das Dunkle ... unter dem Strauch ...«

Klim sah nichts Dunkles. Er glaubte nicht an einen Wels, der Buchweizengrütze mochte. Aber er sah, daß alle ringsum an ihn glaubten, sogar Turobojew und anscheinend auch Ljutow. Es mußten einem die Augen schmerzen vom Hinausblicken auf das glitzernde Wasser, aber alle schauten hartnäckig hin, als wollten sie bis auf den Grund des Flusses blicken. Das verwirrte Samgin für einen Augenblick: wie – wenn doch?

»Da ist er ... er schwimmt, er schwimmt!« flüsterte Alina von neuem, Turobojew jedoch sagte laut: »Das ist der Schatten einer Wolke.«

»Pschsch«, zischte Warawka.

Alle blickten zum Himmel. Ja, dort zerschmolz einsam ein weißes Wölkchen, nicht größer als ein Lammfell. Aus dem dichten Gestrüpp von Sträuchern und Schilf am Wehr kam jetzt behutsam ein Boot hervor, mitten darin stand, auf den Bootshaken gestützt, der lahme Bauer und winkte den Zuschauern mit der Hand. Ein breitschultriger, flachshaariger Bursche in grauem Hemd tauchte die Ruder lautlos ins Wasser und trieb das Boot voran. Er saß regungslos, wie versteinert, nur seine Hände bewegten sich, es schien, als arbeiteten die Ruder, das Wasser mit seidigem Gekräusel bedeckend, von selber. Der Lahme hörte auf zu winken, streckte, unablässig ins Wasser blickend, den Arm über den Kopf aus und erstarrte ebenfalls.

Das Boot beschrieb einen Winkel von Ufer zu Ufer, dann noch einen Winkel, der Bauer senkte langsam den linken Arm und hob ebenso langsam den rechten mit dem Bootshaken.

»Hau ihn!« brüllte er und stach wuchtig mit dem Bootshaken in den Fluß.

Klim stand ganz hinten und höher als die anderen, er sah gut, daß der Lahme ins Leere gestoßen hatte. Als der Bauer, unbeholfen wankend, sich über den Bootsrand flach auf die Brust ins Wasser fallen ließ, dachte Klim überzeugt: Das hat er mit Absicht getan!

Doch der Lahme erschütterte sogleich diese Überzeugung.

»Nicht getro-offen!« heulte er, im Fluß strampelnd, mit weinerlichem Wolfsgeheul. Sein rotes Hemd blähte sich im Rücken als mißförmige Blase, das Holzbein mit dem blankgescheuerten Eisenring am Ende blinkte krampfhaft über dem Wasser, er schnaubte, wakkelte mit dem Kopf, aus dem Haupt- und Barthaar sprühten gläserne Spritzer, er klammerte sich mit der einen Hand an das Heck des Bootes, während er mit der anderen Faust verzweifelt gegen die Bootswand hämmerte und brüllte, stöhnte: »A-ach, nicht getro-offen! Mikolka, du Satan, warum hast du nicht mit dem Ruder zugehauen, he? Mit dem Ruder, du Dummkopf! Auf den Schädel, he? Hast mir Schande gemacht, du Fratze!«

Der Bursche fischte, ohne sich zu übereilen, den Bootshaken ein, verstaute ihn an der Bootswand, half wortlos dem Lahmen ins Boot und trieb es mit kräftigen Ruderschlägen zum Ufer. Als der Bauer naß und schlüpfrig sich auf den Sand herausgewuchtet hatte, beteuerte er, die Arme von sich breitend, verzweifelt: »Nicht getroffen, meine Herrschaften! Hab mich mit Schmach bedeckt, verzeihen Sie mir um Christi willen! Hab mich ein wenig geirrt, habe nach seinem Kopf und Rückgrat gezielt und daneben! Verstehen Sie die Sache! Ach, heilige Väter!«

Vor Betrübnis hatte sich sogar seine Stimme verändert, sie war hoch geworden und klang jämmerlich, während das aufgedunsene Gesicht schmal geworden war und aufrichtigen Kummer ausdrückte. An den Schläfen, über die Stirn, unter den Augen hervor rannen Wassertropfen, als schwitze sein ganzes Gesicht Tränen, seine hellen Augen blinkten verlegen und schuldbewußt. Er drückte mit der hohlen Hand das Wasser aus dem Kopf- und Barthaar, bespritzte den Sand, die Kleidersäume der Mädchen und rief wehmütig: »Ein riesengroßer war's, wohl über vier Pud schwer! Ein Stier und nicht ein Wels, bei Gott! Der Bart – so lang!«

Und er maß mit den Händen in der Luft an die zwölf Werschok ab.

Ich habe mich geirrt, dachte Klim. Er hat einen Wels gesehen.

»Er steht ganz unten am Grund; ich sehe – er ist nachdenklich, der Riesenbart bewegt sich«, erzählte der Lahme betrübt und begeistert zugleich.

»Wie gefällt er euch, he?« rief Ljutow ebenfalls mit Begeisterung.

»Er spielt vortrefflich«, bestätigte Turobojew lächelnd und holte eine kleine Brieftasche aus gelbem Leder hervor.

Ljutow fiel ihm in den Arm. »Verzeihen Sie, das – war ein Einfall von mir!«

Lidija betrachtete den Bauern mit angewidert verkniffenen Lippen, mürrisch, Warawka mit Neugier, Alina fragte die andern verwirrt: »Es war aber doch ein Wels da? Ist einer dagewesen oder nicht?«

Klim ging beiseite, er kam sich doppelt betrogen vor.

»Komm«, sagte Lidija zur Freundin, aber Ljutow rief: »Wartet ein Augenblickchen!«

Dann fragte er den Bauern mitten ins Gesicht: »Betrogen?«

»Er hat uns betrogen, der Satan«, gab der Lahme, traurig die Arme von sich breitend, zu.

»Nein, nicht der Satan, sondern du! Hast du betrogen?«

»Das heißt – wieso denn? Wen denn?« fragte der Bauer verwundert, indem er vor Ljutow zurückwich.

»Du brauchst keine Angst zu haben! Ich werde das Geld sowieso bezahlen und noch etwas für Schnaps drauflegen. Aber sage offen: Hast du betrogen?«

»Lassen Sie ihn«, bat Turobojew, während der Lahme, nachdem er alle mit ratlosen Augen gemustert hatte, mit großartiger Naivität fragte: »Wie könnte ich Herrschaften betrügen?«

Ljutow klatsche ihm schwungvoll und laut mit der Hand auf die nasse Schulter und brach plötzlich in ein kreischendes, weibisches Gelächter aus. Auch Turobojew fing an zu lachen, ganz leise und irgendwie verlegen, ja sogar Klim lächelte – so spaßig war der kindliche Schreck in den lichten, verwirrt blinzelnden Augen des bärtigen Bauern.

»Herrschaften darf man doch nicht betrügen«, murmelte er, indem er von neuem alle musterte, doch der Schreck in seinen Augen, verwandelte sich rasch in Wißbegier, sein Kinn zitterte.

»Teufel!« rief Warawka aus, fuhr mit der Hand durch die Luft und lächelte ebenfalls.

Ljutow lachte wie toll, mit geschlossenen Augen und zurückgeworfenem Kopf, er schüttelte sich vor Lachen; es war, als klirrte Glas in seinem hervortretenden Adamsapfel.

Der Lahme indessen warf einen Blick auf Warawka und schmunzelte breit, verdeckte jedoch sogleich den Mund mit der Hand. Das nützte aber nichts, er prustete laut in die Hand, schlenkerte sie beiseite und rief mit dünner Stimme: »Sü-ün-den!«

Auch er fing zu lachen an, unsicher zunächst, nicht sehr laut, dann immer lustiger, ungezwungener, und schließlich verfiel er in solch ein Gelächter, daß er das wimmernde, gedämpfte Lachen Ljutows vollkommen übertönte. Den bärtigen Mund weit geöffnet, stach er mit dem Holzbein in den Sand, wankte und ächzte, den Kopf schüttelnd: »O Himmel ... o-ho-ho, Sünden sind das, bei Gott ...«

Naß wie er war, glänzte seine ganze Gestalt, und es schien, als hätte auch sein gesundes Lachen einen öligen Glanz.

»G-gauner!« schrie Ljutow. »Wo ... wo ist der Wels?«
»Und – ich habe ihn ...«
»Den Wels?«
»Verfehlt ...«
»Wo ist der Wels?«
»Er – lebt ...«

Von neuem schüttelten sich beide, einander anblickend, in einem Lachanfall, und Klim sah, daß jetzt über das zottige Gesicht des Lahmen echte Tränen rannen.

»Na, das ist ja bereits ... über alle Maßen«, sagte Turobojew achselzuckend und eilte den Mädchen und Makarow nach. Darauf ging auch Samgin, begleitet von Lachen und Ächzen: »O H-immel, ja ...«

Vorn jedoch rief Alina entrüstet: »Ihn müßte man wegen Betrug bestrafen!«

»Das ist dumm, Alina«, wies Lidija sie streng zurecht.

Sie gingen schweigend, doch bald holte Ljutow sie ein.

»Verstehen Sie die Sache?« rief er, wischte mit dem Taschentuch den Schweiß und die Tränen aus dem Gesicht, hüpfte, zappelte, suchte den Blick der anderen zu erhaschen. Er behinderte sie beim Gehen. Turobojew sah ihn von der Seite an und blieb zwei Schritte zurück.

»Er hat uns geschickt zum Narren gehalten, wie?« schrie er aufdringlich. »Ein Talent! Eine Kunst ist das! Echte Kunst hält einen immer zum Narren.«

»Nicht dumm«, sagte Turobojew und lächelte Klim zu. »Er ist überhaupt nicht dumm, aber – wie verkrampft!«

»Genug, Wolodja«, rief Makarow zornig. »Was wirbelst du Staub auf? Warte ab, bis man dich zum Professor irgendeiner Beredsamkeit ernannt hat, dann kannst du andere bedrängen und Staub aufwirbeln.« Ljutow drohte ihm mit dem Finger.

»Du bist ein leichtsinniger Vogel, Kostja! Versteh doch die Sache!«

»Nein, allen Ernstes, hör auf.«

»Sie schreien entsetzlich viel«, jammerte Alina.

»Na – ich will es nicht mehr tun.«

»Wie ein Verrückter.«

»Ich schweige schon!«

Er verstummte tatsächlich, aber Lidija nahm seinen Arm und fragte ihn: »Warum sind Sie nicht empört über den Bauern?«

»Ich? Weshalb denn?« rief Ljutow erstaunt und leidenschaftlich. »Im Gegenteil, Lidotschka, ich habe ihm noch drei Rubel dazugegeben und ihm Dankeschön gesagt. Er ist klug. Unser Bauer ist ein erstaunlich Kluger. Er – lehrt. Er?«

Ljutow blieb stehen, streichelte Lidijas Arm, der in dem seinen ruhte, und lächelte glücklich. »Jetzt würden Sie doch nicht mehr an den Wels glauben, nicht wahr? Dieses Flüsselchen ist nichts für Welse, Sie lieber Mensch...«

Er lachte von neuem. Makarow und Alina gingen schneller. Klim blieb zurück, warf einen Blick auf Turobojew und Warawka, die langsam auf das Landhaus zuschritten, und versank auf einer Bank am Steg des Badehauses in zornige Gedanken.

Er erinnerte sich, wie Makarow gestern unter anderem gesagt hatte: »Du hast eine gesunde Psyche, Klim! Du lebst wie ein Monument auf einem Platz, ringsum ist Lärm, Geschrei, Geratter, du indessen schaust auf alles herab, und nichts bringt dich aus der Ruhe.«

Diese Worte zeugen nur davon, daß ich es verstehe, mich nicht zu verraten. Aber die Rolle eines aufmerksamen Zuhörers und Beobachters irgendwoher von der Seite, hinter einer Ecke hervor, ist meiner nun nicht mehr würdig. Es ist Zeit, daß ich aktiver werde. Wenn ich vorsichtig anfangen werde, anderen ihre Pfauenfedern auszurupfen, wird das für sie sehr nützlich sein. Ja. In irgendeinem Psalm heißt es: »Lüge bringt Rettung.« Es wäre ja möglich, daß sie, wenn auch nur zuweilen, »Rettung bringt« und nicht bloß zum Spiel miteinander dient.

Er dachte lange in dieser Richtung nach, und da er sich streitbar gestimmt und zum Kampf bereit fühlte, wollte er zu Alina gehen, zu der alle außer Warawka sich schon begeben hatten, doch ihm fiel ein, daß es Zeit für ihn war, in die Stadt zu fahren. Auf dem Weg zur Bahnstation, auf der schlechten, sandigen Straße, zwischen Hügeln mit krummem Kiefernwald, verlor Klim Samgin, ohne es zu merken, seine Kampfstimmung und dachte, seinen langen Schatten vor sich her schiebend, bereits darüber nach, wie schwer es ist, in dem Chaos fremder Gedanken, hinter denen sich unverständliche Gefühle verbergen, sich selbst zu finden.

Klim traf eine halbe Stunde vor dem Ehepaar Spiwak zu Hause ein.

Die Mutter empfing sie majestätisch wie eine Gouverneursfrau die von höherer Stelle zu ihrer persönlichen Verfügung beorderten Beamten. Sie sagte etwas trocken und stark näselnd französische Phrasen, wobei sie vor ihrem dick gepuderten Gesicht mit der Lorgnette spielte, und setzte sich, noch bevor sie die Gäste zum Platznehmen aufgefordert hatte, selbst bequem hin. Klim merkte, daß die Mutter durch dieses Gehabe in den bläulichen Augen der Spiwak spöttische Fünkchen entfachte. Jelisaweta Lwowna wirkte in ihrer weiten, dunklen Mantille gealtert, nonnenhaft bescheiden und nicht so interessant, wie sie in Petersburg gewesen war. Doch der Duft bekannten Parfüms kitzelte angenehm seine Nasenlöcher, und in seiner Erinnerung erklang der schöne Satz: Von dir, von dir allein!

Der kleine Pianist glich in seinem seidenen Umhang einer Fledermaus. Er schwieg, als wäre er taub, und wippte im Takt zu den Worten der Frauen mit seiner trübseligen Nase. Samgin drückte ihm leutselig die heiße Hand, es war so wohltuend, zu sehen, daß dieser Mann mit dem wie aus gelbem Horn ungeschickt geschnitzten Gesicht durchaus nicht der schönen Frau würdig war, die neben ihm saß. Als die Spiwak und die Mutter zehn liebenswürdige Phrasen gewechselt hatten, sagte Jelisaweta Lwowna mit einem Seufzer: »Es bedrückt mich sehr, Wera Petrowna, daß ich Ihnen gleich bei der ersten Begegnung etwas Trauriges mitteilen muß: Dmitrij Iwanowitsch ist verhaftet worden.«

»O mein Gott!« rief die Samgina und lehnte sich im Sessel zurück, ihre Wimpern zuckten, und die Nasenspitze errötete.

»Ja!« sagte der Spiwak laut. »Sie kamen nachts und holten ihn fort.«

»Und – Kutusow?« fragte Klim erbost.

Die Spiwak antwortete, Kutusow sei drei Wochen vor Dmitrijs Verhaftung heimgefahren, um den Vater zu beerdigen.

Die Mutter drückte behutsam, um den Puder nicht von den Wangen fortzuwischen, ein miniaturenhaftes Tüchlein an ihre Augen, doch Klim sah, daß sie keines Tuches bedurfte, die Augen waren vollkommen trocken.

»Mein Gott! Weswegen denn?« fragte sie dramatisch.

»Ich denke, es ist nichts Ernstes«, sagte die Spiwak sehr freundlich und tröstlich. »Ein Bekannter von Dmitrij Iwanowitsch, ein Lehrer an einer Fabrikschule, war verhaftet worden, auch dessen Bruder, der Student Popow – der, glaube ich, auch ein Bekannter von Ihnen ist?« fragte sie Klim.

Samgin sagte trocken: »Nein.«

Nachdem die Mutter diesem Ereignis eine Viertelstunde gewidmet hatte, fand sie offenbar, daß ihre Betrübnis überzeugend genug zum Ausdruck gebracht worden sei, und lud die Gäste zum Teetrinken in den Garten ein.

Fröhlich tummelten sich die Vögel, üppig blühten die Blumen, der samtartige Himmel füllte den Garten mit lichtblauem Glanz, und es wäre unschicklich gewesen, im Licht der Frühlingsfreude von etwas Traurigem zu reden. So begann Wera Petrowna, Spiwak über Musik auszufragen. Er wurde sogleich lebhaft und erklärte ihr, blaue Fäden aus seiner Krawatte herauszupfend und mit den Fingern kleine Kommas in die Luft schreibend, daß es im Westen keine Musik gebe.

»Dort gibt es nur Maschinen. Dort ist man – vom Menuett und der Gavotte – zu dem hier gelangt . . .«

Und er spielte mit den Fingern irgendein abgeschmacktes Motiv auf seinen Lippen.

»Zupf nicht an der Krawatte«, bat ihn seine Frau.

Gehorsam legte er die Hände wie auf eine Klaviatur auf den Tisch, wobei er das Ende der Krawatte in das Teeglas eintauchte. Das brachte ihn in Verlegenheit, er wischte die Krawatte mit dem Taschentuch ab und sagte: »In Norwegen haben wir Grieg. Er ist sehr interessant. Man sagt, er sei ein zerstreuter Mensch.«

Dann verstummte er. Die Frauen lächelten, sie plauderten immer lebhafter, doch Klim fühlte, daß sie einander nicht gefielen. Spiwak fragte ihn etwas verspätet: »Wie geht es Ihnen gesundheitlich?«

Als Klim ihm Walderdbeeren anbot, lehnte er heiter ab: »Ich bekomme davon Nesselfieber.«

Die Mutter bat Klim: »Zeig doch Jelisaweta Lwowna das Seitengebäude.«

»Eine sonderbare Stadt«, sagte die Spiwak, die Klims Arm genommen hatte und irgendwie sehr vorsichtig auf dem Gartenweg dahinschritt. »Sie ist so gutherzig brummig. Dieses Gebrumme war das erste, was mich erstaunte, sobald ich nur den Bahnhof verließ. Es ist wahrscheinlich höllisch langweilig hier. Kommen oft Brände vor? Ich habe Angst vor Bränden.«

Der Papierunrat in den Zimmern des Seitenbaus erinnerte Klim an den Schriftsteller Katin, die Spiwak indes sagte, nachdem sie die Räume flüchtig besichtigt hatte: »Man könnte sich sehr gemütlich einrichten. Auch ein Gartenfenster ist da. Sicherlich werden haarige Räupchen von den Apfelbäumen in die Zimmer kriechen, ja? Die Vögelchen werden früh am Morgen singen. Sehr früh!«

Sie seufzte.

»Gefällt es Ihnen nicht?« fragte Klim mit Bedauern und ging in den Garten hinaus; sie wandte wunderschön den Hals und lächelte ihm über die Schulter zu. »Doch, warum nicht? Es würde sich indessen besonders für zwei Schwestern eignen, für zwei alte Jungfern. Oder – für Jungvermählte. Setzen wir uns«, schlug sie bei der Bank unter dem Kirschbaum vor und machte ein liebes Grimäßchen. »Mögen sie dort ... verhandeln.«

Sich umschauend, fuhr sie nachdenklich fort: »Ein herrlicher Garten. Auch der Seitenbau ist schön. Namentlich – für Jungvermählte. Um in dieser Stille zu lieben, soviel einem beschieden ist, und dann ... Aber das werden Sie, ein junger Mann, nicht verstehen«, schloß sie plötzlich mit einem Lächeln, das Klim durch seine Unklarheit ein wenig verwirrte. Verbarg sich Spott dahinter oder eine Herausforderung?

Nach einem Blick zum Himmel fragte die Spiwak, indem sie Blätter von einem Kirschzweig pflückte: »Wie lebt es sich denn hier im Winter? Theater, Kartenspiel, kleine Romane aus Langerweile, Klatsch – ja? Ich würde es vorziehen, in Moskau zu leben, an das man sich wahrscheinlich nicht so rasch gewöhnt. Haben Sie sich noch keine Angewohnheiten zugelegt?«

Klim wunderte sich. Er hatte nicht geahnt, daß diese Frau so einfach und scherzhaft reden konnte. Gerade Einfachheit hatte er bei ihr nicht erwartet; in Petersburg schien ihm die Spiwak verschlossen, gehemmt durch schwierige Gedanken. Es war angenehm, daß sie mit ihm wie mit einem guten alten Bekannten sprach. Nebenbei fragte sie, ob der Seitenbau mit oder ohne Brennholz vermietet werde, stellte dann noch ein paar sehr praktische Fragen, und das alles leicht, wie nebenher.

»Das Porträt über dem Flügel – ist das Ihr Stiefvater? Er hat einen Bart wie ein sehr reicher Mann.«

Klim blickte ihr forschend ins Gesicht und sagte, daß Turobojew bald eintreffen werde.

»Ja?«

»Er verkauft seinen Landbesitz.«

»Soso.«

Klim fühlte, daß ihr ruhiger Ton ihn freute, es freute ihn auch, daß sie, als sie ihn mit dem Ellenbogen streifte, sich nicht entschuldigt hatte.

Jetzt kam die Mutter auf sie zu, neben ihr ging Spiwak mit flatternden Flügeln des Umhangs, als wollte er sich vom Boden aufschwingen, und sagte: »Das wird sehr dicht, in Nonen geschrieben sein: tumtumm . . .«

Seine Frau unterbrach die Musik rücksichtslos und begann mit Wera Petrowna über den Seitenbau zu sprechen; sie gingen fort, während Spiwak sich neben Klim setzte und mit ihm ein Gespräch anfing mit Sätzen wie aus einem Grammatiklehrbuch: »Ihre Mutter ist ein angenehmer Mensch. Sie kennt sich in der Musik aus. Ist es weit bis zum Friedhof? Ich liebe alles Elegische. Das Beste sind bei uns die Friedhöfe. Alles, was mit dem Tod zu tun hat, ist bei uns vortrefflich.«

In die Pausen zwischen seinen Sätzen fielen die Stimmen der Frauen ein.

»Nicht wahr?« fragte eindringlich die Spiwak.

»Ich werde es für Sie einrichten.«

»Haben wir alles besprochen?«

»Ja.«

Ein paar Minuten später, nachdem er die Spiwaks hinausbegleitet hatte und in den Garten zurückgekehrt war, erblickte Klim die Mutter immer noch am gleichen Fleck, unter dem Kirschbaum, sie saß dort, den Kopf auf die Brust gesenkt, die Arme auf der Rückenlehne der Bank.

»Mein Gott, das scheint keine sehr angenehme Dame zu sein!« sagte sie mit müder Stimme. »Jüdin? Nein? Wie seltsam, sie ist so praktisch. Handelt wie auf dem Basar. Sie sieht übrigens nicht wie eine Jüdin aus. Schien es dir nicht, als hätte sie die Mitteilung über Dmitrij mit einem Unterton von Vergnügen gemacht? Manche Leute überbringen sehr gern schlechte Nachrichten.«

Sie schlug sich ärgerlich mit der kleinen Faust aufs Knie.

»Ach, Dmitrij, Dmitrij! Jetzt werde ich nach Petersburg fahren müssen.«

Blaßrosa Nebel füllte den Garten und verfärbte die weißen Blumen. Die Düfte wurden berauschender. Die Stille verdichtete sich.

»Ich will mich umziehen gehen, warte hier auf mich. In den Zimmern ist es schwül.«

Klim blickte mißgünstig hinter ihr her: Was die Mutter über die Spiwak gesagt hatte, widersprach böse seinem Eindruck. Doch sein Mißtrauen gegen die Menschen, das immer leichter zu erregen war, klammerte sich zäh an die Worte der Mutter, und Klim dachte nach, indem er rasch die Worte, die Gesten, das Lächeln der angenehmen Frau überprüfte. Die zärtliche Stimme stimmte ihn lyrisch, sie verwehrte ihm, an dem Benehmen der Spiwak etwas zu finden, das der Mutter recht gegeben hätte. Andere Gedanken drängten sich leicht ins Blickfeld: Jelisaweta werde in den Seitenbau einziehen, er werde ihr den Hof machen und von der unbegreiflichen, bedrückenden Neigung zu Lidija geheilt werden.

Die Mutter kehrte in einem sonnengelben Hauskleid mit silbernen Schnallen und in weichen Halbschuhen zurück; sie schien wunderbar verjüngt.

»Meinst du nicht, daß die Verhaftung des Bruders sich auch für dich auswirkt?« fragte sie leise.

»Weshalb?«

»Ihr habt zusammen gewohnt.«

»Das bedeutet noch nicht, daß wir solidarisch sind.«

»Ja, aber ...«

Sie verstummte und strich mit den Fingern über die Fältchen an den Schläfen. Und plötzlich sagte sie mit einem Seufzer: »Die Spiwak hat keine üble Figur, sogar die Schwangerschaft entstellt sie nicht.«

Klim zuckte überrascht zusammen und fragte schnell: »Ist sie schwanger? Hat sie es dir gesagt?«

»Mein Gott, ich sehe es doch. Bist du gut mit ihr bekannt?«

»Nein«, sagte Klim, nahm die Brille ab und neigte, die Gläser putzend, den Kopf. Er wußte, daß er ein böses Gesicht machte, und wollte nicht, daß die Mutter es sähe. Er kam sich betrogen, bestohlen vor. Alle betrogen ihn: die gedungene Margarita, die schwindsüchtige Nechajewa; auch Lidija betrog ihn, indem sie sich anders gab, als sie in Wirklichkeit war; betrogen hatte ihn schließlich auch die Spiwak, er konnte jetzt schon nicht mehr so gut von ihr denken wie noch eine Stunde zuvor.

Wie erbarmungslos muß man sein, welch kaltes Herz muß man haben, um einen kranken Ehemann zu betrügen, dachte Klim entrüstet. Und Mutter – wie unverfroren, wie roh mischt sie sich in mein Leben ein.

»Oh, mein Gott!« seufzte die Mutter.

Klim warf einen Seitenblick auf sie. Sie saß angespannt aufrecht da, ihr trocknes Gesicht hatte sich trostlos in Falten gelegt, es war das Gesicht einer alten Frau. Die Augen weit geöffnet, biß sie sich auf die Lippen, als unterdrückte sie einen Schmerzensschrei. Klim war gegen sie aufgebracht, doch ein Teilchen seines Mitleids mit sich selbst übertrug sich auf diese Frau, und er fragte ganz leise: »Bist du traurig?«

Sie zuckte zusammen und schloß leicht die Augen.

»In meinem Alter gibt es wenig Fröhliches.«

Dann lockerte die Mutter den Kragen des Hauskleids mit zitternder Hand um den Hals herum und flüsterte dabei: »Schon wartet irgendwo hier eine Frau auf dich ... ein Mädchen, das du lieben wirst.«

In ihrem Flüsterton hörte Klim etwas Ungewöhnliches, ihm kam der Gedanke, sie, die stets stolze, beherrschte Frau werde gleich zu weinen anfangen. Er konnte sie sich nicht weinend vorstellen.

»Nicht davon reden, Mama.«

Sie rieb ihre Wange krampfhaft an seiner Schulter und flüsterte, von trockenem Husten oder mißglücktem Lachen, unterbrochen: »Ich verstehe nicht davon zu reden, aber – es muß sein. Von der Großmut, von der Barmherzigkeit der Frau gegenüber! Ja! Von Barmherzigkeit. Die Frau, die Mutter ist das einsamste Geschöpf auf der Welt. Einsam bis zum Wahnsinn. Ich meine nicht nur mich, nein ...«

»Soll ich dir ein Glas Wasser holen?« fragte Klim und begriff sofort, wie dumm das war. Er wollte sie sogar umarmen, aber sie wich bebend aus und suchte ein Schluchzen zu unterdrücken. Und immer heftiger, verbitterter klang ihr Flüstern.

»Nur Stunden als Lohn für Tage, Nächte, Jahre der Einsamkeit.«

Davon sprach die Nechajewa, erinnerte sich Klim.

»Stolz, der so grausam niedergetreten wird. Der gewohnte – begreif! –, der gewohnte mangelnde Wille, zart, freundschaftlich in die Seele hineinzublicken. Ich sage nicht das Richtige, aber davon läßt sich nicht reden ...«

Es ist auch nicht nötig! hätte Klim gern gesagt. Nicht doch, das erniedrigt dich. Das hat mir schon ein schwindsüchtiges, häßliches Mädchen gesagt.

Doch für seine Großmut fand sich kein Platz, die Mutter flüsterte, nach Atem ringend: »Man muß heulen. Dann wird man ein hysterisches Weib genannt, sie raten, zum Arzt zu gehen, Brom zu nehmen, Wasser zu trinken.«

Der Sohn streichelte fassungslos der Mutter die Hand und schwieg, fand keine Trostworte; er fand immer noch, daß sie dies alles unnützerweise sage. Sie jedoch lächelte in der Tat hysterisch, und ihr Flüstern war so unheimlich trocken, als knisterte und risse die Haut ihres Körpers.

»Du mußt wissen: Alle Frauen leiden unheilbar an Einsamkeit. Daher all das, was euch, den Männern, unverständlich ist, plötzliche Untreue und ... alles! Keiner von euch sucht, dürstet so sehr nach der Nähe zu einem Menschen wie wir.«

Klim fand, er müsse versuchen sie zu beruhigen, und murmelte: »Weißt du, über die Frauen urteilt Makarow sehr eigenartig...«

»Unser Egoismus ist keine Sünde«, fuhr die Mutter fort, ohne ihn zu hören. »Der Egoismus kommt von der Kälte des Lebens, kommt daher, daß alles schmerzt: die Seele, Leib und Knochen...«

Dann sah sie den Sohn plötzlich an, rückte von ihm ab, verstummte und blickte in das grüne Netz der Bäume. Kurz darauf erhob sie sich von der Bank, ordnete eine Haarsträhne, die ihr ins Gesicht gefallen war, und verließ den durch diese Szene zerknirschten Sohn.

Das kommt natürlich daher, weil sie altert und eifersüchtig ist, dachte er, mürrisch nach der Uhr schauend. Die Mutter hatte nicht länger als eine halbe Stunde bei ihm gesessen, doch es schien, als seien zwei Stunden vergangen. Das Gefühl, daß sie in dieser halben Stunde in seinen Augen irgendwie verloren hatte, war unangenehm. Und wieder einmal fand Klim Samgin, daß sich in jedem Menschen ein ganz einfaches Stänglein entdecken lasse, an dem dieser die Flagge seiner Originalität hißt.

Am nächsten Tag, morgens, erschien unerwartet Warawka, lebhaft, mit funkelnden Augen, unschicklich zerzaust. Wera Petrowna fragte ihn gleich bei den ersten Worten: »Hat dieses junge Fräulein oder diese Dame das Landhaus gemietet?«

»Welches Fräulein?« wunderte sich Warawka.

»Ljutows Bekannte?«

»Habe keine solche gesehen. Zwei Mädchen sind da: Lidija und Alina. Und drei Kavaliere, der Teufel soll sie holen!«

Der wuchtige, dicke Warawka glich dem ins Ungeheuerliche vergrößerten chinesischen »Gott der Bettler«. Das häßliche Figürchen dieses Gottes stand im Wohnzimmer auf dem Spiegeltisch, und das Karikaturenhafte seiner Formen verband sich unerklärlich mit einer eigenartigen Schönheit. Hastig und gierig wie ein Enterich schlang Warawka Schinkenstücke herunter und murmelte: »Turobojew ist ein entarteter Mensch. Wie sagt man da? Ein Dekadenter. Fin de siècle und dergleichen. Er versteht nicht zu verkaufen. Das Stadthaus habe ich ihm abgekauft, werde es zu einer technischen Schule umbauen. Er hat es billig hergegeben, als wäre es gestohlen. Überhaupt – ein Idiot hochgeborener Herkunft. Ljutow wollte ihn beim Bodenkauf für Alina ausräubern und hätte es auch getan, wenn ich es nicht verhindert hätte. Das mache ich lieber selbst...«

»Was redest du da«, rügte ihn Wera Petrowna sanft.

»Ich sage es ehrlich. Man muß zu nehmen verstehen. Besonders bei Dummköpfen. So wie Sergej Witte das macht.«

Warawka hatte sich gesättigt, er holte tief Atem, trank mit wonnig geschlossenen Augen ein Glas Wein und fing von neuem an, wobei er sich mit der Serviette das Gesicht wedelte: »Dieser Ljutow ist eine ganz schlaue Kanaille, sieh dich vor, Klim...«

Nun teilte ihm Wera Petrowna, den Kopf aufrecht und reglos wie eine Blinde haltend, die Verhaftung Dmitrijs mit. Klim fand, daß sie dies unangebracht und sogar irgendwie herausfordernd tat. Warawka hob mit der flachen Hand den Bart, schaute ihn eine Weile an und blies ihn von der Hand herunter.

»Ist das etwa ein erblicher Hang der älteren Samginlinie zum Gefängnis?«

»Ich werde nach Petersburg fahren müssen.«

»Selbstverständlich«, sagte Warawka brummig, legte die Hand auf Klims Schulter und begann, während er ihn hin und her schaukelte, auf ihn einzureden: »Du solltest das Institut für Zivilingenieure besuchen, mein Lieber. Advokaten haben wir reichlich, und an Gambettas besteht vorläufig kein Bedarf. Mit den Staatsanwälten ist es dasselbe, in jeder Zeitung findet man fünfundzwanzig Stück. Architekten aber gibt es keine, wir verstehen nicht zu bauen. Studiere Architektur. Dann bekommen wir ein gewisses Gleichgewicht: der eine Bruder baut, der andere zerstört, und ich als Unternehmer habe den Vorteil!«

Er fing an zu lachen, daß sein Bauch wackelte. Dann schlug er Klim vor, zum Landhaus zu fahren. »Von uns muß jemand dort sein. Ich glaube, ich werde Dronow als Verwalter hinnehmen. Nun, ich fahre jetzt zum Notar...«

Nachdem die Mutter ihn hinausbegleitet hatte, sagte sie aufseufzend: »Welche Energie, wieviel Verstand!«

»Ja«, stimmte Klim höflich bei, dachte aber: Er wirft mich umher wie einen Ball.

Abends kam er beim Landhaus an und ging von der Bahnstation am Rand des Kiefernwaldes, um nicht auf der sandigen Straße gehen zu müssen: hier hatte man kürzlich Glocken ins Kirchdorf gefahren, und Menschen und Pferde hatten die Straße tief zerwühlt. Es war angenehm, in der Stille zu gehen, die Kerzen der jungen Kiefern schwelten harzigen Duft, zwischen die gewaltigen Säulen des uralten Waldes fielen durch die flimmernde Luft rote Bänder der Sonnenstrahlen, und die Borke der Kiefern glänzte wie Bronze und Brokat.

Plötzlich zeigte sich am Waldrand hinter einer kleinen Anhöhe, gleich einem riesengroßen Fliegenpilz, ein roter Schirm, wie Lidija und Alina ihn nicht besaßen, dann erblickte Klim unter dem Schirm den schmalen Rücken einer Frau in gelber Jacke und den unbedeckten, zerzausten, spitzen Kopf Ljutows.

Ist das die Frau, nach der die Mutter gefragt hat? Ljutows Geliebte? Ein letztes Stelldichein?

Er war so nahe herangekommen, daß er bereits das fließende Stimmchen der Frau und die knappen dumpf klingenden Fragen Ljutows vernahm. Er wollte in den Wald abbiegen, doch Ljutow rief ihm zu: »Ich sehe Sie! Verstecken Sie sich nicht.«

Der Zuruf klang spöttisch, und als Klim dicht herankam, empfing Ljutow ihn mit einem unangenehmen Lächeln, das die Zähne entblößte.

»Warum meinen Sie, ich verstecke mich?« fragte Klim zornig, indem er vor der Frau beabsichtigt langsam den Hut abnahm.

»Aus Takt«, sagte Ljutow. »Machen Sie sich bekannt.«

Die Frau reichte Klim die Hand, die eine sehr harte Innenfläche hatte. Ihr Gesicht war eins von denen, die schwer zu behalten sind. Aufmerksam, mit einem photographierenden Blick heller Augen sah sie Klim ins Gesicht und nannte undeutlich einen Namen, den er gleich wieder vergaß.

»Erweisen Sie uns eine Gefälligkeit«, sagte Ljutow, schaute sich um und verzog das Gesicht. »Sehen Sie, sie hat den Zug versäumt . . . Verschaffen Sie ihr in Ihrem Haus eine Unterkunft für die Nacht, aber so, daß niemand davon erfährt. Man hat sie hier schon gesehen, sie ist hergefahren, um ein Landhaus zu mieten, aber – man braucht sie nicht noch einmal zu sehen. Insbesondere nicht dieser lahme Teufel, das witzige Bäuerchen.«

»Vielleicht sind diese Vorsichtsmaßnahmen überflüssig?« fragte gedämpft die Frau.

»Das finde ich nicht«, sagte Ljutow aufgebracht.

Die Frau lächelte eigenartig: Bevor sie die fest zusammengepreßten Lippen des kleinen Mundes öffnete, preßte sie sie noch fester zusammen, so daß sich an den Mundwinkeln strahlenförmige Fältchen zeigten. Das Lächeln wirkte gezwungen, etwas hart, und veränderte schroff das Gesicht.

»Nun, spazieren Sie los«, kommandierte Ljutow, zu ihr gewandt, indem er sich erhob, nahm Klim beim Arm und ging mit ihm auf die Landhäuser zu.

»Sie sind nicht sehr höflich zu ihr«, bemerkte Klim mürrisch, empört über Ljutows formloses Benehmen gegen ihn.

»Macht nichts«, murmelte Ljutow.

»Ich muß Sie darauf aufmerksam machen, daß mein Bruder in Petersburg verhaftet worden ist . . .«

Ljutow fragte rasch: »Volksrechtler?«
»Marxist. Was ist das – ein Volksrechtler?«
Ljutow nahm den Hut ab und fächelte sich damit ins gerötete Gesicht.
»Es erfolget offs neue eine Anhäufung revolutionärör Kraft«, äffte er jemanden nach. »Eine Anhäufung ... diese Teufel!«
Samgin ärgerte sich über Ljutow, weil er ihn in ein unangenehmes und anscheinend gefährliches Abenteuer hineingezogen hatte, und er ärgerte sich über sich selbst, weil er ihm so leicht nachgegeben hatte, doch überwogen Verwunderung und Neugier seinen Ärger. Er hörte schweigend Ljutows erregtem Gebrumm zu und schaute sich über die Schulter um: Die Dame mit dem roten Schirm war verschwunden.
»Es erfolget offs neue ... Diese da ist hier erschienen, um mir mitzuteilen, daß in Smolensk ein Bekannter von mir verhaftet worden ist ... Er hat dort eine Druckerei ... der Teufel soll ihn holen! Verhaftungen in Charkow, in Petersburg, in Orjol. Eine Anhäufung!«
Er brummte wie Warawka über die Zimmerleute, Maurer und Büroangestellten. Klim staunte über diesen seltsamen Ton, und noch mehr staunte er über Ljutows Bekanntschaft mit Revolutionären. Als er eine Minute und eine weitere zugehört hatte, riß ihm die Geduld.
»Aber – was geht Sie das, die Revolution, denn an?«
»Richtige Fragestellung«, erwiderte Ljutow lächelnd. »Bedaure, daß man Ihren Bruder geschnappt hat, er hätte sie Ihnen wahrscheinlich beantwortet.«
Schwätzer, schimpfte Samgin innerlich und zog seinen Arm unter dem Ellenbogen des Gefährten hervor, der aber bemerkte es wohl nicht, er ging mit nachdenklich gesenktem Kopf weiter und schleuderte mit dem Fuß die Kienäpfel zur Seite. Klim ging schneller.
»Wohin laufen Sie so? Dort«, Ljutow deutete mit dem Kopf zu den Landhäusern hinüber, »ist niemand, sie sind im Boot irgendwohin zu einem Fest, zum Jahrmarkt gefahren.«
Er hängte sich wieder bei Samgin ein, und als sie bei einem verstreuten Holzstoß angelangt waren, kommandierte er: »Setzen wir uns.«
Und sofort fing er mit gedämpfter Stimme an zu spotten: »Wozu, hol's der Teufel, brauchen wir unsere Intelligenz, bei einem solchen Bauern? Das ist dasselbe wie Dorfhütten mit Perlmutt verzieren. Edelmut, Herzlichkeit, Romantik und dergleichen Pepermente, die

Fähigkeit, in Gefängnissen zu sitzen, in todbringenden Verbannungsorten zu leben, rührende Erzählungen und Artikelchen zu schreiben. Märtyrer, Heilige und so weiter. Im großen und ganzen – ungebetene Gäste.«

Er roch nach Wodka und knirschte beim Sprechen mit den Zähnen, als zerbisse er Fäden.

»Die Narodowolzen beispielsweise. Das ist doch eine Übersetzung aus dem Mexikanischen, das ist Gustave Aimard und Mayne Reid. Die Pistolen schießen am Ziel vorbei, die Minen explodieren nicht, von zehn Bömbchen platzt nur eine und – zur unrechten Zeit.«

Ljutow packte ein krummes, astiges Holzscheit und suchte es im Sand aufzustellen. Es gelang ihm nicht, das Scheit fiel immer wieder träge um.

»Es ist sonnenklar, daß man Rußland mit dem Beil behauen muß, es läßt sich nicht mit Taschenmessern anspitzen. Was meinen Sie?«

Samgin, der durch die unverhoffte Frage überrascht war, antwortete nicht gleich.

»Das vorige Mal haben Sie vom russischen Volk ganz anders gesprochen.«

»Vom Volk sage ich immer das gleiche: Ein vorzügliches Volk! Ein unvergleichliches! Aber . . .«

Mit unerwarteter Kraft warf er das Holzscheit hoch in die Luft, packte es, als es sich überschlagend zu seinen Füßen niederfiel, und steckte es in den Sand.

»Aus diesem Ding kann man die verschiedensten Sachen machen. Ein Künstler schnitzt sowohl einen Teufel als auch einen Engel daraus. Doch wie Sie sehen, ist dieses ehrenwerte Holzscheit, während es hier herumlag, bereits morsch geworden. Aber man kann es noch im Ofen verbrennen. Vermodern ist nutzlos und schändlich, Verbrennen hingegen liefert eine gewisse Menge Wärme. Ist Ihnen diese Allegorie verständlich? Ich bin dafür, das Leben mit Wärme und Licht zu bereichern, um es erglühen zu lassen.«

Du lügst, dachte Klim.

Er saß ein Arschin höher als Ljutow und sah sein verkrampftes, zerklüftetes Gesicht nicht nach außen, sondern nach innen gewölbt wie ein Teller – ein unsauberer Teller. Die Schatten in einer kleinen Kiefer zitterten auf dem Gesicht, und wie zwei Nüsse rollten die schielenden Augen darin umher. Die Nase bewegte sich, die Nüstern waren gebläht, die Gummilippen schlabberten, wobei sie eine böse obere Zahnreihe entblößten und die Zungenspitze sehen ließen, es hüpfte der spitze, unrasierte Adamsapfel, und hinter den Ohren kreisten knochige Kügelchen. Ljutow fuchtelte mit den Händen, die Finger der rechten Hand bewegten sich rasch wie die eines Taubstummen, er zappelte insgesamt wie eine Marionette an Schnürchen, und es war widerlich, ihn anzusehen. Er erweckte in Samgin eine beklemmende Wut, ein Protestgefühl.

Wie aber, wenn ich ihm sage, er sei ein Schauspieler, ein Gaukler, ein Verrückter, und all sein Reden sei ein krankhaftes, verlogenes Geschwätz? Doch weswegen, wem zuliebe spielt und lügt dieser Mensch, der reich ist, verliebt ist und in Bälde der Mann einer schönen Frau sein wird?

»Stellen Sie sich vor«, vernahm Klim die vor Erregung trunkene Stimme Ljutows, »stellen Sie sich vor, daß von hundert Millionen russischer Hirne und Herzen zehn, na, sagen wir, fünf mit aller Wucht der ihnen innewohnenden Energie arbeiten?«

»Ja, gewiß«, sagte Klim widerstrebend.

Der dunkle Himmel wimmelte schon von Sternen, die Luft war mit feuchter Wärme getränkt, es schien, als schmelze der Wald und löse sich auf in öligen Dampf. Man fühlte den Tau fallen. In der dichten Dunkelheit jenseits des Flusses flackerte ein gelbes Flämmchen auf, wuchs rasch zu einem Feldfeuer an und beleuchtete ein kleines, weißes Menschenfigürchen. Das gleichmäßige Plätschern des Wassers durchbrach die Stille.

»Da kommen die Unseren«, bemerkte Klim.

Ljutow schwieg lange, ehe er antwortete: »Es ist Zeit.«

Er erhob sich und faßte irgend etwas scharf ins Auge.

»Der elende Bauer treibt sich dort herum. Ich werde ihn aufhalten, gehen Sie unterdessen und besorgen Sie eine Unterkunft für die dort...«

Samgin schritt auf das Landhaus zu, wobei er hörte, wie vergnügt und munter Ljutows Stimme klang.

»Fängst du auch im Wald Welse?«

»Sie spotten, Herr, er war aber da, der Wels!«

»War da?«

»Was denn sonst?«

»Wo?«

»Wo hätte er sein sollen, wenn nicht im Fluß?«

»In diesem hier?«

»Warum denn nicht? Das ist ein beachtlicher Fluß.«

Ein Schauspieler, dachte Klim und lauschte.

»Haben Sie, Herr, nicht an Weiblichkeit Bedarf? Hier ist eine Soldatenfrau...«

»Von derselben Art wie der Wels?«

»Sie härmt sich sehr . . .«

Warawka hat recht, das ist ein gefährlicher Mensch, entschied Samgin.

Zu Hause ordnete Samgin an, das Dienstmädchen solle das Abendbrot auftragen und zu Bett gehen, dann trat er auf die Terrasse hinaus, schaute auf den Fluß, auf die goldenen Lichtflecke der Fenster am Landhaus der Telepnjowa. Er wäre gern hingegangen, aber er durfte nicht, solange die geheimnisvolle Dame oder das Fräulein nicht gekommen war.

Ich habe keinen Willen, absagen hätte ich sollen.

Während Klim auf das Geräusch von Schritten im Sand wartete, versuchte er sich vorzustellen, wie Lidija sich mit Turobojew und Makarow unterhielt. Ljutow war wohl hingegangen. In der Ferne donnerte es. Abgerissene Klaviertöne klangen heran. In den Wolken jenseits des Flusses versteckte sich der Mond, der ab und zu die Wiesen mit trübem Licht erhellte. Nachdem Klim Samgin bis Mitternacht auf den unerwünschten weiblichen Gast gewartet hatte, schlug er die Tür laut zu und legte sich schlafen, wobei er erbost dachte, Ljutow sei am Ende gar nicht zu seiner Braut gegangen, sondern vertreibe sich angenehm die Zeit im Wald mit dieser Frau, die nicht zu lachen verstand. Und vielleicht hatte er alles erfunden – das von den »Volksrechtlern«, der Druckerei und den Verhaftungen. Die Sache ist viel einfacher: Das war ein letztes Stelldichein.

Damit schlief er ein. Am Morgen weckte ihn das Pfeifen des Windes, die Kiefern vor dem Fenster rauschten trocken, die Birken raschelten erregt; auf der bläulichen Leinwandbahn des Flusses kräuselten sich gleich einem Muster kleine Wellen. Hinter dem Fluß schob sich eine dunkelblaue Wolke heran, der Wind zerzauste ihren Rand, flockige Fetzen wurden schnell über den Fluß getrieben und streichelten ihn mit ihren rauchigen Schatten. In der Badehütte lärmte Alina. Als Samgin sich gewaschen, angezogen und zum Frühstück an den Tisch gesetzt hatte – prasselte plötzlich ein Platzregen nieder, und eine Minute später trat, die Regentropfen aus dem Haar schüttelnd, Makarow ins Zimmer.

»Wo ist denn Wladimir?« fragte er besorgt. »Er hat nicht hier geschlafen, sein Bett ist unberührt.«

Klim suchte lächelnd nach möglichst scharfen Worten, er hätte gern etwas sehr Boshaftes über Ljutow gesagt, doch er kam nicht dazu – Alina stürzte ins Zimmer.

»Klim, schnell – Kaffee!«

Das nasse Kleid klebte ihr so fest am Leib, daß sie wie nackt aussah; sie spritzte, das Haar ausdrückend, mit Wasser um sich und schrie: »Die verrückte Lidka ist zu mir hinübergestürzt, um ein Kleid zu holen, der Blitz wird sie erschlagen ...«

»Ist Ljutow gestern abend bei Ihnen gewesen?« fragte Makarow mürrisch.

Alina, die vor dem Spiegel stand, machte mit den Armen eine Bewegung der Verzweiflung. »Na, da haben wir's! Der Bräutigam ist verschwunden, und ich werde Schnupfen und Bronchitis bekommen. Klim, unterstehe dich, mich mit schamlosen Augen anzusehen!«

»Der Lahme hat Ljutow gestern aufgefordert, in die Mühle zu kommen«, sagte Klim zu dem Mädchen. Sie saß bereits am Tisch und schlürfte hastig den Kaffee, verbrühte sich und prustete, während Makarow, nachdem er ein halb ausgetrunkenes Glas auf den Tisch gestellt hatte, an die Terrassentür trat und leise vor sich hin zu pfeifen begann.

»Werde ich mich erkälten?« fragte Alina ernst.

Dann trat Turobojew ins Zimmer, streifte sie mit abmessendem Blick, verschwand, kam erneut wieder und legte ihr seinen Staubmantel um die Schultern, wobei er sagte: »Ein schöner Regen, gut für die Ernte.«

Blitze leuchteten auf, der Donner dröhnte, die Fensterscheiben klirrten, jenseits des Flusses jedoch lichtete es sich bereits.

»Ich gehe zur Mühle«, murmelte Makarow.

»Seht ihr – das ist ein Freund!« rief Alina. Klim indes fragte: »Weil er keine Angst hat, sich einen Schnupfen zu holen?«

»Wenn auch nur deshalb.«

Der Mantel rutschte dem Mädchen von den Schultern, wobei er die vom nassen Batist der Bluse straff umspannte Brust entblößte; das beunruhigte sie nicht, doch Turobojew bedeckte von neuem ihre schön gemeißelten Schultern, und Samgin sah, daß ihr das gefiel, sie blinzelte vergnügt, bewegte die Schultern und bat: »Lassen Sie, mir ist heiß.«

Ich hätte nicht gewagt, mich wie dieser Geck zu benehmen, dachte Samgin neidisch und fragte Turobojew herausfordernd: »Gefällt Ihnen Ljutow?«

Er merkte, daß Turobojews Wange wie unter einem Fliegenstich zuckte; Turobojew holte das Zigarettenetui hervor und antwortete sehr höflich: »Ein interessanter Mensch.«

»Ich finde die interessanten Menschen am wenigsten aufrichtig«, begann Klim und fühlte plötzlich, daß er die Gewalt über sich verlor. »Die interessanten Menschen ähneln Indianern in Kriegsbemalung, in Federschmuck. Ich möchte sie immer abwaschen und ihnen die

Federn ausrupfen, um unter der Bemalung den Menschen zu sehen, der er in Wirklichkeit ist.«

Alina trat vor den Spiegel und sagte mit einem Seufzer: »Oh, so eine Vogelscheuche!«

Turobojew zog an seiner Zigarette, er blickte Klim fragend an, und Samgin dachte, er ziehe so langsam und sorgfältig an der Zigarette, weil er nicht reden wolle.

»Hör mal, Klim«, sagte Alina. »Könntest du dich heute nicht der hohen Weisheit enthalten? Der Tag ist auch ohne dich schon verdorben.«

Sie sagte das in einem so naiv flehenden Ton, daß Turobojew leise auflachte. Aber das kränkte sie; sie wandte sich rasch Turobojew zu und schaute mürrisch drein. »Warum lachen Sie? Klim hat doch die Wahrheit gesagt, ich mag nur nicht zuhören.« Und mit dem Finger drohend, fuhr sie fort: »Sie haben das doch wahrscheinlich auch gern – Kriegsbemalung, Federschmuck?«

»Bin sündig«, sagte Turobojew, den Kopf neigend. »Sehen Sie, Samgin, es ist bei weitem nicht immer passend und fast immer nutzlos, den Menschen alles in ehrlicher Kupfermünze zu zahlen. Ja und, ist es denn so ehrlich, dieses Kupfer der Wahrheit? Es gibt einen altertümlichen Brauch: Bevor man eine Glocke gießt, die uns ins Gotteshaus ruft, verbreitet man irgendwas Erdachtes, eine Lüge; das Kupfer wird davon angeblich klangvoller.«

»Sie verteidigen also die Lüge?« fragte Samgin streng.

»Ganz so ist es nicht, aber . . .«

»Alina, komm, zieh dich um«, rief Lidija, die in der Tür erschienen war. Im bunten Kleid mit einem Handtuchturban glich sie einer tscherkessischen Odaliske von irgendeinem Bild.

Alina ging singend hinaus, Klim indes stand auf und öffnete die Tür zur Terrasse, eine Welle frischer Luft und Sonnenschein strömte ins Zimmer. Turobojews weicher, aber ironischer Ton hatte in ihm das wiederholt empfundene Gefühl scharfer Mißgunst gegen diesen Menschen mit dem Spitzbart, wie ihn sonst keiner trug, erweckt. Samgin begriff, daß er außerstande war, mit ihm zu streiten, doch er wollte das letzte Wort behalten. Zum Fenster hinausblickend, sagte er: »Swift, Voltaire und noch viele andere haben die Wahrheit nicht gefürchtet.«

»Der heutige deutsche Sozialist, Bebel zum Beispiel, ist noch tapferer. Mir scheint, Sie kennen sich schlecht in der Frage der Einfachheit aus. Es gibt die Einfachheit des Franz von Assisi, die des Bauernweibes und die des Negers in Zentralafrika – und die Einfachheit des Anarchisten Netschajew, die für Bebel unannehmbar ist.«

Klim trat auf die Terrasse hinaus. Die in der heißen Sonne trocknenden Dielenbretter dampften unter seinen Füßen, und er fühlte, daß in seinem Kopf Bosheit dampfte.

»Sie selbst sprachen einmal von den Pfauenfedern des Verstandes – entsinnen Sie sich?« fragte er, den Rücken Turobojew zugewandt, und vernahm die leise Antwort: »Das ist etwas anderes.«

Turobojew hob die Arme, legte die Hände in den Nacken und verschränkte die Finger so fest, daß sie knackten. Dann streckte er die Beine von sich und glitt kraftlos vom Stuhl. Klim wandte sich ab. Als er jedoch kurz darauf ins Zimmer blickte, sah er, daß Turobojews bleiches Gesicht sich krampfhaft verändert hatte, es war breiter geworden, er hatte wohl die Kiefer fest zusammengepreßt, während seine Lippen sich schmerzlich verzogen. Mit hochgezogenen Brauen blickte er zur Zimmerdecke, und Klim sah zum erstenmal seine schönen, kalten Augen so düster demütig. Als hätte sich über diesen Menschen ein Feind gebeugt, mit dem zu kämpfen er nicht die Kraft fand und der ihm sogleich einen vernichtenden Schlag versetzen würde. Da kam Makarow auf die Terrasse herauf und sagte zornig: »Wolodka hat, wie sich herausstellte, die ganze Nacht mit dem Lahmen getrunken und schläft jetzt wie ein Toter.«

Klim wies mit den Augen auf Turobojew, doch dieser erhob sich und ging, gebeugt wie ein alter Mann, aus dem Zimmer.

»Er ist krank«, sagte Klim leise und nicht ohne Schadenfreude.

Doch Makarow bat, ohne nach Turobojew zu sehen: »Sag es Alina nicht.«

Samgin war froh über die Gelegenheit, seine Bosheit anzubringen. »Du mußt es ihr sagen. Verzeih, aber deine Rolle in diesem Roman scheint mir sonderbar.«

Er hatte beim Sprechen Makarow den Rücken zugekehrt, so war es bequemer. »Ich verstehe nicht, was dich mit diesem Säufer verbindet. Er ist ein hohler Mensch, in dem widerspruchsvolle, fremde Worte und Gedanken umherrutschen. Er ist ebenso degeneriert wie Turobojew.«

Er redete lange, und es gefiel ihm, daß seine Worte ruhig, sicher klangen. Als er über die Schulter auf den Kameraden blickte, sah er Makarow mit übergeschlagenen Beinen dasitzen, wie gewöhnlich eine brennende Zigarette zwischen den Zähnen. Er hatte eine Streichholzschachtel zerbrochen, in den Aschenbecher gelegt und angezündet. Nun legte er die Streichhölzer auf einen kleinen Scheiterhaufen und beobachtete aufmerksam, wie sie aufflammten.

Als Klim verstummte, sagte er, ohne die Augen vom Feuer abzuwenden: »Moralprediger zu sein ist einfach.«

Der Scheiterhaufen erlosch, die halbverbrannten Streichhölzer qualmten. Es war nichts mehr da, um sie wieder in Brand zu setzen, und so schöpfte Makarow mit einem Teelöffel Kaffee aus einem Glas und löschte unter offenkundigem Bedauern die Reste des Feuers.

»Weißt du, Klim: Alina ist nicht dümmer als ich. Ich spiele gar keine Rolle in ihrem Roman. Ljutow mag ich. Turobojew gefällt mir. Und schließlich wünsche ich nicht, daß mein Verhalten zu den Menschen von dir oder sonstwem korrigiert wird.«

Makarow sprach nicht beleidigend, sondern in sehr überzeugendem Ton, und Klim sah ihn verwundert an: Er erschien ihm plötzlich nicht als der Mensch, als den er, Samgin, ihn bis zu diesem Augenblick gekannt hatte. Vor ein paar Tagen hatte auch Jelisaweta Spiwak als neuer Mensch vor ihm gestanden. Was hatte das zu bedeuten? Makarow war für ihn ein Mensch, der wegen seines mißglückten Selbstmordversuchs verlegen war, ein bescheidener, eifrig lernender Student und ein komischer junger Mann, der die Frauen immer noch fürchtete.

»Ärgere dich nicht«, sagte Makarow und stolperte im Vorgehen über ein Stuhlbein, Klim aber blickte auf den Fluß hinaus und suchte angestrengt zu erraten: Was bedeuten diese immer häufiger zu beobachtenden Veränderungen der Menschen? Er fand ziemlich bald eine Antwort, einfach und klar: Die Menschen probieren verschiedene Masken, um die passendste und vorteilhafteste zu finden. Sie schwanken, werfen sich hin und her, streiten miteinander auf der Suche nach diesen Masken, in dem Bestreben, ihre Farblosigkeit, ihre Leere zu verbergen.

Als die Mädchen auf die Terrasse hinaustraten, begrüßte Klim sie mit wohlwollendem Lächeln.

»Siehst du, Lida«, sagte Alina und stieß die Freundin an, »er ist unversehrt. Du aber hast mir Hartherzigkeit vorgeworfen. Nein, das ist kein Abgrund für ihn, sondern für mich, er ist es, der mich in den Abgrund der Superklugheit hineintreiben wird. Makarow, kommen Sie! Es ist Zeit zum Lernen . . .«

»Wie . . . unbeugsam sie ist«, sagte Lidija leise, während sie die Freundin und Makarow mit nachdenklichem Blick begleitete. »Sie hat es schwer in ihrem Leben . . .«

Lidija saß auf dem Sims des offenen Fensters mit dem Rücken zum Zimmer, dem Gesicht zur Terrasse; der weiße Fensterstock umgab sie wie ein Rahmen. Ihr Zigeunerhaar war aufgelöst, es fiel ihr über Wangen, Schulter und die auf der Brust gekreuzten Arme. Unter dem grellbunten Rock schauten ihre nackten, dunkelbraunen Beine hervor. Sie biß sich auf die Lippen und sagte: »Ljutow ist schwierig. Es ist, als liefe er vor etwas davon, er lebt im Laufschritt, weißt du. Auch um Alina läuft er irgendwie immer herum.«

»Er hat die ganze Nacht in der Mühle getrunken und schläft jetzt dort«, sagte Klim betont streng.

Lidija sah ihn aufmerksam an und fragte: »Weshalb ärgerst du dich? Er trinkt, aber das ist doch nur sein Unglück. Weißt du, mir scheint, wir alle sind unglücklich, und zwar unheilbar. Ich empfinde das besonders, wenn viele Menschen um mich sind.«

Sie klopfte mit den Fersen an die Wand und lächelte. »Gestern auf dem Jahrmarkt hat Ljutow den Bauern Gedichte von Nekrassow vorgetragen, er trägt wunderbar vor, nicht so schön wie Alina, aber – ausgezeichnet! Sie hörten ihm sehr ernst zu, dann fragte ein glatzköpfiges altes Männchen: ›Kannst du auch tanzen? Ich dachte‹, sprach er, ›ihr seid Komödianten vom Theater!‹ Makarow sagte: ›Nein, wir sind einfach Menschen!‹ – ›Wie denn einfach? Einfach Menschen – das gibt es nicht.‹«

»Der Bauer war nicht dumm«, bemerkte Klim.

»Er sagte: ›Gibs nicht.‹ Warum verstümmeln sie die Worte? ›Gibs nicht‹, ›is‹ statt ›ist‹, ›redt‹ statt ›redet‹?«

Klim antwortete nicht. Er hörte zu, ohne an das zu denken, wovon das Mädchen sprach, und gab sich einem Trauergefühl hin. Ihre Worte: »Wir alle sind unglücklich!« hatten ihm einen leisen Stoß versetzt, hatten ihn daran erinnert, daß auch er unglücklich war, einsam, und daß niemand ihn verstehen wollte.

»Am Abend und in der Nacht, als wir heimfuhren, erinnerten wir uns an die Kindheit ...«

»Du und Turobojew?«

»Ja. Und Alina. Wir alle. Konstantin erzählte schreckliche Dinge von seiner Mutter. Und von sich, als er noch klein war. Es war so sonderbar: Jeder erinnerte sich seiner selbst wie eines Fremden. Wieviel Unnötiges die Menschen doch erleben!«

Sie sprach leise, sah Klim zärtlich an, und ihm schien, die dunklen Augen des Mädchens erwarteten irgend etwas, fragten nach etwas. Plötzlich spürte er, wie er von einem ihm unbekannten, wonnigen Gefühl der Selbstvergessenheit überflutet wurde, er sank in die Knie, umschlang die Beine des Mädchens, schmiegte das Gesicht fest daran.

»Untersteh dich!« rief Lidija streng, indem sie die Hand gegen seinen Kopf stemmte und ihn zurückstieß.

Klim Samgin sagte laut und sehr einfach: »Ich liebe dich.«

Von der Fensterbank herunterspringend, sprengte sie den Ring seiner Arme und stieß mit den Knien so heftig gegen seine Brust, daß er fast umgefallen wäre.

»Mein Ehrenwort, Lida.«

Sie trat entrüstet zur Seite.

»Das kommt daher, weil ich fast nackt bin.«

Sie blieb auf einer Stufe der Terrasse stehen und rief gekränkt: »Daß du dich nicht schämst! Ich war ...«

Ohne zu Ende zu sprechen, lief sie die Treppe hinunter.

Klim lehnte sich an die Wand, er war erstaunt über die Sanftmut, die ihn plötzlich überkommen und ihn dem Mädchen zu Füßen geworfen hatte. Er hatte noch nie etwas Ähnliches empfunden wie die Freude, die ihn in jenem Augenblick erfüllte. Er fürchtete sogar, in Tränen auszubrechen vor Freude und Stolz darüber, daß er nun, endlich, ein erstaunlich starkes und wahrscheinlich nur ihm eigenes, anderen unzugängliches Gefühl in sich entdeckt hatte.

Er verbrachte den ganzen Tag unter dem Eindruck seiner Entdeckung, schweifte im Wald umher, wollte niemanden sehen und sah die ganze Zeit sich auf Knien vor Lidija, umschlang ihre heißen Beine, fühlte ihre seidige Haut an den Lippen, an den Wangen und vernahm seine Stimme: Ich liebe dich.

Wie einfach ich das gesagt habe. Ich habe dabei sicher ein gutes Gesicht gehabt.

Er dachte in diesem ungewöhnlichen Augenblick nur an sich, dachte so angespannt, als fürchtete er, das Motiv eines Lieds zu vergessen, das er zum erstenmal gehört und das ihn sehr gerührt hatte.

Lidija traf er am Morgen des nächsten Tages, sie ging zur Badehütte, als er schon gebadet hatte und zum Landhaus zurückkehrte. Das Mädchen stand plötzlich vor ihm, als wäre es aus der Luft gefallen. Nachdem sie ein paar Sätze über den heißen Morgen und die Wassertemperatur gewechselt hatten, fragte sie: »Bist du – gekränkt?«

»Nein«, antwortete Klim aufrichtig.

»Du brauchst nicht gekränkt zu sein. Mit solchen Dingen spielt man ja nicht«, sagte Lidija leise.

»Ich weiß«, erklärte er ebenso aufrichtig.

Ihr zärtlicher Ton wunderte ihn nicht, noch erfreute er ihn – sie hatte ja irgend etwas Derartiges sagen müssen, hätte auch etwas Lieberes sagen können. Wenn Klim an sie dachte, hatte er das sichere Gefühl, daß Lidija ihm jetzt, wenn er beharrlich wäre, nachgeben würde. Er durfte aber nicht eilen. Er mußte abwarten, bis sie das Ungewöhnliche, das in ihm entstanden war, fühlte und gebührend schätzte.

Dann kam Makarow, der mit Ljutow in der Mühle übernachtet hatte, und fragte, ob Klim nicht ins Kirchdorf mitgehen wolle, dort würden neue Glocken aufgehängt.

»Selbstverständlich gehe ich mit«, antwortete Samgin vergnügt und schritt eine halbe Stunde später im grellen Sonnenschein am Flußufer entlang. Die Sonne und das schlichte Kleid aus Bauernleinen betonten herausfordernd die schamlose Schönheit von Alinas meisterhaft geformtem Körper. Alina und Makarow sangen ein Duett aus »Mascotte« und hielten Schritt mit Turobojew, der ihnen beim Text half. Ljutow ging Arm in Arm mit Lidija und flüsterte ihr etwas Komisches zu. Klim Samgin kam sich reifer vor als die fünf vor ihm, fühlte sich aber durch seine Absonderung etwas bedrückt. Er dachte, es wäre schön, Lidijas Arm zu ergreifen, wie Ljutow das gelungen war, und Schulter an Schulter mit ihr, die Augen geschlossen, dahinzugehen. Er sah, wie Lidijas schmale, in perlmuttfarbenen Batist gehüllt Gestalt sich wiegte, und es war ihm unbegreiflich, daß er nichts von dem empfand, worüber er bei den Künstlern des Wortes gelesen hatte.

Ich bin kein Romantiker, erinnerte er sich.

Ihn beunruhigte ein wenig die komplizierte Stimmung, die das Mädchen heute in ihm erweckt hatte und die mit dem, was er gestern empfunden hatte, nicht übereinstimmte. Gestern – und sogar noch vor einer Stunde – hatte er sich nicht abhängig von ihr gefühlt und keine unklaren Hoffnungen gehabt. Gerade diese Hoffnungen verwirrten ihn. Lidija wird seine Frau werden, natürlich kann ihre Liebe nicht den hysterischen Krämpfen der Nechajewa gleichen, davon war er überzeugt. Doch außerdem regten sich in ihm noch irgendwelche nicht in Worte zu fassende Erwartungen, Wünsche, Bedürfnisse.

Sie hat es hervorgerufen, sie wird dem auch Genüge leisten, beschwichtigte er sich.

Als sie in das Kirchdorf kamen, das sich in einem Bogen um die Krümmung des hohen und steilen Flußufers erstreckte, war er bei dem Gedanken angelangt: Man sollte kein Analytiker sein.

In der sonnigen Dorfstraße stand dichtgedrängt eine bunte Menge von Einheimischen und von Bauern aus den umliegenden Dörfern. Die Männer hatten die kahlen, zotteligen und stark eingeölten Köpfe entblößt und standen schweigend da, während unter den bunten Baumwollkopftüchern der Bauersfrauen hervor wie unsichtbarer Rauch wimmerndes Gebetsgeflüster aufstieg. Es schien, als ob gerade dieses hundertstimmige, gedämpfte Wimmern mit dem Grundlaut O, gemischt mit dem herben Geruch von Teer, Schweiß und in der Sonne schmorenden Strohdächern, die Luft erwärmte und sie in unsichtbaren Dunst, in Nebel verwandelte, der einem den Atem nahm. Die Menschen stellten sich auf die Zehenspitzen, reckten die Hälse; ihre Köpfe, die sich bald hoben, bald senkten, wankten hin und her. Zwei- bis dreihundert weit geöffnete Augen blickten alle in die gleiche Richtung – auf die blaue Zwiebelkuppel des plump gebauten Glockenturms, durch dessen leere Ohren ein Stück des fernen Himmels leuchtete. Klim kam es vor, als wäre dieses Stück blauer und greller als der übrige Himmel über dem Kirchdorf. Das leise Stimmengewirr der Menge verdichtete sich und schuf die gespannte Erwartung, es müsse jeden Augenblick ein donnerndes Geschrei losbrechen.

Turobojew ging vorneweg, drängte sich durch die nachgebende Menge, hinter ihm her schritten im Gänsemarsch die anderen, und je näher sie der wuchtigen Masse des Glockenturms kamen, desto dumpfer wurde das klagende Raunen der Frauengebete, desto vernehmlicher die eindringlichen Stimmen der zelebrierenden Geistlichkeit. Im Mittelpunkt eines nicht sehr großen Kreises von bunten Gestalten, die wie angewurzelt auf dem zerwühlten, ausgetretenen Rasen standen, ruhte auf dicken Balken die zweihundert Pud schwere Glocke und neben ihr noch drei, eine immer kleiner als die andere. Die große Glocke erinnerte Klim an den Kopf des Recken aus »Ruslan«, während das bucklige Pfäfflein in hellem, österlichem Priesterrock, grauhaarig, mit bronzefarbenem Gesicht dem Zauberer Finn ähnelte. Das Pfäfflein schwebte um die Glocken herum, sang mit klarem Tenorstimmchen und besprengte das Kupfer mit Weihwasser; drei Stränge dicker Seile lagen am Boden, der Pfaffe stolperte über einen von ihnen, schwang ungehalten den Wedel und bespritzte die Seile mit regenbogenfarbenen Perlen.

Turobojew setzte sich an den Aufgang der kürzlich errichteten Pfarrschule, der noch die Fensterstöcke fehlten. Auf den Stufen des Eingangs wimmelte, schrie und weinte eine Schar von zwei- und dreijährigen Kindern, und dieses lebendige Häuflein schmuddeliger, skrofulöser Körper wurde von einem grauäugigen, buckligen Mädchen im Backfischalter regiert, sie regierte mit gedämpften Zurufen, Hände und Füße betätigend. Auf der obersten Stufe stand breitbeinig eine blinde Alte mit hochrotem Gesicht, ihre Waden waren blau angelaufen und mit dicken, knotigen Krampfadern bedeckt, ihr Atem rasselte.

»Hau sie mit dem Stecken, mit dem Stecken, Gaschka«, riet sie schläfrig und wackelte mit dem schweren Kopf. In ihren grauen, blinden Augen spiegelte sich die Sonne wie in den Scherben einer

Bierflasche. Aus der Tür der Schule trat, über seinen graumelierten Schnurrbart und den adrett gestutzten Kinnbart streichend, der Landpolizist, musterte mit einem scharfen Blick seiner rotbraunen Augen die Sommerfrischler, hob, als er Turobojew gewahrte, rasch die Hand an die nagelneue Mütze und befahl streng irgendwem hinter seinem Rücken: »Jag die Kinder fort.«

»Nicht nötig.«

»Das geht wirklich nicht, Igor Alexandrowitsch, sie beschmutzen das Gebäude . . .«

»Ich habe gesagt: Es ist nicht nötig«, erinnerte ihn Turobojew leise, indem er ihm in das reichlich zerfurchte Gesicht blickte.

Der Landpolizist nahm stramme Haltung an, wölbte die Brust vor, daß die Medaillen klirrten, und wiederholte mit einer Ehrenbezeigung wie ein Echo: »Nicht nötig.«

Er schritt über die Kinder hinweg die Stufen hinunter, und in der Tür erschien der Lahme von der Mühle, bis zu den Ohren grinsend. »Guten Tag.«

»Begreifen Sie?« flüsterte Ljutow Klim zu und zwinkerte zu dem Lahmen hinüber.

Klim hatte nichts begriffen. Er und die Mädchen sahen gespannt zu, wie die kleine Bucklige die Kinder hastig und geschickt von den Stufen herunterzerrte, indem sie sie mit den griffigen Fängen eines Raubvogels packte und die halbnackten Körper auf den mit feinen Holzspänen besäten Erdboden fast herunterwarf.

»Hör auf!« rief Alina und stampfte mit dem Fuß auf. »Sie werden sich an den Spänen kratzen.«

»O Jungfrau Muttergottes!« röchelte die Blinde. »Was für welche sind da gekommen, Gaschka?«

Mit zitternden Händen scharrte sie um sich. »Wessen Stimmchen ist das? Wo hast du den Stock gelassen, du Hündin?«

Die kleine Bucklige hörte weder auf Alina noch auf die Alte, sie schleppte immerzu die Kinder wie ein Hund seine Welpen. Lidija zuckte zusammen und wandte sich ab. Alina und Makarow begannen, die Kinder wieder auf die Stufen zu setzen, aber das Mädchen blickte sie kühn mit klugen Augen an und rief: »Was treiben Sie da? Es ist doch nicht Ihr Nachwuchs!«

Dann schleppte sie die Kinder von neuem von den Stufen herunter, und der Lahme murmelte entzückt: »Schau nur, wie eigensinnig dies Mißgebürtchen ist, wie?«

Der Anschnauzer des Mädchens hatte Makarow verlegen gemacht, er lächelte und sagte zu Alina: »Lassen Sie es . . .«

Samgin kam es vor, als wären auch alle anderen durch die kleine

Bucklige eingeschüchtert, alle schienen vor ihr stiller geworden zu sein. Ljutow sagte Lidija irgend etwas in tröstendem Ton. Turobojew hatte einen Handschuh ausgezogen und zündete sich eine Zigarette an. Alina zupfte ihn am Ärmel und fragte zornig: »Wie ist so etwas möglich?«

Er lächelte sie zärtlich an.

Zwei Burschen in neuen Kittelhemden wie aus rosa Blech, einander ähnelnd wie zwei Hammel, blieben am Eingang stehen, der eine von ihnen warf einen Blick auf die Sommerfrischler, trat auf die Blinde zu, nahm sie am Arm und sagte unerbittlich: »Großmutter Anfissa, räume den Platz für die Herrschaften.«

»O Gott! Wird die Glocke hochgezogen?«

»Gleich. Komm.«

»Hab's noch erlebt, gepriesen seist du . . . heilige Mutter . . .«

»Das ist ja, als wenn wir eine ansteckende Krankheit hätten«, protestierte Alina.

Ljutow fragte begeistert den Lahmen aus: »Was hast du denn für einen Glauben?«

Der Lahme lächelte in seinen zerzausten Bart hinein und wiegte den Kopf.

»N-nein, unser Glaube ist anders.«

»Christlich?«

»Natürlich. Nur – strenger.«

»Sag mir doch, du Teufel: Worin ist er strenger?«

Der Lahme seufzte schwer auf: »Das läßt sich nicht sagen. Nur einem Gleichgläubigen kann man das klarmachen. Die Glocken erkennen wir an und die ganze Kirchlichkeit, und trotzdem . . .«

Klim Samgin schaute, horchte und fühlte, daß in ihm eine Empörung heranwuchs, als hätte man ihn absichtlich deswegen hierher geführt, um ihm den Kopf mit schwerer und vergiftender Trübe zu füllen. Alles ringsum war ihm unversöhnlich fremd. Es trieb ihn in irgendeine dunkle Ecke und vergewaltigte ihn, indem es ihn zwang, an das bucklige Mädchen, an die Worte Alinas und an die Frage der blinden Alten zu denken: Was für welche sind da gekommen?

In seinem Kopf rauschte noch das andächtige Flüstern der Bauersfrauen und hinderte ihn am Nachdenken, hinderte ihn aber nicht daran, sich all der Dinge, die er gesehen und gehört hatte, zu erinnern. Der Gottesdienst war beendet. Ein häßlich langer und dünner graubärtiger Greis mit gelbem Gesicht und kahlem, kürbisförmigem Kopf legte sein Wams ab, bekreuzigte sich dreimal mit himmelwärts gerichtetem Blick, kniete vor der Glocke nieder, küßte dreimal ihren Rand und umkreiste sie auf den Knien, wobei er sich bekreuzigte und die Darstellungen der Heiligen mit den Lippen berührte.

»Sieh da!« sagte der Lahme beifällig. »Das ist Panow, Wassil Wassiljitsch, der Wohltäter des Kirchdorfs. Gießt rühmlich Glas, Bierflaschen für das ganze Gouvernement.«

Auf dem Platz wurde es etwas stiller. Alle beobachteten aufmerksam Panow, der auf der Erde herumkroch und den Rand der Glocke küßte. Selbst auf Knien war er noch groß.

Einer rief: »Leute! Teilt euch zu dritt!«

Eine andere Stimme fragte: »Wo ist denn der Schmied?«

Panow stand auf, betrachtete eine Weile schweigend das Volk und sagte dann mit Baßstimme: »Fanget an, Rechtgläubige!«

Die Menge teilte sich unter Geschrei langsam in drei Gruppen: Zwei wichen schräg nach rechts und nach links vom Glockenturm zurück, die dritte bewegte sich gerade von ihm fort, alle drei trugen behutsam wie Perlenketten die Seile und schienen daran aufgereiht. Die Seile gingen von der Krone der großen Glocke aus, und es war, als ließe sie sie nicht los und spannte sie immer straffer.

»Halt! Halten!«

»Da ist er!«

»Na, Nikolai Pawlytsch, erweise Gott einen Dienst«, sagte Panow laut.

Auf ihn zu kam langsam auf krummen Beinen ein breitschultriger, stämmiger Bauer mit ledernem Schurz. Sein rotes Haar stand zu Berge, den flockigen Bart hatte er hinter das bunte hanfleinene Hemd gesteckt. Mit schwarzen Händen krempelte er die Ärmel bis zu den Ellenbogen hoch und verneigte sich, nachdem er sich vor der Kirche bekreuzigt hatte, vor den Glocken, ohne den Rücken zu beugen, vielmehr so, als wollte er mit der Brust zu Boden fallen, wobei er seine langen Arme zurückwarf und zur Wahrung des Gleichgewichts ausstreckte. Darauf verneigte er sich in der gleichen Weise nach allen vier Seiten vor dem Volk, nahm den Schurz ab, legte ihn sorgfältig zusammen und gab ihn einer großen Bauersfrau in roter Jacke. Das alles tat er wortlos, langsam, und alles geschah feierlich.

Man reichte ihm ein paar Mützen, er nahm zwei von ihnen, legte sie dicht über der Stirn auf den Kopf, hielt sie mit der Hand fest und ging in die Knie. Fünf Bauern hoben eine kleine Glocke vom Boden und stülpten sie dem Schmied so über den Kopf, daß die Ränder auf die Mützen und auf die Schultern, wo die Bauersfrau den zusammengerollten Schurz angebracht hatte, zu liegen kamen. Der

Schmied riß wankend das Knie vom Boden los, richtete sich auf und ging ruhig mit breiten Schritten zum Eingang des Glockenturms, fünf Bauern begleiteten ihn.

»Da schiebt er los, der Götze!« sagte der Lahme neidisch und seufzte, sich am Kinn kratzend. »Dieses Glöckchen soll an die siebzehn Pud wiegen, er muß es die Treppe hinauftragen. Hier im Umkreis kommt gegen diesen Schmied keiner auf. Er schlägt alle. Sie haben versucht, auch ihn einmal zu schlagen – das müßte natürlich ein Haufen Leute tun –, doch es ist nicht geglückt.«

Auf dem Platz wurde es immer stiller, gespannter. Alle Köpfe hoben sich, die Augen blickten erwartungsvoll auf das halbrunde Ohr des Glockenturms, aus dem drei dicke Balken mit Blockrollen schräg herausragten, von denen die Seile herabhingen, die an der Krone der Glocke befestigt waren.

Der Landpolizist trat an die große Glocke heran, beklopfte sie mit der Hand, wie man ein Pferd beklopft, nahm die Mütze ab, hielt die andere Hand schützend über die Augen und sah nun ebenfalls nach oben.

Immer stiller, gespannter wurde es ringsum, sogar die Kinder liefen nicht mehr umher, sondern standen wie angewurzelt mit aufwärts gerichteten Köpfen.

Da rührte sich etwas Ungeformtes in dem blauen Ohr des Glockenturms, eine Mütze flog heraus, dann eine zweite, es flog der zusammengerollte Schurz heraus – die Menschen auf der Erde schüttelten sich krampfhaft, heulten auf, brüllten; wie Bälle hüpften die Jungen, und das kahlköpfige Bäuerchen mit dem grauen Schnurrbart durchschnitt den Lärm mit dünnem Kreischen: »Nikolai Pawlytsch, Gevatter! Imperatür . . .«

Der Landpolizist setzte die Mütze auf, rückte die Medaillen auf der Brust zurecht und schlug dem Bauern auf den kahlen Hinterkopf. Der Bauer sprang zur Seite und lief davon, dann blieb er stehen, strich sich über den Kopf und sagte, zum Schuleingang hinüberblickend, traurig: »Nicht mal einen Scherz darf man machen . . .«

Vom Glockenturm kam der Schmied herunter, er bekreuzigte sich mit langem Arm in Richtung der Kirche. Panow umarmte ihn, den Körper in rechtem Winkel vornübergebeugt, und küßte ihn. »Du Recke!«

Und rief: »Rechtgläubige! Packt einmütig an! Mit Gott!«

Die drei Menschenhaufen kamen in Bewegung, sie wogten, indem sie sich mit den Füßen gegen die Erde stemmten und sich zurücklehnten wie Fischer, die ein Netz ziehen, drei graue Saiten spannten sich in der Luft; auch die Glocke bewegte sich ein wenig, wankte unentschlossen und löste sich widerstrebend vom Boden.

»Gleichmäßiger, gleichmäßiger, Kinder Gottes!« rief der Bierflaschenfabrikant mit Bruststimme beunruhigt und begeistert.

In der Sonne matt blinkend, schwebte die schwere, kupferne Glocke langsam in die Luft empor, und die Menschen, die Zuschauer richteten sich auch auf, als wollten sie sich vom Boden lösen. Lidija fiel das auf.

»Seht, wie sie sich alle strecken, als ob sie wüchsen«, sagte sie leise. Makarow stimmte ihr bei: »Ja, ich fühle mich auch emporgehoben . . .«

Du lügst, dachte Klim Samgin.

Auf dem Platz ging es nicht sehr laut zu, nur Kinder schrien, und Säuglinge weinten.

»Gleichmäßiger, ihr Rechtgläubigen!« trompetete Panow, und der Landpolizist wiederholte weniger ohrenbetäubend, aber sehr streng: »Gleichmäßiger, he, die Rechten!«

Die drei Menschengruppen, welche die Glocke hochzogen, ächzten, seufzten und schrien. Eine Blockrolle kreischte, und irgend etwas knackte ganz leise auf dem Kirchturm, aber es schien, als erstürben alle Laute und als würde gleich eine feierliche Stille eintreten. Klim wünschte das aus irgendeinem Grund nicht, er fand, daß hier heidnischer Jubel, wildes Geschrei und sogar irgend etwas Komisches am Platz wären.

Er sah, daß Lidija nicht auf die Glocke, sondern auf den Platz, auf die Menschen blickte, sie biß sich auf die Lippen und verzog ungehalten das Gesicht. Alinas Augen zeigten kindliche Neugier. Turobojew langweilte sich, er stand mit geneigtem Kopf da und blies still die Zigarettenasche vom Ärmel, während Makarow ein dummes Gesicht machte wie immer, wenn er nachdachte. Ljutow reckte den Hals seitwärts, sein Hals war lang und sehnig, die Haut war rauh wie Chagrinleder. Er hatte den Kopf zur Schulter geneigt, um die ungehorsamen Augen auf einen Punkt zu richten.

Plötzlich, in zwei Drittel Höhe des Kirchturms, erbebte die Glocke, ein gerissenes Seil pfiff figurenhaft geschlängelt durch die Luft, die linke Menschengruppe kam ins Wanken, die zuhinterst Stehenden fielen im Haufen um, es ertönte ein einsames, hysterisches Wimmern: »Du mein He-errgott . . .«

Die Glocke schaukelte, schlug träge mit dem Rand gegen die Ziegel des Kirchturms, Mörtel und Kalkstaub rieselten herunter. Samgin blinzelte heftig, ihm schien, er erblinde von dem Staub. Alina stampfte mit den Füßen und kreischte verzweifelt.

»Ach, diese Teufel«, murmelte Ljutow und schnalzte mit den Lippen.

»Festhalten, Rechtgläubige!« brüllte Panow, sprang auf und fuchtelte mit den Armen.

Der krummbeinige Schmied lief hinter jene Gruppe, die vom Kirchturm gerade wegzog, und wickelte das Ende des Seils rund um den dicken Stamm einer Weide dicht an der Wurzel; einer von den Burschen im rosa Hemd half ihm. Das Seil straffte sich immer mehr, es zitterte wie eine Saite; die Leute sprangen von ihm zurück, der Schmied knurrte: »Festhalten! Ich erschlag euch!«

Klim schloß die Augen in Erwartung des Augenblicks, da die Glocke herabstürzen würde, und hörte, wie die Leute schrien und kreischten, wie der Schmied brüllte und Panow trompetete.

»Festbinden!«

»Keine Angst, Rechtgläubige! La-angsam! A-alle! Vor-orwärts!«

Die Glocke schwebte von neuem unmerklich aufwärts, aus einem Fenster des Kirchturms reckten sich Bauernköpfe heraus.

»Kommt nach Hause«, sagte Lidija schroff. Ihr Gesicht war grau, in ihren Augen lagen Entsetzen und Abscheu. Irgendwo im Korridor der Schule schluchzte Alina laut und murmelte Ljutow, vom Platz her tönte das wimmernde Klagen zweier Bauersfrauen. Klim Samgin erriet, daß ein Moment aus seinem Leben verschwunden war, ohne das Bewußtsein beschwert zu haben.

Der Lahme kam die Stufen herunter, hielt einen erschrockenen Halbwüchsigen an der Schulter fest und forschte: »Was ist denn mit ihm – lebt er?«

»Ich weiß nicht. Laß mich, Onkel Michailo . . .«

»Idiot. Siehst – und begreifst es nicht . . .«

Unter der Weide stand Turobojew und prägte dem Landpolizisten etwas ein, wobei er ihm den weißen Finger vor die Nase hielt. Über den Platz schritt eilig der Priester mit dem Kreuz in der Hand auf die Weide zu, das Kreuz strahlte, zerrann, erhellte sein dürres, dunkles Gesicht. Rings um die Weide hatten sich Bauersfrauen dicht zusammengeschart; als der Pope herangekommen war, begann der Landpolizist, sie auseinanderzudrängen – Samgin erblickte unter der Weide einen Burschen im rosa Hemd und bei ihm kniend Makarow.

»Wie ist das geschehn?« fragte Klim leise und schaute sich um. Lidija stand schon nicht mehr auf den Eingangsstufen.

Sie hatte Arm in Arm mit Alina das Schulhaus verlassen, hinter ihnen verzog Ljutow sein Gesicht. Alina sagte schluchzend: »Ich hatte so wenig Lust, hierher zu gehen, aber ihr . . .«

Sie gingen rasch durchs Dorf, ohne sich umzusehen, hinter den Viehweiden holten sie den Lahmen ein, er begann sogleich mit der Bestimmtheit des Augenzeugen zu erzählen: »Das Seil schlang sich um seinen Hals, na, und da knackten die Wirbel . . .«

Ljutow zeigte dem Lahmen die Faust und raunte ihm zu: »Schweig.«

Der Lahme sah ihn, dann Klim fragend an und fuhr fort: »Vielleicht hat der Schmied gescherzt und ihm das Seil absichtlich um den Hals gelegt. . . Vielleicht war es auch ein Versehen . . . Es kommt allerhand vor.«

Ljutow, der ihn am Ärmel hielt, ging langsamer, aber auch die Mädchen verlangsamten am Flußufer ihren Schritt. Dann begann Ljutow den Lahmen von neuem nach seinem Glauben auszufragen.

Grillen, die nicht zu sehen waren, zirpten so laut, daß es schien, als knisterte der von der Sonne ausgedörrte Himmel. Klim Samgin war zumute, als sei er nach einem schweren Traum erwacht, müde und gleichgültig gegen alles. Vor ihm humpelte der Lahme und sprach belehrend zu Ljutow: »Zum Beispiel – unser Glaube erkennt das von Menschenhand Geschaffene nicht an. Das nicht von Menschenhand erschaffene Erlöserbild erkennen wir an, bei allem anderen aber können wir das nicht. Woraus besteht denn das Erlöserbild? Aus dem Schweiß – dem Blute Christi. Als Jesus Christus das Kreuz auf den Wolchowberg hinauftrug, da wischte ihm der ungläubige Apostel Thomas das Antlitz mit einem Handtüchlein ab – er wollte sich versichern, daß es Christus sei. Das Antlitz blieb auf der Leinwand zurück – also war er es! Jegliche andere Ikone aber ist eine Fälschung, etwa so wie eine Photographie von Ihnen . . .«

Ljutow kreischte verhalten: »Hör mal, warum soll meine Photographie eine Fälschung sein?«

»Was denn sonst? Von wem kommt sie denn, wenn nicht von Ihnen? Der Bauer – was macht er? Schüsseln, Löffel, Schlitten und dergleichen mehr, Ihr aber – Photographien, Nähmaschinen . . .«

»Aha, so ist das!«

In Ljutows Lachen hörte Klim ein wonnevolles Winseln wie bei einem verwöhnten Hündchen, das man hinter den Ohren krault.

»Das Brot, sagen wir mal, ist auch nicht von Menschenhand erschaffen, es wird von Gott, von der Erde erzeugt.«

»Womit aber wird der Teig geknetet?«

»Das ist Weibersache. Das Weib ist Gott fern, es ist für ihn zweite Sorte. Nicht das Weib hat Gott als erstes erschaffen . . .«

Lidija warf einen Blick über die Schulter auf den Lahmen und begann schneller zu gehen, und Klim dachte von Ljutow: Er muß sich sehr langweilen, wenn er sich mit solchen Dummheiten zerstreut.

»Woher hast du das? Woher? Du hast das doch nicht selbst ausgedacht, nicht?« forschte Ljutow lebhaft, beharrlich, mit unbegreiflichem Vergnügen, und von neuem sprach gemessen und gesetzt der Lahme: »Nicht ich selbst – das stimmt; wir lernen alle beieinander den Verstand. Im vergangenen Jahr wohnte hier ein erklärender Herr ...«

Klim dachte: Ein erklärender Herr? Sehr gut!

»Er pflegte an den Abenden, an Feiertagen mit den Leuten aus der Umgebung Gespräche zu führen. Ein Mann von großem Verstand! Er sagte geradeheraus: Wo ist die Wurzel und der Ursprung? Das, sagte er, ist das Volk, und für dieses, sagte er, sind alle Mittel ...«

»Du müßtest eine Seelenmesse für ihn bestellen. Hast du das getan?«

»Sie scherzen. Wir vergessen ja sogar für unsere eigenen Toten eine Seelenmesse lesen zu lassen.«

»Ist er denn gestorben?«

»Das weiß ich nicht ...«

Zu Hause angelangt, legte Samgin sich hin. Er hatte Kopfschmerzen, konnte über nichts nachdenken und hatte keinen anderen Wunsch als den einen: Dieser schwüle, dumme Tag möge bald vergehen, die unsinnigen Eindrücke, die ihn kennzeichneten, sich verwischen. Eine drückende Schläfrigkeit befiel ihn, aber er konnte nicht schlafen, in den Schläfen pochten kleine Hämmer, in seinem Ohr hatten sich alle Stimmen des Tages bedrückend verdichtet: das Geflüster und Seufzen der Bauersfrauen, die Kommandorufe, das ängstliche Geschrei, die Klagen um den Toten. Das bucklige Mädchen fragte empört: »Was treiben Sie?«

Es dunkelte schon, als Turobojew und Ljutow kamen; sie setzten sich auf die Terrasse und führten ein Gespräch fort, das sie offenbar schon vor längerer Zeit begonnen hatten. Samgin lag da und lauschte dem Zwieklang der beiden Stimmen. Es war eigentümlich zu hören, daß Ljutow ohne die Aufschreie und Kreischer sprach, die für ihn charakteristisch waren, und Turobojew ohne Ironie. Teelöffel schlugen klirrend gegen Glas, Wasser schoß zischend aus dem Hahn des Samowars, und das erinnerte Klim an die Kindheit, an die Winterabende, an denen er vor der Teestunde einschlief und durch ebendiesen Klang von Metall und Glas geweckt wurde.

Auf der Terrasse wurde von den Slawophilen und Danilewskij, von Herzen und Lawrow gesprochen. Klim Samgin kannte diese Schriftsteller, fand, daß sie alle im Grunde die Persönlichkeit nur als

Material für die Geschichte betrachteten, der Mensch war für sie alle ein zur Opferung verurteilter Isaak.

Man muß einen Kopf und ein Herz besonderer Art haben, um anzuerkennen, daß der Mensch einem unbekannten Gott der Zukunft geopfert werden müsse, dachte er und lauschte aufmerksam der ruhigen Rede, den gemessenen Worten Turobojews: »Unter den herrschenden Ideen gibt es keine einzige, die für mich annehmbar ist . . .«

Ljutow begann hastig zu murmeln, zunächst war nicht zu verstehen, was er sagte, doch dann hoben sich die Worte ab: »Die Volkstümler haben einen starken Vorzug: Das Dorf ist gesünder und praktischer als die Stadt, es kann standhaftere Menschen hervorbringen – das stimmt doch?«

»Möglicherweise«, sagte Turobojew.

Klim dachte, daß er sicher bei der Antwort die linke Schulter hochgezogen hatte, wie er es immer tat, wenn er einer direkten Antwort auswich.

»Dennoch ist es – eine Halbheit!« schrie Ljutow. »Dennoch sind sie die Nachfahren jener Tölpel, die in die Wälder und Sümpfe des Nordens flohen und den gesegneten Süden den Nomaden überließen.«

»Mir scheint, Sie widersprechen sich . . .«

»Erlauben Sie mal! Und Sie, Sie? Das sind doch Ihre Vorfahren . . .«

Schwer stapfte das Dienstmädchen daher, Teegeschirr klirrte. Klim erhob sich, öffnete lautlos ein wenig das Fenster zur Terrasse und vernahm die trägen, kühlen Worte: »Ich bin natürlich nicht der Ansicht, daß meine Vorfahren in der Geschichte des Landes so viel durcheinandergebracht haben und so dumm verbrecherisch gewesen sind, wie es gewisse . . . Wahrheitsfabrikanten aus der Reihe der radikalen Publizisten darstellen. Ich halte die Vorfahren nicht für Engel, neige auch nicht dazu, sie für Helden zu halten, sie haben einfach mehr oder weniger ergeben die Befehle der Geschichte vollstreckt, die, wie Sie selbst sagten, von Anfang an schiefgelaufen ist. Meiner Ansicht nach ist sie heute bereits derart, daß sie mir persönlich das Recht verleiht, auf eine Fortsetzung der Linie der Vorfahren zu verzichten, einer Linie, die vom Menschen gewisse Eigenschaften verlangt, die ich nicht besitze.«

»Was soll denn das?« kreischte Ljutow. »Ist das Resignation? Tolstojanertum?«

»Ich erinnere mich, Ihnen schon gesagt zu haben, daß ich mich für einen psychisch deklassierten Menschen halte . . .«

Es ertönten patschende Schritte.

»Nun – ist er gestorben?« fragte Turobojew, und Makarows Stimme antwortete ihm: »Versteht sich. Schenk mir Tee ein, Wladimir. Sprechen Sie, Turobojew, noch mit dem Landpolizisten; er beschuldigt jetzt den Schmied schon nicht mehr des vorsätzlichen Mords, sondern der Unvorsichtigkeit.«

Samgin trat vom Fenster zurück, kämmte sich und trat auf die Terrasse hinaus, da er annahm, daß wahrscheinlich gleich die Mädchen kommen würden.

Das Lampenlicht wurde vom Kupfer des Samowars gleichsam aufgezehrt, es erhellte dürftig drei in schwüles Halbdunkel gehüllte Gestalten. Ljutow schaukelte mit dem Stuhl, bewegte die Kiefer, schnalzte mit den Lippen und sah zu Turobojew hinüber, der über den Tisch gebeugt etwas auf einen zerknitterten Briefumschlag schrieb.

»Warum bist du barfuß?« fragte Klim Makarow; der antwortete, mit einem Glas Tee in der Hand auf der Terrasse umhergehend: »Die Stiefel sind blutig. Dieser Bursche ...«

»Na, genug!« sagte Ljutow, verzog das Gesicht und seufzte geräuschvoll: »Wo bleiben denn die Geschöpfe zweiter Sorte?«

Er hörte auf, mit dem Stuhl zu schaukeln, und begann, Makarow in neckendem Ton die Ansicht des lahmen Bauern über die Frauen zu erzählen.

»Der Bauer sprach einfacher, kürzer«, bemerkte Klim. Ljutow zwinkerte ihm zu, Makarow aber blieb stehen, setzte sein Glas so auf den Tisch, daß es von der Untertasse herunterkippte, und redete schnell und erregt auf ihn ein: »Da – siehst du? Ich sage ja: Das ist organisch! Schon in der Mythe von der Erschaffung der Frau aus der Rippe des Mannes ist die ungeschickt und feindselig erdachte Lüge zu erkennen. Als man diese Lüge schuf, wußte man ja schon, daß die Frau den Mann gebiert und daß sie ihn für die Frau gebiert.«

Turobojew hob den Kopf, blickte Makarow aufmerksam in das erregte Gesicht und lächelte. Ljutow sagte, indem er auch ihm zuzwinkerte: »Eine höchst interessante Hypothese russischer Fabrikation!«

»Ausgerechnet du sprichst von der Feindschaft gegen die Frau?« fragte Klim mit ironischem Staunen.

»Ja«, sagte Makarow, sich mit dem Finger an die Brust klopfend, und wandte sich an Turobojew: »Die gleiche Feindschaft verbirgt sich hinter der Mythe von der Vertreibung der ersten Menschen aus dem Paradies des Nichtwissens durch die Schuld der Frau.«

Klim Samgin lächelte und wünschte sich sehr, daß Turobojew sein ironisches Lächeln sähe, der aber blickte, die Ellenbogen auf den Tisch gestützt, die gestickten Brauen hochgezogen, anscheinend fassungslos Makarow ins Gesicht.

»Du bist ein glückliches Kindchen, Kostja«, murmelte Ljutow kopfschüttelnd und fuhr mit dem Finger durch das Wasser auf dem Kupfertablett. Makarow indessen sprach hastig, mit gesenkter Stimme und ein wenig stotternd vor Erregung: »Die Feindschaft gegen die Frau begann in dem Moment, als der Mann fühlte, daß die von der Frau geschaffene Kultur seinen Instinkten Zwang anlegt.«

Was lügt er so? dachte Samgin, ließ das ironische Lächeln erlöschen und spitzte die Ohren.

Makarow stand mit geschlossenen Beinen da, und das betonte sehr die Keilförmigkeit seiner Gestalt. Er schüttelte den Kopf, das zweifarbige Haar fiel ihm in die Stirn und auf die Wangen, er warf es mit einer schroffen Handbewegung zurück, sein Gesicht wurde noch schöner und schärfer.

»Das seßhafte und damit das kultivierte Leben begann die Frau«, sagte er. »Sie war es, die haltmachen, sich und ihr Kind vor den Tieren und dem Unwetter schützen mußte: Sie entdeckte die eßbaren Grasarten, die Heilkräuter, sie zähmte Tiere. Dem noch halb tierischen und umhervagabundierenden Mann wurde sie allmählich ein immer geheimnisvolleres und weiseres Wesen. Das Staunen über die Frau und die Furcht vor ihr sind bis auf unsere Zeit in dem Tabu der wilden Stämme erhalten geblieben. Sie beängstigte den Mann durch ihre Kenntnisse, Hellseherei und insbesondere durch den geheimnisvollen Akt des Gebärens – der jagende Mann konnte nicht beobachten, wie die Tiere gebären. Sie war Priesterin, schuf Gesetze, die Kultur ist aus dem Matriarchat entstanden...«

Rings um die Lampe flatterten graue Falter, ihre Schatten huschten über Makarows weiße Jacke, seine ganze Brust und sogar sein Gesicht waren mit kleinen dunklen Flecken bedeckt, wie Schatten seiner hastigen Worte. Klim Samgin fand, daß Makarow langweilig und naiv redete.

Er legt seine Prüfung zum »erklärenden Herrn« ab.

Einer alten Gewohnheit eingedenk, drehte Makarow mit der rechten Hand am obersten Knopf seiner Jacke, während die linke unentschlossen die Falter abwehrte.

»Übrigens, Turobojew, hat mich schon von jeher das bekannte zynische Schimpfwort verletzt. Woher stammt es? Ich glaube, daß es in uralten Zeiten ein Gruß war, durch den die Blutsverwandtschaft festgestellt wurde. Es konnte auch eine Art von Selbstschutz sein. Ein alter Jäger pflegte einem jungen, stärkeren zu sagen: Ich habe deine Mutter erkoren. Erinnern Sie sich der Begegnung des Ilja Muromez mit dem Prahler ...«

Ljutow lächelte vergnügt und krächzte.

»Wo hast du das herausgelesen?« fragte Klim und lächelte ebenfalls.

»Es ist eine Vermutung von mir, anders kann ich es mir nicht erklären«, antwortete Makarow ungeduldig, während Turobojew sich erhob und, auf irgend etwas lauschend, leise sagte: »Eine geistreiche Vermutung.«

»Sind Sie meiner überdrüssig?« fragte Makarow.

»O nein, wo denken Sie hin!« entgegnete Turobojew sehr freundlich und rasch. »Mir schien es, die jungen Damen kämen, aber ich habe mich getäuscht.«

»Das ist der Lahme«, sagte Ljutow leise, sprang vom Stuhl auf und ging behutsam von der Terrasse in die Finsternis hinunter.

Klim war es unangenehm zu hören, daß Turobojew Makarows Vermutung geistreich genannt hatte. Jetzt schritten sie beide auf der Terrasse umher, und Makarow drehte an seinem Knopf, schwang den Arm und fuhr mit noch tieferer Stimme als bisher fort: »Als der halb wilde Adam mit dem Recht des Stärkeren Eva die Macht über das Leben nahm, erklärte er alles Weibliche für böse. Es ist sehr bemerkenswert, daß es im Orient geschah, woher alle Religionen kommen. Von dorther stammt nämlich die Lehre: Der Mann ist der Tag, der Himmel, die Kraft, das Gute; die Frau ist die Nacht, die Erde, die Schwäche, das Böse. Die Juden beten: Herr, ich danke dir, daß du mich nicht als Frau erschaffen hast. Unser abscheuliches Reinigungsgebet nach einer Geburt – das ist zweifellos etwas Männliches, Priesterhaftes. Als der Mann jedoch die Frau besiegt hatte, vermochte er nicht mehr das von der Frau erweckte Verlangen nach Liebe und Zärtlichkeit in sich zu besiegen.«

»Was willst du letzten Endes sagen?« fragte Samgin streng und laut.

»Ich?«

»Worauf willst du hinaus?«

Makarow blieb vor ihm stehen und blinzelte geblendet.

»Ich möchte begreifen: Was ist denn die Frau unserer Zeit, die Frau bei Ibsen, die vor der Liebe, vor der Familie flieht? Spürt sie die Notwendigkeit und die Kraft, sich ihre einstige Bedeutung als Mutter der Menschheit, als Erweckerin der Kultur zurückzuerobern? Einer neuen Kultur?«

Er machte eine wegwerfende Handbewegung in die Dunkelheit. »Denn die heutige Kultur ist ja schon altersschwach, überlebt, sie hat sogar etwas Wahnsinniges. Ich kann mir nicht vorstellen, daß die kleinbürgerliche Banalität unseres Lebens die Frau endgültig verkrüppelt hat, obwohl man aus ihr ein Gestell für teure Kleider, Tand und für Gedichte gemacht hat. Aber ich sehe Frauen, die keine Liebe wollen – begreif! –, sie nicht wollen oder sie wie etwas Unnötiges verschleudern.«

Klim lächelte ihm ins Gesicht.

»Ach, du Romantiker«, sagte er, sich reckend und seine Muskeln streckend, und ging an Turobojew vorbei, der nachdenklich das Zifferblatt seiner Uhr betrachtete, zur Treppe. Samgin war der Sinn dieser langen Predigt auf einmal völlig klargeworden.

Schafskopf, dachte er, während er behutsam den sandigen Pfad hinunterging. Ein kleiner, doch sehr greller Mondsplitter zerriß die Wolken; zwischen den Nadeln der Zweige zitterte silbriges Licht, die Schatten der Kiefern hatten sich an den Wurzeln zu schwarzen Klumpen geballt. Samgin ging auf den Fluß zu und redete sich ein, daß er ehrlichen Widerwillen gegen Wortflitterglanz empfinde und erklügelte Schönheit menschlicher Reden gut zu verstehen wisse.

So leben sie nun, alle diese Ljutows, Makarows, Kutusows – sie packen irgendein Ideechen und poltern, lärmen . . .

Am Morgen wehte ein heißer Wind, schüttelte die Kiefern, wirbelte den Sand und das graue Wasser des Flusses auf. Als Warawka, den Hut in der Hand, von der Bahnstation kam, wehte ihm der Wind den Bart über die Schulter und zauste daran. Der Bart verlieh Warawkas rotgesichtigem, zottigem Kopf Ähnlichkeit mit der mißförmigen Darstellung eines Kometen in einem populären Astronomiebuch.

Dann saß er ohne Hose, in einem bis zu den Fersen hinabreichenden Nachthemd, mit Pantoffeln an den bloßen Füßen beim Tee, erstickte schier vor Hitze, rieb sich den öligen Schweiß vom Gesicht und knurrte: »So ein Sommer, zum Teufel noch mal! ›Afrikanisch feierlich!‹« ergänzte er auf deutsch. »In der Stadt rebelliert die Musikerfrau, sie braucht Vorratskammern, Scheidewände, und überhaupt ist der Teufel los. Fahr hin, mein Lieber, und beruhige sie. Ein leckeres Weibchen.«

Er seufzte geräuschvoll und wischte das Gesicht mit dem Bart ab.

»Bei Wera Petrowna in Petersburg klappt irgend etwas nicht mit Dmitrij, man hat ihn offenbar kräftig in die Enge getrieben. Ein Tribut an die Zeit . . .«

In Warawkas Abwesenheit pflegte Klim über ihn unehrerbietig, sogar sarkastisch zu denken, aber im Gespräch mit ihm fühlte er stets, daß dieser Mann ihn durch seine unbändige Energie und die

Gradlinigkeit seines Verstands fesselte. Er begriff, daß es ein zynischer Verstand war, dachte aber daran, daß auch Diogenes ein ehrlicher Mensch gewesen war.

»Wissen Sie«, sagte er, »Ljutow sympathisiert mit den Revolutionären.«

Warawka bewegte die Brauen und überlegte kurz.

»So. Man sollte meinen, das sei nicht Sache eines Kaufmanns. Aber das kommt anscheinend in Mode. Man sympathisiert.«

Dann schüttete er einen Hagelschauer rascher Worte aus: »Auch ein Revolutionär ist nützlich, wenn er kein Dummkopf ist. Selbst wenn er dumm ist, ist er nützlich, wegen der abscheulichen Verhältnisse des russischen Lebens. Da erzeugen wir nun immer mehr Ware und haben keinen Käufer, obwohl er potentiell in Höhe von hundert Millionen vorhanden ist. Je ein Streichholz am Tag – macht hundert Millionen Streichhölzer, je ein Nagel – hundert Millionen Nägel.«

Er raffte mit den Händen den Bart zusammen, schob ihn hinter den Kragen des Hemds und saugte sich an einem Glas Milch fest. Dann prustete er, schüttelte den Kopf und fuhr fort: »Wenn der Revolutionär dem Bauern einschärft: Nimm dem Gutsbesitzer bitte das Land fort, du Dummkopf, und lerne bitte zu leben, menschlich vernünftig zu arbeiten – so ist der Revolutionär ein nützlicher Mensch. Was ist Ljutow? Ein Volkstümler? Hm... Narodowolze. Ich habe gehört, die sind schon durchgefallen...«

»Gibt er Ihnen Geld für die Zeitung?«

»Sein Onkel zahlt, der Radejew... Ein gottgefälliger alter Mann...«

Nach kurzem Schweigen fragte er mit verkniffenen Augen: »Ist Ljutow denn ein Mensch mit Überzeugung?«

»Das weiß ich nicht. Er ist so... unfaßbar.«

»Man wird ihn schon fassen«, versprach Warawka und erhob sich. »Na, ich gehe baden und du roll mal in die Stadt.«

»Baden?« wunderte sich Klim. »Sie haben so viel Milch getrunken...«

»Und werde noch mehr trinken«, sagte Warawka und goß sich aus dem Krug kalte Milch ins Glas.

Als Klim in der Stadt angekommen war und den Hof betrat, erblickte er auf den Eingangsstufen des Seitenbaus die Spiwak in langer grauer Kalikoschürze; sie winkte grüßend mit dem bis zum Ellenbogen entblößten Arm und rief: »Ah, der junge Herr des Hauses! Kommen Sie doch herüber!«

Sie drückte ihm kräftig die Hand und begann sich zu beklagen:

Man dürfe eine Wohnung nicht vermieten, in der die Türen knarrten, die Fenster nicht dicht schlössen, die Öfen rauchten.

»Hier hat ein Schriftsteller gewohnt«, sagte Klim – und erschrak, da er begriff, wie töricht diese Äußerung war.

Die Spiwak blickte ihn verwundert an, wodurch sie ihn noch mehr verwirrte, und lud ihn ins Zimmer ein. Dort machte sich ein blatternarbiges Mädchen mit frechen Augen zu schaffen; mitten im Zimmer stand nachdenklich, mit einem Hammer in der Hand, Spiwak, er war in Hemdsärmeln, auf seiner Brust glänzten wie zwei Orden die Schnallen der Hosenträger.

»Wir richten uns ein«, erklärte er, Klim die Hand mit dem Hammer entgegenstreckend.

Er nahm die Brille ab, und in seinem kleinen, kindlichen Gesicht entblößten sich kläglich die blind vorgewölbten rotbraunen Augen in bläulich geschwollenen Pölsterchen. Seine Frau führte Klim durch die mit Möbeln vollgestellten Zimmer, sie verlangte, daß Tischler und ein Ofensetzer kämen; die nackten Arme und der Kaliko der Schürze machten sie schlichter. Klim schielte mißgünstig auf ihren gerundeten Leib.

Ein paar Minuten später jedoch schlug er, nachdem er die Studentenjacke ausgezogen hatte, besorgt Nägel in die Wände, hängte Bilder auf und stellte Bücher in die Schrankfächer. Spiwak stimmte den Flügel, Jelisaweta sagte: »Er stimmt ihn immer selbst. Das ist sein Altar, er läßt sogar mich ungern ans Instrument.«

Die Baßsaiten dröhnten, das Dienstmädchen scheppte mit dem Geschirr, in der Küche rasselte die Raspel des Klempners.

»Finden Sie nicht, daß im Leben so manches überflüssig ist?« fragte unerwartet die Spiwak, doch als Klim ihr mit Vergnügen beistimmte, sagte sie, mit leicht zugekniffenen Augen in eine Ecke blickend: »Mir indessen gefällt gerade das Überflüssige. Das Notwendige ist langweilig. Es – knechtet. All diese Truhen und Koffer – sie sind entsetzlich!«

Dann erklärte sie, sie liebe altes Porzellan, gute Bucheinbände, die Musik Rameaus und Mozarts und die Augenblicke vor einem Gewitter: »Wenn man fühlt, daß alles in einem und rund um einen gespannt ist, und wenn man eine Katastrophe erwartet.«

Klim hatte sie noch nie so lebhaft und herrisch gesehen. Sie war nicht mehr so hübsch, ihr Gesicht hatte gelbliche Flecke bekommen, aber in ihren Augen lag etwas Selbstzufriedenes. Sie erweckte ein gemischtes Gefühl von Vorsicht und Neugier und natürlich jene Hoffnungen, die einen jungen Mann erregen, wenn eine schöne Frau ihn freundlich ansieht und freundlich mit ihm spricht.

»Habe ich Ihnen gesagt, daß Kutusow ebenfalls verhaftet worden ist? Welch wunderbare Stimme er hat, nicht wahr?«

»Er sollte zur Oper gehen, statt Revolution zu machen«, sagte Klim gesetzt und merkte, daß die Lippen der Spiwak spöttisch zuckten.

»Er wollte es. Aber zuweilen muß man wohl einem starken Wunsch zuwiderhandeln, damit er nicht alle anderen erstickt. Wie denken Sie darüber?«

»Ich weiß nicht«, sagte Klim.

Es war klar, daß sie ihn auf die Probe stellte, aushorchte. In ihren Augen leuchtete etwas Abwägendes, ihr Blick verursachte ein Prikkeln im Gesicht und beunruhigte ihn immer mehr. Mit unschön vorgewölbtem Leib betrachtete sie ein zerfledertes Buch mit abgerissenem Einband. »Sie wissen nicht? Haben Sie nicht darüber nachgedacht?« verhörte sie ihn. »Sie sind ein sehr zurückhaltender Mensch. Sind Sie es aus Bescheidenheit oder aus Geiz? Ich möchte gern wissen: Wie verhalten Sie sich zu den Menschen?«

Nein, sie hat gar keine Ähnlichkeit mit der Frau, als die ich sie in Petersburg gesehen habe, dachte Samgin, ihren beharrlichen Fragen nur mit Mühe ausweichend.

Nachdem er sich über eine Stunde betätigt hatte, ging er fort und trug das erregende Bild einer Frau mit, die in ihren Gedanken unfaßbar war und gefährlich wie alle Menschen, die einen ausfragen. Sie fragen aus, weil sie sich eine Vorstellung von einem Menschen bilden wollen, und um das schneller zu erreichen, begrenzen sie seine Persönlichkeit, entstellen sie sie. Klim war überzeugt, daß es so war; da er selber die Menschen zu vereinfachen suchte, verdächtigte er sie des Wunsches, ihn zu vereinfachen, ihn, einen Menschen, der keinerlei Grenzen für seine Persönlichkeit empfand.

Mit ihr muß man vorsichtig sein, entschied er.

Am nächsten Tag jedoch half er ihr vom Morgen an wieder beim Einrichten der Wohnung. Er ging mit den Spiwaks in das Restaurant des Stadtparks zum Mittagessen, trank abends mit ihnen Tee, dann kam zu Spiwak ein schnurrbärtiger Pole mit Cello und stolz aufgerissenen Karpfenaugen, die unermüdliche Spiwak schlug Klim vor, ihr die Stadt zu zeigen, doch als er sich umkleiden ging, rief sie ihm aus dem Fenster nach: »Ich habe es mir anders überlegt: ich gehe nicht. Setzen wir uns ein wenig in den Garten – haben Sie Lust dazu?«

Klim hatte keine Lust, entschloß sich aber nicht zu einer Absage. Eine halbe Stunde gingen sie langsam im Kreis auf den Gartenwegen und sprachen von unbedeutenden Dingen, von Kleinigkeiten. Klim empfand eine seltsame Spannung, als suche er, am Ufer eines tiefen Bachs entlangschreitend, nach einer Stelle, wo er am bequemsten hinüberspringen könnte. Aus einem Fenster des Seitenbaus erklangen Flügelakkorde, das Heulen des Cellos, scharfe Zwischenrufe des kleinen Musikers. Der Wind seufzte, das Halbdunkel verdichtete sich, es war, als rieselte warmer, bläulicher Staub von den Bäumen und färbte die Luft immer dunkler.

Die Spiwak ging langsam, mit wiegendem Leib, in ihrem Gang lag etwas Prahlerisches, und Klim dachte wieder, daß sie selbstzufrieden war. Sonderbar, daß er das in Petersburg nicht gemerkt hatte. In den einfachen, trägen Fragen über Warawka und über Wera Petrowna erblickte Klim nichts Verdächtiges. Doch von ihr ging ein unbestimmter, aber deutlich spürbarer Druck aus, der Klim eine eigentümliche Schüchternheit ihr gegenüber einflößte. Ihre runden Katzenaugen sahen ihn gebieterisch mit bläulichem, beengendem Blick an, als wüßte sie, woran er dachte und was er sagen könnte. Und noch etwas: Sie ließ ihn Lidija vergessen.

»Setzen wir uns«, schlug sie vor und fing nachdenklich zu erzählen an, daß sie vorgestern mit ihrem Mann bei seinem alten Bekannten, einem Rechtsanwalt, zu Gast gewesen sei.

»Er ist offenbar der örtliche Schirmherr der Künste und Wissenschaften. Ein rothaariger Mann hielt dort so etwas wie eine Vorlesung. ›Über den Erkenntnistrieb‹, glaube ich. Nein, ›Über den dritten Trieb‹, aber das ist ja der Erkenntnistrieb. Ich habe keine Ahnung von Philosophie, aber es hat mir gefallen: Er wies nach, daß die Erkenntnis ebenso eine Macht ist wie die Liebe und der Hunger. Ich habe das noch nie in dieser Form gehört.«

Es war, als lausche die Spiwak beim Reden ihren eigenen Worten, ihre Augen verdunkelten sich, und man fühlte, daß sie nicht von dem sprach, woran sie dachte, während sie auf ihren Leib sah.

»Ein erstaunlich unordentlicher und häßlicher Mensch. Doch wenn solche... mißlungenen Menschen von Liebe sprechen, glaube ich sehr an ihre Aufrichtigkeit und... an die Tiefe ihres Gefühls. Das Beste, was ich über die Liebe und die Frau gehört habe, äußerte ein Buckliger.«

Sie seufzte und sagte: »Je schöner ein Mann ist, desto unzuverlässiger ist er als Gatte und als Vater.«

Und lächelnd fügte sie hinzu: »Schönheit ist unzüchtig. Das ist wohl ein Naturgesetz. Die Natur geizt mit der Schönheit und ist daher, nachdem sie sie erschaffen hat, bestrebt, sie so weit wie möglich auszunützen. Warum schweigen Sie?«

Samgin schwieg, weil er auf irgend etwas wartete. Ihre Anrede ließ ihn zusammenzucken, er sagte hastig: »Der rothaarige Philosoph ist mein Lehrer.«

»Ja? Sieh mal an!«

Sie blickte Klim neugierig ins Gesicht, er jedoch sagte unwillkürlich: »Vor etwa zwölf Jahren ist er in meine Mutter verliebt gewesen.«

Er ärgerte sich über sich selbst, kam sich wie ein geschwätziger kleiner Junge vor und wartete fast mit Angst, was diese Frau ihn jetzt fragen werde. Aber sie sagte nach kurzem Schweigen nur: »Es ist feucht. Gehen wir hinein.«

Auf dem Weg zum Seitenbau indessen bemerkte sie gedämpft: »Sie sind gewiß ein sehr einsamer Mensch.«

Diese Worte klangen nicht wie eine Frage. Samgin empfand einen Augenblick Dankbarkeit gegen die Spiwak, war aber gleich darauf noch mehr auf der Hut.

Der schnurrbärtige Pole war verschwunden, das Cello hatte er am Flügel zurückgelassen. Spiwak spielte eine Fuge von Bach; er blickte die Eintretenden mit den dunklen Kreisen seiner Gläser an, hüstelte und sagte: »Das ist kein Musiker, sondern ein Klempner.«

»Der Cellist?«

»Ein richtiger Verbrecher«, sagte der Musiker überzeugt.

Er fing von neuem zu spielen an, aber so eigenartig, daß Klim ihn ratlos ansah. Er spielte in verlangsamtem Tempo, wobei er bald die eine, bald die andere Note des Akkords betonte, dann hob er die linke Hand mit gestrecktem Zeigefinger und lauschte, wie der Ton allmählich zerrann. Es war, als zerbräche und zerrisse er die Musik, als suchte er etwas tief Verborgenes in der Klim bekannten Melodie.

»Spiel doch mal Rameau«, bat ihn seine Frau.

Gehorsam erklangen die naiven und galanten Akkorde, sie machten das gemütlich eingerichtete Zimmer noch gemütlicher.

Von dem dunklen Hintergrund der Wände hoben sich deutlich die Porzellanfigürchen ab. Samgin kam der Gedanke, daß Jelisaweta Spiwak hier eine Fremde sei, daß dies ein Zimmer für eine schwärmerische, sehr lyrische, in ihren Mann und in Gedichte verliebte Blondine wäre. Diese hier jedoch erhob sich, stellte Noten vor ihrem Mann auf und sang ein bravouröses Liedchen in französischer Sprache, das Klim nicht kannte, und endete mit dem frohlockenden Ausruf: »A toi, mon enfant!«

Er freute sich, als das Dienstmädchen erschien und aus irgendeinem Grund ebenfalls mit frohlockendem Lächeln verkündete: »Die Frau Mama ist eingetroffen!«

Klim dachte, die Mutter sei sicherlich müde, gereizt angekommen, um so angenehmer war es ihm, sie munter gestimmt und nach diesen paar Tagen sogar irgendwie verjüngt zu sehen. Sie fing gleich an, von Dmitrij zu erzählen: Man würde ihn bald aus der Haft entlassen, aber es würde ihm sicher die Berechtigung entzogen, an der Universität zu studieren.

»Meiner Ansicht nach ist das kein Unglück für ihn; es schien mir schon immer, daß er ein schlechter Arzt würde. Seiner Natur nach ist er Lehrer oder Bankbuchhalter, überhaupt etwas sehr Bescheidenes. Der Offizier, der seinen Fall leitet – ein sehr liebenswürdiger Mensch – beklagte sich bei mir, Dmitrij benehme sich bei den Verhören unhöflich und habe nicht sagen wollen, wer ihn in dieses ... Abenteuer hineingezogen hat, er habe sich dadurch sehr geschadet. Der Offizier ist der Jugend sehr wohlgesinnt, sagt aber: ›Versetzen Sie sich in unsere Lage, wir können doch nicht Revolutionäre aufziehen!‹ Und er erinnerte mich, daß im Jahre einundachtzig gerade die Revolutionäre die Verfassung unmöglich gemacht haben.«

Die Augen der Mutter leuchteten hell, man hätte meinen können, sie habe mit Schminke nachgeholfen oder Atropin eingeträufelt. In dem neuen, schön geschneiderten Kleid, mit einer Zigarette zwischen den Zähnen, sah sie aus wie eine Schauspielerin, die nach einer erfolgreichen Aufführung ausruht. Von Dmitrij sprach sie nur nebenher, als vergesse sie ihn immer wieder und als sage sie nicht alles.

»Man gewährte mir ein Wiedersehen mit ihm, er sitzt in einem Gefängnis, das ›Kresty‹ heißt, er ist gesund, bekommt allmählich einen Bart, ist ruhig, sogar froh und kommt sich anscheinend wie ein Held vor.«

Dann redete sie wieder von etwas anderem.

»Petersburg belebt einen erstaunlich. Ich habe doch vom neunten bis zum siebzehnten Lebensjahr dort gelebt, und nun erinnerte ich mich an so vieles Schöne.«

Sie erinnerte sich ein bis zwei Minuten in einem lyrischen Ton, wie er ihr sonst nicht eigen war, an Petersburg und veranlaßte Klim, unehrerbietig zu denken, daß Petersburg vierundzwanzig Jahre vor diesem Abend eine kleine und langweilige Stadt gewesen war.

»Es hat sich herausgestellt, daß ich mit der alten Frau Premirowa gemeinsame Bekannte habe. Ein prächtiges altes Frauchen. Aber ihre Nichte ist schrecklich! Ist sie immer so grob und düster? Sie spricht ja nicht, sondern schießt aus einem schlechten Gewehr. Ach, ich vergaß: Sie hat mir einen Brief für dich gegeben.«

Dann erklärte sie, sie ginge jetzt ins Badezimmer, blieb aber mitten im Zimmer stehen und sagte: »O mein Gott, kannst du dir das vorstellen: Marja Romanowna – du erinnerst dich doch ihrer? –

wurde ebenfalls verhaftet, hat lange gesessen und ist jetzt unter Polizeiaufsicht irgendwohin verschickt worden! Bedenke nur: Sie ist sechs Jahre älter als ich, und immer noch ... Mir kommt es wahrhaftig so vor, als spiele in diesem Kampf mit der Regierung bei solchen Leuten wie Marja die Hauptrolle ihr Wunsch, sich für das verdorbene Leben zu rächen.«

»Möglicherweise«, stimmte Klim zu.

Alles, was die Mutter sagte, hatte ihn in keiner Weise berührt, es war, als säße er am Fenster, vor dem ein feiner Regen niederging. In seinem Zimmer öffnete er den Briefumschlag, der mit Marinas großer Handschrift beschrieben war, im Umschlag aber befand sich kein Brief von ihr, sondern einer von der Nechajewa. Auf dickem bläulichem Papier, das mit einer ungewöhnlichen Blume verziert war, schrieb sie, daß sich ihre Gesundheit bessere und daß sie vielleicht Mitte des Sommers nach Rußland käme.

Das fehlte noch, dachte Samgin ärgerlich.

Die Nechajewa schrieb in schönen Worten, sie machten den Eindruck eines Dichtwerks.

Sie bildet sich ein, eine Marija Baschkirzewa zu sein.

Klim zerriß den Brief, zog sich aus und legte sich hin, wobei er dachte: Ja, es ist Zeit, irgendeine Idee anzunehmen, wie das Tomilin, Makarow, Kutusow getan haben. Man muß einen gewissen Kern in der Seele haben, und dann wird sich rings um ihn alles das bilden, was die Persönlichkeit von allen anderen abgrenzt, sie mit einem scharfen Strich zeichnet. Die Bestimmtheit einer Persönlichkeit wird dadurch erreicht, daß der Mensch immer ein und dasselbe sagt – das ist klar. Die Persönlichkeit ist ein Komplex fest eingeprägter Ansichten, das ist ein Originalwortschatz.

Er beendete das ermüdende Suchen nach einem bequemen Talar und machte sich Gedanken über die Spiwak und Lidija. Beide waren ihm fast gleichermaßen unangenehm dadurch, daß sie in ihm irgend etwas suchten. Er fand, daß ihr Verhalten zu ihm darin vollständig übereinstimmte. Aber beide zogen ihn an. Mit gleicher Stärke? Diese Frage vermochte er nicht zu beantworten. Das schien von ihrer Lage im Raum, von ihrer physischen Nähe zu ihm abzuhängen. In Gegenwart der Spiwak verschwamm und zerrann Lidijas Bild, wenn er aber Lidija vor Augen hatte – schwand die Spiwak. Und das Schlimmste dabei war, daß Klim keine klare Vostellung davon hatte, was er eigentlich von der schwangeren Frau und von dem unerfahrenen Mädchen wollte.

Er hatte das Gefühl nicht vergessen, mit dem er Lidijas Beine umschlungen hatte, doch erinnerte er sich dessen wie eines Traums. Es waren noch nicht viele Tage seitdem vergangen, aber er hatte sich schon mehr als einmal gefragt: Was hatte ihn veranlaßt, gerade vor ihr niederzuknien?

Überhaupt erschien vor ihm immer häufiger irgend etwas Traumhaftes und etwas, was er nicht zu sehen brauchte. Wozu war die alberne Szene mit dem Fangen des vermeintlichen Welses nötig gewesen, welchen Sinn hatte das dumme Lachen Ljutows und des lahmen Bauern gehabt? Er hätte den lästigen Glockenrummel und vieles andere, das keinen Sinn hatte und nur das Gedächtnis belastete, nicht zu sehen brauchen.

»Was treiben Sie da?« erklang in seinem Gedächtnis die empörte Stimme des buckligen Mädchens, und in seinem Kopf rauschte das schluchzende Geflüster der Bauersfrauen.

Wahrhaftig, ich werde, wie mir scheint, von alledem noch krank ...

Es tagte schon, die Mondschatten auf dem Fußboden waren verschwunden, die Fensterscheiben hatten ihren bläulichen Schimmer verloren und waren auch irgendwie zerronnen. Klim war eingeschlummert, wurde aber bald durch die trappelnden Schritte vieler Menschen und durch das Klirren von Eisen geweckt. Er sprang auf und trat ans Fenster: Durch die Straße zog die gewohnte Prozession – ein großer Schub Häftlinge, von einer spärlichen Kette Soldaten des Dampferbegleitkommandos umgeben. Ein spitzbärtiger Hausknecht kratzte mit dem Besen auf den Pflastersteinen herum und wirbelte dem Schub grauer Menschen Wolken von Staub entgegen. Die Soldaten waren klein, mit blauen Schnüren geziert, ihre gezückten Säbel blinkten auch bläulich, wie Eis, und an der Spitze des Zuges schritten, mit den Fesseln klirrend, zu zweit mit den Händen aneinandergeschmiedet, graue, kahlgeschorene Leute, auserlesen groß und fast durchweg bärtig. Einer hatte einen schwarzen Verband quer über das Gesicht, er blickte mit dem unverdeckten buschigen Auge ins Fenster zu Klim und sagte zu seinem bärtigen Kameraden, der ihm wie ein Bruder glich: »Schau – Lazarus ist auferstanden!«

Doch der andere sah nicht nach Klim, er sah in die Ferne, zum Himmel und spie aus, nach dem Stiefel eines Soldaten zielend. Das waren die einzigen Worte, die Klim auffing aus dem dumpfen Trappeln Hunderter von Füßen und dem hellen Klirren des Eisens, das die blaßrosa, laue Stille der schläfrigen Stadt erschütterte.

Hinter den Zuchthäuslern gingen in ungleichem Schritt verschiedenartig gekleidete dunkle Leute mit Bündeln unter dem Arm und Säcken auf dem Rücken; dort ging ein hochgewachsener alter Mann in Priesterrock und Käppchen mit einem Teekessel und einem Eßnapf am Gürtel; sein Geschirr schepperte im Takt zu den Fesseln.

Die politischen Häftlinge, an die zwanzig Leute, gingen in dichter Gruppe, zwei trugen eine Brille, der eine war rothaarig, unrasiert, der andere grauhaarig und ähnelte dem Heiligenbild des Nikolaus von Myra; hinter ihnen wankte ein bejahrter Mann mit langem Schnurrbart und roter Nase; lächelnd sagte er etwas zu einem krausköpfigen Burschen, der neben ihm ging, und deutete mit dem Finger auf die Fenster der verschlafenen Häuser. Vier Frauen beschlossen den Zug: eine dicke, mit welkem Nonnengesicht; eine junge und schlanke, mit dünnen Beinen, und dann kamen noch zwei Arm in Arm, die eine hinkte und wankte; hinter ihr hob ein stubsnasiger Soldat schläfrig die schweren Füße, und die blaue Klinge seines Säbels berührte fast ihr Ohr.

Als die Spitze des Zugs an dem Hausknecht vorbeizog, hörte er auf zu fegen, aber als die Zuchthäusler vorbei waren, begann er schnell, die politischen Häftlinge mit dem Besen anzustauben.

»Warte doch, du Tölpel!« rief laut ein Soldat, stolperte und nieste.

Der Zug bog in die Straße ein, die zum Fluß hinunterführte; der Hausknecht jagte den Häftlingen eifrig Staubwolken nach. Klim wußte, daß auf dem Fluß ein roter Dampfer mit weißem Streifen am Schornstein und eine rote Barke auf die Häftlinge warteten; ihr Deck war mit einem eisernen Dachgitter versehen und glich einer Mausefalle. Vielleicht würde auch sein Bruder Dmitrij in solch einer Mausefalle fahren. Weshalb war er, der Bruder, ein Revolutionär geworden? In der Kindheit war er farblos gewesen, obwohl er den Erwachsenen gegenüber einen etwas trägen, aber unbeugsamen Eigensinn, beim Spielen mit den Kindern indes die Gutmütigkeit eines Hofhunds an den Tag gelegt hatte. Die Nechajewa hatte richtig gesagt, daß er ein ungebildeter Mann sei. Sein Körper war schwer, nicht klug. Ein Revolutionär muß gewandt, klug und böse sein.

In der Ferne waren immer noch das Klirren der Fesseln und schweres Getrampel zu hören. Der Hausknecht hatte seinen Abschnitt rein gefegt, klopfte mit dem Besenstiel gegen das Pflaster, bekreuzigte sich und blickte in die Ferne, wo bereits die Sonne glänzte. Es wurde still. Man konnte meinen, der spitzbärtige Hausknecht habe die Häftlinge von der Straße, aus der Stadt fortgefegt. Und das war ebenfalls ein unangenehmes Traumgesicht.

Gegen Abend, in dem dunklen Laden eines Buchantiquars, stieß Klim an einen Mann im Übergangsmantel.

»Entschuldigung.«

»Sie sind es, Samgin!« sagte der Mann überzeugt.

Sogar nach dieser Anrede erkannte Klim in dem staubigen Halbdunkel des mit Büchern vollgepfropften Ladens Tomilin nicht gleich. Der Philosoph saß auf einem niedrigen Stuhl mit verkürzten Beinen, er reichte Samgin die Hand, hob mit der anderen den Hut vom Boden auf und sagte zu jemandem Unsichtbaren in der Tiefe des Ladens: »Ein Rubel dreißig – das ist genug. Kommen Sie mit zu mir, Samgin.«

Verwirrt durch die unerwünschte Begegnung, kam Klim nicht dazu, die Einladung abzulehnen, während Tomilin eine bei ihm sonst nicht übliche Hast an den Tag legte.

»Wenn man in Büchern wühlt, vergeht unmerklich die Zeit, und nun komme ich zu spät nach Hause zum Tee«, sagte er, als er die Straße betrat, und blinzelte in die Sonne. Mit verquollenem, verbeultem Hut, in einem zu weiten und zu langen Mantel, glich er einem bankrotten Kaufmann, der nach langer Haft eben aus dem Gefängnis kommt. Er schritt gewichtig, wie ein Gänserich, hielt die Hände in den Taschen, die langen Mantelärmel drückten sich in tiefe Falten. Die rötlichen Backen Tomilins waren satt gerundet, seine Stimme klang selbstsicher, und in seinen Worten hörte Klim die Strenge des Erziehers.

»Nun, befriedigt dich die Universitätswissenschaft?« fragte er mit skeptischem Lächeln.

»Warwara Sergejewna«, stellte er die Kochswitwe vor, als sie ins Vorzimmer trat und ihm ehrerbietig aus dem Mantel half.

Als er den Mantel abgelegt hatte, kam er in einem Rock und einem gestärkten Hemd mit gelben Flecken auf der Brust zum Vorschein; unter dem knapp gestutzten Bart ragte eine lilafarbene Schmetterlingskrawatte hervor. Auch das Haar hatte er sich kurz schneiden lassen, er trug es wie ein mittendurch geteiltes Käppchen, und sein Gesicht hatte die Ähnlichkeit mit dem Heiligenbild von Christus eingebüßt. Nur die porzellanartigen Augen waren regungslos geblieben, und wie immer zogen sich die stachligen, rotbraunen Brauen zusammen.

»Essen Sie, bitte«, redete die Frau mit schmalziger Stimme Klim zu, indem sie ihm ein Glas Tee, Rahm, eine Schale Honig und einen Teller Lebkuchen hinschob, die rostfarben aussahen.

»Ausgezeichnete Lebkuchen«, versicherte Tomilin. »Sie bäckt sie selber mit Malz und Honig.«

Klim aß, um nicht reden zu müssen, und musterte unauffällig das sauber aufgeräumte Zimmer mit Blumen auf den Fensterbänken, mit

Heiligenbildern in der vorderen Ecke und einem Öldruck an der Wand; der Öldruck stellte eine satte Frau dar, die mit einem Tambourin in der Hand an einer Säule stand. Auch die lebendige Frau am Tisch bei dem Samowar schien für ihr ganzes Leben gesättigt: Ihr großer, von gutem Essen in die Breite gegangener Leib ruhte monumental auf dem Stuhl, ununterbrochen bewegten sich die himbeerroten Lippen, die purpurnen Saffianwangen blähten sich, das Doppelkinn und der Hügel der Brust wogten leise. Die wäßrigen Augen leuchteten zufrieden, und wenn sie zu kauen aufhörte, zog sich ihr Mündchen zu einem Stern zusammen. Ihre rosigen Hände mit den Würstchenfingern schienen magnetisch: Sie brauchten sich nur nach der Zuckerdose oder dem Milchkännchen auszustrecken, und schon bewegten sich die Dinge von selbst wie dressiert den weichen Fingern entgegen. Der Samowar lächelte ein kupfernes, verstehendes Lächeln, und alles im Zimmer schien zum Körper der Frau hingezogen zu werden und ihrer weichen Berührung zu harren. Etwas Unvereinbares, bedrückend und sogar phantastisch Seltsames lag darin, daß in Gegenwart dieser Frau, in diesem mit Geranien- und Speiseduft gesättigten Zimmer, verächtlich und spöttisch die Worte ertönten: »Die Materialisten behaupten, die Psyche sei eine Eigenschaft der organisierten Materie, der Gedanke eine chemische Reaktion. Das unterscheidet sich jedoch nur terminologisch vom Hylozoismus, von der Stoffbeseelung«, sprach Tomlin und dirigierte dabei mit einem Lebkuchen in der Hand. »Von allen unzulässigen Vereinfachungen ist der Materialismus die abscheulichste. Und es ist vollkommen klar, daß er aus der Verzweiflung entspringt, die durch Unwissenheit und Ermüdung bei dem erfolglosen Suchen nach einem Glauben hervorgerufen wird.«

Er warf den Lebkuchen auf den Teller, drohte mit dem Finger und rief feierlich: »Ich wiederhole: Man sucht Trost und Glauben, nicht aber die Wahrheit! Ich hingegen fordere: Mache dich frei nicht nur von jeglichem Glauben, sondern selbst von dem Wunsch zu glauben!«

»Der Tee wird kalt«, mahnte die Frau. Tomlin warf einen Blick auf die Wanduhr und verließ hastig das Zimmer, sie jedoch sagte beruhigend zu Klim: »Er ist gleich wieder da, er ist den Kater holen gegangen. Seine gelehrte Beschäftigung erfordert Stille. Ich habe sogar den Hund meines Mannes mit Arsenik vergiftet, er heulte in den hellen Nächten gar zu sehr. Jetzt haben wir einen Kater, wir nennen ihn Nikita, ich habe gern ein Tier im Haus.«

Sie schob die Nadeln in dem schweren Turban ihres schwarzen Haars zurecht und seufzte: »Schwierig ist seine gelehrte Beschäftigung! Wie viele tausend Worte muß man da kennen! Er schreibt und schreibt sie schon heraus aus allen Büchern, die Bücher aber nehmen kein Ende!«

Ein zahmer Zeisig, grau mit gelben Stellen, flog im Zimmer umher, gleichsam die Seele des Hauses, er setzte sich auf die Blumen, zupfte an den Blättern, schaukelte, mit den Flügeln schlagend, auf einem dünnen Zweig; erschreckt durch eine Wespe, die böse summend gegen die Scheibe schlug, flog er in den Käfig und trank Wasser, wobei er sein komisches Näschen hoch emporreckte.

Tomilin brachte behutsam einen schwarzen Kater mit grünen Augen herein, setzte ihn in den breiten Schoß der Frau und fragte: »Muß er nicht Milch bekommen?«

»Es ist noch zu früh«, sagte die Frau mit einem Blick auf die Uhr.

Eine Minute später hörte Klim wieder: »Die frei denkende Welt wird mir folgen. Glauben – ist ein Verbrechen angesichts des Denkens.«

Beim Sprechen machte Tomilin weit ausholende, auseinanderstoßende Gesten, seine Stimme klang gebieterisch, die Augen funkelten streng. Klim beobachtete ihn mit Verwunderung und Neid. Wie schnell und schroff sich die Menschen veränderten! Er aber spielte immer noch die erniedrigende Rolle eines Menschen, den alle als einen Müllkasten für den Kehricht ihrer Ansichten betrachteten. Als er ging, sagte Tomilin ihm mit Nachdruck: »Kommen Sie öfter!«

Die Frau drückte ihm mit ihren warmen Fingern die Hand und tat, als nähme sie mit der Linken etwas von seinem Jackenschoß. Sie versteckte sie hinter dem Rücken und sagte mit einem breiten Lächeln: »Jetzt wird der Herr wiederkommen, ich habe ihm ein Katerspitzchen aufgesetzt.«

Auf Klims Frage, was ein Katerspitzchen sei, erläuterte sie: »Das ist, sehen Sie, ein Härchen vom Katzenfell. Die Kater gewöhnen sich sehr ans Haus und haben die Kraft, Menschen anzuziehen. Und wenn ein dem Haus angenehmer Mensch ein Katerspitzchen mit sich fortträgt, so zieht es ihn unbedingt zu diesem Haus hin.«

Was für ein Unsinn! dachte Klim, als er die Straßen entlangging, sah sich aber doch die Jackenärmel und die Hose an, wo wohl das Katerspitzchen haften mochte. Wie abgeschmackt, wiederholte er, da er dunkel spürte, daß er sich davon überzeugen mußte, daß dieses Wohlleben wirklich nichts anderes als abgeschmackt sei. Im Grunde predigt Tomilin die gleiche Vereinfachung wie die Materialisten, die er bekämpft, dachte Klim und suchte erbost etwas Gemeinsames zwischen dem Philosophen und dem schwarzen, grünäugigen Kater zu finden. »Der Kater müßte den Zeisig auffressen«, er lächelte spöttisch. Es rauschte in seinem Kopf. »Ich glaube, ich habe mich mit diesen eisernen Lebkuchen vergiftet ...«

Daheim traf er die Mutter in lebhaftem Gespräch mit der Spiwak an, sie saßen im Speisezimmer an dem zum Garten geöffneten Fenster; die Mutter reichte Klim das blaue Quadrat eines Telegramms und sagte hastig: »Hier – Onkel Jakow ist verschieden.« Sie warf die Zigarette zum Fenster hinaus und setzte hinzu: »So ist er nun gestorben, ohne aus dem Gefängnis herausgekommen zu sein. Entsetzlich.« Dann ergänzte sie: »Das ist nun schon erbarmungslos von seiten der Zarenmacht. Sie sehen, daß ein Mensch am Sterben ist, und halten ihn dennoch im Gefängnis fest.«

Klim fühlte, daß die Mutter sich beim Sprechen Gewalt antat und vor dem Gast irgendwie verlegen war. Die Spiwak sah sie mit dem Blick eines Menschen an, der, obwohl er mitempfindet, es nicht für angebracht hält, sein Mitgefühl auszudrücken. Nach ein paar Minuten ging sie fort, und nachdem die Mutter sie hinausbegleitet hatte, sagte sie herablassend: »Diese Spiwak ist eine interessante Frau. Und – tüchtig. Mit ihr ist es einfach. Die Wohnung hat sie sehr nett, mit viel Geschmack eingerichtet.«

Klim war der Ansicht, sie habe sich allzu schnell mit Onkel Jakows Tod abgefunden, er fand das nicht schicklich und fragte: »Ist er schon beerdigt?«

Die Mutter antwortete erstaunt: »In dem Telegramm steht doch: ›Am dreizehnten verschieden und gestern beerdigt‹ ...«

Sie betrachtete mit verdrehten Augen im Spiegel eine Pustel am Ohr und seufzte: »Ich will es gleich Iwan Akimowitsch schreiben. Du weißt wohl nicht, wo er ist? In Hamburg?«

»Ich weiß es nicht.«

»Ist es schon lange her, daß du ihm geschrieben hast?«

Mit einer Gereiztheit, deren Ursprung ihm unklar war, antwortete Klim: »Es ist lange her. Ich muß gestehen, daß ich ... ihm selten schreibe. Er antwortet mir mit Belehrungen, wie man leben, denken, glauben soll. Er empfiehlt mir Bücher ... wie etwa das talentlose Werk Prugawins ›Die Bedürfnisse des Volkes und die Pflichten der Intelligenz‹. Seine Briefe scheinen mir äußerst naive Rhetorik, die mit Faßdaubenhandel unvereinbar ist. Er möchte, daß ich die Denkgewohnheiten übernehme, von denen er sich wahrscheinlich bereits losgesagt hat.«

»Ja«, sagte die Mutter, die Pustel überpudernd, »er hat die Rhetorik schon immer geliebt. Die vor allem. Aber – warum bist du heute so nervös? Du hast auch ganz rote Ohren ...«

»Ich fühle mich nicht wohl«, sagte Klim.

Am Abend lag er mit einem Umschlag auf dem Kopf im Bett, doch der Arzt sagte beruhigend: »Irgend etwas Gastritisches. Morgen werden wir sehen.«

Im Laufe ganzer fünf Wochen vermochte Doktor Ljubomudrow die Krankheit des Patienten nicht recht festzustellen, während der Patient nicht begreifen konnte, ob er physisch krank sei oder ob ihn der Abscheu vor dem Leben, vor den Menschen umgeworfen habe. Er war nicht wehleidig, doch schien es ihm zuweilen, als wirke in seinem Körper eine scharfe Säure, die die Muskeln erhitzte und die Lebenskraft aus ihnen auskochte. Ein schwerer Dunst füllte seinen Kopf, er sehnte sich nach tiefem Schlaf, aber ihn quälten Schlaflosigkeit und ein stilles, böses Brodeln seiner Nerven. In seinem Gedächtnis tauchten zusammenhanglose Erinnerungen, bekannte Gesichter und Sätze auf.

»Ja, ist denn ein Junge dagewesen? Vielleicht war gar kein Junge da?«

»Was treiben Sie da?«

»Das Weib ist für Gott zweite Sorte.«

All diese Wörtchen standen ihm vor Augen wie in die Luft geschrieben, standen regungslos, in ihnen lag etwas Totes, und obwohl sie ihn erregten, weckten sie doch keine Gedanken, sondern verstärkten nur die Unpäßlichkeit.

Bisweilen schwand diese Versäuerung plötzlich, Klim Samgin hielt sich für gesund, fuhr aufs Landhaus, aber unterwegs oder dort fiel er wieder in einen Schwächezustand. Er hatte keine Lust, Menschen anzusehen, es war ihm unangenehm, ihre Stimmen zu hören, er wußte von vornherein, was die Mutter, Warawka, der unentschlossene Arzt und dieser gelbgesichtige Flanellmensch da, sein Nachbar im Abteil, und der schmierige Achsenöler mit dem langstieligen Hammer in der Hand sagen würden. Die Menschen erregten ihn schon allein dadurch, daß sie existierten, sich bewegten, umherblickten und redeten. Jeder von ihnen tat seiner Einbildungskraft Gewalt an, indem er ihn zwang, darüber nachzudenken, wozu er nötig sei. Es erhoben sich unsinnige Fragen: Weshalb rasiert sich dieser Mann mit den starken Backenknochen den Bart, weshalb geht jener mit einem Stock, obwohl er kräftige, ebenmäßige Beine hat? Eine Frau hat sich die Lippen grell angemalt und um die Augen herum geschminkt, dadurch scheint ihre Nase blutlos, grau und zum Gesicht nicht passend häßlich klein. Niemand will ihr sagen, daß sie ihr Gesicht verunstaltet hat, und Klim will es auch nicht. Er vermerkte mit Scharfblick und Gier das Häßliche, Lächerliche und Abstoßende an den Menschen, was ihm gestattete, über jeden boshaft und geringschätzig zu urteilen. Zugleich jedoch fühlte er dunkel, daß diese seine aufdringlichen Grübeleien krankhaft, unsinnig und kraftlos waren, und fühlte daß ihre Einförmigkeit ihn immer mehr ermüdete.

Manchmal kam es Samgin vor, als wäre der Raum für seine Eindrücke – das, was man die Seele nennt – verstopft durch diese Grübeleien und durch alles, was er wußte und gesehen hatte, verstopft fürs ganze Leben und so, daß er bereits nichts mehr von außen aufzunehmen vermochte, sondern nur den festen Knäuel des Erlebten abwickeln konnte. Es müßte ein Glück sein, diesen Knäuel bis ans Ende abzuwickeln. Gleich darauf jedoch entbrannte der Wunsch, diesen Knäuel bis zum Äußersten zu vergrößern, derart, daß er, wenn er alles in ihm, die ganze Leere ausgefüllt und irgendein starkes, dreistes Gefühl erzeugt hatte, Klim Samgin gestattete, den Menschen zuzurufen: »He, ihr! Ich weiß nichts, begreife nichts, glaube an nichts und – sage es euch ehrlich! Aber ihr alle stellt euch gläubig, ihr seid Lügner, seid Lakaien simpelster Wahrheiten, die gar keine Wahrheiten sind, sondern Gerümpel, Kehricht, zerbrochene Möbel, durchgesessene Stühle.«

Als er über diese Heldentat nachdachte, die zu vollbringen es ihm sowohl an Keckheit als auch an Kraft mangelte, erinnerte sich Klim, wie er in der Kindheit im Hause unerwartet ein Zimmer entdeckt hatte, in dem chaotisch Dinge abgestellt waren, die ihre Frist abgelebt hatten.

Schon in den ersten Tagen von Klims undefinierbarer Krankheit hatte Ljutow mit seiner Verlobten, mit Turobojew und Lidija eine Dampferfahrt auf der Wolga angetreten, um den Kaukasus zu besuchen und nach einem Aufenthalt auf der Krim zum Herbst nach Moskau zurückzukehren. Klim verhielt sich dieser Reise gegenüber gleichgültig und dachte sogar: Ich bin nicht eifersüchtig. Ich fürchte Turobojew nicht, Lidija ist nichts für ihn.

In Warawkas Landhäusern hatten sich fremde Leute mit einer Unmenge krakeelender Kinder niedergelassen; morgens plätscherte der Fluß laut gegen das Ufer und die Wände des Badehauses; auf dem bläulichen Wasser hüpften wie Korken die Menschenköpfe, schwangen sich ölig glänzende Arme durch die Luft; abends sangen im Wald Gymnasiasten und Gymnasiastinnen Lieder, täglich um drei Uhr spielte eine flachbrüstige, dürre junge Dame im rosa Kleid und mit rundgläseriger, dunkler Brille auf dem Klavier das »Gebet der Jungfrau«, ging um vier Uhr am Ufer entlang in die Mühle zum Milchtrinken, und auf dem Wasser schleppte sich schräg ein rosa Schatten hinter ihr her. Von dieser jungen Dame ging erstickender

Tuberosenduft aus. Ein langbeiniger Realschullehrer lief herum und schwang wie toll ein Schmetterlingsnetz; der lahme Bauer humpelte durch die Gegend und schien die unglaubliche Fähigkeit zu besitzen, sich gleichzeitig an verschiedenen Stellen zu zeigen. Buntgekleidete Zigeunerinnen gingen umher, boten allen an, die Zukunft zu prophezeien, und stahlen dabei Wäsche, Hühner und Spielsachen.

Etwas unterhalb des Landhauses von Warawka wohnte Doktor Ljubomudrow; feiertags, gleich nach dem Mittagessen setzte er sich mit seiner dicken Frau zu dem Lehrer und dem Vormund Alinas an den Tisch. Alle drei Männer verhielten sich still, während die Doktorsfrau mit scharfer Stimme rief: »Ich sage: Herz! Und ich behaupte – Karo! Ich halte: Herz zwei!«

Ab und zu ließ sich die unentschlossene Stimme des Doktors vernehmen, er sagte immer irgend etwas Ernstes: »Nur die Engländer haben das Ideal politischer Freiheit erreicht...«

Oder er riet auch: »Essen Sie mehr Gemüse und insbesondere solche, die Salpeter enthalten, als da sind: Zwiebel, Knoblauch, Meerrettich, Rettich... Von Nutzen ist auch die rote Rübe, obwohl sie keinen Salpeter enthält. Sie sagten – Treff zwei?«

Feiertags erschienen aus dem Kirchdorf Scharen von Jungen, sie setzten sich wie seltsame Vögel ans Ufer des Flusses und beobachteten schweigend und konzentriert das sorglose Leben der Sommerfrischler. Einer von ihnen, flinkäugig, mit einem Kopf voll schwarzer Ringellöckchen, hieß Lawruschka, er war ein Waisenjunge und fiel nach Berichten der Dienstboten dadurch auf, daß er junge Vögel bei lebendigem Leibe verzehrte.

Warawka hielt seine bekannten und tönenden Reden und sättigte die geduldige Luft mit Paradoxen. Auch die Mutter kam herausgefahren, zuweilen mit Jelisaweta Spiwak. Warawka machte der Gattin des Musikers offen und stürmisch den Hof, sie lächelte ihm liebenswürdig zu, doch ihre Freundschaft mit der Mutter wurde, wie Klim sah, immer enger.

Warawka klagte ihm: »Sie ist zu neugierig. Alles muß sie wissen: Schiffahrt, Forstwirtschaft. Sie ist ein Bücherwurm. Bücher verderben die Frauen. Im Winter lernte ich eine Vaudevilleschauspielerin kennen, die fragte mich plötzlich: ›Inwieweit ist Ibsen von Nietzsche abhängig?‹ Das weiß doch der Teufel, wer von wem abhängt! Ich – von den Dummköpfen. Dieser Tage sagte mir der Gouverneur, ich kompromittierte mich, indem ich politischen Leuten, die unter Beobachtung stehen, Arbeit gäbe. Ich sagte ihm: ›Exzellenz! Diese Leute arbeiten ehrlich!‹ Hierauf er: ›Gibt es denn bei uns in Rußland schon keine unbescholtenen ehrlichen Menschen mehr?‹«

Warawka schmerzten die Füße, er ging jetzt mit einem Stock. Mit krummen Beinen schritt Iwan Dronow durch den Sand, warf menschenscheue Blicke auf Erwachsene und Kinder, schimpfte mit Dienstmädchen und Köchinnen herum. Warawka hatte ihm die schwierige Pflicht auferlegt, die endlosen Launen und Forderungen der Sommerfrischler anzuhören. Dronow hörte sie an und erschien allabendlich bei Warawka, um Bericht zu erstatten. Wenn der Landhauseigentümer die mürrische Aufzählung von Klagen und Beschwerden angehört hatte, fragte er, fleischig in den Bart hinein lächelnd: »Nun, hast du ihnen versprochen, alles zu tun?«

»Ja«.

»Davon werden sie auch satt. Vergiß nicht, daß dieses Volk nicht für ewig hierbleibt, es vergehen fünf, sechs Wochen, und sie verschwinden. Versprechen kann man alles, aber sie werden diese Zeit auch ohne Reformen verleben!«

Warawka lachte dröhnend, daß sein Bauch wackelte. Dronow aber ging zur Mühle und trank dort bis Mitternacht mit lustigen Weibern Bier. Er versuchte mit Klim zu sprechen, aber Samgin verhielt sich diesen Versuchen gegenüber unzugänglich.

Inmitten dieser ganzen Trübe und drückenden Langeweile tauchte wohl zweimal mit hungrigem, strengem Gesicht Inokow auf. Er erzählte den ganzen Abend lang grob und zornig von den Klöstern, schimpfte mit dumpfer Stimme auf die Mönche: »Die Katholiken haben einen Campanella, einen Mendel, überhaupt eine Menge von Gelehrten hervorgebracht, unsere Mönche hingegen sind erzdumm, sie können nicht einmal eine erträgliche Geschichte der russischen Sekten schreiben.«

Und die Spiwak fragte er: »Warum gibt es nur bei uns und bei den Madjaren judaisierende Sekten?«

»Ein origineller Bursche«, sagte die Spiwak, und Warawka bot ihm an, in seinem Kontor zu arbeiten, doch Inokow lehnte, ohne zu danken, ab.

»Was lernen Sie denn?«

Inokow antwortete ungereimt und ohne zu lächeln: »Das Durchlaufen des Lebens.«

Und noch am gleichen Abend verschwand er, wie ein Stein, der ins Wasser gefallen ist.

Klim Samgin konnte über seine Beziehung zu der Spiwak durchaus nicht ins klare kommen, und das ärgerte ihn. Zuweilen schien ihm, sie kompliziere den Aufruhr in ihm und verschlimmere seinen krankhaften Zustand. Er fühlte sich zu ihr hingezogen und abgestoßen zugleich. In der Tiefe ihrer Katzenaugen, im Mittelpunkt der

Pupille, hatte er ein kühles, helles Nädelchen gesehen, es schien ihn spöttisch, vielleicht aber auch boshaft zu stechen. Er war überzeugt, daß diese Frau mit dem hohen Leib etwas in ihm suchte, etwas von ihm wollte.

»Sie haben einen kritischen Verstand«, sagte sie freundlich. »Sie sind ein belesener Mensch, warum sollten Sie nicht zu schreiben versuchen, wie? Zuerst Buchbesprechungen und dann, wenn Sie die Fertigkeit erlangt haben ... Übrigens wird Ihr Stiefvater ab Neujahr eine Zeitung herausgeben ...«

Was hat sie davon, daß ich Rezensionen schreibe? fragte sich Klim, doch der Gedanke verlockte ihn.

In diesen Tagen saß er, wenn die unüberwindliche Langeweile ihn vom Land in die Stadt trieb, abends im Seitenbau und hörte dem musizierenden Spiwak zu, von dem Warawka gesagt hatte: »Ein Mensch für ein Vaudeville.«

Die langsamen Finger des kleinen Musikers erzählten eigentümlich von den tragischen Erregungen der genialen Seele Beethovens, von den Gebeten Bachs, von der erhebend schönen Traurigkeit Mozarts. Jelisaweta Spiwak nähte aufmerksam spielzeughafte Kinderhemdchen und feste Wickelbänder für den künftigen Menschen. Berauscht von der Musik, sah Klim zu ihr hin, vermochte aber nicht, in sich die fruchtlosen Grübeleien darüber zu ersticken, was wäre, wenn alles umher nicht so wäre, wie es war.

Bisweilen überkam ihn glühend der Wunsch, sich an der Stelle Spiwaks und an Stelle seiner Frau – Lidija zu sehen. Jelisaweta hätte auch bleiben können, wenn sie nicht schwanger gewesen wäre und das empörende Ausfragen gelassen hätte.

Manchmal stellte sie Fragen wie im Ton eines Vorwurfs. Zum erstenmal fühlte Klim das, als sie fragte: »Sie stehen mit Ihrem Bruder nicht in Briefwechsel?«

»Woher wissen Sie das?«

»Ich – frage.«

»Aber so, als wüßten Sie schon, daß es nicht der Fall ist.«

»Und – weshalb nicht?«

Klim sagte: »Wir sind sehr verschieden. Unsere Interessen sind auch verschieden.«

Die Spiwak blickte ihn mit einem Lächeln an, in dem er ein wenig schmeichelhaftes Moment erhaschte, und fragte: »Was haben Sie denn für Interessen?«

Ihr Lächeln hatte Klim verletzt; da er das verbergen wollte, antwortete er etwas hochtrabend: »Ich nehme an, daß es vor allem notwendig ist, zu sich selbst ehrlich zu sein, man muß mit aller erdenklichen Genauigkeit die Grenzen seiner Persönlichkeit festsetzen. Nur dann kann man die wahren Bedürfnisse seines Ichs verstehen.«

»Ein löbliches Vorhaben«, sagte die Spiwak, einen Faden durchbeißend. »Möglicherweise erfordert es von Ihnen, wenn auch nicht Ihr ganzes Leben, so doch sehr viel Zeit.«

Klim fragte nach kurzem Überlegen: »Ist das Ironie?«

»Weshalb? Nein.«

Er glaubte ihr nicht, war gekränkt und ging fort, auf dem Hof jedoch, auf dem Weg nach Hause, begriff er, daß es einfältig von ihm war, gekränkt zu sein, und daß er sich ihr gegenüber dumm benahm.

Mit ihr zu streiten, konnte Klim sich nicht entschließen, er vermied überhaupt Streitigkeiten. Ihr beweglicher Verstand und ihre vielseitige Belesenheit erstaunten und befremdeten ihn. Er sah, daß ihre allgemeine Denkstruktur mit dem »Kutusowtum« verwandt war, und zugleich schien ihm alles, was sie sprach, die Rede eines fremden Menschen, der die Lebenserscheinungen aus der Ferne, als Abseitsstehender beobachtet. Hinter diesen fremdartigen Ansichten argwöhnte Samgin irgendwelche festen Entschlüsse, doch in ihr spürte er nichts, das an die kaltblütige Neugier Turobojews erinnert hätte. Schließlich war es nicht ohne Nutzen, ihr zuzuhören, doch Samgin freute sich, wenn Inokow kam und die Hälfte ihrer Aufmerksamkeit auf sich ablenkte.

Mit einer Art Kadettenjacke bekleidet, die aus Sackleinen genäht war, grüßte Inokow stumm und setzte sich aus irgendeinem Grund immer ungemütlich hin, indem er seinen Stuhl mitten ins Zimmer rückte. Er saß da, hörte der Musik zu und betrachtete mit strengem Blick die Gegenstände, als zählte er sie. Wenn er die Hand hob, um das schlechtgekämmte Haar zu ordnen, las Klim an seiner Jacke den halb ausgewaschenen Stempel: »Erste Sorte, Dampfmühle J. Baschkirow.«

Solange Spiwak spielte, rauchte Inokow nicht, doch sobald der Musiker die ermüdeten Hände von den Tasten riß und unter die Achseln legte, steckte sich Inokow eine billige Zigarette an und fragte mit etwas dumpfer, farbloser Stimme: »Wodurch unterscheidet sich eigentlich eine Sonate von einer Suite?«

Spiwak schielte mißgünstig zu ihm hinüber. »Das brauchen Sie nicht zu wissen, Sie sind kein Musiker.«

Jelisaweta legte ihre Näharbeit beiseite, setzte sich an den Flügel und begann, nachdem sie den Unterschied im Aufbau einer Sonate und einer Suite erklärt hatte, Inokow nach seinem »Durchlaufen des Lebens« auszufragen. Er erzählte gern von sich, ausführlich und mit

Erstaunen, wie von einem Bekannten, den er schlecht verstand. Klim war es, als fragte Inokow beim Reden: Ist es so?

Vor Samgin erstand das Bild eines sinnlosen und rastlosen Hinundherjagens. Es schien, als rollte Inokow auf der Erde herum wie eine Nuß auf einem Teller, der von irgendeiner ungeduldigen Hand gehalten und geschüttelt wird.

Dieser Bursche mißfiel Samgin immer mehr, mißfiel ihm insgesamt. Man konnte meinen, er paradiere mit seiner Grobheit und wolle unangenehm sein. Jedesmal, wenn er von seinem anekdotischen Leben zu erzählen anfing, hörte Klim zwei bis drei Minuten zu und ging dann demonstrativ fort. Lidija hatte an den Vater geschrieben, sie werde von der Krim nach Moskau fahren, und sie habe beschlossen, wieder die Schauspielschule zu besuchen. In einem zweiten, kurzen Brief an Klim teilte sie mit, Alina habe ihre Verlobung mit Ljutow gelöst und werde Turobojew heiraten.

FÜNFTES KAPITEL

Die Krankheit und die durch sie entstandene Trägheit hatten Samgin gehindert, sich rechtzeitig um seine Immatrikulation an der Moskauer Universität zu kümmern, und so beschloß er, sich auszuruhen und in diesem Jahr nicht zu studieren. Daheim zu bleiben war ihm aber zu langweilig, er war doch nach Moskau gereist und schritt nun an einem windigen Tag Ende September auf der Suche nach Lidijas Wohnung durch die Gassen dieser Stadt.

Blätter, vom Winde abgerissen, huschten wie Fledermäuse durch die Luft, es sprühte ein feiner Regen, von den Dächern fielen schwere Tropfen und hämmerten auf die Seide des Regenschirms; in den durchgerosteten Regenrinnen gluckste zornig das Wasser. Nasse, mürrische Häuserchen blickten Klim mit verweinten Fenstern an. Er dachte, solche Häuser müßten eine passende Unterkunft für Falschmünzer, Hehler und unglückliche Menschen sein. Inmitten dieser Häuser ragten wie vergessen kleine Kirchlein empor.

Nicht Gotteshäuser sind das, sondern Hundehütten, dachte Klim, und das gefiel ihm sehr.

Lidija wohnte im Hof eines dieser Häuser, im ersten Stock des Seitenflügels. Den Wänden des Hauses fehlte jegliche Verzierung, die Fenster hatten keine Verkleidung, der Putz war abgebröckelt, der Seitenflügel sah verprügelt, ausgeraubt aus.

Lidija begrüßte Klim lebhaft, freudig, ihr Gesicht war erregt, die Ohren gerötet, die Augen lachten, sie sah aus, als wäre sie beschwipst.

»Samgin, Landsmann und Freund meiner Kindheit!« rief sie und führte Klim in ein ziemlich leeres Zimmer mit einem gestrichenen, gegen die Fenster zu absinkenden Fußboden. Aus dem Rauch erhob sich ein kleiner junger Mann, ergriff hastig Klims Hand, zerrte sie hin und her und sagte leise, schuldbewußt: »Simeon Diomidow.«

Ein spitznasiges junges Mädchen mit üppiger, dramatisch zerzauster Frisur stellte sich vor: »Warwara Antipowa.«

»Pjotr Marakujew«, sagte ein lockiger Student mit dem Gesicht eines Sängers oder Tänzers im Wirtshauschor.

Von den blauen Kacheln des Ofens löste sich hinkend ein glatzköpfiger Mann in rohseidenem Kittelhemd, lang bis über die Knie, mit einer dicken Quastenkordel um den Leib, und sagte mit einem

Aufschnarchen, die Worte in sich einsaugend: »Onkel Chrysanth, Warja, walte deines Amtes! Ehre und Platz dem Gaste!«

Er faßte Klim unter und setzte ihn behutsam wie einen Kranken auf den Diwan.

Fünf Minuten später konnte Samgin meinen, Onkel Chrysanth habe ihn schon lange ungeduldig erwartet und sei schrecklich froh, daß Klim endlich erschienen war. Das Gesicht des Onkels strahlte vor entzücktem Lächeln. Dieses Lächeln, das auf den wulstigen Lippen entsprang, erweiterte die stumpfen Nasenlöcher, blähte die Wangen, schloß die kindlich kleinen Augen von unbestimmbarer Farbe und leuchtete auf seiner Stirn und der polierten rosa Schädelhaut. Das bot einen sonderbaren Anblick, es war, als könnte das ganze Gesicht des Onkels Chrysanth nach oben rutschen und auf dem Hinterkopf landen, während an Stelle des Gesichts nur ein blindes, rundes Stück roter Haut bleiben würde.

»Wir haben gerade den ›Tartüff‹ analysiert«, sagte Onkel Chrysanth, als er neben Klim Platz genommen hatte, und scharrte mit seinen bunten Pantoffeln auf dem Fußboden herum.

Zwei Lampen erhellten das Zimmer; die eine stand auf dem Spiegeltischchen zwischen zwei grauen, schweißig angelaufenen Fenstern, die andere hing an einer Kette von der Decke herab, und unter ihr stand, wie ein Erhängter, die Arme am Körper herabgelassen und den Kopf zur Schulter geneigt, Diomidow; er stand da und starrte unverwandt, mit verwirrendem Blick Klim an, der von der singenden, enthusiastischen Rede des Onkels Chrysanth betäubt wurde: »Ich vergöttere Moskau! Bin stolz, ein Moskauer zu sein! Ehrfurchtsvoll – jawohl! – gehe ich durch die gleichen Straßen wie unsere berühmtesten Schauspieler und Gelehrten! Fühle mich glücklich, den Hut zu ziehen vor Wassilij Ossipowitsch Kljutschewskij, bin Tolstoi, Lew – Lew! – zweimal begegnet. Wenn jedoch Marija Jermolowa zur Probe fährt, bin ich mitten auf der Straße hinzuknien bereit – Hand aufs Herz!«

Im Nebenzimmer hantierten Lidija in roter Bluse und schwarzem Rock und Warwara in dunkelgrünem Kleid. Der unsichtbare Student Marakujew lachte. Lidija wirkte kleiner und glich mehr denn je einer Zigeunerin. Sie schien etwas voller geworden zu sein, und ihr schmales Figürchen hatte die Körperlosigkeit verloren. Das beunruhigte Klim; und während er unaufmerksam den begeisterten Ergüssen des Onkels Chrysanth zuhörte, betrachtete er unauffällig, unter krauser Stirn hervor den geräuschlos von einer Zimmerecke zur anderen schreitenden Diomidow.

Diomidows Gesicht hatte Klim gleich auf den ersten Blick durch seine festliche Schönheit in Erstaunen versetzt, doch sehr bald erinnerte er sich, daß man solch eine süßliche Schönheit engelhaft nennt. Das von saphirfarbenen Mädchenaugen erhellte runde und weiche Gesicht schien künstlich bemalt; die prallen Lippen waren zu grell, die goldblonden Brauen zu groß und dicht, insgesamt war es wie das regungslose Gesicht einer Porzellanpuppe. Das blondlockige, bis auf die Schultern herabfallende Haar erweckte den komischen Wunsch nachzusehen, ob Diomidow nicht weiße Flügel am Rücken habe. Während er im Zimmer umherschritt, strich er oft und behutsam mit beiden Händen das Haar hinter die Ohren und schien, indem er die Hände an die Schläfen preßte, seinen Kopf abzutasten, ob er noch da sei. Dabei zeigten sich kleine, schön geformte Ohren.

Diomidow war mittleren Wuchses und sehr schlank, er trug eine schwarze Bluse mit breitem Gürtel; an den Füßen hatte er geräuschlose, blankgeputzte Stiefel. Klim merkte, daß dieser junge Mann ihn zwei- bis dreimal anblickte und sich dabei jedesmal auf die Lippen biß, als könnte er sich nicht entschließen, ihn etwas zu fragen.

»Nikolai Nikolajewitsch Slatowratskij persönlich zu kennen, habe ich die Ehre«, erklärte Onkel Chrysanth begeistert.

Als Lidija zum Tee bat, erzählte er auch da noch lange von Moskau, das so reich an berühmten Leuten sei.

»Hier ist sowohl das Hirn Rußlands als auch sein weites Herz«, rief er und wies mit der Hand zum Fenster hinaus, an das sich die feuchte Dunkelheit des Herbstabends schmiegte.

Die spitznasige Warwara saß mit stolz erhobenem Kopf da, ihre grünlichen Augen lächelten den Studenten Marakujew an, der ihr etwas ins Ohr raunte und lachlustig die Backen blähte. Lidija schenkte mürrisch Tee ein.

Diese Lobpreisungen können ihr nicht gefallen, dachte Klim, während er den über das Glas gebeugten Diomidow beobachtete. Onkel Chrysanth ermüdete; mit der Bewegung eines Katers wischte er Schweiß von Stirn und Glatze und dann die feuchte Handfläche an seiner Schulter ab und fragte Klim: »Ihnen sagt Petersburg wohl mehr zu?«

Klim kam es vor, als klänge die Frage ironisch. Aus Höflichkeit wollte er die alte Stadt nicht anders bewerten als der Moskauer, doch noch ehe er sich anschickte, Onkel Chrysanth zu trösten, sagte Diomidow, ohne den Kopf zu heben, laut und überzeugt: »In Petersburg schläft man schwerer; in feuchten Gegenden ist der Schlaf immer schwer. Und die Träume sind in Petersburg von besonderer Art, so Furchtbares wie dort träumt man in Orjol nicht.«

Mit einem Blick auf Klim setzte er hinzu: »Ich bin aus Orjol.«

Lidija sah Diomidow mit erwartungsvollem Blick an, aber er duckte sich wieder und verbarg sein Gesicht.

Klim begann nun im Ton des Onkels Chrysanth von Moskau zu reden: Von der Poklonnaja-Anhöhe wirke es wie ein Haufen bunter, aus ganz Rußland zusammengefegter Schutt, doch die goldenen Kuppeln seiner zahlreichen Kirchen zeugten beredt davon, daß es kein Schutt, sondern kostbarste Erze seien.

»Sehr schön gesagt!« ermunterte Onkel Chrysanth und erstrahlte in glücklichem Lächeln.

»Rührend sind diese kleinen, inmitten der Menschenhäuser verloren dastehenden Kirchlein. Gotteshüttchen . . .«

»Hand aufs Herz! Trefflich!« rief Onkel Chrysanth und sprang auf dem Stuhl hoch.

Dann brodelte er wieder vor Begeisterung.

»Eben die Hüttchen des russischen, Moskauer, volkstümlichsten Gottes! Einen bemerkenswerten Gott haben wir – die Einfachheit! Nicht im Talar, nicht in einer Prachtmantille, sondern im Bauernhemd, ja, ja! Unser Gott ist wie unser Volk – der ganzen Welt ein Rätsel!«

»Sind Sie gläubig?« fragte Diomidow Klim leise, aber Warwara zischte ihn an.

Onkel Chrysanth schwang beim Reden die Hand, suchte seine kleinen Augen möglichst weit zu öffnen, erreichte aber nur, daß seine greisen Brauen zitterten, während die Augen trübe blinkten wie zwei Zinnknöpfe in roten Ösen.

Als habe ihn etwas gestochen oder als sei ihm plötzlich irgend etwas Aufregendes eingefallen, sprang Diomidow plötzlich vom Stuhl auf und reichte schweigend allen die Hand. Klim fand, daß Lidija diese allzu weiße Hand ein paar Sekunden länger festhielt, als es sich gehörte. Der Student Marakujew verabschiedete sich ebenfalls; er setzte noch im Zimmer die Mütze burschenhaft auf den Hinterkopf.

»Willst du dir ansehen, wie ich mich eingerichtet habe?« schlug Lidija freundlich vor.

In dem schmalen und langen Zimmer stand, zwei Drittel seiner Breite einnehmend, ein schweres Bett; sein hohes, geschnitztes Kopfende und die Anhäufung üppiger Kissen ließen Klim denken: Wie bei einer alten Frau.

Eine bauchige Kommode und ein leierförmiger Spiegel darauf, drei plumpe Stühle, ein recht alter kurzbeiniger Sessel beim Tisch am Fenster – das war die ganze Einrichtung des Zimmers. Die weißtapezierten Wände wirkten kalt und kahl, nur gegenüber dem Bett hing das dunkle Viereck einer kleinen Photographie: Das Meer, glatt und leer, das Heck einer Barkasse und darauf standen umschlungen Lidija und Alina.

»Asketisch«, sagte Klim und dachte an das gemütliche Nest der Nechajewa.

»Ich mag nichts Überflüssiges.«

Lidija setzte sich in den Sessel, schlug ein Bein über das andere, verschränkte die Arme auf der Brust und begann sogleich irgendwie ungeschickt von der Reise auf der Wolga, durch den Kaukasus und von der Seereise von Batumi zur Krim zu erzählen. Sie sprach, als habe sie es eilig, über ihre Eindrücke Rechenschaft abzulegen, oder als erinnere sie sich einer uninteressanten Beschreibung von Dampfern, Städten und Straßen, die sie einmal gelesen hatte. Nur hin und wieder fügte sie ein paar Worte ein, die Klim als ihre eigenen empfand.

»Wenn du gesehen hättest, wie entsetzlich das ist, wenn Millionen Heringe in geschlossener, blinder Masse zum Laichen ausziehen! Das ist so dumm, daß es direkt entsetzlich ist.«

Vom Kaukasus sagte sie: »Eine Höllenlandschaft mit schwärzlichen, nicht ganz zu Ende geschmorten Sündern. Eiserne Berge, und auf ihnen kümmerliches Gras, wie grüner Rost. Weißt du, ich mag die Natur immer weniger«, schloß sie ihren Bericht, wobei sie lächelte und das Wort »Natur« mit einer Grimasse des Abscheus unterstrich. »Diese Berge, Gewässer, Fische – das ist alles erstaunlich bedrückend und dumm. Und – es zwingt einen, die Menschen zu bedauern. Aber – ich vermag nicht zu bedauern.«

»Du bist alt und weise«, scherzte Klim, der spürte, daß ihm die Übereinstimmung zwischen ihren Ansichten und seinen fruchtlosen Grübeleien angenehm war.

Vor dem Fenster rauschte leise der Regen und streichelte die Scheiben. Eine Gaslaterne war aufgeflammt, ihr fahles Licht beschien die kleinen, grauen Perlen der Regentropfen. Lidija verstummte und blickte, die Arme verschränkt, zerstreut zum Fenster hinaus. Klim fragte sie, wie Onkel Chrysanth einzuschätzen sei.

»Vor allem – ist er ein sehr gütiger Mensch. Weißt du, geradezu unerschöpflich gütig. Unheilbar, möchte ich sagen.«

Sie lächelte mit ihren dunklen Augen und begann so lebhaft und warm zu sprechen, daß Klim sie erstaunt ansah: Es war, als hätte nicht sie vor ein paar Minuten so trocken Bericht erstattet.

»Ich glaube, daß er Moskau, das Volk und die Menschen, von denen er spricht, aufrichtig liebt. Übrigens, Menschen, die er nicht liebt, gibt es auf Erden nicht. Solch ein Mensch ist mir noch nicht begegnet. Er kann unerträglich sein, er besitzt eine außergewöhnliche Fähigkeit, mit Begeisterung Plattheiten zu sagen, und dennoch . . . Man kann einen Menschen beneiden, der das Leben so . . . feiert.«

Sie erzählte, Onkel Chrysanth habe sich in der Jugend politisch kompromittiert, dadurch sei es zu einem Streit zwischen ihm und dem Vater, einem reichen Gutsbesitzer, gekommen, er sei Korrektor geworden, dann Souffleur gewesen, und nach dem Tod des Vaters habe er in der Provinz ein Theaterunternehmen gegründet. Er habe bankrott gemacht und sogar im Gefängnis gesessen. Dann sei er als Regisseur an Privattheatern tätig gewesen, habe eine wohlhabende Witwe geheiratet, diese sei gestorben und habe ihr ganzes Vermögen ihrer Tochter Warwara vermacht. Jetzt wohne Onkel Chrysanth mit seiner Stieftochter zusammen und erteile Rezitationsunterricht an einer privaten Schauspielschule.

»Und diese – Warwara?«

»Warwara ist talentiert«, antwortete Lidija nach kurzem Zögern, und ihre Augen hefteten sich fragend auf Klims Gesicht.

»Was hast du, daß du so schaust?« fragte Klim verwirrt.

»Ich frage mich, ob du talentiert bist?«

»Ich weiß nicht«, antwortete Klim bescheiden.

»Irgendein Talent mußt du doch haben«, sagte sie und betrachtete ihn nachdenklich.

Klim nützte ihr Schweigen und erkundigte sich nach dem Wichtigsten, das ihn interessierte, nach Diomidow.

»Er ist sonderbar, nicht wahr?« rief Lidija und wurde wieder lebhaft. Es stellte sich heraus, daß Diomidow eine Waise war, ein Findling; bis zu neun Jahren war er von einer alten Jungfer, der Schwester eines Geschichtslehrers, aufgezogen worden, dann war sie gestorben, der Lehrer wurde Säufer und war zwei Jahre später ebenfalls gestorben. Diomidow wurde als Lehrling von einem Holzschnitzer, der Ikonostase herstellte, aufgenommen. Nachdem er fünf Jahre bei ihm gearbeitet hatte, ging Diomidow zu dessen Bruder, einem Requisiteur, Junggesellen und Trunkenbold, und lebt jetzt bei ihm.

»Chrysanth drängt ihn zur Bühne, aber ich kann mir keinen Menschen vorstellen, der weniger theatralisch wäre als Semjon. Oh, was für ein reiner junger Mann das ist!«

»Und verliebt in dich«, bemerkte Klim lächelnd.

»Und verliebt in mich«, wiederholte Lidija automatisch.

»Und du?«

Sie antwortete nicht, doch Klim sah, daß ihr bräunliches Gesicht sich besorgt verdunkelte. Sie zog die Beine auf den Sessel, umschlang die Schultern und schrumpfte zu einem Klümpchen zusammen.

»Sonderbare Menschen bekomme ich zu sehen«, sagte sie mit einem Seufzer. »Sehr sonderbare. Und überhaupt, wie schwer ist es doch, Menschen zu verstehen!«

Klim nickte zustimmend. Wenn er sich von einem Menschen nicht gleich eine Meinung bilden konnte, empfand er ihn als gefährlich für sich. Solcher gefährlicher Menschen wurden es immer mehr, und unter ihnen stand Lidija ihm am nächsten. Diese Nähe spürte er jetzt besonders stark, und plötzlich verlangte es ihn, ihr alles über sich zu sagen, keinen einzigen Gedanken zu verheimlichen, ihr nochmals zu sagen, daß er sie liebe, sie aber nicht verstehe und vor irgend etwas in ihr Angst habe. Von diesem Wunsch beunruhigt, erhob er sich und verabschiedete sich von ihr.

»Komm bald wieder«, sagte sie. »Komm morgen schon, morgen ist Feiertag.«

Draußen fiel immer noch in kleinen Tröpfchen herbstlich hartnäckiger Regen. Das Wasser gluckerte langweilig in den Rinnsteinen; die Häuser, dicht aneinandergeschmiegt, schienen zu fürchten, sie könnten zerrinnen, wenn sie auseinanderrückten; selbst das Laternenlicht schien flüssig. Klim nahm eine Droschke mit einem schwarzen, mißgestimmten Kutscher, das nasse Pferd trappelte kopfwackelnd über das Pflaster. Klim kauerte sich zusammen, bedrängt von der kalten Feuchtigkeit und von verdrießlichen Gedanken über die Leute, die begeistert unbeschreibliche Dummheiten zu sagen vermochten, und über sich selbst als einen Menschen, der sich immer noch kein eigenes System von Sätzen hatte schaffen können.

Der Mensch ist ein System von Sätzen und nichts weiter. Das von den Gotteshüttchen habe ich dumm gesagt. Dumm. Noch dümmer aber war der Moskauer Gott im Bauernhemd. Und warum sollen die Träume in Orjol angenehmer sein als die in Petersburg? Es ist klar, daß die Menschen all diese Plattheiten nur gebrauchen, damit sich einer vor dem anderen hervortun kann. Im Grunde ist alles Schwindel.

Ein paar Abende bei Onkel Chrysanth überzeugten Samgin vollständig, daß Lidija unter wahrhaft sonderbaren Leuten lebte. Jedesmal sah er dort Diomidow, und dieser bildschöne junge Mann erweckte in ihm ein kompliziertes Gefühl von Neugier, Befremden und unentschlossener Eifersucht. Der Student Marakujew verhielt sich zu Diomidow feindselig, Warwara herablassend und gönnerhaft, während Lidija unbeständig und launisch war. Zuweilen beachtete sie ihn einen ganzen Abend nicht, unterhielt sich mit Makarow oder verspottete Marakujew mit seiner Volksliebe; ein andermal jedoch sprach sie halblaut den ganzen Abend nur mit ihm oder hörte seinen leise dahinrieselnden Reden zu. Diomidow sprach immer lächelnd und so langsam, als fände er nur mit Mühe die richtigen Worte.

»Es gibt gezähmte Menschen und wilde, ich bin ein wilder!« sagte er schuldbewußt. »Die gezähmten Menschen verstehe ich zwar, aber mir fällt es schwer mit ihnen. Mir ist immer, als könnte jemand auf mich zutreten und sagen: Komm mit! Ich würde auch mitgehen, ohne zu wissen, wohin.«

»Das werde ich sein, der dich führt!« rief Onkel Chrysanth. »Du wirst bei mir ein erstklassiger Schauspieler werden. So einen Romeo, so einen Hamlet wirst du spielen...«

Diomidow glättete sein Haar und schmunzelte mißtrauisch, und sein Mißtrauen war so offenkundig, daß Klim dachte: Lidija hat recht. Dieser Mensch kann kein Schauspieler sein, er ist zu dumm, sich zu verstellen.

Doch eines Tages ließ Onkel Chrysanth Diomidow und seine Stieftochter ein paar Szenen aus »Romeo und Julia« lesen. Klim, den das Theater gleichgültig ließ, war verblüfft über die erhabene Wucht, mit der der blonde junge Mann die Worte der Liebe und Leidenschaft sprach. Er hatte einen weichen Tenor, zwar nicht reich abgestuft, aber klangvoll. Als Samgin die schönen Worte Romeos hörte, fragte er sich: Warum stellt sich dieser Mensch so bescheiden, nennt er sich wild? Weshalb verheimlichte Lidija, daß er talentiert ist? Da sieht sie ihn nun mit geweiteten Augen an, durch die bräunliche Haut ihrer Wangen ist leuchtendes Rot hervorgetreten, und die Finger auf ihrem Knie zittern.

Onkel Chrysanth, der mit erhobener Hand, Lippe und Brauen hochgezogen, rittlings auf dem Stuhl saß, hüpfte unter Anspannung seiner dicken kurzen Waden, warf den massigen Körper hoch, er erhob seine Stimme, sein Gesicht strahlte vor Begeisterung, und er blinzelte vor Wonne.

»Vorzüglich!« rief er und klatschte dreimal in die Hände. »Ausgezeichnet, aber nicht richtig! Das sagte kein Italiener, sondern ein Mordwine. Das ist eine Betrachtung, keine Leidenschaft, eine Beichte und keine Liebe! Die Liebe erfordert eine Geste. Wo ist deine Geste? Dein Gesicht lebt nicht! Du hast die ganze Seele nur in den Augen, das ist zuwenig! Nicht alle Zuschauer sehen durchs Opernglas auf die Bühne...«

Lidija trat ans Fenster und sagte, während sie mit dem Finger auf der angelaufenen Scheibe malte, mit etwas dumpfer Stimme: »Mir scheint auch, daß es ... allzu weich war.«

»Das zündet überhaupt nicht«, bestätigte Warwara, wobei ihre grünlichen Augen Diomidow zornig streiften. Und erst jetzt erinnerte sich Klim, daß sie Diomidow die Entgegnungen Julias mit farbloser Stimme gegeben und beim Sprechen häßlich den Hals gereckt hatte.

Diomidow hatte den Kopf gesenkt und die Daumen hinter den Gürtel gesteckt, er sah aus wie ein O und sagte schuldbewußt: »Ich glaube nicht ans Theater.«

»Weil du nicht das geringste davon verstehst«, brüllte Onkel Chrysanth wie rasend. »Lies einmal das Buch ›Die politische Rolle des französischen Theaters‹ von diesem ... wie heißt er doch? Boborykin!«

Er fuhr auf Diomidow los, drängte ihn in die Ecke, an den Ofen, und redete dort auf ihn ein: »Dir sollte man mit dem Evangelium auf den Kopf klopfen, mit dem Gleichnis von den Talenten!«

»An dieses Gleichnis glaube ich auch nicht«, hörte Klim leise Worte.

Natürlich, er ist dumm, entschied Klim, Lidija indes lachte auf, und er hielt ihr Lachen für eine Bestätigung seines Urteils.

Später, als er bei ihr im Zimmer saß, sagte er: »Entsinnst du dich, dein Vater sagte, jeder Mensch sei an sein eigenes Schnürchen gebunden und das Schnürchen sei stärker als er selbst?«

»Er hängt selbst am Schnürchen«, entgegnete Lidija gleichgültig, ohne ihn anzublicken.

»Wenn du das von Semjon behauptest, so stimmt es nicht«, fuhr sie fort. »Er ist frei. Er hat etwas ... Beschwingtes an sich.«

Sie sprach ohne Lust, wie eine Ehefrau, die es langweilt, sich mit ihrem Mann zu unterhalten. An diesem Abend wirkte sie fünf Jahre älter. In einen Schal gehüllt, der ihre Schultern straff umspannte, fröstelnd im Sessel zusammengekauert, war sie, Klim spürte das, irgendwo weit weg von ihm. Doch das hinderte ihn nicht zu denken, dieses Mädchen dort ist nicht schön, fremd, und doch möchte man zu ihr hingehen, den Kopf auf ihr Knie legen und noch einmal das Ungewöhnliche empfinden, das man schon einmal empfunden hat. In seiner Erinnerung klangen die Worte Romeos und der Ausruf von Onkel Chrysanth: »Die Liebe erfordert eine Geste!«

Doch er fand in sich nicht die Entschlossenheit zu einer Geste, verabschiedete sich bedrückt und ging fort, wobei er wohl zum zehntenmal zu erraten suchte: Warum zog es ihn gerade zu ihr hin? Warum?

Ich erdenke sie. Sie kann mir doch nicht die Tür zu einem Märchenparadies öffnen!

Dennoch fühlte er, daß irgendwo tief in ihm sich die Überzeugung festsetzte, Lidija sei für ein Leben und eine Liebe besonderer Art geschaffen. Aber ein breiter Strom von Eindrücken, ein Strom, in dem Samgin willenlos und immer schneller kreiste, hinderte ihn, sich in seinen Gefühlen zu ihr zurechtzufinden.

Sonntag abends versammelten sich bei Onkel Chrysanth seine Freunde, Menschen gesetzten Alters und alle in der gleichen Stimmung; sie aßen und tranken gern, und Onkel Chrysanth verfügte über die riesengroße Köchin Anfimjewna, die überraschend gute Pasteten buk. Unter diesen Leuten befanden sich zwei Schauspieler, die überzeugt waren, all ihre Rollen gespielt zu haben, wie keiner zuvor sie je gespielt hatte und keiner nach ihnen sie spielen würde.

Der eine von ihnen war würdevoll: weißhaarig, zerzaust, mit hängenden Backen und dem alles verachtenden Blick streng vorstehender, etwas trüber Augen eines ruhmesmüden Menschen. Prachtvoll trug er einen samtenen Besuchsrock und weiche Wildlederschuhe; unter seinem Bulldoggenkinn war eine himmelblaue Krawatte zu einer üppigen Schleife gebunden; da er an Podagra litt, ging er so vorsichtig, als ob er auch die Erde verachtete. Er aß und trank viel, sprach wenig, und wessen Name auch immer in seiner Gegenwart genannt wurde, er winkte mit der schweren, bläulichen Hand ab und verkündete mit dröhnendem Herrenbaß: »Den kenne ich.«

Mehr sagte er nicht, da er offenbar annahm, daß seine drei Worte ein hinreichend vernichtendes Urteil über den Menschen enthielten. Er war Anglomane, vielleicht deshalb, weil er nur »Englischen Bittern« trank, er trank ihn mit fest zugedrückten Augen und zurückgeworfenem Kopf, als wollte er, daß der Schnaps in den Hinterkopf ränne.

Der andere Schauspieler war nicht würdevoll: glatzköpfig, mit lippenlosem Mund und einem Klemmer auf der Habichtsnase; er hatte Hasenohren, groß und hellhörig. In grauem Röckchen, eine graue Hose über den dünnen Beinen und spitzen Knien, lief er ständig hin und her, erzählte Anekdoten, trank wollüstig Wodka, aß dazu nichts als Roggenbrot und ergänzte das Urteil des würdevollen Schauspielers mit boshaft verzogenem Mund ebenfalls durch drei Worte: »Er war Alkoholiker.«

Er versicherte, an den »Memoiren eines Nachtvogels« zu schreiben, und erläuterte: »Der Nachtvogel, das bin ich, ein Schauspieler. Schauspieler und Frauen leben nur nachts. Ich liebe bis zur Selbstvergessenheit alles Historische.«

Als Bestätigung seiner Liebe zur Geschichte erzählte er nicht schlecht, wie der äußerst talentierte Andrejew-Burlak vor der Aufführung das Kostüm vertrank, in welchem er den Juduschka Golowljow spielen sollte, erzählte, wie Schumskij trank und wie die Rinna Syrowarowa im Rausch nicht erkennen konnte, welcher von drei Männern ihr Gatte war. Die Hälfte dieser Erzählung wie auch die meisten anderen brachte er mit Flüsterstimme vor, wobei er sich an den Worten verschluckte und mit dem linken Bein zappelte. Das Zittern dieses Beins bewertete er ziemlich hoch: »Solch einen Krampf hat Napoleon Bonaparte in den besten Augenblicken seines Lebens gehabt.«

Klim Samgin war gewohnt, die Menschen mit dem Maß zu messen, das ihm am verständlichsten war, und diese zwei Schauspieler färbten für ihn auf alle Freunde des Onkels Chrysanth ab.

Als einen Menschen, der seine Rolle bereits gespielt hatte, sah er einen bekannten Schriftsteller, einen langbärtigen, stämmigen Greis mit kleinen Augen. Dieser Literat, der in den siebziger Jahren durch die Idealisierung des Bauerntums zu Ruhm gelangt war, hatte, obwohl er nicht besonders begabt war, durch seinen lyrischen Glauben an das Volk und seine Liebe zu ihm das aufrichtige Entzücken der Leser erweckt. Seinen Ruhm hatte er überlebt, die Liebe indessen war immer noch lebendig, obwohl dadurch verbittert, daß der Leser sie nicht mehr schätzte, sie nicht mehr empfand. Gekränkt schimpfte der Greis auf die jungen Literaten und warf ihnen Verrat am Volk vor: »Das sind alles Lejkins, sie schreiben allein zur Unterhaltung. Korolenko geht noch, aber – auch er gehört dazu! Er hat etwas über die Küchenschaben geschrieben. In der Stadt ist die Küchenschabe eine Lappalie, aber beobachte sie mal in den Dörfern und schreibe dann von ihr. Tschechow – den lobt man, doch er ist ein seelenloser Gaukler, er schmiert mit grauer Tinte – wenn man ihn liest, sieht man nichts vor sich. Das sind alles unausgewachsene Menschen.«

Am meisten, zuweilen bis zu einem bösen Glänzen in den Augen, erregten ihn die Marxisten. Er zupfte sich am Bart und sagte finster: »Vor kurzem sagte ein Dummkopf mir mitten ins Gesicht: ›Ihr Einsatz für das Volk ist verloren, Volk gibt es nicht, es gibt nur Klassen.‹ Ein Jurist, aus dem vierten Semester. Jude. Klassen! Er hat vergessen, wie klassisch seine Stammesbrüder vor kurzem massakriert worden sind . . .«

Zufrieden über das anspruchslose und düstere Wortspiel, schmunzelte er, daß sein Bart bis zu den Ohren wich und die gutmütige, stumpfe Nase entblößte.

Er bewegte sich schwerfällig, wie ein Bauer hinter dem Hakenpflug, und in seiner Gestalt, seinen Gesten und seinen Worten war überhaupt viel Bäuerliches. Samgin dachte an den bäuerlich gekleideten Tolstojaner und sagte zu Makarow: »Er schauspielert gut.«

Doch Makarow verzog das Gesicht und entgegnete: »Ich finde nicht, daß er schauspielert. Möglicherweise hat er sich einmal, als es Mode war, diese Manieren angewöhnt, doch jetzt sind sie bei ihm echt. Gib acht – er spricht zuweilen naiv, unklug, und trotzdem kann man über ihn nicht lachen, nein! Der Alte ist echt! Eine Persönlichkeit!«

Wenn der alte Schriftsteller Wodka getrunken hatte, erzählte er gern von der Vergangenheit, von den Menschen, mit denen er zu arbeiten begonnen hatte. Die jungen Leute bekamen die Namen unbekannter Literaten zu hören und wechselten ratlos Blicke. »Naumow, Bashin, Sassodimskij, Lewitow . . .«

»Hast du sie gelesen?« fragte Klim Makarow.

»Nein. Von den zwei Uspenskijs habe ich Gleb gelesen, daß es aber noch einen Nikolai gegeben hat, höre ich zum erstenmal. Gleb ist ein hysterischer Schriftsteller. Übrigens verstehe ich die Belletristen, Romanprosaisten und sämtliche Isten schlecht. Ich bin ein Un-ist«, sagte er lächelnd, setzte jedoch sofort mürrisch hinzu: »Ich fürchte, sie werden Lidija in die Politik hineintreiben.«

Makarow war oft bei Lidija, blieb aber nicht lange dort sitzen; mit ihr sprach er brummig wie ein älterer Bruder, mit Warwara unaufmerksam und zuweilen sogar spöttisch, Marakujew und Pojarkow nannte er »Choristen« und Onkel Chrysanth – den »Moskauer Gerechten«. Das alles war Klim angenehm, er erinnerte sich schon nicht mehr an den Makarow auf der Terrasse, barfuß, müde und Naivitäten predigend.

Es war noch ein Schriftsteller da, Verfasser fader Erzählungen über das Leben geringer Leute mit ihren kleinen Mißgeschicken. Makarow nannte diese Erzählungen »Berichterstattungen an Nikolai, den Wundertäter«. Der Schriftsteller selbst war auch von kleinem Wuchs, gedrungen, mit unreiner Gesichtshaut, schwärzlichem, spärlichem Bärtchen und unguten Augen. Um ihren harten Blick zu mildern, lächelte er verkrampft und undurchsichtig, und dieses Lächeln, bei dem sein dunkles Gesicht sich in Falten legte, machte ihn alt. In nüchternem Zustand sprach er wenig und vorsichtig, betrachtete mit großer Aufmerksamkeit seine bläulichen Nägel und hüstelte trocken in den Ärmel seines Rockes hinein; wenn er jedoch getrunken hatte, äußerte er, fast immer an falscher Stelle, bedeutsame Sätze: »›Bin Zar – bin Knecht – bin Wurm – bin Gott!‹ Die Substanz ist ja – ob Wurm, ob Goethe – immer die gleiche.«

Er erfand Wortspielereien und schob sie ebenfalls unerwartet und unpassend ins Gespräch: »Ein Gogol ist nun mal Gogol, doch gibt es ihrer viele wohl?«

Er hieß Nikodim Iwanowitsch, und Klim hörte ihn einmal mit geheimnisvollem Lächeln zu Diomidow sagen: »Warten wir und schauen hin, was uns sagt der Nikodim.«

Wenn er etwas in volkstümlicher Art und im Alltagston gesagt hatte, hustete er besonders lange und nachdenklich in seinen Ärmel. Fünf Minuten später aber sprach er wieder ganz anders, indem er die Worte innerlich gleichsam auf ihre Gediegenheit abtastete.

»Von innen her ist alles nicht so, wie wir es sehen, das haben schon die Griechen gewußt. Das Volk erwies sich nicht als solches, wie es die Generation der siebziger Jahre gesehen hat.«

Er benahm sich überhaupt rätselhaft und zerstreut und ließ Samgin annehmen, diese Zerstreutheit sei gekünstelt. Nicht selten brach er seine Rede mitten im Satz ab, zog ein ledernes Büchlein aus der Seitentasche seines kümmerlichen, dunklen Rocks, legte es verstohlen auf sein Knie unter dem Tisch und notierte etwas mit einem dünnen Bleistift.

Dadurch wurde der Eindruck erweckt, als lebte Nikodim Iwanowitsch ständig im Zustand unermüdlichen Schaffens, und deshalb war Diomidow dem Schriftsteller nicht wohlgesonnen.

»Er notiert schon wieder etwas, sehen Sie?« sagte er ängstlich und leise zu Lidija.

Nikodim Iwanowitsch aß viel und unangenehm, und da er das wahrscheinlich wußte, suchte er unauffällig zu essen, schlang die Speisen, ohne zu kauen, hastig hinunter. Doch hatte er einen schwachen Magen, er litt an Sodbrennen, und wenn er sich satt geschlungen hatte, blinzelte er verlegen und hielt sich die Hand vor den Mund, dann zog er sich, die Nase im Ärmel, hüstelnd ans Fenster zurück, wandte allen den Rücken zu und rieb sich heimlich den Leib.

In solch einem Augenblick trat einmal der lustige Student Marakujew, nachdem er Warwara zugezwinkert hatte, auf ihn zu und fragte: »Was betrachten Sie da, Nikodim Iwanowitsch?«

Der Schriftsteller antwortete zusammenzuckend: »Ja, sehen Sie: Dort glüht ein Stern, der mir und Ihnen keinen Nutzen bringt; er ist Zehntausende von Jahren, bevor wir da waren, aufgeflammt und wird noch Zehntausende von Jahren fruchtlos glühen, während wir alle nicht einmal mehr ein halbes Jahrhundert zu leben haben . . .«

Diomidow, der Pflaumenschnaps getrunken hatte und daher etwas angeregt war, erklärte laut und protestierend: »Das haben Sie aus der Astronomie. Vielleicht aber ruht das ganze Weltall gerade auf diesem Stern als seinem letzten Ankerpunkt, und Sie wollen nun . . . was wollen Sie eigentlich?«

»Das ist nicht Ihre Sache, junger Mann«, sagte der Schriftsteller gekränkt.

Bei Onkel Chrysanth verkehrte ein rotglatziger, rotgesichtiger Professor, Verfasser eines programmatischen Artikels, den er vor etwa zehn Jahren geschrieben hatte; in diesem Artikel wies er nach, daß eine Revolution in Rußland nicht durchführbar sei, daß alle oppositionellen Kräfte des Landes allmählich zu einer Reformpartei verschmelzen müßten und daß diese Partei allmählich beim Zaren die Einberufung einer Ständeversammlung erwirken müsse. Doch sogar wegen dieses Artikels hatte man ihn von der Universität ausgeschlossen, und er verbrachte seitdem seine Tage als »Märtyrer im Kampf um die Freiheit«, suchte nicht mehr den Lauf der Geschichte zu ändern, war selbstzufrieden, geschwätzig und trank, allen Getränken den Rotwein vorziehend, wie alle in Rußland, ohne auf das Maß zu achten.

Der flotte Marakujew und ein anderer Student, der vorzügliche Gitarrespieler Pojarkow, blatternarbig, lang und irgendwie einem Küster ähnelnd, machten einmütig Warwara den Hof; sie starrte die beiden mit ihren grünlichen Augen tragisch an, warf ihr rötliches Haar zurück und bemühte sich, in tiefer Stimmlage zu sprechen wie die Schauspielerin Jermolowa; manchmal aber vergaß sie sich und sprach wie die Sawina durch die Nase.

Makarow und Diomidow hielten sich standhaft in Lidijas Nähe, sie störten einander auch nicht. Makarow benahm sich dem Requisiteurgehilfen gegenüber sogar liebenswürdig, obwohl er hinter seinem Rücken ärgerlich sagte: »Weiß der Teufel – ist er etwa Mystiker? Ein Halbverrückter. Auch Lidija scheint nach dieser Seite zu neigen. Überhaupt – die ganze Gesellschaft ist nicht gerade glanzvoll . . .«

Klim Samgin, gänzlich von seinen Beobachtungen in Anspruch genommen, fand sich abseits von allen, aber das kränkte ihn nicht mehr besonders. Er spürte, daß die bescheidene Zuschauerrolle nützlich war, angenehm, und sie brachte ihn Lidija näher. Sie verhielt sich an diesen Abenden wie eine Ausländerin, die die Sprache ihrer Umgebung schlecht versteht, angespannt den verworrenen Reden lauscht und, während sie sie entwirrt, keine Zeit hat, selbst zu sprechen. Ihre dunklen Augen glitten über die Gesichter und blieben bald auf dem einen, bald auf dem anderen ruhen, doch nicht für lange und mit einem Blick, als hätte sie diese Gesichter eben erst bemerkt. Klim suchte mehrmals zu erfahren, was sie von den Menschen dächte. Doch sie zuckte stumm die Achseln, und nur einmal, als Klim sie besonders aufdringlich ausfragte, sagte sie, als wollte sie ihn beiseite stoßen: »Ich weiß es nicht. Wahrscheinlich kann ich nicht denken.«

Bisweilen erschien das unscheinbare Männchen Sujew, glatt frisiert, mit einem kleinen Gesichtchen, in dessen Mittelpunkt ein zerdrücktes Näschen saß. Der ganze Sujew, platt, in einem zerknitterten Anzug, wirkte zerdrückt, zerkaut. Er war an die Vierzig, doch alle nannten ihn Mischa.

»Na, was gibt's, Mischa?« fragte ihn der alte Schriftsteller. Mit leiser Stimme, als spräche er ein Gebet für das Seelenheil verstorbener Angehöriger, antwortete er: »In Marjina Roschtscha Verhaftungen. In Twer. In Nishnij Nowgorod.«

Manchmal nannte er die Namen der Verhafteten, und alle hörten diese Aufzählung schweigend an. Dann sagte der alte Literat griesgrämig: »Die schwindeln. Sie werden nicht alle fangen. Ach, schade, den Natanson haben sie verhaftet, er ist ein ausgezeichneter Organisator. Sie arbeiten ohne Zusammenhalt, daher geht es oft schief. Führer sind erforderlich, alte Leute. Die Welt, die bäuerliche Welt, hat ihren Halt in den alten Leuten.«

»Ein Zusammenschluß aller Kräfte ist notwendig«, erinnerte der Professor. »Zurückhaltung ist erforderlich, Konsequenz...«

Nikodim Iwanowitsch stimmte ihm bei mit dem Sprichwort: »Wenn man hastet, kann man keine Bastschuhe flechten.«

»Immerhin, wenn Verhaftungen stattfinden, glimmt das Spänchen immer noch!« tröstete der nicht würdevolle Schauspieler.

Onkel Chrysanth rannte erregt, glutrot und in Schweiß gebadet unermüdlich vom Zimmer in die Küche und zurück, und nicht selten geschah es, daß in dem traurigen Moment, da man der Menschen im Gefängnis und in Sibirien gedachte, seine frohlockende Stimme ertönte: »Ich bitte zu einem Schnäpschen!«

Bemüht, auf ihren Gesichtern den Ausdruck von Nachdenklichkeit und Trauer zu wahren, begaben sich alle in die Ecke an den Tisch; dort blinkten verführerisch die Flaschen verschiedener Schnäpse, machten sich herausfordernd Imbißplatten breit. Der würdige Schauspieler gestand mit einem Seufzer: »Im Grunde genommen schadet mir das Trinken.«

Er schenkte sich einen Schnaps ein und fügte hinzu: »Aber ich bleibe dem ›Englischen Bittern‹ treu. Und ich verstehe sogar nichts anderes außer...«

Ins Zimmer trat wie aus rotem Kupfer gegossen die monumentale Anfimjewna, auf ihren ausgestreckten Armen trug sie eine gut ein halbes Pud schwere Pastete, und nachdem sie sich an den geräuschvollen Äußerungen allgemeinen Entzückens über die gediegene

Schönheit ihres Werks erquickt hatte, verneigte sie sich, die Arme an den Leib gedrückt, vor allen und sagte wohlwollend: »Lassen Sie es sich gut schmecken!«

Onkel Chrysanth und Warwara stellten die Flaschen vom Imbißtisch auf die Speisetafel, und der nicht würdevolle Schauspieler rief: »Karthago muß zerstört werden!«

Einmal legte er nach dem ersten Bissen wie gelähmt Messer und Gabel hin, preßte die Hände an die Schläfen und fragte mit stiller Freude: »Hören Sie mal, was ist denn das?«

Alle richteten ihre Blicke auf ihn und nahmen an, er habe sich verbrannt, seine Augen wurden feucht – da sagte er kopfwiegend: »Das ist wahrhaftig eine Götterspeise! Herr des Himmels – wie begabt ist doch die russische Frau!«

Er schlug vor, die Anfimjewna einzuladen und auf ihr Wohl zu trinken. Das wurde einmütig angenommen und getan.

Samgin vergaß nicht die Osternacht in Petersburg, er trank vorsichtig und wartete auf den interessantesten Moment, an dem die Anwesenden, nachdem sie gründlich gegessen und hinlänglich getrunken hatten, noch ehe sie berauscht waren, alle zugleich zu reden pflegten. Es ergab sich ein Gestöber von Worten, ein spaßiges Durcheinander von Sätzen:

»In England kann selbst ein Jude Lord sein!«

»Um einen Birkhahn ganz der Qualität seines Fleisches angemessen zu braten . . .«

»Plechanowtum!« rief der alte Literat, während der Student Pojarkow ihm eigensinnig mit Grabesstimme entgegnete: »Die deutschen Sozialdemokraten sind durch legale Mittel mächtig geworden . . .«

Marakujew behauptete, zwei Drittel der Reichstagsmitglieder seien Pfaffen, während Onkel Chrysanth bewies: »Christus ist dem russischen Volk in Fleisch und Blut eingewachsen!«

»Überlassen wir Christus Tolstoi!«

»N-niemals! Um keinen Preis!«

»Molière? Das ist bereits ein Vorurteil.«

»Sie bevorzugen Sardou, ja?«

»Du, ja!«

»Ins Theater geht man jetzt gewohnheitsmäßig wie in die Kirche, ohne überzeugt zu sein, daß man ins Theater gehen muß.«

»Das stimmt nicht, Diomidow!«

»Essen Sie möglichst viel Buchweizengrütze, mein Lieber, dann vergeht es!«

»Wir alle leben um Christi willen . . .«

»Bravo! Das ist traurig, aber wahr!«
»Ich aber behaupte, daß die Engländer Europa regieren werden ...«
»Er hat sich schon in der Astyrewsache engagiert ...«
»Bei Kissilewskij saß das ganze Talent in der Stimme, in der Seele aber hatte er kein Körnchen.«
»Reichen Sie bitte den Essig herüber ...«
»Nein, Sie müssen schon entschuldigen! In Nishnij Nowgorod, in dem Kirchdorf Podnowje, werden die Gürkchen besser eingesalzen als in Neshin!«
»Hinaus aus Europa mit den Türken! Hinaus!«
»Sie haben Dostojewskij vergessen!«
»Und Saltykow-Schtschedrin!«
»Er hatte in jener Saison die Korojedowna-Smijewa zur Geliebten – wissen Sie, so eine ... das kann man nicht laut sagen ...«
»Jetzt wird Witte ganz Rußland drehen ...«
»Monopol. Da soll man nun existieren!«
Man lachte. Nikodim Iwanowitsch fing plötzlich an zu deklamieren:

> »Der Dichter, wär er eine Woge,
> Und Rußland wär der Ozean,
> Kann nicht umhin, sich zu empören,
> Wenn sich empört das Element ...«

»Vor allem halten Sie die Füße warm.«
»Rußland fängt an zu brodeln. Es fängt wieder an ...«
»Die Studentenschaft ... Bundesrat ...«
»Nein, die Marxisten werden die Volkstümler nicht wegkratzen ...«
»Ich werde doch wissen, was Kunst ist, ich bin Requisiteur ...«
In diesen Wirbel hinein warf auch Klim bisweilen Äußerungen Warawkas hinein, und sie gingen darin zusammen mit den Worten aller anderen spurlos unter.
Mit einem Glas Rotwein in der Hand erhob sich der Professor, streckte die Arme hoch und verkündete laut: »Meine Herrschaften! Ich schlage vor, die Gläser zu füllen! Trinken wir ... auf SIE!«
Auch alle anderen erhoben sich und tranken schweigend, denn sie wußten, sie tranken auf das Wohl der Verfassung; der Professor sagte, als er sein Glas geleert hatte: »Möge SIE kommen!«
Er wählte für seinen Toast fast immer unfehlbar den Moment, da die Älteren schwer und traurig wurden, die Jugend jedoch entflammte. Pojarkow spielte virtuos auf der Gitarre, dann sang man

im Chor die vermaledeiten russischen Lieder, die einem das Herz stocken und das ganze Leben tränenvoll erscheinen lassen.

Schön, selbstvergessen sang in hohem Tenörchen Diomidow. An ihm zeigten sich unerwartete Eigenschaften, die Klims Sympathie weckten. Es war klar, daß der junge Requisiteur sich verstellte, wenn er von seiner Schüchternheit gegenüber den Hausgenossen sprach. Marakujew tadelte einmal erregt den jungen Zaren, weil er zu dem Bericht über die Studenten, die sich geweigert hatten, sich auf ihn vereidigen zu lassen, gesagt hatte: »Ich werde auch ohne sie auskommen.«

Fast alle stimmten ihm zu, daß das nicht klug gesprochen sei. Nur der weichherzige Onkel Chrysanth, der verwirrt mit der Handfläche Luft in seine Glatze rieb, suchte den neuen Volksführer zu rechtfertigen: »Er ist jung und hitzig.«

Der nicht würdevolle Schauspieler unterstützte ihn und entfaltete seine geschichtlichen Kenntnisse: »In der Jugend sind alle hitzig, zum Beispiel – Heinrich der Vierte . . .«

Diomidow sagte mit einem Lächeln, das sein bildschönes Gesicht kaum bewegte, freudig und anscheinend neidvoll: »Ein sehr kühner Zar!«

Und mit dem gleichen Lächeln wandte er sich an Marakujew: »Da schafft ihr nun einen allgemeinen Studentenbund, er aber fürchtet euch gar nicht. Er weiß schon, daß das Volk die Studenten nicht mag.«

»Heiliger Knabe Simeon! Schwatzen Sie keinen Unsinn«, unterbrach ihn Marakujew zornig. Warwara brach in ein Gelächter aus, auch Pojarkow lachte, so metallisch, als klapperte in seiner Kehle die Schere eines Haarschneiders.

Als jedoch der Zar erklärt hatte, alle Hoffnungen auf eine Beschränkung seiner Macht seien unsinnig, sagte sogar Onkel Chrysanth trübsinnig: »Er schenkt Schurken Gehör, das ist schlimm!«

Doch der Requisiteur blickte auf die Anwesenden wie ein Erwachsener auf Kinder und wiederholte beifällig und eigensinnig: »Nein, er ist ehrlich. Er hat Mut, weil er ehrlich ist. Einer gegen alle . . .«

Marakujew, Pojarkow und ihr Kamerad, der Jude Preiß, schrien: »Wieso einer? Und die Gendarmen? Die Bürokraten?«

»Das ist Personal!« sagte Diomidow! »Niemand fragt sein Personal, wie er zu leben hat.«

Sie suchten ihn dreistimmig zu überzeugen, aber er verstummte eigensinnig, senkte den Kopf und blickte unter den Tisch.

Klim Samgin begriff, daß Diomidow ungebildet war, aber das festigte nur seine Sympathie für den jungen Mann. So einen konnte Lidija nicht lieben. Sie verhielt sich zu ihm bestenfalls großmütig, bedauerte ihn wie ein zugelaufenes Kätzchen interessanter Rasse. Er beneidete Diomidow sogar ein wenig um seinen beharrlichen Eigensinn und um seinen lächelnden Blick auf die Studenten. Es erschienen ihrer immer mehr in dem gemütlichen, im Hof verborgenen Heim Onkel Chrysanths. Sie hielten ernsthafte Sitzungen in Warwaras Zimmer ab, das mit einer Unmenge von Photographien und Gravüren geschmückt war, auf denen berühmte Mitglieder der Bühne abgebildet waren; sie besaß seltene Porträts von Hogarth, von Alridge, von der Rachel, von Mademoiselle Mars, von Talma. Die Studentensitzungen beunruhigten Makarow sehr und rührten Onkel Chrysanth, der sich als Teilnehmer heranreifender großer Ereignisse fühlte. Er war unerschütterlich davon überzeugt, daß nach der Thronbesteigung Nikolais II. die großen Ereignisse unvermeidlich folgen würden.

»Nun – ihr werdet sehen, werdet sehen!« sagte er geheimnisvoll zu der erregten Jugend und tat die Knöpfchenaugen verschmitzt in die roten Ösen seiner Lider. »Er – wird alle hinters Licht führen, laßt ihn sich nur erst mal umschauen! Seine Augen, den Spiegel der Seele, die beachtet ihr nicht. Schaut euch einmal das Gesicht genauer an!«

Und er scherzte: »Ach, Diomidow, wenn du dir ein Bärtchen wachsen und die Locken ein wenig scheren ließest – so wärst du wie geschaffen für die Rolle eines Impostors. Wie geschaffen!«

Klim Samgin war sehr zufrieden, daß er beschlossen hatte, in diesem Winter nicht zu studieren. In der Universität ging es unruhig zu. Die Studenten hatten den Historiker Kljutschewskij ausgepfiffen und noch einige andere Professoren beleidigt, die Polizei sprengte Zusammenkünfte; zweiundvierzig liberale Professoren schmollten, zweiundachtzig dagegen erklärten sich zu Anhängern der festen Macht. Warwara lief von einem Althändler und Buchantiquar zum andern, suchte nach Porträts von Madame Roland und bedauerte sehr, daß es kein Porträt von Théroigne de Mericourt gab.

Das Leben wurde überhaupt sehr unruhig, und Klim Samgin war bereit zuzugeben, daß Onkel Chrysanth mit seinen Vorgefühlen recht gehabt habe. Ein paar Gestalten, denen er im Lauf dieses Winters begegnete, prägten sich in Klims Gedächtnis besonders kräftig ein.

Eines Tages stand Samgin im Kreml und betrachtete das Häuserchaos der Stadt, das von der winterlichen Mittagssonne festlich beleuchtet wurde. Ein leichter Frost zwickte mutwillig an den Ohren, die gleißenden Schneekristalle blendeten die Augen; die sorgsam in dicke Schichten silbrigen Flaums gehüllten Dächer verliehen der Stadt ein gemütliches Aussehen; man konnte meinen, unter diesen Dächern wohnten einträchtig in lichter Wärme lauter liebe Menschen.

»Guten Tag«, sagte Diomidow und faßte Klim am Ellenbogen. »Eine entsetzliche Stadt«, seufzte er. »Im Winter sieht sie noch gefällig aus, im Sommer aber ist sie ganz unmöglich. Man geht durch eine Straße, und es ist einem, als kröche von hinten etwas Schweres heran und stürzte auf einen. Die Menschen hier sind rauh. Und – Angeber.«

Er seufzte wieder und sagte: »Ich mag das Geächze nicht – ach, Moskau!«

Diomidows frostrotes Gesicht schien noch lieblicher als sonst. Die alte Seehundsmütze war zu klein für seinen Lockenkopf. Der Mantel war abgeschabt, hatte ungleiche Knöpfe, die Taschen waren eingerissen und standen ab.

»Wohin gehen Sie?« fragte Klim.

»Zum Mittagessen.«

Dann deutete er mit einer Kopfbewegung zur Kirche des Tschudowklosters hinüber und sagte: »Ich setze hier einen Ikonostas instand.«

»Sieh mal an! Sie arbeiten sowohl im Theater als auch in der Kirche...«

»Was ist denn dabei? Es ist doch Arbeit. Ein Schnitzer und Vergolder, den ich kenne, hat es mir angeboten. Ein bemerkenswerter Mann...«

Diomidow runzelte die Stirn, schwieg eine Weile und schlug dann vor: »Gehen wir in ein Gasthaus, ich werde Mittag essen, und Sie trinken Tee. Speisen werden Sie dort nicht, das Essen ist zu schlecht für Sie, doch man bekommt einen guten Tee.«

Es wäre interessant gewesen, sich mit Diomidow ein wenig zu unterhalten, aber eine Wanderung mit diesem zerlumpten Burschen lockte Klim nicht; ein Student neben einem Handwerker – ein verdächtiges Paar. Klim lehnte es ab, in ein Gasthaus zu gehen, Diomidow indes sagte, während er mit der Handfläche erbarmungslos sein frierendes Ohr rieb: »Ich arbeite immerzu. Ich will viel Geld sparen.«

Dann fragte er plötzlich: »Finden Sie es richtig, daß Lidija Timofejewna sich für die Bühne ausbilden läßt?«

Ohne eine Antwort abzuwarten, enthüllte er sogleich den Sinn seiner Frage: »Das ist doch dasselbe, als wenn einer nackt auf der Straße herumliefe.«

»Lidija Timofejewna ist ein erwachsener Mensch«, erinnerte ihn Klim trocken.

Diomidow nickte.

»Meiner Ansicht nach täuschen sich Kluge öfter als andere über sich selbst.«

»Weshalb meinen Sie das?«

»Ich lese doch Bücher, und ich sehe es selbst . . .«

Das fand Samgin dreist: Ein ungebildeter Mensch, kann nicht einmal richtig sprechen und will dastehen wie unsereins . . .

»Was lesen Sie denn?«

»Allerhand. Es wird immer von Mängeln geschrieben.«

Er stampfte mit dem Fuß auf und fragte: »Befassen Sie sich mit der Revolution?«

»Nein«, antwortete Klim, Diomidow gerade in die Augen blickend. Sie waren heute besonders tiefblau.

»Ich denke doch, Sie befassen sich damit, Sie sind so verschlossen.«

»Weshalb interessiert Sie das?«

»Wenn ich davon sprechen höre, so weiß ich, daß es wahr ist«, murmelte Diomidow nachdenklich. »Natürlich ist es wahr, weil — was ist es denn?«

Er machte eine wegwerfende Handbewegung in Richtung der Stadt.

»Ich weiß es zwar, aber ich glaube es nicht. Ich habe ein anderes Gefühl.«

»Von der Revolution spricht man nicht auf der Straße«, bemerkte Klim.

Diomidow sah sich um.

»Das ist keine Straße. Wenn Sie wollen, nehme ich Sie mit zu einem Mann«, schlug er vor.

»Was für einem Mann?«

»Sie werden sehen. Ein bemerkenswerter. Er predigt sonnabends.«

»Revolution?«

»Meiner Ansicht nach – noch Schlimmeres«, antwortete Diomidow nicht sogleich. Klim lächelte.

»Sie sind ein spaßiger Mensch!«

»Kommen Sie!« drang Diomidow leise, aber beharrlich in ihn. »Heute ist Sonnabend. Sie müssen sich nur etwas einfacher kleiden. Aber – es ist einerlei, es kommen zuweilen auch solche. Sogar der Revierpolizist kommt manchmal. Und der Diakon.«

An dem schmeichelnden Blick des spaßigen Menschen war klar

zu erkennen: Er wünschte sich sehr, daß Samgin mitkäme, und er war schon überzeugt, daß er es tun werde.

»Es ist unheimlich interessant. Das muß man wissen«, sagte er. »Nehmen Sie die Brille ab, Brillenträger sind dort unbeliebt.«

Klim wollte es ablehnen, zusammen mit dem Revierpolizisten etwas Schlimmeres als Revolution predigen zu hören, aber die Neugier entkräftete seine Vorsicht. Außerdem meldeten sich noch einige nicht ganz klare Erwägungen und ließen ihn sagen: »Geben Sie mir die Adresse, vielleicht komme ich.«

»Es ist besser, ich hole Sie ab . . .«

»Nein, bemühen Sie sich nicht . . .«

Am Abend irrte Klim in den Gassen beim Sucharewturm herum. Der Mond schien hell, der Frost hatte zugenommen; dunkle Gestalten huschten schnell umher, gebeugt, die Hände in Ärmel und Taschen gesteckt; ihre verzerrten Schatten hüpften über die Schneehaufen. Die Luft zitterte kristallen vom Klang zahlloser Glocken, es wurde zur Abendmesse geläutet.

Interessant – in was für einem Milieu mag dieser Verrückte wohl leben? dachte Klim. Wenn etwas passiert, so ist das Schlimmste, was ich zu erwarten habe, daß ich aus Moskau ausgewiesen werde. Was ist dabei? Ich werde leiden. Das ist jetzt Mode.

Da, endlich, über einem alten Tor ein bogenförmiges Schild: »Kwaßbrauerei«. Samgin betrat den Hof, der dicht vollgestellt war mit Bergen schneebedeckter Körbe; hier und da ragten Flaschenhälse und -böden aus dem Schnee; der Mondschein spiegelte sich in dem dunklen Glas wie eine Unmenge formloser Augen.

Tief im Hof erhob sich ein langes, in die Erde gesunkenes Backsteingebäude, es war einmal zweistöckig gewesen oder hatte es werden wollen, aber zwei Drittel des Obergeschosses waren abgebrochen oder nicht vollendet worden. Die Tür im Erdgeschoß war breit wie ein Tor und machte das untere Stockwerk einem Pferdestall gleich; in den Überresten des oberen Stockwerks leuchteten trübe zwei Fenster, während unten ein quadratisches Fenster so grell flakkerte, als brenne hinter der Scheibe ein offenes Feuer.

Klim Samgin klopfte mit dem Fuß gegen die Tür, hätte am liebsten den Hof wieder verlassen, aber in der Tür öffnete sich schon ein unauffälliges, schmales Pförtchen, und ein unsichtbarer Mensch sagte dumpf: »Vorsicht! Vier Stufen.«

Dann kam Samgin an die Schwelle einer zweiten Tür und war geblendet von der grellen Flamme eines Herds; der Herd war riesengroß und in ihn waren zwei Kessel eingemauert.

»Was ist denn? Kommen Sie doch herein«, sagte eine dicke Frau mit schwarzem Schnurrbart und wischte ihre Hände so kräftig an der Schürze ab, daß sie knackten.

In dem kellerartigen Raum mit gewölbter Decke war es dunkel und es herrschte eine feuchte, mit dem erstickenden Geruch von verdorbenem Fleisch und Dünger durchsetzte Wärme. Neben dem Herd weichten Kuhmägen in einem hölzernen Waschtrog, ein anderer Trog war mit den blutigen Klumpen von Lebern und Lungen gefüllt. An der einen Wand standen sechs irdene Töpfe, und hinter ihnen saß auf einer Kiste, Kopf und Rücken an die Wand gelehnt und die langen dünnen Kamelbeine von sich gestreckt, ein Mann in grauer Priesterkleidung. Er löste den Kopf von der Wand, streckte seinen langen Hals und fragte mit halblautem Baß: »Apotheker?«

»Weshalb denken Sie, ich sei Apotheker?« fragte Klim ungehalten.

»Wegen des Äußeren natürlich . . . Nehmen Sie Platz hier.«

Klim setzte sich ihm gegenüber auf eine breite, plump aus vier Brettern zusammengenagelte Pritsche; in einer Ecke der Pritsche lag ein Haufen Lumpen, irgendwessen Bettzeug. Der große Tisch vor der Pritsche roch betäubend nach ranzigem Fett. Hinter einer Bretterwand, die ungestrichen und rissig war, brannte Licht, dort hüstelte jemand und raschelte mit Papier. Die bärtige Frau zündete eine Blechlampe an, stellte sie auf den Tisch und sagte nach einem Blick auf Klim zu dem Diakon: »Ein Fremder.«

Der Diakon schwieg. Darauf fragte sie Samgin: »Wer hat Sie herbestellt?«

»Diomidow.«

»Aha! Senja. Demidow.«

Sie ging, ihre Hände beschnuppernd, zum Herd, hielt aber im Gehen inne und fragte: »Sagte er nicht – mit Brille?«

»Die Brille habe ich mit.«

»Na, schon gut . . .«

Klim holte die Brille aus der Tasche, setzte sie auf und sah, der Diakon war schon über Vierzig und hatte ein Gesicht, wie es heilige Einsiedler auf einer Ikone erhielten. Häufiger noch begegnete man solchen Gesichtern bei Altwarenhändlern, Verleumdern und Geizhälsen, zu guter Letzt jedoch schuf die Erinnerung an eine Vielzahl derartiger Gesichter das aufdringliche Antlitz eines gleichsam unsterblichen russischen Menschen.

Zwei Männer traten ein: der eine breitschultrig, mit wirrem Haar, krausem Bart und mit einem darin erstarrten unbestimmten Lächeln, halb betrunken, halb spöttisch. Jemand Großes mit schwarzem Schnurrbart und spitzem Kinnbart blieb am Herd stehen und wärmte sich. Geräuschlos erschien eine junge Frau mit einem Kopftuch, das bis zu den Brauen herabgeschoben war. Dann kamen nacheinander noch etwa vier Leute, sie drängten sich, ohne erst an den Tisch zu treten, am Herd zusammen, im Halbdunkel waren sie nur schwer zu erkennen. Alle schwiegen und trappelten und scharrten mit den Füßen auf dem Ziegelboden, nur der lächelnde Mann sagte zu jemandem: »Sogar ein Herr ist gekommen . . . ein Antilligent . . .«

Klim drohte zu ersticken in dieser modrigen Luft, dieser alptraumhaften Umgebung, er wäre gern fortgegangen. Schließlich kam Diomidow hereingerannt, warf einen Blick rundum und fragte Klim: »Aha, Sie sind gekommen?« und ging hastig hinter die Bretterwand.

Nach einer Minute trat dort würdig ein kleines Männchen mit struppigem Bärtchen und grauem, unbedeutendem Gesicht hervor. Er trug eine wattierte Frauenjacke und Filzstiefel bis an die Knie, das graue Haar auf seinem Kopf war eingeölt und lag glatt an. In der einen Hand hielt er ein schmales und längliches Buch, wie es die Kaufleute zum Anschreiben benützen. Als er an den Tisch trat, sagte er zu dem Diakon: »Fang nicht an, mit mir zu streiten . . .«

Er setzte sich, schlug das Buch auf und fragte Diomidow nach einem Blick auf Samgin: »Dieser da?«

»Ja.«

»Nun – seid gegrüßt!« wandte sich der unbedeutende Mann an alle. Er hatte eine helltönende Stimme, und es war sonderbar zu hören, daß sie gebieterisch klang. Die Hälfte seiner linken Hand fehlte, sie hatte nur noch drei Finger: Daumen, Zeige- und Mittelfinger. Diese Finger hielt er flach aneinandergelegt wie zur Nikonianischen Bekreuzigung. Während er mit der rechten Hand in seinem Buch die schmalen Seiten umblätterte, die mit großer Schrift beschrieben waren, zeichnete er mit der linken ununterbrochen Schnörkel in die Luft. In diesen Gesten lag etwas Krampfhaftes, das mit seiner ruhigen Stimme nicht in Einklang stand.

»An diesem Abend wollte ich in meiner Belehrung für euch fortfahren, da aber jemand neu hinzugekommen ist, so muß ich ihm in knappen Worten sagen, wovon ich ausgegangen war«, sprach er, die Zuhörer mit farblosen, irgendwie trunkenen Augen musternd.

»Leg los, wir hören zu«, sagte der lächelnde Mann und setzte sich neben Klim.

Der Prediger blickte in das Buch und begann sehr ruhig, als erzählte er etwas Gewöhnliches, das allen längst bekannt war: »Ich lehre, mein Herr, in vollkommener Übereinstimmung mit der Wissenschaft und dem Werk Lew Tolstois, meine Lehre enthält nichts Schädliches. Alles ist sehr einfach: Diese unsere Welt ist ganz das Werk von Menschenhänden; unsere Hände sind klug, unsere Köpfe jedoch sind töricht, und daher kommt das Leid des Lebens.«

Klim sah sich die Leute an, sie saßen alle schweigend da; sein Nachbar drehte vornübergebeugt eine Zigarette. Diomidow war verschwunden. Das Wasser in den Kesseln fing an zu kochen, zu brodeln; die bärtige Frau spülte im Trog Kuhmägen, im Herd zischte das feuchte Holz. Die Flamme der Lampe zitterte und hüpfte, der geborstene Zylinder rauchte. Im Halbdunkel schienen die Menschen unförmig, unnatürlich wuchtig.

»Was ist das – die Welt, wenn man es richtig ansieht?« fragte der Mann und zeichnete mit den drei Fingern eine Schlinge in die Luft. »Die Welt ist die Erde, die Luft, das Wasser, der Stein, der Baum. Ohne den Menschen aber ist das alles zu nichts nütze.«

Klims Nachbar zündete seine Zigarette an und fragte: »Woher weißt du denn, Jakow Platonytsch, was zu etwas nütze ist und was nicht?«

»Wenn ich es nicht wüßte, so würde ich es nicht behaupten. Und – unterbrich mich nicht. Wenn ihr alle hier anfangen wolltet, mich zu belehren – das wäre etwas Wertloses. Etwas Lächerliches. Ihr seid viele, Schüler wäre jedoch nur einer. Nein, es ist schon besser, ihr lernt, lehren aber werde ich.«

»Geschickt?« raunte der lächelnde Nachbar Klim zu, seine Wange mit warmem Rauch anpustend.

Der Lehrer indessen sprach weiter gemessen und ruhig ins Halbdunkel: »Der Stein ist dumm. Auch der Baum ist dumm. Und jegliches Wachsen ist zwecklos ohne den Menschen. Wenn jedoch unsere klugen Hände dieses dumme Material berühren, so entstehen Häuser zum Wohnen, Straßen, Brücken und allerhand Sachen, Maschinen und Spielereien wie Damespiele oder Karten und Trompeten. So ist das. Ich war früher Sektierer, ein Anhänger Sjutajews, dann jedoch begann ich in die wahre Philosophie des Lebens einzudringen und – bin ganz tief in sie eingedrungen, mit Hilfe eines unbekannten Menschen.«

Ein »erklärender Herr«, erinnerte sich Klim.

Aus dem Halbdunkel reckte sich ein pockennarbiges Gesicht, und eine erkältete Stimme bat heiser: »Etwas über Gott . . .«

Jakow Platonowitsch hob mit der dreifingrigen Hand die Lampe ein wenig hoch, blickte mit verkniffenen Augen den Bittenden an und sagte: »Hier lehre ich. Ich weiß, wann Gott an die Reihe kommt.«

Darauf wandte er sich von neuem an Samgin: »Die Gelehrten haben bewiesen, daß Gott vom Klima, vom Wetter abhängt. Wo das Klima gleichmäßig ist, dort ist Gott gütiger, in heißen und in kalten Gegenden hingegen ist Gott grausam. Das muß man verstehen. Heute werde ich darüber nicht sprechen.«

»Er hat Angst vor Ihnen«, flüsterte der Nachbar Klim zu und spuckte auf den Zigarettenrest.

Der Philosoph zog mit der verstümmelten Hand auf dem Tisch einen energischen Strich und vertiefte sich in das Buch, indem er eine Seite nach der anderen umblätterte.

Samgin fühlte sich krank, leer im Kopf, ein Alp saß ihm auf der Brust. Wenn man ihm das erzählt hätte, was er sah und hörte, so hätte er es nicht geglaubt. Immer zorniger kochte das Wasser in den Kesseln und füllte den Keller mit bedrückend riechendem Dampf. Die bärtige Frau patschte mit den schwarzen Leber- und Lungenstücken in den Trögen herum und spülte die Kuhmägen, die sie wie schmutzige Strümpfe umwendete. Sie rumorte vornübergebeugt und glich einer Bärin. Am Herd schnarchte irgend jemand auf, fuhr mit den Füßen über den Boden und schlug mit dem Kopf dumpf gegen die Bretterwand. Der Prediger hielt die Hand über die Augen und blickte hinüber, dann sagte er ohne ein Lächeln, aber auch nicht böse: »Schone den Kopf, vielleicht ist er noch zu gebrauchen.«

Seine dreifingrige Hand, die wie eine Krebsschere aussah, baumelte über dem Tisch umher und rief ein unheimliches Ekelgefühl hervor. Es war unangenehm, das flache Gesicht undeutlich im Halbdunkel zu sehen, die Augenschlitze, aus denen trübe, berauschte Augen schimmerten. Es empörte der selbstsichere Ton, es empörte seine offenkundige Verachtung für seine Zuhörer und deren ergebenes Schweigen.

»Lasset uns nun hinabsteigen vom himmlischen König zum irdischen . . .«

Der Lehrer verstummte für eine Sekunde, kraulte sich am Bart – und schloß: ». . . Tun.«

Klims mitteilsamer Nachbar flüsterte freudig: »Jetzt fängt er gleich vom König Hunger an . . .«

»Wir alle leben nach dem Gesetz des gegenseitigen Wettkampfs, und darin zeigt sich die größte Dummheit von uns.«

Diese plumpen Worte ließen Klim ironisch denken: Wenn das Kutusow hören würde!

Und doch war es beleidigend zu hören, wie dieses Kellermenschlein den bekannten, wenn auch feindlichen Gedankengang Kutusows entstellte und dreist hier aufrollte.

»Nehmen wir mal mit Auge und Verstand solch ein Ereignis aufs Korn: Da kommen zu dem jungen Zaren ein paar treuherzige Leute und schlagen ihm vor: ›Wie wäre es, Majestät, wenn du aus dem Volk einige kluge Leute zum freien Gespräch darüber aussuchtest, wie man das Leben besser einrichten könnte.‹ Er jedoch antwortet ihnen: ›Das ist ein sinnloses Unterfangen.‹ Der Schnapshandel aber befindet sich gänzlich in seinen Händen. Und – die Steuern alle. Das ist es, worüber man nachdenken müßte.«

»Geschickt?« fragte Klims Nachbar mit heißem Flüstern. Und die Hände kräftig reibend: »Der Minister, der Hundsfott!«

»Glauben Sie ihm?«

»Warum sollte man ihm denn nicht glauben? Er nimmt kein Blatt vor den Mund.«

Nachdem der Prediger noch zehn Minuten gesprochen hatte, nahm er mit seiner Krebsschere eine schwarze Uhr aus der Tasche, wog sie in der Hand, schloß das Buch, schlug damit auf den Tisch und erhob sich.

»Für heute – reicht das! Denkt nach.«

Alle rührten sich, und der Pockennarbige sagte: »Danke schön, Jakow Platonytsch.«

Jakow nickte ihm zweimal zu, hob die Nase, schnupperte und verzog das Gesicht. »Glafira! Ich hatte dich doch gebeten: weiche die Kuhmägen nicht in heißem Wasser ein. Es entspringt daraus kein Nutzen, sondern nur Gestank.«

Als Samgin auf dem Weg zur Tür neben ihn geriet, ergriff der Mann mit der Krebsschere seinen Ärmel und sagte spöttisch: »Sehen Sie, Herr, meine Schwester fabriziert Nahrung für die Armen – eine wohlriechende Nahrung, wie? Das ist es eben. In Testows Gasthaus indessen . . .«

»Verzeihen Sie, ich muß gehen«, unterbrach ihn Klim.

Aufgetaucht in die eisige Kälte der Straße, atmete er, so tief er nur konnte; ihn schwindelte, und es wurde ihm grün vor Augen. Die niedrigen, alten Häuserchen und die Berge von Schnee, der öde Himmel darüber und der eisige Mond, alles schien ihm für einen Augenblick grünlich, wie mit Schimmel bedeckt, moderig. Samgin schritt rasch aus und schüttelte sich, um den ekelerregenden Geruch von verdorbenem Fleisch loszuwerden. Es war noch nicht spät, die Abendmesse war gerade erst zu Ende. Klim beschloß, Lidija zu besuchen, ihr von allem, was er gesehen und gehört hatte, zu erzählen und sie mit seiner Empörung anzustecken. Sie sollte wissen, in welcher Umgebung Diomidow lebte, mußte begreifen, daß die Bekanntschaft mit ihm nicht ungefährlich für sie war. Als er jedoch in ihrem Zimmer saß und ironisch und angewidert von seinen Eindrücken zu berichten begann – unterbrach das junge Mädchen leicht verwundert seine Rede: »Aber ich weiß das ja alles, ich war doch schon dort. Ich glaube, ich habe dir erzählt, daß ich bei Jakow gewesen bin. Diomidow wohnt ja dort oben bei ihm. Entsinnst du dich: ›Das Fleisch aber singt: Wozu lebe ich?‹«

Sie bog eine Haarnadel auseinander und wieder zusammen und fuhr nachdenklich fort: »Gewiß, das ist alles sehr primitiv, widerspruchsvoll. Aber das ist doch meiner Ansicht nach nur ein Echo auf jene Widersprüche, die du hier beobachtest. Und es scheint überall dasselbe zu sein.«

Sie zerbrach die Haarnadel und fügte ganz leise hinzu: »Oben wird geschrien, und unten hören sie es und legen es auf ihre Weise aus. Es ist nicht ganz zu verstehen, worüber du dich empörst.«

Ihr ruhiger Ton kühlte Klims Empörung bedeutend ab.

»Ich kann nicht recht begreifen, was dich an Diomidow begeistert«, murmelte er.

Lidija blickte ihn mit zusammengezogenen Brauen an.

»Er gefällt mir.«

Klim verstummte, er lauschte und wartete, wann sich in ihm die Eifersucht zu Worte melden würde. Er dachte: Manchmal bedaure ich, daß er zwei Jahre älter ist als ich; ich wollte, er wäre fünf Jahre jünger. Ich weiß selbst nicht, warum.

»Du siehst, ich schweige immer«, hörte er eine nachdenkliche und gleichmäßige Stimme. »Ich glaube, wenn ich ausspräche, was ich denke, das wäre ... entsetzlich! Und lächerlich. Man würde mich hinausjagen. Bestimmt würde man mich hinausjagen. Mit Diomidow kann ich über alles reden, wie ich will.«

»Und – mit mir?« fragte Klim.

Lidija seufzte und schloß die Augen. »Du bist klug, aber irgend etwas verstehst du nicht. Jene, die nicht verstehen, gefallen mir im allgemeinen besser als die, die verstehen, aber du ... Bei dir ist es anders. Du kritisierst gut, aber das ist zu deinem Handwerk geworden. Mit dir ist es langweilig. Ich glaube, du wirst dich selbst bald langweilen.«

Die Eifersucht meldete sich nicht, doch Samgin fühlte, daß die Schüchternheit Lidija gegenüber, das Gefühl der Abhängigkeit schwand. Gesetzt, im Ton des Älteren, erklärte er: »Es ist durchaus verständlich, daß es für dich an der Zeit ist, zu lieben, aber die Liebe ist ein reales Gefühl, während du dir diesen Burschen erdenkst.«

»Du hast einen Schulmeistercharakter«, sagte Lidija mit offenkundigem Unwillen und sogar, wie es Samgin schien, mit Spott.

»Wenn du sagst: ich liebe dich, so klingt es, als hättest du gesagt: ich liebe es, dich zu belehren.«

»Sieh mal an«, murmelte Klim und lächelte etwas gewaltsam. »Mir dagegen scheint, du neigst zu der Ansicht, du könntest vor Diomidow Lehrerin spielen.«

Lidija schwieg. Samgin blieb noch ein paar Minuten sitzen, verabschiedete sich dann trocken und ging fort. Er war erregt, dachte jedoch, es wäre ihm vielleicht angenehmer gewesen, wenn er noch stärkere Erregung gespürt hätte.

Daheim auf dem Tisch fand Klim einen dicken Brief ohne Marke, ohne Adresse, der Umschlag trug nur die kurze Aufschrift: »An K. I. Samgin.« Da schrieb ihm sein Bruder Dmitrij, daß er nach Ustjug überführt worden war, und bat, ihm Bücher zu schicken. Der Brief war kurz und trocken, das Bücherverzeichnis dagegen umfangreich und mit langweiliger Genauigkeit geschrieben, Titel, Verleger, Jahr und Ort des Erscheinens ausführlich genannt; die Mehrzahl der Bücher war deutschsprachig.

Rechnungsführer, dachte Klim feindselig. Er sah in den Spiegel und löschte sofort das Lächeln auf seinem Gesicht. Da fand er sein Gesicht trübsinnig und abgemagert. Er trank ein Glas Milch, zog sich sorgfältig aus, legte sich zu Bett und fühlte plötzlich, daß er sich selbst leid tat. Er sah im Geist den »bildschönen« Jungen und erinnerte sich an dessen ungeschickte Worte: »Ich habe ein anderes Gefühl.«

Vielleicht hat er auch hier ein anderes Gefühl, dachte Samgin und suchte sich zu trösten. Ich bin kein Romantiker, fuhr er fort, wobei er das unbestimmte Gefühl hatte, die Quelle des Trostes befände sich irgendwo in der Nähe. Es wäre töricht, dem Mädchen übelzunehmen, daß sie meine Liebe nicht zu schätzen gewußt hat. Sie fand einen schlechten Helden für ihren Roman. Er wird ihr nichts Gutes bieten. Es ist durchaus möglich, daß sie ihre Neigung einmal grausam büßen muß, und dann werde ich ...

Er dachte seinen Gedanken nicht zu Ende, da er plötzlich einen leichten Zug von Verachtung gegen Lidija empfand. Das tröstete ihn sehr. Er schlief mit der Überzeugung ein, daß der Knoten, der ihn mit Lidija verband, sich gelöst hatte. Schon halb im Schlaf dachte Klim sogar: Ja – ist denn ein Junge dagewesen? Vielleicht war gar kein Junge da?

Doch schon am nächsten Morgen begriff er, daß dem nicht so war. Draußen strahlte prächtig die Sonne, die Glocken dröhnten festlich, aber das alles war langweilig, denn der »Junge« existierte. Das war ganz deutlich zu fühlen. Mit verblüffender Stärke sah er Lidija Warawka mitten in der Sonne auf der Fensterbank sitzen, während er vor ihr kniete und ihre Beine küßte. Welch ein strenges Gesicht hatte sie damals gehabt, und wie wunderbar hatten ihre Augen geleuchtet. In manchen Augenblicken konnte sie unwiderstehlich schön sein. Es kränkte ihn, daran zu denken, daß Diomidow...

Mit diesen unerwarteten und schmerzlichen Gedanken verbrachte er die Zeit bis zum Abend, und abends erschien Makarow, aufgeknöpft, zerzaust, mit geschwollenem Gesicht und geröteten Augen. Klim schien, sogar Makarows schöne, feste Ohren wären schlapp geworden und hingen herab wie bei einem Pudel. Er roch nach Kneipenluft, war aber nüchtern.

»Wolodka ist aus dem Kubangebiet gekommen und trinkt schon den dritten Tag wie ein Feuerwehrmann«, erzählte er, rieb sich mit den Fingern die Schläfen und glättete seinen zweifarbigen Schopf. »Ich hatte Mitleid mit ihm, aber nun kann ich nicht mehr! Gestern ist sein Freund, der Diakon, zu ihm gekommen und da bin ich geflüchtet. Ich gehe gleich wieder hin, Wladimir beunruhigt mich, er ist ein Mensch mit überraschenden Einfällen. Hast du Lust mitzukommen? Ljutow wird sich freuen. Er nennt dich einen Doppelpunkt, auf den etwas Unbekanntes, aber Originelles folgt. Du wirst den Diakon kennenlernen – ein interessanter Typ! Vielleicht kannst du auch Wolodka ein wenig abkühlen. Gehen wir?«

Klim reizte es, zu sehen, wie der unangenehme Mensch litt.

Ich werde mich betrinken, dachte er, Makarow wird es Lidija erzählen.

Eine Stunde später schritt er über den glänzenden Fußboden eines leeren Zimmers, an Spiegeln vorbei, die zwischen fünf Fenstern hingen, an Stühlen vorbei, die manierlich und langweilig an den Wänden aufgestellt waren, während von den Wänden zwei Gesichter mißbilligend auf ihn herabblickten; das eine war ein finsterer Mann mit einer roten Schärpe um den Hals und dem Eidotter einer Medaille im Bart, das andere eine rotwangige Frau mit fingerdicken Brauen und verächtlich herunterhängender Lippe.

Über eine zwei Stiegen hohe, schmale und dunkle Innentreppe gelangten sie in ein düsteres Zimmer mit niedriger Decke und zwei Fenstern, in der Ecke des einen kreischte das Blechrädchen einer Lüftungsklappe und trieb einen krausen Strahl Winterluft ins Zimmer.

Mitten im Zimmer stand Wladimir Ljutow in einem langen Nachthemd bis zu den Knöcheln, stand da, hielt eine Gitarre am Griff, stützte sich auf sie wie auf einen Regenschirm und wankte. Er musterte die Eintretenden und atmete schwer, unter dem offenen

Hemd hoben und senkten sich die Rippen, es schien sonderbar, daß er so knochig war.

»Samgin?« rief er fragend mit geschlossenen Augen und breitete die Arme aus; die Gitarre fiel zu Boden und dröhnte, die Lüftung anwortete mit einem Kreischen.

Ehe Klim ausweichen konnte, hatte Ljutow ihn schon umarmt, drückte ihn, hob ihn hoch und murmelte, ihn mit seinen feuchten, heißen Lippen küssend: »Hab Dank ... Ich bin sehr ... sehr ...«

Er zog ihn an einen Tisch, der mit Flaschen und Tellern beladen war, und rief, mit zitternder Hand Wodka einschenkend: »Diakon – komm her! Das ist einer von den Unseren.«

In einer Ecke öffnete sich eine unauffällige Tür, mürrisch lächelnd trat der graue Diakon von gestern ein. Beim Licht der zwei großen Lampen sah Samgin, daß er drei Bärte hatte, einen langen und zwei kürzere; der lange wuchs auf dem Kinn, während die zwei anderen von Ohren und Backen herunterhingen. Sie fielen auf dem grauen Priestergewand kaum auf.

»Ipatewskij«, sagte er unentschlossen und drückte Samgin mit den knochigen Fingern schmerzhaft fest die Hand, dann bückte er sich langsam, um die Gitarre aufzuheben.

Makarow schloß die Lüftungsklappe und schrie den Hausherrn an: »Du willst dir wohl eine Lungenentzündung holen?«

»Kostja, ich ersticke!«

Ljutows eilige Augen liefen um Samgin herum, außerstande, auf ihm ruhen zu bleiben, und huschten zum Diakon, der sich langsam aufrichtete, als fürchtete er, sein langer Körper ließe sich in dem Zimmer nicht unterbringen. Ljutow hüpfte wie verbrüht um den Tisch herum und verlor die Pantoffeln von seinen bloßen Füßen; er setzte sich auf einen Stuhl, beugte den Kopf bis zu den Knien vor und zog schwankend einen Pantoffel an, und es war nicht zu begreifen, wieso er nicht kopfüber auf den Boden fiel. Er zauste das graue Haar des Diakons und kreischte: »Samgin! Das hier ist ein Mensch! Das ist sogar kein Mensch, sondern ein Gotteshaus. Beten Sie dankbar zu der Kraft, die solche Menschen erschafft.«

Der Diakon stimmte andächtig die Gitarre. Als er sie fertig gestimmt hatte, stand er auf und trug sie in die Ecke, und Klim sah einen Hünen mit breiter, flacher Brust, Affenhänden und dem knochigen Gesicht eines Narren in Christo, aus den tiefen Höhlen dieses Gesichts blickten abwesend riesengroße, wäßrige Augen.

Ljutow füllte vier große Likörgläser mit goldgelbem Schnaps und verkündete: »Polnischer Wodka! Schmeißt ohne Ausnahme um. Ich schlage vor, auf das Wohl von Alina Markowna Telepnjowa, meiner ehemaligen Braut, zu trinken. Sie hat mich ... sie hat mir eine Absage erteilt, Samgin! Hat sich geweigert, mit Leib und Seele zu lügen. Meine tiefe, aufrichtige Hochachtung – hurra!«

»Hurra«, wiederholte der Diakon mit Grabesstimme.

Nach zwei Gläsern des außerordentlich schmackhaften Schnapses erschienen Klim sowohl der Diakon als auch Ljutow weniger abscheulich. Ljutow war nicht einmal sehr betrunken, sondern nur lyrisch gestimmt und bis zur Raserei erregt. In seinen Schielaugen leuchtete etwas an Verzückung Grenzendes, er sah sich fragend um, und bisweilen senkte sich seine hohe Stimme plötzlich, wie vor Schreck, bis zu einem Flüstern.

»Kostja!« schrie er. »Man muß doch eine gute Seele haben, um auf große Gelder zu verzichten?«

Makarow schubste ihn lächelnd zum Diwan und redete ihm liebevoll zu: »Setz dich, sitz ruhig.«

»Halt! Ich bin großes Geld und – nichts weiter! Und dann bin ich ein Opfer, das die Geschichte sich selbst bringt für die Sünden meiner Väter.«

Er blieb mitten im Zimmer stehen, schwang die Arme hoch und hielt sie über dem Kopf wie ein Schwimmer, der ins Wasser springen will.

»Irgendwann einmal wird auf Erden eine gerechte Menschheit leben, und sie wird auf den Plätzen ihrer Städte Denkmäler von erstaunlicher Schönheit errichten und draufschreiben ...«

Er keuchte, blinzelte und kreischte auf: »Und wird draufschreiben: ›Unseren Vorfahren, die für die Sünden und Fehler der Väter zugrunde gingen‹. Das wird sie draufschreiben!«

Klim sah, wie Ljutows Beine unter dem Hemd zitterten, und erwartete, daß aus seinen verdrehten Augen Tränen kämen. Doch das geschah nicht. Nach seinem tollen Begeisterungsausbruch schien Ljutow auf einmal ernüchtert, er wurde ruhiger, setzte sich, Makarows Drängen nachgebend, auf den Diwan und wischte mit dem Ärmel sein Gesicht ab, das sich plötzlich und stark mit Schweiß bedeckt hatte. Klim fand, der Kaufmannssohn leide recht komisch. Er erweckte keinerlei gute Gefühle, auch kein nachsichtiges Bedauern, im Gegenteil, Klim hätte ihn gern gereizt und gesehen, wohin dieser Mensch sich noch stürzen könnte. Er nahm neben ihm auf dem Diwan Platz. »Das von den Denkmälern haben Sie sehr gut gesagt ...«

Ljutow drehte den Kopf hin und her, musterte ihn mit flackerndem Blick, wiegte sich und strich sich mit den Händen über die Knie.

»Man wird Denkmäler errichten«, sagte er überzeugt. »Nicht aus Barmherzigkeit – wenn es unsere Hautleiden nicht mehr gibt, braucht man keine Barmherzigkeit mehr –, man wird Denkmäler errichten aus Liebe zu der ungewöhnlich schönen Wahrheit der Vergangenheit; man wird sie verstehen und schätzen, diese Herrlichkeit ...«

Am Tisch sagte der Diakon, der Makarow das Gitarrespielen beibrachte, im tiefsten Baß: »Krümmen Sie die Finger mehr, hakenförmig ...«

»Verzeihen Sie«, begann Klim. »Aber ich habe gesehen, daß Alina ...«

Ljutow hörte auf, seine Knie zu streichen, und saß gebückt da.

»Sie ist im Grunde nicht sehr klug ...«

»Das Weibliche in ihr ist klug.«

»Mir scheint, sie ist nicht fähig zu begreifen, warum man liebt ...«

»Wieso ›warum‹?« fragte Ljutow, lehnte sich schroff zurück und sah Samgin mit stechendem Blick ins Gesicht. »Das Warum kommt aus dem Verstand. Der Verstand ist gegen die Liebe ... gegen jegliche Liebe! Wenn die Liebe ihn überwindet, entschuldigt er sich: Ich liebe wegen der Schönheit, wegen der hübschen Augen, die Dumme – wegen der Dummheit. Die Dummheit kann man nämlich umtaufen ... Die Dummheit hat viele Namen ...«

Er sprang auf, trat an den Tisch, packte den Diakon an den Schultern und bat: »Jegor, trag doch das vom Heckrubel vor, ja? Bitte!«

»In Gegenwart eines fremden Menschen?« sagte der Diakon mit einem fragenden und verlegenen Blick auf Klim. »Aber wir scheinen uns schon begegnet zu sein ...«

Klim lächelte liebenswürdig.

»Bin von jung auf mit der Leidenschaft des Dichtens behaftet, geniere mich aber vor gebildeten Menschen, da ich meine Armseligkeit wohl einsehe.«

Der Diakon tat alles langsam, mit schwerfälliger Behutsamkeit. Er streute reichlich Salz auf ein Stückchen Brot, legte ein Scheibchen Zwiebel drauf, und dann hob er eine Flasche Wodka mit solcher Anstrengung vom Tisch, als wäre sie zwei Pud schwer. Beim Einschenken kniff er das eine riesengroße Auge zu, während das andere vorquoll und einem Taubenei ähnlich wurde. Als er den Schnaps ausgetrunken hatte, öffnete er den Mund und sagte schallend laut: »H-ho!«

Bevor er jedoch das Zwiebelbrot in den Mund steckte, roch er daran mit den zusammengezogenen Nüstern seiner langen Nase wie an einer Blume.

Ljutow stand da mit warnend vorgestreckter Rechten, während

er sich mit der Linken kräftig das ungleichmäßig gewachsene Bärtchen rieb. Makarow, der am Tisch saß, bestrich bedächtig einen Kringel mit Kaviar. Klim Samgin auf dem Diwan lächelte, da er etwas Ungehöriges und Komisches erwartete.

»Na, also«, sagte der Diakon und begann schleppend, nachdenklich, nicht besonders laut:

>»Keinen Schlaf fand der Herr Jesus,
> Und so wandelte er auf den Sternen,
> Auf der goldnen Himmelsstraße,
> Schritt von einem Stern zum andern.
> Es begleiteten den Herrn Jesus
> Nikolaus, der Bischof von Myra,
> Und Apostel Thomas – nur die zweie.«

Es war schwer, ihm zuzuhören, die Stimme tönte dumpf, kirchlich, er knetete und dehnte die Worte und machte sie dadurch undeutlich. Ljutow dirigierte, die Ellbogen an die Hüften gedrückt, mit beiden Händen, als wiegte er ein Kind, manchmal aber auch, als würfe er etwas zu Boden.

>»Tief in Gedanken ist der Herr versunken,
> Schaut hinunter – unten kreist die Erde,
> Dreht sich rund und schwarz wie ein Kreisel,
> Den der Teufel peitscht mit eiserner Kette.«

»Ha?« fragte Ljutow, Klim zuzwinkernd; sein Gesicht zuckte krampfhaft.

»Störe nicht«, sagte Makarow.

Klim lächelte immer noch, da er zuversichtlich etwas Komisches erwartete, während der Diakon mit seinen vorstehenden Augen an der Wand eine dunkle Gravüre in Goldrahmen anstarrte und brummte:

>»›Dort war ich einst‹, sprach Christus traurig,
> Doch da lächelte der Apostel Thomas
> Und sagte: ›Von dort sind wir ja alle.‹
> Christus sah hinab in die Finsternis der Erde
> Und fragte den Knecht Gottes, Nikola:
> ›Wer liegt denn dort am Straßenrande,
> Ein Betrunkener, ein Schläfer oder ein Toter?‹
> ›Nein‹, sprach der Knecht Gottes, Nikola,
> ›Das ist bloß der Waska aus Kaluga,
> Der von einem schönen Leben träumet.‹«

Ljutow hatte die Augen geschlossen, schüttelte den zerzausten Kopf und lachte lautlos. Makarow schenkte zwei Gläschen Schnaps ein, trank das eine selbst und reichte das andere Klim.

»Da schwebte Christus träumerisch voll Nachsicht
Einer Taube gleich hinunter auf die Erde,
Trat vor Waska hin und fragte Waska:
›Ich bin Christus, erkennst du mich, Wassilij?‹
Waska fiel vor Gott dem Herrn auf die Knie,
War tief gerührt und nahe dem Weinen.
›O Herr!‹ stammelte er, ›ei der Tausend!
Wir hatten dich heute gar nicht erwartet!
Warum hast du's mich nicht vorher wissen lassen?
Hätte das Volk zusammengerufen, dich zu begrüßen,
Mit Glockenklang hätten wir dich empfangen, wir alle,
Die da leben in unserem Shisdrinsker Kreise!‹
Nun lächelte Jesus in sein Bärtchen
Und sprach liebevoll zu dem Bauern:
›Ich bin ja nur auf kurze Zeit gekommen,
Zu erfahren, was du, Waska, dir wünschest!‹«

Nachdem Ljutow den linken Arm auf Samgin zu ausgestreckt hatte, flüsterte er, während er mit dem rechten weiter dirigierte, mit pfeifender Stimme: »Jetzt hören Sie zu!«

»Waska aus Kaluga stand da mit offenem Maule,
Starr vor Freude war Wassilij,
Dann flüsterte er mit wäßrigem Munde:
›Gib mir, o Herr, einen Silberrubel,
Solch ein Heckrubelchen, weißt du,
Das immer bleibt, soviel man's auch ausgibt,
Das nicht zu zerwechseln, soviel man's auch wechselt!‹«

»Genial!« rief Ljutow und schüttelte die Hände, als würfe er dem Diakon etwas vor die Füße, während dieser mit kummervoll gekrümmten Brauen das dreifache Bärtchen bewegte und weitersprach:

»»Geld führe ich keines bei mir,
Das Geld hat der Schatzmeister Thomas,
Er ist jetzt Judas' Stellvertreter . . .‹«

Ljutow konnte gar nicht mehr zuhören. Er hüpfte, wand sich, verlor die Pantoffeln, patschte auf den nackten Fußsohlen umher und schrie: »Wie findet ihr das? Wie? Wie fin-det ihr das?«

Das Gesicht und die geballten Fäuste zur Decke erhoben, sang er mit der näselnden Stimme eines alten Küsters: »Schenk mir, o Herr, ein Heckrubelchen! Nein, dieser Thomas, wie? Der Skeptiker Thomas an Stelle des Judas, wie?«

»Hör mit dem Krampf auf, Wolodka«, sagte Makarow grob und laut und goß Schnaps ein. »Genug mit der Raserei«, fügte er ungehalten hinzu.

Ljutow riß sich von dem Diakon los, den er umarmt hatte, stürzte auf Makarow zu und umhalste ihn. »Bist du immer noch um meine Würde besorgt? Nicht nötig, Kostja! Ich weiß, es ist wirklich nicht nötig. Welcher Teufel braucht meine Würde, was soll ich damit? Bind dem Ochsen, der da drischt, das Maul nicht zu, Kostja!«

Samgin war erstaunt und verwirrt. Er sah, wie Makarows schönes Gesicht sich verfinstert hatte, er hatte die Zähne fest zusammengepreßt, seine Augen waren feucht.

»Du weinst wohl?« fragte er mit unschlüssigem Lächeln.

»Was denn sonst? Soll ich etwa lachen? Das ist gar nicht zum Lachen, mein Lieber«, sagte Makarow schroff. »Das heißt – zum Lachen ist es wohl . . . Trink, du Fragesteller! Weiß der Teufel . . . Wir Russen können anscheinend nur Schnaps trinken, alles mit unsinnigen Worten zerbrechen, entstellen und unheimlich über uns selbst lachen, und überhaupt . . .«

Er fuhr verzweifelt mit der Hand durch die Luft.

Klim wurde es unangenehm. Nach dem Schnaps und den sonderbaren Versen des Diakons empfand er plötzlich eine Anwandlung von Wehmut: Durchsichtig und leicht wie die blaue Luft eines sonnigen Spätherbsttages, erweckte sie, ohne ihn zu bedrücken, das Verlangen, allen angenehme Worte zu sagen. Und so sagte er, mit dem Schnapsglas in der Hand vor dem Diakon stehend, der zusammengekrümmt ihm vor die Füße sah: »Das haben Sie sehr originell gemacht. Und überraschend. Ich gestehe, ich hatte etwas Komisches erwartet . . .«

Der Diakon richtete sich auf, ein Lächeln in seinen fast farblosen Augen erhellte das tief gerötete Gesicht.

»Auch Komisches ist darin enthalten; es ist ja ein umfangreiches Werk, hat sechsundachtzig Verszeilen. Ohne etwas Komisches geht es bei uns nicht – sonst wird es unwahr. Ich habe sicherlich schon mehr als tausend Menschen beerdigt, erinnere mich aber an keine einzige Beerdigung ohne komischen Zwischenfall. Richtiger gesagt, nur solche sind mir erinnerlich. Selbst auf dem bittersten Weg stolpern wir über das Komische, so sind wir eben!«

Ljutow, der zusammengeknickt auf den Diwan gefallen war,

schrie und bettelte: »Laß mich, Kostja! Ich habe das Recht zu rebellieren, Kostja!«

»Weibische Rebellion. Hysterie. Geh, gieß dir kaltes Wasser über den Kopf.«

Makarow stellte den Freund leicht auf die Beine und führte ihn fort, während der Diakon auf Klims Frage, was denn Waska aus Kaluga mit dem Heckrubel getan habe, nachdenklich erzählte: »Christus kehrte in den Himmel zurück, bat Thomas um einen Silberrubel und warf ihn Waska hinunter. Wassilij fing natürlich zu trinken und zu bummeln an, was hätte er auch anderes tun können?

> Wasjaga ißt und trinkt, verdirbt die Mädchen,
> Schenkt den jungen Burschen Ziehharmonikas,
> Zerrt die alten Männer an den Bärten,
> Brüllt, daß man es hört weitum im Land Kaluga:
> ›Ich pfeif auf euch, ihr Erdenmenschen!
> Bin Sünder oder Büßer, wie es mir gefällt!
> Ganz gleich: Des Paradieses Pforte steht mir offen,
> Denn Christus selber ist mein bester Freund!‹

Als jedoch Nikita, der gefürchtete Räuber aus dem Wolgaland, erfuhr, woher Waska den Heckrubel bekommen hatte, stahl er ihm die Münze, stieg wie ein Dieb in den Himmel und sagte zu Christus: ›Das war nicht recht von dir, Christus, um eines Rubels willen begehe ich jede Woche große Sünden, du aber hast ihn einem Faulpelz geschenkt, einem Bummler – das ist nicht recht!‹«

Mit nassem, glattfrisiertem Kopf, bekleidet mit Hose und Russenhemd, trat Ljutow ins Zimmer.

»Den Schluß, sag den Schluß auf!« schrie er.

Der Diakon lächelte. »Den erzähle ich doch schon! Christus stimmte Nikita bei. ›Richtig‹, sagte er, ›ich habe in meiner Einfachheit einen Fehler gemacht. Ich danke dir, daß du die Sache wiedergutgemacht hast, obwohl du ein Räuber bist. Bei euch auf Erden ist alles so verworren, daß man sich gar nicht mehr auskennt, und ihr habt wohl recht mit dem, was ihr sagt. Es paßt dem Satan, daß Güte und Einfachheit schlimmer sind als Diebstahl.‹ Dennoch beklagte er sich, als er von Nikita Abschied nahm. ›Ihr lebt schlecht‹, sagte er, ›ihr habt mich gänzlich vergessen.‹ Nikita indes sagte:

> ›Nimm uns unser Tun nicht übel, Christus.
> Wir vergessen dich nicht, Jesus,
> Weil wir auch im Haß – dich lieben,
> Weil wir selbst mit unserm Haß dir dienen.‹«

Der Diakon holte tief, geräuschvoll Atem und sagte: »Das ist der Schluß.«

»Niemand kann das begreifen!« schrie Ljutow. »Niemand! Das ganze europäische Mordwinenpack wird nie den russischen Diakon Jegor Ipatewskij verstehen, der wegen Gotteslästerung und Schändung aus Liebe zu Gott vor Gericht gestellt worden ist! Das begreifen sie nicht!«

»Das ist wahr, Gott liebe ich sehr«, sagte der Diakon schlicht und überzeugt. »Nur stelle ich an ihn hohe Anforderungen: Er ist ja kein Mensch, es liegt also kein Grund vor, ihn zu schonen!«

»Halt! Wenn es ihn aber gar nicht gibt?«

»Wer solches behauptet – irrt sich.«

Nun mischte sich Makarow ein.

»Es gibt keinen Gott, Vater Diakon«, sagte auch er sehr überzeugt. »Es gibt keinen, weil – so dumm ist alles!«

Ljutow kreischte, hetzte die Streitenden aufeinander und sagte zu Samgin: »Wissen Sie, weshalb er vor Gericht gekommen ist? In seinen Versen unterhält sich die Mutter Gottes mit dem Satan und wirft ihm vor: ›Weshalb hast du mich, als ich noch Eva war, an den schwachen Adam verraten – weshalb? Wenn ich mit dir leben würde, hätte ich die Erde mit Engeln bevölkert!‹ Wie finden Sie das?«

Klim hörte seine erregte, bohrende Stimme und zugleich den dumpfen Baß des Diakons: »Das klingt freilich wie das Dröhnen eherner Posaunen, wenn so ein kleines Menschlein das Weltall eine Torheit nennt, aber komisch ist es doch.«

»Die Frau ist auf dumme Weise erschaffen worden . . .«

»Darin bin ich mit Ihnen einverstanden. Überhaupt scheint der Leib auf Widersprüchen zu beruhen, aber vielleicht nur deshalb, weil uns die Wege, auf denen er mit dem Geist verschmilzt, noch unbekannt sind . . .«

»Ihr Diener der Kirche verspottet die Frau . . .«

Ljutow stieß Klim an, er schrie verzückt: »Wer würde es wagen, so wie wir von Gott zu reden?«

Klim Samgin hatte noch nie ernsthaft über die Existenz Gottes nachgedacht, er hatte kein Bedürfnis danach. Jetzt aber war er angenehm berauscht, er wünschte sich Musik, Tanz, Heiterkeit.

»Wir sollten irgendwohin fahren«, schlug er vor. Ljutow ließ sich auf den Diwan fallen, zog die Beine dicht an sich heran und fragte lächelnd: »Zu leichten Mädchen? Aber Sie sind doch, denke ich, verlobt? Wie?«

»Ich? Nein«, sagte Samgin und setzte, ihm selbst unerwartet, hinzu: »Es ist die gleiche Geschichte wie bei Ihnen . . .«

Er glaubte auch selbst sogleich, daß dies so sei, irgend etwas riß in ihm und erfüllte ihn mit dem Rauch beißender Trauer. Er brach in Tränen aus. Ljutow umarmte ihn und sagte ganz leise etwas Tröstliches, wobei er zärtlich Lidijas Namen nannte; das Zimmer wankte wie ein Boot, das Zifferblatt der Moseruhr leuchtete silbrig wie der Wintermond und kroch im Bogen über die Wand wie ein Pendel.

»Zuerst hast du mir sehr mißfallen«, sagte Klim schluchzend.

»Ich mißfalle allen.«

»Du bist ein Revolutionär!«

»Wir alle sind Revolutionäre ...«

»Konstantin Leontjew hat also recht: Rußland muß man einfrieren lassen.«

»Dummkopf!« sagte Ljutow erschreckt. »Dann würde es platzen, wie eine Flasche.«

Dann rief er: »Ach – der Teufel soll es holen! Mag es platzen, und dann soll Ruhe sein!«

Schließlich saßen sie alle vier auf dem Diwan. Im Zimmer war es eng geworden. Makarow hatte es mit Zigarettenrauch und der Diakon mit seinem tiefen Baß gefüllt, man konnte kaum atmen.

»Die Seelen sind voller Kränkung, der Verstand ist recht verworren ...«

»Halt ein, Diakon!«

»Das Leben ist kein Feld, keine Wüste, man kann nirgends haltmachen.«

Die Worte hämmerten Samgin gegen die Schläfen, sie stießen ihn.

»Ich dulde nicht, daß man die Wissenschaft tadelt«, schrie Makarow.

Der Diakon geriet in Bewegung und begann sich langsam aufzurichten. Als er, lang und dunkel wie ein unheimlicher Schatten, mit dem Kopf die Decke erreicht hatte, knickte er ein und fragte von oben herab: »Hört zu – habt ihr das schon vernommen?«

Hin-und herschwingend wie ein Glockenklöppel, fing er zu heulen, zu dröhnen an: »Die da zwei-eifeln ... am Dasein Go-ottes ... seien verflu-ucht!«

»Verflu-ucht! Verflu-ucht!« sang Ljutow durchdringend, mit Begeisterung, während der Diakon begräbnisfeierlich sekundierte.

»Ruhe!« brüllte Makarow.

Das Heulen des Diakons betäubte Klim und stieß ihn in eine dunkle Leere; Makarow holte ihn daraus hervor.

»Steh auf! Es ist schon fünf.«

Samgin erhob sich langsam und setzte sich auf den Diwan. Er war angekleidet, nur Rock und Stiefel waren ausgezogen. Das Chaos und die Gerüche im Zimmer riefen ihm sofort die vergangene Nacht ins Gedächtnis. Es war dunkel. Auf dem Tisch zwischen den Flaschen brannte mit zweifarbiger Flamme eine Kerze, das Spiegelbild der Flamme war unsinnig im Inneren einer leeren, weißen Glasflasche eingeschlossen. Makarow zündete Streichhölzer an, sie flammten auf und erloschen wieder. Er beugte sich über die Kerzenflamme, stieß mit der Zigarette hinein, löschte die Flamme aus und fluchte: »Teufel noch mal!«

Dann fragte er: »Meinst du nun, Lidija habe sich in diesen Idioten verliebt?«

»Ja«, sagte Klim, fügte aber nach zwei, drei Sekunden hinzu: »Wahrscheinlich...«

»Na... Geh, wasch dich.«

Es war ihm gelungen, die Kerze wieder anzuzünden. Klim merkte, daß seine Hände stark zitterten. Im Fortgehen blieb Makarow an der Schwelle stehen und sagte leise: »Dort hat der Diakon eben Verse über die Mutter Gottes, über den Satan und den schwachen Menschen Adam vorgetragen. Es war gut! Eine kluge Bestie, dieser Diakon.«

Er zog mit der Zigarette Striche durch die Luft und deklamierte:

»Die Menschen brauchen nicht Christus noch Abel.
Sie brauchen – Prometheus-Antichrist.«

»Das ist... geschickt gesagt!«

Er schleuderte die Zigarette zu Boden und ging.

Ein glatzköpfiger alter Mann mit einer Beule an der Stirn half Klim beim Waschen und führte ihn wortlos nach unten; dort, in einem kleinen Zimmer, saßen an einem Tisch um den Samowar drei Verkaterte. Der Diakon, der im Lauf der Nacht noch magerer geworden war, sah wie ein Gespenst aus. Seine Augen schienen Klim nicht mehr so riesengroß wie am Vortag, nein, es waren die ganz gewöhnlichen, wäßrigen und trüben Augen eines bejahrten Säufers. Auch sein Gesicht war im Grunde mittelmäßig, solchen Gesichtern begegnet man häufig. Hätte er den dreiteiligen Bart abrasiert und sich den welligen Schafspelz vom Kopf scheren lassen, hätte er einem Handwerker geglichen. Er war ein Mensch für Anekdoten. Er redete auch so, in der Sprache von Gorbunows Erzählungen.

»Die Gitarre erfordert einen träumerischen Charakter.«

»Kostja, hör auf, die Gitarre zu quälen«, befahl Ljutow mehr als daß er bat.

Klim trank gierig den starken Kaffee und überlegte: Makarow

spielte bei Ljutow die häßliche Rolle eines Gnadenbrotempfängers. Dieser zerfahrene und liebedienerische Schwätzer vermochte wohl kaum in irgendwem ein Gefühl aufrichtiger Freundschaft zu erwekken. Jetzt begann er sich wieder seine gelangweilte Zunge zu wetzen: »Na – wie soll man das begreifen, Diakon, wie soll man das begreifen, daß du, ein urrussischer Mensch, ein Geschöpf von äußerst ungewöhnlicher seelischer Vielfalt – dich langweilst?«

Der Diakon, der gerade ein Stück Roggenbrot mit Salz bestreute, hustete dumpf und antwortete: »In der Langenweile liegt nichts Urrussisches. Alle Menschen werden von Langerweile geplagt.«

»Aber von welcher?«

»Auch Voltaire langweilte sich.«

Und sogleich flammte ein Streit auf wie ein Berg Hobelspäne. Ljutow hüpfte auf dem Stuhl herum, schlug mit der flachen Hand auf den Tisch und kreischte, der Diakon erdrückte sein Geschrei gelassen mit schweren Worten. Er verteilte mit dem Messer das Salz auf dem Brot und fragte: »Ja, gibt es denn solch ein Rußland? Ein solches, wie du es siehst, Wladimir, gibt es meiner Ansicht nach nicht.«

»Ach, wie ich euch satt habe«, sagte Makarow und ging mit der Gitarre ans Fenster, während der Diakon hartnäckig wiederholte: »Gotteshäuser haben wir, aber eine Kirche fehlt. Die Katholiken glauben alle römisch, wir hingegen synodisch, uralisch, taurisch und weiß der Teufel was noch alles . . .«

»Doch warum? Warum, Samgin?«

Klim steckte die Hände in die Taschen und begann: »Wie jegliche Ideologie sind auch die religiösen Ansichten . . .«

»Haben wir schon gehört«, sagte der Diakon etwas grob. »Mein Sohn ist auch Marxist. Er versprach, ein Dichter, ein Nekrassow zu werden, und jetzt behauptet er, der landlose Bauer sei außerstande, an den Gott des wohlhabenden Bauern zu glauben. Nein, nicht hierin liegt der Kern der Sache. Das ist wahrhaftig das Elend der Philosophie. Die wahre Philosophie des Elends haben wir, der Herr Samgin und ich, vorgestern zu hören bekommen. Der Philosoph war unansehnlich, doch muß man sagen, daß er das eigentliche Wesen aller und jeglicher Beziehungen sehr geschickt aufdeckte, indem er den verborgenen Mechanismus unseres Daseins als ununterbrochene Blutsaugerei darstellte. Dreimal schon habe ich ihm zugehört und mit ihm gestritten, habe jedoch gegen die Standhaftigkeit seines Denkens nichts auszurichten vermocht. Meinen Sohn – den kann ich bei all seinen Schachzügen in die Enge treiben, dort aber – vermag ich es nicht.«

Der Diakon lächelte breit und zufrieden.

»Ich sage das nicht umsonst. Ich bin ein wißbegieriger Mensch. Wenn ich einem von jenen begegne, die einfältig sind, jedoch besorgt aufs Leben blicken, gebe ich ihm zwei bis drei Stöße in die Richtung, die meinem Sohn lieb ist, in die marxistische. Und es zeigt sich immer, daß die Grundelemente dieser Lehre gerade bei diesen Einfältigen gewissermaßen schon irgendwo unter der Haut liegen.«

»Der Marxismus – eine Hautkrankheit?« schrie Ljutow erfreut.

Der Diakon lächelte.

»Nein, ich habe gesagt: unter der Haut. Können Sie sich die Freude meines Sohnes vorstellen? Dabei bedarf er sehr der geistigen Freuden, denn er entbehrt der Kraft zur Ergötzung an den leiblichen. Er leidet an Schwindsucht, und die Beine versagen ihm den Dienst. Er war in der Astyrew-Sache verhaftet worden und opferte im Gefängnis seine Gesundheit. Vollständig hat er sie geopfert. Tödlich.«

Der Diakon seufzte geräuschvoll und schlug mit dem Unterton leiser Verwegenheit vor: »Wolodka, sollten wir nicht einen Bären trinken?«

Ljutow sprang auf und lief fort, wobei er rief: »Ich weiß, Diakon, weshalb wir ein uneiniges und einsames Volk sind!«

Der Diakon glättete mit beiden Händen das Haar, zupfte sich am Bart und sagte etwas leiser: »Der Frühling klopft an, meine Herren Studenten.«

Er sagte es, weil vom Dach ein Stück abgetautes Eis heruntergefallen und laut auf das Fensterblech aufgeschlagen war.

Ljutow kam mit einer Flasche Sekt in der Hand hereingerannt, nach ihm kam mit weiteren Flaschen ein rosiges, üppiges Stubenmädchen.

»Fang an!« sagte er zum Diakon. Doch weshalb die Russen das einsamste Volk der Welt seien – das vergaß er zu sagen, und keiner fragte ihn danach. Alle drei beobachteten aufmerksam den Diakon, der seine Ärmel hochgekrempelt hatte und unter seinem nicht sehr sauberen Hemd sonderbar weiße, frauenhaft glatte Arme zeigte. Er mischte in vier Gläsern Porter, Kognak und Sekt, bestreute das trüb schaumige Naß mit Pfeffer und forderte auf: »Kommuniziert!«

Klim trank tapfer das Glas aus, obwohl er gleich beim ersten Schluck gemerkt hatte, daß das Getränk abscheulich schmeckte. Doch er wollte in nichts hinter diesen Leuten zurückstehen, die sich so schlecht selbst erdacht, so aufregend in Gedanken und Worten verirrt hatten. Von dem beißenden Geschmack erbebend, dachte er flüchtig zum zweitenmal, Makarow würde sicher den Mund nicht halten können und Lidija erzählen, wie er trinke, und Lidija müßte sich schuldig fühlen. Soll sie!

Eine Viertelstunde später flog er, während er auf dem Stuhl saß, wie eine Schwalbe im Zimmer herum und sprach mitten in das dreibärtige Gesicht mit den riesengroßen Augen: »Ihre Gedanken scheinen Ihnen regenbogenfarbig, originell und so weiter. Aber – es sind ganz banale Gedanken.«

»Halt, Samgin!« schrie Ljutow. »Dann ist ganz Rußland eine Banalität! Ganz Rußland!«

»Und Christus, den wir angeblich lieben und hassen. Sie sind ein sehr schlauer Mensch. Aber Sie sind ein naiver Mensch, Diakon. Und ich – glaube Ihnen nicht. Ich – glaube niemandem.«

Klim war zumute, als stünde er in Flammen. Er wollte eine Menge kränkender, doch unwiderlegbar wahrer Worte sagen, er wollte diese Leute zum Schweigen bringen, er bat sogar, als er des Zürnens müde war: »Wir sind alle sehr einfache Menschen. Laßt uns einfach leben. Ganz einfach ... wie Tauben. Sanftmütig!«

Sie lachten und schrien, Ljutow fuhr ihn in einem breiten Schlitten mit schnellen Pferden durch die Straßen, und Klim sah, wie die Telegraphenstangen in den Himmel fuhren und die Sterne wie Apfelsinenschalenstückchen in einer Bowlenschale mischten. Das dauerte vier Tage und vier Nächte, danach rief sich Klim, zu Hause im Bett liegend, die einzelnen Momente dieses langen Alptraums ins Gedächtnis.

Am tiefsten und dauerhaftesten hatte sich das Bild des Diakons seinem Gedächtnis eingeprägt. Samgin fühlte seine Reden an sich kleben wie Harz. Einmal war Ljutow plötzlich auf den Diwan gefallen und eingeschlafen, wobei er den Mund so toll aufgerissen hatte, als schriee er lautlos und nur noch unheimlicher, da hatte der Diakon, die Gitarre in den Händen, mitten im Zimmer gestanden und von Ljutow gesagt: »Er trinkt selbstmörderisch. Marx ist schädlich für ihn. Mein Sohn zwingt sich auch gewaltsam, an Marx zu glauben. Bei ihm ist das verzeihlich. Er tut es aus Erbitterung gegen die Menschen wegen seines zugrunde gerichteten Lebens. Manche glauben aus dummer, kindlicher Tapferkeit. Da fürchtet sich ein kleiner Junge vor der Dunkelheit, geht aber, weil er sich vor den Gefährten schämt, erst recht hinein und tut sich Gewalt an, um zu zeigen: Ich bin kein Feigling! Manche glauben aus Eilfertigkeit, die meisten jedoch aus Angst. Die letzteren ... achte ich nicht besonders!«

Als er aufhörte, Makarow das Gitarrespielen beizubringen, fragte er Klim: »Und Sie, haben Sie keine Berührung mit der Musik?«

Und ohne die Antwort abzuwarten, verfiel er, mit den Fingern auf die Knie trommelnd, in Träumereien: »Wenn man mich meines geistlichen Amts enthebt – gehe ich in eine Glashütte arbeiten und befasse mich mit der Erfindung eines gläsernen Instruments. Sieben Jahre lang wundere ich mich schon: Weshalb wird Glas nicht in der Musik angewandt? Haben Sie einmal im Winter, in stürmischen Nächten, wenn man nicht schlafen kann, gelauscht, wie die Fensterscheiben singen? Ich habe vielleicht tausend Nächte dieses Singen gehört und bin auf den Gedanken gekommen, daß gerade Glas und nicht Messing oder Holz uns eine vollkommene Musik bieten müßte. Man müßte alle Musikinstrumente aus Glas machen, dann würden wir ein Paradies von Tönen erhalten. Ich werde mich unbedingt damit befassen.«

Ein träumerisches Lächeln milderte das knochige Gesicht des Diakons, und Klim Samgin kam es vor, als hätte der Diakon sich das alles eben erst ausgedacht.

Nach zwei bis drei weiteren Begegnungen mit dem Diakon stellte Klim ihn in eine Reihe mit dem dreifingrigen Prediger, mit dem Mann, dem es gefiel, wenn man »kein Blatt vor den Mund nimmt«, mit dem lahmen Welsfänger, dem Hausknecht, der den Häftlingen Straßenstaub und Kehricht absichtlich vor die Füße fegte, und mit dem mutwilligen alten Maurer.

Klim Samgin dachte, es wäre gut, wenn irgendein imposanter, ja sogar unheimlicher Geselle diese Leute anschriee: »Was treiben Sie da?«

Nicht nur sie bedurften eines strengen Anschnauzers, auch Ljutow brauchte ihn, und viele Studenten verdienten einen Verweis, aber diese schauderhaften Straßen-, Keller- und Alptraummenschen empörten Samgin durch ihre Treibereien ganz besonders. Wenn bei Onkel Chrysanth der lustige Student Marakujew und Pojarkow mit ihrem Freund Preiß, einem kleinen und eleganten Juden mit feinem Gesicht und Samtaugen, einen lärmenden Disput über die Wahrheit der Volkstümlerbewegung und des Marxismus anfingen, hörte Samgin diesem Streit fast gleichgültig, manchmal mit Ironie zu. Nach Kutusow, der keine langen Reden liebte und knapp, aber unwiderleglich zu sprechen verstand, kamen ihm diese hier wie kleine Jungen vor, ihr Streit wie ein Spiel und ihr Feuereifer darauf gerichtet, Warwara und Lidija zu überreden.

»Jedes Volk ist die Verkörperung einer unwiederholbaren geistigen Eigenart!« schrie Marakujew, und in seinen nußbraunen Augen glühte wilde Begeisterung. »Sogar die der romanischen Rasse unterscheiden sich scharf, jedes hat seine besondere psychische Individualität.«

Pojarkow, der sich bemühte, eindrucksvoll und ruhig zu sprechen, ließ sein gelbliches Augenweiß, in dem die dunklen Pupillen regungslos erstarrt waren, blitzen, er bedrängte mit seinem Bauch den kleinen Preiß, trieb ihn in eine Ecke und bedrückte ihn dort mit den kurzen zornigen Sätzen: »Der Internationalismus ist eine Erfindung denationalisierter, deklassierter Menschen. In der Welt herrscht das Gesetz der Evolution, das eine Vereinigung des Unvereinbaren verneint. Der amerikanische Sozialist erkennt den Neger nicht als Genossen an. Im Norden wachsen keine Zypressen. Ein Beethoven ist in China unmöglich. In der Pflanzen- und Tierwelt gibt es keine Revolution.«

All diese Reden waren mehr oder weniger bekannt und gewohnt; sie erschreckten und erregten nicht, und in Preißens Antworten lag sogar etwas Tröstliches. Er antwortete sachlich in Zahlen, und Samgin wußte, daß exakte Berechnung eine Grundregel der Wissenschaft ist. Im allgemeinen erweckten Juden bei Samgin keine Sympathie, Preiß jedoch gefiel ihm. Er hörte Marakujews und Pojarkows Reden ruhig an, er hielt sie offenbar für unvermeidlich, wie langwierigen Herbstregen. Er sprach reinstes Russisch, etwas trocken wie ein Professor, der es schon ein wenig über hat, Vorlesungen zu halten. In seinen festgefügten Sätzen fehlten völlig die bei Russen beliebten überflüssigen Worte, sie enthielten nichts Farbenreiches, keine Prahlerei und hatten fast etwas Greisenhaftes, das nicht zu seiner wohlklingenden Stimme und dem festen Blick der samtenen Augen paßte. Wenn Marakujew, wie ein Feuerwerk aufprasselnd, ausgebrannt war und Pojarkow, nachdem er den ganzen Vorrat seiner zu Kleinholz zerhackten Sätze erschöpft hatte, Preiß mit seinen buntschillernden Augen anstarrte, sagte Preiß: »Das alles ist möglicherweise schön, aber die Wahrheit ist es nicht. Die unwiderlegbare Wahrheit bedarf keiner Verzierungen, sie ist einfach: Die ganze Geschichte der Menschheit ist die Geschichte von Klassenkämpfen.«

Klim Samgin empfand kein Bedürfnis, Preißens Wahrheit zu prüfen, und dachte nicht darüber nach, ob sie zu akzeptieren oder abzulehnen sei. Doch da er sich im Zustand der Selbstverteidigung fühlte und sich etwas beeilte, aus allem, was er hörte, seine Schlüsse zu ziehen, entdeckte Klim schon an dem ihm unangenehmen »Kutusowtum« eine wertvolle Eigenschaft: das »Kutusowtum« vereinfachte das Leben sehr, da es die Menschen in einförmige Gruppen einteilte, die durch die Linien durchaus verständlicher Interessen streng abgegrenzt waren. Wenn jeder Mensch nach dem Willen einer Klasse, einer Gruppe handelte, so konnte man, wie geschickt auch immer er seine wahren Wünsche und Ziele hinter verschnörkelten, schlau erdachten Worten verbarg, doch sein wahres Wesen aufdecken – die Kraft der Gruppen- und Klassengebote. Möglicherweise würde gerade und allein das »Kutusowtum« gestatten, die verschiedenen schauderhaften Menschen, wie den Diakon, Ljutow, Diomidow und ähnliche, zu verstehen und sie, was sogar noch besser wäre, gänzlich aus dem Leben auszuschalten. Doch hier erstand eine Reihe beunruhigender Fragen und Erinnerungen: Für welche Gruppe oder Klasse lebt der saubere, solide Preiß?

Er erinnerte sich der recht tückischen Frage von Turobojew an Kutusow: »Was aber, wenn die Klassenphilosophie sich nicht als Schlüssel zu allen Rätseln des Lebens, sondern nur als ein Dietrich erweist, der alle Schlösser verdirbt und zerbricht?«

Es dröhnte die beängstigende Stimme des Diakons: »Es bleibt nichts anderes, als meinem lahmen Sohne beizustimmen, der da sagt: ›Früher glich eine Revolution einem spanischen Abenteurerroman, einem gefährlichen, aber recht angenehmen Zeitvertreib wie beispielsweise eine Bärenjagd, heute aber wird sie zu einem äußerst ernsten Unterfangen, zur Ameisenarbeit einer Unmenge einfacher Menschen.‹ Dies ist natürlich eine Prophezeiung, allerdings nicht ohne Sinn. In der Tat: Sie haben mit ihrem Atem die ganze Luft verpestet, und als Beweis dafür, daß sie verpestet ist, dienen nicht nur wir Trunkenbolde hier.«

Die Anzahl solcher Erinnerungen und Fragen stieg, sie wurden immer widerspruchsvoller, verwickelter. Klim, der sich außerstande fühlte, sich in diesem Chaos zurechtzufinden, dachte entrüstet: Ich bin doch nicht dumm?

Daß er nicht dumm war, bewies ihm seine Fähigkeit, das Unechte, Nichtsnutzige und Komische an den Menschen zu beobachten. Er war überzeugt, fehlerlos und scharf zu sehen. Die Moskauer Studenten trinken mehr als die Petersburger und begeistern sich feuriger für das Theater. Im Wolgagebiet gibt es die meisten revolutionär gesinnten Menschen. Pojarkow ist zweifellos sehr boshaft, da er aber seine Bosheit nicht zeigen will, lächelt er unnatürlich und ist zu jedermann gezwungen liebenswürdig. Preiß verhält sich zu den Russen wie Turobojew zu den Bauern. Wenn Marakujew nicht so lustig wäre, würden alle sehen, daß er dumm ist. Warwara trinkt sogar ihren Tee tragisch. Onkel Chrysanth ist unverhohlen dumm, das weiß er selbst.

»Ich bin ein guter Mensch, aber ich habe kein Talent«, sagte er. »Das ist mir ein Rätsel! Einem guten Menschen sollte auch ein Talent verliehen sein, aber ich habe keins.«

Die Anzahl solcher Betrachtungen wuchs schnell, Samgin hegte keinen Zweifel an ihrer Richtigkeit, er fühlte, daß sie ihn sehr, immer fester mitten unter die Menschen stellten. Das Schlimme war nur, daß beinahe jeder Mensch etwas sagte, was Samgin selbst hätte sagen müssen, jeder bestahl ihn. Diomidow beispielsweise hatte gesagt: »Die Welt ist des Menschen Feind.«

In diesen sechs Worten hörte Klim seine Wahrheit. Er hatte ihm zornig geraten: »Gehen Sie ins Kloster.«

»Du hast nichts verstanden«, hatte Lidija mit strengem Blick gesagt, während Diomidow, die Hände vor dem Gesicht, durch die Finger murmelte: »Das Kloster ist auch ein Käfig.«

Klim begann zu merken, daß Lidija den Requisiteur wie ein Kind behandelte, achtgab, daß er mehr aß und trank und sich wärmer anzog. In Klims Augen erniedrigte sie diese Fürsorglichkeit.

Diomidow aber war deutlich unnormal. Ein sonderbarer Zwischenfall überzeugte Samgin endgültig davon: Der Tischler und Requisiteur hatte sich von Lidija verabschiedet und zog seinen alten Mantel an, er hatte den linken Ärmel schon an, konnte aber den rechten nicht finden und kämpfte lächelnd mit dem Mantel, schüttelte ihn hin und her. Klim wollte ihm helfen.

»Danke, nicht nötig«, bat Diomidow, er streifte ihn wieder ab, streichelte zärtlich den eigensinnigen Ärmel, zog den Mantel schnell und geschickt an und erklärte, während er die verschiedenartigen Knöpfe schloß: »Er liebt keine fremden Hände. Wissen Sie, auch die Dinge haben ihren Charakter.«

Er knetete die Mütze zwischen den Händen und sagte: »In hohem Maße sogar. Besonders die kleinen und jene, die man oft in die Hand nimmt. Werkzeuge zum Beispiel: die einen lieben Ihre Hand, die andern nicht. Wegwerfen möchte man sie. Da hat mir eine Schauspielerin, die ich nicht leiden kann, eine altertümliche Schatulle zum Ausbessern gegeben, eine ganz lächerliche Reparatur. Sie werden es nicht glauben: Ich habe mich lange herumgeplagt und konnte nicht damit fertig werden. Die Schatulle wollte nicht. Bald schnitt ich mich in den Finger, bald quetschte ich mir die Haut, bald verbrannte ich mich am Leim. Ich habe sie nicht reparieren können. Weil die Schatulle wußte, daß ich ihre Herrin nicht leiden kann.«

Als er gegangen war, fragte Klim Lidija, wie sie darüber denke.

»Er ist ein Dichter«, sagte das Mädchen in einem Ton, der jeden Widerspruch ausschloß.

Vom Widerstand der Dinge gegen den Menschen sprach Diomidow nicht selten.

»Kleine Dinge sind unfügsamer als große. Einen Stein kann man umgehen, man kann ihm ausweichen, dem Staub aber kann man nicht entgehen, man muß durch ihn hindurch. Ich mache ungern kleine Sachen«, seufzte er mit einem schuldbewußten Lächeln, und man konnte meinen, das Lächeln glimme nicht im Innern seiner Augen, sondern spiegele sich nur von außen. Er machte komische Entdeckungen: »Wenn man sich nachts von einer Laterne entfernt, wird der Schatten immer kürzer und verschwindet zuletzt ganz. Dann scheint es mir, als wäre auch ich nicht mehr vorhanden.«

Wenn Samgin ihn neben Lidija beobachtete, empfand er ein kompliziertes Gefühl von Ratlosigkeit und Ärger. Eifersucht aber kam dennoch keine auf, obwohl Klim weiterhin hartnäckig dachte, er liebe Lidija. Gleichwohl entschloß er sich, ihr zu sagen: »Deine Romantik wird zu nichts Gutem führen.«

»Was ist denn das Gute?« fragte sie halblaut und sah ihm mürrisch in die Augen. Während er noch achselzuckend nach einer Antwort suchte, sagte sie: »Ich finde, daß die Beziehungen zwischen Männern und Frauen überhaupt nichts Gutes sind. Sie sind unvermeidlich, aber Gutes enthalten sie nicht. Kinder? Du bist ein Kind gewesen und ich auch, aber ich kann immer noch nicht begreifen, wozu wir beide nötig sind.«

Zu guter Letzt schien es Samgin, daß er alle und alles außer sich selbst vortrefflich verstehe. Und schon ertappte er sich nicht selten dabei, daß er sich selbst wie einen ihm wenig bekannten und gefährlichen Menschen beobachtete.

Moskau schickte sich an, den jungen Zaren zu begrüßen, es bemalte sich asiatisch grell und überschminkte seine allzu häßlichen Runzeln, wie eine bejahrte Witwe, die sich zu neuer Heirat rüstet. Es lag etwas Ungestümes und Krampfhaftes in dem Bestreben der Menschen, den Schmutz ihrer Behausungen zu übertünchen; die Moskauer schienen, plötzlich sehend geworden, beim Anblick der Risse, Flecke und anderen Anzeichen des schmutzigen Alters an den Häusermauern einen Schreck bekommen zu haben. Hunderte von Anstreichern tünchten mit langen Pinseln die Fassaden der Gebäude, schwankten an Seilen, die von weitem wie dünne Fäden aussahen, akrobatisch furchtlos hoch oben in der Luft. Auf den Balkons und an den Fenstern arbeiteten Tapezierer, sie hingen bunte Teppiche und Kaschmirschals auf, schufen damit prunkvolle Umrahmungen für zahllose Zarenporträts und schmückten die Gipsbüsten von ihm mit Blumen. Überall sprangen einem Rosetten, Girlanden, Initialen und Kronen ins Auge, strahlten in Gold die Worte: »Gott erhalte den Zaren« und »Gepriesen, gepriesen sei unser russischer Zar«. Tausende von Nationalflaggen hingen von den Dächern herab, ragten aus allen Fugen, in die sich eine Fahnenstange hineinstecken ließ.

Ein aufreizend grelles Rot herrschte vor; durch das unpersönliche, nachgiebige Weiß wurde es noch mehr geschürt, und auch die freudlosen blauen Bahnen vermochten das blendende Lodern des Rots nicht zu mildern. Hie und da hingen aus den Fenstern Stücke roten Tuchs auf die Straße herab, und dies verlieh den Fenstern einen seltsamen Ausdruck, als foppten sich viereckige Münder mit roten Zungen. Einige Häuser waren so reich geschmückt, daß es schien, als hätten sie ihr Innerstes nach außen gekehrt und ihre fleischigen, fetten Eingeweide in patriotischer Prahlsucht zur Schau gestellt. Von Sonnenaufgang bis Mitternacht liefen die Menschen auf den Straßen umher, doch noch aufgeregter waren die Vögel. Scharen von Dohlen und Tauben schwirrten den ganzen Tag über Moskau, flogen unruhig von der Stadtmitte nach den Randgebieten und wieder zurück; es war, als schössen Tausende von schwarzen Weberschiffchen ungeordnet durch die Luft und webten ein unsichtbares Gewebe. Die Polizei wies eifrig unverläßliche Leute aus der Stadt und besichtigte Dachböden der Häuser in den Straßen, durch die der Zar fahren sollte. Marakujew, der nur schlecht verbergen konnte, daß er seinen eigenen Worten nicht glaubte, berichtete: Kobosew habe den Auftrag übernommen, den Kreml zu illuminieren; das war der Käsehändler von der Sadowaja-Straße in Petersburg, von dessen Laden aus damals die Mine unter dem Wagen Alexanders II. angesteckt werden sollte. Kobosew sei als Vertreter einer ausländischen pyrotechnischen Firma nach Moskau gekommen und werde am Krönungstag den Kreml in die Luft sprengen.

»Das gleicht freilich einem Märchen«, sagte Marakujew lächelnd, blickte jedoch alle an wie einer, der glaubt, das Märchen könnte Wirklichkeit werden. Lidija warnte ihn unwillig: »Lassen Sie es sich nicht einfallen, in Gegenwart von Onkel Chrysanth davon zu schwatzen.«

Onkel Chrysanth sah äußerst parademäßig aus: Seine polierte Glatze strahlte feierlich, und ebenso strahlten die blankgeputzten Stiefel mit den Lackschäften. Auf seinem flachen Gesicht wechselten ein Lächeln der Begeisterung und ein Lächeln der Verlegenheit; auch die Äuglein schienen blankgeputzt, sie leuchteten, als hätte der Onkel in seiner geräumigen Seele zwei Ikonenlämpchen angezündet.

»Moskau jubelt«, murmelte er, unruhig mit den Quasten des Gürtels spielend, »es hat sich wie eine Bojarin geschmückt! Moskau versteht es zu jubeln! Man bedenke: Es sind über eine Million Ellen roten Tuches verbraucht worden!«

Aber da ihm einfiel, daß eine zu starke Begeisterung unziemlich sei, rechnete er aus: »Das wären zweihundertfünfzigtausend Hemden; eine Armee könnte man damit einkleiden!«

Er suchte der Jugend zu zeigen, daß er sich zu der bevorstehenden Feier ironisch verhalte, doch das gelang ihm schlecht, er hielt den Ton nicht durch, die Ironie machte dem Pathos Platz.

»Zum zweitenmal werde ich nun sehen, wie das große Volk seinen jungen Führer begrüßt«, sprach er, seine feuchten Augen trocknend, dann besann er sich und verzog spöttisch die Lippen.

»Abgötterei, natürlich. ›Kommt, laßt uns anbeten und niederfallen vor unserem König und Gott‹ – tja! Na, ansehen muß man es sich trotzdem. Nicht der Zar ist interessant, sondern das Volk, für das er die Verkörperung allen Sehnens und Hoffens ist.«

Er forderte Diomidow auf, mit ihm auf die Straße zu gehen, doch dieser lehnte unentschlossen ab: »Wissen Sie, Volksansammlungen liebe ich nicht.«

»Was sind das für Dummheiten!« empörte sich Onkel Chrysanth. »Wieso – liebe ich nicht?«

»Sehen Sie, das bringe ich in mir nicht unter, die Liebe zum Volk«, gestand Diomidow schuldbewußt. »Wenn ich ehrlich sagen soll – wozu brauche ich das Volk? Ich bin im Gegenteil ...«

»Du bist wohl von Sinnen!« schrie Onkel Chrysanth. »Was ist denn mit dir los, du wunderlicher Kauz? Wieso – bringe ich nicht unter? Was soll das heißen – bringe ich nicht unter?«

Und entschlossen schleppte er den jungen Mann mit hinaus auf die lärmvollen Straßen. Klim ging auch mit, ein wenig ratlos lächelnd schloß sich Marakujew auch an.

In den Fenstern und auf Balkons stand häufig das blinde Gipsgesicht des Zaren. Marakujew fand, der Zar habe eine Stupsnase.

»Er ähnelt dem jungen Sokrates«, bemerkte Onkel Chrysanth.

Durch die Straßen schritten sorgenvoll nagelneue Polizeibeamte und schrien die Anstreicher und Hausknechte an. Auf stämmigen Gäulen ritten ungewöhnlich große Reiter mit Helm und Harnisch umher; ihre einförmig runden Gesichter schienen steinern, ihre Leiber, von Kopf bis Fuß, erinnerten an Samoware, und die Beine schienen für Reiter überflüssig. Schwärme von Straßenjungen begleiteten, unermüdlich Hurra schreiend, die ehernen Zentauren. Auch die Erwachsenen schrien betäubend beim Anblick der geschniegelten Chevaliergardisten, Ulanen, Husaren, die bunt bemalt waren wie die hölzernen Spielsachen der Handwerker von Segijew Possad.

Mit Hurra begrüßte man auch vier in Brokat gekleidete, götzenhaft reglose Mongolen; in einem Landauer sitzend, blickten sie einander mit ihren schrägen Äugelchen an; der eine von ihnen, mit aufgestülpten Nasenlöchern, offenem Mund und weißen Zähnen, lächelte ein totes Lächeln, sein gelbes Gesicht sah aus, als wäre es aus Messing.

»Da schau«, redete Onkel Chrysanth auf Diomidow wie auf einen kleinen Jungen ein, »ihre Vorfahren sengten und plünderten Moskau, und die Nachkommen beugen den Rücken.«

»Sie beugen ja gar nicht den Rücken, sie sitzen da wie Eulen bei Tage«, murmelte der zerzauste, schmuddelige Diomidow, dessen Hände von Bronze vergoldet waren; er hatte seine Arbeit an der Ausschmückung des Kremls erst am Morgen beendet.

Besonders begeistert grüßten die Einwohner von Moskau den französischen Gesandten, als er mit glanzvollem Gefolge zum Poklonnyj-Berg fuhr.

»Siehst du?« sagte lehrhaft Onkel Chrysanth. »Die Franzosen. Auch sie zerstörten Moskau, brannten es nieder, jetzt aber . . . Wir sind nicht nachtragend . . .«

Man begrüßte eine Gruppe englischer Offiziere, an ihrer Spitze schritt ein unnatürlich hochgewachsener Mann mit einem Gesicht wie aus drei Knochen, einem weißen Turban auf dem langen Kopf und einer Unmenge von Orden auf der schmalen und flachen Brust.

»Die Briten mag ich nicht«, sagte Onkel Chrysanth.

Es jagte, die Hand am Gurt des Kutschers, der Oberpolizeimeister Wlassowskij vorbei, und nach ihm fuhr feierlich, von einer Eskorte umgeben, der Onkel des Zaren, Großfürst Sergej, vorüber, Chrysanth und Diomidow entblößten die Köpfe. Auch Samgin hob unwillkürlich die Hand zur Mütze, Marakujew jedoch wandte sich ab und sagte vorwurfsvoll zu Chrysanth: »Daß Sie sich nicht schämen, einen Homosexuellen zu grüßen!«

»Hurra-a!« schrien die Moskauer. »Hur-ra!«

Dann galoppierten wieder die schaumbedeckten Pferde Wlassowskijs vorbei, der Kutscher brachte sie aus dem Galopp zum Halten, der Polizeimeister fuchtelte im Stehen mit den Händen, schrie zu den Fenstern der Häuser hinauf, schnauzte Arbeiter, Polizisten und Straßenjungen an, ließ sich, nachdem er genug auf die Leute eingeschrien hatte, ermüdet auf den Wagensitz fallen und trieb durch einen Stoß in den Rücken des Kutschers die Pferde von neuem an. Sein langer Schnauzbart sträubte sich grimmig und bog sich bis ins Genick.

»Hur-ra!« schrie das Volk hinter ihm her, während Diomidow,

zu Klim gewandt, mit erschrockenem Blinzeln klagte: »Wie ein Wahnsinniger. Alle sind von Sinnen. Als ob sie den Weltuntergang erwarten. Die Stadt ist wie ausgeplündert, alles hängt zu den Fenstern heraus. Und alle sind erbarmungslos. Warum brüllen sie denn? Das soll ein Feiertag sein? Ein Wahnsinn ist das.«

»Ein märchenhafter, zauberhafter Wahnsinn, du wunderlicher Kauz«, verbesserte ihn der mit weißer Farbe bespritzte Onkel Chrysanth und lachte glücklich.

»Es müßte feierlich zugehen, still«, murmelte Diomidow.

Samgin stimmte ihm schweigend zu, er fand, in dem prahlerischen Lärm des ruhmsüchtigen Moskau fehlten irgendwelche wichtigen Noten. Zu oft und sinnlos schrien die Menschen hurra, sie waren zu geschäftig, und man konnte viele unangebrachte kleine Scherze, viel Lächeln beobachten. Marakujew, der mit scharfem Blick das Komische und Alberne bemerkte, sprach davon zu Klim mit solchem Vergnügen, als hätte er, Marakujew, das Komische selbst geschaffen.

»Sehen Sie nur«, er deutete auf ein Transparent, an dessen goldene Worte: »Möge dir dein Weg leicht werden zum Ruhm und Glück Rußlands« sich das Stück Ladenschild »und Co.« aus den gleichen goldenen Buchstaben anschloß.

In den letzten Tagen hatte Marakujew aufdringlich recht abgeschmackte Anekdoten über die Verwaltung, die Stadtduma und die Kaufmannschaft erzählt, doch man konnte den Verdacht hegen, daß er die Anekdoten selbst erfand, man spürte in ihnen die Karikatur, hinter ihrer Plumpheit erschien hier und da etwas Geschraubtes und Trostloses.

»Ja,« sagte er zu Lidija, »das Volk freut sich. Aber ist das überhaupt das Volk? Das Volk ist dort!«

Er schwang den Arm und wies nach Norden und strich dann mit der Hand kräftig sein lockiges Haar glatt.

Doch obwohl Klim Samgin viel Unangenehmes, Beleidigendes sah und hörte, entstand in ihm die unruhige Erwartung, daß jeden Augenblick aus einer der zahllosen, dichtgedrängten Straßen etwas Außergewöhnliches, Wunderbares erscheinen müsse. Er schämte sich, sich zu gestehen, daß er den Zaren sehen wollte, doch der Wunsch steigerte sich gegen seinen Willen immer mehr, geschürt durch die Arbeit Tausender von Menschen und durch den prahlerischen Millionenaufwand. Diese Mühe und diese Freigebigkeit flößten den Gedanken ein, es müsse ein außergewöhnlicher Mensch erscheinen, nicht nur, weil er der Zar war, sondern weil Moskau irgendwelche besonderen Kräfte und Eigenschaften in ihm ahnte.

»Katharina die Große ist im Jahre 1796 gestorben«, erinnerte sich Onkel Chrysanth. Samgin war klar, daß der Moskauer an die Möglichkeit irgendwelcher großen Ereignisse glaubte, und klar war auch, daß dies der Glaube vieler Tausender war. Auch er fühlte sich in der Lage zu glauben: Morgen wird ein außergewöhnlicher und vielleicht grimmiger Mann erscheinen, auf den Rußland schon ein ganzes Jahrhundert wartet und der vielleicht imstande sein wird, zu den geistig verworrenen, verwilderten Menschen zu sagen: »Was treiben Sie da?«

An dem Tag, da der Zar aus dem Petrowsker Schloß in den Kreml zog, wurde Moskau angespannt still. Sein Volk hatte man durch zwei Glieder Soldaten und eine Schutzgarde aus zwei Reihen erlesen untertäniger Bürger dicht an die Häusermauern gedrängt. Die Soldaten standen unerschütterlich, wie aus Eisen gegossen, während die Angehörigen der Schutzgarde meist ehrwürdige, bärtige Männer mit sehr breiten Rücken waren. Sie standen Schulter an Schulter, drehten ihre steifen Hälse und blickten argwöhnisch und streng auf die Menschen hinter sich.

»Ru-hä!« sagten sie.

Es kam häufig vor, daß ein durch die Erwartung oder irgend etwas anderes erregter Mensch sich, von ihren Ellenbogen gestoßen, in einen Hof zurückgedrängt fand. Dies widerfuhr auch Klim. Ein schwarzbärtiger Mann sah ihn mit einem mürrischen Blick seiner schwarzen Augen an und trat ihm eine Minute später mit dem Absatz auf die Zehen. Klim riß den Fuß zurück und stieß dabei dem Schwarzbärtigen mit dem Knie ins Gesäß – der Mann war gekränkt. »Was benehmen Sie sich so ungebührlich, Herr? Und dabei noch mit Brille!«

Noch zwei andere fühlten sich gekränkt, und sie drängten, ohne Erklärungen anzuhören, Klim, geschickt und schnell manövrierend, in einen Hof, wo drei Polizisten saßen, während neben dem Hauseingang am Boden ein unscheinbar gekleideter Mann, wahrscheinlich ein Betrunkener, laut schnarchte. Ein paar Minuten später stieß man noch einen auf den Hof, einen jungen Mann in hellem Anzug, mit pockennarbigem Gesicht, und sagte zu den Polizisten: »Nehmt ihn fest, ein Taschendieb.«

Zwei von den Polizisten führten den Pockennarbigen in den Hintergrund des Hofes, der dritte sagte zu Klim: »Heute haben die Diebe einen guten Tag!«

Dann trieb man einen Mann mit einer Mappe in den Hof, er stampfte mit dem Fuß, klopfte dem Polizisten mit einem Bleistift an die Brust und schrie empört: »Sie haben kein Recht dazu!«

Er schrie in deutscher Sprache, in französischer, in rumänischer, doch der Polizist scheuchte ihn durch eine Handbewegung von sich wie Rauch, zog den nagelneuen Handschuh von seiner Rechten und ging, sich eine Zigarette anzündend, fort.

»Also – gut!« sagte drohend der Mann, begann mit dem Bleistift rasch in seiner Mappe zu schreiben und lehnte sich breitbeinig mit dem Rücken an die Wand.

Man trieb einen alten Mann, der rote Luftballons verkaufte, mit einer Riesentraube über seinem Kopf in den Hof; dann kam ein adrett gekleideter Mann, dessen Wange mit einem schwarzen Tuch verbunden war; sehr verlegen verzog er sich, ohne jemanden anzusehen, in den Hintergrund des Hofes, hinter die Hausecke. Klim verstand ihn, auch er fühlte sich verlegen und dumm. Er stand im Schatten hinter einem Berg von Kisten mit Lampengläsern und lauschte dem trägen Gespräch der Polizisten mit dem Taschendieb.

»Podolsk ist weit von hier«, erzählte der Taschendieb seufzend.

Auf dem Hof hüpften Spatzen herum, über den Fenstern saßen Tauben und blickten gelangweilt bald mit dem einen, bald mit dem anderen Fischauge nach unten.

So stand Samgin nun herum bis zu dem Augenblick, da der festliche Klang zahlloser Glocken ertönte. Aus Tausenden von Kehlen erschallte ein überwältigendes Hurra, schrill schmetterten Fanfaren, die Trompeten einer Militärkapelle dröhnten, die Trommeln rasselten, und ununterbrochen schallte das betäubende Geschrei: »Hurra-a!«

Als dieses Besessene sich gelegt hatte, betrat der elegante Gehilfe eines Polizeikommissars in Begleitung eines glattrasierten Mannes mit dunkler Brille den Hof, er trat ein, fragte Klim nach seinen Ausweispapieren, übergab sie dem bebrillten Mann, der die Papiere ansah und, mit dem Kopf zum Tor hin deutend, trocken sagte: »Sie können gehen.«

»Ich – verstehe nicht«, begann Samgin empört, aber der Mann mit Brille, der ihm den Rücken zugewandt hatte, sagte: »Es hat Sie auch niemand gebeten zu verstehen.«

Klim trat gekränkt auf die Straße, die Menge nahm ihn in sich auf, zog ihn mit und trieb ihn bald darauf Ljutow in die Arme.

Wladimir Petrowitsch Ljutow hatte einen schweren Kater, er ging unnatürlich aufrecht, wie ein Soldat, wankte aber ein wenig, stieß Entgegenkommende an, lächelte den Frauen ziemlich dreist zu und redete, nachdem er sich bei Klim eingehängt und dessen Arm fest an seine Hüfte gedrückt hatte, reichlich laut: »Gehen wir zu mir Mittag essen. Trinken wir was. Man muß trinken, mein Lieber. Wir sind ernste Menschen, wir müssen trinken, was vier Fünftel der Seele herhalten. Aus voller Seele in Rußland zu leben wird einem von allen streng verboten. Allerseits – von der Polizei, den Pfaffen, den Lyrikern, den Epikern. Und wenn wir die vier Fünftel versoffen haben – dann werden wir pornographische Bildchen sammeln und uns schlüpfrige Anekdoten aus der russischen Geschichte erzählen. Das sind unsere Lebensaussichten.«

Ljutow hatte es offenbar darauf abgesehen, öffentliches Ärgernis zu erregen, das beunruhigte Klim sehr, er versuchte ihm den Arm zu entziehen, aber es gelang ihm nicht. Darauf zog er Ljutow in eine Seitengasse der Twerskaja, und dort trafen sie eine schnelle Droschke. Als sie jedoch in dem Wagen Platz genommen hatten, begann Ljutow, während er die dichte Menge lebhaften, festlich gekleideten Volks betrachtete, hinter dem blauen Rücken des Kutschers noch lauter zu reden: »Wir freuen uns, wie? Wir grüßen den Gottgesalbten. Er hat anständige Menschen zu Idioten hochgesalbt – macht nichts! Wir jubeln! Da hast du's! Jub[l]e nur, Jesaja!«

»Hör auf«, bat Klim leise und streng.

»Mir ist schwer ums Herz, mein Lieber! Sieh: Das gottergebene russische Volk wälzt sich wie eine Mauer heran und läßt sich auf Kosten des Zaren mit Bonbons bewirten. Rührend. Die Nachkommen des Moskowiter Trabevolks, das hinter Bolotnikow, dem Dieb aus Tuschino, Otrepjew, hinter Kosma Minin und danach hinter Michail Romanow hertrabte, lutschen Bonbons. Es lief hinter Stepan Rasin und Pugatschow her . . . und es war bereit, auch hinter Bonaparte herzutraben . . . Ein Trabevolk! Nur den Dekabristen und – den Leuten des 1. März folgte es nicht . . .«

Klim sah den steinernen Rücken des Droschkenkutschers an und überlegte: Hört der Kutscher diese trunkene Rede? Der Kutscher jedoch wiegte sich beharrlich auf dem Bock und warnte oder rügte nur zuweilen die Leute, die seinen Weg kreuzten: »Obacht, he! Obacht! . . . Wohin rennst du denn, alter Bursche!«

Daheim warteten Gäste auf Ljutow: die Frau, die ihn auf dem Land besucht hatte, und ein schöner, solide gekleideter blonder Mann mit Brille und einem kleinen Kinnbart.

»Kraft«, sagte er und drückte Samgin ungemein liebenswürdig die Hand; die Frau lächelte gezwungen und nannte Vor- und Vatersnamen Tausender russischer Frauen: »Marja Iwanowa.«

»Wir begegneten uns, glaube ich, schon«, erinnerte Klim, doch sie antwortete ihm nicht.

Ljutow schien auf einmal ernüchtert, er setzte eine mürrische Miene auf und lud die Gäste nicht sehr freundlich zum Mittagessen ein. Die Gäste lehnten nicht ab, und Ljutow wurde noch nüchterner. Als Klim begriffen hatte, wer diese Leute waren, beobachtete er unauffällig den Blonden; das war ein sehr wohlerzogener Mann. Von seinem blassen, etwas kühlen Gesicht verschwand fast nie ein Lächeln, das gleichermaßen liebenswürdig Ljutow, dem Dienstmädchen und dem Aschenbecher galt. Er zog die roten Lippen so eingelernt exakt unter dem hellen Schnurrbart in die Breite, daß es schien, als bewegte sich sein Schnurrbart gleichmäßig Härchen für Härchen. In diesem Lächeln lag etwas Panpsychisches, der Mann lächelte wohlwollend sowohl das Brot als auch das Messer an; doch Samgin hegte den Verdacht, hinter diesem Lächeln verberge sich Verachtung für alles und alle. Der Mann aß wenig, trank vorsichtig und sprach in den alltäglichsten Worten, von denen nichts in Erinnerung blieb – er sagte, daß viel Volk auf den Straßen sei, daß die Unmenge von Fahnen die Stadt sehr verschönere und daß die Bauern und Bäuerinnen aus den umliegenden Dörfern in Scharen auf das Chodynka-Feld gingen. Er war dem Hausherrn anscheinend sehr lästig. Ljutow verzog als Antwort auf sein Lächeln zwar auch verbindlich und angestrengt den Mund, sprach aber mit ihm nur kurz und trocken. Die Frau sagte während des ganzen Essens dreimal: »Ich danke Ihnen!« und zweimal: »Danke.«

Und hätte sie dabei nicht ihr sonderbares Lächeln gelächelt, so hätte man übersehen können, daß auch sie wie alle Menschen ein Gesicht besaß.

Kaum war man mit dem Essen fertig, sprang Ljutow vom Stuhl auf und fragte: »Nun?«

»Bitte«, sagte der Blonde galant. Sie gingen im Gänsemarsch hinaus: vornweg der Gastgeber, hinter ihm der Blonde und geräuschlos, wie über Eis gleitend, die Frau.

»Ich komme bald wieder!« versprach Ljutow und überließ Klim seinen Gedanken: Wie bringt es Ljutow fertig, auf einmal nüchtern zu sein? Stellt er sich etwa nur betrunken? Und wozu, aus welchen Gründen pflegte er Umgang mit Revolutionären?

Ljutow kehrte nach zwanzig Minuten zurück, rannte im Speisezimmer herum, wobei er die Hände in den Taschen bewegte, mit seinen Schieläugelchen funkelte und den Mund verzog.

»Volkstümler?« fragte Klim.

»So etwas Ähnliches.«

»Du ... unterstützt sie?«

»Notwendigerweise. Die Väter opferten für die Kirche, die Kinder – für die Revolution. Ein halsbrecherischer Sprung, aber ... was läßt sich da machen, mein Lieber? Das Leben der Kruste des ungenießbaren Brotlaibs, genannt Rußland, kann man folgendermaßen betiteln: ›Geschichte der halsbrecherischen Sprünge der russischen Intelligenz.‹ Nur die Herren patentierten Historiker sind doch verpflichtet, kraft ihres Fachwissens zu beweisen, daß es gewisse Aufeinanderfolgen, Reihenfolgen und andere Hexereien gibt, aber was gibt es bei uns für eine Aufeinanderfolge? Spring, wenn du nicht ersticken willst.«

Er war mitten im Zimmer stehengeblieben, riß die Hände aus den Taschen, griff sich an den Kopf und brach in ein Gelächter aus.

»Mit ihrem Atem haben sie die ganze Luft verdorben! Der Diakon hat recht, der Teufel! Doch trinken wir was. Ich werde dir einen Bordeaux vorsetzen – da wirst du zittern! Dunjascha!«

Er setzte sich an den Tisch, rieb sich die Hände und biß sich auf die Lippen. Er sagte dem Dienstmädchen, welchen Wein es bringen solle, dann saß er da, die dunklen Haare auf den Wangen reibend, Hände und Haare im Gesicht, und schnatterte: »Ich hab den Diakon gern – er ist klug. Und tapfer. Er tut mir leid. Vorgestern hat er seinen Sohn ins Krankenhaus geschafft und weiß, daß er ihn von dort nur noch auf den Friedhof tragen kann. Er liebt ihn. Ich habe den Sohn gesehen . . . Ein sehr feuriger junger Mann. So ein Mensch war vermutlich Saint-Just.«

Klim hörte ihm zu und spürte mit Erstaunen – er wollte es sich selbst nicht glauben –, daß ihm Ljutow heute sympathisch war.

Vielleicht, weil ich gekränkt bin? fragte er sich, innerlich lächelnd, und fühlte noch immer die Kränkung bei der Erinnerung an den Hof und die geringschätzigen, genehmigenden Worte des Agenten der Schutzgarde: »Sie können gehen.«

Dann kam Makarow herein, müde und mürrisch, er setzte sich an den Tisch und schüttete gierig ein Glas Wein hinunter.

»Habe eine Jungfer seziert, ein Dienstmädchen«, erzählte er und blickte auf den Tisch. »Sie schmückte das Haus und stürzte aus dem Fenster. Merkwürdige Brüche am Beckenknochen. Vollkommen zerschmettert.«

»Nicht von Toten reden«, bat Ljutow. Und zum Fenster hinausblickend, sagte er: »Gestern habe ich im Traum den Odysseus gesehen, wie er auf dem Titelblatt zur Erstausgabe von Gneditschs ›Ilias‹ dargestellt ist; er hat den Sand aufgepflügt und sät Salz. Mein Vater, Samgin, war Soldat, hat vor Sewastopol gekämpft und ist in die Franzosen verliebt, er liest die ›Ilias‹ und lobt sie: Da sieht man, wie nobel in alten Zeiten Krieg geführt wurde! Ja . . .«

Mitten im Zimmer stehenbleibend, schwang er den Arm hoch, wollte noch etwas sagen, doch da erschien der Diakon, komisch gekleidet in ein altes, viel zu kurzes Wams und deshalb sehr verlegen. Makarow machte sich über ihn lustig, der Diakon lächelte trübsinnig und dröhnte: »Ich habe den Rock der kämpferischen Kirche ablegen müssen. Muß mich an ein anderes Sein gewöhnen. Bewirte mich mit Tee, Herr des Hauses.«

Nach dem Tee tranken sie Kognak, dann setzte sich der Diakon mit Marakow zum Damespiel hin, während Ljutow achselzuckend im Zimmer herumlief und keinen Platz für sich fand; er lief ans Fenster, schaute vorsichtig auf die Straße hinaus und murmelte: »Sie gehen. Immer weiter.«

Er setzte sich an den Tisch, schraubte die Lampe kleiner und schloß die Augen. Samgin fühlte, daß Ljutows Stimmung ihn ansteckte, und wollte gehen, doch Ljutow überredete ihn aus irgendeinem Grund sehr beharrlich, über Nacht dazubleiben.

»Morgen früh gehen wir dann alle zusammen auf die Chodynka, es ist immerhin interessant. Wir könnten allerdings auch vom Dach aus zusehen. Kostja, wo haben wir das Fernrohr?«

Klim blieb da, sie tranken Rotwein, dann war Ljutow mit dem Diakon auf einmal verschwunden, Makarow begann auf der Gitarre zu üben, und Klim, der einen Rausch bekommen hatte, ging nach oben und legte sich schlafen. Am Morgen weckte ihn Makarow mit einem Fernrohr in der Hand.

»Auf der Chodynka ist irgendwas passiert, das Volk kommt von dort gelaufen. Ich gehe aufs Dach, kommst du mit?«

Samgin hatte nicht ausgeschlafen, er hatte keine Lust, auf die Straße zu gehen, auch aufs Dach kletterte er nur ungern. Von dort erblickten sogar die bloßen Augen über dem Feld eine graugelbe Dunstwolke. Nachdem Makarow durchs Fernrohr geschaut hatte, gab er es Klim, blinzelte schläfrig und sagte: »Kaviar.«

Ja, das Feld, über dem eine unerklärliche Wolke stand, schien mit einer dicken Schicht Kaviar bestrichen, und in der dunklen Masse kleiner, runder Körner leuchteten hier und da weiße, rote Flecke und Äderchen.

»Rote Hemden, wie Wunden«, murmelte Makarow und gähnte heulend. »Da hat wohl einer geschwindelt, es ist gar nichts passiert«, fuhr er nach kurzem Schweigen fort. »Ein langweiliger Anblick, diese konzentrierte Dummheit.«

Er glättete sein ungekämmtes Haar, setzte sich neben einen Schornstein und sagte: »Wladimir hat nicht zu Hause geschlafen; er ist eben erst gekommen. Er ist aber nüchtern...«

Die große, bunte Stadt dröhnte und heulte, ununterbrochen läuteten Hunderte von Glocken, hart und ratternd polterten Wagen über das höckrige Pflaster, alle Laute verschmolzen zu einem einzigen gewaltigen Orgelton. Ein schwarzes Netz von Vögeln flatterte lärmend über der Stadt, doch kein einziger flog in Richtung der Chodynka. Dort in der Ferne auf dem riesengroßen Feld, unter der schmuddeligen Haube des Dunstes, hatte sich eine dichte Kaviarmasse von Menschen zusammengeballt. Sie wirkte wie ein einziger Leib, nur bei sehr angespanntem Hinsehen waren kaum merkliche Bewegungen der Körnchen zu erkennen; bisweilen schien über ihnen etwas hochzuquellen, doch in dem zähen Gedränge ging es rasch wieder unter. Auch Lärm drang von dort auf das Dach, doch es war kein frohlockender Stadtlärm, sondern irgendein Wintergeräusch, wie Schneesturm, es schwebte langsam, ununterbrochen herüber, ertrank jedoch leicht in dem Läuten, Poltern und Schreien.

Das Auge unablässig an der Messingfassung des Fernrohrs, stand Samgin wie gebannt. Die unzählbare Menge erinnerte ihn an die Kirchenprozessionen, die ihn in der Kindheit so beängstigt hatten, an die Gottesdienste vor der Wundertätigen Ikone der Oransker Mutter Gottes mit Tausenden von Menschen; durch den Strom des Lärms hörte er in seiner Erinnerung den Ausruf Onkel Chrysanths: »Kommt, laßt uns niederknien und beten . . .«

Er sah den Erdboden unter der Last der Menge wellenförmig schwanken, die Kopfkügelchen sprangen hoch wie Kaffeebohnen auf einer heißen Pfanne; in diesen krampfhaften Bewegungen lag etwas Unheimliches, während der Lärm allmählich dem melancholischen, aber drohenden Gesang eines unabsehbar großen Chores zu gleichen begann.

Er stellte sich vor, die Straßen würden, wenn diese Masse plötzlich in die Stadt hineinfluten sollte, den Andrang der dunklen Menschenströme nicht fassen können, die Menschen würden die Häuser umwerfen, ihre Ruinen zu Staub zerstampfen und die ganze Stadt wegfegen, wie ein Besen Kehricht wegfegt.

Klim begann die unübersehbare Anhäufung der mannigfaltigen Gebäude Moskaus zu betrachten. Die Luft über der Stadt war rein, die goldenen Kreuze der Kirchen spiegelten die Sonne wider, durchschnitten die Luft mit spitzen Strahlen und warfen sie auf die roten und grünen Vierecke der Dächer. Die Stadt erinnerte an eine alte, schmuddelige, stellenweise zerrissene Bettdecke mit bunten Kattunflicken. In ihren langen Rissen wimmelten kleine Menschengestalten, und es schien, als würde ihre Bewegung immer unruhiger, immer sinnloser; sie blieben stehen, wenn sie sich begegneten, sammelten sich zu kleinen Gruppen, gingen dann alle in einer Richtung weiter oder liefen wie erschreckt schnell auseinander. In einem der

Löcher zeigte sich eine blaue Abteilung Berittener, sie hüpften mit ihren Gäulen wie Gummipuppen über das Pflaster, dünne Holzschäfte schwankten über ihnen wie Angelruten, Lanzenspitzen blinkten in der Luft wie Fische.

»Im Grunde ist die Stadt schutzlos«, sagte Klim, doch Makarow war schon nicht mehr auf dem Dach, er war unauffällig hinuntergegangen. Durch die Straße galoppierten schwarze Pferde vor grünen Wagen mit Getöse über die grauen Pflastersteine, die behelmten Köpfe von Feuerwehrleuten blinkten, und all das war seltsam, wie ein Traum. Klim Samgin stieg vom Dach herunter und ging ins Haus, in die kühle Stille. Makarow saß mit der Zeitung in der Hand am Tisch, las und schlürfte starken Tee.

»Na, was gibt's?« fragte er, ohne die Augen zu heben.

»Ich weiß nicht, aber es scheint ...«

»Eine Schlägerei wahrscheinlich«, sagte Makarow und schnippte mit dem Finger gegen die Zeitung. »Was für banales Zeug sie schreiben ...«

Fünf Minuten tranken sie schweigend Tee. Klim lauschte dem Schlurren und Stapfen auf der Straße, den fröhlichen und erregten Stimmen. Plötzlich war es, als hätte ein unhörbarer, aber starker Wind den ganzen Straßenlärm fortgetragen und nur das schwere Poltern eines Lastwagens und das Läuten von Pferdeschellen zurückgelassen. Makarow erhob sich, trat ans Fenster und sagte von dort laut: »Na, da ist des Rätsels Lösung. Sieh her.«

Die fahnengeschmückte Straße entlang schritt im Takt ein dicker, brauner Gaul mit üppiger Mähne und zottigen Beinen; er schritt und wiegte betrübt den großen Kopf, schüttelte den langen Schopf. Neben ihm ging, das kahle Haupt entblößt, ein breitschultriger, bärtiger Fuhrmann, ein Teil der Zügel hing ihm über die Schulter, er blickte auf seine Füße, und alle Menschen blieben stehen und zogen Hüte und Mützen. Ein bis zur Schulter entblößter, blau und rot verfärbter Arm ragte unter der neuen Wagenplane hervor, bebend, in bettlerhaft flehender Gebärde, an einem Finger glänzte ein goldener Ring. Neben dem Arm schaukelte ein rötlicher, zerzauster Zopf, während an der Rückseite des Wagens, widernatürlich verrenkt, ein Bein in staubigem Stiefel zitterte.

»Sechs Personen ungefähr«, murmelte Makarow. »Natürlich, eine Schlägerei.«

Er sagte noch etwas, doch obwohl es im Zimmer und auf der Straße still war, verstand Klim seine Worte nicht, er sah dem Wagen nach, der langsam weiterfuhr, während die Menschen auf dem Bürgersteig wie angewurzelt stehenblieben und den Kopf entblößten.

427

Graue Schatten des Schreckens zeigten sich auf den Gesichtern und machten sie fast gleichförmig.

Es fuhr noch ein altersschwacher, ausgeleierter Wagen vorüber, der mit zerquetschten Menschen beladen war. Sie lagen unbedeckt, ihre Kleider waren in Fetzen gerissen, die entblößten Körperteile voll Staub und Schmutz. Dann kamen nach und nach immer größere, dichtere Gruppen von Menschen, die wie Bettler aussahen, zerfetzt, mit zerzaustem Haar und geschwollenen Gesichtern; sie gingen still und beantworteten die Fragen der Entgegenkommenden knapp und widerwillig; viele von ihnen hinkten. Ein Mann mit abgerissenem Bart und dem blauen Gesicht eines Erdrosselten hatte die rechte Hand auf die Schulter gelegt, wie der Fuhrmann die Zügel, und stützte mit der linken den Ellenbogen; er redete anscheinend, die Reste seines Barts zitterten. Die Mehrzahl der verstümmelten Menschen ging auf der Schattenseite der Straße, als schämten sie sich oder fürchteten sich vor der Sonne. Und sie alle schienen flüssig, mit einem trüben Naß gefüllt; Klim erwartete, daß einige von ihnen beim nächsten Schritt hinfallen und auf der Straße zu Schmutz zerrinnen würden. Aber sie fielen nicht, sie gingen, gingen, und bald konnte man beobachten, wie die entgegenkommenden, unverletzten Menschen kehrtmachten und neben ihnen weitergingen. Samgin spürte, daß ihn das besonders bedrückte.

»Für eine Schlägerei sind es zu viele«, sagte Makarow mit fremder Stimme. »Ich will gehen und mich erkundigen ...«

Samgin ging mit. Als sie die Straße betraten, schritt ein großer Mann mit vorgewölbtem Bauch wankend am Tor vorbei; er trug eine rotbraune Weste, die Hose war bis zu den Knien abgerissen, in den Händen hielt er einen zerknitterten Hut und glättete ihn gesenkten Hauptes mit zitternden Fingern. Makarow faßte ihn am Ellenbogen, hielt ihn an und fragte: »Was ist geschehen?«

Der Mann machte den haarigen Mund auf, sah Makarow und dann Klim mit trüben Augen an, machte eine wegwerfende Handbewegung und ging weiter. Doch nach drei Schritten wandte er sich wie ein Wolf um und sagte laut: »Alle sind schuld. Alle.«

»Die Antwort eines Verbrechers«, brummte Makarow und spie wie ein Handwerker durch die Zähne.

Es kamen irgendwelche erregten und mitteilsamen, einfältigen Leute, sie schrien und jammerten, aber es war schwer zu verstehen, was sie sagten. Einige lachten sogar, ihre Gesichter waren listig und glücklich.

Dann fuhr ein höckerförmig beladener grüner Wagen der Feuerwehr vorbei, unter dem Krummholz schaukelte und bimmelte fröhlich ein Glöckchen. Ein rotgesichtiger Feuerwehrmann in blauem Kittel lenkte die beiden Füchse, sein eherner Kopf blendete. Das lustige Glöckchen und dieser festlich strahlende, eherne Kopf machten auf Samgin einen höchst sonderbaren Eindruck. Diesem Wagen folgte ein zweiter, ein dritter und noch weitere, und über jedem erhob sich feierlich ein ehernes Haupt.

»Trojaner«, murmelte Makarow.

Klim verfolgte erschüttert einen der Wagen mit den Augen. Man hatte einen Menschen zuviel aufgeladen, er lag auf den Leichen, die man sorgfältig in der Längsrichtung des Wagens verstaut hatte, man hatte ihn nachlässig schräg, fast quer hinaufgeworfen, und er streckte die nackten, ungleich langen Arme unter der Plane hervor. Der kürzere ragte hölzern mit sternförmig gespreizten Fingern heraus, der andere, der lange, war offenbar im Ellenbogengelenk gebrochen; er hing vom Wagen herab und schwankte frei in der Luft, und die Hand, an der zwei Finger fehlten, sah aus wie eine Krebsschere.

Der Stein ist dumm. Der Baum ist dumm, erinnerte sich Klim.

»Ich kann nicht mehr«, sagte er und ging in den Hof. Hinter dem Tor blieb er stehen, nahm die Brille ab, blinzelte den Staubschleier von den Augen und dachte: Weshalb ist denn er . . . gerade er hingegangen? Das hätte er nicht tun sollen . . .

Vor dem Tor rief Makarow erstaunt und fragend: »Halt, wohin wollen Sie denn?«

Gleich darauf schob er Marakujew in den Hof, barhäuptig, mit zerzaustem Haar, düsterem Gesicht und einer verschorften, roten Schramme vom Ohr bis zur Nase. Marakujew hielt sich unnatürlich aufrecht, sah Makarow mit einem trüben Blick blutunterlaufener Augen an und fragte heiser zwischen den Zähnen hindurch: »Wo waren Sie? Haben Sie es gesehen?«

Seine reglosen Augen, seine hölzerne Gestalt hatten etwas Unheimliches, Wahnsinniges an sich. Er hatte einen fremden, weiten grauen Rock umgehängt, der zerknittert war und ausgerissene Taschen hatte, das bunte Baumwollhemd war an der Brust zerrissen; die billige Lüsterhose war mit grüner Farbe beschmiert. Am unheimlichsten schien Klim die steife Haltung Marakujews, er stand so straff und angespannt da, als fürchtete er, wenn er die Hände aus den Taschen nähme, den Kopf neigte oder den Rücken beugte, werde sein Körper zerbrechen, auseinanderfallen. Er stand da und fragte immer wieder mit den gleichen Worten: »Wo waren Sie?«

Makarow führte ihn nicht, er trug ihn fast ins Haus, schob ihn ins Badezimmer, entkleidete ihn rasch bis zum Gürtel und begann ihn zu waschen. Es war schwierig, seinen Nacken über den Waschtisch zu beugen, der lustige Student stieß Makarow immer wieder mit der Schulter fort, sträubte sich eigensinnig, sich zu bücken, streckte federnd den Rücken und stöhnte: »Warten Sie ... ich will es selbst tun! Nicht nötig ...«

Es schien, als fürchtete er das Wasser wie einer, den ein toller Hund gebissen hat.

»Such das Stubenmädchen und verlang Wäsche«, kommandierte Makarow.

Klim ging gehorsam fort, er war froh, den plattgedrückten Menschen nicht mehr zu sehen. Auf der Suche nach dem Stubenmädchen ging er von Zimmer zu Zimmer und erblickte Ljutow; barfuß, in Nachtwäsche, stand Ljutow am Fenster und hielt sich den Kopf. Er hörte die Schritte und wandte sich um, blinzelte fassungslos und fragte, mit einer sinnlosen Geste beider Hände auf die Straße deutend:»Was ist das?«

»Es ist irgendein ... Unglück geschehen«, antwortete Klim. Das Wort Unglück sprach er nicht sofort, nicht fest aus, er fand, daß man ein anderes Wort finden müßte, doch in seinem Kopf lärmte, zischte etwas, und die Worte kamen ihm nicht auf die Zunge.

Als er mit Ljutow ins Speisezimmer trat, lag Marakujew bereits nackt auf dem Diwan ausgestreckt, und Makarow massierte ihm mit hochgekrempelten Ärmeln krächzend Brust, Leib und Hüften. Marakujew, der vorsichtig den Hals drehte und den feuchten Kopf auf dem Lederpolster rollte, sprach halblaut, sich räuspernd, zusammenhanglos wie im Fieber: »Sie haben sich gegenseitig erdrückt. Es war furchtbar. Haben Sie es gesehen? Teuflisch ... Die Leute krochen von dem Feld und hinterließen lauter Leichen, Leichen. Haben Sie gesehen: Die Feuerwehrleute fahren mit Glocken, fahren – und läuten! Ich sage: ›Man muß die Glocke festbinden!‹ Sie antworten: ›Das geht nicht.‹ Idioten mit Glöckchen ... Überhaupt muß ich sagen ...«

Er verstummte und schloß die Augen, dann fing er wieder an: »Der Eindruck ist so, als erdrückten sie sich noch immer, sie zertrampeln einen Menschen und gehen fort, ohne sich nach ihm umzusehen. Sie gehen fort ... das ist erstaunlich! Sie gehen wie über Steine ... Über mich ...«

Marakujew hob den Kopf und setzte sich, mit den Händen auf den Diwan gestützt, vorsichtig hin, er lächelte mit einer ganz unglaublichen Grimasse, bei der sich der Mund sichelförmig bog, das zerschundene Gesicht häßlich in die Breite ging und die Ohren in den Nacken geschoben wurden, und sagte: »Auf mich hat man getreten, verstehen Sie? Nein, das ... muß man erleben. Ein Mensch liegt da, und man setzt den Fuß auf ihn wie auf einen Dreckhöcker! Zertritt ihn einfach ... wie? Einen lebendigen Menschen. Unvorstellbar.«

»Ziehen Sie sich an«, sagte Makarow, der ihn aufmerksam musterte, und reicht ihm Wäsche.

Marakujew hatte den Kopf in das Hemd gesteckt und sah daraus hervor wie aus einem Schneehaufen, er sprach weiter: »Leichen – zu Hunderten. Einige liegen wie gekreuzigt am Boden. Und der Kopf einer Frau ist in ein Erdloch hineingestampft worden.«

»Weshalb sind Sie hingegangen?« fragte Klim streng, da er plötzlich erriet, weshalb Marakujew als Handwerker gekleidet auf dem Chodynka-Feld gewesen war.

»Ich – zu reden ... zu erfahren«, antwortete der Student hüstelnd und immer mehr zu sich kommend. »Habe viel Staub geschluckt ...«

Er stand auf, blickte unsicher auf den Fußboden und verzog wieder den Mund wie eine Sichel. Makarow führte ihn an den Tisch und setzte ihn hin, während Ljutow ihm ein halbes Glas Wein einschenkte. »Trinken Sie.«

Das waren seine ersten Worte. Bis dahin hatte er schweigend dagesessen, hatte die Ellenbogen auf den Tisch gestützt, die Hände an die Schläfen gepreßt und Marakujew blinzelnd angesehen, als blickte er in grelles Licht.

Marakujew nahm das Glas und schaute hinein, er stellte es wieder auf den Tisch und sagte: »Die Frau lag neben einem Balken, doch ihr Kopf ragte über das Balkenende hinaus, und man trat ihr mit den Füßen auf den Kopf. Und stampfte ihn in die Erde. Geben Sie mir Tee ...«

Er sprach immer bereitwilliger und weniger heiser.

»Ich kam um Mitternacht hin ... und wurde hineingesogen. Sehr tief. Einige standen schon ohnmächtig da. Eingekeilt standen sie da. Wie Tote. Es *war* alles ein Schlamm und Morast ... Und eine bleierne Luft, man konnte nicht atmen. Gegen Morgen sind manche wahnsinnig geworden, glaube ich. Sie schrien. Es war ganz unheimlich. Solch einer stand neben mir und wollte immerzu beißen. Da stieß einer dem andern mit dem Hinterkopf gegen die Stirn, mit der Stirn gegen den Hinterkopf. Mit den Knien. Traten sich auf die Füße. Das half natürlich alles nichts, nein! Ich weiß es. Ich habe selbst um mich geschlagen«, sagte er und erstaunt blinzelnd und tippte sich mit dem Finger auf seine Brust. »Wohin dann? Von allen Seiten mit Menschen beklebt. Ich schlug zu ...«

Da kam der Diakon, der sich gerade erst gewaschen hatte, sein Bart war noch naß. Er tat den Mund auf und wollte etwas fragen –

Ljutow zischte ihn mit einem Blick auf Marakujew an. Doch Marakujew beugte sich stumm über den Tisch und rührte in seinem Tee, während Klim Samgin laut dachte: »Wie entsetzlich muß dem Zaren zumute sein.«

»Da hast du den Rechten zum Bedauern gefunden«, fiel ihm Ljutow ironisch ins Wort, die übrigen drei ließen Klims Worte unbeachtet. Makarow erzählte dem Diakon mit finsterer Miene halblaut von der Katastrophe.

»Menschlich gesehen ist er zu bedauern«, fuhr Klim, zu Ljutow gewandt, fort. »Stell dir vor, bei deiner Hochzeit geschähe ein Unglück...«

Das war noch taktloser. Klim, der fühlte, daß seine Ohren sich röteten, schalt sich innerlich, verstummte und wartete, was Ljutow sagen würde. Doch Marakujew sprach.

»Empört waren nur wenige!« sagte er, den Kopf hochwerfend. »Empörte habe ich nicht gesehen. Nein. Irgend so ein sonderbarer Mann mit einem weißen Hut sammelte Freiwillige zum Gräberschaufeln. Mich forderte er auch auf. Ein sehr – sachlicher Mann. Er forderte auf, als hätte er schon lange auf die Gelegenheit gewartet, ein Grab zu schaufeln. Und zwar ein großes, für viele.«

Er trank Tee, aß und trank dann Kognak; seine kastanienbraunen Locken waren trocken und locker geworden, die trüben Augen hatten sich aufgehellt.

»Ungeheuerliche Kräfte legten manche an den Tag«, erinnerte er sich, konzentriert in das leere Glas blickend. »Man kann doch nicht mit der Hand, Makarow, mit den Fingern die Haut vom Schädel herunterreißen, nicht die Haare, sondern die Haut?«

»Das kann man nicht«, wiederholte Makarow finster und überzeugt.

»Aber ein – Mensch, der tat es, er verkrallte sich mit den Nägeln in den Nacken des Dicken neben mir und riß ein Stück heraus... Der Knochen war zu sehen. Er war auch der erste, der mich schlug...«

»Sie müssen schlafen«, sagte Makarow. »Kommen Sie...«

»Eine erstaunliche Kraft legten sie an den Tag«, murmelte der Student und folgte Makarow gehorsam.

»Wie war denn das alles?« fragte vom Fenster her der Diakon.

Niemand antwortete. Klim dachte: Wie wird sich der Zar verhalten? und fühlte, daß er zum erstenmal an den Zaren wie an ein reales Wesen dachte.

»Was werden wir nun tun?« fragte von neuem der Diakon, wobei er das wir stark betonte.

»Gräber schaufeln«, brummte Ljutow.

Der Diakon sah ihn an, sah Klim an, preßte seinen dreiteiligen Bart in die Faust und sagte: »Der Herr ist ein eifriger Gott und Rächer, ja, ein Rächer ist der Herr und zornig; der Herr ist ein Rächer wider seine Widersacher, der seine Feinde selbst vernichtet . . .«

Klim blickte ihn erstaunt an. Der Diakon konnte und wollte doch nicht etwa rechtfertigen?

Doch dieser fuhr, den Kopf wiegend, fort: »Grausame, satanische Worte hat da der Prophet Nahum gesprochen. Dorthin, Jünglinge, richtet euren Blick: Strafe und Rache sind bei uns vortrefflich ausgebildet, die Belohnungen jedoch? Von den Belohnungen wissen wir nichts. Die Dantes, Miltons und die anderen bis zu unserem Volk einschließlich haben die Hölle ausführlichst und gar schrecklich geschildert, das Paradies jedoch? Vom Paradiese ist uns nichts gesagt worden, wir wissen nur das eine: dort singen die Engel dem Herrn Zebaoth Hosianna.«

Plötzlich schlug er mit der Faust auf den Tisch, füllte das Zimmer mit gläsernem Zittern des Geschirrs und schrie, die Augen grimmig vorrollend, mit trunkener Stimme: »Wofür Hosianna? Ich frage: Wofür Hosianna? Das ist die Frage, ihr Jünglinge: Wofür Hosianna? Und wem soll denn der Bannfluch gelten, wenn dem Schöpfer der Hölle Hosianna gesungen wird, ha?«

»Hör auf«, bat Ljutow mit abwehrender Handbewegung.

»Nein, warte: Wir haben zwei Kritiken, die eine – aus Sehnsucht nach Wahrheit, die andere – aus Ehrsucht. Christus ist aus Sehnsucht nach Wahrheit geboren, aber Zebaoth? Wenn nun im Garten von Gethsemane nicht der Herr Zebaoth, sondern der Satan Christo den Kelch des Leidens gezeigt hat, um sich über ihn lustig zu machen? Vielleicht war es gar nicht der Kelch, sondern nur eine Gebärde des Hohns? Das, Jünglinge, habt ihr zu entscheiden . . .«

Makarow trat sehr eilig ins Zimmer und sagte zu Klim: »Er sagt, er hat dort Onkel Chrysanth gesehen und diesen . . . Diomidow, verstehst du?«

Makarow schlug sich mit der Faust schallend in die Hand, sein Gesicht erbleichte.

»Wir müssen uns erkundigen, wir müssen hinfahren . . .«

»Zu Lidija«, ergänzte Klim.

»Fahren wir gemeinsam. Wladimir, laß einen Arzt holen. Marakujew bricht Blut.«

Auf dem Weg ins Vorzimmer teilte er aus irgendeinem Grund mit: »Er heißt Pjotr.«

Auf der Straße ging es laut und lebhaft zu, und als sie auf die

433

Twerskaja kamen, wurde es noch lauter. Endlos bewegte sich mit dumpfem Gemurmel eine Menge zerlumpter, zerschundener, schmutziger Menschen dahin. Ein ununterbrochenes gedämpftes Murren lag in der Luft und wurde ab und zu von hysterischen Frauenstimmen durchschnitten. Die Menschen schritten müde gegen die Sonne, sie gingen mit geneigten Köpfen, als fühlten sie sich schuldig. Doch oft, wenn einer den Kopf hob, erblickte Samgin in dem erschöpften Gesicht den Ausdruck stiller Freude.

Samgin war durch die Eindrücke ermüdet, und all die gramvollen, erschreckten, neugierigen und glückselig stumpfen Gesichter, die unter den dreifarbigen Fahnen auf der reichgeschmückten Straße für Augenblicke vor ihm auftauchten, beunruhigten ihn nicht mehr. Die Eindrücke ließen Klim seine eigene Gewichtigkeit, seine Realität gut empfinden. Über die Ursache der Katastrophe machte er sich keine Gedanken. Die Ursache war ja im Grunde aus dem, was Marakujew erzählt hatte, zu ersehen: Die Menschen hatten sich auf die »Bonbons« gestürzt und gegenseitig erdrückt. Das ließ Klim von der Höhe des Wagens gleichgültig und verächtlich auf sie hinabblicken.

Makarow saß neben ihm, hatte den einen Fuß auf den Wagentritt gestellt, als ob er sich vorbereite, auf die Straße zu springen. Er brummte: »Weiß der Teufel, diese blöden Fahnen brennen einem richtig in den Augen!«

Vermutlich wird der Zar die Familien der Getöteten reich beschenken, überlegte Klim, doch Makarow, der den Kutscher gebeten hatte, schneller zu fahren, erinnerte daran, daß auch bei Marie-Antoinettes Hochzeit irgendein Unglück passiert war.

Das sieht ihm ähnlich, dachte Klim. Auch hier steht bei ihm an erster Stelle die Frau, als hätte es keinen Ludwig gegeben.

Die Wohnung von Onkel Chrysanth war zugeschlossen, auch an der Küchentür hing ein Schloß. Makarow befühlte es, nahm die Mütze ab und trocknete sich den Schweiß von der Stirn. Für ihn war die verschlossene Wohnung anscheinend ein schlimmes Vorzeichen; als sie aus dem dunklen Hausflur in den Hof traten, sah Klim, daß Makarows Gesicht blaß geworden und eingefallen war.

»Wir müssen uns erkundigen, wohin die . . . Verletzten gebracht werden. Wir müssen von einem Krankenhaus zum andern fahren. Komm.«

»Du meinst . . .«

Doch Makarow ließ Klim nicht ausreden.

»Komm«, sagte er grob.

Bis zum Abend hatten sie, im Wagen und zu Fuß, rund zehn Krankenhäuser aufgesucht und waren zweimal zu Chrysanths kleiner verschlossener Küchentür zurückgekehrt. Es war schon dunkel, als Klim halblaut vorschlug, zum Friedhof zu fahren.

»Unsinn«, sagte Makarow schroff. »Halt den Mund.«

Und nach einer Weile fügte er empört hinzu: »Das kann nicht sein.«

Seine Backenknochen hatten sich ganz unnatürlich zugespitzt, er bewegte den Unterkiefer, als knirschte er mit den Zähnen, und wandte, das Getümmel der aufgeregten Menschen betrachtend, den Kopf hin und her. Die Menschen wurden immer stiller, redeten mürrischer, der Abend verwischte ihre Umrisse.

Makarows Stimmung flößte Sorge um Lidija ein und bedrückte Klim. Er war körperlich ermüdet und fühlte sich nach dem Anblick Hunderter von geschlagenen, verletzten Menschen vergiftet, abgestumpft.

Sie gingen zu Fuß, als aus einer Nebengasse eine Droschke herausgefahren kam, in der zerzaust, Schirm und Hütchen auf den Knien, Warwara saß.

»Mein Stiefvater ist erdrückt worden«, rief sie und stieß den Kutscher in den Rücken; Samgin schien es, als hätte sie es mit Stolz gerufen.

»Wo ist Lidija?« fragte Makarow, noch ehe Klim es tun konnte. Das Mädchen sprang auf das Trottoir herab, drückte dem Droschkenkutscher mechanisch, aber doch mit einer schönen Geste, das Geld in die Hand, und ging dann auf das Haus zu, wobei sie nun schon wenig anmutig den Schirm in der einen, den Hut in der anderen Hand schwang; hysterisch laut erzählte sie: »Er ist nicht wiederzuerkennen. Ich erkannte ihn an den Stiefeln und am Ring, entsinnen Sie sich? Der Karneolring? Entsetzlich. Er hatte kein Gesicht mehr ...«

Sie sah verweint aus, ihr Kinn zitterte, doch Klim war es, als funkelten ihre grünlichen Augen boshaft.

»Wo ist Lidija?« wiederholte Makarow beharrlich und kam Klim abermals zuvor.

»Sie sucht Diomidow. Ein Schauspieler hat ihn in der Nähe des Alexanderbahnhofs gesehen und sagt, er hat den Verstand verloren, Diomidow ...«

Warwaras laute Stimme lockte ein paar festlich gekleidete Menschen an; ein Mann mit Spazierstöckchen und Strohhut stieß Samgin beiseite, schaute dem Mädchen ins Gesicht und fragte: »Sind es wirklich zehntausend? Und viele, die irrsinnig geworden sind?«

Er nahm den Hut ab und rief fast entzückt: »Welch ein ungewöhnliches Unglück!«

Klim blickte sich um: Warum verjagt Makarow diesen Idioten nicht? Doch Makarow war verschwunden.

In ihrem Zimmer warf Warwara Schirm und Hut, den nassen Knäuel des Taschentuchs und das Portemonnaie mit schroffen Gesten auf Tisch und Bett und sagte abgerissen: »Die Wange zwar zerfetzt, die Zunge hing aus einer Wunde heraus. Ich habe nicht weniger als dreihundert Leichen gesehen ... Mehr noch. Was ist denn das, Samgin? Es ist doch undenkbar, daß sie sich selbst ...«

Rasch und leicht, wie vom Wind getragen, ging sie im Zimmer umher, rieb sich das Gesicht mit einem nassen Handtuch ab und suchte immerfort irgend etwas, nahm Kämme und Bürsten vom Toilettentisch und warf sie gleich wieder an ihren Platz. Sie befeuchtete ihre Lippen und zerbiß sie.

»Trinken, Samgin, ich möchte furchtbar gern trinken ...«

Ihre Pupillen hatten sich geweitet und waren trübe, die geschwollenen Lider blinzelten müde und röteten sich immer mehr. Und in Weinen ausbrechend, das tränennasse Taschentuch in Stücke reißend, schrie sie: »Er stand mir näher als die Mutter ... war so komisch, so lieb. Und seine zärtliche Liebe zum Volk ... Und die auf dem Friedhof sagen, die Studenten hätten Gruben gegraben, um das Volk gegen den Zaren aufzuwiegeln. O mein Gott ...«

Samgin wußte nicht, was er tun sollte, er verstand sich nicht darauf, weinende junge Mädchen zu trösten, und fand, Warwara weine zu schön, als daß ihr Weinen ehrlich sein könne. Doch sie beruhigte sich von selber, kaum daß die kräftige Anfimjewna erschienen war und zutunlich, aber sachlich zu erzählen begann: »Man hat ihn in die kleine Kapelle getragen und wollte ihn nicht nach Hause lassen. Sie baten sehr darum, Chrysanth Wasselijewitsch nicht mit nach Hause zu nehmen. ›Urteilen Sie selbst‹, sagten sie, ›wie sollte denn jetzt, wo doch die Feiern sind, ein Begräbnis stattfinden?‹«

Ganz niedergeschlagen sagte die Köchin: »Und es stimmt ja auch, Warja, wozu den Zaren aufregen? Gott verzeihe ihnen allen; es ist ihre Sünde, und sie haben es zu verantworten.«

Warwara nickte stumm, ging, nachdem sie um Tee gebeten hatte, in ihr Zimmer und erschien ein paar Minuten später in schwarzem Kleid, frisiert, mit zwar traurigem, aber doch beruhigtem Gesicht.

Beim Tee fragte Klim nach einem Blick auf die Uhr unruhig: »Was meinen Sie: Wird Lidija diesen Diomidow finden?«

»Wie kann ich das wissen?« antwortete sie trocken und sagte prophetisch wie ein sehr lebenserfahrener Mensch: »Ich mißbillige ihr Verhalten ihm gegenüber. Sie unterscheidet nicht zwischen Liebe und Mitleid, und ihr steht ein entsetzlicher Irrtum bevor. Diomidow bringt einen in Erstaunen, er tut einem leid, aber kann man denn einen solchen Menschen lieben? Die Frauen lieben die Starken und Kühnen, diese lieben sie ehrlich und lange. Sie lieben natürlich auch Menschen mit Absonderlichkeiten. Irgendein deutscher Gelehrter hat einmal gesagt: ›Um Beachtung zu finden, muß man in Absonderlichkeiten verfallen.‹«

Fünf Minuten lang sprach sie, als hätte sie den Tod des Stiefvaters vergessen, kritisch und händelsüchtig von Lidija, und Klim begriff, daß sie die Freundin nicht liebte. Er wunderte sich, wie gut sie ihre Antipathie gegen Lidija bis zu diesem Augenblick verborgen hatte – und diese Verwunderung hob das grünäugige Mädchen in den Augen Samgins ein wenig. Dann dachte sie daran, daß man vom Stiefvater sprechen müßte, und sagte, Menschen seines Typs gehörten zwar der Vergangenheit an, besäßen aber doch eine eigentümliche Schönheit.

Klim fühlte sich immer unruhiger, unbehaglicher, er fand, daß es Lidija gegenüber anständiger und taktvoller wäre, wenn er durch die Straßen ginge und sie suchte, statt hier zu sitzen und Tee zu trinken. Doch jetzt konnte er auch nicht gut fortgehen.

Es war schon dunkel, als Lidija hereingelaufen kam, und Makarow führte Diomidow am Arm. Samgin schien es, als erzitterte alles im Zimmer und als senkte sich die Decke. Diomidow hinkte etwas, seine linke Hand war mit Makarows Mütze umwickelt und hing in einer Schlinge aus irgendeinem Lappen am Hals. Er sprach, nach Atem ringend, mit fremder Stimme: »Ich wußte doch – ich wollte nicht . . .«

Sein helles Haar hatte sich wie Schafwolle auf dem Kopf zusammengeballt; das eine Auge war angeschwollen und dunkel unterlaufen, während das andere weit hervortrat. Er war ganz zerlumpt, das eine Hosenbein hatte einen Querriß, in dem Loch zitterte das nackte Knie, und dieses Zittern des runden, mit schmutziger Haut umspannten Knochens war widerlich.

Makarow half ihm behutsam, sich auf den Stuhl an der Tür niederzulassen – Diomidows gewohnter Platz in diesem Zimmer. Der Requisiteur setzte das zitternde Bein fest auf, schüttelte mit der Hand den Staub vom Kopf und schrie heiser: »Ich habe gesagt: teilen, verteilen muß man sie, damit sie sich nicht gegenseitig erdrücken. O Gott!«

»Und was wird nun?« fragte Makarow Lidija schroff. »Wir brauchen heißes Wasser und Wäsche. Er gehört ins Krankenhaus, aber nicht hierher . . .«

»Schweigen Sie! Oder – gehen Sie fort«, schrie Lidija und lief in die Küche. Auf ihren bösen Ausruf hin heulte Warwara auf wie ein epileptisches Bauernweib: »Verurteilt sie, verdammt sie, bestraft sie...!«

Sie sah zu Diomidow und griff sich an den Kopf, wiegte sich auf dem Stuhl hin und her und stampfte mit den Füßen. Diomidow starrte sie ebenfalls an und schrie: »Raum für jeden! Untersteht euch! Keinerlei Lockmittel! Wir brauchen keine Bonbons! Wir brauchen keinen Schnaps!«

Sein Bein begann wieder zu zucken, er stampfte auf, das Knie sprang aus dem Loch heraus; ein schwerer Kotgeruch ging von ihm aus. Makarow hielt ihn an der Schulter und sagte laut und mürrisch zu Warwara: »Holen Sie Wäsche und Handtücher... Was soll das Schreien? Sie werden bestraft, beruhigen Sie sich.«

»Jeder für sich allein«, stieß Diomidow hervor, während aus seinen Augen ununterbrochen zwei Bächlein Tränen rannen.

Dann kam Lidija hereingelaufen; sie stieß Makarow beiseite, half Diomidow leicht auf die Beine und führte ihn dann in die Küche.

»Sie wird ihn doch nicht etwa selber waschen?« fragte Klim, wobei er angewidert das Gesicht verzog und erbebte.

Warwara warf den Kopf zurück, daß ihr üppiges rötliches Haar über die Schulter fiel, und ging rasch in das Zimmer des Stiefvaters; Samgin, der sie mit seinen Blicken verfolgte, fand, sie hätte das Haar früher, nicht erst in diesem Augenblick auflösen sollen, und Makarow hatte die Fenster geöffnet und murmelte: »Ich fand die beiden auf der Chaussee. Dieser da steht und brüllt, predigt: ›Auseinandergehen, zerstreuen‹ – während Lidija ihm zuredet mitzukommen... ›Ich hasse all deine Leute‹, schrie er...«

In der Stadt war ein Knattern und Heulen, als ob in einem riesengroßen Ofen feuchtes Holz anbrenne.

»Interessant, ob das Feuerwerk stattfinden wird?« erwog Klim.

»Es ist selbstverständlich abgesagt – wo denkst du hin?« sagte Makarow ungehalten.

»Weshalb denn?« entgegnete Klim. »Das lenkt ab. Es wäre unklug, wenn man es absagte.«

Makarow schwieg, er hatte sich auf die Fensterbank gesetzt und zupfte sich am Schnurrbart.

»Diomidow scheint den Verstand verloren zu haben?« fragte Samgin, nicht ohne auf eine bestätigende Antwort zu hoffen; Makarow antwortete nicht sogleich und wenig tröstlich: »Wohl kaum. Er gehört zu den Typen, die ihr ganzes Leben an der Grenze des Wahnsinns zubringen... scheint mir.«

In der Tür erschien Lidija. Sie stockte, als wäre sie über eine Schwelle gestolpert, hielt sich mit der einen Hand am Türpfosten fest und bedeckte mit der anderen die Augen.

»Ich kann nicht«, sagte sie und wankte, als suchte sie den Platz, wohin sie fallen könnte. »Ich kann nicht«, wiederholte sie in sehr sonderbarem Ton, schuldbewußt und sichtlich erstaunt. Ihre Blusenärmel waren bis zum Ellenbogen aufgerollt, von dem nassen Rock fielen Wassertropfen auf den Boden.

»Geht, wascht ihn«, bat sie, das Gesicht mit den Händen bedeckend.

»Komm, du hilfst mir«, sagte Makarow zu Klim.

In der Küche auf dem Fußboden saß vor einer großen Waschschüssel der nackte Diomidow, hatte den linken Arm an die Brust gedrückt und stützte ihn mit dem rechten. Von seinem nassen Haar rann Wasser herab, und es schien, als schmölze, als zerfiele er. Seine sehr weiße Haut war mit Kot beschmutzt, mit blauen Flecken bedeckt und von Schrammen zerkratzt. Mit einer unsicheren Bewegung seiner rechten Hand schöpfte er eine Handvoll Wasser und schwappte es in sein Gesicht, auf das geschwollene Auge; das Wasser rann an der Brust herab, ohne die dunklen Flecke wegzuwaschen.

»Jeder hat einen Raum«, murmelte er. »Fort voneinander ... Ich bin kein Spielzeug ...«

»Ein Isaak«, erinnerte sich Klim Samgin nicht ganz angebracht, und er verbesserte sich gleich: »Götzenopferfleisch«.

Die Köchin Anfimjewna stand am Herd und beobachtete, wie das Wasser aus dem Hahn fauchte und in den Kessel spritzte.

»Übergeschnappt ist das Bürschchen«, sagte sie mißbilligend mit einem schiefen Blick auf Diomidow. »Er ist von den Einfachen – und so verzärtelt. Launen hat er. Begießt Lidotschka mir nichts, dir nichts mit einer Kelle Wasser ...«

Samgin vernahm irgendein sonderbares Geräusch, als hätte Makarow mit den Zähnen geknirscht. Er hatte die Jacke ausgezogen, war vor Diomidow niedergekniet und begann, ihn vorsichtig und geschickt zu waschen, wie eine Frau ein Kind.

Und plötzlich fühlte Samgin, wie ihn Empörung übermannte: Diesen erbärmlichen Körper wird Lidija umarmen, hat ihn am Ende schon umarmt? Dieser Gedanke trieb ihn sofort aus der Küche. Er ging schnell in Warwaras Zimmer hinüber, um Lidija irgendwelche vernichtenden Worte zu sagen.

Lidija saß, den einen Arm um Warwara gelegt, auf dem Bett und ließ sie an einem Kristallflakon riechen, der im Lampenlicht regenbogenfarben schillerte.

»Was ist?« fragte sie.

»Er wäscht ihn«, antwortete Klim trocken.

»Tut es ihm weh?«

»Anscheinend nicht.«

»Warja«, sagte Lidija, »ich verstehe nicht zu trösten. Und muß man überhaupt trösten? Ich weiß nicht . . .«

»Gehen Sie, Samgin«, rief Warwara und ließ sich seitlich auf das Bett fallen.

Klim ging fort, ohne Lidija ein Wort gesagt zu haben.

Sie hat ein so zerquältes Gesicht. Vielleicht ist sie nun . . . geheilt.

Tranpfannen loderten und rauchten auf hohen Pfosten. Samgin fand die Beleuchtung kläglich, und sogar die Flammen hatten etwas Unentschlossenes, während der Lärm der Stadt wenig festlich, eher ungehalten, brummig war. Auf dem Twerskoi-Boulevard hatten sich kleine Gruppen gebildet, in der einen stritt man sich erbittert, ob das Feuerwerk stattfinden werde oder nicht. Einer behauptete hitzig: »Es wird stattfinden!«

Ein hochgewachsener Mann mit grauem Hut sagte überzeugt und streng: »Seine Majestät der Herrscher duldet keine Scherze.«

Eine dritte Stimme jedoch suchte die Meinungsverschiedenheit beizulegen: »Das Feuerwerk ist auf morgen verschoben.«

»Seine Majestät der Herrscher . . .«

Von irgendwoher hinter den Bäumen kam es schallend: »Er schwingt jetzt in der Adelsversammlung das Tanzbein, Seine Majestät, der Herrscher!«

Alle blickten sich um, und zwei gingen sehr entschlossen auf die Stimme zu, was Klim veranlaßte, sich zu entfernen.

Wenn es wahr ist, daß der Zar zum Ball gefahren ist, dann ist er ein Mann von Charakter. Ein mutiger Mensch. Diomidow hat recht . . .

Er schritt durch ein Chaos von Gesprächen, mechanisch einzelne Sätze aufschnappend, zum Strastnoi-Platz. Eine verwegene Stimme rief: »He, denke ich, ich will doch nicht zugrunde gehn!«

Der ist wahrscheinlich auf einen Menschen getreten, vielleicht auf Marakujew, dachte Klim. Aber das Denken fiel ihm schwer, wie es stets zu sein pflegt, wenn man mit Eindrücken überladen ist und ihre Last das Denken niederhält. Zudem war er hungrig und durstig.

Beim Puschkin-Denkmal sprach jemand zu einem Häuflein Menschen: »Nein, denken Sie doch mal über die ganze Ordnung unseres Lebens nach, wie werden wir beispielsweise regiert?«

Samgin warf einen Blick auf den Redner und erkannte an dem

krausen Bart und dem Lächeln in dem struppigen Gesicht seinen redseligen Nachbarn im Keller von Jakow Platonow.

Der Stein ist dumm . . .

Auf dem Platz überholte ihn Pojarkow, der wie ein Kranich dahinstelzte. Samgin rief ihm, ohne es recht zu wollen, nach: »Wohin?«

Pojarkow paßte sich seinen Schritten an und sagte matt, halblaut: »Seit dem Morgen laufe ich herum, sehe und höre. Habe zu erklären versucht. Sie begreifen nicht. Dabei ist es so einfach: In geschlossener Masse geradeswegs vom Feld zum Kreml marschieren und – fertig! In Brüssel, glaube ich, marschierte das Theaterpublikum nach dem ›Propheten‹ los und – bekam die Verfassung . . . Man gab sie.«

Er blieb vor der Tür eines kleinen Restaurants stehen und schlug vor: »Kehren wir in diesen ›Hafen kummerbeladener Herzen‹ ein. Ich bin oft mit Marakujew hier . . .«

Als Klim ihm von Marakujew erzählte, seufzte Pojarkow: »Es hätte schlimmer kommen können. Man sagt, es seien an die Fünftausend umgekommen. Wie bei einer Schlacht.«

Pojarkow redete dumpf, er machte ein unnatürlich langes Gesicht, und Samgin schien, er bemerke heute zum erstenmal unter Pojarkows trübsinniger, langer Nase den rötlichen Schnurrbart.

Er rasiert sich das Kinn ganz unnötig, dachte Klim.

»Dieser Tage sagte ein Kaufmann, in dessen Haus ich Stunden gebe: ›Ich möchte so gern Pfannkuchen essen, doch keiner von meinen Bekannten stirbt.‹ Ich fragte ihn: ›Weshalb sollen sie denn sterben?‹ – ›Nun‹ sagte er, ›Pfannkuchen schmecken besonders gut bei einer Totenfeier.‹ Jetzt wird er vermutlich Pfannkuchen essen . . .«

Klim aß kalten Braten und trank Bier dazu. Unaufmerksam hörte er Pojarkows trägen Reden zu, die im Gasthauslärm untergingen, und fing Sätze aus der Umgebung auf. Ein dicker bärtiger Mann in schwarzem Anzug zeterte: »Es geht nicht an, daß man unter Ausnützung des Volksunglücks heimlich Falschgeld loszuwerden sucht.«

»Gut gesagt«, lobte Pojarkow. »Wir sprechen gut, aber wir leben schlecht. Vor kurzem las ich bei Tatjana Passek: ›Friede der Asche der Dahingeschiedenen, die im Leben nichts getan haben, weder Gutes noch Böses.‹ Wie gefällt Ihnen das?«

»Sonderbar«, antwortete Klim mit vollem Munde.

Pojarkow schwieg eine Weile, trank etwas Bier und sagte dann mit einem Seufzer: »Es liegt stille Verzweiflung darin . . .«

Dann erschien Marakujew am Tisch, seine Wange war mit einem weißen Tuch verbunden, aus dem lockigen Haar ragte ulkig der Knoten mit den zwei weißen Zipfeln hervor.

»Ich war überzeugt, daß du hier bist«, sagte er zu Pojarkow und setzte sich an den Tisch.

Sie steckten die Köpfe zusammen und flüsterten.

»Störe ich?« fragte Samgin. Pojarkow blickte ihn schräg von der Seite an und murmelte: »Wobei sollten Sie uns denn stören?«

Er holte tief Atem und fuhr fort: »Ich sagte gerade, die Marxisten wollten Flugblätter verbreiten, aber wir ...«

Marakujew unterbrach sein Gebrumm: »Kennen Sie Ljutow gut, Samgin? Eine interessante Type. Der Diakon auch. Aber wie bestialisch sie trinken! Ich habe bis nachmittag um fünf geschlafen, dann stellten sie mich auf die Beine und fingen an, mich vollzupumpen. Ich lief davon und treibe mich die ganze Zeit in der Stadt herum. Bin schon zweimal hier gewesen ...«

Er bekam einen Hustenanfall, verzog das Gesicht und hielt sich die Hüfte.

»Ich habe Staub geschluckt – fürs ganze Leben«, sagte er.

Marakujew war im Gegensatz zu dem niedergeschlagenen Pojarkow in lebhafter und geschwätziger Stimmung. Er schaute umher wie einer, der eben erst aufgewacht ist und noch nicht begreift, wo er sich befindet, griff aus den Tischgesprächen einzelne Sätze, Wörtchen auf und erzählte zu dem aufgegriffenen Thema spöttisch oder nachdenklich etwas Witziges. Er hatte einen kleinen Rausch, aber Klim sah, daß seine ungewöhnliche und sogar ein wenig beängstigende Stimmung nicht allein hiermit zu erklären war.

Wenn er froh ist, am Leben geblieben zu sein, so freut er sich auf recht alberne Weise ... Schwatzt er vielleicht nur, um nicht zu denken?

»Die Luft hier ist zum Ersticken, Kinder, gehen wir hinaus auf die Straße«, schlug Marakujew vor.

»Ich gehe heim«, sagte Pojarkow griesgrämig. »Mir langt's.«

Klim hatte keine Lust zu schlafen, er hätte sich gerne aus der düsteren Unrast dieses Tages in ein Gebiet anderer Eindrücke begeben. So schlug er Marakujew vor, nach den Sperlingsbergen zu fahren. Marakujew nickte stumm.

»Wissen Sie«, sagte er, als er im Wagen Platz genommen hatte, »die Mehrzahl der Erstickten und Zertrampelten gehörte dem sogenannten besseren Publikum an ... Stadtleute und – Jugend. Ja. Ein Polizeiarzt hat es mir gesagt, ein Verwandter von mir. Die Kollegen, Mediziner, sagen das gleiche. Ich habe es auch selbst gesehen. Ich habe es gesehen. Im Kampf ums Leben siegen die einfacheren Menschen. Die Menschen, die instinktiv handeln ...«

Er murmelte noch irgend etwas, das beim Scheppern und Rattern des altersschwachen, ausgeleierten Wagens schlecht zu hören war. Er hustete und schneuzte sich, das Gesicht zur Seite gewandt, und als sie aus der Stadt heraus waren, schlug er vor: »Wollen wir nicht zu Fuß gehen?«

Vorn, auf den schwarzen Hügeln, blinkten die zähnebleckenden Lichter der Restaurants; weiter hinten, über der Masse der Stadt, die sich auf der unsichtbaren Erde hingerekelt hatte, wogte rosagelbes Abendrot. Klim fiel plötzlich ein, daß er Pojarkow nichts von Onkel Chrysanth und Diomidow erzählt hatte. Das erregte ihn sehr. Wie hatte er es vergessen können? Doch sofort überlegte er, daß ja auch Marakujew sich nicht nach Chrysanth erkundigt hatte, obwohl er selbst gesagt hatte, daß er ihn in der Menge gesehen habe. Samgin suchte nach irgendwelchen eindrucksvollen Worten, und als er keine fand, sagte er: »Onkel Chrysanth ist erdrückt worden, Diomidow wurde schwer verletzt und scheint nun den Verstand gänzlich verloren zu haben.«

»Nein!« rief Marakujew leise, blieb stehen und sah Klim ein paar Sekunden stumm mit ängstlichem Blinzeln ins Gesicht. »Zu . . . zu Tode?«

Klim nickte. Da ging Marakujew zur Seite unter einen Baum, drückte sich an den Stamm und sagte: »Ich komme nicht mit.«

»Ist Ihnen schlecht?« fragte Klim.

»Wundern Sie sich nicht. Lachen Sie mich nicht aus«, antwortete Pjotr Marakujew bedrückt und nach Atem ringend. »Die Nerven, wissen Sie. Ich habe soviel gesehen . . . Unbegreiflich! Welch ein Zynismus! Welch eine Gemeinheit . . .«

Es schien Klim, als knickten dem lustigen Studenten die Beine ein; er stützte ihn am Ellenbogen, doch Marakujew riß sich mit einer schroffen Bewegung den Verband vom Gesicht, wischte sich damit Stirn, Schläfe und Wange ab und betupfte seine Augen.

»Zum Teufel noch mal – sie sind ja beide noch Kinder«, schrie er auf.

Er weint? Er weint, wiederholte Klim innerlich. Das war unerwartet, unbegreiflich und wunderte ihn dermaßen, daß es ihm die Sprache nahm. Dieser begeisterte Schreihals, unermüdliche Streiter und Meister im Lachen, dieser schöne und kräftige Bursche, wie ein verwegener Ziehharmonikaspieler vom Dorf, schluchzte wie eine Frau, am Straßengraben, unter einem verkrüppelten Baum, vor den Augen endlos vorübergehender schwarzer Gestalten mit Zigaretten zwischen den Zähnen. Ein struppiger Mann, der um eines kleinen Bedürfnisses willen einen Augenblick stehengeblieben war, musterte Marakujew und rief vergnügt: »Das Feuerwasser treibt dir wohl die Tränen in die Augen, Student! Jaja, auch ich wollte mal soviel . . .«

»Ich weiß, es ist lächerlich zu heulen«, murmelte Marakujew. Nicht weit weg ging zischend eine Rakete hoch und platzte, begeistertes Kinderhurra übertönend, mit scharfem Geknatter. Dann flammte bengalisches Feuer auf, seine Schimmer zerflossen und färbten Marakujews Gesicht unnatürlich weiß, quecksilbern, leichengrün und schließlich purpurrot, als hätte man ihm die Haut abgezogen.

»Es ist natürlich lächerlich«, wiederholte er und fuhr sich flink wie ein Hase über die Wangen. »Aber hier wird Feuerwerk gemacht, und die Kinder freuen sich. Keiner begreift, keiner begreift auch nur das geringste . . .«

Der struppige Mann stand plötzlich neben Klim und zwinkerte ihm zu.

»O nein, die begreifen vortrefflich, daß das Vollk dumm ist«, begann er halblaut und lächelte in ein krauses Bärtchen, das Klim bekannt war. »Das sind unsere Apotheker, sie verstehen es, mit Kleinigkeiten zu kurieren.«

Marakujew trat so rasch auf ihn zu, als wollte er ihn schlagen.

»Kurieren? Wen?« sagte er laut, wie in Onkel Chrysanths Speisezimmer, und schon nach zwei, drei Minuten umringten ihn an die sechs dunkle Gestalten. Sie standen schweigend da und wandten mechanisch die Köpfe bald dorthin, wo die Restaurants im Feuerwirbel hochhüpften und herunterfielen, neu erschienen und wieder verschwanden, bald dorthin, wo Marakujew stand, und sahen auf seinen Mund.

»Der spricht kühn«, bemerkte jemand hinter Klim, während eine andere Stimme gleichgültig entgegnete: »Ein Student, was macht es dem aus! Gehen wir.«

Klim Samgin entfernte sich, denn er hatte überlegt, daß ein beliebiger Zuhörer von Marakujew ihn am Kragen nehmen und zur Polizei führen konnte.

Samgin fühlte sich fest auf den Füßen. Marakujews Tränen hatten ihn tief befriedigt, diese Tränen waren echt und gaben eine gute Erklärung für die Niedergeschlagenheit Pojarkows, der seine akkurat bemessenen und festgefügten Sätze vergessen hatte, für das erstaunte und schuldbewußte Gesicht Lidijas, die eine Grimasse des Ekels mit den Händen verdeckt hatte, und für Makarows Zähneknirschen – Klim zweifelte nun nicht mehr daran, daß Makarow mit den Zähnen geknirscht hatte, er mußte mit den Zähnen geknirscht haben.

All diese plötzlichen und unwillkürlichen Verhaltensweisen waren die volle Wahrheit, und diese Wahrheit zu kennen war ebenso nützlich, wie es nützlich gewesen war, den nackten, übel zugerichteten, schmutzigen Körper Diomidows zu sehen.

Klim ging rasch in die Stadt zurück, muntere Gedanken beschwingten ihn und trieben ihn vorwärts. Ich bin stärker, ich würde mir nicht erlauben, mitten auf der Straße zu weinen ... und überhaupt – zu weinen. Ich weine nicht, weil ich mich nicht dazu zwinge. Sie knirschen mit den Zähnen, weil sie sich dazu zwingen. Gerade deshalb machen sie auch Grimassen. Das sind sehr schwache Menschen. In allen und in jedem einzelnen verbirgt sich etwas Nechajewsches ... Ja, das ist Nechajewtum!

Der Feuerschein über Moskau beleuchtete die goldenen Kirchenkuppeln, sie blinkten wie Helme gleichmütiger Feuerwehrleute. Die Häuser glichen Erdschollen, aufgepflügt von einem Riesenpflug, der tiefe Furchen durch die Erde gezogen und goldenes Feuer bloßgelegt hatte. Samgin hatte das Empfinden, auch in ihm arbeite ein gradliniger Pflug, der dunkle Zweifel und Unruhen aufwühlte. Ein Mann mit einem Stock in der Hand stieß ihn beiseite und rief: »Bist wohl blind? Laufen hier herum, diese Teufel ...«

Der Stoß und der Anranzer verwirrten oder verjagten Samgins munteren Gedankengang nicht.

Marakujew wird sich bestimmt mit dem kraushaarigen Arbeiter anfreunden. Wie töricht es ist, in einem Land von Revolution zu träumen, dessen Bewohner einander im Kampf um ein Tütchen billiger Bonbons und Lebkuchen zu Tausenden erdrücken. Selbstmörder.

Dieses Wort erklärte Samgin völlig befriedigend die Katastrophe, an die er nicht denken mochte.

Haben Menschen erdrückt und – ergötzen sich am Feuerwerk, an falschem Feuer. Makarow hat recht: Die Menschen sind Kaviar. Warum habe nicht ich das gesagt, sondern er? ... Auch Diomidow hat recht, wenn er auch dumm ist: Die Menschen sollten sich voneinander absondern, dann würden sie einander besser sehen und verstehen. Und ein jeder sollte Platz haben zum Zweikampf. Mann gegen Mann sind die Menschen wohlbesieglicher ...

Samgin gefiel das Wort, er wiederholte es halblaut: »Wohlbesieglicher ... ja!«

In seiner Erinnerung erstand für eine Sekunde ein unangenehmes Bild: Eine Küche, mittendrin kniet ein betrunkener Fischer, und auf dem Fußboden kriechen blind und sinnlos Krebse nach allen Seiten auseinander, der kleine Klim drückt sich erschrocken an die Wand.

Die Krebse, das sind die Ljutows, der Diakon und überhaupt die unnormalen Menschen ... die Turobojews, Inokows. Sie erwartet natürlich das Los des Kellermenschen Jakow Platonowitsch. Sie müssen ja zugrunde gehen ... wie sollte es anders sein?

Samgin empfand die Menschen dieses Typs heute besonders als Feinde. Mit ihnen mußte Schluß gemacht werden. Jeder von ihnen verlangte eine besondere Bewertung, jeder trug etwas Unsinniges, Unklares in sich. Sie waren wie astreiche Holzscheite, sie ließen sich nicht so dicht aufeinanderschichten, wie es notwendig war, um sie zu überragen. Ja, man müßte sie an einem einzigen, irgendeinem sehr festen Faden aufreihen. Das war ebenso nötig wie die Beherrschung jedes einzelnen Zugs beim Schachspiel. Von diesem Punkt glitt Samgins Gedanken zum »Kutusowtum«. Er beschleunigte seine Schritte, denn ihm fiel ein, daß er nicht zum erstenmal darüber nachdachte, ja sogar immer nur darüber nachdachte.

Diese verworrenen, verrenkten Menschen fühlen sich ziemlich wohl in ihrer Haut ... in ihrer Rolle. Auch ich habe ein Anrecht auf einen bequemen Platz im Leben ... überlegte Samgin und fühlte sich erneuert, unabhängig.

Mit diesem Gefühl der Unabhängigkeit und Festigkeit saß er am Abend des nächsten Tages in Lidijas Zimmer und erzählte ihr im Ton leichter Ironie von allem, was er in der Nacht gesehen hatte. Lidija war unpäßlich, sie fieberte, Schweißperlen glänzten an ihren bräunlichen Schläfen, dennoch hüllte sie sich, die Hände um die Schultern gelegt, fest in ihren flauschigen Pensaer Schal. Ihre dunklen Augen blickten ratlos, erschreckt. Zuweilen und als müßte sie sich dazu zwingen, richtete sie den Blick auf ihr Bett, wo Diomidow auf dem Rücken lag und mit hochgezogenen Brauen zur Zimmerdecke sah. Seine heile Hand lag unter dem Kopf, und die Finger wühlten krampfhaft in dem Kranz des goldblonden Haars. Er schwieg, doch sein Mund war geöffnet, und es sah aus, als schriee sein mißhandeltes Gesicht. Er hatte ein weites Nachthemd an, dessen Ärmel wie zerknitterte Flügel um die Schultern lagen, der offene Kragen zeigte die Brust. Sein Körper hatte etwas Kaltes, Fischhaftes, die tiefe Schramme am Hals erinnerte an Kiemen.

Ab und zu erschien Warwara, unfrisiert, in Pantoffeln und zerknitterter Bluse; mit düster funkelnden Augen hörte sie ein, zwei Minuten dem zu, was Klim erzählte, verschwand und erschien von neuem.

»Ich weiß nicht, was ich tun soll«, sagte sie. »Mein Geld reicht nicht für die Beerdigung ...«

Diomidow hob den Kopf und fragte röchelnd: »Werde ich denn sterben?«

Und schrie, mit der Hand fuchtelnd: »Ich sterbe nicht! Geht fort ... geht alle fort!«

Warwara und Klim gingen, Lidija blieb da und suchte den Kranken zu beruhigen; vom Speisezimmer aus war sein Schreien zu hören: »Bringt mich ins Krankenhaus ...«

»Ich glaube nicht, daß er den Verstand verloren hat«, sagte Warwara laut. »Ich mag ihn nicht, und ich glaube nicht daran ...«

Dann kam Lidija und setzte sich, die Hände an den Schläfen, schweigend ans Fenster. Klim fragte, was der Arzt festgestellt habe.

Lidija sah ihn verständnislos an; die blauen Schatten ihrer Augenhöhlen ließen die Augen heller erscheinen. Klim wiederholte seine Frage.

»Die Rippen sind geprellt. Die eine Hand ist ausgerenkt. Das Schlimme ist der Nervenschock ... Er hat die ganze Nacht phantasiert: ›Drückt mich nicht!‹ Hat verlangt, daß man die Menschen auseinandertreibe. Sag – was ist das nur?«

»Eine fixe Idee«, sagte Klim.

Das Mädchen sah ihn wieder verständnislos an, dann sagte sie: »Das meine ich nicht. Ich spreche nicht von ihm. Ach, ich weiß nicht, was ich eigentlich meine.«

»Er ist auch früher schon unnormal gewesen«, bemerkte Samgin hartnäckig.

»Was ist hier normal? Daß die Menschen einander erdrücken und hinterher Ziehharmonika spielen? Dicht neben uns wurde bis zum Morgen Ziehharmonika gespielt.«

Jetzt trat, mit Paketen behängt, Makarow ins Zimmer und blickte Lidija mürrisch an. »Haben Sie geschlafen?«

Sie schaute ihn nicht an und antwortete nicht, sondern fuhr mit gesenkter Stimme fort: »Normal, das ist – wenn es ruhig ist, ja? Aber das Leben wird doch immer unruhiger.«

»Ein normaler Organismus verlangt die Beseitigung ungesunder und unangenehmer Reize«, brummte Makarow ungehalten und öffnete die Pakete mit Binden und Watte. »Das ist ein biologisches Gesetz. Wir aber begrüßen aus Langerweile und aus Mangel an Betätigung die ungesunden Reize wie ein Fest. Darin, daß gewisse Halbidioten ...«

Lidija sprang auf und stieß gepreßt hervor: »Unterstehen Sie sich, in meiner Gegenwart so zu reden!«

»Und in Ihrer Abwesenheit – darf ich es?«

Sie lief davon in Warwaras Zimmer.

»Sie hat Neigung zur Hysterie«, brummte Makarow ihr nach. »Komm, Klim, hilf mir einen feuchten Verband anlegen.«

Diomidow wandte sich unter ihren Händen stumm, gehorsam hin und her, doch Samgin merkte, daß die leeren Augen des Kranken Makarows Gesicht nicht sehen wollten. Und als Makarow ihm nahelegte, einen Löffel Brom einzunehmen, kehrte Diomidow sein Gesicht zur Wand.

»Das tu ich nicht. Geht fort.«

Makarow redete ihm ohne rechte Lust zu, wobei er zum Fenster hinausblickte und nicht merkte, daß die Flüssigkeit von dem Löffel auf Diomidows Schulter tropfte. Da hob Diomidow den Kopf und fragte, sein geschwollenes Gesicht verzerrend: »Weshalb quälen Sie mich?«

»Sie müssen es einnehmen«, sagte Makarow gleichgültig.

In den Augen des Kranken blinkten blaue Fünkchen auf. Er schluckte die Mixtur und spuckte an die Wand.

Makarow blieb eine Minute bei ihm stehen, er sah sich gar nicht ähnlich, er hatte die Schultern hochgezogen, den Rücken gekrümmt, knackte mit den Fingern, dann holte er tief Atem und bat Klim: »Sag Lidija, daß ich die Nacht bei ihm wache ...«

Er ging hinaus. Diomidow lag mit geschlossenen Augen da, doch sein Mund war geöffnet, und das Gesicht schrie wieder lautlos. Man konnte meinen, er habe den Mund absichtlich geöffnet, weil er wußte, daß dieses Gesicht ihn tot und unheimlich machte. Draußen auf der Straße dröhnte betäubend lauter Trommelschlag, der Gleichschritt Hunderter von Soldatenstiefeln erschütterte die Erde. Ein erschreckter Hund jaulte hysterisch. Das Zimmer war ungemütlich, es war unaufgeräumt, und der Spiritusgeruch benahm einem den Atem. Und auf Lidijas Bett lag ein Schwachsinniger.

Vielleicht hat er auch als Gesunder darin gelegen ...

Klim zuckte zusammen, als er sich Lidijas Körper in diesen kalten, ungewöhnlich weißen Armen vorstellte. Er stand auf und begann ungeniert laut im Zimmer auf und ab zu gehen; er trat noch kräftiger auf, als er sah, daß Diomidow ihm seine bläuliche Nase zuwandte und die Augen öffnete, wobei er sagte: »Ich will nicht, daß er bei mir wacht, Lidija soll kommen ... Ich kann ihn nicht leiden ...«

Klim trat zu ihm hin, streckte den Hals und sagte, mit der Faust drohend, leise: »Schweig, du schwachsinnige Laus!«

Klim empfand zum erstenmal im Leben den berauschenden Genuß von Bosheit. Er weidete sich an dem erschreckten Gesicht Diomidows, an seinen vorquellenden Augen und dem krampfhaften Bemühen der Hand, das Kissen unter dem Kopf hervorzuziehen, während der Kopf das Kissen immer mehr zusammendrückte.

»Schweig! Hörst du?« wiederholte er und ging hinaus.

Lidija saß im Speisezimmer auf dem Diwan, sie hielt eine Zeitung in den Händen, blickte aber darüber hinweg zu Boden.

»Was macht er?«

»Er phantasiert«, sagte Klim findig. »Er hat vor irgend jemandem Angst, spricht von Läusen und Wanzen . . .«

Samgin, der einem Menschen, wenn auch nur einem armseligen, einen Schreck eingejagt hatte, kam sich stark vor. Er setzte sich neben Lidija und begann kühn: »Liebste Lidija, all das mußt du aufgeben, das ist alles erdacht, du brauchst das nicht, und es wird dich nur zugrunde richten.«

»Psch . . .«, machte sie ganz leise, hob die Hand und blickte ängstlich auf die Tür, während er, die Augen auf ihrem müden Gesicht, mit gesenkter Stimme fortfuhr: »Verlaß diese kranken, theatralischen, verdorbenen Menschen und wende dich dem einfachen Leben, der einfachen Liebe zu . . .«

Er sprach lange und ohne ganz klar zu begreifen, was er sagte. An Lidijas Augen sah er, daß sie ihm vertrauensvoll und aufmerksam zuhörte. Sie nickte sogar irgendwie unwillkürlich mit dem Kopf, auf ihren Wangen flammte Röte auf und erlosch wieder, zuweilen senkte sie schuldbewußt die Augen, und das alles steigerte seine Kühnheit.

»Ja, ja«, flüsterte sie. »Aber sprich leiser! Er schien mir so außergewöhnlich. Aber gestern, in seinem Schmutz . . . Ich hatte ja nicht gewußt, daß er feige ist. Er ist ein Feigling. Er tut mir leid, aber . . . das ist nicht das Richtige. Auf einmal. Ich schäme mich sehr . . . Ich bin natürlich schuld . . . das weiß ich!«

Sie legte ihm unentschlossen die Hand auf die Schulter. »Ich irre mich immerzu. Auch du bist nicht so, wie ich immer gedacht habe . . .«

Klim versuchte sie zu umarmen, aber sie wich aus, erhob sich und ging, die Zeitung mit dem Fuß beiseite schleudernd, an Warwaras Zimmertür und lauschte.

Vom Hof kam aufdringlich das trübselige Gedudel eines Leierkastens durch das offene Fenster. Ein neidischer und spöttischer Ausruf schwirrte herein: »Ha, da werden die Sargtischler ein schönes Stück Geld verdienen!«

»Er scheint zu schlafen«, sagte Lidija leise und trat von der Tür zurück.

Klim begann sachlich davon zu reden, daß man Diomidow in ein Krankenhaus bringen müsse.

»Und du, Lida, solltest die Schule aufgeben. Du lernst ja doch nicht. Besuche lieber die Hochschule. Wir brauchen keine Schauspieler, sondern gebildete Menschen. Du siehst ja, in was für einem wilden Land wir leben.«

Er wies mit der Hand auf das Fenster, vor dem der Leierkasten träge ein neues Lied dudelte.

Lidija schwieg nachdenklich. Als Klim sich von ihr verabschiedete, sagte er: »Denke daran, daß ich dich liebe. Das bringt dir keinerlei Verpflichtungen, aber es ist tief und ernst.«

Klim schritt munter durch die Straßen, ohne den Entgegenkommenden auszuweichen. Zuweilen streiften Zipfel dreifarbigen Fahnentuchs seine Mütze. Überall lärmten die Menschen festlich, denen eine glückliche Natur erlaubte, die Mißgeschicke ihrer Nächsten rasch zu vergessen. Samgin warf ab und zu einen Blick auf ihre angeregten, frohlockenden Gesichter und ihre feiertägliche Kleidung, und seine Verachtung gegen sie wurde noch fester.

In Diomidows tierischer Angst vor den Menschen liegt etwas Richtiges . . .

In einer menschenleeren und schmalen Gasse kam Klim der Gedanke, daß es sich mit Lidija und den Ansichten von Preiß sehr ruhig und einfach leben ließe.

Doch einige Zeit später erzählte Preiß Klim vom Streik der Weber in Petersburg, er sprach davon mit einem Stolz, als hätte er den Streik selbst organisiert, und mit einer Begeisterung, als spräche er von seinem persönlichen Glück.

»Haben Sie schon etwas vom ›Kampfbund‹ gehört? Nun, das ist sein Werk. Es beginnt eine neue Ära, Samgin, Sie werden sehen!«

Er blickte Klim mit seinen samtenen Augen freundlich an und fragte: »Und Sie studieren immer noch die Länge der Wege, die zum Ziel führen? Glauben Sie mir, der Weg, den die Arbeiterklasse geht, ist der kürzeste. Der schwerste, aber der kürzeste. Soweit ich Sie kenne, sind Sie kein Idealist, und Ihr Weg ist dieser, schwierig, aber gerade!«

Samgin kam es vor, als spräche Preiß, der sich stets eines einwandfreien und reinen Russisch bediente, diesmal mit Akzent und als wäre in seiner Freude die Feindseligkeit des Menschen einer anderen Rasse zu hören, eines gekränkten Menschen, der Rußland rachsüchtig Unannehmlichkeiten und Mißgeschicke wünschte.

Es war stets so, daß einem gleich nach Preiß auch Marakujew vor die Augen kam. Diese zwei gingen gleichsam in Kreisen durchs Leben, sie beschrieben Achterschleifen, jeder bewegte sich in seinem Kreis von Sätzen, doch an einem Punkt trafen sie sich. Das war verdächtig, ließ die Vermutung entstehen, daß die Gesprächszusammenstöße zwischen Marakujew und Preiß demonstrativer Art waren, ein Spiel zur Belehrung und Verführung der anderen. Pojarkow hingegen war schweigsamer geworden, er stritt weniger, spielte seltener Gitarre und war insgesamt irgendwie ausgedörrt, steif. Das kam wahrscheinlich daher, daß Marakujew Warwara merklich nähergekommen war.

Bei der Beerdigung ihres Stiefvaters führte er sie am Arm zwischen den Gräbern, neigte den Kopf zu ihrer Schulter und raunte ihr etwas zu, während sie umherblickte und wie ein hungriges Pferd den Kopf schüttelte. Ihr Gesicht war zu einer finsteren, drohenden Grimasse erstarrt.

Daheim bei Warwara saß Marakujew neben ihr am Teetisch, aß die Fruchtpastete, die sie gern mochte, klopfte mit der Handfläche auf das zerfledderte Buch Krawtschinskij-Stepnjaks »Das Untergrundrußland« und sagte schneidig: »Wir brauchen Hunderte von Helden, um das Volk zum Freiheitskampf zu erheben.«

Samgin beneidete Marakujew um die Fähigkeit, mit Feuer zu reden, obwohl es ihm schien, dieser Mensch erzähle stets nur ein und dieselben schlechten Verse in Prosa. Warwara hörte ihm stumm, mit zusammengepreßten Lippen zu, ihre grünlichen Augen blickten auf den kupfernen Samowar, als säße dort jemand und sähe sie mit Wohlgefallen an.

Sehr unangenehm war es, Lidijas Aufmerksamkeit für Marakujews Reden zu beobachten. Die Ellenbogen auf den Tisch gestützt, die Hände an die Schläfen gedrückt, schaute sie mit lesendem Blick in das runde Gesicht des Studenten, als wäre es ein Buch. Klim fürchtete, dieses Buch interessiere sie mehr, als gut sei. Zuweilen, wenn er von Sofija Perowskaja und Wera Figner erzählte, öffnete Lidija sogar ein wenig den Mund; dabei entblößte sie eine Reihe kleiner Zähne und verlieh ihrem Gesicht einen Ausdruck, der Klim manchmal raubtierhaft, manchmal einfältig schien.

Erziehung von Heldinnen, dachte er und hielt es von Zeit zu Zeit für notwendig, in Marakujews flammende Rede abkühlende Sätze einfließen zu lassen.

»Makkabäer können sterben, ohne zu siegen, wir aber müssen siegen . . .«

Doch das kühlte Marakujew nicht im geringsten ab, im Gegenteil, er loderte noch heller auf.

»Ja, siegen!« schrie er. »Aber – in welchem Kampf? Im Kampf um ein Fünfkopekenstück? Damit die Menschen satter leben, ja?«

Den jungen Mädchen zugewandt, deutete er mit strafender Geste auf Klim und explodierte wie ein Feuerwerk.

»Er gehört zu denen, die glauben, die Welt werde nur vom Hunger regiert, nur das Gesetz des Kampfes um das tägliche Stück Brot beherrsche uns und für die Liebe sei kein Platz. Materialisten verstehen die Schönheit der selbstlosen Tat nicht, lächerlich erscheint ihnen der heilige Wahnwitz eines Don Quichotte, lächerlich die Vermessenheit eines Prometheus, die der Welt Schönheit verleiht.«

Bei den Namen Fra Dolcino, Johannes Hus, Masaniello heulte Marakujews lyrischer Tenor aufreizend.

»Vergessen Sie ja nicht Herostrat«, sagte Samgin zornig.

Wie es bei ihm nicht selten vorkam, äußerte er das unerwartet für sich selbst und – wunderte sich, und hörte auf, das entrüstete Gezeter des Gegners zu beachten.

Am Ende sind all diese berühmten Tollköpfe nicht frei von Herostratentum? sann er. Vielleicht zerstören viele nur deshalb Tempel, um in den Ruinen ihren Namen zu verewigen? Gewiß, es gibt auch solche, die einen Tempel zerstören, um ihn – wie Christus – in drei Tagen wiederaufzubauen. Aber zum Aufbauen kommen sie nicht.

Marakujew schrie: »Sie sollten mal hören, wie und was der Arbeiter spricht, dem wir damals begegneten, erinnern Sie sich?«

»Ich erinnere mich«, sagte Klim, »das war damals, als Sie . . .«

Bis an die Ohren errötend, sprang Marakujew vom Stuhl auf. »Ja, ganz recht! Als ich weinte, ja! Denken Sie, ich schämte mich dieser Tränen? Dann denken Sie schlecht.«

»Was soll ich denn machen?« erwiderte Klim achselzuckend. »Ich suche ja nicht, mit meinen Gedanken hier zu prunken . . .«

Nachdem sie einander noch eine Weile mit Steinchen beworfen hatten, verstummten sie, weil die friedliebenden Bemerkungen der Mädchen sie dazu zwangen. Dann gingen Marakujew und Warwara irgendwohin fort, und Klim fragte Lidija: »Will sie denn eine Perowskaja werden?«

»Ärgere dich nicht«, sagte Lidija, nachdenklich zum Fenster hinausblickend. »Marakujew hat recht: Um zu leben, sind Helden nötig. Das begreift sogar Konstantin, er sagte kürzlich: ›Nur auf der Grundlage eines Kristalls kann sich etwas kristallisieren.‹ Also bedarf selbst das Salz eines Helden.«

»Er liebt dich immer noch«, sagte Klim und trat auf sie zu.

»Ich verstehe nur nicht – weshalb? Er ist so . . . er ist nicht dazu da . . . Nein, rühr mich nicht an«, sagte sie, als Klim sie zu umarmen suchte. »Rühr mich nicht an. Konstantin tut mir so leid, daß ich ihn manchmal deswegen hasse, weil er nur Mitleid erweckt.«

Lidija trat vor den Spiegel, sie betrachtete ihr Gesicht mit einem Blick, den Klim nicht verstand, und fuhr leise fort: »Auch die Liebe verlangt Heldentum. Ich aber kann keine Heldin sein. Warwara kann es. Für sie ist auch die Liebe Theater. Irgendwer, irgendein unsichtbarer Zuschauer weidet sich daran, wie qualvoll die Menschen lieben, wie sie lieben wollen. Marakujew sagt, der Zuschauer – ist die Natur. Das verstehe ich nicht ... Auch Marakujew scheint nichts zu verstehen außer dem, daß man lieben muß.«

Klim empfand kein Verlangen mehr, ihren Körper zu berühren, das beunruhigte ihn sehr.

Es war noch nicht spät, die Sonne war eben erst untergegangen, und der rötliche Widerschein auf den Kuppeln der Kirchen war noch nicht erloschen. Im Norden zog Gewölk heran, es donnerte gedämpft, als ob ein Bär mit seinen weichen Tatzen träge auf den Blechdächern herumginge.

»Weißt du«, vernahm Klim, »ich glaube schon lange nicht mehr an Gott, doch jedesmal, wenn ich etwas Kränkendes empfinde, etwas Böses sehe, denke ich an ihn. Ist das nicht eigentümlich? Ich weiß wirklich nicht, was aus mir noch werden wird.«

Dazu wußte Klim absolut nichts zu sagen. Aber er begann so überzeugend wie nur möglich: »Unsere Zeit erfordert einfache, tapfere Arbeit, um der kulturellen Bereicherung des Landes willen ...«

Und er hielt inne, als er bemerkte, daß ihn das Mädchen, die Hände im Nacken, mit einem Lächeln in den dunklen Augen ansah, mit einem Lächeln, das ihn verwirrte, wie es ihn schon lange nicht mehr verwirrt hatte.

»Weshalb siehst du mich so an?« murmelte er.

Lidija antwortete ruhig: »Mir scheint, du glaubst selbst nicht an das, was du sagst.«

»Weshalb denn?«

Sie antwortete nicht und sagte nach einer Weile: »Es wird regnen. Sehr.«

Klim erriet, daß er gehen sollte, und als er sich am nächsten Tag auf dem Wege zu ihr befand, begegnete er auf dem Boulevard Warwara in weißem Rock und rosa Bluse, mit einer roten Feder am Hut.

»Wollen Sie zu uns?« fragte sie, und Klim sah spöttische Fünkchen in ihren Augen. »Ich will nach Sokolniki. Kommen Sie mit? Lida? Aber sie ist doch gestern nach Hause abgereist, wissen Sie das denn nicht?«

»Schon?« fragte Samgin und verbarg geschickt seine Verlegenheit und seinen Ärger. »Sie wollte doch erst morgen fahren.«

»Mir scheint, sie wollte überhaupt nicht fahren, aber sie hat Diomidow mit seinen Briefchen und Klagen über.«

Klim vernahm nur mit Mühe ihr Gezwitscher, das vom Wagenrattern und vom Kreischen der Straßenbahnen in den Kurven übertönt wurde.

»Sie reisen wahrscheinlich auch bald ab?«

»Ja, übermorgen.«

»Kommen Sie vorbei, um sich zu verabschieden?«

»Selbstverständlich«, sagte Klim und dachte: Könnte ich doch von dir, du scheckige Gans, für ewig Abschied nehmen.

In der Tat, es war Zeit, nach Hause zu fahren. Die Mutter schrieb ungewöhnlich lange Briefe, beklagte sich über Müdigkeit, lobte vorsichtig die Umsicht und Energie der Spiwak und berichtete, daß Warawka sehr mit den Vorarbeiten für die Zeitung beschäftigt sei. Am Schluß eines der Briefe beklagte sie sich wieder: »Auch die häuslichen Scherereien haben zugenommen, seit Tanja Kulikowa gestorben ist. Das geschah ganz unerwartet und unerklärlich. So zerbricht manchmal, man weiß nicht, warum, etwas Gläsernes, obwohl man es nicht angerührt hat. Beichte und Abendmahl wollte sie nicht. Menschen wie sie haben sehr tiefe Vorurteile. Gottlosigkeit halte ich für ein Vorurteil.«

Vor Klim erstand die kleine farblose Gestalt dieses Menschen, der, ohne zu klagen, ohne zu fordern, sein ganzes Leben lang ergeben Menschen gedient hatte, die ihm fremd waren. Es war sogar ein wenig traurig, an Tanja Kulikowa zu denken, dieses sonderbare Geschöpf, das, ohne zu philosophieren, ohne sich mit schönen Worten zu zieren, uneigennützig nur dafür gesorgt hatte, daß andere ein angenehmes Leben führen konnten.

Das war eine christliche Natur, dachte er, eine ideal christliche.

Aber er erwog sogleich, daß er es bei diesem Epitaph nicht bewenden lassen durfte, dienen doch auch Tiere – Hunde zum Beispiel – vorbehaltlos den Menschen. Gewiß sind Menschen wie Tanja nützlicher als die Leute, die in schmutzigen Kellern von der Dummheit des Steins und des Baumes predigen, notwendiger als schwachsinnige Diomidows, aber ...

Er kam nicht mehr dazu, diesen Gedanken zu Ende zu führen, denn im Korridor ertönten schwere Schritte, Lärm und die gurrende Stimme seines Zimmernachbarn. Der Nachbar war ein robuster Mann von etwa dreißig Jahren. Er ging immer in Schwarz, hatte schwarze Augen und blaue Backen, sein dichter schwarzer Schnurrbart war kurz geschnitten und durch dicke, sehr grellfarbige Lippen betont. Er nannte sich selbst einen »Virtuosen auf Holzinstrumenten«, doch Klim hatte noch nie gehört, daß dieser Mensch Klarinette, Oboe oder Fagott spielte. Der schwarze Mann führte ein geheimnisvolles Nachtleben; bis zum Mittag schlief er, bis zum Abend patschte er Karten auf den Tisch und sang mit seiner gurrenden Stimme halblaut immer ein und dieselbe Romanze:

> »Warum folgt er mir nach,
> Sucht mich allüberall?«

Abends ging er mit einem dicken Stock in der Hand, die Melone in die Stirn gedrückt, aus dem Haus, und wenn Samgin ihm im Korridor oder auf der Straße begegnete, dachte er, so wie dieser müßten Agenten der Geheimpolizei und Falschspieler aussehen.

Als Klim jetzt durch den Spalt der angelehnten Tür in den Korridor blickte, sah er, wie der schwarze Mann die mollige kleine Schwester der Wirtin wie ein Kissen in einen Koffer in sein Zimmer zwängte und dabei vor sich hin gurrte: »Was laufen Sie denn vor mir davon, wie? Warum laufen Sie denn weg vor mir?«

Klim Samgin schlug protestierend die Tür zu, setzte sich lächelnd aufs Bett, und plötzlich erleuchtete, durchwärmte ihn ein glücklicher Einfall. »Was läufst du denn vor mir davon?« wiederholte er die überredenden Worte des »Virtuosen auf Holzinstrumenten«.

Einen Tag später fuhr er nach Hause, in der festen Überzeugung, sich Lidija gegenüber dumm wie ein Gymnasiast benommen zu haben.

Die Liebe erfordert eine Geste.

Kein Zweifel, Lidija war vor ihm weggelaufen, nur so ließ sich ihre plötzliche Abreise erklären.

Manchmal souffliert einem das Leben Vermutungen sehr zur rechten Zeit.

Die Mutter empfing ihn mit hastigen Zärtlichkeiten und fuhr sogleich mit der schmucken Spiwak weg, wie sie erklärte, um den Gouverneur zum Gottesdienst anläßlich der Eröffnung der Schule einzuladen.

Warawka saß im Speisezimmer beim Frühstück. Er trug einen blauen, goldbestickten, chinesischen Schlafrock und ein lila Tatarenkäppchen, saß da, spielte mit dem Bart, schnaufte sorgenvoll und sagte: »Wir leben in einem Dreieck von Extremen.«

Ihm gegenüber saß steif, mit aufgestützten Ellenbogen, ein bejahrter, kahlköpfiger Mann mit großem Gesicht und einer sehr starken Brille auf der weichen Nase, in grauem Rock und buntem Phantasiehemd mit einer schwarzen Kordel statt einer Krawatte. Er war ins Essen vertieft und schwieg. Warawka nannte einen langen Doppelnamen und fügte hinzu: »Unser Redakteur.«

Dann fuhr er fort, wie immer in der Wahl von Worten nicht verlegen: »Die Seiten des Dreiecks sind: Der Bürokratismus, die wiederauflebende Volkstümlerbewegung und der Marxismus mit seiner Darlegung der Arbeiterfrage ...«

»Vollkommen einverstanden«, sagte der Redakteur und neigte den Kopf; die Quasten seiner Kordel hüpften aus der Weste und hingen über dem Teller, der Redakteur stopfte sie mit seinen kurzen, roten Fingern hastig an ihren Platz zurück.

Er aß sehr bemerkenswert und mit großer Behutsamkeit. Aufmerksam wachte er darüber, daß die Scheiben kalten Bratens und Schinkens gleich groß waren, beschnitt mit dem Messer sorgfältig den überstehenden Rand, spießte beide Stücke auf die Gabel, hob, ehe er das Fleisch in den Mund auf die breiten, stumpfen Zähne legte, die Gabel vor die Brille und betrachtete prüfend die zweifarbigen Stückchen. Sogar Gurke aß er mit großer Vorsicht wie Fisch, als sei er gewärtig, in der Gurke auf eine Gräte zu stoßen. Er kaute langsam; die grauen Haare auf seinen Backenknochen sträubten sich, am Kinn bewegte sich ein kräftiger, akkurat gestutzter, etwas kurzer Bart. Er erweckte den Eindruck eines standhaften, zuverlässigen Mannes, der alles ebenso behutsam und selbstsicher zu tun vermochte und zu tun gewohnt war, wie er aß.

Die lustigen Bärenäuglein in Warawkas krebsrotem Gesicht betrachteten wohlwollend die hohe, glatte Stirn, die solide strahlende Glatze, die dichten, grauen und reglosen Augenbrauen. Am bemerkenswertesten in dem umfangreichen Gesicht des Redakteurs fand Klim die gekränkt herabhängende lila Unterlippe. Diese seltsame Lippe verlieh dem plüschartigen Gesicht einen launischen Ausdruck, mit solch einer gekränkten Lippe pflegen Kinder unter Erwachsenen zu sitzen, überzeugt, daß sie ungerecht bestraft worden sind. Der Redakteur sprach bedächtig, sehr vernehmlich, mit leichtem Stottern, vor die Vokale setzte er irgendwie einen Apostroph.

»Das h'eißt: d'ie ›Russ'isch'en N'achr'icht'en‹ ohne ihren Akademismus und, wie Sie sagten, mit einem Maximum an lebendigem Verhalten zu den wahrhaft kulturellen Bedürfnissen des Landes?«

»Richtig, se-ehr richtig!« sagte Warawka und schnupperte die Luft ein.

Irgendwo ganz in der Nähe dröhnte und krachte es ohrenbetäubend, als würde aus einer Kanone auf ein Holzhaus geschossen – der Redakteur blickte mißbilligend nach dem Fenster und erklärte: »Ein allzu regnerischer Sommer.«

Klim stand auf und schloß das Fenster, ein Gußregen prasselte gegen die Scheiben; durch das Rauschen hörte Klim die deutlichen

Worte: »Wir werden einen erfahrenen Journalisten haben – den Robinson, eine Berühmtheit. Wir brauchen einen Literaturkritiker, einen Menschen mit gesundem Verstand. Wir müssen gegen die krankhaften Störungen in der zeitgenössischen Literatur kämpfen. Aber solch einen Mitarbeiter – finde ich nicht.«

Warawka zwinkerte Klim zu und fragte: »Wie wäre es, Klim?«

Samgin zuckte stumm die Achseln, ihm schien, die Lippe des Redakteurs hinge noch gekränkter herab.

Es wurde Kaffee aufgetragen. Durch das Dröhnen des Donners und das wütende Platschen des Regens ertönten von oben Klavierklänge.

»Na, probier es doch mal!« sagte Warawka.

»Ich will es mir überlegen«, antwortete Klim leise. Alles – Warawka, der Redakteur, der Regen und der Donner –, alles schien ihm auf einmal uninteressant und überflüssig. Irgendeine Kraft zog, trieb ihn nach oben. Als er ins Vorzimmer hinaustrat, zeigte ihm der Spiegel ein bleiches, hartes und böses Gesicht. Er nahm die Brille ab, rieb sich mit den Handflächen kräftig die Wangen und stellte fest, daß sein Gesicht weicher, lyrischer geworden war.

Lidija saß am Flügel und spielte »Solvejgs Lied«.

»Oh, du bist gekommen?« sagte sie und reichte ihm die Hand. Sie war ganz in Weiß, wirkte sonderbar klein und lächelte. Samgin fühlte, daß ihre Hand unnatürlich heiß war und zitterte, ihre dunklen Augen blickten zärtlich. Der Kragen ihrer Bluse stand offen und entblößte tief die bräunliche Brust.

»Bei Gewitter erregt Musik besonders«, sagte Lidija und ließ ihre Hand in der seinen. Sie sagte noch etwas, aber Klim hörte es nicht mehr. Er hob sie ungemein leicht vom Stuhl hoch und umarmte sie, wobei er dumpf und streng fragte: »Warum bist du so plötzlich abgereist?«

Er hatte etwas anderes fragen wollen, aber er fand nicht die Worte dazu, er handelte wie in tiefer Finsternis. Lidija fuhr zurück, er umarmte sie kräftiger und küßte sie auf die Schultern und auf die Brust.

»Untersteh dich«, rief sie und stieß ihn mit den Händen und Knien von sich. »Untersteh dich . . .«

Sie entwand sich ihm. Klim setzte sich taumelnd an den Flügel, beugte sich über die Tasten, ein Zittern durchwogte ihn, er meinte, ohnmächtig zu werden. Lidija war irgendwo weit hinter ihm, er hörte ihre empörte Stimme, ihre Hand schlug auf den Tisch.

Ich liebe sie wahnsinnig, beteuerte er sich. Wahnsinnig, beharrte er, als stritte er mit jemandem.

Dann fühlte er ihre leichte Hand auf seinem Kopf und hörte die bange Frage: »Was hast du?«

»Ich weiß nicht«, antwortete er, umschlang von neuem mit beiden Armen ihre Taille und schmiegte die Wange an ihre Hüfte.

»O mein Gott«, sagte Lidija leise und versuchte schon nicht mehr, von ihm loszukommen; im Gegenteil, sie schien sich noch näher an ihn zu schmiegen, obwohl das kaum möglich war.

»Was soll nun werden, Lida?« fragte Klim.

Sie löste vorsichtig seine Arme und ging fort. Samgin verfolgte sie mit trunkenen Augen wie durch einen Nebel. In dem Zimmer, das ihre Mutter bewohnt hatte, blieb sie stehen, mit herabhängenden Armen und geneigtem Kopf, als bete sie. Der Regen schlug immer wütender gegen die Fenster, man hörte die glucksenden Laute des Wassers, das durch die Regenrinne abfloß.

»Geh, bitte«, sagte Lidija. Samgin erhob sich und trat auf sie zu, als hätte sie ihn nicht gebeten fortzugehen.

»Ich bitte dich doch, geh!«

Was nach diesen Worten geschah, war leicht, einfach und beanspruchte erstaunlich wenig Zeit, Sekunden nur. Am Fenster stehend, vergegenwärtigte sich Samgin mit Staunen, wie er das Mädchen auf die Arme gehoben hatte und wie sie, rücklings auf das Bett fallend, seine Ohren und Schläfen zwischen ihren Händen zusammengepreßt, irgend etwas gesagt und ihm mit einem blendenden Blick in die Augen gesehen hatte.

Jetzt stand sie vor dem Spiegel, ordnete ihr Kleid und die Frisur, ihre Hände zitterten, ihre Augen waren im Spiegelbild weit geöffnet, reglos und schreckerfüllt. Sie biß sich auf die Lippen, als unterdrückte sie einen Schmerz oder Tränen.

»Liebste«, flüsterte Klim in den Spiegel, er empfand weder Freude noch Stolz, fühlte nicht, daß Lidija ihm jetzt näherstünde, und wußte nicht, wie er sich verhalten, was er sagen sollte. Er sah, daß er sich geirrt hatte – Lidija schaute sich nicht erschreckt, sondern fragend, erstaunt an. Er trat zu ihr und umarmte sie.

»Laß«, sagte sie und machte sich daran, die zerdrückten Kissen zu glätten. Da trat er wieder ans Fenster und sah durch den dichten Regenschleier zu, wie das Laub an den Bäumen zitterte und wie auf dem Dachblech des Seitenbaus graue Kügelchen hüpften.

Ich bin beharrlich, ich habe es gewollt und erreicht, sagte er sich, da er das Bedürfnis hatte, sich irgendwie zu trösten.

»Geh nun«, sagte Lidija, sie blickte immer mit dem gleichen sorgenvollen und fragenden Blick auf das Bett. Samgin küßte ihr stumm die Hand und ging.

Alles hatte sich nicht so abgespielt, wie er es sich vorgestellt hatte. Er fühlte sich betrogen.

Aber was habe ich denn erwartet? fragte er sich. Nur, daß es dem nicht gleichen würde, was ich bei Margarita und bei der Nechajewa erlebt habe?

Und er tröstete sich: Vielleicht wird es noch so . . .

Doch der Trost währte nicht lange, schon im nächsten Augenblick kam ihm der kränkende Gedanke: Sie hat mir gleichsam ein Almosen gegeben . . .

Und zum zehnten Mal erinnerte er sich der Worte: »Ja – ist denn ein Junge dagewesen, vielleicht war gar kein Junge da?«

In seinem Zimmer angelangt, schloß er die Tür ab, legte sich hin und blieb bis zum Abendtee liegen, als er dann ins Speisezimmer trat, schritt dort wie ein Wachtposten die Spiwak auf und ab, schmal und schlank nach der Entbindung, mit üppig gewordener Brust. Sie begrüßte ihn mit der freundlichen Gelassenheit einer alten Bekannten, fand, daß Klim stark abgemagert sei, und wandte sich dann wieder an Wera Petrowna, die beim Samowar saß: »17 Mädchen und 9 Jungen, wir brauchen aber 30 Schüler . . .«

Von ihren Schultern wallte ein duftiges, perlmuttfarbenes Gewebe bis zu den Händen herab, die durchschimmernde Haut der Arme wirkte ölig. Sie war unvergleichlich schöner als Lidija, und das erregte Klim. Auch ihr dozierender und sachlicher Ton erregte ihn, ihre Buchsprache, und daß sie, obwohl sie gut fünfzehn Jahre jünger war als Wera Petrowna, wie eine Ältere mit ihr sprach.

Als die Mutter Klim fragte, ob Warawka ihm angeboten habe, die Sparte für Kritik und Bibliographie in der Zeitung zu übernehmen, sagte sie, ohne Klims Antwort abzuwarten: »Erinnern Sie sich? Das war auch meine Idee. Sie haben alle Voraussetzungen für diese Rolle: kritischen Geist, im Zaum gehalten durch Vorsicht beim Urteilen, und guten Geschmack.«

Sie hatte es freundlich und ernst gesagt, aber im Bau ihres Satzes schien Klim etwas Spöttisches zu liegen.

»Gewiß«, stimmte die Mutter bei, sie nickte und fuhr mit der Zungenspitze über ihre welken Lippen, während Klim das verjüngte Gesicht der Spiwak betrachtete und dachte: Was will sie von mir? Weshalb hat die Mutter sich so mit ihr angefreundet?

Eine rosige Flut Sonnenlicht wogte durchs Fenster, die Spiwak schloß die Augen, warf den Kopf zurück und verstummte lächelnd. Man hörte, daß Lidija Klavier spielte. Auch Klim schwieg, er betrachtete durch das Fenster die rauchig roten Wolken. Alles war unklar, außer dem einen: Er mußte Lidija heiraten.

Ich glaube, ich habe mich übereilt, sagte er sich plötzlich, denn er fühlte etwas Gezwungenes in seinem Entschluß zu heiraten. Fast hätte er gesagt: Ich habe mich geirrt.

Er hätte es sagen können, denn er empfand schon nicht mehr das Verlangen nach Lidija, das ihn so lange und, wenn auch nicht stark, so doch beharrlich bewegt hatte.

Lidija kam nicht zum Tee und erschien auch nicht zum Abendessen. Zwei Tage lang saß Samgin zu Hause und erwartete gespannt, daß Lidija jeden Augenblick zu ihm käme oder ihn rufen ließe. Die Entschlossenheit, zu ihr zu gehen, brachte er nicht auf, und er hatte auch einen Vorwand, es nicht zu tun: Lidija hatte sagen lassen, sie fühle sich nicht wohl, Essen und Tee wurden ihr nach oben gebracht.

»Diese Unpäßlichkeit ist wahrscheinlich ein gewohnter Anfall von Misanthropie«, sagte die Mutter mit einem Seufzer.

»Sonderbare Charaktere beobachte ich unter der heutigen Jugend«, fuhr sie fort, während sie die Erdbeeren mit Zucker bestreute. »Wir haben einfacher, lustiger gelebt. Diejenigen von uns, die sich in den Dienst der Revolution stellten, taten es mit Gedichten, aber nicht mit Ziffern . . .«

»Na, Muttchen, Ziffern sind nicht schlechter als Gedichte«, brummte Warawka. »Mit Gedichtchen kann man keinen Sumpf trockenlegen . . .«

Er kniff die Augen etwas zu und nippte am Wein, behielt ihn eine Weile im Mund und schluckte ihn dann hinunter. Nach einer Weile sagte er: »Aber unsere Jugend ist in der Tat . . . etwas säuerlich! Bei den Musikern, im Seitenbau, verkehrt dieser Bekannte von dir, Klim, wie heißt er doch?«

»Inokow.«

»Ja, der. Ein sonderbarer Bursche. Ich habe noch nie einen Menschen gesehen, der sich in solchem Maße allem und allen gegenüber so fremd fühlt. Ein Ausländer.«

Und forschend, mit einem spitzen Lächeln in seinen Augen, musterte er Klim. »Aber du fühlst dich doch nicht wie ein Ausländer?«

»In einem Staat, wo ein Chodynka möglich ist«, begann Klim ungehalten, denn er war der Mutter wie auch Warawkas überdrüssig.

In diesem Augenblick erschien Lidija in einem eigenartigen, goldgelben Schlafröckchen, das Klim an die Frauengewänder auf den Bildern Gabriel Rossettis erinnerte. Sie war ungewöhnlich lebhaft gestimmt, scherzte über ihre Unpäßlichkeit, schmiegte sich zärtlich an den Vater und erzählte Wera Petrowna sehr bereitwillig, das Schlafröckchen habe ihr Alina aus Paris gesandt. Ihre Lebhaftigkeit schien Klim verdächtig und steigerte den Spannungszustand, in dem er die letzten zwei Tage verbracht hatte, er erwartete, daß Lidija irgend etwas Ungewöhnliches, vielleicht Skandalöses sagen oder tun würde. Sie beachtete ihn jedoch wie immer fast gar nicht, und erst beim Hinausgehen raunte sie ihm zu: »Schließ die Tür nicht ab.«

Es war demütigend für Klim, sich gestehen zu müssen, daß dieses Raunen ihn erschreckt hatte, aber er war in der Tat so heftig erschrocken, daß ihm die Knie zitterten, er wankte sogar, wie von einem Schlag. Er war überzeugt, daß es in der Nacht zwischen ihm und Lidija zu etwas Dramatischem, ihn Vernichtendem kommen würde. Mit dieser Gewißheit ging er wie ein zur Folter Verurteilter in sein Zimmer.

Lidija ließ lange auf sich warten, fast bis zum Morgengrauen. Die Nacht war anfangs hell, aber schwül, durch die geöffneten Fenster fluteten Ströme feuchter Düfte von Erde, Gräsern und Blumen herein. Dann verschwand der Mond, die Luft wurde noch feuchter und verfärbte sich dunstig blau. Klim Samgin saß halb entkleidet am Fenster, lauschte in die Stille und zuckte zusammen bei den unverständlichen Geräuschen der Nacht. Ein paarmal sagte er sich voll Hoffnung: Sie kommt nicht. Sie hat es sich überlegt.

Doch Lidija kam. Als die Tür sich geräuschlos auftat und eine weiße Gestalt auf der Schwelle erschien, erhob er sich, ging ihr entgegen und hörte ein ungehaltenes Flüstern: »Mach doch das Fenster zu!«

Das Zimmer füllte sich mit undurchdringlicher Finsternis, und Lidija verschwand in ihr. Samgin suchte sie eine Weile mit vorgestreckten Händen, aber er fand sie nicht und zündete ein Streichholz an.

»Nicht! Untersteh dich! Kein Licht machen!« vernahm er.

Er hatte gerade noch erkennen können, daß Lidija auf dem Bett saß und hastig den Schlafrock auszog. Ihre Arme huschten vage hin und her. Er trat zu ihr und sank in die Knie.

»Rasch! Rasch!« flüsterte sie.

Unsichtbar in der Dunkelheit, gab sie sich toll und schamlos. Sie biß ihn in die Schultern, stöhnte und forderte mit erstickender Stimme: »Ich will es spüren ... spüren ...«

Sie weckte seine Sinnlichkeit wie eine erfahrene Frau, gieriger als die sachliche und mechanisch sichere Margarita, rasender als die hungrige, aber kraftlose Nechajewa. Zuweilen glaubte er, er verlöre sogleich das Bewußtsein oder das Herz setze vielleicht aus. Es kam ein Augenblick, in dem es ihm schien, als weinte sie, ihr unnatürlich heißer Körper bebte minutenlang wie unter verhaltenem und lautlosem Schluchzen. Doch war er nicht überzeugt, daß dem wirklich so war, obwohl sie danach aufhörte, ihm unablässig in die Ohren zu raunen: »Spüren ... spüren ...«

Er erinnerte sich nicht, wann sie fortgegangen war, er war eingeschlafen wie tot und verbrachte den ganzen folgenden Tag wie im Traum, glaubend und nicht glaubend an das, was gewesen war. Er begriff nur eins: In dieser Nacht hatte er etwas Außergewöhnliches, Erstmaliges erlebt – aber nicht das, was er erwartet, und nicht so, wie er es sich vorgestellt hatte. Nach einigen ebenso stürmischen Nächten war er davon überzeugt.

In seinen Armen vergaß sich Lidija keinen Augenblick. Sie sagte ihm nicht ein einziges jener lieben Worte des Entzückens, an denen die Nechajewa so reich gewesen war. Margarita hatte zwar die Liebkosungen nur grob genossen, hatte aber auch etwas Klingendes, Dankbares an sich gehabt. Lidija liebte mit geschlossenen Augen, unersättlich, aber freudlos und finster. Eine Falte des Unmuts durchschnitt ihre hohe Stirn, sie entzog sich seinen Küssen mit zusammengepreßten Lippen und abgewandtem Gesicht, und wenn sie ihre langen Wimpern aufschlug, sah Klim in ihren dunklen Augen einen versengenden, unangenehmen Glanz. Aber das alles befremdete ihn nicht mehr, es kühlte seine Wollust nicht ab, sondern schürte sie bei jedem Wiedersehen nur noch mehr. Doch immer mehr verwirrte und störte ihn Lidijas aufdringliche Wißbegier. Anfangs belustigten ihn ihre Fragen durch ihre Naivität, Klim lächelte, denn er dachte an die grobe Würze der Novellen des Mittelalters. Doch allmählich bekam die Naivität einen Anstrich von Zynismus, und Klim fühlte hinter den Worten des Mädchens das eigensinnige Bestreben, etwas zu ergründen, was ihm unbekannt und gleichgültig war. Er hätte gern gedacht, Lidija habe ihre unschickliche Neugier aus den französischen Büchern und sie werde bald ermüden und verstummen. Aber Lidija ermüdete nicht, sie sah ihm fordernd in die Augen und forschte hitzig: »Was empfindest du? Du kannst nicht leben, ohne dich danach zu sehnen, nicht wahr?«

Er riet ihr: »Lieben muß man wortlos.«

»Um nicht zu lügen?« fragte sie.

»Schweigen ist keine Lüge.«

»Dann ist es Feigheit«, sagte Lidija und begann erneut ihn auszufragen. »Wenn du genießt – hilft dir das, mich irgendwie besonders zu verstehen? Hat sich in mir dann irgend etwas für dich verändert?«

»Gewiß«, antwortete Klim, um es gleich zu bedauern, denn nun fragte sie: »Was denn? Und wie?«

Diese Fragen wußte er nicht zu beantworten, und da er fühlte, daß diese Unfähigkeit ihn in den Augen des Mädchens herabsetzte, dachte er unwillig: Vielleicht fragt sie nur, um mich zu sich herunterzuziehen!

»Bitte hör auf«, sagte er schon nicht mehr zärtlich. »Solche Fragen sind unangebracht. Und – kindisch.«

»Was schadet das? Wir sind beide einmal Kinder gewesen.«

Klim begann an ihr etwas zu beobachten, das den fruchtlosen Grübeleien glich, an denen er selbst einmal gekrankt hatte. Es gab Augenblicke, wo sie plötzlich in einen Zustand halber Ohnmacht sank und ein, zwei, fünf Minuten reglos und stumm dalag. In diesen Minuten ruhte er aus und bestärkte sich in dem Gedanken, daß Lidija nicht normal sei, daß ihre Tollheit nur als Einleitung zu den Gesprächen diene. Sie liebkoste ihn leidenschaftlich, zuweilen schien es sogar, als martere, foltere sie sich selbst. Doch nach diesen Anfällen sah Klim, daß ihre Augen ihn feindselig oder fragend anblickten, und immer öfter bemerkte er in ihren Pupillen böse Funken. Um diese Funken auszulöschen, begann Klim dann auch ein wenig gewaltsam und bewußt, sie von neuem zu liebkosen. Zuweilen jedoch regte sich in ihm der Wunsch, ihr weh zu tun und sich für diese bösen Funken zu rächen. Es war peinlich, sich daran zu erinnern, daß sie ihm einmal unfleischlich, körperlos erschienen war. Er begann daran zu denken, daß er gerade mit diesem Mädchen eine ganz besondere, eine reine und tiefe Freundschaft hatte schließen wollen und daß gerade sie und nur sie allein ihm helfen sollte, sich selbst zu finden und festen Boden unter den Füßen zu gewinnen. Ja, nicht ihre sonderbare und unheimliche Liebe hatte er gesucht, sondern ihre Freundschaft. Und nun war er betrogen. Antwort auf seine Versuche, sie für seine Empfindungen und Gedanken zu interessieren, war nichts als Schweigen und manchmal ein Lächeln, das ihn kränkte und seine Rede im Keim erstickte.

Ihm schien, Lidija fürchte selbst ihr Lächeln und das böse Feuer in ihren Augen. Wenn er Licht anzündete, verlangte sie: »Mach aus.«

Und in der Dunkelheit hörte er sie flüstern: »Und das ist alles? Für alle das gleiche: für Dichter, für Droschkenkutscher, für Hunde?«

»Hör mal«, sagte Klim. »Du bist ein dekadentes Mädchen. Das ist krankhaft bei dir . . .«

»Aber Klim, es ist doch nicht möglich, daß dich das befriedigt! Es ist doch nicht möglich, daß deswegen Romeo, Werther, Ortis, Julia und Manon zugrunde gingen!«

»Ich bin kein Romantiker«, brummte Samgin und wiederholte: »Das ist Degeneriertes an dir . . .«

Darauf fragte sie: »Ich bin kümmerlich, nicht wahr? Fehlt mir etwas? Sag, was mir fehlt!«

»Die Einfachheit«, antwortete Samgin, der nicht anders zu antworten wußte.

»Jene, die die Katzen haben?«

Er getraute sich nicht, ihr zu sagen: Das, was die Katzen haben, besitzt du im Überfluß.

Während er sie rasend, fast wuterfüllt liebkoste, suggerierte er ihr in Gedanken: Weinen sollst du, weinen!

Sie stöhnte, aber sie weinte nicht, und Klim bezwang wieder nur mit Mühe den Wunsch, sie bis zu Tränen zu beleidigen, zu demütigen.

Einmal im Dunkeln fragte sie ihn hartnäckig aus, was er empfunden habe, als er zum erstenmal eine Frau besaß. Klim dachte nach und antwortete: »Furcht. Und Scham. Und du? Dort, oben . . .«

»Schmerz und Abscheu«, antwortete sie sofort. »Das Furchtbare empfand ich hier, als ich selbst zu dir gekommen war.«

Sie rückte von ihm ab und schwieg eine Weile, dann sagte sie: »Das war wie sterben. So muß man in der letzten Minute des Lebens empfinden, wenn kein Schmerz mehr da ist, nur noch ein Fallen. Ein Fall ins Unbekannte, Unbegreifliche.«

Wieder schwieg sie und flüsterte dann: »Es kam ein Augenblick, wo etwas in mir starb, zugrunde ging. Irgendwelche Hoffnungen? Ich weiß es nicht. Dann die Verachtung meiner selbst. Nicht Mitleid, nein. Verachtung. Deshalb weinte ich, erinnerst du dich?«

Klim bedauerte, daß er ihr Gesicht nicht sah, er schwieg auch lange, ehe er gescheite Worte fand und ihr sagte: »Das ist bei dir nicht Liebe, sondern Erforschen der Liebe.«

Sie flüsterte still und ergeben: »Umarme mich. Kräftiger.«

Ein paar Tage benahm sie sich demütig, fragte nach nichts und war anscheinend sogar in ihren Liebkosungen zurückhaltender, doch dann vernahm Samgin wieder in der Dunkelheit ihr heißes, kratziges Flüstern: »Du wirst aber zugeben müssen, daß dies für einen Menschen wenig ist!«

Was willst du denn noch? wollte Klim fragen, aber er unterdrückte seine Empörung und unterließ die Frage.

Er fand, daß ihm »dies« vollkommen genügte und daß alles gut wäre, wenn Lidija schwiege. Ihre Liebkosungen übersättigten nicht. Er wunderte sich selbst, daß er Kraft hatte zu einem so stürmischen Leben und begriff, daß Lidija, ihr immer seltsam heißer und unermüdlicher Körper ihm diese Kraft gab. Er begann schon, auf seine physiologische Ausdauer stolz zu sein, und dachte, wenn er Makarow von diesen Nächten erzählte, so würde der sonderbare Kauz ihm nicht glauben. Diese Nächte nahmen ihn vollkommen in Anspruch. Von dem Wunsch beherrscht, Lidijas Wortmeuterei zu zügeln, Lidija einfacher, bequemer zu machen, dachte er an nichts anderes als nur an sie und wollte nur das eine: Sie sollte endlich ihre unsinnigen Fragen vergessen und seine Flitterwochen nicht mit bösem Gift trüben.

Aber sie ließ sich nicht zügeln, wenn auch das böse Feuer in ihren Augen nicht mehr so oft aufzuflackern schien. Sie fragte ihn auch nicht mehr so aufdringlich aus, aber in ihr kam eine neue Stimmung auf. Es überkam sie ganz plötzlich. Mitten in der Nacht sprang Lidija vom Bett auf, lief ans Fenster, öffnete es und setzte sich, halbnackt, auf die Fensterbank.

»Du wirst dich erkälten, es ist frisch«, warnte Klim.

»Welch eine Schwermut!« antwortete sie ziemlich laut. »Welche Schwermut liegt in diesen Nächten, im Schweigen der schlafenden Erde und in dem Himmel. Ich komme mir vor wie in einer Grube . . . in einem Abgrund.«

Nun hält sie sich für einen gefallenen Engel, dachte Samgin.

Ihn quälte das Vorgefühl schwerer Bedrängnisse, zuweilen flammte plötzlich die Angst auf, Lidija könnte seiner überdrüssig werden und ihn von sich stoßen, manchmal aber wollte er es selbst. Mehr als einmal schon hatte er gemerkt, daß seine Schüchternheit Lidija gegenüber wiederkehrte, und fast immer wollte er daraufhin mit ihr brechen, wollte sich an ihr dafür rächen, daß er vor ihr schüchtern war. Er kam sich verdummt vor und begriff schlecht, was rings um ihn vorging. Es war ja auch nicht leicht, die Bedeutung des Tumults zu verstehen, den Warawka unermüdlich entfachte und schürte. Fast jeden Abend füllten für Klim neue Leute das Speisezimmer, und Warawka, der mit seinen kurzen Armen fuchtelte und mit dem ergrauenden Bart spielte, suggerierte ihnen: »Die taktlose Einmischung Wittes in den Weberstreik hat dem Streik politischen Charakter verliehen. Die Regierung überzeugte die Arbeiter gewissermaßen davon, daß die Theorie des Klassenkampfes ein Faktum und keine Erfindung der Sozialisten ist – verstehen Sie?«

Der Redakteur nickte stumm und einverstanden mit dem polierten Schädel, und seine lila Lippe hing noch gekränkter herab.

Ein Mann in einer Samtjacke, mit einer üppigen Bandschleife unter dem Kinn, großer Spechtnase und hektischen Flecken auf den gelben Wangen brummte nicht sehr laut: »Klassenkampf ist keine Utopie, wenn der eine ein eigenes Haus und der andere nur die Schwindsucht hat.«

Als er sich Klim vorstellte, reichte er ihm die feuchte Hand, sah ihm mit fiebrigen Augen ins Gesicht und fragte: »Narokow, Robinson – schon mal gehört?«

Er konnte nicht stillsitzen; oft und ungestüm sprang er hoch; mit finsterer Miene schaute er auf seine schwarze Uhr, drehte das dünne Kinnbärtchen zu einem Korkenzieher, schob es zwischen die schadhaften Zähne, dann schloß er die Augen, zog das Gesicht krankhaft zu einem ironischen Lächeln zusammen und blähte die Nasenlöcher weit, als wehrte er einen unangenehmen Geruch ab. Bei der zweiten Begegnung teilte er Klim mit, wegen der Robinson-Feuilletons habe eine Zeitung ihr Erscheinen einstellen müssen, eine andere sei für drei Monate verboten worden, mehrere hätten »Verweise« erhalten, und in allen Städten, wo er gearbeitet habe, seien die Gouverneure immer seine Feinde gewesen.

»Mein Kollege, ein Statistiker – er ist kürzlich im Gefängnis an Typhus gestorben –, nannte mich ›Geißel der Gouverneure‹.«

Nur schwer war zu erkennen, ob er im Scherz oder im Ernst sprach.

Klim fand gleich einen unangenehmen Zug an ihm: Dieser Mensch betrachtete alle Menschen durch die Wimpern, spöttisch und feindselig.

Tief im Sessel saß der Mitherausgeber von Warawkas Zeitung, Pawlin Saweljewitsch Radejew, Besitzer zweier Dampfmühlen, ein rundlicher Mann mit einem Tatarengesicht, das in ein akkurat gestutztes Bärtchen eingefügt war, mit freundlichen und klugen Augen unter einer gewölbten Stirn. Warawka schätzte ihn offenbar sehr und blickte fragend und erwartungsvoll in das Tatarengesicht. Auf Warawkas Empörung über den politischen Zynismus Konstantin Pobedonoszews antwortete Radejew: »Die Wanze ist ja glücklich, daß sie stinkt.«

Das war der erste Satz, den Klim aus Radejews Mund vernahm. Er versetzte ihn um so mehr in Erstaunen, als er so sonderbar herauskam, daß er gar nicht mit dem gedrungenen, soliden Figürchen des Mühlenbesitzers und seinem straffen, wachsgelben oder, richtiger, honiggelben Gesicht übereinstimmte. Sein Stimmchen war farblos, schwach, er sprach mit einer gewissen Anstrengung, wie man nach langwieriger Krankheit zu sprechen pflegt.

»Hat Boborykin in dem Speicher-Sokrates, den ›Wassilij Tjorkin‹, etwa Sie porträtiert?« fragte Robinson ihn ungeniert.

»Ein schlechtes Buch, doch nicht ohne Wahrheit«, antwortete Radejew. Er hielt seine dicklichen Händchen auf dem Bauch und drehte die Daumen. »Ich bin es natürlich nicht, doch nehme ich an, daß er es aus dem Leben nahm. Auch unter der Kaufmannschaft fangen einige an nachzudenken.«

Samgin glaubte anfangs, dieser Kaufmann müsse schlau und unbarmherzig sein. Als man auf die Reliquien des Seraphim von Sarow zu sprechen kam, sagte Radejew mit einem Seufzer: »O weh, dieses Erfinden von toten Gerechten wird uns zu nichts Gutem führen, um so weniger noch das von lebenden. Wir erfinden sie nicht aus Vergnügen, nicht aus Notwendigkeit, sondern aus Gewohnheit, so ist es wirklich! Wir sollten lieber zugeben, daß wir alle Sünder sind und alle dasselbe sündige Erdenleben führen.«

Er sprach gern und brüstete sich offensichtlich damit, daß er über alles frei mit eigenen Worten reden konnte. Als Samgin sich in sein farbloses Stimmchen, seine leisen, abgewogenen Worte hineingelauscht hatte, entdeckte er in Radejew etwas Angenehmes, das ihn versöhnte.

»Sie, Timofej Stepanowitsch, bemerken richtig: In unserer jungen Generation reift eine große Spaltung heran. Soll man darüber ungehalten sein?« fragte er, mit seinen Bernsteinäugelchen lächelnd, und antwortete gleich selbst, zum Redakteur gewandt: »Das braucht man wohl nicht. Mir scheint es recht nützlich für unseren Staat, wenn jene, die an Alexander Herzen und die Slawophilen glauben und sich dabei auf Nikolai den Wundertäter in Gestalt des Bäuerleins stützen, mit denen zusammenstoßen, die an Hegel und Marx glauben wollen und sich dabei auf Darwin stützen.«

Er schöpfte Atem, spielte mit den Fingerchen noch schneller und bedachte den Redakteur mit einem freundlichen Lächeln; der Redakteur zog die Unterlippe ein und schob die obere waagrecht vor, wodurch sein Gesicht kürzer, aber breiter wurde und auch irgendwie lächelte, während sich hinter den Brillengläsern formlose, trübe Flecke bewegten.

»Das ist natürlich die Hauptlinie der Spaltung«, fuhr Radejew noch klingender und weicher fort. »Doch man kann noch eine zweite feststellen, die ebenfalls nützlich ist: Man trifft junge Leute, die nicht nur über die Nöte des Volkes, sondern auch über die Geschicke des russischen Staates, über die große sibirische Eisenbahn zum Stillen Ozean und über andere, ebenso interessante Dinge nachzudenken lernen.«

Nach einer Pause, die er wohl zu dem Zweck machte, damit die anderen die Bedeutsamkeit des von ihm Gesagten erfassen könnten, scharrte der Müller ein wenig mit seinen kurzen Beinchen auf dem Boden und fuhr fort: »Die individualistische Gesinnung einiger ist auch nicht ohne Nutzen, vielleicht verbirgt sich dahinter eine sokratische Vertiefung in sich selbst und eine Abwehr gegen die Sophisten. Nein, unsere Jugend wächst interessant und verspricht viel. Es ist sehr bemerkenswert, daß Lew Tolstois verbohrte Lehre unter den jungen Leuten keine Jünger und Apostel findet, absolut nicht findet, wie wir sehen.«

»Ja«, sagte der Redakteur, nahm die Brille ab und zeigte darunter sanfte Augen mit verschwommenen, fliederfarbenen Pupillen.

Man hörte Radejew stets aufmerksam zu, besonders Warawka verschlang mit seinem Blick das honigfarbene Gesicht des Müllers, seine kräftigen, saugenden Lippen.

»Prachtvoll, wie der Müller uns die Leviten liest«, sagte er mit einem öligen Lächeln. »Eine tierisch kindliche Seele!«

Klim Samgin stellte bei Warawka und Radejew etwas Gemeinsames fest: Warawka hatte kurze Arme, der Müller hatte lächerlich kurze Beinchen.

Inokow sagte von Radejew: »Es wäre interessant, ihn im Dampfbad zu sehen; nackt gleicht er wahrscheinlich einem Samowar.«

Inokow kam eben erst irgendwoher aus der Gegend von Orenburg, aus dem Turgaigebiet, er war in Krasnowodsk und in Persien gewesen. Seltsam in Segeltuch gekleidet, grau, ganz verstaubt bis auf die Knochen, mit Sandalen an den bloßen Füßen, einem breitkrempigen Strohhut und langhaarig, glich er dem lebendig gewordenen Porträt Robinson Crusoes vom Umschlag einer wohlfeilen Ausgabe dieses Evangeliums der Unbesiegbaren. Wie ein Kranich stelzte er im Speisezimmer auf und ab, zupfte mit dem Fingernagel weiße Hautschuppen von der sonnenverbrannten Nase und sagte entschieden: »All diese Baschkiren und Kalmücken belasten unnütz die Erde. Arbeiten können sie nicht, zum Lernen sind sie nicht fähig. Überlebte Leute. Die Perser auch.«

Radejew sah ihn wohlwollend an und bewegte die glattgebürsteten Brauen, während Warawka ihn aufstachelte: »Und wohin mit ihnen nach Ihrer Meinung? Totschlagen? Aushungern?«

»Herbstlaub«, beharrte Inokow und schnaubte durch die Nase, als bliese er heißen Steppenstaub heraus.

Herbstlaub, wiederholte Klim in Gedanken, betrachtete die ihm unverständlichen Menschen und fand, daß sie durch irgend etwas von ihren natürlichen Stellungen verdrängt worden waren. Jeder von ihnen bedurfte, um klarer zu erscheinen, gewisser Ergänzungen, Korrekturen. Immer mehr solcher Leute traten in sein Blickfeld. Es wurde völlig unerträglich, im Reigen so übermäßig und ermüdend kluger Menschen umherzustampfen.

Von oben kam Lidija herunter. Sie setzte sich in eine Ecke, hinter den Flügel, hüllte sich in ein Voiletuch und schaut mit fremden Augen herüber. Der Schal war blau, er warf unangenehme Schatten auf die untere Gesichtshälfte. Klim war zufrieden, daß sie schwieg, er fühlte, daß er ihr widersprechen würde, sobald sie den Mund auftäte. Am Tage und im Beisein anderer mochte er sie nicht.

Die Mutter verhielt sich würdevoll gegen die Gäste, sie lächelte nachsichtig, ihr Verhalten hatte etwas Fremdartiges, etwas Gezwungenes und Trauriges.

»Langen Sie zu«, forderte sie den Redakteur, Inokow und Robinson auf und schob ihnen mit einem Finger die Teller mit Brot, Butter, Käse, die Schälchen mit eingemachten Früchten hin. Sie redete die Spiwak mit Lisa an und wechselte mit ihr Blicke von Gleichgesinnten. Die Spiwak indessen stritt lebhaft mit allen, häufiger als die anderen mit Inokow, wahrscheinlich deshalb, weil er wie ein angepflocktes Kälbchen um sie herumging.

Die Spiwak fühlte sich eher als Herrin des Hauses denn als Gast, und das veranlaßte Klim, sie argwöhnisch zu beobachten.

Wenn alle Fremden fort waren, ging die Spiwak mit Lidija im Garten spazieren oder saß oben bei ihr. Sie sprachen erregt von irgend etwas, und Klim gelüstete es stets, unauffällig zu horchen, wovon sie sprachen.

»Schauen Sie, das ist interessant!« sagte sie zu Klim und drückte ihm gelbe Bändchen von René Doumic, Pellissier und France in die Hand.

Will sie mich etwa erziehen? überlegte Samgin und erinnerte sich daran, wie auch die Nechajewa ihm Reproduktionen von Bildern der Präraffaeliten, Rochegrosses, Stucks, Klingers und Gedichte der Dekadenten geschenkt hatte.

Jeder sucht dir etwas von sich aufzudrängen, damit du ihm ähnlich und dadurch verständlicher wirst. Ich dagegen dränge niemand etwas auf, dachte er stolz, lauschte aber sehr aufmerksam den Urteilen der Spiwak über Literatur, und es gefiel ihm, wie sie von der neuen russischen Dichtung sprach.

»Diese jungen Leute haben es sehr eilig, sich von der humanitären Tradition der russischen Literatur freizumachen. Im Grunde übersetzen und kopieren sie vorläufig nur die Pariser Dichter, dann kritisieren sie einander wohlwollend, um anläßlich kleiner literarischer Diebstähle von großen Ereignissen in der russischen Literatur zu reden. Mich dünkt es etwas ungebildet, sich nach Tjutschew für die Dekadenten vom Montmartre zu begeistern.«

Bisweilen kam behutsam wie ein verprügelter Kater Iwan Dronow in Warawkas Arbeitszimmer, eine Aktentasche unter dem

Arm, reinlich gekleidet und in unnatürlich knarrenden Schuhen. Er begrüßte Klim wie ein Untergebener den Sohn eines strengen Vorgesetzten, indem er seinem stupsnasigen Gesicht eine heuchlerisch-bescheidene Miene verlieh.

»Wie geht es dir?« fragte Samgin.

»Nicht übel, ich danke Ihnen«, antwortete Dronow, wobei er die Anrede stark betonte und Klim dadurch verlegen machte. Weiterhin siezten sie sich, und als Dronow sich verabschiedete, teilte er Klim mit: »Margarita läßt Sie grüßen. Sie gibt jetzt Handarbeitsunterricht in der Klosterschule.«

»Ja?« sagte Samgin.

»Ja. Ich treffe mich oft mit ihr.«

Wozu hat er mir das gesagt? dachte Samgin beunruhigt, während er ihm mürrisch über die Brille nachsah.

Er vergaß Dronow gleich wieder. Lidija nahm all sein Denken in Anspruch und flößte ihm immer stärkere Unruhe ein. Es war klar, daß sie nicht das Mädchen war, als das er sie sich vorgestellt hatte. Nein. Physisch immer berauschender, begann sie bereits, sich ihm gegenüber mit kränkender Herablassung zu verhalten, und aus ihrer Fragerei hörte er mehr als einmal Ironie heraus.

»Sag doch, was hat sich in dir verändert?«

Er wollte sagen: Nichts.

Er hätte sagen können: Ich habe begriffen, daß ich mich geirrt habe.

Aber ihm fehlte die Entschlossenheit, die Wahrheit zu sagen, und er war auch nicht überzeugt, daß dies die Wahrheit sei und daß er sie aussprechen müsse. Er antwortete: »Es ist noch zu früh, davon zu sprechen.«

»In mir hat sich nichts verändert«, flüsterte Lidija ihm zu, und ihr Flüstern wurde in der schwülen, nächtlichen Dunkelheit ein Alp für ihn. Etwas besonders Bedrückendes lag darin, daß sie ihre unangebrachten Fragen immer im Flüsterton stellte, als schämte sie sich ihrer, doch ihre Fragen klangen immer schamloser. Einmal, als er ihr etwas Beruhigendes sagte, unterbrach sie ihn: »Warte mal, woher ist das?«

Sie dachte nach und fand: »Das ist aus Stendhals Buch ›Über die Liebe‹.«

Sie sprang aus dem Bett und ging rasch durchs Zimmer, über die dichten und schweren Schatten der Bäume auf dem Fußboden. Ihre Beine in den schwarzen Strümpfen verschmolzen seltsam mit den Schatten, und über das Hemd, das vom Mondschein bläulich gefärbt war, glitten ebenfalls Schatten; es schien, als hätte sie keine Beine und schwebe durch den Raum. Sie warf einen Blick aus dem Fenster und blieb dann mit streng gefurchten Brauen vor dem Spiegel stehen. Sie betrachtete sich so oft und eingehend im Spiegel, daß Klim dies sowohl sonderbar als auch lächerlich fand. Sie stand da mit verkniffenen Lippen, hochgezogenen Brauen und fuhr sich über Brust, Leib und Schenkel. Außer ihrem nackten Körper reflektierte der Spiegel die Wand mit dunkler Tapete, und es war sehr unangenehm, Lidija verdoppelt zu sehen: die eine, lebendige, wiegte sich auf dem Fußboden, die andere glitt über die reglose Leere des Spiegels.

Klim fragte sie lieblos: »Du glaubst wohl, du bist schon schwanger?«

Ihre Arme sanken am Körper herab, sie wandte sich rasch um und fragte erschreckt: »Wi-ie?«

Sie sank auf einen Stuhl und flüsterte kläglich: »Man bekommt aber doch nicht immer ein Kind! Und es sind ja noch nicht einmal sechs Wochen ...«

»Was hast du denn? Fürchtest du dich, ein Kind zu bekommen?« fragte Klim und reizte sie mit Vergnügen. »Und was haben die Wochen damit zu tun?«

Sie antwortete nicht und begann hastig, sich anzukleiden.

»Erinnerst du dich nicht, du wolltest einen Jungen und ein Mädchen haben?«

Sie kleidete sich so rasch an, als wollte sie sich so schnell wie möglich verbergen.

»Wollte ich das?« murmelte sie. »Ich entsinne mich nicht.«

»Du warst damals zehn Jahre alt.«

»Jetzt mag ich keine Jungen und Mädchen mehr.«

Sie bückte sich, um die Schuhe anzuziehen, und sagte: »Nicht alle haben das Recht, Kinder in die Welt zu setzen.«

»Hu, welch eine Philosophie!«

»Jawohl«, fuhr sie fort, während sie sich dem Bett näherte. »Nicht alle. Wenn man schlechte Bücher schreibt oder schlechte Bilder malt, so ist das nicht so schädlich, für schlechte Kinder jedoch sollte man bestraft werden.«

Klim empörte sich: »Woher hast du diese greisenhaften Einfälle? Es ist lächerlich, so etwas zu hören. Sagt das die Spiwak?«

Sie ging in ihrem leichten Gang, behutsam auf den Zehen auftretend, fort. Es fehlte nur noch, daß sie den Rock raffte, dann hätte es ausgesehen, als ginge sie über eine schmutzige Straße.

Klim sah, daß es zwischen ihm und Lidija immer öfter und überraschend schnell zu unangenehmen Gesprächen kam, doch das zu verhindern, vermochte er nicht.

Einmal riet er ihr lässig auf eine ihrer üblichen Fragen: »Lies mal ›Die Hygiene der Ehe‹, es gibt so ein Buch, oder nimm dir ein Lehrbuch der Geburtshilfe vor.«

Lidija setzte sich im Bett auf, umschlang ihre Knie, legte das Kinn darauf und fragte: »Deiner Meinung nach läuft wohl alles auf Geburtshilfe hinaus? Weshalb gibt es dann Gedichte? Was ruft die Gedichte hervor?«

»Das mußt du schon Makarow fragen.«

Lächelnd fügte er hinzu: »Marakujew hat Makarow sehr treffend einen ›Provence-Troubadour aus der Hintergasse‹ genannt.«

Lidija wandte sich zu ihm und sagte, seine Brauen mit dem spitzen Nagel ihres kleinen Fingers glättend: »Schlecht sprichst du. Und immer so, als ob du ein Examen ablegst.«

»So ist es auch«, antwortete Klim. »Weil du mich immerfort verhörst.«

Ihre Stimme klang in zwei Lagen, wie in der Kindheit: »Ich gebe dir oft recht, aber nur, um nicht zu streiten. Mit dir kann man über alles streiten, aber ich weiß, daß es nutzlos ist. Du bist glitschig ... Und du hast keine Worte, die dir teuer wären.«

»Ich verstehe nicht, weshalb du das sagst«, brummte Samgin, der erriet, daß irgendein entscheidender Moment kam.

»Weshalb ich es sage?« fragte sie nach einer Pause. »In einer Operette wird gesungen: ›Liebe? Was ist denn Liebe?‹ Ich denke seit meinem dreizehnten Lebensjahr darüber nach, seit dem Tag, da ich mich als Frau fühlte. Das war sehr kränkend. Ich kann an nichts anderes mehr denken als daran.«

Samgin schien es, als spräche sie fassungslos, schuldbewußt. Er hätte gern ihr Gesicht gesehen. Er zündete ein Streichholz an, aber Lidija verdeckte, wie immer, ihr Gesicht mit den Handflächen und sagte gereizt: »Kein Licht machen.«

»Du liebst das Spiel im Dunkeln«, scherzte Klim und – bereute es: Es war dumm.

Im Garten toste der Wind, das Laub scheuerte an den Scheiben, die Zweige schlugen an die Fensterläden, und noch irgendein unerklärlicher, seufzender Laut war zu vernehmen, als winselte ein kleiner Hund im Schlaf. Dieser Laut floß in Lidijas Geflüster ein und verlieh ihren Worten einen kummervollen Ton.

»Man soll sich nicht anlügen«, vernahm Klim. »Man lügt, um bequemer zu leben, aber ich trachte nicht nach Bequemlichkeit, begreif das! Ich weiß nicht, was ich will. Vielleicht hast du recht: ich habe etwas Greisenhaftes an mir, daher liebe ich auch nichts, und alles scheint mir nicht richtig, nicht so, wie es sein sollte.«

Zum erstenmal während ihres Zusammenseins hörte Klim in ihren Worten etwas ihm Verständliches und Verwandtes.

»Ja«, sagte er. »Vieles ist erdacht, das weiß ich.«

Und zum erstenmal wäre er zu Lidija gern irgendwie besonders zärtlich gewesen, hätte er sie gern zu Tränen gerührt, zu außergewöhnlichen Geständnissen gebracht, daß sie ihre Seele ebenso leicht entblößte, wie sie ihren rebellierenden Körper zu entblößen gewohnt war. Er war überzeugt, daß er gleich etwas verblüffend Einfaches und Weises sagen, aus allem, was er erlebt hatte, für sich und sie einen bitteren, aber heilsamen Saft herauspressen würde.

»Mir scheint, die glücklichen sind nicht die jungen, sondern die trunkenen Menschen«, flüsterte sie weiter. »Niemand von euch hat Diomidow verstanden, ihr habt gedacht, er sei wahnsinnig, er aber sagte wunderbar: ›Vielleicht ist Gott erdacht, aber die Kirchen gibt es, doch es sollte nur Gott und den Menschen geben, steinerne Kirchen sind nicht nötig. Das Existierende beengt‹, hat er gesagt.«

»Anarchismus eines Schwachsinnigen«, sagte Klim hastig. »Ich kenne das, ich habe gehört: ›Der Baum ist dumm, der Stein ist dumm‹ und dergleichen mehr ... Das ist Unsinn!«

Er fühlte, daß höchst bedeutsame Gedanken in ihm aufstiegen. Doch als er sie aussprechen wollte, gab ihm das Gedächtnis arglistig nur fremde Worte ein, die Lidija vermutlich schon kannte. Als Samgin eigene Worte suchte und Lidijas Flüstern zu unterbrechen wünschte, legte er seine Hand auf Lidijas Schulter, doch sie senkte die Schulter so rasch, daß seine Hand zum Ellenbogen hinabglitt, und als er den Ellenbogen drückte, forderte Lidija: »Laß mich.«

»Warum?«

»Ich will gehen.«

Und sie ging und ließ ihn, wie immer, in Dunkelheit und Stille zurück. Es kam nicht selten vor, daß sie plötzlich ging, als wäre sie durch seine Worte erschreckt, diesmal aber war ihre Flucht besonders kränkend, denn sie nahm alles, was er ihr hatte sagen wollen, wie einen Schatten mit sich fort. Klim sprang aus dem Bett und öffnete das Fenster, ein Windstoß fuhr herein, brachte Staubgeruch, blätterte zornig die Seiten eines Buches auf dem Tisch um und half Samgin, sich zu empören.

Morgen werde ich mich mit ihr aussprechen, beschloß er, nachdem er das Fenster zugemacht und sich wieder ins Bett gelegt hatte. Genug der Launen, des Schwatzens ...

Ihm schien, Lidijas Stimmung werde geradezu unberechenbar, und er nannte sie schon zwiespältig. Zum zweitenmal fiel ihm auf, daß Lidija sich sogar auch physisch spaltete: hinter den vertrauten Zügen ihres Gesichts trat ein anderes, ihm fremdes Gesicht hervor. Sie bekam plötzlich Anfälle von Zärtlichkeit für ihren Vater und Wera Petrowna und war ab und zu backfischhaft verliebt in Jelisaweta Spiwak. Es gab Tage, an denen sie alle Menschen nicht mit den ihr eigenen Augen ansah, weich, teilnahmsvoll und so trübsinnig, daß Klim voller Unruhe dachte: Jetzt gleich wird sie gestehen, sinnlos den Roman mit ihm erzählen und schwarze Tränen weinen. »Schwarze Tränen« gefiel ihm sehr, er hielt das für eine seiner guten Erfindungen.

Besonders stutzig machte es ihn, wenn er beobachtete, wie liebevoll Lidija um seine Mutter bemüht war, die nur ganz mitleidig, lehrerinnenhaft mit dem Mädchen sprach und ihr nicht ins Gesicht, sondern auf die Stirn oder über den Kopf hinweg sah.

Doch diese Bemühungen endeten plötzlich mit einer unerwarteten und fast groben Entgleisung. Eines Abends beim Tee hatte Wera Petrowna Lidija herablassend belehrt: »Das Recht zur Kritik beruht entweder auf festem Glauben oder auf sicherem Wissen. Glauben spüre ich bei dir nicht, und dein Wissen, gib das zu, ist unzulänglich...«

Lidija hatte, ehe sie noch zu Ende gehört, nachdenklich gesagt: »Der Kutscher Michail schreit die Leute an und sieht nicht, wohin er fahren muß, man hat immer Angst, er könnte jemanden überfahren. Er sieht schon ganz schlecht. Warum wollt ihr ihn nicht behandeln lassen?«

Wera Petrowna hatte Warawka fragend angesehen und mit den Achseln gezuckt, Warawka murmelte: »Behandeln? Er ist vierundsechzig Jahre alt... Dagegen hilft keine Behandlung.«

Lidija war fortgegangen und ein paar Minuten später in lebhaftem Gespräch mit der Spiwak im Garten erschienen, und Klim hatte sie fragen hören: »Weshalb muß ich denn die Fehler anderer wiedergutmachen?«

Zuweilen hatte Klim die Empfindung, Lidija begegne ihm so trokken und gezwungen, als hätte er sich ihr gegenüber etwas zuschulden kommen lassen, und sie habe ihm zwar verziehen, aber es sei ihr nicht leichtgefallen.

Nachdem er sich dies alles hatte durch den Kopf gehen lassen, beschloß er noch einmal: Ja, morgen sprechen wir uns aus.

Am Morgen beim Tee teilte Warawka, sich die Brotkrumen aus dem Bart schüttelnd, Klim mit: »Heute mache ich die Redaktion mit den kulturellen Kräften der Stadt bekannt. Auf siebzigtausend Einwohner kommen vierzehn Leute, ja, mein Lieber! Drei stehen unter öffentlicher Polizeiaufsicht, fast alle übrigen sicherlich unter geheimer. Sehr komisch«, fügte er auf deutsch hinzu.

Er dachte eine Weile nach, preßte eine halbe Zitrone in sein Teeglas und sagte mit einem Seufzer: »Unser Staat, mein Lieber, ist wahrhaftig ein äußerst origineller Staat, sein Köpfchen entspricht dem Korpus nicht – es ist zu klein. Ich habe Lidija aufs Landhaus geschickt, um den Schriftsteller Katin einzuladen. Wie steht's, wirst du Kritik schreiben, he?«

»Ich will es versuchen«, antwortete Klim.

Der Abend mit den vierzehn Leuten erinnerte ihn an die sonnabendlichen Sitzungen rund um die Pastete bei Onkel Chrysanth.

Der stark gealterte Rechtsanwalt Gussew hatte einen Bauch bekommen, und während er Spiwaks zerbrechliches Figürchen damit bedrängte, entrüstete er sich schlapp darüber, daß Balalaikas in der Armee verbreitet wurden.

»Schalmei, Horn, Gusli – das sind wirklich volkstümliche Instrumente. Unser Volk ist lyrisch, die Balalaika entspricht nicht seinem Geist . . .«

Spiwak sah ihm durch die schwarzen Brillengläser auf die Brust und antwortete schüchtern: »Ich glaube, das ist nicht wahr, man ist nur immer gewohnt, ›volkstümlich‹ statt ›schlecht‹ zu sagen.«

Dann wandte er sich an seine Frau: »Ich will gehen und nachsehen, ob es nicht weint.«

Er lief fort, Gussew indes begann, dem Statistiker Kostin, einem Mann mit schwammigem, weibischem Gesicht, zu beweisen: »Ich gebe natürlich zu, daß Alexander III. ein dummer Zar gewesen ist, immerhin aber hat er uns den richtigen Weg zur Vertiefung ins Nationale gewiesen.«

Der Statistiker, in der ganzen Stadt bekannt durch seine Gewohnheit, im Gefängnis zu sitzen, lächelte gutmütig und zählte auf: »Die Pfarrschulen, das Branntweinmonopol . . .«

Robinson mischte sich ein: »Wenn man sich schon ins Nationale vertieft, dann darf man auch die Balalaika nicht ablehnen.«

Kostin rief, Robinson unterbrechend: »Diese ganze Politik, in die Räder der Geschichte Strohhalme zu schieben . . .«

Griesgrämig lächelnd, sagte Inokow zu Klim: »Der Gefängnisstammgast spricht von der Geschichte wie ein treuer Knecht von seiner Herrin . . .«

Inokow trug unheilverkündend ein schwarzes Wollhemd mit einem breiten Gürtel, seine schwarze Hose steckte in den Stiefelschäften, er war sehr abgemagert, sah alle Anwesenden mit bösen Augen an und trat oft, zusammen mit Robinson, an den Tisch mit Schnäpsen. Und immer ging neben ihnen, seitwärts wie eine Krabbe, der Redakteur. Klim hörte ihn zweimal halblaut zu dem Feuilletonisten sagen: »Picheln Sie nicht allzu eifrig, Narokow, das ist schädlich für Sie.«

An diesem Tisch hatte der Schriftsteller Katin das Kommando. Er war nicht gealtert, nur ein paar graue Haarzüngelchen zeigten sich an den Schläfen, und über die prallen Bäckchen liefen Muster aus roten Äderchen. Wie ein kleiner Ball rollte er aus einer Ecke in die andere, fing die Leute, zog sie zum Schnaps und machte sich lebhaft, mit seiner kleinen Tenorstimme, über den Redakteur lustig: »Werden wir die Spießer aufrütteln, Maximytsch? Laß nur keinen Marxismus zu! Du läßt keinen zu, was? Sieh dich vor, ich bin von der alten Sorte . . .«

Er nahm einen Imbiß zum Schnaps und blinzelte vor Vergnügen. »Ach, das ist doch ein in der Fabrik eingelegter Pilz, der beseelt nicht! Aber die Schwester meiner Frau hat Pilze einlegen gelernt – ganz hervorragend!«

Gussews Assessor, der junge Advokat Prawdin, eingeknöpft in einen flott geschneiderten Ausgehrock, frisiert und wohlriechend wie ein Friseur, redete auf Tomilin und Kostin ein: »Die unanfechtbaren Rechtsnormen . . .«

Tomilin lächelte ein kupfernes Lächeln, während Kostin zärtlich über seine unnatürlich starken Oberschenkel strich und mit sanftem Tenor erwiderte: »Hinter diesen Normen verbergen sich ja gerade alle Grundlagen des sozialen Konservatismus.«

Die Notarswitwe Kasakowa, die eine Hochschule besucht hatte und jetzt im außerschulischen Erziehungswesen tätig war, eine Frau mit Kneifer, mit schönem und strengem Gesicht, suchte dem Redakteur zu beweisen, daß die Theorien Pestalozzis und Fröbels in Rußland nicht anwendbar seien. »Wir haben Pirogow, wir haben . . .«

Robinson unterbrach sie, indem er daran erinnerte, daß Pirogow empfohlen habe, die Kinder zu prügeln, und deklamierte Dobroljubows Verse:

>»Nicht in jener Art wie üblich,
>Wie man Tölpel prügelt oft,
>Sondern wie es hielt für ziemlich
>Nikolai Iwanytsch Pirogow . . .«

»Die Verse sind schlecht, und in Europa werden die Kinder überall geprügelt«, erklärte die Kasakowa entschieden.

Doktor Ljubomudrow äußerte seine Zweifel: »Überall? Und

wenn ich mich nicht irre, prügelt man nicht, sondern schlägt mit dem Lineal auf die Hände.«

»Man prügelt auch«, beharrte die Kasakowa. »Auch in England prügelt man.«

In einem blauen Rock aus rauhem Drap und schweren Hosen, die tief über die stumpfen Stiefel hingen, ging Tomilin im Speisezimmer wie auf einem Basar umher, trocknete sich mit dem Taschentuch das stark schwitzende, rotbraune Gesicht, beobachtete, horchte und warf nur selten herablassend kurze Sätze dazwischen. Als Prawdin, ein leidenschaftlicher Theaterfreund, jemandem zurief: »Erlauben Sie, es ist ein Vorurteil, daß das Theater eine Schule sei, das Theater ist Schauspiel!« sagte Tomilin lächelnd: »Das ganze Leben ist Schauspiel.«

Hauptmann Gortalow, ein ehemaliger Erzieher im Kadettenkorps, dem die pädagogische Tätigkeit verboten worden war, ein solider Heimatkundler, talentierter Blumenzüchter und Gemüsegärtner, hager, sehnig, mit brennenden Augen, suchte dem Redakteur zu beweisen, die Protuberanzen seien das Ergebnis vom Fall harter Körper auf die Sonne und des Auseinanderspritzens der Sonnenmasse; und am Teetisch thronte Radejew und sprach zu den Damen: »Als einigermaßen belesener – übrigens recht unbeträchtlich belesener Mann – und als Kenner Europas finde ich, daß Rußland in der Gestalt seiner Intelligenz etwas absolut Einzigartiges und etwas von ungeheurem Wert geschaffen hat. Unsere Landärzte, Statistiker, Dorfschullehrer, Schriftsteller und überhaupt die Menschen, die geistig tätig sind, sind ein außergewöhnlicher Schatz...«

Scherzt er? Ironisiert er? suchte Klim Samgin zu erraten, während er dem glatten, schwachen Stimmchen zuhörte.

Hauptmann Gortalow ging im Paradeschritt eines Soldaten zu Radejew und reichte ihm seine lange Hand.

»Eine richtige Einschätzung. Eine ausgezeichnete Idee. Ganz meine Idee. Und darum: Die russische Intelligenz muß sich als ein gewisses einheitliches Ganzes verstehen. Das ist es. Wie beispielsweise der Johanniterorden, der Jesuitenorden, ja! Die gesamte Intelligenz muß eine einheitliche Partei werden, sie darf sich nicht spalten! Das lehrt uns der gesamte Verlauf der Gegenwart. Das sollte uns auch der Selbsterhaltungstrieb lehren. Wir haben keine Freunde, wir sind Fremde in diesem Land. Ja. Die Bürokraten und Kapitalisten knechten uns. Für das Volk sind wir Sonderlinge, Fremdlinge.«

»Richtig – Fremdlinge!« rief lyrisch der Schriftsteller Katin, der schon ein wenig angeheitert war.

In den Worten des Hauptmanns war etwas Trommelndes, seine

Stimme betäubte. Radejew nickte, rückte behutsam mit seinem Stuhl vom Tisch ab und murmelte: »Das bedarf einer kleinen Richtigstellung ...«

Spiwak kam herein, beugte sich zu seiner Frau vor und sagte: »Er schläft. Ganz fest.«

All diese Menschen interessierten Klim nicht im geringsten, sie ließen seinen Kindheitseindruck wieder lebendig werden: wie die Krebse von dem betrunkenen Fischer auf dem Küchenfußboden raschelnd nach allen Seiten auseinanderkrochen. Gleichgültig ihren Reden zuhörend und den Debatten ausweichend, richtete er sein Augenmerk auf Inokow. Ihm gefiel nicht, daß Inokow mit Lidija aufs Landhaus gefahren war, um den Schriftsteller Katin einzuladen, ihm gefiel nicht, daß dieser grobe Bursche sich so familiär zwischen Lidija und der Spiwak hin und her wiegte, indem er sich lächelnd bald zu der einen, bald zu der anderen neigte. Zu Beginn des Abends war Inokow mit demselben Lächeln auf ihn zugetreten und hatte gefragt: »Aus der Universität hinausgeschmissen?«

So unerwartet und in dieser Form hatte die Frage Klim vor den Kopf gestoßen, er blickte das mißratene Gesicht des Burschen fragend an.

»Rebelliert?« hatte der weiter gefragt, und als Klim ihm sagte, daß er in diesem Semester nicht studiere, hatte Inokow ungeniert die dritte Frage gestellt: »Vorsichtshalber?«

»Wozu hier Vorsicht?« erkundigte sich Klim trocken.

»Um nicht in eine Geschichte hineinzugeraten«, hatte Inokow erklärt und ihm den Rücken zugekehrt.

Ein paar Minuten später erzählte er Wera Petrowna, Lidija und der Spiwak: »Zwei Monate später kam er aus Paris zurück, begegnete mir auf der Straße und lud mich ein: ›Besuchen Sie uns mal, ich habe mit meiner Frau eine ausgezeichnete Sache gekauft!‹ Ich komme hin und will mich setzen, da rückt er für mich ein sonderbares leichtes Stühlchen heran mit dünnen, vergoldeten Beinchen und Samtpolster. ›Bitte, nehmen Sie Platz!‹ Ich lehne ab, aus Furcht, ich könnte das schöne Stück zerbrechen. ›Nein, nehmen Sie nur Platz!‹ bittet er. Ich setze mich, und plötzlich ertönt unter mir Musik, etwas sehr Lustiges. Ich sitze da und fühle mich erröten, er und seine Frau jedoch sehen mich mit glücklichen Augen an, lachen und freuen sich wie Kinder! Ich stehe auf, die Musik verstummt. ›Nein‹, sage ich, ›das gefällt mir nicht, ich bin gewohnt, Musik mit den Ohren zu hören.‹ Da waren sie gekränkt.«

Die derbe Erzählung belustigte die Mutter und die Spiwak, entlockte auch Lidija ein Lächeln, Samgin jedoch dachte, Inokow spiele zwar geschickt den Offenherzigen, sei aber vermutlich in Wirklichkeit schlau und boshaft. Nun sprach er mit funkelnden kalten Augen: »Da sind nun diese Leute in die herrlichste Stadt Europas gereist, haben dort den banalsten Gegenstand gefunden, gekauft, und – freuen sich. Dies hier aber«, er reichte der Spiwak ein Zigarettenetui, »das hat ein schwindsüchtiger Tischler, verheiratet, vier Kinder, angefertigt und mir geschenkt.«

Sie waren entzückt über das Zigarettenetui. Auch Klim nahm es in die Hand, es war aus Wacholderwurzel, auf den Deckel hatte der Meister kunstvoll einen kleinen Teufel geschnitzt, das Teufelchen saß auf einem Erdhocker und neckte mit einem dünnen Schilfrohr einen Reiher.

»Zwei volle Tage und Nächte hat er daran geschnitzt«, sagte Inokow, rieb sich die Stirn und sah alle fragend an. »Hier, zwischen dem musikalischen Stühlchen und diesem Stück existiert etwas, das ich nicht begreifen kann. Ich begreife überhaupt vieles nicht.«

Er lächelte breit, schüttelte den Kopf und steckte sich eine Zigarette an, drückte das brennende Streichholz mit den Fingern aus und warf es dann auf eine Untertasse.

»Zuerst betrachtest du die Gegenstände und dann sie dich. Du tust es interessiert, sie aber fordern: Rate, was wir wert sind! Nicht in Geld, sondern für die Seele. Na, ich werde mal einen Schnaps trinken gehen . . .«

Samgin folgte ihm. Am Imbißtisch war es eng, Warawka schwang Reden; in der einen Hand hielt er das Weinglas, mit der anderen hatte er den Bart auf die Schulter gelegt und hielt ihn dort fest.

»Studentenunruhen sind der Ausdruck emotionaler Opposition. In der Jugend kommen sich die Menschen talentiert vor, und diese Einbildung erlaubt ihnen zu glauben, sie würden von Nichtkönnern regiert.«

Er nahm einen Schluck Wein und fuhr mit erhobener Stimme fort: »Da aber unsere Regierung tatsächlich unbegabt ist, so ist die emotionale Opposition unserer Jugend sehr gerechtfertigt. Wir wären friedlicher und klüger, wenn unsere Staatsmänner talentierter wären, wie beispielsweise in England. Aber – wir haben keine staatsmännischen Talente. Und so heben wir sogar einen solchen wie Witte auf den Schild.«

Die Leute rücksichtslos auseinanderdrängend, trat Inokow an den Tisch und sagte, während er sich Schnaps einschenkte, halblaut zu Klim: »Aus gutem Holz gemacht, Ihr Stiefvater. Doch wer ist der Rothaarige?«

»Mein ehemaliger Lehrer, ein Philosoph.«

»Ein Dummkopf wahrscheinlich.«

Samgin wollte böse werden, aber als er sah, daß Inokow den Käse kaute wie ein Hammel das Gras, fand er, daß es sinnlos wäre, sich zu ärgern.

»Wo ist denn die Somowa?« fragte er.

»Das weiß ich nicht«, antwortete Inokow gleichgültig. »In Kasan, glaube ich, in der Hebammenschule. Ich bin ja mit ihr auseinander. Sie kümmert sich nur noch um die Verfassung, die Revolution. Ich dagegen, weiß noch gar nicht einmal, ob eine Revolution nötig ist . . .«

So ein Flegel, dachte Samgin, während er der dumpfen, brummigen Stimme folgte.

»Wenn man die Revolution will, um satt zu werden, so bin ich dagegen, denn satt komme ich mir schlechter vor als hungrig.«

Klim überlegte: Wie könnte man den schlauen Vagabunden, der so geschickt die Rolle eines offenherzigen Burschen spielte, in Verlegenheit bringen, entlarven. Doch noch ehe er sich etwas auszudenken vermochte, schlug Inokow ihm leicht auf die Schulter und sagte: »Es interessiert mich, Samgin, zu erfahren, woran Sie denken, wenn Sie solch ein Hechtgesicht machen?«

Klim runzelte die Stirn und rückte etwas von ihm ab, doch Inokow strich eine Scheibe Roggenbrot mit Butter und fuhr nachdenklich fort: »Vor einer Woche etwa sitze ich mit einem netten Mädchen im Stadtpark, es ist schon spät, still, der Mond segelt am Himmel, die Wolken eilen, das Laub fällt von den Bäumen auf Schatten und Licht am Boden; das Mädchen, eine Freundin meiner Kindheit, alleinstehende Prostituierte, ist trübsinnig, jammert, bereut, kurzum: ein Roman, wie er sein soll. Ich tröste sie. ›Laß das‹, sage ich, ›hör auf damit! Die Tore der Reue sind leicht geöffnet, doch was nützt das?‹ . . . Trinken Sie einen? Ich werde einen trinken.«

Er kniff das linke Auge zu, trank und steckte ein Stückchen Butterbrot in den Mund, was ihn aber nicht am Weiterreden hinderte.

»Plötzlich – kommen Sie vorbei mit solch einem Hechtgesicht wie jetzt. Ach, denke ich, am Ende sage ich Anjuta gar nicht das Richtige, und der da wüßte, was man sagen muß. Was hätten Sie, Samgin, solch einem Mädchen gesagt, wie?«

»Wahrscheinlich dasselbe wie Sie!« antwortete Klim liebenswürdig, da er spürte, daß er die Lust verloren hatte, Inokows Ränke zu entlarven.

»Dasselbe?« fragte Inokow nochmals. »Das glaube ich nicht. Nein, Sie haben noch etwas, was Sie nicht sagen, bestimmt . . .«

Klim lächelte, da er fand, ein Lächeln sei in diesem Fall bedeutungsvoller als Worte, Inokow indessen streckte die Hand wieder nach einer Flasche aus, machte jedoch eine wegwerfende Geste und ging zu den Damen.

Ein Weiberfreund, dachte Klim, doch bereits nachsichtig.

Wie früher begegnete er Inokow häufig auf der Straße, am Flußufer, bei den Lastträgern oder abseits von den Leuten. Da stand er dann bis zu den Knöcheln im Sand, kaute an einem Strohhalm, zerbiß ihn und spuckte die Stückchen aus, oder er rauchte und sah mit nachdenklich zugekniffenen Augen der Ameisenarbeit der Menschen zu. Stets war er aus irgendeinem Grund mit Staub bedeckt, und der breite, verbeulte Hut machte ihn dem Beisetzungsfackelträger ähnlich. Er sah ihn auch mit Dronow zusammen aus einer Schenke kommen; Dronow kicherte und machte mit der rechten Hand runde Gesten, als zerrte er einen Unsichtbaren an den Haaren hinterher, und Inokow sagte: »Das ist es eben. Vielleicht kommt es uns nur so vor, als kämen wir nicht vom Fleck, während wir in Wirklichkeit spiralenförmig aufsteigen.«

Auf der Straße sprach er ebenso laut und ungeniert wie im Zimmer und starrte die Entgegenkommenden an wie einer, der sich verlaufen hat und nun sucht, wen er nach dem Weg fragen kann.

Es war unbegreiflich, weshalb die Spiwak Inokow immer hervorhob, weshalb die Mutter und Warawka offensichtlich Sympathie für ihn empfanden und Lidija stundenlang mit ihm im Garten plauderte und ihm freundlich zulächelte. Sie lächelte auch jetzt, während sie am Fenster vor Inokow stand, der sich mit einer Zigarette in der Hand auf die Fensterbank gesetzt hatte.

Ja, ich muß mich mit ihr aussprechen ...

Er tat es am folgenden Tag; gleich nach dem Frühstück ging er zu ihr hinauf und fand sie in Hut und Mantel, den Schirm in der Hand, zum Weggehen bereit. Ein feiner Regen leckte die Fensterscheiben.

»Wohin gehst du denn?«

»In die Kanzlei des Gouverneurs, nach dem Paß.«

Sie lächelte.

»Wie komisch du dich wunderst! Ich hatte dir doch gesagt, daß Alina mich auffordert, nach Paris zu kommen, und daß Vater mich reisen läßt ...«

»Das ist nicht wahr!« entgegnete Klim zornig und merkte, wie ihm die Knie zitterten. »Du hast mir kein Wort davon gesagt ... ich höre es zum erstenmal! Was hast du vor?« fragte er aufgebracht.

Lidija warf den Schirm auf das Sofa und setzte sich auf einen Stuhl;

ihr bräunliches, sehr erschöpftes Gesicht lächelte fassungslos, in ihren Augen sah Klim aufrichtige Bestürzung.

»Wie sonderbar«, sagte sie leise und sah ihm blinzelnd in die Augen. »Ich war überzeugt, es dir gesagt . . . dir Alinas Brief vorgelesen zu haben . . . Hast du es auch nicht vergessen?«

Klim schüttelte den Kopf, und sie erhob sich, ging im Zimmer auf und ab und sagte: »Siehst du, das kam so . . . Ich rede und streite mich so viel mit dir, wenn ich allein bin, daß ich meine, du wüßtest alles . . . verständest alles.«

»Ich wäre mitgefahren«, murmelte Klim, der ihr nicht glaubte.

»Und die Universität? Es wird Zeit für dich, nach Moskau zu fahren. . . Nein, wie sonderbar sich das ergeben hat! Ich sage dir, ich war überzeugt . . .«

»Aber wann lassen wir uns denn trauen?« fragte Klim böse und ohne sie anzusehen.

»Wi-ie?« fragte sie und blieb stehen. »Hast du etwa . . . müssen wir denn?« hörte er sie aufgeregt flüstern.

Sie stand vor ihm mit weit aufgerissenen Augen, ihre Lippen bebten, und ihr Gesicht war rot geworden.

»Weshalb denn trauen lassen? Ich bin doch nicht schwanger . . .«

Das klang so gekränkt, als hätte nicht sie es gesagt. Sie ging fort und ließ ihn in dem leeren, unaufgeräumten Zimmer allein, in einer Stille, die kaum von dem zaghaften Rauschen des Regens gestört wurde. Lidijas plötzlicher Entschluß zu verreisen, vor allem aber ihr Schreck in der Antwort auf die Frage nach der Heirat hatten Klim dermaßen entmutigt, daß er nicht einmal sofort gekränkt war. Und erst als er ein, zwei Minuten völlig niedergeschlagen dagesessen hatte, riß er die Brille von der Nase, begann im Zimmer auf und ab zu schreiten, wobei er sich geradezu schmerzhaft am Schnurrbart zupfte, und empört überlegte: Bruch?

Er rief sich gleich in Erinnerung, daß er ja schon selbst die Möglichkeit des Abbruchs ihrer Beziehung erwogen hatte.

Ja, ich habe es erwogen! Aber nur in den Augenblicken, in denen sie mich mit ihren albernen Fragen quälte. Ich habe daran gedacht, aber ich wollte es nicht, ich will sie nicht verlieren.

Er blieb vor dem Spiegel stehen und rief: »Und wenn es schon zu einem Bruch zwischen uns kommen soll, so muß die Initiative von mir ausgehen, nicht von ihr!«

Er blickte sich um, es kam ihm vor, als hätte er diese Worte hörbar, sehr laut gesagt. Das Stubenmädchen, das in aller Ruhe den Tisch abstaubte, gab ihm die Gewißheit, daß er in Gedanken gerufen hatte. Im Spiegel sah er, daß sein Gesicht bleich war, die kurzsichtigen Augen blinzelten fassungslos. Er setzte hastig die Brille auf, lief schnell in sein Zimmer hinunter und legte sich, die Hände an die Schläfen gepreßt, mit verkniffenen Lippen hin.

Nach einer halben Stunde hatte er sich davon überzeugt, ihn kränkte besonders, daß er Lidija nicht dazu hatte bringen können, vor Begeisterung zu schluchzen, ihm dankbar die Hände zu küssen und voller Staunen zärtliche Worte zu flüstern, wie es die Nechajewa getan hatte. Kein einziges Mal, auch nicht für eine Minute hatte Lidija ihn den Stolz des Mannes genießen lassen, der eine Frau beglückt. Es wäre ihm leichter gefallen, das Verhältnis mit ihr abzubrechen, wenn er diesen Genuß ausgekostet hätte.

Nicht eine einzige aufrichtige Liebkosung hat sie mir geschenkt, dachte Klim und erinnerte sich empört, daß Lidijas Liebkosungen ihr nur als Forschungsmaterial gedient hatten.

Nietzsche hat recht: Dem Weibe soll man sich mit der Peitsche in der Hand nahen. Man müßte hinzufügen: mit einem Bonbon in der anderen.

Allmählich ruhiger werdend, sagte er sich, daß das Verhältnis mit ihr, das schon jetzt aufregend war, künftig unerträglich, haßerfüllt geworden wäre. Wahrscheinlich würde Lidija auf ihrer unsinnigen Suche nach dem, was vermeintlich hinter der Physiologie des Geschlechtslebens verborgen war, ihm untreu werden.

Makarow hat gesagt, Don Juan sei kein Wüstling, sondern auf der Suche nach unbekannten, unempfundenen Gefühlen, und an der gleichen Leidenschaft, der Suche nach dem Unempfundenen, kranken vermutlich viele Frauen, zum Beispiel George Sand, überlegte Samgin. Makarow hat übrigens diese Leidenschaft nicht als Krankheit bezeichnet, Turobojew nannte sie »geistigen Vampirismus«. Makarow sagt, die Frau strebe halbbewußt danach, den Mann bis zum letzten Zug zu ergründen, um die Quelle seiner Macht über sie zu erkennen, um zu verstehen, wodurch er sie in der Urzeit besiegt hat.

Klim Samgin schloß fest die Augen und schimpfte auf Makarow.

Dieser Idiot. Was kann es Dümmeres geben als einen Romantiker, der sich mit Gynäkologie befaßt? Wieviel einfacher und natürlicher ist doch Kutusow, der Dmitrij so leicht und rasch Marina ausspannte, oder Inokow, der auf die Somowa verzichtete, sobald er merkte, daß sie ihn langweilte.

Samgins Gedanken wurden immer kampflustiger. Er bemühte sich eifrig, sie zuzuspitzen, denn im Hintergrund seiner Überlegungen regte sich das vage Bewußtsein, ernsthaft verspielt zu haben. Und nicht nur Lidija war verspielt, verloren, sondern noch etwas für ihn Wichtigeres. Aber daran wollte er nicht denken, und sobald er hörte, daß Lidija zurückgekehrt war, machte er sich entschieden auf den Weg, um sich mit ihr auszusprechen. Wenn sie sich schon von ihm lösen wollte, so sollte sie eingestehen, an dem Bruch schuld zu sein, und um Verzeihung bitten . . .

Lidija saß in ihrem kleinen Zimmer am Tisch und schrieb einen Brief. Sie blickte Klim stumm über die Schulter hinweg an und zog fragend die sehr dichten, aber schmalen Brauen hoch.

»Wir müssen miteinander reden«, sagte Klim und setzte sich an den Tisch.

Sie legte die Feder hin, hob die Arme, streckte sich und fragte:»Worüber?«

»Es ist nötig«, sagte Klim, wobei er sich bemühte, ihr streng ins Gesicht zu sehen.

Heute glich sie besonders einer Zigeunerin: üppiges, krauses Haar, das sie nie glattzukämmen vermochte, ein schmales, bräunliches Gesicht mit einem brennenden Blick dunkler Augen und langen, aufwärts gebogenen Wimpern, eine schmale Nase und eine geschmeidige Figur im bordeauxfarbenen Rock, schmale Schultern, in einen blaugeblümten, orangefarbenen Schal gehüllt.

Ehe Samgin genügend gewichtige Worte für den Anfang seiner Rede gefunden hatte, begann Lidija ruhig und ernst: »Wir haben schon so viel geredet . . .«

»Erlaube mal! Man darf mit einem Menschen nicht so umgehen wie du mit mir«, sagte Samgin eindringlich. »Was bedeutet dieser plötzliche Entschluß, nach Paris zu fahren?«

Aber sie überhörte seine Frage und fuhr fort in einem Ton, als wäre sie dreißig Jahre alt: »Außerdem habe ich mich mit dir unterhalten, immer wenn ich von dir fortgegangen und allein war. Ich habe auch ehrlich für dich geantwortet . . . ehrlicher, als du es selbst hättest sagen können. Ja, glaube mir! Du bist ja nicht sehr . . . mutig. Darum hast du auch gesagt, man müsse wortlos lieben. Ich aber will reden, schreien, ich will begreifen! Du hast mir geraten, das ›Lehrbuch der Geburtshilfe‹ zu lesen . . .«

»Sei nicht nachtragend«, sagte Samgin.

Lidija lächelte. »Hast du mir etwa aus Bosheit geraten, das Buch ›Hygiene der Ehe‹ zu lesen? Aber ich habe dieses Buch nicht gelesen, dort steht doch sicher nicht, weshalb du gerade mich für deine Liebe brauchst? Ist das eine dumme Frage? Ich habe noch andere, dümmere. Du hast wahrscheinlich recht: Ich bin degeneriert, dekadent und passe nicht zu einem gesunden, ausgeglichenen Menschen. Mir schien, ich fände in dir einen Menschen, der mir helfen würde ... Übrigens weiß ich gar nicht, was ich von dir erwartet hatte.«

Sie stand auf, straffte sich und sah durch das Fenster auf die schmutzig-eisfarbenen Wolken, während Samgin böse sagte: »Und ich habe auch gedacht – du würdest mir ein guter Freund sein ...«

Sie betrachtete ihn nachdenklich und fuhr gedämpfter fort: »Sieh, wie rasch das alles ... wie ein Hobelspan aufflackert ... und schon – weg.«

Ihr bräunliches Gesicht verdunkelte sich, sie wandte den Blick von Klims Gesicht ab, stand auf und richtete sich auf. Kränkender Worte gewärtig, stand auch Samgin auf.

»Es ist nicht schön, ohne etwas zu begreifen, in einem Nebel dahinzuleben, in dem ab und zu für einen Augenblick ein versengendes Flämmchen aufflackert.«

»Du weißt sehr wenig«, sagte er mit einem Seufzer und trommelte mit seinen Fingern auf dem Knie. Nein, man konnte Lidija nichts übelnehmen oder ihr irgendwelche scharfen Worte sagen.

»Was muß man denn wissen?« fragte sie.

»Man muß lernen.«

»Ja? Sich das ganze Leben lang als Schulmädchen vorkommen?« Sie lächelte und blickte durch das Fenster auf den bunten Himmel.

»Mir scheint, all das, was ich schon weiß, braucht man gar nicht zu wissen. Aber trotzdem versuche ich zu lernen«, hörte er sie nachdenklich sagen. »Nicht in dem geschäftigen Moskau, vielleicht in Petersburg. Nach Paris aber muß ich fahren, weil Alina dort ist und es ihr schlecht geht. Du weißt doch, ich habe sie gern ...«

Weshalb? wollte Samgin fragen, doch das Stubenmädchen trat ein und bat Lidija, hinunter zu Warawka zu kommen.

Schweigend gingen sie nebeneinander die Treppe hinab. Im Korridor blieb Klim eine Weile stehen und betrachtete die verschiedenen Mäntel, die an der Wand entlang am Kleiderständer hingen; sie erinnerten an eine Schar Bettler am Kircheneingang, Bettler ohne Kopf.

Nein, das ist noch nicht alles, es ist noch nicht zu Ende gesprochen, entschied er, ging auf sein Zimmer und setzte sich hin, Lidija einen Brief zu schreiben. Er schrieb lange, doch als er die beschriebenen Seiten durchlas, fand er, daß zwei Menschen sein Schreiben verfaßt hatten, die ihm gleichermaßen unähnlich waren: der eine verspottete Lidija töricht und grob, der andere rechtfertigte sich unbeholfen und kläglich.

Ich bin doch vor ihr in nichts schuldig, empörte er sich, zerriß den Brief und faßte auf der Stelle den Entschluß, nach Nishnij Nowgorod zur Messe zu fahren. Er wird überraschend abreisen, wie Lidija, und zwar noch ehe sie sich ins Ausland aufmacht. Das läßt sie verstehen, daß ihn die Trennung nicht schmerzt. Oder vielleicht würde sie sehen, daß es ihm schwerfiel, ihren Entschluß ändern und mit ihm fahren?

Doch als er Lidija mitteilte, daß er übermorgen verreise, bemerkte sie sehr gleichgültig: »Wie gut, daß es nicht zu dramatischen Auftritten zwischen uns gekommen ist. Ich dachte schon, es würde Szenen geben.«

Sie umarmte ihn und küßte ihn fest auf die Lippen.

»Wir gehen doch als Freunde auseinander? Später treffen wir uns wieder, schon klüger geworden, ja? Und vielleicht sehen wir uns dann mit anderen Augen?«

Klim war etwas gerührt oder erstaunt über ihre Worte und die Tränen in ihren Augenwinkeln, er sagte leise, bittend: »Wäre es nicht besser für dich, du führest mit mir?«

»Nein!« sagte sie entschieden. »Nicht nötig! Du wirst mich stören.«

Sie trocknete sich hastig die Augen. Da Klim fürchtete, ihr etwas Unpassendes zu sagen, küßte er ihr auch rasch die trockene, heiße Hand. Später, als er in seinem Zimmer auf und ab ging, überlegte er:

Im Grunde ist sie unglücklich, jawohl. Eine taube Blüte. Seelenlos ist sie. Sinniert, empfindet jedoch nicht . . .

Er blieb mitten im Zimmer stehen, nahm die Brille ab, schwang sie hin und her, sah sich um und dachte fast laut:

Wie schnell sich das alles abgespielt hat. In der Tat, wie wenn Hobelspäne verbrennen.

Er fühlte sich verloren, fühlte jedoch gleichzeitig, daß nun Tage der Erholung für ihn begannen, deren er bedurfte.

Ein paar Tage später war Klim Samgin auf dem Weg nach Nishnij Nowgorod. Drei Werst vor dem Bahnhof verlangsamte der dicht besetzte Zug die Fahrt, als wollte der Lokomotivführer, daß die Fahrgäste die bunte Ansammlung der nagelneuen, verschnörkelten Gebäude auf dem trostlosen Feld inmitten gelber Sandblößen und schmutziggrüner Raseninseln besser betrachten könnten.

Neben den Gleisen, etwas unterhalb des Bahndamms, strahlte im blendenden Sonnenschein der Maschinenpavillon aus Eisen und Glas, er glich einem riesengroßen, umgekippten Waschtrog; durch die Scheiben sah man, wie sich im Innern des Gebäudes langsam eine Schar Metallungeheuer regte, gefangene Eisentiere sich drängten. Der einstöckige Landwirtschaftspavillon war im Halbkreis angelegt, verziert mit Holzschnitzwerk in dem russischen Stil, den der

Deutsche Ropet erfunden hat. In bedrückender Enge ragten noch viele launisch verstreute Gebäude von ungewöhnlicher Architektur empor, einige von ihnen erinnerten an die angenehme Kunst des Konditors, und wie ein gigantischer Zuckerwürfel hob sich aus ihrer bunten Menge der weiße Kunstpavillon hervor. Da funkelte und gleißte in der Sonne der goldene Doppeladler auf der Spitze des Zarenpavillons, der im Stil altertümlicher russischer Paläste erbaut war, wie man sie in Märchenbüchern für Kinder abgebildet sieht. Über dem goldenen Adler blähte sich in der bläulichen Luft die an einem langen Seil angebundene graue Blase eines Luftballons.

Die gemächliche Fahrt des Zuges ließ diese kleine Stadt langsam kreisen; es war, als ob sich all die ungewöhnlichen Bauten um einen unsichtbaren Mittelpunkt drehten, ihre Plätze vertauschten, einander verdeckten und über die Sandwege und kleinen Plätze glitten. Dieser Eindruck eines wirren Reigens, eines trägen, aber gewaltigen Gedränges wurde noch gesteigert durch die spielzeugartigen Menschlein, die vorsichtig auf verschlungenen Wegen zwischen den Gebäuden hin und her trippelten; es waren nicht viele, und nur wenige von ihnen strebten in bestimmte Richtungen, die meisten liefen herum wie Verirrte, Suchende. Die Menschen schienen weniger beweglich als die Gebäude, die sie hinter ihren Ecken bald zeigten, bald verdeckten.

Dieser fast märchenhafte Eindruck eines stillen, aber gewaltigen Reigens verblieb Samgin fast für die ganze Dauer seines Lebens in dieser sonderbaren Stadt, erbaut am Rande eines unfruchtbaren, traurigen Feldes, das in der Ferne von dem bläulichen Stachelpelz eines Kiefernwaldes – der »Sawelowa-Mähne« – und jenseits der unsichtbaren Oka von den »Spechtbergen« eingeschlossen war, wo, inmitten grüner Gärten, die Häuserchen und Kirchen von Nishnij Nowgorod versteckt lagen.

Samgin stieg in einem der hölzernen, in aller Eile zusammengezimmerten Gasthäuser ab, in dem alles knarrte, knackte und bei jedem Geräusch etwas Krampfhaftes zu spüren war, er wusch sich rasch, zog sich um, trank ein Glas heißen Tee und begab sich gleich zur Ausstellung; sie lag keine dreihundert Schritte entfernt.

Gegen Abend kehrte er zurück, geblendet, betäubt wie nach einem Ausflug in ein fernes, ihm unbekanntes Land. Doch dieses Gefühl der Sättigung bedrückte Klim nicht, sondern weitete ihn irgendwie, es verlangte hartnäckig Gestaltung und versprach, ihn mit großer Freude zu belohnen, die er schon vage spürte.

Gestalt gewann es erst eine Zeit später, an einem der regnerischen Tage in diesem nicht sehr freundlichen Sommer. Klim lag im Bett, in eine dünne Decke gewickelt und seinen Mantel darüber gebreitet. Ein böser Regen peitschte gegen die rasselnden Dächer, krachender Donner erschütterte das Gebäude, durch die Fensterfugen pfiff und schnob der nasse Wind. An drei Stellen fielen gleichmäßig schwere Wassertropfen von der Decke und verbreiteten den Geruch von Leimfarbe und Morast.

Klim Samgin sah ein riesengroßes, phantastisch reiches Land vor sich ausgebreitet, dessen Existenz er nicht vermutet hatte; ein Land mannigfaltigster Arbeit hatte hier die Erzeugnisse seines Fleißes gesammelt und zeigte sie, auf seiner Hand ausgebreitet, stolz sich selber. Man konnte meinen, die hübschen Bauten seien absichtlich auf dem öden Feld, nicht neben der armen und schmutzigen Vorstadt errichtet worden, deren häßlich unpersönliche Wohnhäuser langweilig über den von Wolga und Oka angeschwemmten Sand gestreut waren, der an düsteren Tagen, wenn von der Wolga her der heiße »Niederwind« blies, grauen, stechenden Staub herüberschickte.

In dieser Nachbarschaft zwischen dem Reichtum des Landes und der Armut seiner kleinen Leute lag irgendwie die prahlerische Andeutung: Wir leben schlecht, aber arbeiten – seht, wie schön!

Nicht so prunkvoll und prahlerisch, jedoch noch überzeugender kündete die Verkaufsmesse vom Reichtum des Landes. Die niedrigen, einförmig gelben Reihen ihrer gemauerten Kaufläden hatten ihre Türen wie breite Rachen geöffnet und zeigten in ihrem Höhlendunkel Berge mannigfaltig verarbeiteter Metalle, Berge von Leinwand, Kattun und Wollstoffen. Da glänzte buntbemaltes Porzellan, blitzten Spiegel, die alles wiedergaben, was sich an ihnen vorbeibewegte, neben den Ständen mit Kirchengerät gab es kunstvoll geschliffenes Glas, und gegenüber den riesengroßen, dicht mit Gläsern und Pokalen gefüllten Vitrinen glänzte die Fayence der Toiletteneinrichtungen. An dieser Nachbarschaft des Kirchlichen mit dem Häuslichen konstatierte Klim Samgin wohlwollend die schwungvolle Schamlosigkeit des Handels.

Die Verkaufsmesse war stärker besucht als die Pavillons, die Leute benahmen sich hier ungezwungener, lauter und schienen alle mit Freude dem Handel zu dienen. Es verblüffte die Mannigfaltigkeit der Typen, die Fülle von Ausländern, Fremdstämmigen, warm gekleideten Orientalen, das Ohr erhaschte fremde Sprachen, das Auge ungewöhnliche Gestalten und Gesichter. Unter den Russen begegnete man häufig dürren, bärtigen Männern, die unangenehm an den Diakon erinnerten, und dann dachte Samgin nicht lange, einen Augenblick, aber voll Unruhe daran, daß dreifingrige Leute, dispensierte Diakone, hysterische Säufer und lustige Studenten wie Marakujew und andere dieses mächtige Land auf ihre Weise umgestalten wollten; Pojarkow, den Klim für farblos hielt, und der elegante, solide Preiß, der sicherlich Professor werden würde, diese zwei beunruhigten nicht. Der selbstsichere, zahlenliebende Kutusow war in seiner Erinnerung verblaßt, und Klim liebte es auch nicht, an ihn zu denken.

Er blickte zu der hölzernen Lattendecke hinauf und verfolgte, wie das Wasser durch die Ritzen sickerte, sich zu großen, gläsernen Tropfen sammelte und auf den Boden fiel, wo es Pfützen bildete.

Er dachte an den Glanz der kalten Waffen aus Slatoust; die Schilder mit Messern, Gabeln, Scheren und Schlössern aus Pawlow, Watschi und Worsma; im Pavillon der Kriegsmarine, der mit Gewehrpatronen, Säbeln und Bajonetten geschmückt war, wurde eine langrohrige, blankgeputzte Kanone aus Motowilicha gezeigt, glänzend und kalt wie ein Fisch. Ein stämmiger, wie aus Bronze gegossener Matrose erklärte dem Publikum, während er sein blaues Kinn rieb und den schwarzen Schnurrbart zwirbelte, herablassend und komisch: »Dieses Geschütz wird an diesem Ende hier geladen, mit diesem Geschoß, das Sie nicht einmal hochheben könnten, und feuert in der angegebenen Richtung auf das Ziel, das heißt auf den Feind. Mein Herr, stochern Sie nicht mit dem Stöckchen herum, das darf man nicht!«

Goldbrokat glänzte wie ein Roggenfeld bei Sonnenuntergang an einem Juliabend; Bahnen von Silberstoff erinnerten an den bläulichen Schnee winterlicher Mondnächte und die bunten Stoffe an die herbstliche Pracht der Wälder; diese poetischen Vergleiche fielen Klim ein, nachdem er die Gemäldeabteilung besucht hatte, wo der »erklärende Herr«, ein hochstirniger, langhaariger und dürrer Mann mit klapprigem Körper, dem Publikum begeistert von den Landschaften Nesterows und Lewitans erzählte, Rußland ein Land aus Brokat und buntem Kattun nannte und schließlich sagte: »Es ist auf den irdischen Sammet wunderbar mit bunter Seide gestickt von der Hand des größten aller Künstler – von Gottes Hand.«

Klim empfand den Stolz des Patrioten, als er im mittelasiatischen Pavillon die plumpen deutschen Imitationen russischen Brokats für Chiwa und Buchara sah und den leuchtenden Kattun der Firma Morosow und das farbenprächtige Porzellan der Kusnezows betrachtete.

Spielsachen und Maschinen, Glocken und Equipagen, Juwelierarbeiten und Klaviere, bunter Kasaner Saffian, der sich so zart anfühlt, Berge von Zucker, Riesenhaufen von Hanfseilen und geteerten Tauen, eine ganze Kapelle aus Stearinkerzen, wunderbare Sorokoumowsche Pelze und Eisen aus dem Ural, Stapel wohlriechender Seife, vortrefflich gegerbte Häute, Borstenerzeugnisse – vor diesen Bergen unabsehbarer Schätze versammelten sich kleine Menschengruppen, betrachteten die grandiose Arbeit ihrer Heimat und verstimmten Samgin etwas, da sie mit ihrem Schweigen seine gehobene Stimmung abkühlten.

Selten nur hörte er Ausrufe des Entzückens, und wenn sie ertönten, so meist aus dem Mund von Frauen vor den Schaukästen der Textilien- und Geschirrhändler, der Parfümfabrikanten, Juweliere und Pelzhändler. Man konnte meinen, die meisten Menschen hätten bei diesem Überfluß an Eindrücken die Sprache verloren. Doch manchmal schien es Klim, als klänge nur aus den Lobreden der Frauen aufrichtige Freude, aus den Urteilen der Männer dagegen schlecht verhehlter Neid. Er dachte sogar, vielleicht hat Makarow recht: Die Frau versteht besser als der Mann, daß alles in der Welt für sie bestimmt ist.

Sein patriotisches Gefühl stieg ganz besonders, wenn er Gruppen von Fremdstämmigen begegnete, die aus allen Gegenden vom Weißen bis zum Kaspischen und Schwarzen Meer und von Helsingfors bis Wladiwostok zum Fest ihrer herrschenden Nation zusammengeströmt waren. Langsam schritten die Chiwiner, die Bucharen und die dicken Sarten, deren fließende Bewegungen nur jenen Leuten schlaff schienen, die nicht wußten, daß Schnelligkeit eine Eigenschaft des Teufels ist. Verweichlichte Perser mit gefärbten Bärten standen vor einem Blumenbeet, ein hochgewachsener Greis mit orangefarbenem Bart und purpurroten Fingernägeln deutete mit dem langen Finger seiner gepflegten Hand auf die Blumen und sprach gemessen, als trüge er ein Gedicht vor, zu seinem ihn ehrfürchtig umgebenden Gefolge. Ein unförmig großer Rubinring funkelte an seinem Finger und lenkte den gebannten Blick eines mageren Mannes mit einer schwarzen, schräg abgeschnittenen Persianerkappe auf sich. Die schwimmenden, roten Augen unverwandt auf den Rubin gerichtet, bewegte der Mann die dicken Lippen und schien zu fürchten, der Stein könnte aus der schweren Goldfassung herausspringen.

Häufig begegnete man ehrwürdigen Kasaner Tataren und Krimtataren, die rumänischen Musikanten glichen, lärmend liefen Georgier und Armenier umher, gemächlich schritten finstere, flachsblonde Finnen daher, die Erbauer der Straßen- und Drahtseilbahnen in der Stadt. Neben dem Pavillon der Archangelsker Eisenbahn, den Sawwa Mamontow, der Mäzen und Erbauer dieser Bahn, im Stil der alten Kirchen des Nordgebiets errichtet hatte, wohnte eine Familie stülpnasiger Samojeden und zeigte dem Publikum ein Walroß, das in einem an den Pavillon angebauten Becken hauste und angeblich in Minuten großmütiger Stimmung die Worte sprach: »Ich danke dir, Sawwa!«

In einer Filzjurte kauerten neun Kirgisen von gußeiserner Farbe; sieben von ihnen bliesen mit großer Kraft in lange Trompeten aus taubem Holz; ein junger Mann mit unwahrscheinlich breiter Nasenwurzel und schwarzen Augen irgendwo neben den Ohren schlug schläfrig ein Tamburin, während ein spielzeughaftes altes Männchen mit einem Gesicht, das von grünlichem Moos überwuchert war, kindisch auf einem Kessel mit einer Eselhaut trommelte. Bisweilen riß er den zahnlosen Mund auf, der mit spärlichen Schnurrbarthaaren vernäht war, und plärrte zwei, drei Minuten lang mit dünner, schneidender Kehlkopfstimme: »Ijo-o-ui-i-jo-ä-o-ui-i-i . . .«

Wladimirsche Schäferhornisten mit asketischen Heiligengesichtern und Raubvogelaugen spielten auf ihren Hörnern meisterhaft russische Volkslieder, und auf einer anderen Estrade, gegenüber dem Pavillon der Kriegsmarine, dirigierte der schwarzbärtige, schöne Glawatsch sein Streichorchester zu einem sonderbaren Stück, das im Programm »Musik der Himmelssphären« hieß. Dieses Stück spielte Glawatsch etwa dreimal am Tage, es war beim Publikum sehr beliebt, und Leute von neugierigem Verstand liefen in den Pavillon, um sich anzuhören, wie leise Musik in dem Stahlrohr einer langen Kanone klänge.

»Ein bemerkenswertes akustisches Phänomen«, teilte irgendein sehr liebenswürdiger und weibischer Mann mit schönen Augen Klim mit. Samgin glaubte nicht, daß die Kanone die »Musik der Himmelssphären« wiedergeben könnte, aber da er großmütig gestimmt war, ließ er sich verführen und ging hin, die Kanone anzuhören. Da er nicht das geringste in dem kalten Loch hörte, kam er sich sehr dumm vor und beschloß, auf die Stimme des Volkes nicht mehr zu hören, von der eine Orina Fedossowa, eine Erzählerin uralter Nordlandsagen, gepriesen wurde.

Täglich um die Stunde des Abendgottesdienstes näherte sich den Gerüsten, an denen die Glocken von Okonischnikow und anderen Gießereien hingen, ein bejahrter Mann im Kamisol und mit gefütterter Mütze. Nachdem er seinen kahlen Schädel, der wie eine Melone aussah, entblößt hatte, blickte er mit wildaufgerissenen Augen, die weiß und leer waren wie bei einem Blinden, zum Himmel und bekreuzigte sich dreimal. Darauf verneigte er sich tief vor den Zuschauern und Zuhörern, die schon auf ihn warteten, erstieg das Gerüst und brachte den fünf Pud schweren Klöppel der großen Glocke zum Schwingen. Feierlich schwebten die sanft anschwellenden, tiefen Seufzer des empfindsamen Metalls; es schien, als wäre der eiserne, schwarze Klöppel zum Leben erwacht und schwänge selbst, aus eigener Kraft, als leckte er gierig am Kupfer, während der Glöckner erfolglos mit seinen langen Armen nach ihm haschte und, da er ihn nicht fangen konnte, in seiner Verzweiflung mit dem kahlen Schädel an den Glockenrand schlug.

Schließlich glückte es ihm, den schwingenden Klöppel anzuhalten, worauf er zu dem anderen Gerüst, zu kleinen Glocken, hinüberging und, eine schwarze Gestalt, krampfhaft mit den Armen und Beinen zappelnd, das »Gepriesen, gepriesen seist du, unser russischer Zar« zu läuten begann. Der Glöckner zappelte so sehr, daß es aussah, als hinge er in der Schlinge eines unsichtbaren Stricks, wollte sich daraus befreien und schüttelte den Kopf, daß sein dürres, langes Gesicht anschwoll und blutrot wurde, doch je länger, desto wohltönender pries das gehorsame Kupfer der Glocken den Zaren. Wenn er das Läuten beendet hatte, trocknete er den schweißbedeckten Schädel und das nasse Gesicht mit einem großen, blau-weiß karierten Taschentuch, blickte wieder mit den unheimlichen, weißen Augen zum Himmel empor, verneigte sich vor dem Publikum und ging fort, ohne auf Lobreden oder Fragen zu antworten. Man erzählte sich, er sei von einem schweren Leid betroffen und habe das Gelübde abgelegt, bis ans Ende seiner Tage zu schweigen.

Klim Samgin sah sich den Glöckner ein paarmal an und merkte plötzlich, daß er Ähnlichkeit mit dem Diakon hatte. Von diesem Augenblick an begann er zu denken, der Glöckner habe irgendein Verbrechen begangen und büße nun schweigend.

Im allgemeinen jedoch lebte Samgin still gerührt von der Fülle und Vielfalt der Dinge und Waren, geschaffen von den Händen dieser so mannigfaltig einfältigen Menschlein, die gemächlich auf den mit sauberem Sand bestreuten Wegen umhergingen, bescheiden die Erzeugnisse ihrer Arbeit betrachteten, halblaut das Gesehene lobten, meist jedoch nachdenklich schwiegen. Und Samgin begann sich irgendwie schuldig zu fühlen diesen stillen Menschlein gegenüber, er sah sie freundlich, sogar mit einem Unterton von Achtung vor ihrer äußeren Bedeutungslosigkeit an, hinter der sich eine märchenhafte, alles schaffende Kraft verbarg.

Das ist Universität, dachte er, seine Eindrücke abwägend. Rußland kennenzulernen – das ist die wichtigste und eine lebendige Wissenschaft.

Sehr störend war für ihn Inokow, dessen alberne Figur im weiten Umhängemantel, mit dem Fackelträgerhut, schon von weitem die

Aufmerksamkeit auf sich lenkte und wie ein phantastischer und hungriger Vogel auf der Suche nach Atzung überall auftauchte. Inokow war männlicher geworden, seine Wangen begannen sich mit kleinen Ringeln dunklen Haars zu bedecken, was sein knochiges und scheckiges, grobes Gesicht etwas milderte.

Auf Treffen mit Inokow zu verzichten, entschloß sich Klim aber nicht, weil dieser wenig angenehme Bursche ebenso wie sein Bruder Dmitrij viel wußte und verständig vom Handwerk, von der Fischzucht, der chemischen Industrie und vom Schiffahrtswesen erzählen konnte. Das war Samgin von Nutzen, doch dämpften Inokows Reden stets ein wenig seine gutmütige und rührselige Stimmung.

»All diese Herrlichkeiten haben etwas ... Witwenhaftes«, sagte Inokow. »Wissen Sie, eine betagte und vielleicht nicht sehr kluge Witwe von zweifelhafter Schönheit brüstet sich mit ihrer Mitgift und will einen Mann zur Heirat verführen ...«

Er verkniff die Lippen, als löste er eine verwickelte Aufgabe, und sein Mund spannte sich zu einem feinen Strich. Dann schimpfte er brummig: »Diese plumpen Teufel! Lassen sich einfallen, eine Ausstellung ihrer Schätze in Sand und Sumpf aufzubauen. Auf der einen Seite die Ausstellung, auf der anderen die Verkaufsmesse und in der Mitte das kreuzfidele Dorf Kunawino, wo von drei Häusern zwei voller Bettler und Hafendiebe, das dritte voller Dirnen steckt.«

Als Samgin sich über die Entwicklung der Textilindustrie entzückte, wies Inokow darauf hin, daß das Dorf, was die Qualität und die Farbe der Stoffe anbetraf, sich immer schlechter kleide, daß man die Baumwolle aus Mittelasien nach Moskau bringe, um sie zu verarbeiten und wieder nach Mittelasien zurückzuschicken. Er wies darauf hin, daß trotz Rußlands Waldreichtum Millionen Pud Papier in Finnland gekauft würden.

»Zedern gibt es im Ural, soviel du willst, Graphit ebenfalls, aber Bleistifte herzustellen, verstehen wir nicht.«

Noch unangenehmer war es, Inokows Erzählungen von irgendwelchen erfolglosen Erfindern anzuhören. »Sind Sie im Landwirtschaftspavillon gewesen?« fragte er, die Lippen spöttisch verziehend. »Dort hat ein russisches Genie ein Fahrrad ausgestellt, das sieht genauso aus wie die, auf denen die Engländer im achtzehnten Jahrhundert zu fahren versuchten. Ein anderer Esel hat ein Klavier zusammengeschustert, hat alles selbst gemacht, die Tastatur, die Saiten, zwei Drittel davon sind natürlich Darmsaiten. Diese Musik donnert wie ein alter Tarantas. Irgendein abgedankter Notar stellt eine Fliegenklatsche aus, für die Pferdebremsen, die Klatsche wird an der Vorderachse des Wagens befestigt und patscht das Pferd, na, das Pferd wird natürlich wild. In tiefsten Wäldern sollte man diese Dummköpfe verstecken, wir aber zeigen sie aller Welt.«

Samgin frühstückte täglich mit ihm in dem schwedischen Papphäuschen am Eingang zum Messegelände, Inokow aß bescheiden ein Stück Schinken und viel Brot dazu, trank eine Flasche dunkles Bier und erzählte, während er mit der Hand über das Gesicht fuhr, als wollte er die Sommersprossen fortwischen: »Man hat abgelehnt, das Panneau eines gewissen Wrubel, anscheinend ein Maler von großer Kraft, in der Ausstellung aufzunehmen. Ich verstehe nichts von Malerei, aber Kraft verstehe ich überall. Sawwa Mamontow hat für Wrubel einen Extraschuppen außerhalb der Ausstellung errichten lassen, dort drüben – sehen Sie ihn? Der Eintritt ist kostenlos, doch der Schuppen wird nur schwach besucht, selbst an den Tagen, an denen der Chor der Mamontowschen Oper dort singt. Ich sitze oft dort drin und schaue: An der einen Wand die ›Prinzessin Traum‹, an der anderen Mikula Seljaninowitsch und Wolga. Eigenartig. Ein Zeitungsmann sah sich durch die hohle Faust die Prinzessin Traum, dann den Mikula an und sagte: ›Politik. Alliance franco-russe. Mir nicht sympathisch. Kunst muß frei sein von Politik.‹«

Inokow lächelte unwillkürlich, wischte aber das Lächeln gleich wieder mit der Hand fort. Er teilte Klim ständig verschiedene Neuigkeiten mit: »Witte ist eingetroffen. Gestern ging er mit Ingenieur Kasi vorbei und zitierte Quintilian: ›Es ist leichter, mehr als gerade genug zu tun.‹ Ein selbstzufriedener Bauernkerl. Man schafft Arbeiter heran zum Empfang des Zaren. Hier gibt es wahrscheinlich zu wenig, oder man traut ihnen nicht. Man wirbt sie übrigens in Sormowo und in Nishnij, bei Dobrow-Nabholz an.«

»Wie stehen Sie zum Zaren?« fragte Klim.

Inokow sah ihn verwundert an.

»Habe nie darüber nachgedacht.«

Klim Samgin erwartete den Zaren mit einer Unruhe, die ihn geradezu verwirrte, die er aber nicht vor sich verbergen konnte. Er fühlte, daß er den Mann sehen mußte, der an der Spitze dieses riesengroßen, reichen Rußlands stand, eines Landes, das von irgendeinem schlüpfrigen Volk bewohnt wurde, über das sich schwer etwas Bestimmtes sagen ließ, schwer, weil dieses Volk allzu reichlich mit gewissen eigenwilligen Menschen durchsetzt war. Samgin hegte die vage Hoffnung, daß in dem Augenblick, da er den Zaren sähe, alles, was er bisher erlebt und durchdacht hatte, eine abschließende Vollendung finden würde. Vielleicht würde diese Begegnung die Bedeutung des ersten Sonnenstrahls haben, mit dem der Tag beginnt, oder des letzten Strahls, nach dem die warme Sommernacht zärtlich die

Erde umfängt. Vielleicht hatte Diomidow recht: der junge Zar war ein außergewöhnlicher Mensch, anders als sein Vater gewesen war. Er, der so mutig die Hoffnungen der Leute, die seine Macht beschränken wollten, zunichte gemacht hatte, besaß vielleicht einen entschlosseneren Charakter als sein Großvater. Ja, Nikolai II. war vielleicht fähig, allein gegen alle zu stehen, und sein junger Arm stark genug, den Knüppel Peters des Großen zu ergreifen und die Menschen anzuschreien: »Was treiben Sie da?«

Für zwei Tage brachte ihn Inokow von diesen Gedanken ab.

»Sie wollten die Orina Fedossowa nicht anhören?« fragte er erstaunt. »Aber sie ist doch – ein Wunder!«

»Ich bin kein Freund von Wundern«, sagte Samgin, der sich an die Kanone und die »Musik der Himmelssphären« erinnerte.

Aber Inokow fuchtelte mit dem Arm und sagte erregt: »Im Vergleich zu ihr ist das alles hier Plunder!«

Er packte Klim am Rockärmel und fuhr fort: »Erinnern Sie sich der Mütter in ›Faust, Zweiter Teil‹? Aber die dort phantasieren, diese hingegen ... Nein, Sie müssen mitkommen.«

Klim sah Inokow zum erstenmal in solch einer Stimmung, das weckte sein Interesse, und er ging mit ihm in den Saal, wo Vorträge, Vorlesungen gehalten wurden und wo Glawatsch vortrefflich Orgel spielte.

»Sie werden sehen – das ist ein Wunder!« wiederholte Inokow.

Ein großer, bärtiger Mann in einem langen und wie aus Eisenblech genieteten Rock betrat die Estrade. Mit dröhnender Stimme begann er zu reden, wie Leute reden, die dressierte Affen und Robben vorführen.

»Ich«, sagte er, »ich-ich-ich«, wiederholte er immer öfter und bewegte die Arme wie ein Schwimmer. »Ich habe das Vorwort geschrieben ... Das Buch wird am Eingang verkauft ... Sie ist An-alphabetin. Weiß dreißigtausend Verse auswendig ... Ich ... Mehr als in der ›Ilias‹. Professor Shadnow ... Als ich ... Professor Barsow ...«

»Das hat nichts zu sagen«, sagte Inokow beschwichtigend. »So einer ist immer dumm.«

Auf die Estrade trat wankend, mit kleinen Schritten, ein schiefhüftiges altes Frauchen in einem dunklen Kattunkleid, ein buntes abgetragenes Tuch um den Kopf, eine komische, liebe Hexe, aus Runzeln und Fältchen gebaut, mit rundem Stoffgesicht und lächelnden Kinderaugen.

Klim sah Inokow böse an, überzeugt, daß er sich wieder, wie vor der Kanone, als Dummkopf vorkommen würde. Doch Inokows

Gesicht strahlte vor berauschter Freude, er klatschte rasend und murmelte: »Ach, du Liebe ...«

Das war komisch, Samgin war ein wenig besänftigt, und mit dem Beschluß, zehn Minuten wer weiß was geduldig zu ertragen, neigte er, die Uhr herausziehend, den Kopf. Und sofort warf er ihn wieder hoch – von der Estrade floß eine ungewöhnlich melodische Stimme, ertönten schwere, altertümliche Worte. Es war die Stimme einer Frau, aber man wollte nicht glauben, daß die Verse von einer alten Frau gesprochen wurden. Abgesehen von der gediegenen Schönheit der Worte, lag in dieser Stimme etwas übermenschlich Gütiges und Weises, eine magische Kraft, die Samgin mit der Uhr in der Hand erstarren ließ. Er hätte sich gern umgeschaut, um zu sehen, mit was für Gesichtern die Leute dem schiefhüftigen alten Frauchen zuhörten. Aber er vermochte seinen Blick nicht von dem Spiel der Runzeln in dem zerfurchten, gütigen Gesicht, von dem wunderschönen Glanz der Kinderaugen loszureißen, die, jede Verszeile beredt ergänzend, den uralten Worten lebendigen Glanz und einen bezaubernden, weichen Klang verliehen.

Eintönig das Wattehändchen hin- und herschwingend wie eine häßlich aus Lappen zusammengenähte Puppe, erzählte die alte Frau aus dem Olonezker Gebiet, wie die Mutter des Recken Dobrynja von ihrem Sohne Abschied nahm und ihn zu Heldentaten ins Feld ziehen ließ. Samgin sah diese stattliche Mutter, hörte ihre festen Worte, aus denen trotz alledem Angst und Trauer sprachen, und sah den breitschultrigen Dobrynja, wie er mit dem Schwert auf den ausgestreckten Armen vor der Mutter kniete und ihr mit demütigen Augen ins Gesicht sah.

Einige Augenblicke schien es Klim, als wäre er allein im Saal, sonst niemand, und vielleicht war auch diese gute Hexe gar nicht da, und durch den Lärm außerhalb des Saals drang aus vergangenen Jahrhunderten die zum Leben erwachte Stimme des heldischen Altertums auf wahrhaftig wunderbare Weise zu ihm.

»Na, was sagen Sie?« fragte Inokow triumphierend; sein durch ein freudiges Lächeln breitgezogenes Gesicht war betäubt, seine Augen waren feucht.

»Wunderbar«, antwortete Klim.

»Es kommt noch ganz anders! Geben Sie acht: Sie ist keine Schauspielerin, sie spielt nicht Menschen, sondern spielt mit den Menschen.«

Diese sonderbaren Worte verstand Klim nicht, aber er erinnerte sich ihrer, als die Fedossowa von dem Streit des Rjasaner Bauern Ilja Muromez mit dem Kiewer Fürsten Wladimir zu erzählen begann.

Samgin starrte, von neuem gebannt, von dem weichen Glanz der unauslöschlichen Augen gestreichelt, in das mit allen Runzeln sprechende Zauberinnengesicht. Sein Verstand sagte ihm zwar, daß der gewaltige Recke aus dem Dorf Karatscharow, als ihn der launenhafte Fürst erzürnt hatte, wohl nicht derart, nicht mit dieser Stimme gesprochen hatte und daß seine scharfen Steppenaugen natürlich nicht dieses spitze, ironische Lächeln bergen konnten, das entfernt an die listigen und weisen Fünkchen in den Augen des Historikers Wassilij Kljutschewskij erinnerte.

Doch als er sich an den unerbittlichen Gelehrten erinnerte, da stimmte Samgin plötzlich nicht mehr bloß mit dem Verstand, sondern mit seinem ganzen Wesen zu, daß eben diese schlecht genähte Kattunpuppe doch die völlig echte Geschichte von der Wahrheit des Guten und der Wahrheit des Bösen war, die von der Vergangenheit reden mußte und konnte, wie die Olonezker schiefhüftige Alte gleichermaßen liebevoll und weise vom Zorn und der Zärtlichkeit, vom untröstlichen Kummer der Mütter und von den Reckenträumen der Kinder, von allem, was das Leben ist, erzählte. Und vielleicht wird die Geschichte einmal, die Menschen mit gleichermaßen bezaubernder Stimme umkosend – mag sie von Wahrem oder von Legende berichten –, auch davon erzählen, wie der Mensch Klim Samgin auf Erden gelebt hat.

Danach fühlte Samgin, daß er noch nie so gut, so klug und fast bis zu Tränen unglücklich gewesen war, wie in dieser seltsamen Stunde, mitten unter Menschen, die stumm dasaßen, verzaubert von der alten, lieben Hexe, die aus uralten Märchen in eine prahlerisch aus dem Boden gestampfte und zur Schau gestellte Wirklichkeit getreten war.

Sich hier ungewöhnlich vorzukommen wie noch nie, daran hinderte Klim Inokow. In den kurzen Pausen zwischen den Erzählungen der Fedossowa, wenn sie, sich erholend, mit der Zungenspitze über die dunklen Lippen fuhr, ihre schiefe Hüfte streichelte, an den Zipfeln des Kopftüchleins zupfte, das, unter dem Kinn geknotet, aussah wie ein Pilzhut, wenn sie, sich seitlich wiegend, dem begeistert schreienden Volk zulächelte und nickte – in diesen Augenblicken zerschlug Inokow Klims Stimmung, indem er rasend in die Hände klatschte und mit schluchzender Stimme rief: »Hab Da-ank, Mütterchen, liebes – hab Da-ank!«

Er war berauscht wie ein Betrunkener, hüpfte auf dem Stuhl, schneuzte sich ohrenbetäubend, trampelte mit den Füßen; der Mantel war ihm von den Schultern gerutscht, und er trampelte darauf herum.

Den Rest des Tages verlebte Klim in einem Zustand, entrückt von der Wirklichkeit, das Gedächtnis raunte ihm unablässig die uralten Worte und Verse zu, vor seinen Augen wiegte sich das Puppenfigürchen, schwebte die weiche Wattehand, spielten die Runzeln auf dem gütigen und klugen Gesicht, lächelten die großen, sehr klaren Augen.

Doch drei Tage später stand er am Morgen auf der Verkaufsmesse in der Menge, die sich um die Kapelle drängte, auf der zur Eröffnung der Allrussischen Messe eine Flagge gehißt wurde. Inokow hatte gesagt, er wolle sich bemühen, ihm dann Zutritt in die Ausstellung zu verschaffen, wenn der Zar sie besuche, es werde aber wohl kaum gelingen. Der Zar werde aber sicherlich auch das Hauptgebäude der Verkaufsmesse besuchen, und es sei besser, ihn sich dort anzusehen.

Samgin gegenüber, rechts und links von ihm, standen zwei endlose Reihen kräftiger, hochgewachsener, gutgekleideter Männer, einige in neuen Wämsern und Kaftans, die meisten in Straßenröcken. Hier und da leuchteten wie rote Flecken Kattunhemden, schillerten in der Sonne weite Pumphosen aus Plüsch, glänzten die Schäfte spiegelblank geputzter Stiefel. Klim sah zum erstenmal aus solcher Nähe und in solcher Masse das Volk, über das er von Kind auf so viel hatte streiten hören und über dessen hartes Leben er Dutzende trauriger Erzählungen gelesen hatte. Er betrachtete die Hunderte von strubbeligen, glatt frisierten und kahlen Köpfen, die stülpnasigen, bärtigen, gesunden Gesichter, die so gesetzt aussahen und so gute, freundliche und strenge, gütige und kluge Augen hatten. Diese Leute standen still, dicht aneinander, und ihre breiten Brustkästen verschmolzen zu einer einzigen Brust. Es war klar: Das war das große russische Volk, dessen kluge Hände die unabsehbaren Schätze geschaffen hatten, die dort, auf dem öden Feld, malerisch verstreut lagen. Ja, gerade dieses Volk hatte seine Besten ausgesiebt und nach vorn gestellt, und es war gut, daß alle anderen, die zwar eleganter gekleidet, aber viel kleiner und nicht so ansehnlich waren, bescheiden hinter den Männern der Arbeit standen und ihnen den ersten Platz eingeräumt hatten. Je eingehender Klim die Männer der vordersten Reihe betrachtete, desto höher stieg seine angenehm erregende Achtung vor ihnen. Es war einfach unmöglich, sich vorzustellen, daß diese einfachen, bescheidenen Menschen, die ruhig von ihrer Kraft überzeugt waren, übermütigen Studenten und irgendwelchen ehrgeizigen Schwachköpfen folgen würden.

Diese Leute waren dermaßen bescheiden, daß man einige von ihnen schieben, nach vorn zerren mußte, was ein mächtiger, schnauzbärtiger Polizeibeamter mit goldener Brille und ein hurtiger, dünnbeiniger Mann, der einen Strohhut mit dreifarbigem Band aufhatte, auch besorgten. Sie schritten langsam an der Menschenmauer entlang und riefen abwechselnd in freundlichem Ton: »Glatzkopf, tritt vor!«

»Was versteckst du dich, du Riese? Stell dich hierher.«

»Der mit dem Ohrring – hierher!«

Der hurtige Mann warf einen Blick auf Klim und berührte ihn mit dem Handschuh an der Schulter.

»Ein wenig zurück, junger Mann!«

Der Bursche mit dem silbernen Ohrring schob Samgin leicht, mit einem Stoß seiner Schulter hinter sich und sagte halblaut, heiser: »Mit der Brille wirst du auch von hier sehen können.«

Doch hinter seinem breiten Rücken konnte man unmöglich etwas sehen.

Samgin versuchte, zwischen ihn und den bärtigen Kahlkopf zu treten, doch der Bursche schob seinen unüberwindlichen Ellenbogen vor und fragte: »Wohin?«

Und rief: »Bleib auf deinem Platz!«

Klim fügte sich.

Ja, dachte er. Der kann jeden an seinen Platz stellen.

Und fragte: »Woher sind Sie?«

Der Mann mit dem Ohrring drehte seinen straffen Hals und neigte das rote Gesicht mit dem schwarzen Schnurrbart.

»Aus der zweiten Abteilung«, sagte er.

»Arbeiter?«

»Feuerwehrmann.«

Samgin schwieg, überlegte eine Weile und fragte wieder: »Weshalb sind Sie denn nicht in Uniform?«

Der Mann mit dem Ohrring antwortete nicht. Statt seiner ergriff der Nebenmann, ein schlanker, schöner Mensch in gelbem Seidenhemd, redselig das Wort: »Arbeiter, Werkstattvolk wird man doch nicht zeigen. Diese Ausstellung ist nicht für ihresgleichen. Wenn ein Werkstättler nicht bei der Arbeit ist, so ist er betrunken, wozu aber soll man dem Zaren Betrunkene zeigen?«

»Richtig«, sagte jemand laut. »Unsere Widerlichkeit interessiert ihn nicht.«

Der glatzköpfige Riese mischte sich zornig ein: »Man muß unterscheiden: wer ist Fabrikarbeiter, wer Werkstattarbeiter. Ich beispielsweise bin Fabrikarbeiter bei Wukola Morosow, wir sind neunzig Mann hier. Auch von der Nikolsker Manufaktur sind welche da.«

Es entspann sich ein gemächliches Gespräch, und Klim erfuhr

bald, daß der Mann im gelben Hemd ein Tänzer und Sänger aus dem Chor Snitkins und an der ganzen Wolga beliebt war, und der Nebenmann des Tänzers, ein schwarzbärtiger, stämmiger Mann mit runden Eulenaugen, Bärenjäger und Waldhüter in Privatwäldern.

Da Samgin fühlte, daß ihn das zufällige Gespräch mit diesen Menschen bedrückte, wollte er den Platz wechseln und schob sich seitlich zwischen dem Feuerwehrmann und dem Tänzer durch. Doch der Feuerwehrmann packte ihn mit seiner schweren Hand an der Schulter, schob ihn zurück und sagte belehrend:: »Herumspazieren darf man nicht, siehst du nicht, daß alle stehen?«

Der Tänzer blickte Klim lächelnd an und erklärte: »Heute wird auf das Publikum keine Rücksicht genommen.«

»He – er kommt!«

Irgendwessen Kommandostimme rief: »Treskin! Daß sich keiner untersteht, auf die Dächer zu klettern!«

Alle verstummten, nahmen stramme Haltung an, lauschten und blickten zur Oka hinüber, auf den dunklen Streifen der Brücke, wo zwei Reihen spielzeughaft kleiner Menschen die dünnen Arme schwangen, als rissen sie ihre Köpfe von den Schultern und spielten Ball mit ihnen. Man vernahm Glockengeläut, besonders eindrucksvoll dröhnte die Glocke der Kathedrale in der Burg, und zugleich mit dem kupfernen Getöse steigerte sich, rasch immer näher rollend, ein anderer, brüllender Lärm. Klim hatte gehört, wie Moskau beim Empfang des Zaren Hurra geschrien hatte, doch damals hatte es ihn, der kränkenderweise zusammen mit dem Betrunkenen und einem Taschendieb auf einen Hof getrieben worden war, nicht erregt. Heute jedoch fühlte er, daß er vor Erregung geradezu wankte und daß ihm schwarz wurde vor Augen.

Man hätte meinen können, die galoppierende Polizeiabteilung zöge dieses gewaltige Brüllen nach sich, denn der laute Hufschlag auf dem Steinpflaster erstickte das Brüllen nicht, sondern steigerte es. Die Abteilung löste sich geschickt auf, alle zehn bis zwanzig Schritt sprengte aus ihr ein Berittener heraus, stellte sein Pferd mit der Seite an die Menschen, drängte sie so auf den Gehsteig oder trieb sie hinter die Kapelle, an das unbebaute Ufer der Oka zurück.

Aus der dichten Menschenmauer jenseits der Straße, hinter einem breiten Pferderücken hervor kroch schwerfällig der Glöckner vom Messegelände und erreichte mit drei Schritten die Straßenmitte. Gleich liefen zwei Männer auf ihn zu, die erschreckt und komisch schrien: »Wohin willst du Fratze? Wohin, du Satan!«

Doch der Glöckner stieß die Leute mit der Linken beiseite, hob die wilden Augen zum Himmel und bekreuzigte mit weit ausholender Rechter dreimal die Straße.

»Schau mal an«, rief der Weber wohlwollend.

Den Glöckner drängte man hastig in die Menge zurück, seine gefütterte Mütze indes blieb auf dem Pflaster liegen.

Samgin kam es vor, als verdunkelte sich die Luft, zusammengepreßt von dem gewaltigen Brüllen Tausender von Menschen, einem Brüllen, das sich wie eine unsichtbare Wolke näherte, alle Geräusche auslöschte und auch das Glockenläuten und die schreienden Trompeten der Militärkapelle auf dem Platz vor dem Hauptgebäude verschlang. Als dieses Heulen und Brüllen zu Klim herangerollt war, betäubte es ihn, hob ihn empor und zwang auch ihn, mit aller Lungenkraft zu schreien: »Hurra!«

Das Volk sprang herum, schwenkte die Arme und warf Mützen und Hüte in die Luft. Es schrie so laut, daß man nicht hören konnte, wie das feurige Gespann des Gouverneurs Baranow mit den Hufen auf das Pflaster aufschlug. Der Gouverneur stand aufrecht im Wagen, er hatte ein Knie auf den Sitz gestützt, blickte rückwärts und schwenkte die Mütze. Er war stahlfarben, verwegen und heroisch, auf seiner gewölbten Brust blinkte das Gold der Orden.

In einigem Abstand hinter ihm lief ein Dreigespann weißer Pferde im Trab. Das silberne Geschirr sprühte weiße Funken. Die Pferde traten lautlos auf, der breite Wagen fuhr unhörbar; es war eigentümlich zu sehen, daß sich die zwölf Pferdebeine bewegten, denn es schien, als glitte der Wagen des Zaren, durch das laute begeisterte Rufen vom Boden gerissen, durch die Luft dahin.

Klim Samgin fühlte, daß für einen Augenblick alles ringsum und auch er selbst sich vom Boden losriß und in einem Wirbel spontanen Gebrülls durch die Luft flog.

Der Zar, klein, kleiner als der Gouverneur, bläulichgrau, wippte sanft auf dem Rand des Wagensitzes, hielt die eine Hand aufs Knie aufgestützt, während er die andere mechanisch zur Mütze hob, nickte mit dem Kopfe gleichmäßig nach rechts und links und lächelte, wobei er in die zahllosen rund geöffneten, zahnigen Münder, in die vor Anspannung geröteten Gesichter blickte. Er war sehr jung, schmuck, hatte ein schönes, weiches Gesicht, lächelte jedoch schuldbewußt.

Ja, er lächelte ausgesprochen schuldbewußt, das sanfte Lächeln Diomidows. Auch seine Augen waren dieselben, Saphiraugen. Hätte man ihm noch das kleine, helle Kinnbärtchen abrasiert, so hätte er ganz wie Diomidow ausgesehen.

Er flog vorbei, begleitet von tausendköpfigem Gebrüll, und dasselbe Gebrüll schallte ihm entgegen. Noch ein paar Wagen rasten vorbei, Uniformen und Orden glänzten, aber man hörte schon wieder, daß die Pferde mit den Hufen aufschlugen, daß die Räder über Steine rollten, und überhaupt ließ sich alles wieder auf die Erde herab.

Auf der Straße stand wieder der Glöckner und bekreuzigte mit wuchtigem Arm die Luft hinter dem Wagen; die Menschen umgingen ihn wie einen Pfosten. Ein rotschnauziger Mann im grauen Rock bückte sich, hob die Mütze auf und reichte sie dem Glöckner. Hierauf schritt der Glöckner, nachdem er sie übers Knie geschlagen hatte, breitbeinig auf der Straßenmitte weiter.

Klims Augen, die den Zaren gierig verschlungen hatten, sahen immer noch seine graue Gestalt und auf dem hübschen Gesicht das schuldbewußte Lächeln. Samgin fühlte, daß dieses Lächeln ihn seiner Hoffnung beraubt und bis zu Tränen betrübt hatte. Auch vorher waren ihm Tränen gekommen, aber – das waren Tränen einer Freude gewesen, die sich aller bemächtigt und alle vom Erdboden emporgehoben hatte. Jetzt jedoch weinte Klim dem Zaren und dem in der Ferne ersterbenden Geschrei Tränen des Kummers und der Kränkung nach.

Es war unmöglich, sich damit auszusöhnen, daß der Zar mit Diomidow Ähnlichkeit hatte, ein schuldbewußtes Lächeln war unzulässig im Gesicht des Herrschers eines Hundertmillionenvolkes. Und unbegreiflich war auch, wodurch dieser junge, hübsche und weiche Mensch ein so erschütterndes Gebrüll auszulösen vermochte.

Willenlos und bedrückt bewegte sich Samgin in der Menge, die aus irgendeinem Grund plötzlich ausgelassen lärmte, und vernahm ihre lebhaften Stimmen: »In alten Zeiten wäre man niedergekniet...«

»He, wer zu uns gehört, wir gehen Bier trinken!«

Hinter Klim begeisterte sich eine helle Stimme: »Wie einfach sie sie schlagen!«

»Wen?«

»Alle.«

Eine gesetzte Stimme sagte eindringlich: »Die Kritiker muß man auch schlagen.«

»Roman – wieviel hast du für die Stiefel gegeben?«

Vom Zaren wurde nicht gesprochen, nur einen einzigen Satz schnappte Samgin auf: »Er wird es schwer haben mit uns.«

Das sagte ein stämmiger Bursche, wahrscheinlich ein Textilfärber, denn seine Hände waren dunkelblau von Farbe. Er führte ein adrettes altes Männlein am Arm, stieß die Leute frech beiseite und schrie sie an: »Geht weiter!«

Aber auch der hatte vielleicht gar nicht vom Zaren gesprochen.

Wie aber, wenn alle diese Leute sich auch betrogen fühlen und es nur geschickt verbergen? dachte Klim.

Ein scharfäugiger Mann blickte ihm ins Gesicht und fragte mißtrauisch: »Warum weinen Sie denn, junger Herr? Was haben Sie denn für einen Grund, heute zu weinen?«

Samgin trocknete sich verlegen die Augen, beschleunigte seinen Schritt und bog in eine der Straßen von Kunawino ein, die aus lauter Freudenhäusern bestand. Fast aus jedem Fenster lehnten, wechselnd mit den dreifarbigen Fahnen, halbbekleidete Frauen, die ihre nackten Schultern und Brüste zeigten und sich von Fenster zu Fenster zynische Dinge zuriefen. Und außer den Fahnen sah in dieser Straße alles so alltäglich aus, als wäre nichts geschehen und der Zar und die Begeisterung des Volkes nur ein Traum.

Nein, Diomidow hat sich geirrt, dachte Klim, als er in einer Droschke saß und zum Messegelände fuhr. Dieser Zar wird sich wohl kaum entschließen zu schreien wie jenes bucklige Mädchen.

Am Eingang zur Ausstellung kam ihm Inokow entgegen.

»Man hat Zutritt«, sagte er hastig. »Schade, Sie sind zu spät gekommen.«

Inokow hatte sich das Haar schneiden lassen, die Wangen rasiert und wirkte, nachdem er seinen Umhang gegen einen billigen, mausgrauen Anzug vertauscht hatte, unauffällig wie jeder anständige Mensch. Nur die Sommersprossen im Gesicht waren noch schärfer hervorgetreten, im übrigen jedoch unterschied er sich fast nicht von all den anderen, etwas einförmig anständigen Leuten. Es waren nicht viele hier, in der Ausstellung interessierten sie sich sehr für die Architektur der Gebäude, sahen zu den Dächern hinauf, guckten in die Fenster und um die Ecken des Pavillons und lächelten einander liebenswürdig zu.

»Ochranaleute?« fragte Klim flüsternd.

»Wahrscheinlich, aber nicht alle«, antwortete Inokow ärgerlich und unangebracht laut; er ging mit dem Hut in der Hand und blickte stirnrunzelnd zu Boden.

»Hier haben sie vorhin eine billige Komödie aufgeführt«, sagte er. »Am Eingang zum Zarenpavillon ist der Herr von einer Leibwache empfangen worden, wissen Sie, von diesen bildschönen, russischen Knaben in silberverbrämten weißen Kaftans, mit weißen hohen Mützen und mit Hellebarden in den Händen; es heißt, der alte Literat Dmitrij Grigorowitsch hat sich das ausgedacht. Sie bildeten Spalier, und der Zar fragte einen: ›Wie heißen Sie?‹ – ›Nabholz.‹ Er fragte einen zweiten: ›Eluchen.‹ Er fragte einen dritten: ›Ditmar.‹ Der vierte hieß Schulze. Der Zar lächelte und ging schweigend an mehreren vorbei; da sah er, wie eine stülpnasige Fratze ihn vergötternd anstarrte, und lächelte der Fratze zu: ›Wie heißen Sie denn?‹ Brüllt da nicht die Fratze mit Baßstimme: ›Antor!‹ Mit dieser Abkürzung unterschreibt diese Fratze Wirtshausrechnungen, sein richtiger Name ist Andrej Torsujew.«

Inokow erzählte das mit gedämpfter Stimme, widerstrebend und nachdenklich.

»Ist das wahr?« fragte Samgin mißtrauisch.

»Natürlich. Wenn es schon albern ist, so ist es auch wahr.«

Klim verstummte und erinnerte sich an den Feuerwehrmann und den Tänzer, die er für Arbeiter gehalten hatte.

Die anständigen Leute nahmen plötzlich die Hüte ab und erstarrten. Aus dem Pavillon der chemischen Industrie war der Zar in Begleitung der drei Minister Woronzow-Daschkow, Wannowskij und Witte herausgetreten. Der Zar ging langsam, er spielte mit dem Handschuh und hörte dem Hofminister zu, der ihn leicht am Ärmel zupfte und auf einen niedrigen Rasenhügel deutete, den Weinbaupavillon. Von weitem und zu ebener Erde schien der Zar Klim noch kleiner als im Wagen. Er hatte anscheinend keine Lust, in Woronzows Pavillon hinabzusteigen, wandte das Gesicht zur Seite, lächelte verlegen und sagte etwas zu dem Kriegsminister, der in Zivil war und ein Stöckchen in der Hand hatte.

Die drei standen dicht beisammen, während der breitschultrige Witte von der Höhe seines wuchtigen Körpers auf sie hinunterblickte. Auf seine Schultern war hastig und nachlässig ein kleiner Kopf mit einem winzigen Näschen und spärlichem, mordwinischem Kinnbärtchen aufgesetzt. Er sah mit sorgenvoll geschürzten Lippen, mit den unter den Wülsten seiner Brauen versteckten Augen auf den im Vergleich zu ihm kleinen Zaren und die ebenso kleinen Minister und auf die goldene Uhr, die in seiner Hand glänzte. Samgin fiel auf, wie fest und kräftig Witte die langen und breiten Füße seiner schweren Beine auf die Erde drückte.

Ein paar Schritte von dieser Gruppe entfernt waren ehrerbietig der schneidige, dürre und kantige Gouverneur Baranow und der graubärtige Kommissar der Abteilung für Kunstgewerbe, Grigorowitsch, stehengeblieben, der mit der Hand weite Kreise in der Luft beschrieb und dazu die Finger bewegte, als salze er die Erde oder streue Samen. Stumm und gedrängt standen Abteilungskommissare, irgendwelche gesetzten Leute mit Orden und ein hochgewachsener

Mann mit dem üblichen Bauerngesicht, der einen goldgestickten Kaftan trug.

»Nikolai Bugrow, Millionär«, sagte Inokow. »Man nennt ihn den Teilfürsten von Nishnij Nowgorod. – Und das dort ist, Sawwa Mamontow.«

Aus dem Pavillon des Nordlands kam schnell ein stämmiges, kahlköpfiges Männchen mit weißem Kinnbärtchen und lustigem, rosigem Gesicht – er kam und wehrte im Gehen lachend den hochstirnigen und langhaarigen »erklärenden Herrn« mit Händegefuchtel von sich ab.

»Lappalien, Liebster, reine Lappalien«, sagte er so laut, daß der Gouverneur Baranow streng zu ihm hinübersah. Alle anständigen Leute richteten ihre Aufmerksamkeit auch auf ihn. Auch der Zar blickte, immer noch mit demselben schuldbewußten Lächeln, hinüber, während Woronzow-Daschkow ihn zu Klims Empörung weiterhin am Ärmel zupfte.

Adaschew, dachte er und wünschte dem Minister das Los des Erziehers von Iwan dem Schrecklichen.

Auf dem Messegelände war es still und langweilig wie an einem regnerischen Wochentag. Alltäglich pfiffen die Lokomotiven auf dem Rangiergelände, knirschten die Gleise an den Weichen, schlugen die Puffer laut aneinander, und trübsinnig tönten die Signalhörner der Weichensteller.

Der Tag, der klar begonnen hatte, wurde auch trübe, der Himmel bedeckte sich mit einer gleichmäßigen Schicht durchsichtiger, grauer Wolken, die durch sie verdeckte Sonne wurde winterlich fahlweiß, und ihr zerstreutes Licht ermüdete die Augen. Die Farbenpracht der Bauten verblaßte, regungslos und entfärbt hingen die zahllosen Fahnen herab, und die anständigen Leute gingen schlaff umher. Die blaugraue, bescheidene Gestalt des Zaren schien dunkler als zuvor und wirkte noch unauffälliger vor dem Hintergrund der großen, stattlichen Männer, die schwarz gekleidet waren oder goldgestickte, ordengeschmückte Uniformen trugen.

Der Zar ging langsam an der Spitze dieser Männer zum Kriegsmarinepavillon, doch es sah aus, als stießen sie ihn vor sich her. Jetzt bückte sich der Gouverneur Baranow elastisch, hob vor den Füßen des Zaren etwas vom Boden auf und schleuderte es beiseite.

»Na, genügt Ihnen das?« fragte Inokow lächelnd.

Samgin nickte stumm. Er fühlte sich körperlich müde, hatte Hunger und war traurig. Solch eine Traurigkeit hatte er in der Kindheit empfunden, wenn man ihm vom Weihnachtsbaum nicht den Gegenstand geschenkt hatte, den er haben wollte.

»Wissen Sie, mit wem der Zar Ähnlichkeit hat?« fragte Inokow. Klim blickte ihn stumm an und erwartete eine Grobheit. Doch Inokow sagte nachdenklich: »Mit Balsaminow, in Offiziersuniform.«

»Ein Isaak«, murmelte Samgin.

»Wie?«

»Ein Isaak«, wiederholte Klim lauter und mit einem Unwillen, den er nicht zu unterdrücken vermochte.

»Ach ja, das ist aus der Bibel«, erinnerte sich Inokow. »Wer ist denn dann Abraham?«

»Das weiß ich nicht.«

»Ein merkwürdiger Vergleich«, sagte Inokow lächelnd, seufzte und begann von neuem: »Meine Zeitungsberichte werden nicht gedruckt. Der Redakteur, dieser alte Wallach, schreibt mir, ich höbe die negativen Seiten zu sehr hervor, das gefiele dem Zensor nicht. Er lehrt: Jede Kritik muß von einer gewissen allgemeinen Idee ausgehen und sich darauf stützen. Der Teufel soll sie suchen, diese allgemeine Idee!«

Klim hörte seinem Genörgel nicht weiter zu, er dachte an den jungen Menschen in der blaugrauen Uniform, an sein verlegenes Lächeln. Was würde dieser Mann wohl sagen, wenn man einen Kutusow, einen Diakon, einen Ljutow vor ihn hinstellte? Worte welcher Kraft vermochte er diesen Leuten zu sagen? Und Samgin erinnerte sich, nicht spöttisch wie sonst, sondern mit Bitternis:

Ja, ist denn ein Junge dagewesen, vielleicht war gar kein Junge da?

Doch mit Eindrücken übersättigt, hatte er anscheinend ganz und gar zu denken verlernt; erstorben war das Spinnchen, das das Netz der Gedanken spinnt. Er wäre gern nach Hause, aufs Landhaus gefahren, um sich auszuruhen. Aber er durfte nicht heimreisen, Warawka hatte ihn telegraphisch gebeten, sein Eintreffen abzuwarten.

Und während Klim Samgin auf Warawka wartete, bekam er einen Herrn zu sehen.

Das war ein Mann mittleren Wuchses, gekleidet in weite, lange Gewänder von jener unbestimmbaren Farbe, welche die Blätter im Spätherbst annehmen, wenn sie schon den sengenden Hauch des Frostes erfahren haben. Diese schattenhaft leichten Gewänder umhüllten den dürren, knochigen Körper eines alten Mannes mit zwiefarbigem Gesicht; durch die mattgelbe Gesichtshaut traten braune Flecke irgendeines uralten Rostes zutage. Das steinerne Gesicht war durch ein graues Kinnbärtchen verlängert. Seine Haare waren leicht zu zählen; Büschel desselben grauen Haars sprossen in den Mundwinkeln und bogen sich nach unten, die Unterlippe, ebenfalls rostfarben, hing verächtlich herab und zeigte eine Reihe ungleichmäßiger bernsteingelber Zähne. Seine Augen zogen sich schräg zu den Schläfen hinauf, die Ohren, spitz wie bei einem Tier, waren dicht an den Schädel gedrückt, er trug einen Hut mit Kügelchen und Schnüren; der Hut verlieh dem Mann Ähnlichkeit mit einem Priester irgendeiner unbekannten Kirche. Es schien, als wären die Pupillen seiner Schlitzaugen nicht rund und glatt wie bei allen gewöhnlichen Sterblichen, sondern aus kleinen, spitzen Kristallen geformt. Und wie bei einem Bildnis von Meisterhand sahen diese Augen Klim unablässig an, von welchem Punkt auch immer er das alte, lebendig gewordene Porträt betrachtete. Die stumpfen Samtstiefel mit unförmig dicken Sohlen waren vermutlich sehr schwer, aber der Mann schritt geräuschlos, seine Füße glitten, ohne sich vom Erdboden zu heben, wie über Öl oder Glas.

Hinter ihm her bewegte sich ehrerbietig eine Gruppe von Männern, unter denen sich vier Chinesen in Nationaltracht befanden; gelangweilt ging der schneidige Gouverneur Baranow neben General Fabrizius, dem Kommissar des Zarenpavillons, in dem die Schätze der Nertschinsker und der Altai-Bergwerke, Edelsteine und Goldklumpen, ausgestellt waren. Männer mit und ohne Orden schritten ehrerbietig, dicht gruppiert, ebenfalls hinter dem sonderbaren Besucher her.

In seiner schwebenden Gangart wanderte dieser würdevolle Mann von einem Gebäude zum anderen, sein steinernes Gesicht blieb unbewegt, kaum merklich bebten die breiten Nüstern der mongolischen Nase, und die verächtliche Lippe verkürzte sich, doch die Bewegung war nur deshalb sichtbar, weil die grauen Haare an den Mundwinkeln sich sträubten.

»Li Hung Tschang«, raunten die Leute einander zu. »Li Hung Tschang.«

Und sie traten ehrfürchtig grüßend zurück. Die Menschen würdigte der berühmte Mann aus China keines Blickes, die Gegenstände betrachtete er im Vorbeigehen, und nur vor einigen verweilte er eine Sekunde, eine Minute lang, blähte die Nüstern und bewegte den Schnurrbart.

Seine Hände ruhten, in weiten Ärmeln versteckt, auf dem Leib. Manchmal sprach einer der Chinesen, einer Eingebung oder einem unmerklichen Wink gehorchend, leise mit dem Kommissar der Abteilung und wandte sich dann noch verhaltener, mit geneigtem Kopf, ohne ihm ins Gesicht zu blicken, an Li Hung Tschang.

Im Kriegsmarinepavillon sagte er ihm etwas über die Kanone; der alte Chinese schielte, regungslos und seitwärts zu ihr stehend, ein paar Sekunden zu ihr hinüber – und schwebte weiter.

General Fabrizius strich seinen Kosakenschnurrbart glatt, eilte dem hohen Gast voraus und wies mit Feldherrngeste auf den Zarenpavillon.

Li Hung Tschang blieb stehen. Der chinesische Dolmetscher begann geschäftig herumzuhüpfen, sich zu verneigen und lächelnd etwas mit ausgebreiteten Armen zu flüstern.

»Darf man ihm nicht vorausgehen?« fragte laut ein stattlicher Mann mit einer Unmenge Orden auf der Brust, fragte und lächelte. »Na, aber neben ihm darf man? Wie? Auch nicht? Niemand?«

»Zu Befehl, Euer Exzellenz, nein!« antwortete jemand mit der Stimme eines Luxusdroschkenkutschers.

Der stattliche Mann blähte die Backen auf, daß sie sich röteten, überlegte einen Augenblick und sagte französisch: »Fragen Sie den Dolmetscher, wer denn das Recht hat, neben ihm zu gehen.«

Alle verstummten. Dann sagte die Kutscherstimme, doch schon nicht mehr laut: »Der Dolmetscher sagt, Euer Hohe Exzellenz, er weiß es nicht; vielleicht Ihr – das heißt unser – Herrscher, sagt er.«

Der stattliche Mann berührte die Orden an seiner Brust und murmelte grimmig: »In der Tat . . . Zeremonien!«

General Fabrizius ging nun hinter Li Hung Tschang weiter, auch er war errötet und zupfte sich am Schnurrbart.

Am Altaipavillon blieb Li Hung Tschang vor einer Vitrine mit bunten Steinen stehen, bewegte den Schnurrbart, und sogleich bat der Dolmetscher, man möge die Vitrine öffnen. Als man die schwere Glasscheibe hochgehoben hatte, befreite der alte Chinese gemächlich die Hand aus dem Ärmel, der wie aus eigener Kraft zum Ellenbogen hochglitt, die dünnen, knochigen Finger der greisenhaften, eisernen Hand senkten sich in die Vitrine, klaubten von der weißen Marmorplatte einen großen Smaragdkristall, den Stolz des Pavillons. Li Hung Tschang hob den Stein erst an das eine, dann an das andere Auge und steckte mit kaum merklichem Kopfnicken die Hand mit dem Stein in den Ärmel.

»Er nimmt ihn sich«, erläuterte der Dolmetscher mit liebenswürdigem Lächeln diese Geste.

General Fabrizius stammelte erbleichend: »Aber . . . erlauben Sie! Ich habe doch kein Recht, Geschenke zu machen!«

Der berühmte Chinese war bereits zur Tür des Pavillons hinausgeschwebt und schritt zum Ausgang der Ausstellung.

»Li Hung Tschang«, sagten die Leute leise und verneigten sich tief vor dem Mann, der einem alten Magier glich. »Li Hung Tschang!«

Es war ein unfreundlicher Tag. Unruhig fuhr der Wind aus allen Ecken hervor und wirbelte den Sand vom Weg auf. Am Himmel tummelten sich rastlos kleine Wolkenfetzen, auch die Sonne war voller Unrast, als sorge sie sich darum, wie sie die seltsame Gestalt des Chinesen so vorteilhaft wie möglich beleuchten könne.